CSSCI 来源集刊

ENGLISH AND AMERICAN LITERARY STUDIES

英美文学研究论丛

主编　李维屏

执行副主编　张和龙

上海外语教育出版社

外教社 SHANGHAI FOREIGN LANGUAGE EDUCATION PRESS

图书在版编目(CIP)数据

英美文学研究论丛.第34辑 / 李维屏主编. —上海:上海外语教育出版社,2021
ISBN 978-7-5446-6783-8

Ⅰ.①英… Ⅱ.①李… Ⅲ.①英国文学—文学研究—文集②文学研究—美国—文集 Ⅳ.①I106-53

中国版本图书馆CIP数据核字(2021)第052464号

出版发行:上海外语教育出版社
（上海外国语大学内） 邮编：200083
电　　话：021-65425300（总机）
电子邮箱：bookinfo@sflep.com.cn
网　　址：http://www.sflep.com
责任编辑：苗　杨

印　　刷：浙江临安曙光印务有限公司
开　　本：635×965　1/16　印张 24.25　字数 395千字
版　　次：2021年6月第1版　2021年6月第1次印刷

书　　号：ISBN 978-7-5446-6783-8
定　　价：76.00元
本版图书如有印装质量问题，可向本社调换
质量服务热线：4008-213-263　电子邮箱：editorial@sflep.com

编辑部地址：上海市大连西路550号上海外国语大学文学研究院

邮政编码：200083

电子邮件地址：ymwxlc@sina.com

Institute of Literature Studies

Shanghai International Studies University

550 Dalian Road（W）

Shanghai 200083，China

[编者的话]

伊格尔顿的《理论之后》(2003)常被视作"后理论"时代的标志,其标题中的"After"一词亦含有"追寻"之意。"理论热"早已消退,但学界对"理论"问题的探寻永远不会终结,更何况"理论"也从未淡出学界视野,始终让人欲说还休、莫衷一是,还每每成为热点,如前几年"强制阐释论"的出场就引发热议与争鸣。其实,批评界沿用已久的"当代西方文论"只是一个权宜性的概念,其内涵与外延并非固定不变,因此,当我们采用全称肯定判断论定其"基本特征"与"根本缺陷"时,很容易陷入本质主义与形而上的逻辑误区,也难免暴露出学术命题的笼统含混与空泛性。在本期访谈中,盛宁先生由此提出诘问:谁能用一个概念把整个 20 世纪的西方批评理论囊括在内?盛宁先生堪称"当代西方文论"的盗火先驱之一。基于近 40 年的切身经历与研究思考,他对"文论"这一学科在西方的兴起与建构过程及其在中国的传播作出深刻阐发与论析,对当下"理论"乱象的批判更是鞭辟入里,发人深省。

本期设有两个特别专栏,第一个是"共同体研究"。近年来,"共同体"已成为理论界的一个热词。外国文学界对"共同体"的研究也方兴未艾。马克思、黑格尔、滕尼斯、威廉斯、鲍曼、南希、布朗肖、德里达等人的共同体思想受到格外重视。西方批评界的一些最新研究成果也被翻译成中文,或正被翻译成中文,如美国学者希利斯·米勒的《共同体的焚毁——奥斯维辛前后的小说》(2011)与《小说中的共同体》(2015)、法国学者塞琳·吉洛的《文学能为共同体做什么?》(2013)、德国学者玛格特·布林克与赛维娅·普里奇的《文学中的共同体:诗歌与政治互涉的现状》(2013)、日本学者菅香子的《共同体的形式:意象与人的存在》(2017)等。如果下一个定义,"共同体"应该是指特定社会群体拥有某种共同纽带或共通性归属感、认同感的社会空间或想象空间。毋庸置疑的是,中外文学家们经常表现大到国家、民族乃至整个人类、小到社区、宗教团体乃至家庭等"社会群体"的境遇与命运。因此,琳琅满目的中外文学经典蕴含着丰富的共同体思想。专栏中的 5 篇论文分别从性别、种族、审美、部族、命运等层面切入，聚焦具体作家作品，对这一关联当下与未来人类生存境遇的命题作出了学术性的探讨。

第二个是“后殖民英语文学”，涉及澳大利亚、南非、加拿大、印度等国的英语文学。

但本刊两大主导栏目仍然是“英国文学”与“美国文学”。英语的全球化扩散，大英帝国曾经的全球殖民，以及美国文化的全球影响，带来了当代英语文学在全球的兴起。然而长期以来，“英美文学”这一概念所形塑和规训的课程体系、研究生态与学术生产方式，制约着国内学界对“英语文学”知识谱系的总体认知。一味将英美两国以外的英语文学排除在外，无法反映当下世界文化多样化、多极化与复杂性的面貌和态势，也不利于全球化语境下不同国家、不同民族、不同文化之间的互鉴交流。不过，英国文学与美国文学毕竟是具有全球影响的世界大国文学，也是西方两大强国的国族文学，虽然无法覆盖“英语文学”的全部，但它们是“英语文学”的本源或重要组成部分。一百多年来，“英美文学”已经在英语专业的知识体系中奠定了不可替代的重要地位，至今仍然是不容忽视不可等闲视之的学科领域，仍然在外国文学研究中具有举足轻重的影响力。因此，本期大多数论文所聚焦的是英美两国的经典作家或当代名家，如华兹华斯、伍尔夫、奥登、多丽丝·莱莘、麦克尤恩、朱利安·巴恩斯、亨利·詹姆斯、山姆·谢泼德、凯特·肖邦等。

文学是文化的核心，英美文学无疑是西方文化的核心。无论英美两国的国势发生何种变化，源远流长的英美文学仍将是值得开掘的人类文化宝藏，仍将是可以攻玉的他山之石。

目　　录

学者访谈

英国文学

美国文学

CONTENTS

Interview

English Literature

American Literature

The Scholar of This Issue: Sheng Ning

学者访谈

从现代到后现代的审视与反思：盛宁[①]先生学术访谈录

刘雪岚[*]

内容提要： 本文是对我国著名学者、中国社会科学院外文所盛宁先生的学术访谈。内容涉及对西方文论的考察与认识、对新历史主义发展与现状的评说、对西方现代主义的再审视，以及对早期美国文论的思考和新见。在访谈中，盛宁先生不仅分享了他的学术理念和治学经验，还对国内的外国文学研究现状发表看法，并对年轻学者提出了治学建议与期望。

关键词： 西方文论；新历史主义；现代主义

Abstract: The paper is an academic interview with Sheng Ning, a distinguished scholar at the Institute of Foreign Literature, Chinese Academy of Social Sciences. It covers the understanding of Western literary theory, the development and status of new historicism, re-examination of Western Modernism, and reflections on early American literary theory. Sheng Ning shares his academic principles and ideas, expresses his views on the current studies of foreign literature in China, and makes some suggestions and expectations for young scholars.

Key words: Western literary theory; new historicism; Modernism

刘雪岚（以下简称"刘"）：盛老师您好，首先非常感谢您接受此次访谈。我有幸跟您共事数年，不仅熟悉您的主要学术著述，也算比较了解您的个性化思考和思想特点，所以很幸运地得到《英美文学论丛》编辑部的访谈委托。我依据您主要著述的内容和发表时间，大致梳理出

---

* ［**作者简介**］：刘雪岚，中国社会科学院外国文学研究所副研究员。

① 盛宁教授简介参见本书封底"本辑人物"。

您的学术研究范畴，一是对于美国文论的研究，代表作是 1994 年的《二十世纪美国文论》以及目前还在写作中的《美国文论通史》；与之相承接的是对后现代思潮的反思和对现代主义的再审视，代表作是 1997 年的《人文困惑与反思》以及 2011 年的《现代主义、现代派、现代话语》；三是您对文学阅读与鉴赏、研究与教学方面的思考与评论，代表作是 1997 年的《文学：鉴赏与思考》和 2010 年的《思辨的愉悦》。此外，您没有收入文集的散篇论文和您担任主编时为每期《外国文学评论》的编后记，也都从不同层面反映了您的学术关注和探究。我借着准备访谈的契机，重读了您的主要著述，感触良多。从时间轴来看，您的学术生涯几乎就是中国改革开放 40 年的缩影；从研究内容来看，您在 20 世纪 80 年代初就对英美的文学批评和理论有了相当前沿和准确的把握，90 年代对于西方后现代主义思潮的批判与反思，也属于国内学界的先行者。但最让我惊叹的是，时隔 20 多年，再读您那时的文字，毫不陈旧过时，很多判断和思考相当有预见性。甚至可以说，凭借这四分之一个世纪的时间跨度，才更能体会到您对于美国文论和西方后现代思潮的深入理解和准确把握。我们就先从您的《二十世纪美国文论》谈起吧。您在后记中说，这本书源于 1984 年您在南京大学任教时接受陈嘉先生布置的一个写作任务，让您负责撰写《欧美文学史》中的美国文学批评部分。后来因为陈先生病逝，项目停了，您的 10 万字书稿就搁置了。如今看来，南京大学的外国文学研究当时在国内是相当领先的。

盛宁（以下简称“盛”）：是啊。当时正值改革开放，我们一下子面对很多国外传来的新思想，对我们的文学批评和对文学的理解都产生了一些冲击，后来有人称之为“失语症”，即是说，大家一方面开了眼界，但同时也有一种无以应对的窘迫。所以陈嘉先生在主持那个项目的时候，就对文论做了重点布置，希望把我们以往文学史中比较欠缺的有关文学批评理论的部分给补上。当时正赶上我要去哈佛，陈先生就让我负责美国部分，让钱佼汝老师负责英国部分。而那个时候我应该说对文论也是一无所知的，就认为无非就是文学批评嘛，就是批评家对作品谈谈怎么理解。至于批评本身起什么样的作用？批评要从什么高度来进行，都不大考虑的。当时国内基本上还是沿用“文革”时期从意识形态的角度来看待文学的批评方法。

就这样去了哈佛，念了不少书以后，我才觉得这个文学批评并不是简单地对文学作品做一些阐释，它本身也成了一个文类，有着独立的认识价值。于是我就开始收集一些资料，把当时不同的批评流派大致做了分类，准备回国后再写。我当时在哈佛有两件事值得说说。一是有一次海伦·文德勒（Helen Vendler）教授问我，到哈佛有什么打算？我说准备研究文论。她就很吃惊，说这有什么好研究的？为什么不研究诗歌呢？我说我这个人好像形象思维差一些，搞诗歌不行，对文论比较有兴趣。她还是感到不理解。另外一次是赶上哈佛选 fellows，文德勒教授当主席，就说带我去开开眼。那天我遇到了刚从耶鲁到哈佛的 Stephen Owen（当时没听说他用“宇文所安”这个名字），交谈中他也问我到哈佛准备做什么？我说搞文学理论。他问文学理论你准备搞哪些？我就说新批评啊结构主义啊，结果他说新批评有什么理论。我当时很吃惊，后来才知道，大概对于美国人来说，从小就是按照新批评的路数来读文学的。所以当时被这两个教授一说，我还有些动摇，觉得人家根本看不上的东西，我还专门来研究。我记得当时赵毅衡也问过我到哈佛做什么，我说研究美国文论。他也感到奇怪，说美国也有文学理论吗？

刘： 哈哈，那您是初到哈佛就受挫啊。不过 20 世纪 80 年代初，即便在英美，我们今天所熟知的 critical theory，也才刚刚自立门户。大学里也还没有什么批评理论专业或者批评理论系吧？

盛： 对，没有的。其实我们都没有意识到的是，所谓的批评理论，只有极少极少数的人会对它进行归纳总结，大多数人搞的实际上就是对文学作品的评论（commentary）。而所谓的“批评”（criticism），则更带有某种理论的视角，对“文学”而不仅仅是某一单独的作品进行研究，而从这样的角度做文学研究的人并不太多，所以当时还没有什么人专门去把这样的各家各派文学理论收集起来，作为自己的研究对象。研究者通常只会对某一种批评理论感兴趣，提出自己的一家之说，而不大会把各种批评综合起来，作为一种“批评”的批评来研究。譬如，当时诺思洛普·弗莱（Northrop Frye，1912—1991）写《批评的解剖》（*Anatomy of Criticism*，1957），提出一种从神话原型的视角考察文学的批评理论，他不会去讨论雅克·德里达（Jacques Derrida，1930—2004）的学说对文学批评有什么意义；再譬如，勒内·韦勒克（René Wellek，1903—1995）围绕新批评对文学形式的把握来讨论“文学批评”所涉及的方方面面的问题，既不会讨论什么神话原型或者解构主义的问题，也不会谈什么女权主义或者新历史主义。所以说，我们现在所说的“文论”或“西方文论”这东西，在很大程度上是我们作为西方文学的外在者，在看他们的文学、看他们的文学批评时，把他们对于文学、对于文学批评的各家各说加以归纳和提升，形成了一种对他们的批评理论的认识。

刘： 就像您说的，您去哈佛是带着任务的。陈嘉先生说要把外国文学史中缺失的文学批评和文学理论这部分补上，这种“补课”意识还是蛮超前的。那时候韦勒克的批评通史的美国卷，还有文森特·里奇（Vincent Leitch）的《20 世纪 30 年代至 80 年代的美国文学批评》（*American Literary Criticism from the Thirties to the Eighties*, 1988）都还没有出版吧？您在 80 年代初去哈佛这样的学术重镇，正赶上各种批评理论在美国的风云际会吧？

盛： 对，那时候真是各种思想都在各显其能吧。所以我好像看热闹、看戏一样，把所看到的各种流派都搜集起来，做成个汇本。里奇也属于比较早做这种事情的。他先写了一本薄薄的小书，后来才出了那本美国文学批评史。当时还有一本哈泽德·亚当斯（Hazard Adams）和勒罗伊·瑟尔（Leroy Searle）编的《柏拉图以来的批评理论》（*Critical Theory Since Plato*, 1971），收集了百十来个人的批评文章，只对每篇文章和作者做了简单的背景介绍，没有太多的论述。新批评也好，神话批评也好，它都是以作者而不是流派来定的。

刘： 我记得亚当斯后来又与瑟尔在 1986 年合编了这本书的续篇，叫《1965 年以来的批评理论》（*Critical Theory Since 1965*），汇集了那 20 年间的批评文选，也算是比较早做这样的事吧？

盛： 不是比较早，而是没什么人做。美国的学者，谁也没有这样一个野心和精力，把自己的学术生涯放在所谓的文学理论的总体研究上。即便有人编了这样的选集，多数也是为了教学，不会投入很多精力的。宇文所安就说得很清楚，哪怕他是用了新批评的方法来读解中国的唐诗，他对唐诗的兴趣也远远超过对理论的兴趣。他也不会把自己的学术精力花在尝试用各种方法，譬如结构主义啊，神话批评啊，都不会的。没有哪个美国学者会牺牲自己那么多的大好时光去做这些。即便是里奇，也是从最初的一个小书，慢慢扩大，把触角伸到各家各说里面去，把他们的批评视角作为一个研究对象，所以这算是开辟了一个新领域。不过在英美批评界，也不会把里奇看成了不起的大学者，他不是那种 seminal figure。

当然作为中国学者，能够把西方各派理论的哲学渊源、这些批评家的思想发展脉络以及他擅长什么东西，进行梳理归纳，说出个子丑寅卯，那对于国内从事外国文学研究的学人还是很好的，至少相当于有了根拐棍。可对于西方人来说的话，就不大有学者去做这种事情了。

刘：您 1986 年从美国回来以后，书稿是暂时搁下了，但是给南京大学英文系的硕士生开了文论课，是吗？您大概是高校英文系最早开设美国文论课的吧？

盛：是不是最早不知道，也可能是吧。不过我当时是选了 6 种英文的英美批评理论著作，分别是《语象》（*The Verbal Icon*，1954），《批评的剖析》，《语言的牢笼》（*The Prison House of Language*，1972），《结构主义诗学》（*Structuralist Poetics*，1975），《批评与解构》（*Criticism and Deconstruction*，1979）和《论解构》（*On Deconstruction*，1982）。我还写信征询了文德勒教授的意见。她看了我的书单，回信说这几本书即便是在美国高校，也是讨论或者学习文学理论的必读书。所以我当时也很兴奋，就让当时的英文系主任钱佼汝给我复印 11 套，10 个选课的硕士生每人一套，我自己用一套。钱佼汝觉得我疯掉了，因为当时全系的经费大概也没多少。不过他让我磨得没办法，只好印了，因为我跟他说，这不是简单的课堂讲义，我是让同学们一本一本读原著的，我对每本书做一个引导性的讲解，再就是解答一下学生在阅读中的问题。

刘：哈哈，这几本书要读原著啊，那时候的硕士生好厉害。光是一本弗莱的《批评的解剖》也读不完吧。我很好奇当时的学生没崩溃吗？他们如今安在？如果能 survive 您的文论课，估计就修成正果了吧？

盛：哈哈是啊。当时文德勒教授回信也说这几本书就是美国学生读，也够他们受的了。如今想来，我那时候真有点不知深浅，不过也就那么做了。当时南大外文系有个外教也讲文学理论，我跟钱佼汝还跑去听课，他称我俩是 formidable audience。我还记得他上课就是拿本 D. H. 劳伦斯（D. H. Lawrence，1885—1930）的《儿子与情人》（*Sons and Lovers*，1913），教学生用各种批评方法来解读，譬如神话原型啊，读者反应啊，还有心理分析什么的。我记得听的那堂课他讲象征，就是把小说里面的月亮啊花草什么的找出来，让大家分析这些意象的意义。我那时候讲文论还真不是开玩笑，我还记得有学生问，老师我们读这个有什么用。我回答说，没用。但它是一种思维的训练（metaphysical training）。如果说有用，恐怕对我最有用，可以逼着我把这些难读的书啃一遍，而对你们可能就没什么用。实际上，我觉得那门课的效果挺糟糕的，学生上课要勉为其难地先讲几句体会，我再灌一通背景和术语。学生仍然还是在外围打转，我自己或许进入了一部分，毕竟我要细读这些书。所以复印了那么多书，对钱佼汝来说，是个赔本买卖。

那些学生后来多数都跑到美国去了，没有什么人再从事文学研究。只有一个在南加州大学读了博士，也没有搞学术。不过后来我看到他写的一篇德里达跟王元化的对话，还挺有质量的，看得出作者既懂东方也懂西方。学习文论的好处就是有了这种训练，你对理论家们的立论、视角，以及它背后的哲学思辨和推理运作，都能比较好地把握。学批评理论应该说是对人的认识论和方法论上的一种训练，从事具体的文学批评时就更会有一种自觉。

刘： 我知道您后来还有过写一部《美国文论通史》的打算，计划从殖民时期的美国文学思潮写起，后面还可以囊括您的 20 世纪美国文论，以及您对于现代主义和后现代主义的研究，不知您的通史写得怎么样了？有哪些新的学术发现可以提前分享下吗？

盛： 是啊，这个项目进去以后就发现要做的事情实在太多，恐怕凭我一己之力，在有生之年也无法完成。而从另一个角度说，由一个人单独从事这一庞大的研究工程也不太有必要，因为其中涉及那么多的人、那么多的著述，其实都需要先有单独的深入研究才好。譬如光是梳理殖民时期的一些大家，像乔纳森·爱德华兹（Jonathan Edwards, 1703—1758）的布道文中所体现的那些已经深入美国人骨髓之中的清教理念，像本杰明·富兰克林（Benjamin Franklin, 1706—1790）开创的那种将欧陆启蒙主义思想转化为务实的、开启民智的、同时又充满美式幽默的“普通人话语形式”就很有意思。而说到爱德华兹，我就发现一个非常值得重视而又非常有趣的现象，他在文本阐释上的一种方法论的贡献似乎始终没有受到应有的重视。他在自己的布道文中，总是紧扣圣经文字的本义来对圣经进行解读和诠释，这不但在精神信仰上为当时日趋分化的各清教教派重新找到一个凝聚点，而且，从释经学和诠释学的角度看，他完全是在无意之中确立了一种非常行之有效的经文释读法：即从具体的词句切入，像解剖麻雀一样，逐字逐句、逐句逐段地对圣经经文剔抉爬梳，进而达到对某一个章节的整体领会和把握。爱德华兹本人当然从未对这种释读法有过任何论述，然而，从迄今整理出版的他的四大卷《圣经经文札记》和他的一部对圣经新旧约的逐行批注来看，他的读经解经业已形成一套固定程式，则应是不争的事实。从今天文论研究的角度看，这无异于反映了他那个时代特点的一种话语方式和教学方式（pedagogical method），而今天流行的所谓新批评的文学读解方法，就其本质而言，其实就是从那样一种读经解经的方式沿袭传承下来的。

另外，有一个写作通史的想法，就必须要有一个整体观照和全面的认识，就不能像写 20 世纪美国文论那样只取一个时段。譬如就要思考域外的批评思潮为什么会在美国扎根，而美国又有什么东西作为内应，对它发生兴趣，跟它契合。譬如德里达在法国并不受重视，为什么在美国受重视。而保罗·德曼（Paul de Man，1919—1983）和德里达在理论上都被认为是"解构"，但认识基点是有区别的。一个是从语言本身的隐喻性切入，另一个则更偏重于语言表征本身的缺陷，语文符号对所指意义的不可能全覆盖而致使文本意义的"解构"。他们的哲学背景也不一样。德曼的解构是对文学阅读可以产生影响的解构，德里达则更多在现象学意义上讨论意义终极"还原"的不可能性，所以德里达在后来一再地强调，所谓"解构"不是我们去解构文本，而是文本自身会发生意义的"解构"。因此我们不能从 Deconstruction 的字面去探讨。当然话又要说回来，虽然这是德里达的初衷，但一旦被人们用在语言和文本阐释上，就由不得他了。另外，要认识德里达的作用，还必须跟其他批评方法联系着看。譬如新历史主义、读者反应批评、甚至新批评，都能看到德里达的思想影响。

刘： 前面您谈到把西方文论作为整体研究，可能是西方之外的学者的做法，西方学者更多是针对某一个批评流派或者方法进行探究或者实践。那您本人则既有总体性研究，也有对某一批评方法或理论家的深入探讨，譬如对结构/后结构主义或者法兰克福学派，德里达或者尤尔根·哈贝马斯（Jürgen Habermas，1929— ），您都有专门论述。对于新历史主义的研究，我看您从哈佛访学时期就开始关注，写过不少文字，还在我国台湾地区出过一本小书。您能谈谈这 30 多年的研究经验和体会吗？

盛： 我对于新历史主义的研究也是逐步进去的。一开始的话，是对弗雷德里克·詹明信（Frederic Jameson，1934—　）的后现代主义有些想法，就在国内的《文艺报》发过一篇文章。然后又怎么跨到新历史主义呢？好像是 1997 年有一次开会，《文艺理论与批评》当时的主编跟我谈起《文艺报》那篇文章，我在会上讲到新历史主义，史蒂芬·格林布拉特（Stephen Greenblatt，1943—　）的一些东西。他就跟我约稿。我早期共写过两篇关于新历史主义大一点的文章，后来的一篇发表在《北京大学学报》，是 1993 年，比较早，主要还是介绍性的。我当时在写《二十世纪美国文论》，也讲到了新历史主义。我自己没觉得有什么，但在理论界似乎有些反响。后来我国台湾有个出版社，要搞一套书，好像就认定国内搞新历史主义的就是我了。我写的那个小册子，虽然要求 10 万字以内，但实际上我真是把当时能够看到的所有关于新历史主义的都看了。我现在再看这本小书，觉得很简单，但也蛮 to the point。小册子写完后，我对新历史主义好像又有了一个新的认识。人都是这样，你刚接触时会带着一种几乎是崇拜的感觉，好像发现了什么新东西。等写完那本书以后，我又觉得这个新历史主义好像也有很多可商榷的地方，但后来也没机会再写了。一直到写《人文的困惑与反思》的时候，我就可以保持一定距离，用比较挑剔的眼光去看，对新历史主义就有了一种比较切中肯綮的把握了。我后来写《文本的虚构性与历史的重构——从〈法国中尉的女人〉的删节谈起》那篇文章时，就试图用新历史主义的视角去把握，那个小说本身就很后现代嘛。再后来就是到上海外国语大学去讲座，借那个机会把最近十多年来新历史主义的发展又梳理了一下。我记得在《外国文学评论》上也发过一篇短文叫《新历史主义还有冲劲吗？》，那是看了弗兰克·克默德（Frank Kermode，1919—2010）对新历史主义的批评后的一点感想。以此为契机，我又看了不少类似的对新历史主义的批评文章，但我自己没再有机会写文章，接下来在 2000 年，格林布拉特和凯瑟琳·加拉格尔（Catherine Gallagher）合作出版了《实践新历史主义》（*Practicing New Historicism*），书的前言是他们为自己的新历史主义批评实践做的一个自辩和补充，有一个再审视的意思在里面。这个前言最重要的一点，我记得是他们把新历史主义的思想源头承接到德国文化批评大家约翰·哥特弗雷德·赫尔德（Johann Gottfried Herder，1744—1803）那里去了，而且还说得有鼻子有眼。在我写那本小册子的时候，新历史主义的源头还被看成福柯等人。当然在我看来，他们自己当初用的时候是跟赫尔德压根没有关系。只是在自辩的时候，想在理论上更加 solid 一点，就事后诸葛亮似的去跟赫尔德挂上钩。不过他们虽然跟德国学派没有多少联系，但他们挂钩挂得还是蛮好的，使得他们这个新历史主义在文化研究的理论层面有了很大的推进。但这个推进也是后来的发现，在他们自己的实践当中并没有用多少赫尔德的东西。我的另外一个反思就是发现新历史主义的批评实际上建立在巧合和偶然的基础之上，远远多于阐释的必然性，实际上他们找的那些例子，很多都是孤证，或者说不是那样一种很有内在逻辑的、或能够得到证明的东西。这是它的一个缺陷吧。我对新历史主义的认识，大概就有这么一个过程。

刘： 那您觉得目前国内对于新历史主义的研究和理解有什么问题吗？

盛： 我觉得最突出的还是简单化的问题。譬如说国内有人做格林布拉特的莎士比亚研究，要涉及像《炼狱中的哈姆雷特》（*Hamlet in Purgatory*，2001），还有《世界意志：莎士比亚如何成为莎士比亚》（*Will in the World: How Shakespeare Became Shakespeare*，2004）和《暴君：莎士比亚论政治》（*Tyrant: Shakespeare on Politics*，2017），总是想得很简单，拼命地想用现成的提纲或者 framework 去套用到那些作品上。他们忽略了这些思想家或文论家读解文本的超拔能力，要知道他们阅读宗教文本时都是有童子功的。国内有些研究者没有这个意识。你看新历史主义学者在谈宗教，谈炼狱，其实他们谈着谈着，就与各种正统的宗教解说拉开了距离。新历史主义正是在他们精心设计的解读中体现出来的，而不是用一套既定的术语来告诉你，我现在要如此这般地讲“新历史主义”啦。他是在自己叙述的时候就不断地铺垫，把自己的一种不同以往的认识悄悄灌输进去了。譬如他讲莎士比亚的身世，其实哪有什么考证完备的史料啊，就连现存的一个莎士比亚出生受洗的铭牌，那个教堂的来访登记簿上的签名，其实都是有异议的。哪里就有一个逃避了迫害、但又死心塌地的天主教徒莎士比亚？它实际上是新历史主义批评家按照他们对文本的理解而重构的一种 narrative 而已。

刘： 哈哈，这大概也是新历史主义常常为人诟病的一个地方吧？有时候会先预设一个前提，然后去找一些像您说的只有偶然性或者是孤证的例证。

盛： 是啊。但是对于那些对宗教本身、对于威廉·莎士比亚（William Shakespeare，1564—1616）的身世或者莎士比亚的作品都不熟悉的人来说，你只能听他讲，你哪有本事去辨别他讲的是对还是不对，里面的 trick 究竟在哪里。它其实就是一个 narrative。他编故事，他写传记，你作为外行一点办法也没有。你没那个能力、没那个学识去提出问题，或者指出他有什么问题。只有那些深谙那个传统，学问又很好的，像克默德那样的人，才能从里面挑出这样那样的毛病来。所以我跟学生讲，你们别去搞什么新历史主义，你以为懂点什么“历史的文本性，文本的历史性”，你就能研究新历史主义啦？见鬼吧。你连最基本的文本训练都没有，对他们熟悉得不能再熟悉的那些文本，你都没有读过，你怎么能有正确的鉴别和判断。我记得我在《二十世纪美国文论》里就谈过格林布拉特的《莎士比亚与祛魔师》，到底是莎士比亚影响了别人呢？还是他的前人或同代人影响了他的创作？一个先有鸡还是先有蛋的问题。譬如莎士比亚写《李尔王》之前，当时天主教已经被国教迫害，他在剧里写修道士的话，是选取了哪些材料用于戏剧创作？当时 1642 年清教教会就已经宣布所有的戏院都关门，戏剧全都不许演了，因为这些戏剧的台词里都带有为天主教张目、宣传天主教教义的味道。那你首先就要了解，在清教作为国教统治下的英国，天主教处于一个什么样的地位，跟国教是什么样的关系，当时的天主教的教士是用什么样的手段偷偷地去贩卖他们的私货，你读过这样一类文本实例吗？他们又想达到什么样的目的？所有这些东西，这段历史，你都要去了解，那才有资格发言啊。还有，为什么天主教里有炼狱这个东西，这个炼狱的目的是什么？格林布拉特有他自己的解释。那么你在看他这本书的时候，也要有自己的把握。有个学生说读完这整本书后，仍看不出跟新历史主义有什么关系。诸如可认定为格林布拉特的新历史主义的名言警句啊，他对天主教赎罪券的看法啊，从头到尾翻了也没找到。

刘： 看来研究新历史主义，对于研究者的要求很高啊。对于他们所涉及的相关历史文化背景都得有所了解，才能有基本的判断和理解。

盛： 是啊。所以我现在心里的想法是什么呢？经历了所谓的“见山是山，见山不是山，见山还是山”的几个阶段，我就觉得重点还是在新历史主义所研究的文艺复兴时代的那几个重要文本，莎士比亚也好，克里斯托弗·马洛(Christopher Marlowe，1564—1593)也好，他们对当时在那个戏剧里面所表现的那些历史——也就是文学所反映的历史现象——来进行阐释的时候，还有什么样的新的可能呢？格林布拉特会认为实际上里面还是隐藏了很多人们通常看不到的东西。他于是就试图读出一种和以前不大一样的东西，无非就是这样一个意思，当然这样的一种解读要合理，要能够被认可、接受。任何批评不就是这样的吗？所谓新历史主义，就是另外一种读解，其实也没什么了不起的。这里面有多少理论啊，我认为里面没多少理论。

刘： 哈哈，理论都是一种建构，甚至是一种不断整合、升级的建构。

盛： 我今天下午发现，我有本书里还夹着一份很早从《纽约时报》上剪下来的一个报道。就是著名的文化记者理查德·伯恩斯坦(Richard Bernstein，1939—2002)在1989年8月14日对格林布拉特的一个采访，当时格林布拉特真有点受宠若惊。人家说他创造了一个理论，他听后被唬得都语无伦次了。虽然这么说有些不敬，但实际上就这么回事，所谓理论，我曾说“草鞋无样，边打边像”，好多理论都是后来慢慢地、为自己做的解释。

刘： 新历史主义从20世纪70年代末起家，主要是研究文艺复兴时期的文学。后来除了格林布拉特的莎士比亚研究影响甚大，在其他的文学研究领域，新历史主义也有建树吗？譬如对于浪漫主义诗歌的研究。

盛： 对于浪漫主义诗歌的新历史主义研究，我觉得那是后来有些学者也想挤进这个流派，给自己贴挂标签的行为。所谓新历史主义学派最早来自伯克利和斯坦福的几位教授，研究文艺复兴时期文学的，还有他们的那本 *Representation* 杂志，那就是个同人刊物，当时也没有新历史主义这个名称啊。不过在美国办学术杂志，不都是同人刊物吗？主要作者也就那么几个人，互相引来引去的，张三引李四，李四引王五。不过话说回来，其实人家也没有把这当成什么不得了的事情，真正懂行的、做研究的就那几个人，何况他们之间可能也不一样。倒是我们在引进时，都当成什么学派什么流派，煞有介事的。我有个学生在伯克利访学，见到英文系把退休的加拉格尔请回来做讲座，虽然盛况空前，但其实没多少人真正能懂的。

刘： 刚才我们回顾了您对新历史主义的关注和研究，也涉及新历史主义本身的发展和本质。那新历史主义在当下又是什么状态呢？

盛： 它目前已经起不来了。我很早就谈过这个问题。我说很多的理论经过一段时间就会被意识形态吸纳了，也就没有了刚刚兴起时的那种锋芒，不会再有什么挑战性的。就像身上长刺一样，一旦被吸纳就被撸平了，变得很服帖了。

刘： 是啊。您在 20 世纪 90 年代初撰写《二十世纪美国文论》的时候，新历史主义是最后一章，算是当时最新的一种文学批评方法。但您在前言的结尾部分就已经对新历史主义的未来提出预警，说虽然它是对"本质上仍是形式主义的解构主义批评的反拨"，但它是否也会逐渐体制化，成为形式主义批评的一种新包装，值得拭目以待。如今看来还是相当有预见性。

盛： 是这样的。很多批评思想最后都是这样的。它一旦意识形态化了，就变成一种习惯。就像当年的新批评，发展到最后使得你读一个文学作品，就是要查这些字的本意是什么，引申义是什么，然后文字与文字之间怎么形成一种张力，怎么形成一种结构，能够把整个的 meaning 构成一个 organic whole。后来大家觉得这样读书，就好像是天经地义的一样。

刘： 那从这个角度看，新历史主义和新批评，或说很多文学批评方法，最初都是"破旧立新"，很有锋芒，后来都不免慢慢地 institutionalized 或说意识形态化。但是否也可以两面看这个问题。一方面是体制化，甚至沦为一套僵化的话语体系；但另一方面也可能逐渐发展成为一种批评自觉，就像您刚才举的新批评的例子，经过一个时期的训练，已经内化成文学阅读者的一种下意识方法，好像生来就该如此，天经地义。我记得曾经看过一句对英美新批评的评价，大意就是表面上看它终究日暮西山、被新法取代，却早已不朽。因为在英美的文学课堂上，最基础的还是新批评倡导的文本细读法。

盛： 可以这么说吧。这也关涉对于文本意义的基本认识。有的学者不会觉得新历史主义是跟自己过去认识方式不一样的有挑战性的东西。他 take it for granted，就应该是这样子。意思是说人们阅读过去留下来的文本，不可能把全部意义都揭示完，总可以有新的阐释，当然不是什么强制阐释。其实文字本身就是在呈现自身。你可以把这个阐释起个名字叫新历史主义。实际上我换个说法，那就是文字自己在展示曾经被遮蔽的意义，如果用马丁·海德格尔（Martin Heidegger，1889—1976）的话，就是这个意思。

如果说到批评方法内化成某种自觉，那也是某些人的自觉。就是某些接受了这样观点的人。比如说我现在就再也不会把文本看成具有开天辟地以来大家就都同意的一个意思了，它在当时一定是针对着特定的人所写的。譬如说托马斯·莫尔（Thomas More，1478—1535）的《乌托邦》（*Utopia*）里面提出了一个观点，那是 14—15 世纪的人，他们当时对待这个世界的认识。他认为殖民就是人生来应该有的一种最基本的权利，我不应该让自然荒废掉，我要把它充分地利用起来，人应该利用自然，应该利用土地。因为那时候他根本就没有国界的意识，不像现在这样。

刘： 那个时候的英文 colonize 是不是也是中性词，不像现在的“殖民”是贬义的？

盛： 对呀，colonize 就是去垦荒呀。但也要注意，这个东西又在后来的历史发展过程中慢慢被强化、慢慢被合法化，为了某种利益，又被重新利用。这是个历史行进中变异的过程。所以它是不是一种原罪，我倒不认为是原罪。在人类历史发展进程中出现一些问题，人本来就是在逐渐克服这些问题，这是有个过程的。现在很多偏要后人来负责，这也是有很多争论的，谁也说服不了谁。

刘： 您在《现代主义·现代派·现代话语——对“现代主义”的再审视》这本书的引论中，提到了国内的外国文学研究的“话语平移”问题，在此前的《人文困惑与反思》中也提到这个问题。而且您还借用了马克思在《路易·波拿巴的雾月十八日》中的一段话，说这一次又一次的批判，何尝不是指人类为了获得正确的思想而必须一再进行的反省和自我批判！所以您对现代主义的再审视，把一个看似被合上了的问题重新打开，也是一次“返回到罗陀斯”。能谈谈您这么做的初衷吗？

盛： 初衷是这样的。起因是当时社科院在招标做课题，有些是属于基础性的问题。对于现代主义，我一直觉得有些认识上的偏差。我曾经读过特里·伊格尔顿（Terry Eagleton，1943—　）在《泰晤士报文学增刊》（*The Times Literary Supplement*，*TLS*）上的一篇书评文章，大意是说现代主义对于英国文学来说，其实是非常 minor 的，对于英国文化传统来说只是擦边而过。对于英国这个世界上最老牌的工业国家，艺术上的现实主义的传统和哲学上的经验主义传统根深蒂固，而在日常价值观方面，则是坚定地崇尚常识和良知。而这些决定了人们不那么容易被一些新潮弄得头昏眼花。所以一般说来，现代主义在工业相对落后、但在技术方面处于急速变化的社会中往往最有市场。

而在英国，从头到尾都比较起主导作用的，是现实主义文学。当时的劳伦斯啊，弗吉尼亚·伍尔夫（Virginia Woolf，1882—1941）啊，其实都处于比较边缘的位置，并没有对“英国文学”发生太大的影响。我当时读后没有详细记下，以致后来就老是冒出这么个念头。就是英国文学都在重新认识现代主义，而在我们这里，改革开放以后突然涌进来的，主要都是现代主义、现代派的那些东西。中国作家学的时候，多数都认为它是一种创作技巧。我记得当时有次开会的时候，有位学者就说但愿现代主义这朵乌云很快就从中国的上空过去。这句话好像《光明日报》还给发表过。所以当时给我的印象就是，现代主义这个问题看起来是一哄而起、人人称道。而实际上，我们对现代主义的理解是无根的。如果对照之前对现代主义的批判，就像是一夜之间换了副嘴脸。当时出版的 4 册《外国现代派作品选》，影响很大，说明大家很希望了解现代主义和现代派作家。但可惜的是，凡是跟现代派挂钩的，全说好话，成为追随仿效的一种潮流。而现代主义和现代派本身到底是个什么东西，则从来没有过很好的研究。所以我就想，这个事情是不是属于一种基础性的研究，应该把它搞搞清楚。可是你一旦进入，就又发现头绪太多了，很难弄。我就想那就先从源头上去找吧。商务印书馆 1937 年出过一本金东雷写的《英国文学史纲》，可能是最早介绍过劳伦斯的。对詹姆斯·乔伊斯（James Joyce，1882—1941）和伍尔夫这样的现代主义代表作家，则只字未提，他也没使用“现代主义”“现代派”这样的术语，只是提到了“颓废派文学”。劳伦斯则被归在“心理分析小说”一类。我在写埃德加·爱伦·坡（Edgar Allan Poe，1809—1849）的硕士论文时，曾看过大量的《东方杂志》什么的，无非就是对这些人做一些介绍，没有什么评价，而且那时候，像鲁迅或是茅盾他们，更多关注的可能是第三世界或一些小国家的文学，对那些虽在英美但属于比较边缘、非主流的作家做一些介绍，我想这跟当时中国的国情也很有关系。为什么鲁迅会搞《域外小说集》，会把爱伦·坡也放进去，可能是有这个关系。那时候对现代主义的介绍不算多，赵家璧先生编《良友》杂志，能把尤金·奥尼尔（Eugene O'Neil，1888—1953）的《悲悼》（*Mourning Becomes Electra*，1931）选进去，已经算是不错了。但我就想为什么 1949 年后整个风潮一下子就都变了，现代主义一直受批判，这在理论上到底有什么认识和说法？其实是没有的。然后一夜之间哗的一下又倒了过来，那个《辞海》上关于“现代主义”的词条，不仅从过去的 133 个字增加到 540 个字，还突然一改过去那种意识形态批判的口吻，变成了比较求真务实的介绍和评价。后来，语言所修编《现代汉语大词典》的人跑来找我，让我看看“现代主义”的定义行不行？因为他们要做字典嘛。我就告诉她不行，然后把一些词条像现代主义啊，启蒙运动啊，都修改了。但我就觉得，像《辞海》这个事情就太怪了，说变就变了，对这个思潮究竟应该怎么认识，没有任何说法。不过后来课题拿到了，我才发现这个题目很大，也是一个人没法做。于是就搁到那儿。后来一再被催，我都想撤项了，做不出来，没法做。不过我后来再仔细想想，其实这么多年我写的文章，都多多少少跟现代主义有关，像伍尔夫啊，爱伦·坡啊，还有《法国中尉的女人》（*The French Lieutenant's Woman*，1969）。再加上我着力研究的乔治·卢卡契（György Lukács，1885—1971）、还有后来为参加德国法兰克福论坛专门撰写的讨论哈贝马斯批判《启蒙辩证法》（*Dialectic of Enlightenment*，1947）的讲稿，这些就基本构成了这本书的主体。

对于卢卡契的研究和梳理，我觉得还颇有些价值。能够被西方文论所接受的正统马克思主义理论家就是卢卡契。他在中国也是经过了上上下下的沉浮，当时中宣部都是专门组织人来对卢卡契进行研究的。我记得还没上大学呢，就在我父亲拿回来的大字本参考里读过有关卢卡契的东西，我那时候也看不懂，反正就知道他关于中苏关系、对于修正主义都有一些看法。社科院也曾编过上下两册的《卢卡契文学论文集》（1980），还有一本薄薄的卢卡契传记，再加上一些零散的资料。我就由此入手，在以往批判-平反-又批判的反反复复的过程中，试图从文学的角度进入，把能找到的他的著述，都看了一遍。看了以后很有启发，当然是正面的启发。就是卢卡契为什么会被西方文论接受，承认他对现代主义批评的重要贡献，譬如他对托马斯·曼（Thomas Mann，1875—1955）的批评，就大大补充了西方文论在这一块的缺欠。正像 M. 巴赫金（M. Bakhtin，1895—1975），也是在意识形态和形式问题上所作的批评，恰好是英美文学批评缺门的东西。而且卢卡契能够被吸纳，靠的不是抽象的理论，而是他对文学作品实实在在的阐释，靠的是他的观点和阐释的有效性。这样就完成了对卢卡契的重新认识，一下写了两万字。由此也引发我对中国文坛的思考，比较失望。感觉有点像狗熊掰棒子，摘一个丢一个。

总体不大思考，也不大跟进某些讨论。

就像我的《人文困惑与反思》出版后，也有学者对我说，你对后现代的认识太好了。但也仅此而已吧。我想不会有什么人接着你这里面的问题进行讨论，有哪些不足，哪些问题还可以进一步地认识。中国好像很少有这样的东西，切磋啊，批评啊，或者是交锋啊，讨论啊，都很少。都是各说各的，说完就算了。也就抽一点结论性的东西，好像这个问题就已经解决了。

刘： 您在学术研究之外，也翻译了一些理论著作，像乔纳森·卡勒（Jonathan Culler, 1944—　）的《结构主义诗学》（*Structuralist Poetics*, 1975），前年人民大学出版社再版了。那是 1988 年翻译的吧，正是您给南大研究生开文论课的时候。30 多年过去，都已经是后理论时代了，可您的译者前言读来毫不过时。您不仅描述了此书的思想背景，还梳理了卡勒的重要观点和后期发展，对我启发最大的是您所指出的卡勒结构主义诗学在立论上的矛盾和缺陷。

盛： 其实这些理论家的观点也是时过境迁的，我那导读也没用，那种归纳总结式的文字，哪里都能找到，关键是你要进去读他的正文，才知道这本书的价值。我因为翻译的缘故是一字一句抠着读的，受益太多了。还有像弗莱的《批评的解剖》，我也是从头到尾认真读过的。那本《柏拉图以来的批评理论》中的选文，我每一篇都做过笔记的。现在拿出来，那些勾勾划划的笔迹都看不清楚了，但是读没读过那个正文，是不一样的。现在的人大都不会去读正文啦，他只想听你讲讲你的理解和体会，然后他照着去比划两下，所以也不可能有真正读了正文之后产生的自己的体会。我翻译《结构主义诗学》，我是觉得对我自己简直是太有用了，因为卡勒在书里会对很多作品做出阐释，那才是最受益的，其他的，你给他加个结构还是后结构的名称，其实都无关紧要。还有我当年写《二十世纪美国文论》，交付出版前，是把书稿给外文所英美室的同事每人分一章去读的，大家都很认真，然后开会讨论、提意见。现在像这么做学问的，还有吗？还敢吗？

刘： 是啊，我多年前读过一位海归学者写的小文章，感慨国内的学术生态让他很不适应。他说在国外任教的时候，大家做什么研究，很喜欢在喝茶聚会的时候相互交流。谁在写文章或者做项目，在过程中或者结束后，都会向同事讲述或者发布，而且这样学术共同体性质的集会或者沙龙，都是一个学院的悠久传统。可他回到国内，发现同事很少对他的研究有兴趣，也不会跟他交流自己的研究。如果被问起来，也都是支支吾吾的。他觉得很不解，也很孤单。我以前在大学教书，也没什么机会跟同行交流切磋。曾经办过读书会和研究所的沙龙，但收效甚微，养成一个学术群体切磋学问的习惯还是很难的。您做过多年主编，也曾在南京大学英文系和山东大学文学院教过书，可以说不仅熟悉国内的外国文学研究状况，也十分难得地兼有在中文和外文系的教学经验。能谈谈对当下国内的外国文学研究和教学的看法或者建议吗？

盛：我觉得外国文学教学的最大目的就应该是启智。通过外面来的这样一些作品，使我们能够产生一种兴趣，该怎么去认识世界。还有就是使我们具有一种 sympathy（同情）。这个同情不是谁好谁坏的那种同情，而是能看到人在社会上存在一些共性的东西，而对人的痛苦、欢乐，都应该形成一种同情与共情。现在我们在这方面做得还比较差。

刘：那对于年轻学者做研究呢，您有什么建议？怎样避免走弯路，或者少走捷径？

盛：也没什么建议。每个人做的研究其实都是不可重复的。你读什么书，做什么学问，每个人都不一样。不过我也曾在学术会议上谈过，学术的目的无非是两个，一个是求真，一个是求深，不是求新。新旧没什么。什么是 truth，先要搞清楚啊，然后在已有的基础上，有没有更深一层的理解。而不是去求新。求新就麻烦了，就容易 fabrication，去杜撰胡诌。

刘：对，您以前就讲过学术研究都是有传承的，是在已有的前人的基础上，去求深求真。此外，还令我印象深刻的是，虽然您的学术研究重点看似在理论方面，但您对具体的文学鉴赏也很关注，近年来还专门写过文章、做过讲座，强调阅读文学和研究文学要回归审美，要注意三个 W，就是 word work world，要有对文字的敏感和审美意识。

盛：呵呵，是的。我说文学是什么东西呢？它首先是文字学，是由特殊的语言文字构成的，这是 word 层面；其次呢，它是有自己特定的结构方式和形式的 artifact，是制作出来的一个 work，所以它的结构意义也是一种文学价值；第三个层面，它是对应着现实世界的、由人构想的一个 world。我这里强调的是它自成一个世界，而不是反映现实世界，是一个不同的世界。这就涉及真实问题。什么是真实啊？你认为不真实就不真实吗？我认为文学实际上是主观的东西，它不是一个客观的东西。所谓文学反映客观真实，那你看到的真实和其他人看到的真实是一样的吗？

现在还有一种观点，要用东方的思想来批判西方的人文主义。这其实是个伪命题。什么是西方？东西方只是一个地域性的概念，它并不是一个思想属性的划分。而且人文主义也不是固定不变的，它本身就是一个在交流、互相切磋和对话的过程中形成的一种对于人自身的一种认识，这种认识本身就包含着对立。弗兰齐斯科·彼特拉克（Francesco Petrarca，1304—1374）有彼特拉克的主张，莎士比亚、米格尔·德·塞万提斯·萨维德拉（Miguel de Cervantes Saavedra，1547—1616）也都各有各的人文思想。我们现在看到的，应该打着引号的“人文主义”，其实是一个晚近才形成的对 14—16 世纪的人对于他们自身认识的一个总的归纳，我们称之为“人文主义”，就因为它是人关注自身而产生的一种自我认识和自我观照。哪有一个大一统的“西方人文主义”？有些人对人文主义的理解也很片面、浅薄。就像我在写纪念杨周翰先生的文章中提到的，我们很多人引用《哈姆雷特》里面那句“人是万物的灵长”时，都不提后面那个 but ... 杨先生说莎士比亚的重点实际上是落在后面这句话上，是在讲人其实是个臭皮囊，表达莎士比亚对于“人”的一种失望。但我们后来把这些原本都有的具体条件和限制给忽略了，只留下一个绝对的、空泛的人文主义的定义。所以现在一旦说人文主义是有局限的，就好像你是在批判了。其实莎士比亚在提出这些时，他对人的劣根性、对人的自私、残暴，都是有认识、有批判的啊。

还有近来国内对于文学理论研究的批评，认为学者们在接受西方文论时，就是一头倒向西方。这其实是否定了中国学者用马克思主义去把握各种批评理论的初衷，也是对改革开放以后，中国学者用马克思主义观点来看待西方的一种否定。此外提出所谓“强制阐释”是“当代西方文论”最根本的缺陷之一，这根本就是在人为地树立一个批判的靶子，这么做本身就违背起码的逻辑和常识。所谓“西方文论”这个概念其实是不存在的。谁能用一个概念把整个 20 世纪的西方的批评理论囊括一空？殊不知这些批评理论之间也是前后传承，相互借鉴，同时又相互对立或相互批判的。这就像我们所说的“启蒙运动”，它也不是一个众口一词、一成不变的思想体系，它本身就是一个思想群体在许多相关问题上的各抒己见、相互切磋对话，其中甚至包含了非常激烈的理论纷争。哪来一个什么可供你批判的“20 世纪西方文论”。

现在有些学者在对待任何一种理念时，一上来就把它变成简单的对或是错，而不是用一种分析的、思辨的态度，有条件地去接受或扬弃。学外文的学者，按说比别人多开了几扇窗户，理应更加辩证、全面地看世界。这并不是说要唱反调，而是对任何事情的看法，都必须经过思考，要有依据。应该养成这样的习惯。

我当年在哈佛，有件事让我很受用，就是文德勒教授曾说我是一个有 intellectual interest 的人。我想对于一个读书人来说，intellectual interest 或许应该是一个起码的素质。读书做学问，应该多一些对智性本身的兴趣和专注，而少一些对官场和名利场的兴趣。

刘： 非常感谢您，盛老师。编辑部策划这个访谈，意在将您的治学经验和学术思考与学界同仁分享，并以飨后学。我觉得无论是在准备访谈过程中重读您的著述，还是经历这两个时段近 10 个小时的对话，受益最大的是我，个中体会真是一言难尽。读您的文字和思想，清晰有见识，晓畅有温度，更有令我不时惊叹的思想的预见性和思辨性，这真的只有细细读了正文才有体会。所以也希望这篇访谈是块引玉的砖，能引导读者去读您的著述，亲自体会您所追求的那种“思辨的愉悦”。

《迈克尔》：一首牧歌？

张旭春*

内容提要：《迈克尔》的副标题"一首牧歌"一直困扰着华兹华斯学界。在梳理西方《迈克尔》批评史基础之上，本文认为，《迈克尔》并非传统意义上的牧歌，也非农耕美德的赞歌，亦非哀悼北方小自耕农消亡的挽歌——而是一首追问生死、丧失，以及存在之终极意义的哲学牧歌。作为超然的牧者-诗人，华兹华斯以其独特的美学策略将悲苦的原始素材和严峻的社会问题熔铸为审美沉思的对象，进而将《迈克尔》提升到"万物一体"的哲学-美学境界。华兹华斯的伟大诗歌给予读者的"疗治功能"即在于此。

关键词：《迈克尔》；哲学牧歌；牧者-诗人；"万物一体"；"疗治功能"

Abstract: The question of "Michael"'s subtitle "a pastoral poem" has been puzzling western Wordsworth scholars for ages. Based upon a critical survey of "Michael" studies, this paper argues that "Michael" is neither a georgic in the traditional generic sense, nor a panegyric on English agrarian virtues, nor an elegy lamenting the disappearance of the English northern statesmen, but a philosophical pastoral about death, loss, and metaphysical recompense. To be brief, Wordsworth is an emotionally detached shepherd-poet who, with his unique aesthetic strategies, manages to organize reality-references of the human suffering he witnessed into aesthetic and philosophical meditations, which, accordingly, afford the weeping reader the "consolation of a cosmic unity", hence, the great "healing power" of Wordsworth's poetry.

Key words: "Michael"; philosophical pastoral; shepherd-poet; "cosmic unity"; "healing power"

* ［**作者简介**］：张旭春，四川外国语大学英语学院教授，研究领域为英国浪漫主义、西方文论和中西比较诗学。

一、《迈克尔》的牧歌问题

《迈克尔：一首牧歌》（"Michael：A Pastoral Poem"）是1800版《抒情歌谣集》（*Lyrical Ballads*）最后一首。该诗以第一人称（诗人-我）的视角，转述了一个发生在湖区"青源溪"（Green-head Ghyll）的羊倌老迈克尔与妻子伊莎贝尔的故事。与早些时候写成的《毁坏的村舍》（"The Ruined Cottage"）一样，《迈克尔》的主人公出身微贱，故事悲苦，叙述风格徐缓平静，结尾自然无声的轮回覆盖了人间种种怆痛悲情。与《毁坏的村舍》不同的是，威廉·华兹华斯（William Wordsworth，1770—1850）似乎刻意地为《迈克尔》加上了一个副标题："一首牧歌。"那么，华兹华斯何以要特意为《迈克尔》标识出其"牧歌"文类？在何种意义上《迈克尔》是"一首牧歌"？

E. C. 诺尔顿（E. C. Knowlton）率先注意到这个问题。在《华兹华斯〈迈克尔〉之作为牧歌的新颖性》一文中，在梳理欧洲和英国牧歌-田园诗发展史基础之上，诺尔顿指出，《迈克尔》是一首独具特色的英格兰农民-基督教牧歌，它在题材和形式上都完全摆脱了爱德蒙·斯宾塞（Edmund Spenser，1552/53—1599）和亚历山大·蒲柏（Alexander Pope，1688—1744）的牧歌传统；迈克尔是现实生活中真实存在的英国牧羊人：他生活艰辛、语言质朴、情感自然而深沉、珍爱家庭，尤其是具有坚忍不拔的基督徒道德感——这一切都是非常写实的、栩栩如生的。因此，《迈克尔》是华兹华斯"在微贱中见高贵"诗学思想之核心（Knowlton 432—446）。M. H. 艾布拉姆斯（M. H. Abrams，1912—2015）也认为《迈克尔》是一种不同于古典牧歌的新型牧歌，该诗"副标题显示华兹华斯将'牧歌'这种文类从贵族的矫揉造作转向了他称之为'微贱的农村生活'和农民-牧人的悲苦生活"（Abrams 172）。

诺尔顿和艾布拉姆斯的观点其实来自华兹华斯本人。在1805年版《序曲》（*The Prelude*）第8卷中，华兹华斯自己就花了不少篇幅专门论述牧歌问题。他说，他最喜欢的不是古代诗人所吟唱的阿卡迪亚山谷中的牧人，也非威廉·莎士比亚（William Shakespeare，1564—1616）《皆大欢喜》（*As You Like It*，1599）"阿尔丁森林"中牧羊女菲比与假甘尼米的爱情故事，"更不是/斯宾塞美化的羊倌"，而是那些祖祖辈辈艰难、艰辛而坚韧地生活在湖区山谷深处的那些英国牧羊人："那里，牧人在冬季随时/准备迎接暴风雨……他要在拂晓时/离家，而当太阳初将如火的/光焰射在他的身上，他会/立刻在光洁的石块上躺下，与爱犬/共进早餐。他俩常从严厉的/时间老人那里多窃得一点/收获，无故多歇片刻，或是/为交流情感”（Wordsworth 276—287）[①]。看来，华兹华斯的确是有意识地想要通过《迈克尔》等作品的写作创造一种崭新的牧歌文类。

那么，华兹华斯何以生发出这样一种牧歌革命冲动？换言之，促成华兹华斯写作《迈克尔》的动机和触媒是什么？我们注意到，华兹华斯在1801年1月14日写给查尔斯·詹姆斯·福克斯（Charles James Fox，1749—1806）的信（以下简称《福克斯信札》）一直被认为是解读《迈克尔》的关键，许多《迈克尔》研究学者都倡导将《迈克尔》与《福克斯信札》进行对位阅读，以揭示华兹华斯写作《迈克尔》的真实目的。那么，《福克斯信札》究竟透露了哪些与《迈克尔》有关的重要信息呢？

在该信中，华兹华斯请福克斯尤其关注1800年版《抒情歌谣集》中的《兄弟》（“The Brothers”）和《迈克尔》两首作品（Sélincourt 1967：313）。为什么呢？华兹华斯从写作背景方面进行了解释。华兹华斯指出，现代工商业的兴起和国家济贫制度的改革“引发了一系列非常严重的问题”，其中最为严重的就是北方小自耕农阶层的消失：“在《兄弟》和《迈克尔》两首诗当中，我试图描绘出一幅家庭关爱的画卷，我自己知道这一类人现在只生活在英国北部。他们都是独立的小土地所有者，在当地被称为自耕农（statesmen）……这些小土地拥有者（他们的土地是从祖先那里继承下来的）独有的家庭关爱之情所蕴含的力量巨大，不可想象。他们所拥有的那一小块田地就是维系这种家庭关爱之情的永恒纽带……但是，这个阶层却在迅速消失”（Sélincourt 1967：314—315）。

《福克斯信札》传达出了一些非常珍贵的史料信息：第一，北方小自耕农是英国传统农耕美德（家庭关爱）的保存者；第二，但是以迈克尔为代表的英格兰北方自耕农在18世纪却在不可挽回地溃散——这个阶层的溃散预示着那个古老的、淳朴的、农耕-有机的（agrarian-organic）的英格兰社会正在崩溃；第三，这个令华兹华斯忧心如焚的社会危机的渊薮是新兴的英国现代工商业势力以及18世纪英国的济贫政策。因此，在《福克斯信札》所提供的历史框架中，《迈克尔》作为“一首牧歌”的“新颖性”体现在两个方面：第一，《迈克尔》是献给北方小自耕农的赞歌；第二，《迈克尔》是哀悼北方小自耕农的挽歌。

---

① 中文译文参考了丁宏为（206—201）。

然而，并非所有《迈克尔》研究学者都认可《迈克尔》作为“一首牧歌”的“新颖性”。进入20世纪70年代，随着新马克思主义-新历史主义批评理论开始介入华兹华斯研究，《迈克尔》作为“一首牧歌”的“新颖性”——不管它是赞歌还是挽歌——都遭受到了猛烈的政治批判。

二、湖区封建田产制度与作为“伪牧歌”的《迈克尔》

雷蒙德·威廉斯(Raymond Williams，1921—1988)在《乡村与城市》(*The Country and the City*，1973)一书指出，《迈克尔》仍然设立了堕落的城市与淳朴的乡村之间的对立，所以《迈克尔》仍然是一首传统意义上的“浪漫牧歌”。威廉斯指出，牧歌总是伴随着怀旧之情：牧歌总是试图把我们带回到一个“美好的过去”——如老英格兰惬意的田园生活和“农耕美德”，以此来抨击或逃避现实(Williams 12)。威廉斯指出，工业革命对自然的掠夺使得18、19世纪的英国诗人们开始重新思考乡村、自然和城市的关系。这种思考所引发的就是一股浓厚的自然风和乡村风——从自然中疏离出来的心灵企图重新在自然中找到“庇护与安慰”。正是在这个意义上，《迈克尔》的副标题为“一首牧歌”：因为该诗将湖区自给自足的农耕生活、将湖区农夫-牧羊人坚忍不拔、克勤克俭的农耕美德进行了理想化、浪漫化，甚至神秘化。这个观点已经预示着赛尔斯对《迈克尔》“伪牧歌”的定位了。

罗杰·赛尔斯(Roger Sales)在占有大量稀有史料基础之上，延续并深化了威廉斯对《迈克尔》的政治批判：《迈克尔》在本质上是一首排除了真实历史的、矫揉造作的浪漫牧歌，“华兹华斯玩弄的是伪牧歌主义者”(crooked pastoralist)的老把戏(Sales 55)。赛尔斯指出，华兹华斯虽然描绘了迈克尔和他的妻子遭受的艰辛，但并没有具体指出这个艰难困苦的来源，也没有对这些悲剧进行透彻的社会-政治分析，尤其是对主宰湖区的真正的“经济力量”故意视而不见，即使在《福克斯信札》中，华兹华斯对这些问题也是语焉不详，甚至有故意误导之嫌。因此，《迈克尔》以一种做作的审美悲怆置换、压抑，甚至歪曲了湖区真实的景象，而《福克斯信札》提供的误导信息强化了《迈克尔》的审美置换和歪曲。

赛尔斯认为，在《迈克尔》中，两个关键问题——迈克尔土地的租期问题以及犁过湖区平静土地的、搅动了湖区宁静生活的犁铧主人的身份问题——都语焉不详。华兹华斯对于这两个问题的回避并非出自一时的疏忽，而是他精心设计的结果：侄儿的破产以及路加的堕落暗示的是，摧毁迈克尔祖产的是一个外在于湖区农耕社会的遥远的商业世界；后来买下迈克尔田产的人不是湖区居民，而可能是一个在堕落的城市里发了财的陌生人。也就是说，华兹华斯非常巧妙地在《迈克尔》的文本中构筑起了一个拥有农耕美德的湖区与堕落的城市-商业世界之间的二元对立。这个二元对立掩盖了湖区真正的土地问题，掩盖了掠夺了迈克尔田产的真凶，因为它使得发生在山区农村的变化看起来似乎是外部商业势力入侵以及自然过程变迁的结果(Sales 56—57)。

那么谁才是攫取迈克尔田产的真凶呢？仔细考察湖区的农史资料，赛尔斯发现，这个真凶就是主宰湖区经济生活的封建庄园贵族(lords of manors)以及从中世纪继承而来的"土地保有习惯法"(customary tenure)。大量史料清楚地表明，当时湖区大部分像迈克尔那样的自耕农其实并不真正拥有祖传的土地，他们只是在"习惯权"的名义下拥有其土地——根据后者规定，一旦他们不能够履行他们对领主的"封建义务"，他们就必须把土地归还给领主。也就是说，最后攫取了迈克尔田产的并非湖区外面的某种工商业势力，而是湖区内部的封建领主。那么华兹华斯为什么要在《迈克尔》中掩盖这个事实呢？这就需要将《迈克尔》与 1818 年华兹华斯发表的两篇演讲进行对位阅读。1818 年威斯特摩兰郡举行议会选举，华兹华斯以小册子的方式发表了两篇帮助湖区贵族劳瑟(Lowthers)家族竞选的文章：《致威斯特摩兰自由持有农的两篇演讲》(*Two Addresses to the Freeholders of Westmorland*, 1818)。在第一篇演讲中，华兹华斯说："为了维护英国的繁荣富强，大城市和工业制造中心的那些民主活动必须受到英国一些大贵族家族(他们拥有大量田产和世袭权力)的制衡……在我们这个地区有些极具影响力的人士非常重要，通过对政府的巨大影响力，他们能够促成有利于威斯特摩兰人们福祉的任何法案的通过。我们必须承认，劳瑟家族就是这样一个具有巨大影响力的家族"(Owen and Smyser 160)。在湖区，劳瑟家族不仅财力雄厚、名声显赫，而且还拥有华兹华斯这样高明的吹鼓手，难怪劳瑟兄弟最后轻松击败了他们的竞选对手——辉格党的亨利 · 布罗曼(Henry Brougham, 1778—1868)。那么华兹华斯为什么要如此尽心尽力地支持劳瑟家族呢？原因很简单：后者是华兹华斯的恩主。华兹华斯的父亲曾经是劳瑟家族的政治代理人；劳瑟家族曾经在1806年帮助华兹华斯在威斯特摩兰购置了一小块田产，而且还帮助华兹华斯还清了一笔债务；1813年劳瑟家族利用他们巨大的影响力为华兹华斯谋取到了威斯特摩兰税务官的职位。华兹华斯竭力支持劳瑟兄弟就不奇怪了。[①]

正是基于上述史料，赛尔斯指出，如果说1818年华兹华斯针对湖区自由持有农的两篇演讲是为劳瑟家族所做的明目张胆的竞选广告，那么早些时候写成的《迈克尔》则可以被看作其为劳瑟家族所做的隐晦的竞选广告：两者所表达的观点和用意只有程度的差异而没有本质的区别——《迈克尔》呈现出的是一幅幅男耕女织、自给自足的美好图景，但是这些图景却非常巧妙地掩盖了一个根本事实，即以劳瑟家族为代表的湖区庄园贵族才是造成迈克尔悲惨遭遇的元凶。

赛尔斯的解读具有尖锐的批判锋芒，尤其是他强调最后攫取迈克尔土地的力量是湖区内部的封建土地制度而非外来的工商业势力入侵，这一点颇具新意（虽然也是批判，但是赛尔斯消解了威廉斯所设立的堕落城市-淳朴乡村的二元对立）。但是他将华兹华斯对劳瑟家族的谄媚联系起来有点牵强：《迈克尔》写作于1800年，当时劳瑟家仍然没有支付老劳瑟拖欠华兹华斯父亲的那笔薪水，1800年时华兹华斯似乎没有必要为劳瑟家族站队。但是，赛尔斯从湖区的封建田产问题入手解读《迈克尔》却仍然有其价值：影响华兹华斯写作《迈克尔》的因素是很复杂的，并非他自己在《福克斯信札》中说的那么简单，至少《致威斯特摩兰自由持有农的两篇演讲》对于我们更清楚地认识华兹华斯的政治思想及其在《迈克尔》中的表达还是有很大启发意义的。

上述《迈克尔》研究学者或遵从华兹华斯本人的"微贱诗学论"（诺尔顿和艾布拉姆斯），或注重18世纪英国农业革命的影响并提出"农民美学论"（麦克林），或致力于挖掘华兹华斯保守主义政治思想和个人隐秘私心（威廉斯和赛尔斯），从而对《迈克尔》的"一首牧歌"问题提出了各种不同的解释：独特的基督教-英格兰农民牧歌、哀悼北方小自耕农消亡的挽歌、展现爱、悲怆和永恒的"农民美学"颂歌、维护湖区封建土地制度和谄媚劳瑟家族的"伪牧歌"。这些解读都有一定的合理性，甚至不乏洞见。然而，这些解读都忽略了一个基本事实：《迈克尔》首先是"一首牧歌"，即，一首

① 关于华兹华斯受到劳瑟家族恩惠以及1818年他助选劳瑟家族的具体情况，请参见Mary Moorman（344—363）。

诗歌——它有历史-政治指涉，但并非历史-政治的注脚。一言以蔽之，《迈克尔》是文学经典，其经典性已经为许多华兹华斯权威学者所认可，如哈罗德·布鲁姆（Harold Bloom，1930—2019）认为包括《迈克尔》在内的“华兹华斯的悲苦而崇高的牧歌给予我们以经典记忆”（Bloom 253）；杰弗里·哈特曼（Geoffrey Hartman，1929—2016）认为该诗是“华兹华斯关于坚韧的最为伟大的作品之一”（Hartman 261）；詹姆斯·埃夫里尔（James H. Averill）认为该诗是华兹华斯关于人类悲苦的“最为素朴”的作品（Averill 231）；戴维·辛普森（David Simpson）则断言：“《迈克尔》是英国诗歌中最伟大的杰作之一”（Simpson 141）。

三、《迈克尔》的原始素材来源及其美学处理方式

从现存史料看，《迈克尔》并非对某个真实羊倌“迈克尔”遭遇的客观呈现，而是华兹华斯以其独特的美学策略对多种原始素材进行熔合加工的产物。笔者手上所掌握的关于《迈克尔》创作素材和创作过程的最早信息来自《多萝西日记》（*Journals of the Dorothy Wordsworth*）。从 1800 年 10 月 11 日到 1800 年 12 月 9 日，多萝西多次在日记中提到青源溪的羊圈废墟：以及《迈克尔》（多萝西用的是“羊圈诗”）（Sélincourt 1967：65—75）。H. D. 卢旺斯勒（H. D. Rawnsley）在 1882 年回忆说，当时青源溪对岸有一座被称为“乡村之钟”（Village Clock）的坍塌茅屋依然屹立着，“曾经有一个羊倌住在那里”（Knight 100）。在《芬维克笔记》（*The Fenwick Notes*，1843）中，华兹华斯自己提供了关于《迈克尔》创作更为详细的信息：《迈克尔》“大约与《兄弟》同时写成。这首诗中所提到的那座羊圈，或确切地说是羊圈废墟，仍然还在。路加这个人物及其遭遇都取材于多年以前（湖区）一个家庭……但是‘晚星’这个名字所指的却不是那座房舍，而是山谷另一面以北方向更深处的一座房舍”（Curtis 6）。对于这一条材料，欧内斯特·德·塞林科特（Ernest de Sélincourt）进行了更详细的补充：“1836 年，华兹华斯告诉贾斯特斯·柯勒律治（Justice Coleridge）说，‘《迈克尔》部分取材于一对老夫妇的儿子，这个年轻人日渐放纵堕落，最后背弃父母离家逃跑了；另一部分则取材于一个老羊倌，他在一个人迹罕至的山谷中花了 7 年时间修建羊圈’”（Sélincourt 1965：479）。

这些材料看似比较凌乱(比如《芬维克笔记》里提到的“晚星”与卢旺斯勒所说的“乡村之钟”是否是同一座废墟?),但是我们还是能够基本上理出头绪。《迈克尔》一诗素材来源多元：羊圈废墟以及“晚星”(或“乡村之钟”)废墟是真实存在于华兹华斯兄妹居所附近的,老羊倌花了 7 年时间搭建羊圈的事情是真实存在的,不成器的路加及其父母亲的原型也是真实的。然而,这些素材却彼此不相干,华兹华斯将这些素材熔铸在一起,虚构出了《迈克尔》这首作品,而熔铸这些材料的黏合剂则是湖区农民托马斯·普尔(Thomas Poole)。在 1801 年 4 月 9 日写给普尔的信(以下简称《普尔信札》)中,华兹华斯说,他写作《迈克尔》的目的是“尝试着呈现一幅人物肖像,这个人心智强健、感觉敏锐,内心深处激荡着两种强烈的情感……我知道,这首诗已经使不少人热泪盈眶……我还有一个小小的希望,希望这首诗能够让您满意,因为在创作该诗时,我眼前浮现的是您的形象,有时候我甚至觉得我就是在临摹您自己”(Sélincourt 1967：322—323)。

将这些材料与《福克斯信札》、18 世纪英国农业革命(麦克林)以及 18 世纪残存于湖区的封建田产制度(赛尔斯)等史料放在一起逐一对比分析,我们就大致可以拼贴出《迈克尔》一诗比较完整的历史语境和素材来源。湖区封建田产制度以及农业革命引发的圈地运动对小自耕农的伤害,使得农耕共和主义者华兹华斯悲伤不已;农民普尔则激发了华兹华斯对北方小自耕农所代表的英格兰传统农耕美德的敬仰;格拉斯米尔山谷中的羊圈废墟(以及某个花了 7 年时间搭建羊圈的老人)、“晚星”或“乡村之钟”废墟、湖区某一堕落的浪荡子离家出走的真实事件则促成了《迈克尔》的创作冲动——总之,这些历史大背景和具体小事物共同催生了《迈克尔》。

但是,作为诗歌的《迈克尔》却并非这些素材和社会问题的简单堆砌呈现,而是以三种美学策略将这些素材进行了加工处理：第一是开篇前 39 行华兹华斯借叙事者“我”之口对《迈克尔》写作目的的奇怪表述以及叙事的循环;第二是将现实历史化(故意往前推到一个遥远的年代);第三是对《圣经》故事的挪用。《迈克尔》开篇前 39 行以第一人称叙述者和“我”的口吻交代了“青源溪”一带“牧歌般的山川”风貌：群山环抱的幽谷杳无人烟,只有奔涌的溪水、零星的羊群、巉岩、飞鸢。然后“我”逐渐引出了溪水边“一堆粗朴未凿的乱石”,以及该石碓“牵连着”的一个平淡无奇的故事——一个关于“深居于山谷中的牧羊人”的故事。然而这个故事却并非“我”亲眼所见,而是“我最早听到的一个故事”。尤其值得我们注意的是接下来 24—39 行："我本来已挚爱着这些牧羊人，/但我真正所爱却并非那些牧羊人，/而是爱他们劳作栖居的田野山川。/……这个故事就以自然物的那种/温和的力量，引导着我，引我/去体会不属于我的情感，/使我想到人，人心，人的生命……/所以，尽管这故事朴素简单，/我下面还是要原原本本将它讲述，为了/能愉悦几颗不失天真的心灵，/我还有更深的爱意——为那些/将身处这些山中的年青诗人们，/当我离开人世后，他们将是另一个我。"

这一段对于《迈克尔》写作目的的解释与《福克斯信札》所透露的心态显然是不同的。首先，我们没有看到"我"对北方小自耕农美德有任何表达的欲望——"我"甚至根本就不是真正、真诚地爱着那些牧羊人；其次，"我"转述这个朴素故事居然仅仅只是为了"愉悦几颗不失天真的心灵"，尤其是为了那些"将身处这些山中的年青诗人们"。这与《福克斯信札》《普尔信札》所说的悲悼湖区自耕农及其美德的消失、捍卫土地贵族制度的目的完全不同——在这里，"田野山川""人，人心，人的生命"成为《迈克尔》的主旨，而目标读者则是"天真的心灵"尤其是后世"年轻诗人们"。这是一种独特的诗歌-美学策略，这策略成功地将现实图景（牧羊人）转化为历史沧桑感，并引领读者和后世诗人随他一起去体悟这种充满哲学意味的历史沧桑感。而这种沧桑感又通过叙事的循环（从石头堆开始，又从石头堆结束）在结尾处被转化为一种宁静的悲剧美感：一个悲苦的家庭就这样悄无声息地消失在泥土之中，但是我们却感受不到任何的悲悯和哀伤——目睹遒劲古老的橡树、依旧奔涌不息的溪水、荒凉的羊圈废墟，我们思考的不再是迈克尔一家人的悲苦，而是生死、盛衰、枯荣这些哲学问题。

其次，我们来分析《迈克尔》对现实的历史距离化处理。从以上《迈克尔》的素材来源我们其实可以看出，羊圈废墟、"晚星"废墟、堕落的湖区浪荡子，尤其是普尔——这些事件应该都不是在发生在离华兹华斯写作《迈克尔》之前很遥远的过去，尤其是普尔这个人物，更是华兹华斯所熟知的朋友。但是，我们在《迈克尔》中读到的却是：这个故事却并非"我"亲眼所见，而是"我最早听到的一个故事"。辛普森追问道："华兹华斯为何要在《迈克尔》一诗中将故事时间回推到遥远的过去？"（Simpson 145）辛普森的回答是，这种叙事策略一方面加强了《迈克尔》的悲剧感，另一方面则弱化了迈克尔悲剧的当代指涉。但在华兹华斯写给福克斯的信中我们又看到，迈克尔的故事其实就是当时湖区社会正在发生的情况。但是信中所描绘的那些城市化、工业化等造成北方自耕农消失的问题，在《迈克尔》一诗中仅仅是非常隐约地出现（Simpson 145）。那么华兹华斯何以要这么做？辛普森认为这是因为华兹华斯想要在诗歌中获得一种“距离和控制”，从而化解他目睹到的真实社会惨状和内心冲突与矛盾（Simpson 146）。因此，《迈克尔》给我们展现的是一种独特的存在样式：目睹“物质意义上的丧失”、人世的沧桑、聆听着人间的悲曲，我们最后得到的却是山风给我们带来的“无欲心境”（apatheia）。迈克尔最后没有能够守住自己的土地，更没有能够留住儿子——他的一切希望都破灭了，但是，我们却没有看到迈克尔（以及伊莎贝尔）流出一滴眼泪，迈克尔依然每天到山崖中去，“他仍然抬起眼睛，望着太阳，/听着风的声音……他时不时到那一条山谷之中，/垒筑他的羊群所需要的羊栏……有时，有人看见他在那羊栏旁边/独自坐着，带着那条忠诚的狗……”华兹华斯就是以这种方式，将迈克尔从现实生活中一个对生活有无限美好憧憬的具体羊倌转化成了一个来也悄然，去也默然的自然人。玛乔瑞·列文森（Majorie Levinson）指出，与其说迈克尔失去了物质意义上的一切，毋宁说他从对“物质的牵挂”中被“解放”了出来，从而使他获得了精神的“羽化”（apotheosis）（Levinson 60）。

综上，华兹华斯以其独特的美学策略将各种原始素材以及社会-历史问题熔铸为《迈克尔》这首独特的牧歌，华兹华斯本人则是藏身于羊倌-自然人迈克尔背后那个超然的牧者-诗人，从而实现了从政治到审美、从历史到哲学的“羽化”。

四、华兹华斯：超然的牧者-诗人

在《1815诗集〈序言〉补遗》（“Essay, Supplementary to the Preface”）那篇长文中，华兹华斯对蒲柏的新古典主义牧歌进行了严厉的批评。华兹华斯认为蒲柏的“田园诗（Eclogues）幼稚粗浅，因为他远离了人性……他坚信自然是不可靠的——至少在牧歌中是如此”（Owen and Smyser 72）。不仅蒲柏如此，华兹华斯指出，事实上，从弥尔顿（John Milton, 1608—1674）的《失乐园》（*Paradise Lost*, 1667）到汤姆森（James Thomson, 1700—1748）的《四季》（*The Seasons*, 1726），英国诗歌中根本找不到自然，因为这个时期的英国诗人们从不“凝视外在自然”，而且也不以“真挚的想象精神来促使他们对自然寄予深刻的情感”。更加糟糕的是，诗人们的情感和想象力也都枯竭了（Owen and Smyser 72）。此外，华兹华斯还专门论述了天才问题,天才“就是……做前人没有做过的事情。艺术领域里的天才就是……拓展人的情感领域”(Owen and Smyser 82)。因此,他的工作就是创造一种新的诗歌品位,这种品位的核心就是真挚的情感,尤其是一种沉思而悲怆的人类情感,只有这种悲怆情感才能够唤起人类心灵深处的崇高(Owen and Smyser 82—83)。

这篇文章为我们解读《迈克尔》的牧歌问题乃至华兹华斯诗学的哲学-美学内涵提供了重要路径。人性、自然、想象、情感、沉思、悲怆、崇高——这一系列核心词汇清楚表明了华兹华斯对生命意识的哲学-美学思考。笔者以为,肯尼斯·麦克林(Kenneth MacLean)论述华兹华斯的一段话在一定程度上抓住了华兹华斯的这些思考:“诗歌是情感的科学……华兹华斯农民诗的核心是探讨农民的情感世界”;作为诗人的华兹华斯关注的是两种情感,第一种,也是最重要的一种,是“作为对自然意象之想象性反应的情感,我把这种情感称之为形而上的或哲学的情感”,第二种情感是“爱”——北方小自耕农代代相传的温馨的家庭亲情之爱(MacLean 95)。在这里,麦克林也基本上触及了华兹华斯诗歌的美学-哲学核心,但遗憾的是由于麦克林过分关注农业革命对华兹华斯创作的影响,未能够将这个问题深刻地挖掘下去。对自然意象的想象性反应情感与对作为爱的农民的情感两者并无需区分开来:它们都仅仅是华兹华斯哲学-美学沉思的触媒——华兹华斯注重源自自然景物和现实悲苦的情感和爱,但是最终却以“形而上的和哲学的”方式超越了情感。正是在此意义上,笔者认为,《迈克尔》在本质上是一首哲学牧歌(philosophical pastoral)。

对这个问题的认识,笔者得到了邓肯·吴(Duncan Wu)教授的启发。华兹华斯在《毁坏的村舍》第 513—524 行中写道:“我还清楚记得,那些羽毛,/那些杂草,那堵墙上高高的针茅,/雾和无声的雨点将它们镀上银光,/我有一次经过时,它们向我心中/传递了一种如此平静的形象,/在我纷乱的思绪中,它们这样安宁,/这样寂静,看起来是这样美,/我们从废墟与变迁中感到哀痛、/绝望,人间转瞬即逝的种种情景/所留下的全部悲伤,都仿佛一个/虚妄的梦。有沉思存在的地方,/这个梦就不会存在”(秦立彦 46—47)。邓肯·吴教授评论说:这是华兹华斯诗歌的核心思想,“尽管坟墓中的玛格丽特已经融入了针茅和野草之中,融入了大自然的荒野之中,但是如果我们对此感到悲伤的话,那种悲伤仅仅只是‘虚幻的梦’。(因为她死了)她的尘世生命因此而融入了生生不息的宇宙生命洪流……悲伤是华兹华斯诗歌的强大驱力，然而，在1797—1798年之间写成的伟大诗歌作品中，悲伤在一种万物一体(cosmic unity)的感知中获得了慰藉”(Wu 422)。胸怀“万物一体”的“沉思”意识或“睿智的消极”(wise passiveness)意识，尘世中芸芸众生的脆弱、悲苦、怆痛、消亡都不会在具有“形而上或哲学”思想的诗人心中引起任何悲伤之情，因为这样的诗人不会以“平庸的目光阅读万物形态”(秦立彦46)。《迈克尔》结尾处那一株古老的橡树、青源溪依旧喧闹的溪水以及“未垒就的羊圈废墟”——这一切给我们(如果我们是不失为拥有“天真心灵”的读者)以及后世的“年轻诗人们”带来的就是“愉悦”——一如《毁坏的村舍》结尾处那西沉的夕阳、柔和的斜晖、红雀与画眉鸟清亮的歌声、温和的空气、高大的榆树以及茅舍废墟让“我们”感到的不是悲伤，而是“美好的时刻正在降临”一样。

邓肯·吴提出的“万物一体”(cosmic unity)论颇似宗白华先生对中国古典艺术核心之“宇宙意识”的论述——体现这种宇宙意识的最典型例子莫过于张孝祥的“短发萧骚襟袖冷，稳泛沧浪空阔”之名句(宗白华150—165)。宗白华先生在中国古典艺术中所发现的“宇宙意识”被冯友兰先生表述为中国古典哲学的“天地境界”：“在天地境界中底人，至大至刚。他有最深的觉解，以‘游心于无穷’。从‘无穷’的观点看实物，则‘人世间’中底利害，都是渺小无足道。在他的眼界中，‘死生无变于己，而况利害之端乎’”(冯友兰643)。因此，“对于天地境界中的人，生是顺化，死亦是顺化。知生死都是顺化者，其身体虽顺化而生死，但他的精神上是超过死的”(冯友兰643)。以笔者对西方华兹华斯学界的有限了解，真正悟出了华兹华斯美学-哲学思想的西方学者至少目前为止只有邓肯·吴一人。他的“万物一体”论与宗白华先生的“宇宙意识”论和冯友兰先生的“天地境界”有很多相通之处，本可以将西方的华兹华斯研究提升到一个新的高度，可惜邓肯·吴教授对此仅仅一笔带过，未能够深入拓展下去。

综上所述，《迈克尔》是“一首牧歌”，但它并非传统意义上的牧歌，也非赞歌，亦非挽歌，更非谄媚之歌——而是一首哲学牧歌，一首追问生命终极意义的哲学牧歌——其中，诗人华兹华斯(以及他笔下的迈克尔)是超然的牧者。他以独特的美学策略将现实编织为诗歌，将人间悲苦升华为“无欲心境”，将譬如朝露的脆弱生命融化在“万物一体”的宇宙意识-天地境界之中。他是牧者-诗人，我们是他的牧群-读者。他引领我们以坚韧与冲淡来阅读这尘世中万种悲苦，从而给予我们怆痛累累却又不失天真的心灵以巨大的“疗治功能”。同时，他也通过《迈克尔》这首哲学牧歌教导后世年轻诗人如何写作，如何成为他的另一个自我。

引用作品[Works Cited]：

Abrams, M. H., ed. *The Norton Anthology of English Literature*, 6th edition, Vol. 2. New York and London: W. W. Norton & Company, 1993.

Averill, James H. *Wordsworth and the Poetry of Human Suffering*. Cornell UP, 1980.

Bloom, Harold. *The Western Canon*. New York: Harcourt Brace & Company, 1994.

Curtis, Jared, ed. *The Fenwick Notes*. Tirril: Humanities-Ebooks, 2007.

Hartman, Geoffrey. H. *Wordsworth's Poetry: 1787 - 1814*. New Haven and London: Yale UP, 1964.

Knight, William, ed. *Wordsworthiana; a Selection from Papers Read to the Wordsworth Society*. London: Macmillan, 1889.

Knowlton, E. C. "The Novelty of Wordsworth's Michael as a Pastoral." *PMLA* 35.4 (1920): 432 - 446.

Levinson, Marjorie. *Wordsworth's Great Period Poems: Four Essays*. Cambridge: Cambridge UP, 1986.

MacLean, Kenneth. *Agrarian Age: A Background for Wordsworth*. New Haven: Yale UP, 1970.

Moorman, Mary. *William Wordsworth, a Biography: The Later Years, 1803 - 1850*. Oxford: Oxford UP, 1968.

Owen, W. J. B. and Jane Worthington Smyser, eds. *The Prose Works of William Wordsworth*, Vol. III. Oxford: Clarendon Press, 1974.

Sales, Roger. *English Literature in History, 1780 - 1830: Pastoral and Politics*. London: Hutchinson & Co. Ltd., 1983.

Sélincourt, Ernest de, ed. *Journals of the Dorothy Wordsworth*, Vol. I. New York: The Macmillan Company, 1941.

—. *The Poetical Works of William Wordsworth*, Vol. II, second edition. Oxford: The Clarendon Press, 1965.

—. *The Early Letters of William and Dorothy Wordsworth (1787 - 1805)*. Oxford: The Clarendon Press, 1967.

Simpson, David. *Wordsworth's Historical Imagination: The Poetry of Displacement*. New York and London: Methuen, Inc., 1987.

Williams, Raymond. *The Country and the City*. London: Chatto & Windus, 1973.

Wordsworth, William. *The Prelude: 1799, 1804, 1850*. Ed. Jonathan Wordsworth, M. H. Abrams, and Stephen Gill. New York & London: W. W. Norton & Company, Inc., 1979.

Wu, Duncan. *Romanticism: An Anthology*, 4th edition. Chichester: John Wiley & Sons Ltd, 2012.

丁宏为译：《序曲》(1850 版)，北京：中国对外翻译出版公司，1999 年。

冯友兰：《贞元六书》，上海：华东师范大学出版社，1996 年。

秦立彦译：《华兹华斯叙事诗选》，北京：人民文学出版社，2017 年。

宗白华：《艺境》，北京：北京大学出版社，1987 年。

伍尔夫笔下的火车车厢同程场景：从现代性到现代主义*

沈 雁**

内容提要：20 世纪 20 年代初是伍尔夫现代主义创作观念趋向成熟的重要阶段。在 1921—1924 年间，伍尔夫先后发表了短篇小说《一部未写的小说》，长篇小说《雅各的房间》和文章《贝内特先生与布朗夫人》。这三部不同体裁的作品在伍尔夫的创作生涯中都占据了重要的地位。而在这三部作品中，她都描绘了一个相似的场景，即在火车车厢里与陌生乘客短暂同程。伍尔夫对这个场景的反复书写值得关注。显然，伍尔夫敏锐地捕捉到了它的丰富意蕴，使之成为其现代性书写的典型。对伍尔夫三部作品中这个场景进行分析有助于理解伍尔夫是如何通过书写现代性经验向着成熟的现代主义创作观念跃进的。

关键词：弗吉尼亚·伍尔夫；火车；场景；现代性；现代主义

Abstract: The early 1920s saw Virginia Woolf progressing towards mature modernist writing. Woolf published the short story "An Unwritten Novel", the novel *Jacob's Room*, and the essay "Mr. Bennett and Mrs. Brown" between 1921 and 1924. The three works, each of a distinct genre, occupy the pivotal position in Woolf's literary career. In each of them, Woolf describes a similar scene of meeting some passengers in the carriage on a train journey. Woolf's revisiting of the scene deserves critical attention. Attracted by the rich import of the scene, Woolf makes it a typical episode for the writing of modernity. A further analysis of the scene in the three works will lead to a better understanding as to how Woolf works from the representation of modernity towards her mature modernist writing.

Key words: Virginia Woolf; train; scene; modernity; modernism

* ［**基金项目**］：本文为上海市哲学社会科学规划课题“文化与批评：英国现代主义小说批评沿革与发展”（课题批准号：2019BWY029）的阶段性成果。

** ［**作者简介**］：沈雁，上海外国语大学新闻传播学院教授，主要从事英国小说和文学批评研究。

1923年12月，弗吉尼亚·伍尔夫（Virginia Woolf，1882—1941）在《国家文艺杂志》（*Nation and Athenaeum*）上发表文章《贝内特先生与布朗夫人》（“Mr. Bennett and Mrs. Brown”），回应阿诺德·贝内特（Arnold Bennett，1867—1931）于同年3月在《卡斯尔周刊》（*Cassell's Weekly*）上发表的《雅各的房间》（*Jacob's Room*，1922）的评论文章《小说正在衰退吗？》（“Is the Novel Decaying?”）。次年，伍尔夫对文章进行了增补修改，并在剑桥大学的“异端邪说学会”（Heretics Society）上朗读。该发言后来以《小说人物》（“Character in Fiction”）为题发表于《标准》（*Criterion*），并最终于1924年由霍加斯出版社（The Hogarth Press）以单独成册的形式出版。此文是伍尔夫与她所定义的、以贝内特为代表的爱德华时代作家的论争之作，表达了伍尔夫关于现代小说创作必须取得突破，尤其在人物塑造方面应注重表现心理和精神世界的现代主义创作观念。在文章中，伍尔夫假想了一个场景来论证她的观点：作为叙述者的“我”在一次从李奇蒙德到滑铁卢的火车旅行途中，与一位老妇人成为车厢里短暂的旅伴，并将她称为“布朗夫人”。随后，伍尔夫通过设想贝内特等作家会如何塑造这样一个人物，展开比较和分析，探讨了何为真实的人物、如何突破小说创作困境等问题。文章所描绘的这个场景已然成为现代主义文论中的经典形象。

实际上，在火车车厢邂逅陌生旅客的情境在《雅各的房间》中就曾出现过。在小说的第三章，男主人公雅各前往剑桥求学，在车厢里与一位诺曼夫人同程一段时间。这段文字从诺曼夫人的视角观察雅各，描绘了她对青年的印象以及由此展开的思绪。同样的场景可以进一步追溯到伍尔夫于1920年创作的短篇小说《一部未写的小说》（“An Unwritten Novel”）。这部作品最初发表于《伦敦信使》（*London Mercury*），后收录于《星期一或星期二》（*Monday or Tuesday*，1921）等其他短篇小说集。《一部未写的小说》以叙事体形式相当戏剧化地呈现了伍尔夫的创作观念，尤其是小说如何塑造人物的问题。叙述者是一位小说家，她在旅行途中对火车车厢对座的一位中年女士产生了浓厚的兴趣，遂将她“命名”为“米尼·马什”。通过观察她的衣着举止，叙述者铺陈想象，为这位素昧平生的旅伴虚构出情感和人生。

更值得注意的是，这个场景集中出现在伍尔夫创作生涯的重要阶段。《一部未写的小说》是伍尔夫创作上的一个重要界碑，作家的现代主义创作思想和技巧初露端倪。她曾说，这篇小说的创作过程是一个巨大的发现，“使我明白如何将我经验的所有储存寓于恰如其分的形式之中”（转引自 Maunder 292）。同样，《雅各的房间》是伍尔夫真正意义上的第一部现代主义长篇小说，在形式上体现出强烈的实验性。关于这部作品，伍尔夫在日记中写道：“我在不惑之年终于明白，如何用自己的声音说些什么了”（转引自 Goldman 2006：50）。而《贝内特先生与布朗夫人》则往往与《论现代小说》（“Modern Fiction”）一起被看作伍尔夫最为重要的现代主义文论。可以说，在伍尔夫小说创作上真正开始走向成熟的时期，这些神秘的、火车车厢里的陌生旅伴——米尼·马什、诺曼夫人、抑或是布朗夫人，一再露面，并且分别在三种不同的体裁里成为某种堪称界碑的存在。这无疑说明，伍尔夫发现了这个典型场景的价值，不仅多次运用，而且不断挖掘它的内涵。在伍尔夫的笔下，火车车厢里与陌生旅客同程这一场景不仅内含火车作为现代性表征的意义，而且意蕴丰富地反映了人际关系领域的现代性经验。从短篇小说《一部未写的小说》、经长篇小说《雅各的房间》、到文论《贝内特先生与布朗夫人》，伍尔夫对这个场景的反复挖掘勾勒出她在形成现代主义美学思想过程中的创作实践和观念跃升。

事实上，伍尔夫的现代性书写和现代主义研究是近年来学界的研究热点。世纪之交，学界开始兴起重估现代主义的研究热潮，伍尔夫的作品也备受关注。简·戈德曼（Jane Goldman）指出，在关于伍尔夫的现代主义研究中，研究热点开始转移到作家的后期作品、重审形式现代主义、探索伍尔夫与布鲁姆斯伯里团体其他成员之间的美学和哲学关联等问题（Goldman 2006：36—37）。由约翰斯·霍普金斯大学出版社出版的现代主义研究协会（Modernist Studies Association）官方学术季刊《现代主义/现代性》（*Modernism/Modernity*）也不时刊登伍尔夫研究的相关论文，深化伍尔夫的现代主义研究。同时，国内外学者也不断挖掘伍尔夫作品中的现代性表征，如伦敦地标、都市生活、城市漫步者形象、商品世界和消费文化、汽车、时尚等（魏晓梅 2012；尹星 2012；余莉 2017；Martin 2015；Koppen 2009），尝试还原作家笔下的现代性经验，解析作家关于现代性经验的认识、观点和表达。

二

伍尔夫将人物之间，乃至小说家与人物之间的相遇安排在火车这样一个标志着现代生活的速度感、流动性和偶然性的交通载体上，应该是注意到了火车本身的现代性表征所蕴含的意义。在铁路开始迅猛发展的19世纪，文学和艺术就已经敏锐地体察到了这项交通技术给人类的心灵和情感带来的变化。1844年，英国画家特纳（Joseph Mallord William Turner，1775—1851）创作了油画《雨、蒸汽和速度——大西部铁路》（"Rain，Steam and Speed：The Great Western Railway"），火车成为审美对象。在画面中，一辆黑黝黝的、面目模糊的火车沿着梅登黑德铁路桥（Maidenhead Railway Bridge），穿破蒸汽和雨幕而来，和画面左下方泰晤士河上单薄的孤舟形成一动一静、一快一慢的鲜明对比。而火车的前方，一只小小的棕色野兔在拼命飞奔。速度带来了掺杂着仰慕和畏惧的感受，火车代表着新兴的科技和机械的力量，如利刃一般劈开了自然景观，威胁着自然生灵的脆弱肉体，似乎随时会脱离人类的掌控。随着火车逐渐融入社会生活，在查尔斯·狄更斯（Charles Dickens，1812—1870）、乔治·爱略特（George Eliot，1819—1880）、托马斯·哈代（Thomas Hardy，1840—1928）以及侦探小说家阿瑟·柯南道尔（Arthur Conan-Doyle，1859—1930）等众多维多利亚作家的作品中，火车都曾不同程度地露面，或引起反感，或令人不安，或裹挟着人物奔向他们命定的前途。狄更斯本人及其母亲和情人就曾亲历1865年的斯泰普尔赫斯特（Staplehurst）铁路出轨事故。20世纪，英国作家D. H. 劳伦斯（D. H. Lawrence，1885—1930）在他的短篇名作《菊花的幽香》（"Odour of Chrysanthemums"，1911）和长篇小说《恋爱中的女人》（*Women in Love*，1920）中着重突出了火车作为自然和人性对立面的象征性。火车轰鸣着逼近，惊起了马匹，困住了脆弱而渺小的人类。火车令人不安的现代性最终被伍尔夫嫁接到英国小说的发展上。在《贝内特先生与布朗夫人》一文中，伍尔夫以布朗夫人譬喻永恒的人性，以对应文学的变革："她就坐在那车厢的角落里——火车正在运行，她不是从李奇蒙德开往滑铁卢，而是从英国文学的一个时代开往另一个时代"（伍尔夫 2009：305）。伍尔夫无疑在宣称，小说将以一种令贝内特等爱德华时代作家晕眩的速度，不可逆转地向着未来飞驰。

除了令人晕眩的速度和令人畏惧的机械力量，火车的到来可谓全面引发了现代性经验——地理空间的重构、时间的统一、出行方式的改变，甚至金融体系的发展。事实上，比起电灯、电话和煤气，火车在英国人的生活中更早出现。作为工业革命的发源地，英国早在1830年就开通了利物浦和曼彻斯特之间的铁路，双轨铺设，完全由蒸汽驱动，代表了当时最先进的技术。但是这条铁路更为重要的意义在于，它最初是为运送乘客开通的。虽然当时货运仍是主要业务，但是铁路公司很快发现了运载乘客的巨大商机。1831年，这条铁路全年运行，运载了将近50万乘客，成为公司收入的支柱，也让投资者们获得了丰厚的回报（Wolmar）。仅仅过了10年，铁路线就贯通了英格兰地区，将伦敦、伯明翰、利物浦和曼彻斯特连接了起来，一直延伸至布里斯托和南安普敦。在此后的数十年里，英国、欧洲、美洲，乃至世界范围都经历了所谓的“铁路狂热”（railway mania）。及至一战前夕，全世界的铁路里程已经达到63万英里（Wolmar）。铁路不仅连接起城镇乡村，而且运载了大量流动的劳工，将人们从村庄载往城市，实实在在地重新构造了英国的城乡结构和城市空间。同时，建造铁路需要投入大笔资金，进而刺激了银行体系和金融业的发展。

铁路网的运行改变了人们的时间观念。在铁路出现之前，英国各地依据所在的经度采用地方时间。1847年，英国铁路系统首先采用标准化的时间，即所谓“铁路时间”，也就是格林威治标准时间（GMT）。后者最终成为国际标准时间。英国社会学家安东尼·吉登斯（Anthony Giddens，1938— ）在著作《现代性的后果》（*The Consequences of Modernity*，1990）中专门探讨了现代性与时间空间转换之间的关系。他提出，前现代文化的时间概念是和地点密切相关的，通常既不精确，也往往变化不定。时间与空间的分离极大地拓展了时空延伸的范围，这一点和现代性的扩张相一致，而且都是直到20世纪才得以完成（吉登斯 15,17）。从这个意义上看，“铁路时间”和时钟一样，体现了“虚化”时间的统一尺度。例如，火车时刻表就是依据铁路系统的运行对时空秩序进行的重组和规划。此外，铁路系统本身在技术上的专业性也属于吉登斯提出的“脱域机制”（disembedding）的专家系统层面。吉登斯用汽车所代表的专门知识环境作为示例来说明专家系统把社会关系从具体情境分离出来的脱域机制。汽车的设计和制造、道路的建设与养护、交通系统的运行等形成了一个专家系统，依赖非人格性质的专门技术，编织着我们复杂而庞大的物质生活环境。事实上，铁路体系更加依赖于吉登斯所谓“通过跨域伸延时空来提供预期的‘保障’”的机制（吉登斯 25）。毫不夸张地说，铁路的出现全面改变了人们的生活，标志着现代社会的到来。个体参与到一个更加庞大的、组织更为严密和体系化的社会，与数量快速增长的同类在一个被理性创造和规划的、统一化的时间和空间体系中共存。

与火车一同到来的现代性同样作用于人际关系。交通技术的发展改变了人类的出行方式，速度的加快和出行范围的扩大引发了人与人关系的变化。对城市居民来说，他日常面对的不再是邻里相熟的教区；出行的时候，他的旅伴也不再是一辆马车里相对而坐的邻里亲朋。火车以迅雷不及掩耳之势闯入了人们的生活，加快了现代性与前现代制度的断裂。搭乘火车出行本身成为某种充满偶然性的冒险。坐在车厢对面的同程旅伴往往是陌生人，来来往往，无从了解，更难以信任。小小的车厢看似封闭，实则经过一次次站点的乘客更替，更像是一个开放而流动的社会，在旅人心中滋生出不安和莫测的感受。在《贝内特先生与布朗夫人》中，伍尔夫写下著名的句子："在 1910 年 12 月，或者大约在这个时候，人性改变了"（伍尔夫 2009：291）。随后她进一步加以论说："人与人之间的一切关系——主仆、夫妇、父子之间的关系——都已经发生了变化。而人与人之间的关系一旦发生变化，信仰、行为、政治和文学也随之而发生变化"（伍尔夫 2009：292）。伍尔夫此语固然是对当时罗杰 · 弗莱（Roger Fry，1866—1934）的《马奈和后印象主义画展》（"Manet and the Post-Impressionists"）发出的感慨，但是她同时也在宣称，充满偶然性的、变动不居的现代社会已然成为文学和艺术的审美和反思对象。

伍尔夫笔下的火车车厢同程旅伴的典型场景无疑反映了这种在人际关系上呈现的、心理学意义上的现代性。吉登斯从社会学角度分析了前现代与现代文化中关于信任的心理学特征，颇能说明这种人际关系转变的实质。他认为，在前现代文化中，地域性信任有着极端的重要性，信任环境包括亲缘关系、作为地点的地域化社区、宗教宇宙观和传统(88)。可以看到，火车的移动特征和专业系统脱域完全消除了这 4 种关系。火车上的乘客背景复杂不明且流动频繁，在火车的快速移动中，人与人的交往浅尝辄止，呈现出浅表化和功能化的特点。有趣的是，在《贝内特先生与布朗夫人》发表 10 年之后，火车旅行的这一交际特点被侦探小说家阿加莎 · 克里斯蒂（Agatha Christie，1890—1976）巧妙运用，在她的小说《东方快车谋杀案》（*Murder on the Orient Express*，1934）中，一群伪装成陌生人的复仇者聚集到了同一节车厢，策划了一场完美谋杀，最终却被大侦探波洛识破了。

20 世纪初，火车出行已然成为现代人所熟悉的日常经验，因而也成为文学艺术经常表现的对象。在《贝内特先生与布朗夫人》一文中，伍尔夫写到，小说家往往需要找到某种与读者之间的交叉点，即某种读者所熟悉的东西，用以建立与读者的默契，以便能激发读者与作家合作并发挥想象：

> 贝内特先生就在利用这种交叉点。他所面临的问题就是要我们相信希尔达·莱斯威斯的真实性。因此，他这位爱德华时代的作家，就从精确地、详细地描绘希尔达所住的那幢房子以及他从窗口看到的那些房屋来着手。爱德华时代的人们发现，房产是他们很容易着手建立默契的交叉点，虽然对我们来说，它似乎太间接。这种传统方式的效果极佳，于是成百上千个希尔达·莱斯威斯就被人用这种方式投入了这个世界。对于那个时代和那一代人而言，这种传统规范的确是很优良的。（伍尔夫 2009：306）

在这段引文中，伍尔夫以房产为典型示例，说明爱德华时代的作家在人物创作中倾向于采用地域化特征鲜明的表征，以便迅速营造人物的真实感。然而，伍尔夫显然认为，这样的表征已经不再适用于现代性经验的表达。正如我们所看到的，伍尔夫无论在《一部未写的小说》和《雅各的房间》的虚构中，还是在《贝内特先生与布朗夫人》的论说中，都采用了火车来营造让读者迅速"入戏"的语境。而与"房产"形成鲜明对比的，恰恰是"火车"的运动、速度，以及人际关系的不定和莫测。

二

从《一部未写的小说》《雅各的房间》到《贝内特先生与布朗夫人》，可以看到伍尔夫从现代性书写出发，抵达现代主义美学的历程。她试图在创作中回答这样的问题：嵌入火车的速度和流动的交际中，主体意识会呈现何种形态？同时，伍尔夫也在创作实践中试图寻找更有表现力的技法来书写现代生活中个体的真实体验。如果说《一部未写的小说》采用了火车车厢同程旅客的场景完成了一次创作者塑造人物的模拟，那么这种经验在《雅各的房间》中被全面运用。而在《贝内特先生与布朗夫人》一文中，伍尔夫再次从这个意义丰富的场景出发，雄辩地提出了小说创作需要运用全新的手段来表达现代性经验的观点。

首先，《一部未写的小说》展现了一次完整的火车车厢同程场景。两个主要人物分别是作为小说家的第一人称叙述者和车厢对座的、被叙述者命名为"米尼·马什"的女士。小说从"我"对米尼的观察开始，随着火车经过萨里、苏塞克斯，至伊斯特本两人分别下车、隐入人群结束。对应着火车快速行驶节奏的是叙述者意识的流动，叙述者对旅伴的想象在到站后也戛然而止。小说始于一个典型的现代火车车厢场景，乘客们都缄默不语，沉浸在各自的世界中，竭力避免互相交流。其中，叙述者发现对座的年长女士米尼神情悲伤，尤其引人注目。在其他4位乘客下车后，叙述者与米尼开始了简短而随意的交谈。虽然两人的交谈仅仅止步于只言片语的寒暄，但却激发了叙述者的想象。她注意到米尼使劲地擦拭着车窗上的污渍，忍受着背部的瘙痒，言语间透露出与居住在伊斯特本的嫂子不睦。身为小说家的叙述者于是从这些细节中开始了她的人物创作，试图为米尼虚构出一个完整的、心理和情感上逻辑自洽的人生故事。她不仅设想出米尼困窘的经济状况、寄人篱下的单身生活、与兄嫂之间的矛盾、带有阶级印记的信仰、有好感的已婚男性友人之死等，甚至为人物安排了一场20年前由于疏忽导致弟弟意外死亡的桥段，来解释她擦拭车窗污渍时的心理根源。叙述不时从想象回到现实世界，复又被现实的细节激起新的想象，同时，叙述者在心中直呼米尼为“你”，由此在想象与现实、小说家与人物之间构成了一种对话关系。而且，在思绪的流淌之中，叙述者又不时地按下暂停键，以自问自答的形式质疑、肯定自己的假想。最后，当米尼的儿子出现在车站，母子俩并肩一起离开后，叙述者惊讶地意识到，她的想象与真实的情况完全不符。“啊，我的世界全完了！我往什么上面站？我知道什么？那不是米尼”（伍尔夫 2003：18）。一次车厢偶遇所触发的充满激情的虚构就此分崩离析。

很大程度上，《一部未写的小说》的意义在于叙述者作为小说家的视角。在这个嵌入式故事结构中，伍尔夫展示了两个层次的经验：首先，这是典型的火车车厢同程旅客之间的交往；其次，身为小说家的叙述者呈现了一次艺术创作的过程。因此，小说描述的既是一场发生在火车车厢里的邂逅，也是一场完全发生在叙述者头脑中的思维意识活动。两者的共通之处在于都属于火车出行方式带来的现代性经验，也都体现了相应的速度感、流动性和人际交往特征。一方面，作为短暂的同程旅伴，叙述者与米尼的交往并未超出这一层社会关系。另一方面，虽然作为小说家的叙述者在短暂的同程中虚构出人物的一生，但是对真正的米尼却并不真正了解，因此也并未提供给读者多少真实的信息。因此，小说所描述的是一场始于陌生、又终于隔阂的偶然交往，是一次从实到虚、又从虚到实的人物创作过程。叙述者真正能把握的只是自己头脑中的造物，并非真实的米尼。在这一点上，《一部未写的小说》与伍尔夫的另一部名篇《墙上的斑点》（“The Mark on the Wall”）不乏相似之处，只是在后者中，触发叙述者思绪的是墙上的斑点，而非人物。和《墙上的斑点》一样，《一部未写的小说》的结尾是也反讽的，叙述者从想象的崩塌中收获了某种顿悟：人物诞生于创作者头脑中的印象、联想和想象；而要写一部小说，作家则需以某种合理的形式将这些内容糅合在一起。因此，《一部未写的小说》确如标题所示，是一部“未完成的小说”。

我们或可以推断，所谓“完成了的小说”正是两年后发表的《雅各的房间》。这部小说的第三章再现了《一部未写的小说》中的典型场景。这一次，叙述者成了雅各对座的诺曼夫人。年轻男人的到来令她颇为惊慌，充满戒备。在悄悄观察了一番之后，她注意到雅各不修边幅，沉浸在自己的思绪中，显得稚嫩而略带羞涩。最后，雅各在火车进站后帮助她取出行李。在这段车厢邂逅中，两人均行色匆匆，各怀心事。诺曼夫人对雅各的观察不仅肤浅，还不乏误解。她过度小心，缺乏见识，内心深处怀着对陌生男性的本能恐惧。同样，这段描写并未提供给读者多少关于雅各的信息，而是呈现为诺曼夫人对雅各的印象。事实上，除去雅各本人视角的叙述，《雅各的房间》主要通过与雅各有过或长或短交集的人物的印象来拼贴出他的一生：从幼年雅各在海边玩耍，长大成人后去剑桥求学，与弗洛琳达相恋，与友人交往，孤身一人到希腊旅行，爱上有夫之妇桑德斯，直到最终埋骨于一战的西线战场。

与车厢场景相似的写作技法被运用于整部小说，使之成为容纳雅各人生中各种时刻的“房间”。作家似乎随意地选取了某些孤立的场景和片段，如小雅各在沙滩上玩耍，青年雅各参加剑桥的午餐会，在大英博物馆阅读，与友人划船出海，在欧洲游历等。而且伍尔夫往往从其他人物的视角来传达他们对于雅各的印象和感受，叙述的笔触浸入这些人物的内心，如母亲贝蒂·弗兰德斯、暗恋雅各的克拉拉和舞蹈演员范妮、剑桥的同学博纳米和达兰特、雅各爱慕的有妇之夫桑德斯，以及火车车厢对座的诺曼夫人等。于是叙述声音在不同人物的内心活动中跳跃。和车厢场景一样，他们对雅各的观察、评价、担忧、喜爱、欲望所折射出的，其实并非真实的雅各，而是各自的心理实质。伍尔夫通过众多的叙述声音所拼凑出的雅各小传，展现的与其说是雅各的本质，不如说是其他人物对雅各的短暂印象以及印象碎片中的自我映射。因此，《雅各的房间》就像是存放在雅各房间里的一本成长相册，由不同人物抓取的镜头拼贴而成，关于雅各的记忆碎片散落在这些与他有过交集的人物的记忆或印象之中。虽然《雅各的房间》有着男主人公成长的线性时间框架，但是在形式上却模拟了一种由场景和片段构成的、无法依据人物行动逻辑组织成句的句法形式，于是，小说呈现为一幅集合了不同立面的、不同时空的、以雅各为中心和主题的立体主义肖像画。

虽然《雅各的房间》如同容器一般承载了包括雅各在内的各色人物的心理活动，伍尔夫却并未在这些人物的意识之间架起交流的桥梁，他们各自封闭在意识的片段之中。碎片化的人物印象拼贴成了一个多面的，却面目模糊的雅各。贝内特对《雅各的房间》的批评就主要围绕人物的塑造问题。他认为《雅各的房间》过于求新，导致人物形象模糊难辨（转引自 Majumdar & Mclaurin 113）。但是伍尔夫似乎在示意，人类的意识是封闭在大脑之中的，这一本质使得人与人之间的隔阂成为必然。沉浸在内心连绵思绪中的人实际上对外界、对他人都关上了心灵之窗。正如朱莉娅·布里格斯（Julia Briggs）所指出的，“这部小说还质疑了人是否可能了解另一个人，甚至，记录有关另一个人的事实是否可能。这个更加广泛的认识危机被巧妙而动人地掩藏在那些熟悉的地点、人和事物的表象之下，尽管这一切本身都进一步强调了这样的了解是不可能的”（Briggs 142）。

在《贝内特先生与布朗夫人》中，伍尔夫指出，乔治时代的小说家们正面临着相似的绝境，他们既无法探知“布朗夫人”的内心，也不能继续使用陈旧的工具，他们“孤零零地面对着布朗夫人，没有任何方法可以把她的形象传达给读者”（伍尔夫 2009：308）。在这篇论文中，伍尔夫重访了火车车厢里的同乘旅伴，再一次将小说家和她的人物安排在同一节车厢里。她首先描述了与《一部未写的小说》和《雅各的房间》相似的场景：作家登上火车，偶遇“布朗夫人”及其男性同伴。她观察他们的言谈举止，展开想象，直至这位女士在火车停站后离开，然后这个故事就不得要领地结束了，既没有告诉读者究竟布朗夫人在忧愁些什么，也没有任何的主旨和意义。基于她所观察到的人物形象，伍尔夫假设爱德华时代的作家们正与布朗夫人一同乘坐火车前往滑铁卢。H. G. 威尔斯（H. G. Wells, 1866—1946）、约翰·高尔斯华绥（John Galsworthy, 1867—1933）和贝内特都从各自的洞见出发，并运用独特的工具来描绘这位女士，但是他们同样没有能够刻画出真实的布朗夫人。伍尔夫专门引用了贝内特的小说《希尔达·莱斯威斯》（*Hilda Lessways*, 1911）中的段落，着重批评了他过于注重描写外部细节的自然主义创作技法无法揭示人物的真实。伍尔夫在这里写下了她著名的断言：“那些传统意味着毁灭，那些工具意味着死亡”（伍尔夫 2009：305）。

伍尔夫借助火车场景所论证的观点是，陈旧的创作工具已经无法有效地表达现代性经验。她试问，老太太们到底应该通过什么来塑造，是“终身享有的别墅和注册居住的房屋”，还是“想象和虚构”（伍尔夫 2009：308）？毕竟，在车厢里邂逅的布朗夫人裹挟着速度、偶然、神秘、未知，她与作者只是匆匆晤面，然后就如同幻影，消逝在人海之中，小说家如何还能用房产和别墅来定义她呢？当房产这样的交叉点失去效用，究竟该如何在作者和读者之间架起桥梁？如何“在火车到站而布朗夫人一去不返之前，把她拯救出来，表现出来，把她放在她与世界的高超关系之中公诸于世”（伍尔夫 2009：309）？伍尔夫认为，小说所面临的变革不仅敦促创作者迅速做出回应，对于读者来说，适应新的小说形式也同样迫切。读者大众同样置身于“车厢”里，是伴随着作家的“奇特的旅伴”，同样需要怀着开放的心态来欣赏崭新的形式（伍尔夫 2009：308）。她向读者提问：“作为这个创作事业的一位合伙者，作为火车车厢内的同伴，作为布朗夫人的旅伴，你们的责任和义务究竟是什么”（伍尔夫 2009：312—313）？可见，不仅火车车厢对座的布朗夫人是伍尔夫的论说示例，火车也成为贯通全文的意象，连接起作者和读者。

《贝内特先生与布朗夫人》以批判驳斥为主，伍尔夫在文章中强调小说家面临的困境和破局而出的紧迫性。但是对于如何破局，她并没有进行充分的论述，而只是简要地指出，小说家应当记录下一日之内在头脑中闪过的万千个念头，在心中涌起的万千种情绪。这也是伍尔夫从《一部未写的小说》《雅各的房间》到《贝内特先生与布朗夫人》所抵达的现代主义美学。伍尔夫直接展示人物内心世界的“精神主义”创作美学在她的另一篇论文《论现代小说》中有着更加充分的表达。《论现代小说》最初于1919年发表于《泰晤士报文学增刊》（*Times Literary Supplement*），经过修改后于1925年收入《普通读者 I》（*The Common Reader: First Series*，1925）。在这篇论文中，伍尔夫提出了著名的“原子说”，将人的心灵接受的印象比喻为不停簇射的、倏忽即逝、奇异琐屑的万千原子，提出小说家应当弃物质、取精神，去揭示内心的火焰，记录那些原子坠落到心灵的瞬间。同年，伍尔夫发表《达洛维夫人》（*Mrs. Dalloway*，1925）。这部作品实践了伍尔夫在两篇论文中提出的创作观念，标志着她的现代主义小说创作进入成熟的阶段。

结　　语

乔治·爱略特的《米德尔马契》(*Middlemarch*，1871—1872)中的人物加思曾说："你阻挡不了铁路，不管你喜不喜欢，铁路都会建起来"(Eliot 356)。19 世纪，铁轨切割开田垄和草场，火车以无法阻挡的力量和速度裹挟着现代性飞驰而来。随着乘坐火车出行成为现代生活的寻常景象，穿行在时空的撕裂和延伸之中、不断变动着的感受成为个体深刻的体验。距离现在大约 100 年前的 20 世纪初叶，伍尔夫被车厢对座米尼·马什的幻景吸引，这种体验触动了她，赋予她深刻的灵感，促使她提笔写下了《一部未完成的小说》《雅各的房间》和《贝内特先生与布朗夫人》。从火车车厢里旅客们相对而坐的场景中，她敏锐地察觉到了典型形象，观察到了被瞬间性所主宰的现代生活之一隅。对现代性的体验促使她用眼睛盯着"此刻"和"瞬间"，将笔触浸入到变动不居、变幻莫测的现代生活，去记录如万千原子般纷至沓来的瞬间印象。在伍尔夫看来，火车车厢里的布朗夫人就是生活本身，就是此刻，值得追问和深究。诚如汪民安所言，现代主义文化是现代性带来的这种前所未有的复杂经验的历史书写(汪民安 7—8)。伍尔夫的现代主义小说创作观念正是对现代性经验做出的回应。

引用作品[Works Cited]：

Briggs, Julia. *Reading Virginia Woolf*. Edinburgh: Edinburgh UP, 2007.

Eliot, George. *Middlemarch: An Authoritative Text, Backgrounds, Criticism*. Ed. Bert G. Hornback. New York & London: Norton, 1977.

Goldman, Jane. *The Cambridge Introduction to Virginia Woolf*. Cambridge: Cambridge UP, 2006.

—. "Modernist Studies." *Palgrave Advances in Virginia Woolf Studies*. Ed. Anna Snaith. Houndmills: Palgrave Macmillan, 2007. 35 - 59.

Koppen, R. S. *Virginia Woolf, Fashion and Literary Modernity*. Edinburgh: Edinburgh UP, 2009.

Majumdar, Robin and Allen Mclaurin, eds. *Virginia Woolf: The Critical Heritage*. London & New York: Routledge, 1975.

Martin, Ann. "'Unity-Dispersity': Virginia Woolf and the Contradictory Motif of the Motor-car." *Virginia Woolf: Twenty-First-Century Approaches*. Eds. Jeanne Dubino, et al. Edinburgh: Edinburgh UP, 2015. 93 - 110.

Maunder, Andrew, ed. *The Facts on File Companion to the British Short Story*. New York: Facts on File, 2007.

Wolmar, Christian. *Blood, Iron, and Gold: How the Railways Transformed the World*. < https://books.google.fr/books?id=kGJUzEA3T4YC&hl=zh-CN&source=gbs_book_other_versions > (accessed July 2, 2020)

安东尼·吉登斯:《现代性的后果》,田禾译,南京:译林出版社,2011 年。

弗吉尼亚·伍尔夫:《雅各的房间;闹鬼的屋子即其他》,蒲隆译,北京:人民文学出版社,2003 年。

——:《论小说与小说家》,瞿世镜译,上海:上海译文出版社,2009 年。

汪民安:《现代性》,南京:南京大学出版社,2012 年。

魏晓梅:"都市、心灵、阶层:《达洛维夫人》中的伦敦",《国外文学》,2012 年第 1 期,第 96—102 页。

尹星:"作为城市漫步者的伍尔夫——街道、商品与现代性",《外国文学》,2012 年第 6 期,第 129—136 页。

余莉:"喧嚣与孤寂:《达洛维夫人》中的伦敦与伦敦人",《英美文学研究论丛》,27 (2017 年秋),第 49—61 页。

《卡斯特桥市长》中伦理身份的话语建构*

李长亭**

内容提要： 本文拟从语言学和伦理学层面分析《卡斯特桥市长》中亨查德与其他主体人物在经济和情感上的纠葛，试图揭示出主体人物间错综复杂的两性关系以及社会发展过程中伦理秩序和伦理身份的话语建构。文章认为，亨查德与新兴工业社会的代表法伏雷在商场和情场上的竞争，与露西塔等女人的情感纠葛造成了他主体人格的解构与重构。这一人格变化过程通过主体间的话语交流展现出来，深刻地揭示出他们之间错综复杂的社会和两性关系。在变动不居的象征秩序中，维护相对稳定的伦理秩序和伦理身份需要语言和伦理双方的共谋，亨查德的伦理身份通过与法伏雷、露西塔和伊丽莎白·简等的话语交流得以最后建构，他在言语中实现了“向死而在”。

关键词：《卡斯特桥市长》；亨查德；伦理身份；话语建构

Abstract: This paper intends to analyze the economic and emotional entanglement between Henchard and the other subjects in *The Mayor of Casterbridge* from linguistic and ethical aspects, and reveals the intricate intersex relationship between subjects and the discourse construction of ethical order and ethical identity in the process of social development. The article holds that the contradiction between Henchard and Farfrae, the representative of the emerging industrial society, in business and love affairs, and Henchard's emotional entanglement with women such as Lucetta have caused the deconstruction and reconstruction of his subjectivity. This process is revealed through the discourses between subjects, which deeply displays the intricate social and sexual relations between them. In the changing Symbolic order, the maintenance of relatively stable ethical order and ethical identity requires the collusion of both language and ethics. Henchard's ethical identity is finally

---

* ［**基金项目**］：本文系作者主持的 2017 年国家社会科学基金一般项目“19 世纪末 20 世纪初英国小说中的家庭伦理叙事研究”（项目编号：17BWW081）和河南省高校哲学社会科学基础研究重大项目“习近平新时代家风思想视域中的英美文学家庭叙事研究”（2021 - JCZD - 15）的阶段性研究成果。

** ［**作者简介**］：李长亭，南阳师范学院外国语学院教授、文学博士，主要研究方向为英美文学。

constructed through discourse communication with Farfrae, Lucetta and Elizabeth Jane, and finally fulfills his "Being-towards-death" in the discourse.

Key words: *The Mayor of Casterbridge*; Henchard; ethical identity; discourse construction

序　　言

英国著名作家托马斯·哈代（Thomas Hardy, 1840—1928）的小说《卡斯特桥市长》（*The Mayor of Casterbridge*, 1886）通过主人公亨查德酒醉鬻妻，后以成功粮商的身份当上卡斯特桥市的市长，以及与法伏雷在商场和情场上的竞争，与露西塔等女人的情感纠葛等故事情节，生动地展现了主体人物间错综复杂的两性关系和社会发展过程中伦理秩序和伦理身份的话语建构。亨查德的鬻妻行为破坏了他作为丈夫和父亲的伦理身份。他与露西塔相爱相杀，始终无法将情感的需求上升为合法的两性关系。妻子苏珊的回归似乎重构了亨查德完整的伦理身份，从家庭和婚姻伦理方面得以解脱。但在自私人性的驱使下，在语言"巧合"的共谋中，他犯下了一个又一个不可饶恕的错误，最终落得众叛亲离、身败名裂，在荒原农舍中孤独地死去，从而落下了"性格"悲剧的帷幕。但作为悲剧式的英雄，从伦理角度讲，亨查德身上依旧闪耀着人性的光辉，完成了自己伦理身份的涅槃。伦理身份强调主体在一定的社会伦理环境中所应持有的与自己出身和社会地位相对应的伦理责任。本文试从语言和伦理角度探析亨查德伦理身份的话语建构。

鬻妻的社会伦理因素

小说中的鬻妻情节在故事发展中起着至关重要的作用。它既显示了当时的社会乱象和伦理失序，同时也为亨查德多舛的人生遭际埋下了伏笔。在小说的开始部分，作者就向读者展示了一幅英国乡镇的荒原环境。割草工亨查德偕妻子苏珊和女儿伊丽莎白·简狼狈地来到集市。他们到一个招牌上写着"此处出售香甜牛奶麦粥"（哈代 6）[①]的粥棚前停下，准备买粥喝。但是卖粥老妪其实在偷卖烈酒，而烈酒是当时政府严禁出售的

① 以下该小说引文仅标注页码，不再详注。

东西。就像亚当一样,亨查德被引诱喝了烈酒,然后就失去了对自己的控制。对于亨查德来讲,粥棚、卖粥老妪和粥本身就像他生命中的罪恶元素,注定要对他的人生造成影响。粥棚中私藏的烈酒表明粥棚这一能指之下的所指已经被置换,这样就造成了概念与概念之间的联结混乱,从而暗示出整个社会都是以市场经济为旨归的,至于相关的伦理秩序在利益面前可以弃之不顾。亨查德喝醉之后要卖自己的妻子,水手纽逊用5先令买走了他的妻女,“他要钱,而有人真的照实付了钱,这无聊的玩笑便从此收了场”(11)。鬻妻其实表达了亨查德的权力欲望,他通过与另一个男人的金钱交易就可轻松地摆脱婚姻的羁绊。当亨查德意识到自己的错误时,他的第一反应就是责怪自己的妻子:“抓住她!我非要问个究竟,为啥她不多长个心眼而不叫我出丑呢!”(16)这样他又通过语言摆脱了对他来说极为窘迫的局面。他认为,他说的话其实就像粥棚前的招牌一样,话语的能指和所指是不一致的,而他的妻子却认为他的话语行为就是他的思想行为,从而在沟通方面出现了分裂。

鬻妻情节是小说的中心情节,它引导并主宰了小说主人公亨查德以后的命运结局。不过,这看似荒诞不经的闹剧在维多利亚时期却是有法律依据的。当时英国的《普通法》规定,妇女一旦进入婚姻,就意味着法律上的“死亡”,她丧失绝大部分人权,不能全权支配自己的劳动所得,不能选择自己的住所,不能合法地处置自己的财产、签署文件或充当证人。也就是说,妇女在结婚以后,其法律地位是虚无的,必须在男人的强制下行事。所以,在婚姻存续期间,她的全部行为在法律上是无效的(米利特103)。英国法律规定丈夫不仅有权拥有妻子的财产,而且妻子本人也是他的财产,即使儿女也是属于丈夫的。“法律上他们是他一个人的子女,他是唯一有资格对子女行使权利的人”(Mill 451)。所以,从法律层面讲,亨查德完全有权力处置自己的妻女,但即便如此,当时的社会伦理秩序仍然倾向于同情弱者,家庭经济状况直接决定了夫妻间的感情发展。就如劳伦斯·斯通(Lawrence Stone)所说:“贫困是一种既能腐蚀肉体美丽也能腐蚀感情关系的酸味剂”(Stone 140)。贫困可以磨灭婚姻生活的感情,而较好的经济状况可以为感情奠定物质基础。特里·伊格尔顿(Terry Eagleton, 1943—)指出,对于哈代来说,悲剧与反讽被绑缚在一起,而悲剧产生于事物随意混杂的方式,而不是它们预先决定的本质。每一件事物都与别的事物巧妙捆绑在一起,从不同角度看待同一件事情,得到的结论是不一样的。所以,即使悲剧性冲突也可以被建构成不同原因的冲突（伊格尔顿 122）。根据很多历史学家的观点，在 18 世纪，情感问题是社会的中心问题，而 19 世纪则标志着情感的终结。亚当·斯密（Adam Smith，1723—1790）在《道德情操论》（*The Theory of Moral Sentiments*，1759）中指出："被别人爱着，知道我们值得被别人爱着，这是多么幸福的事情。被别人恨着，知道我们值得被别人恨着，这是多么悲惨的事情"（Smith 207）。按照斯密的观点，我们都需要别人的看法来规范自己的言行以获得他们的认可。另外，这些看法在某种程度上也能保证社会的基本稳定和繁荣。鬻妻事件是亨查德经历的一个主体分裂事件，这既体现出他的男子中心主义，也暴露了他内心的极端自私和虚伪。他的虚荣和自负的精神特质颠覆了他的意识诉求，使他无法从外部构建新的象征秩序来抵制意识层面的蜕变。他后来即使发誓滴酒不沾，以弥补自己的罪过，但这其实是一种改头换面的自我压抑和自我否定而已，一俟机会成熟，其被压抑的"真实"就会突破象征秩序的藩篱，露出其本来的面孔。鬻妻事件使他意识到自己被妻女所怨恨，这就像魔咒一样，沉沉地压在他的身上，并且无处不在，使他总是逃脱不了那些对他不利的因素和条件的影响。这一被他长期压抑的隐私最后也被妖魔似的卖粥老妪给揭发出来，使其无处遁形。从情节上看，纽逊的出现作为一个隐性线索预示了他以后跌宕起伏的人生变化，这种变化以法伏雷和露西塔的出场呈现出来。

亨查德与女性间的伦理身份建构

在亨查德的生活里共出现 4 个比较重要的女性：妻子苏珊、女儿伊丽莎白·简、情人露西塔及卖粥老妪。她们在亨查德的不同人生阶段分别产生了重大的影响。这些影响更多地体现在亨查德的伦理身份建构方面。

在失去妻子的日子里，亨查德吸取饮酒的教训，滴酒不沾，并凭着自己的努力，当上了卡斯特桥市的市长。18 年后一位老人回答伊丽莎白·简为什么不给亨查德倒酒时说："不管什么酒他都憎恶；从来也不沾一沾。是的，在这一方面他坚强得很"（156）。这虽然表明了亨查德通过戒酒为自己赎罪的企图，但更重要的是，他通过戒酒表明，他获得了一种之前所缺乏的坚强意志和道德感，从而使他适应伦理秩序。他通过与患难中结识的露西塔的男女关系，本可以恢复自我的完整，但由于妻子杳无音讯，他受伦理的约束，只能与露西塔若即若离，无法将情感的需求上升为合法的两性关系。当身穿丧服的妻子带着女儿回到卡斯特桥时，亨查德内心压抑已久的自我欲望找到了实现的机遇。为了掩盖道德过失，也出于男性自我的尊严，他抛弃情人露西塔，与苏珊重新举行了婚礼。踌躇满志的亨查德似乎重构了完整的自我，但让他始料未及的是，妻子向他隐瞒了两个重要信息，一个是她的丈夫纽逊只是出海未归，她不能证实他是否死亡；二是她生前向亨查德隐瞒了伊丽莎白·简的真实身份，这个伊丽莎白·简并不是亨查德的亲生女儿，而是苏珊和纽逊的女儿，亨查德的女儿已经死去了。这两个信息后来给亨查德带来了致命的打击，并导致了他的伦理失序和最后的死亡。

苏珊仅有的识字能力也对亨查德的男性权威造成了致命打击。她给亨查德写的遗书上明显写着："亨查德先生：请到伊丽莎白·简结婚那天再启封"(115)。但是亨查德的大男子意识使他即刻就打开了信件，从而发现了伊丽莎白·简的真实身份，原来此伊丽莎白·简不是真正的伊丽莎白·简，这表明了能指和所指间的不确定性。在小说中，伊丽莎白·简的名字早于她本人而存在，她本人不是名字这个能指所指涉的对象而是它的效果。伊丽莎白·简的真实身份对亨查德的打击是毁灭性的："他的嘴唇颤动着，为了能承受这种压力，他的身躯似乎也在紧缩着"(122)。这一方面显示出夫妻之间缺乏坦诚和信任。苏珊故意向亨查德隐瞒了伊丽莎白·简的身世，甚至没有告诉伊丽莎白·简本人。可以说，亨查德以后的多舛命运都是这一因素引起的。另一方面这件事也暴露了亨查德的性格缺陷。他未能保持自己的威严和控制力，而威严和控制力在他看来是每个男人应该具有的品质。苏珊首先把他的话信以为真，和水手纽逊一起离开了他。这就严重伤害了他的威严和自尊。亨查德尽管粗鲁得配不上绅士的称号，但他具有责任感和荣誉感。他决定和苏珊复婚时，驱动他的只是三大决心："一是向备受冷落的苏珊赎罪补过；二是为伊丽莎白·简安置一个舒适惬意的家，给她父爱；三是用随这些赎罪行为而来的荆棘来鞭打惩罚自己"(80)。但好奇心的驱动和男子中心主义使他未能遵守对苏珊的承诺。后来的事实证明，不信守承诺会给自己带来无穷的痛苦。不过这也充分暴露了他的性格缺陷和伦理身份的解构。

苏珊和亨查德虽然都不擅于语言，但他们却遭遇了话语给他们带来的灾难性后果。与他们相比，伊丽莎白·简则充分意识到了话语的力量和融入主流话语的重要性。她平时说话常常带有方言，"因为一般上流社会的人认为这是些不堪入目的野蛮人语音"(126)。除了方言之外，她的书法也饱受诟病，“她一开始就把字写得很大”（127）。伊丽莎白·简虽然保持着对方言和符号的自觉认知，但她还是努力掌握“正确的”语法知识，即社会的专制秩序和符号的能指秩序，以适应现实社会的要求。她尽其所能收集和阅读大量的书籍，她甚至考虑是否“卖掉华丽的服饰，给自己买些语法书、字典和一本包罗万象的历史书”（94）。无论她是否把学习当作社会晋级的阶梯，或者是因为喜欢学习而学习，学习对她来说代表着社会的体面和提高个人修养的源泉。

亨查德不理解也不愿分享伊丽莎白·简学习的喜悦，相反，他用自己的中产阶级标准来看待伊丽莎白·简的言行。他认为伊丽莎白·简的方言和书法就像一个农民，丝毫没有中产阶级的气质。他告诫伊丽莎白·简不要讲方言，否则“人们会以为你是一个农民”（132）。在亨查德看来，话语这个抽象的能指可以具象化为说话者的社会身份和地位。这体现出亨查德对主体在象征秩序中的社会身份的重视和话语对身份建构的重要性。

在知道伊丽莎白·简的真实身份后，亨查德并没有马上告诉她，而是隐瞒了下来，继续以父之名保持着与她的往来。“在父权社会里，男人有命名的权利”（King 44）。他可以把自己的姓氏给予她们，从而使她们具有了社会和家庭身份，同时也可以向她们展示作为父亲的权威。这样，亨查德在和苏珊复婚后，他重新获得了对伊丽莎白·简的命名权。他告诉伊丽莎白·简：“你该姓我的姓……根据法律这就是你的姓”（120）。姓氏这一语言符号承载着象征秩序对主体的规定性，标志着主体在象征秩序中的地位和归属。亨查德对姓氏的关心表明他对父权的渴望和对伊丽莎白·简的占有欲。他害怕伊丽莎白·简和他的对手法伏雷结婚，其实部分原因也是怕伊丽莎白·简抛弃他的姓而改姓法伏雷的姓，从而失去对她的命名权和控制权。因为在当时男尊女卑的思想同样存在着，儿子会永久跟父亲的姓，而女儿出嫁后就会改为丈夫的姓。假如说伊丽莎白·简是个男孩子的话，亨查德绝不会让苏珊把她带走的。所以父权的主题贯穿了整个小说的叙事过程，对命名权的争夺也就是对主体身份建构权力的争夺。不过，伊丽莎白·简的名字上虽然没有体现出真正的父亲的姓，但亨查德得知伊丽莎白·简并非自己的亲生女儿时，他从她睡觉时的面容上确定无疑地看到了纽逊的样子。这既表明亨查德对事物判断的不确定性和伦理身份建构的不完整性，也体现出语言符号中能指与所指间的不对应性和随意性。在小说末尾，纽逊送给伊丽莎白·简一封未署名的信，约她到布德茅斯路见面。虽然没有寄信人的名字，但纽逊相信伊丽莎白·简一定能猜得到他的身份，并且会按时赴约的。这里虽没有在场的能指，但却规定了所指的唯一性。这表明了纽逊对自己身份的肯定和自信。相反，亨查德最后在自己的遗嘱上有两处留下了自己的名字：

迈克尔·亨查德的遗嘱

不要告诉伊丽莎白·简·法伏雷说我死了，也不要让她为我悲伤。

不要把我葬入神圣的墓地。

不要请教堂司事为我敲丧钟。

不要让任何人来看我的遗体。

不要让任何人来为我送殡。

不要在我的坟墓上栽花。

不要让任何人记得我。

为此，我签上我的名字。

迈克尔·亨查德(324)

这其实表明他生前没有留下什么，他害怕人们将永远抹去对他的记忆。因此，他要用名字这一空洞的能指来昭示自己的存在。但可悲的是，这种存在只能存在于遗嘱之中，其真实的存在将永远不复存在了。值得注意的是，亨查德在遗嘱中用伊丽莎白·简·法伏雷这一正式的称谓来指代伊丽莎白·简。这既表明他承认对手法伏雷取代了自己对伊丽莎白·简的父权统治，同时也掩盖了自己不是伊丽莎白·简的亲生父亲的尴尬。迈克尔·亨查德的名字在遗嘱的开始和结尾各出现一次，这既是亨查德对自己生命的挽歌，也是最后在显示自己的男性气概。在小说中，亨查德曾经发誓戒掉酒瘾："我，迈克尔·亨查德，……在上帝面前郑重起誓，在今后的20年里，我戒绝各种烈酒"(16)。这和遗嘱一样在强调自己的名字。但在某种意义上讲，他最后除了自己的名字外已经一无所有了。亨查德对"以父之名"的关心实际上是对被"去势"的一种焦虑。"他自从卖掉妻女之后，就成了一个自我放逐的男权主义者，哈代小说中惯用的没有父亲的女人模式，转换成了没有妻女的男人模式，这种男人并没有失去延续自己权力结构的繁殖力"(Fisher 122)。就像他相信他仅仅靠给伊丽莎白·简以姓氏就能赋予她生命一样，他认为他只要向纽逊说明伊丽莎白·简像她母亲一样死了，就能让纽逊从心里把伊丽莎白·简抹去。不过，纽逊和苏珊一样，都把亨查德所说的话理解为他要表达的意思，即能指和所指之间意义的确定性。但诚如珍妮特·金（Jeannette King）所言："亨查德常常被自己的话语所束缚，即使他并没有打算像说的那样去做"（King 44）。亨查德首先用言语毁掉了自己的家庭，造成妻女分离和一系列的变故，后来又用真实的谎言差点破坏了纽逊女儿的幸福和团圆。在小说最后，伊丽莎白·简依旧对亨查德的话信以为真："写这些话的人一定要把他的话做到。她知道，这指示是跟构成他整个生命的素质完全一致的，因而不能妄自篡改"（324）。凡是她做得到的，她都遵照着遗嘱办理了。小说似乎存在一种怪象，主体如果按照话语中能指和所指的对应性去行动时，主体特征也就相对稳定，否则主体就会出现问题，造成灾难性后果。亨查德出卖妻女的举动、不遵守苏珊在遗嘱中的嘱托以及对纽逊的谎话等给他带来一个又一个的恶果；而伊丽莎白·简能够遵守能指和所指间的对应性，把话语的字面意义理解为其实际要表达的意义。这样她的命运就能得到健康的发展。这在一定程度上体现了遵守社会伦理秩序的重要意义。

由于男子中心主义和对所爱之人强烈的控制欲，亨查德最后失去了和所有人的关系。他对话语的恐惧，尤其是对揭示伊丽莎白·简亲生父亲的话语的恐惧，进一步增加了人物的悲剧性。在伊丽莎白·简知道真相后，她质问亨查德："这么多年你故意隐瞒真相，叫我糊里糊涂地活着；而且后来，他——我那热心肠的、真正的父亲——来找我，你竟撒了个弥天大谎，狠心地说我死掉了，又残忍地把他打发走了，几乎要了他的命"（317）。亨查德在急需为自己的行为辩解时，却遭遇了话语危机："亨查德的嘴唇半张着，想要做个解释，可是立刻又像老虎钳子似的闭了起来"（317）。综合起来看，正是错误时间的错误话语、未来得及说出来的真相以及谎言等，导致了亨查德这一主体的伦理身份最后遭遇语言的解构。所以虽然亨查德在大部分时间内都远离女性，并把这种行为看作每个男人应该具有的品质，但遗憾的是，在应付他生命中这几个重要的女人方面，他未能保持自己的威严和控制力，她们在亨查德的伦理身份建构方面起到了消极作用。

如果说被符号化之前的主体未受到专制符号系统如道德伦理的濡染，那么被符号化之后就会成为象征界的拥趸和身份的不确定者。露西塔就是不确定的代号，在小说中，她有三个称谓：卢塞特、露西塔·薮尔和泰姆普曼（Lucette/Lucetta Sueur/Templeman）。这表明她的身份是不确定的、混乱的，从而也暗示了她行为特征的不稳定性。小说中叙述了一件颇耐人寻味的事情。有人从伦敦给露西塔寄来了两件衣服，她不知道自己穿哪件衣服合适，就自问道："你是这个人呢(指着其中一件衣服)，还是那个完全不同的人(指着另一件衣服)，在即将到来的整个春天里，你不知道穿这两件衣服中的哪一件会变成不受人欢迎的"(161—162)。在她的意识中，穿什么样的衣服就等同于是什么样的人，这样，能指与所指也对应起来了，同时也符合象征秩序对主体的矫形。亨查德认为，话语代表着中产阶级的地位和名声，在这一点上，他就很欣赏露西塔身上"天生的优雅气质"(146)和她"喜欢写信"(144)的习惯。为了阻止露西塔与法伏雷结婚，亨查德竟然把他与露西塔之前的交往全部告诉了法伏雷，并把露西塔写给他的信读给法伏雷听："她自己的话竟然从亨查德的嗓音里传了出来，就好像幽灵从坟墓里迎面向她走来，向她致意一样"(240)。后来约普为了报复她，就向社会公开了这些信件的内容，她无法再隐瞒与亨查德之前的关系，与法伏雷的婚姻也就成了泡影，最后只能郁郁而死。信件的内容作为语义符号指向的是亨查德，具有私密性和排他性特征，一旦被公开，就意味着破坏了符号秩序和规定，成为一场男性间的语言狂欢，女性在其中无法独善其身。亨查德的这种自私和男子中心主义的行为通过信件这一能指的流动对其伦理身份建构产生了重要影响，间接地促成了伊丽莎白·简和法伏雷间的婚约。

尽管露西塔和伊丽莎白·简没有实质意义上的母女关系，但两人与法伏雷的婚约在某种意义上违反了伦理禁忌。因为露西塔与亨查德是有婚约的，伊丽莎白·简是亨查德名义上的女儿，所以露西塔也是伊丽莎白·简名义上的母亲。她们先后成为法伏雷的妻子，这样她们之间又变成了姐妹关系。法伏雷与露西塔的婚姻发生在卡斯特桥市外面，露西塔又是从外面来到卡斯特桥的，这可以看作族外婚姻。而法伏雷与伊丽莎白·简的婚姻却是在卡斯特桥举行，伊丽莎白·简是亨查德的名义上的女儿，所以可以看作族内婚姻。吉尔斯·德勒兹(Gilles Deleuze, 1925—1985)指出，有时候我们称呼母亲或姐妹，但并没有具体的所指；有时候我们有所指的具体的人，但是一旦我们破坏掉它们所承担的禁令，称呼马上就消失不见了。在家庭称谓和具体的亲属成员结合在一起的时候，也就是能指和所指对应起来的时候，就有可能产生乱伦。在乱伦中，是能指与所指发生了关系(Deleuze & Guattari 209—310)。露西塔和伊丽莎白·简先后成为法伏雷的妻子，这两个能指符号指向同一个所指，即法伏雷的妻子，同时也指向另一个所指亨查德，不过能指和所指间的关系发生了变化，一个是夫妻关系，另一个则是名义上的父女关系。这样的关系势必对亨查德的伦理身份产生影响，使其不能正确面对这种主体间性的变化。不过，亨查德身边的这些女人并没有给他的声誉带来毁灭性的打击，最使他难以接受的是那个卖甜粥的老妪。她在法庭上陈述了亨查德的卖妻丑闻，并声称："这证明了他并不比我好到哪去，没有权力坐在那里审判我"（195）。就这样在伦理道德层面亨查德和私卖烈酒的老妪处在了同一水平，即他们都没有遵守社会的契约和良俗。在庭审之后，亨查德从疯牛的冲撞中救了露西塔和伊丽莎白·简，但伊丽莎白·简只是把疯牛看作值得同情而不是可怕的对象。有趣的是，小说后面就出现了"笼子中的狮子"来指代亨查德。很明显，男性主动权的丧失标志着权力的丧失，没有男权体系来保护父亲这一形象，亨查德就像疯牛一样只有靠自己身体的力量来维护自己的权力地位。如果身体也不行的话，就只能屈就于他曾经主宰的女性。亨查德言语方面的缺乏以及社会地位的丧失使他实际上处于有气无力的境地：他只是一个粗鲁的人而非一个真正的男人。失去了男性身份和话语权，他就会失去自己的地位，被社会边缘化，成了一个没有归属感或者没有指称的流浪者，逐渐"阉割和毁灭了自己"（Hardy 342）。在与他人的关系上，他始终把握不好交往的方式和尺度，他情感上的缺陷使他犯下了一个又一个错误，使他与周围的人们在情感上渐行渐远，最终使他最后在众叛亲离中结束了自己的生命。

科因·Z. 穆尔（Kevin Z. Moore）认为，亨查德的"主体性完全是表面的，因此也是有很大问题的"（Moore 51）。金则指出，亨查德的特征是碎片化、偶然性，缺乏自我连贯和整体性（King 43）。他的伦理身份被女性话语建构并解构，一直处于分裂状态，并造成他致命的性格缺陷。性格也意味着一种能指符号，他所忠于的男权体系最终被服务于社会要求的话语体系所摧毁。小说最后伊丽莎白·简情感的流露其实是"资产阶级对一个无情世界妥协的经典声明"（Easingwood 68）。作者既抨击了当时的男权体系，也表达了对亨查德命运的同情和对当时男权价值体系的焦虑。

亨查德与男性间的伦理身份建构

除了以上几位女性外，亨查德和法伏雷的交往是小说叙述的重点，也是让亨查德走向失败的关键。作为新兴生产方式和经济秩序的代言人，法伏雷代表着先进的生产和管理方式。亨查德在早期和法伏雷的交往中，具有一种受压抑的父亲欲望，他潜意识中把法伏雷看作孩子或具有某种女性特质的同性人物。就像拥有和控制生活中的女性那样，他同样想拥有和控制法伏雷。法伏雷和伊丽莎白·简一样，在与亨查德交往的过程中，对话语持严肃的态度，他们都相信，亨查德话语的表面意义就是他要表达的真实想法，即语言的能指和所指是保持一致的。因此，当亨查德告诉别人，"法伏雷先生做经理的时间快结束了"(105)，法伏雷就信以为真了，认为亨查德将要解雇他。而实际上，当亨查德的嫉妒心过去之后，他对自己说过的话和做过的事感到十分后悔，特别是当他发觉法伏雷完全是按照他的指示去进行游艺活动时，他就更不安了。具有讽刺意味的是，法伏雷既是亨查德的对手，也是他爱的对象。他们在谷仓打架象征着他们截然相反的人生观。亨查德告诉法伏雷："没有人会像我从前爱你那样一直爱着另一个人"(265)。因此，法伏雷在某种意义上对亨查德的打击比露西塔还要大，"他使他蒙受了前所未有的奇耻大辱——当着全城人的面，把他当作无赖似的抓着衣领摇晃着"(262)。亨查德决定和法伏雷来场决斗以洗刷法伏雷带给他的耻辱。在决斗中，亨查德貌似打败了法伏雷，但他的男子汉气概也受到了打击："他全然气馁了，一直一动不动地蹲伏在粮袋上。这种姿势不是一个男人所常有的，尤其是像他这样的男人；这是女性的柔情结合在非常刚强的男性气概的人身上所造成的悲剧"(266)。这就像语言的能指系统一样，表面上的取胜并不等于真实的胜利。亨查德的男性气概只是一张虚张声势的面具而已，面具下则是一张真实的、虚无的面孔，因为"小说最终揭示的是这个悲剧英雄的菲勒斯完整的梦想"(Garson 129)。他后来的挣扎都是徒劳的，表面的男性气概再也无法掩盖自我的分裂，他的性格缺陷最终使他走向了死亡。

小说中能指的任意性其实也在小说题目《卡斯特桥市长》中有所体现。这里的市长指的是亨查德还是法伏雷？作者没有给出明确的答案，因为他们两个都曾是卡斯特桥市长，而且在露西塔给亨查德的信中，对于能够在卡斯特桥待多长时间这个问题上，她是这样说的："至于待多久我还说不上来。他是一个男人、一个商人、一位市长，他是第一个有权接受我爱情的人"(143)。在这里，亨查德和法伏雷都符合这些称谓，而这正是符号秩序的特点，即定义代替物体，名字取代所有者。这些能指混乱从语言层面标志着主体间关系的任意性特征和社会伦理失序。

亨查德和法伏雷虽然有这么多共同的符号特征，但两人身上也存在明显的不同。与亨查德固执的男性气概相比，法伏雷的性格就不是很鲜明了。但是，他至少表面上比亨查德更容易相处，能取得更多人的信任，在影响上逐渐超过了亨查德。亨查德性格虽然比较粗鲁，但是比法伏雷慷慨大度。“去年一冬天亨查德都在给阿贝尔的老母亲送煤和鼻烟”（97）。不像亨查德的冲动型性格特征，法伏雷的好心永远具有目的性。在小说末尾，他竭力劝阻伊丽莎白·简放弃寻找亨查德的计划，否则就要在外面过夜，“就要花费一个金镑”（322）。这表明他的慷慨是有局限性的，带有经济上的考量。

亨查德在操控女人方面无疑是失败的，法伏雷则可以运用情感和自己在生意上的成功娴熟地操控女人。伊丽莎白·简首先被法伏雷的“严肃认真”所吸引，而露西塔则喜欢他的“好心肠”（157）。亨查德认为，他必须和露西塔或苏珊结婚以补偿自己过去对她们的不公，而法伏雷首先考虑到，他和伊丽莎白·简结婚是为了满足自己的情感和实际需要。所以亨查德更重视社会伦理对人的伦理身份的要求，而法伏雷看重的是情感和利益，也就是世俗社会对人的现实要求。亨查德曾写信告诉法伏雷，如果他有心向伊丽莎白·简求爱，可以去看她。“一开始他对亨查德唐突的信并不理会。但是后来他做了一笔特别赚钱的生意，这使得他对所有的人都友好起来……这样的一种结合很自然地会使他同以前的朋友亨查德言归于好”（154）。这些暴露出法伏雷作为新兴资产阶级代表的利己主义本质。

在文字表达方面，亨查德和法伏雷间也存在很大的区别，法伏雷擅长书写文件类的材料，比如账目、合同等，严格遵循书写的规范，而亨查德则不在意书写的规范和严谨。在亨查德的主导下，他们之间签订的第一份合同就是在一张便条上草签的。这在一定意义上体现出主体对象征秩序的适应程度。因此，语言在建构象征秩序的同时，也对亨查德这一主体起到解构的效果。

亨查德和法伏雷在商业上的竞争同样体现了“适者生存”的丛林法则。法伏雷依靠科学和对天气的应变能力，使自己的买卖立于不败之地。亨查德的思想和行为不能顺应外部象征秩序的变化，在商业上败给了法伏雷。小说最后把金翅雀的死同亨查德的死联系起来，结束了一个在自然选择中归于毁灭的悲壮故事。哈代在阐述社会的变迁和发展时，并不局限在生物进化论的狭义范围内，而更多的是在广义的社会进化论的基础上观察和认识世界的。因此，亨查德和法伏雷不仅有着重要的象征意义，而且都是典型的代表人物。亨查德是旧的宗法制农村社会的代表，法伏雷是新的资产阶级关系的代表。因而他们之间的生存竞争就不仅是个人的竞争，而且是两大社会的竞争。根据适者生存的原理，亨查德和他所代表的社会终将毁灭，被法伏雷和他所代表的新的社会关系取而代之。

结　　语

在情感与理性的矛盾中，作者通过对悲剧英雄亨查德的形象刻画，既寄托了对小农经济解体时旧式农民悲惨遭遇的深切同情，又表达了对"性格"人物不能适应社会进化的惋惜之情。在背景化的"环境"衬托下，"性格"人物的悲剧具有突出的文学价值和广泛的社会意义。但作者在刻画亨查德这个人物形象时，通过其他人物的话语交流建构出亨查德的伦理身份和伦理指向，体现出作者塑造人物形象时的伦理关切和诉求。亨查德犯过致命的错误，性格粗暴固执，常常不守信用，而且生活在由话语构建的虚幻现实之中，不能正确面对所处的环境，也不能正确处理与其他人的关系。但是在伦理身份建构方面，他知错能改，并对家庭成员给予了充分的关爱。他的死证明了他不愿苟活于世的倔强性格和对亲人的真挚情感，他以自己的悲壮行为赢得了读者的同情。正如科瑞格·瑞恩（Craig Raine）所言，"从策略上讲，根本的问题是在最后的章节中如何使亨查德成为一个被同情的悲剧人物，即使小说的大部分章节都在描述他是一个粗鲁、固执、刚愎自用、易受蛊惑且以自我为中心的撒谎者"（Raine 159）。其实正是因为失去了一切，因为醒悟太晚才使亨查德成为一个令人同情的悲剧人物。作为悲剧人物不在于他做了什么，而在于他象征着什么，即失败的、错误不断的男子汉。亨查德的死亡也是他爱别人的结果，爱的伦理使他的"性格"缺陷得到了全面的体现，也使他成为一个悲剧英雄。正如批评家所言："尽管哈代的小说呼唤幸福和完美，但它的深刻却源于缺憾、混乱和无果而终"（Beer 232）。也正是由于缺憾和不完美才使得亨查德这一人物形象具有历久弥新的艺术魅力和社会感召力。

引用作品[Works Cited]：

Beer, Gillian. *Darwin's Plots: Evolutionary Narrative in Darwin, George Eliot, and*

Nineteenth-Century Fiction. Cambridge: Cambridge UP, 1983.

Deleuze, Gilles and Félix Guattari. *Anti-Oedipus*. London: Athlone Press, 1984.

Easingwood, Peter. "*The Mayor of Casterbridge* and the Irony of Literary Production." *The Thomas Hardy Journal* 9.3 (1993): 68.

Fisher, Joe. *The Hidden Hardy*. New York: St. Martin's Press, 1992.

Garson, Marjorie. *Hardy's Fables of Integrity: Woman, Body, Text*. Oxford: Clarendon, 1991.

Hardy, Evelyn. *Thomas Hardy: A Critical Biography*. London: The Hogarth Press, 1954.

King, Jeannette. "*The Mayor of Casterbridge*: Talking about Character." *The Thomas Hardy Journal* 8.3 (1992): 42-46.

Mill, John Stuart. *Three Essays: On Liberty, Representative Government, The Subjection of Women*. Oxford: Oxford UP, 1975.

Moore, Kevin Z. *The Descent of the Imagination: Postromantic Culture in the Later Novels of Thomas Hardy*. New York: New York UP, 1990.

Raine, Craig. "Conscious Artistry in *The Mayor of Casterbridge*." *New Perspective in Thomas Hardy*. Ed. Charles P. C. Pettit, New York: St. Martin's Press, 1994. 156-171.

Smith, Adam. *The Theory of Moral Sentiments*. Indianapolis: Liberty Classics, 1976.

Stone, Lawrence. *The Family, Sex and Marriage in England, 1500-1800*. London: Penguin, 1990.

凯特·米利特：《性的政治》，钟良明译，北京：社会科学文献出版社，1999 年。

特里·伊格尔顿：《甜蜜的暴力——悲剧的观念》，方杰、方宸译，南京：南京大学出版社，2007 年。

托马斯·哈代：《卡斯特桥市长》，郭国良等译，南昌：江西教育出版社，2016 年。

以爱之名：论《$10\frac{1}{2}$章世界史》中的生态人文主义思想*

刘丽霞**

内容提要： 当代英国小说家朱利安·巴恩斯的小说《$10\frac{1}{2}$章世界史》对不同历史时期各种人与动物关系的反思折射了作者充满人文关怀的生态思想。本文以布莱恩·莫里斯提出的生态人文主义概念为参照，结合当代的深生态、生态女性主义和动物研究方面的理论，围绕小说对《圣经》中方舟神话的戏仿、对中世纪动物审判庭审记录的仿写、对消费社会中同为"他者"的女性与动物的同情以及对以爱为基础的生态关系的建构4个方面展开论述，深入剖析巴恩斯生态人文主义思想的双重内涵：既融合了人与自然和谐共生的生态主张，同时也体现了人通过道德、艺术和爱获得超越的人文主义思想；而巴恩斯对爱的本质的独特阐释是其生态人文主义思想的核心，也是构建和谐生态系统的有效立场。

关键词： 人类中心主义；动物；女性；爱；生态人文主义

Abstract: Reflections on various types of human-animal relationship in *A History of the World in $10\frac{1}{2}$ Chapters* display the humanistic ecological thinking of contemporary British writer Julian Barnes. With a reference to Brian Morris's definition of ecological humanism as well as in comparison to the propositions of deep ecology, ecofeminism and animal studies, this essay explores the double connotation of Barnes's ecological humanism from the perspectives of his parody of the Biblical myth of Noah's Ark, pastiche of a Middle Age's animal trial, sympathies for women and animals as "the other" in consumer society and construction of an ecological relationship based on love. While incorporating the symbiotic ecological relationship, this thinking embodies the humanistic insistence on human transcendence through morality, art and love. Barnes's unique elaboration on the essence of love is the core of his ecological humanism and a valid ecological position in constructing a harmonious ecological system.

---

* ［**基金项目**］：本文为河北省社会科学发展研究课题"《$10\frac{1}{2}$章世界史》中的生态人文主义思想研究"（20200602096）的研究成果。

** ［**作者简介**］：刘丽霞，燕山大学外国语学院副教授，主要研究方向为当代英国文学。

Key words: anthropocentrism; animal; women; love; ecological humanism

当代英国作家朱利安·巴恩斯(Julian Barnes, 1946—)的小说《10½章世界史》(*A History of the World in 10½ Chapters*, 1989)(下文简称《世界史》)以其对宏大历史叙事的解构和形式上的大胆杂糅引起学界的广泛关注。事实上,小说也贯穿着对不同时期各种形态的人与动物关系的反思,蕴含着作者充满人文关怀的生态思想。近来,有学者论及小说对现代文明以及人与动物关系的思考①,但缺乏对巴恩斯生态思想的总体把握。本文在现有研究的基础上,试图以生态人文主义概念为主要参照,结合深生态、生态女性主义和动物研究的一些主张,进一步挖掘巴恩斯的整体生态思想及其具体内涵。

生态人文主义思想意在表达生态思想和人文主义的结合,在不同的语境中有不同的界定。法国学者菲利浦·圣马克(Philippe Saint Marc)在其《自然的社会化》(*Socialisation de la nature*, 1971)一书中最早使用"生态人文主义"这一术语。他强调自然对保护个人自由的重要作用,主张挖掘环境伦理的社会和精神维度,但因为忽略了"'自然环境的'独特身份",而被视为人类中心主义的(转引自 Whiteside 167)。亨利克·斯科利莫夫斯基(Henryk Skolimowski)、安德鲁·布伦南(Andrew Brennan)、蒂姆·海沃德(Tim Hayward)等人也先后阐释过生态人文主义的内涵,但总体而言,这些学者的理论都基于对人与动物的二元认知,很难避免人类中心主义之嫌。凯瑞·K. 怀特塞德(Kerry H. Whiteside)在分析法国生态思想时发现了对这一问题的破解之法,他认为法国的生态思想传统一直主张建立一种互相联系的、平等的生态系统,从而回避了"中心"问题,也突破了人与动物的二元对立;这种生态认知可以追溯到蒙田和卢梭"对人文主义的非中心化理解"(73)。作为一名深受法国文学和文化影响的作家,巴恩斯继承了这种生态思想。基于这种对传统二元对立思维的超越,布莱恩·莫里斯(Brian Morris)在《生态人文主义的先锋》(*The*

① 如,李颖(2012)认为小说是对现代文明的反思,重点分析了巴恩斯在该作品中对"人类中心主义"和"科学至上"观念的批判。伊泽·冉普(Szép 2014)则基于约翰·伯格(John Berger, 1926—2017)、勒内·笛卡尔(René Descartes, 1596—1650)、雅克·德里达(Jacques Derrida, 1930—2004)和雅克·拉康(Jacques Lacan, 1901—1981)等对人与动物关系的不同论述,分析了小说中人与动物之间的对视、动物作为机器以及裸体等问题。

Pioneers of Ecological Humanism, 2012）一书中对生态人文主义进行了新的界定，认为它是人文主义与达尔文式的自然主义的融合，它从自然进化的角度看待人与动物的关系，既承认作为进化结果的人与动物的差异性，同时也强调人与自然之间的生理性关联，认可每一个有机体存在的合理性："都为它同伴的生存和福祉贡献力量"（108）。这种生态人文主义坚持以自然主义和历史的方式来理解人与其他生物之间的关联，平衡了生态现实和人文主义的道德与文化关怀，正契合了巴恩斯小说中体现的生态思想。下文将从小说对《圣经》中挪亚方舟神话的戏仿，对中世纪的动物审判卷宗的仿写，对消费社会中同为"他者"的女性与动物的同情以及对以爱为基础的生态关系的建构4方面来梳理巴恩斯生态人文主义思想的内涵及表现。

一、方舟：从"生态保护园"到"水上餐厅"

西方生态思想的核心是对传统的人类中心主义思想的批判。而这种思想的源头经常被指向影响甚广的基督教及其《圣经》。如艾伦·贝利克里（Alan Bleakley）所言，《圣经·创世纪》中呈现了两种不同的人与动物关系：上帝7天创造世界的神话和伊甸园神话（26）。两种模式传递的生态内涵截然不同：前者体现的是上帝高高在上，人居于中，其他物种位于底端的等级秩序，后者则是人与动物的和谐共存。伊甸园神话最终变成永恒的怀旧对象——失去的乐园；而7天创世神话则变成了西方主导的生态秩序，也被詹姆斯·希尔曼（James Hillman）批评为西方文化传统中歧视"动物灵魂"的源头（转引自 Bleakley 27）。事实上，除了这两个神话，《旧约》中的挪亚方舟的神话也涉及人与动物的关系，上帝通过惩罚不顺从的子民而重新立威，通过与挪亚的契约确立了人类对其他物种的主宰地位，藉此强化7天创世神话中建立的等级秩序；而上帝委托挪亚建造的方舟也成为维持人类和其他物种繁衍的"生态保护园"（Barnes 4）。[①] 在《世界史》中，巴恩斯以对方舟神话的戏仿为开端，以寓言的形式发起了对《圣经》确立的人类中心主义等级秩序的挑战。在第一章"偷渡者"中，他反转了动物总是被凝视的人类中心主义视角，以一只偷渡上方舟的木

① 本文中该小说的引文均出自该版本，译文参照了林本椿和宋东升的译本。

蠹的视角[①]描述了那些被选上方舟的动物的恶劣生存状况，进一步指出很多动物沦为挪亚及其家人的食物，上帝与挪亚的神圣契约不过是“死刑执行书”，而方舟也变成了“水上餐厅”，完全颠覆了《圣经》中的方舟神话（Barnes 22，14）。

通过这种戏仿，巴恩斯批判了人类中心主义的两个症候：人类沙文主义和物种歧视，即，“认为只有人类才有内在价值，只有人类才值得道德考量，其余的生物只有工具性价值，作为手段为人类的目的服务”（Hayward 58）。巴恩斯对《圣经》中挪亚“义人”形象（Gen. 6：9）的改写集中体现了他对人类沙文主义的挑战。在木蠹的视角下，挪亚是一个“70 多岁酗酒的老混蛋”，在挑选带上方舟的物种时任性而无能，在方舟上和家人仪态尽失（如，醉酒失态，其儿媳甚至与一对类人猿保持着不正常关系等），更是犯下虐杀动物的恶行（Barnes 6）。木蠹还一针见血地指出《圣经》中“洁”与“不洁”区分（Lev.11）的不合理，并深入其本质，将神圣的道德区分还原为赤裸裸的“能吃”与“不能吃”的食物链关系，揭露了这种区分背后的自利性。巴恩斯进而将这种区分作为一种原型，呈现了它在不同历史时刻的变体，如“不速之客”中的英美双方、“沉船”中的健康人和不健康人、“三个简单的故事”中的犹太人和其他种族、“逆流而上”中的野蛮人和文明人等，揭示了这种二元思维对整个人类文明史的渗透。而二元之间潜在的流动性，如，“阿勒计划”中科学与文明的殊途同归和“逆流而上”中所谓的文明人被野蛮人打败等，则表明了这种区分的荒诞性。

在批判人类中心主义的同时，巴恩斯还利用木蠹为自己所属物种辩护的契机提出一种新的生态关系的可能：

> 但是在我们中间，从始至终，一直存在着一种平等意识。哦，的确，我们互相为食，如此等等；较弱的动物心知肚明万一遇到个头更大而又饥饿的动物会是什么下场。但我们只是把这看作自然之道。一种动物能杀死另一种并不能表明前者比后者优越；只是更危险而已。或许，你们很难明白这一点，但是我们之间彼此尊重。能吃掉另一种动物不是鄙视它的理由：被吃掉并不能激起受害者或其家人对那些饕餮物种格外的崇拜。（Barnes 10）

① 对比德里达在《动物故我在》（*The Animal that Therefore I Am*，1997）中将自己裸体时遭遇一只猫的凝视作为一种重新看待人与动物关系的隐喻。参见 Szép 57—70.

木蠹挑战人类的优越地位，提倡物种之间的“平等意识”和“彼此尊重”，认为这才是“自然之道”，反对人类以杀戮确立其威严，这些主张呼应了阿恩·奈斯（Arne Naess）倡导的深生态（Deep Ecology）理论所提出的“生物圈的平等主义”以及“以能在复杂关系中共存和合作而非残杀、剥削和压迫来理解物种之间的生存斗争”（95—96）。二者都打破了人与动物的二元对立，倡导一种物种间共生的生态关系。

作为这部不连贯的“世界史”的主要串联者，木蠹的身份有其辩证性。作为一个“游离于中心之外者（ex-centric）”，木蠹主张万物平等，颠覆了方舟神话中的人类中心主义思想（Hutcheon xi）。巴恩斯赋予木蠹一种无处不在却不可见的神秘特质，它似乎“蚕食了整个人类（编年）史”（Childs 2011：77）。在后殖民语境中，可见性更多地与身份认知相关联，不可见性则隐喻了中心力量对边缘群体的忽视，而木蠹的不可见性却构成了它的他异性，表明自然能超越人类的操纵，成为不可征服的神秘他者。但另一方面，巴恩斯也显示了木蠹自身边缘身份的局限和难以避免的偏见。它言语之间的自吹自擂——“你尽管相信我的说法”（Barnes 4）——也降低了其表达的可信度。而且，它在标榜自己物种之间互相尊重的同时，却对人类大加贬低，完全颠覆了传统人文主义者对人的讴歌，这与评论家们指责生物中心主义中潜在的“憎恨人类”的思想如出一辙。因此，木蠹的叙述虽然挑战了《圣经》中的等级秩序，但它的生态观仍然是有中心的，本质还是一种二元对立的思维。通过叙述者和隐含作者之间的距离，巴恩斯既呈现了木蠹合理的生态思想，同时也辩证地暗示了其不足之处，表达了一种消解中心、多元共存的后现代真理观。

二、生态之光折射下的动物审判

除了公开挑战《圣经》中的人类中心主义思想外，巴恩斯还在第三章“宗教战争”中仿写了中世纪动物审判庭审记录，再现了中世纪的大众文化心态，从中隐秘地表达了自己的生态理想。作为一种特殊审判制度，动物审判在欧洲从12世纪一直持续到20世纪。将人类的立法规则完全施诸动物的这种做法背后的文化心态可以有不同的解释：是法律意义上的真正平等，还是一种幼稚的野蛮行为？不同的解读也反映了自中世纪以来大众认知的转变。巴恩斯的仿写在当前生态批评语境下也具有了新的内涵。

动物审判首先体现了中世纪宗教对人们生活的影响。在中世纪，三种法庭（刑事法庭、庄园法庭和教会法庭）几乎主宰了人们生活，尤其是教会法庭对人们的精神和宗教事务拥有司法统辖权。文中对木蠹们的诉讼就发生在教会法庭。根据小说后面的“作者注”，文中的诉讼模仿了19世纪的学者E. P. 埃文斯（E. P. Evans）在《动物的刑事诉讼和死刑》（*The Criminal Prosecution and Capital Punishment of Animals*，1906）中提及的17世纪萨瓦法官巴利（Bally）确立的“诉状、抗辩、回答和决议的样本”（95）。形式上和法律文献的相似性确立了审判的威严性和故事的真实性，但巴恩斯采用的手法实际是他自己所称的“虚构症”（fabulation）[①]，是事实与虚构的融合。对木蠹的审判是虚构的，但为木蠹辩护的律师夏斯内是真实的历史人物，小说对他的描写基于历史事实，其辩护的内容也部分借用了他为一种无翅蝗虫做的真实辩护。夏思内引用人的法律、教会法和上帝之法来为木蠹们辩护。这表明宗教法庭实际是文化、法律和宗教的融合，而动物审判则是“各种层次的法律和文化影响互动”的典型（Cohen 10）。因此，探究这些不同层次的法律是切入动物审判背后隐藏的中世纪社会心态的最好途径。

从双方辩论也可以看出，在中世纪，人类的法和上帝的法是不可分割的。在以人类的法律辩护时，夏斯内以被告不具备理性和意志力为由认为上诉是无效的，他引用罗马法《法学汇编》（the *Pandects*）中的一句：“既然没有理智，动物就没有伤害的能力”（Barnes 66; Evans 54）。这种观点显然是以有理智的人类作为标准的，坚持动物和植物要依附于人类，反映了亚里士多德（Aristotle，384—322 BC）提出的自然阶梯（*scala naturae*）概念。夏斯内进一步以上帝之法来辩护，认为木蠹们是上帝的造物，是上帝“对人类的险恶的警醒和惩罚”（Barnes 68）。文中夏斯内的辩护实际模仿了巴利法官辩护的范例，二者都呼应了中世纪神学家托马斯·阿奎那（Thomas Aquinas，1225—1274）对待动物审判的态度。阿奎那曾说过：“如果我们认为低等动物……是出自上帝之手，是他执行其审判的代理，那么，诅咒它们就是亵渎上帝；另一方面，如果我们只是把它们咒骂为卑

① “虚构症”一词在小说中具有不同的内涵。它原本指一种心理疾病，如下文中提及的，文中的医生给出了其病理定义：“你编造一个故事来掩盖你不知道或不能接受的事实。你保留一些真相，然后围绕它们编织一个新的故事。尤其是在遭受双重压力的时候”（Barnes 109）。在后面的“插曲”中，巴恩斯将“虚构症”延伸为一种建构历史的方式，在这里采用的是后一种意义。

贱的畜生，那么诅咒便是可憎和徒劳的，因而，也是不合法的……"（转引自 Evans 54）。这种态度体现了基督教神学与亚里士多德自然阶梯概念的融合，他将上帝置于亚里士多德的"伟大的存在之链"之首，使其成为一种主导中世纪大众认知的新模式。而上帝之法在审判中的威严表明了中世纪宗教对司法系统的渗透。

但这种宗教的认知与迷信之间的界线很模糊。原告的诉讼律师辩护的一个重要观点是木蠹并不在方舟上，因而，是"一个非自然的生灵"，被"魔鬼附身"（Barnes 74）。与中世纪的女巫审判类似，动物审判表明了人们对那些违背上帝意志的黑暗未知力量的恐惧，体现了一种认知上的局限，但同时也是一种解释世界的努力：人类"将一些看起来无法解释的事件定义为犯罪以此来理解它们"，从而"确立认知上的控制权"（Humphrey xxvi）。总之，中世纪的人们相信上帝的力量并以上帝之名解释一切，也相信教会能够恢复秩序，体现了一种宗教主导的大众心态。

动物审判中对待动物的特殊方式也让它成为当代生态话语中一个热门类比，但对其解读则截然不同。一些学者基于其宗教的，甚至迷信的根源将它与当代的生物中心主义做比较，以此来批判后者。被莫里斯认为是生态人文主义先锋之一的默里·布克金（Murray Bookchin）就指出："人类对其他生命形式可能有较深厚的关爱、同情甚至爱，但如果他们把任何伦理原则看作第一自然中固有的，那么这和中世纪捕获和审判有'罪恶行径'的狼并将其吊死的做法一样天真"（转引自 Morris 219）。世俗人文主义者吕克·费里（Luc Ferry）也将它和后人文主义者赋予其他非人物种以法律身份的做法相比来批判后者，认为它反映了一种"前现代的""前人文主义的"人与动物关系，是回归"野蛮主义"（VIII）。与这些批判态度相反，另一些学者则在动物审判中看到了一种伊甸园般的人与动物的平等关系。动物与人平权被看作让动物承担责任，是尊重动物的一种特殊方式（Bleakley 43；Baudrillard 134）。虽然后一种焦点转移是以当代社会中虐待动物为语境的，但让动物承担责任扭转了当前生态思想中只专注于人类对自然承担责任的思维定势，为当代生态思想提供了一种新的认知方式。

在当代的生态语境下，巴恩斯的仿写也赋予动物审判双重内涵。一方面，他揶揄了这种看似平等的人与动物关系背后受宗教迷信思想左右的中世纪大众心态。原告和被告律师双方都在辩护中引用《圣经》的事实表明它本身固有的一些矛盾，部分消解了其权威性，巴恩斯很可能用这些辩论来“嘲讽宗教逻辑对待荒诞问题时的严肃性”（Childs 2009：125）。该章结尾斜体部分对文献目前状况的说明最有力地解构了前文的争辩：“从这些文档的状况来看，在过去的四个半世纪，它已经不止一次被一些白蚁的族类所侵蚀，教会法官的最终定论已经被吞噬掉了”（Barnes 79—80）。其中的反讽揭示出整个审判的徒劳：虽然人类在法庭上获胜了，但木蠹们依然故我，再次成为宗教权威的挑战者。另一方面，巴恩斯也以此表达了对一种更平等和更包容的生态观的向往。他曾在一次采访中说过：“对我而言，这表明在这些时代人们赋予生命更博大和更延展的意义，非常美好，当猪被一个职业刽子手执行死刑时，这实际不是别的而是在提升猪的地位，将它置于上帝的造物之列，赋予它良知，……但是，现在这种视域降低了。上帝不在天上了，我们对待猪也远不如中世纪了”（Freiburg 41—42）。由此可见，这种对美好过去的怀恋折射的其实是巴恩斯对当代消费社会恶劣生态关系的担忧和对一种更加宏大的人与自然关系的渴望。

三、对作为“他者”的女性和动物的同情

生态女性主义认为“人们如何对待女人、有色人种和社会底层与人们如何对待人类之外的自然环境之间存在着重要关联”（Warren xi）。探求女性和动物之间的这种关联是巴恩斯生态思想的另一个方面。在第四章“幸存者”中，巴恩斯讲述了有着环保意识的挪威女性琳达·凯斯在苏联切尔诺贝利核泄漏事故发生后，为躲避核污染，先出走澳大利亚，然后又逃到海上的故事。他转向了当代社会中两种新的人与动物关系：作为商品的动物和作为宠物的动物，以凯斯对被杀的驯鹿和要被阉割的宠物猫的态度来展现女性与动物之间的自然和社会关联。

“幸存者”描摹了一幅因核泄露而导致的末世图景。叙述者暗示新的灾难不亚于洪水灭世，以此反思现代社会盲目追求进步带来的毁灭性后果和动物们遭受的新苦难。在当代消费社会，动物变成了人类的消费品，成为一种商品。人类在利益的驱动下买卖和杀戮动物的恶劣程度胜过挪亚和家人对动物的虐待，在这方面，驯鹿是两章之间的连接。在“偷渡者”中，叙述者曾说过：“驯鹿们为某种更深远……某种……更长久的事情所困扰”（Barnes 13—14），这预示了他们在消费社会的痛苦遭遇。在“幸存者”中，驯鹿成为核辐射的无辜受害者：因为吃了被污染的草而遭到杀戮。而且它们不是唯一受难的动物，凯斯还提及被做成了香皂的鲸鱼们和人

们在医生巷争相花钱喂鱼的情景，人们对这种虐待性的商业关系的熟视无睹和唯利是图显示了实用主义对人性的腐蚀。

作为这个利欲熏心的世界中的清醒者，凯斯对待动物的态度代表了人类中心主义之外的另一种选择。她同情受难的驯鹿，批判挪威政府在制定放射性元素的安全级别时的随意性以及将被核污染的驯鹿肉剁碎喂给水貂的做法显露的自欺欺人和功利性。这种同情背后是她思想中对自然的原始崇拜。她崇尚更古老、更自然的人与自然关系，认为万物都有关联，尤其强调女性和自然之间的天然联结。她将自己对环境恶化超于常人的快速反应归结为生物和自然的"古老联系"，即，动物对危险的直觉。她与自然的另一关联是她强烈的生育意识，她认为"女人和地球上所有的自然循环、出生、再生的联系比男人更紧密"，而受孕是"让自我回归自然"，所以，她很遗憾没有在离开前怀孕(Barnes 89, 97)。这种遗憾表达了女性看重的生育分娩的"融合性"价值："它代表了直觉的存在与自然过程的统一和种族持续性的完整"，是女性与自然的完美融合(O'Brien 60)。

除了这种自然关联之外，巴恩斯还呈现了另一种当代社会中普遍存在的人与动物关系——动物作为人类的宠物，聚焦于人类阉割宠物做法背后的伦理问题，进而探讨了女性与动物的社会关联。凯斯和她的同居男友格雷格就要不要阉割他们的猫发生分歧。凯斯维护其宠物猫不被阉割的自然权利，反对人类一直以来阉割动物的做法。像倡导动物解放的彼得·辛格(Peter Singer, 1946—　)一样，她以杰里米·边沁(Jeremy Bentham, 1748—1832)提出的"他们能感知痛苦吗?"作为对待动物的伦理准则，坚持要像对待人一样对待动物，主张一种更广博的平等(Singer 7)。而格雷格为了自身的便利而主张阉割猫的想法代表了现实生活中大多数人处理这一问题时的选择，也反映了当代社会中普遍盛行的抑制动物本能的做法和心态。它指向人们内心的一种深层需要："一方面，阉割消除了由性激发的恐惧，另一方面，满足了对权力的欲望。阉割就是排除性别，没有性别就更容易成为朋友"(Dekkers 180)。在这个意义上，阉割与政治和性别权力相关联，格雷格要阉割猫的意图背后隐藏着不仅是对猫而且是对凯斯的主宰和控制。他在身体上和精神上折磨凯斯：喝醉酒时打她，将她对灾难的敏感看作"经前紧张"，并叫她"蠢牛"(Barnes 88—89)。因此，凯斯对动物的同情也与其自身的遭遇密不可分，同为男权社会里的边缘者，动物和女性因为共同的受难而具有了社会关联，巴恩斯以此进一步批判了男权中心主义。

作为标题中的“幸存者”,凯斯的身份也具有两面性。她挑战男权中心主义,批判人类不顾及生态伦理一味追求自身利益的行为,并以女性的直觉和柔韧在新的灾难中实现了“适者生存”,与依靠上帝的福祉获得救赎的挪亚一家形成鲜明对照。巴恩斯以达尔文港作为凯斯出逃世界的出口暗示这是一个“达尔文主义对抗宗教信仰的故事”(Childs 2011: 78)。与方舟中的父权制等级社会不同,凯斯的小船象征了一种母系的生态系统,她像希腊神话中的大地之母该亚一样庇护着船上的猫们,将自己捕到的鱼留给它们而自己只吃随身带来的罐头;而猫们也为这份和谐贡献了力量,当船上的食物快吃完时,它们也开始捕猎,带回来田鼠等作为食物,创造了一种和谐的共生关系,实现了木蠹曾梦想的所有物种间的相互尊重。因而,她是真正意义上的生态保护者。

然而,这种美好的生态理想也有其虚幻的一面。小说中交织着两种叙述声音:模仿宏大历史叙事模式的第三人称叙述和凯斯的第一人称叙述。在第一人称的叙述中,凯斯一直和宏大历史中的男性叙述斗争,如,她不接受男医生认为她患有“虚构症”的诊断。两种叙述互相消解,使得整个故事亦真亦幻,凸显了历史叙述背后隐藏的视角选择和历史真相中“多种声音和不同叙述的复调”(Kotte 92)。像木蠹一样,凯斯代表了一种边缘人看待世界的方式,其观点也难免有偏颇,她对现代技术的批判走向了另一个极端。她渴望“回到某种更古老的轮回”,她对男权主义的批判包含着对男性的厌恶,她的“焦虑者生存”原则也过于悲观(Barnes 93, 97)。因而,凯斯的双重身份可以解读为对当前恶劣的生态环境的隐喻:一位有着强烈生态意识的女性的努力与逃离可能只是因受到核辐射威胁而产生的臆想。但巴恩斯最终回归第三人称的客观叙述,以刚出生的小猫作为结尾,似乎在传达和谐的人与自然关系所带来的希望。

四、建构以爱为基础的生态关系

从巴恩斯对方舟神话的戏仿、对动物审判庭审记录的仿写和对消费社会中动物与女性的关联可以看出,巴恩斯具有强烈的生态意识,在某些方面与深生态和动物研究的主张契合。但与后两者不同的是,他并没有完全摒弃传统的人文主义价值观念,而是肯定人类通过道德、艺术和爱来超越动物本能的努力。在“不速之客”一章中,巴恩斯展现了主人公富兰克林·休斯在恐怖分子来袭时以牺牲自身的名誉为代价，救下其秘书兼女友的高尚行为，肯定了人性善的道德根基。“沉船”一章则描写了法国画家籍里柯将混沌转变为艺术的过程，表明艺术家的自主性不仅能突破政治和艺术的局限，而且让艺术成为一种镜像，折射人与自然的关系，实现对自然的超越。但以物质为依托的艺术本身也被物质所限定；绘画的物质存在注定了它必然会腐坏，因而，其超越也是暂时的。比道德和艺术更进一步，在“插曲”中，巴恩斯把爱作为对抗宏大历史的主要范畴，赋予其特定内涵，将其作为“世界史”得以延续的原动力和构建和谐生态关系的核心。

叙述者将爱看作“一种偶然演变，经由文化加强”，综合了爱的生理基础和文化建构（Barnes 235）。在论述爱的重要性时，他引用了 W. H. 奥登（W. H. Auden，1907—1973）的名言：“我们必须相爱否则就会死亡。”意在阐明：一方面，如果人类不相爱，就会像动物一样互相残杀；另一方面，爱是生命的燃料，爱的首要作用是“提供活力”，赋予爱一种“给予生命”的力量（Barnes 233）。二者都将人放回到了自然的序列，强调爱的生理基础。巴恩斯还进一步将爱和真话相关联，但将爱置于理性和意志的对立面，强调它本能的、非理性的一面。爱的语言是以生物本能而非形而上的推论为基础的：“**躺在床上，我们说真话**”（Barnes 240，原文斜体，表示强调）。这种真话是对受逻辑、理性和投机操纵的宏大历史的抗衡。与对本能的强调相一致，巴恩斯认为爱是心的功能，是一种积极的情感体现，而非理性所在的头脑的功能。在“幸存者”中，凯斯也表达过对头脑的不信任，她认为核泄露就是由一些人的头脑造成的，批判了自笛卡尔以来的理性至上观念。

在道德层面，巴恩斯以物质主义的观点——爱只是“费洛蒙”的作用以及人只是甲虫“更高大一点的翻版”（Barnes 245）——为跳板，认为爱的生理基础更反衬了人类道德超越的伟大：人来自于自然，但超越了自然，这是人类的荣光。而能超越爱的自然属性的是它的“非功利性”特质：“也许爱正因为并非必不可少才至关重要”（Barnes 234）。因此，人类的爱和动物的性关系不同，在后者那里“我们只能看到使用特权、实施统治和寻求性的便利”（Barnes 234）。这种融合了生理属性和社会道德情感的爱的观念与让-雅克·卢梭（Jean-Jacques Rousseau，1712—1778）对爱的界定遥相呼应，更体现了进化思想中强调的人与其他生物在生理方面的相似和在道德情感层面的超越。查尔斯·达尔文（Charles Darwin，1809—

1882）在论述人的道德起源时就曾指出："最终，一种最初源于社会本能、大体被同类人的赞许所引导、受理性和自利以及后来深厚的宗教感情支配的高度复杂的情感在不断得到教化和习惯的确认后，综合起来，构成了我们的道德感或良知"（Darwin 166）。巴恩斯的爱的内涵正是这种生理基础和文化建构的融合，体现了莫里斯所界定的生态人文主义思想对达尔文主义和传统人文主义价值的融合。

巴恩斯对"爱"的界定还体现了对"他异性"的尊重。叙述者规定了爱的两个前提："想象性的同情"和"学着从另一个角度来看世界"（Barnes 243）。这是从自我向他者的过渡，体现了爱的伦理维度，与伊曼努尔·列维纳斯（Emmanuel Lévinas，1906—1995）以"他异性"为基础的爱的观念是一致的。列维纳斯认为，"爱的悲怆……在于一种无法逾越的存在的二元对立"，爱的关系是"一种与他异性、与神秘的关系"，赋予爱的对象平等独立的身份（Lévinas 86，88）。虽然巴恩斯和列维纳斯在界定爱的概念时考虑的是人类之间的爱，但如德里达对列维纳斯理论的分析和拓展所揭示的，这种对"他异性"的尊重完全可以延伸为一种有效的生态立场，以差异性而不是歧视来维护物种间的关系。巴恩斯自己书写的人与动物关系的"世界史"便是对这两个前提的最好诠释。

需要指出的是，虽然在对待真实动物的态度上，巴恩斯主张对他异性的尊重，倡导共生的生态关系，但他的论述方式在言语层面似乎有其矛盾之处。在彰显人类的超越性时，他也难逃人类中心主义的樊笼，即，"排除作为'兽性的'动物他者，从而维护我们的人类中心主义身份"（Bleakley xiv）。例如，在"不速之客"中，当富兰克林在道德选择面前犹豫时，他想到一个电视节目中关于猴子的利他思想的测试。测试中的母猴在脚下的热度无法忍受时会将原本抱着的小猴踩在脚下。富兰克林将自己和猴子对比，得出结论："那就是猴子和人类的区别。在最终的分析中，人类是能够利他的。那也是他不是猴子的原因"（Barnes 53）。前文对人类的爱的论述也有这种排除动物"他者"的痕迹。当然，这本身也是达尔文进化思想的体现，巴恩斯将人与动物的区分作为进化的结果，认为人类在道德和情感方面的超越就在于能克服动物自我保护本能。但他在"插曲"中又以诙谐的口吻呈现了女权主义和男权主义对帝企鹅的育儿方式的不同解读，嘲讽了人类以自我为中心对动物世界的功利性认知。巴恩斯的态度似乎更印证了克劳德·列维-斯特劳斯（Claude Lévi-Strauss，1908—2009）和伯格所强调的：在人类的自我认知中，动物是不可或缺的"他者"。斯特劳斯指出了这种认知方式的必然性：从"动物性到人性，从自然到文化，从情感到理智的三重转变中"，动物或其他物种"不得不成为人类思想的对象和手段"（Lévi-Strauss 100）。伯格则在强调动物在人的象征性思维中的重要作用时，指出这是人与动物亲密关系的结果（Berger 7）。本文认为强调人与动物密不可分的关系正是生态人文主义的一种特质。与传统人文主义强调人与自然的分离不同，生态人文主义既认可人与动物紧密的生物性关联，但同时也强调作为进化结果的人类在道德和情感方面的超越。

结　语

由上述分析可见，巴恩斯重述"世界史"的过程也是对不同历史时期繁复的人与动物关系的反思。他以作为"他者"的女性和动物的视角来挑战宏大叙事中的人类中心主义和男权中心主义意识，渴望回归更宏大的人与动物的关系，主张重新建构一种以尊重"他异性"为前提、以"爱"为基础的和睦共生的生态关系。但与深生态等理论不同，巴恩斯的生态思想是达尔文主义与传统人文主义观念的融合，他以进化的观点来看待人与动物的差异性，在坚持人与自然的连续性并认可自然在人类自我身份确认中不可或缺作用的同时，将道德、艺术和爱作为人类进化而来的区分性特质，肯定人类通过坚守这些特质来超越动物本能的努力。这种基于进化理论对人与动物本质的认知，也使得巴恩斯有时候不免陷入了人类中心主义的话语模式，呈现出与其生态主张矛盾的一面。但我们不能因此而忽略了他在生态问题上体现的深刻批判思维和充满辩证的哲学反思。

引用作品[Works Cited]：

Barnes, Julian. *A History of the World in 10½ Chapters*. London: Jonathan Cape, 1989.

Baudrillard, Jean. *Simulacra and Simulation*. Trans. Sheila Faria Glaser. Ann Arbor: U of Michigan P, 1994.

Berger, John. *About Looking*. New York: Pantheon Books, 1980.

Bleakley, Alan. *The Animalizing Imagination: Totemism, Textuality and Ecocriticism*. New York: St. Martin's, 1999.

Brennan, Andrew. *Thinking about Nature: An Investigation of Nature, Value and Ecology*. London: Routledge, 1988.

Childs, Peter. "Beneath a Bombers' Moon: Barnes and Belief." *American, British, and Canadian Studies* 13 (2009): 120 - 129.

—. *Julian Barnes*. Manchester: Manchester UP, 2011.

Cohen, Esther. "Law, Folklore and Animal Lore." *Past & Present* 110 (1986): 6 - 37.

Darwin, Charles. *The Descent of Man and Selection in Relation to Sex*. Vol. 1. New York: Cambridge UP, 2009 (1871).

Dekkers, Midas. *Dearest Pet: On Bestiality*. Trans. Paul Vincent. London & New York: Verso, 1994.

Derrida, Jacques. *The Beast and the Sovereign*. Vol. I, II. Trans. Geoffrey Bennington. Chicago & London: The U of Chicago P, 2009 & 2011.

— & David Wills. "The Animal That Therefore I Am (More to Follow)." *Critical Inquiry* 28.2 (2002): 369 - 418.

Evans, E. P. *The Criminal Prosecution and Capital Punishment of Animals: The Lost History of Europe's Animal Trials*. London & Boston: Faber and Faber, 1987.

Ferry, Luc. *The New Ecological Order*. Trans. Carol Volk. Chicago: U of Chicago P, 1995.

Freiburg, Rudolf. "'Novels Come out of Life, Not out of Theories': An Interview with Julian Barnes." *Conversation with Julian Barnes*. Eds. Vanessa Guignery & Ryan Roberts. Mississippi: UP of Mississippi, 2009. 31 - 52.

Hayward, Tim. *Ecological Thought: An Introduction*. Cambridge: Polity Press, 1995.

Humphrey, Nicholas. "Forward." *The Criminal Prosecution and Capital Punishment of Animals: The Lost History of Europe's Animal Trials*. By E. P. Evans. London & Boston: Faber and Faber, 1987. xiii-xxxi.

Hutcheon, Linda. *A Poetics of Postmodernism: History, Theory, Fiction*. Taylor & Francis e-Library, 2004.

Kotte, Christian. *Ethical Dimensions in British Historiographic Metafiction: Julian Barnes, Graham Swift, Penelope Lively*. Trier: Wissenschaftlicher, 2001.

Lévinas, Emmanuel. *Time and the Other and Additional Essays*. Trans. Richard A. Cohen. Pittsburgh: Duquesne UP, 1987.

Lévi-Strauss, Claude. *Totemism*. Trans. Rodney Needham. London: Merlin Press, 1991.

Morris, Brian. *Pioneers of Ecological Humanism*. Brighton: Book Guild Publishing, 2012.

Naess, Arne. "The Shallow and the Deep, Long-range Ecology Movement. A Summary." *Inquiry* 16.1-4 (1973): 95-100.

O'Brien, Mary. *The Politics of Reproduction*. London: Routledge & Kegan Paul, 1981.

Rousseau, Jean-Jacques. *A Discourse Upon the Origin and Foundation of the Inequality Among Mankind*. London: Printed for R. and J. Dodsley, in Pallmall, 1761.

Salisbury, Joyce E. *The Beast Within: Animals in the Middle Ages*. 2nd ed. New York: Routledge, 2011.

Singer, Peter. *Animal Liberation*. New York: Harper Collins Publishers, 2002.

Skolimowski, Henryk. *Ecological Humanism*. Lewes, Sussex: Gryphon Press, 1978.

Szép, Eszter. "'Your Spices': The Rapture between Man and Animal in Julian Barnes's *A History of the World in 10½ Chapters*." *Stunned into Uncertainty: Essays on Julian Barnes's Fiction*. Eds. Eszter Tory & Janina Vesztergom. Budapest: Eötvös Loránd University, 2014. *Julian Barnes: Official Website*.

Warren. Karen J. "Introduction." *Ecofeminism: Women, Culture, Nature*. Ed. Karen J. Warren. Blooming and Indianapolis: Indiana UP, 1997. pp. xi-xvi.

Whiteside, Kerry H. *Divided Natures: French Contributions to Political Ecology*. Cambridge & London: MIT Press, 2002.

李颖："论《10½章世界历史》对现代文明的反思"，《当代外国文学》，2012年第1期，第76—83页。

朱利安·巴恩斯：《10½章世界史》，林本椿，宋东升译，巴恩斯著，南京：译林出版社，2015年。

论《赎罪》的忏悔意识*

付昌玲**

内容提要：《赎罪》中的主人公布莱奥妮和罗比通过自我审视，意识到自己犯下的罪行，从而让自己背负沉重的罪感。在这种罪感的驱使下，布莱奥妮通过各种方式进行了忏悔，如不完全忏悔、创伤型忏悔、多视角叙述以及叙述者的评价性评论等，从而净化了自己的灵魂。她通过忏悔，与读者建立了亲密联系，获得了作家追求的透明性并实现了对人性的完美追求，从而获得了救赎和解放，实现了个体灵魂的自我超越。从麦克尤恩的角度来说，忏悔与赎罪是他作为一名作家想要担当的一种责任，同时也是他介入社会，进而批判和改造社会的一种方式。

关键词：《赎罪》；忏悔意识；罪感；救赎；透明性

Abstract: In Ian McEwan's novel *Atonement*, the protagonists Briony and Robbie realize the crimes they have committed through self-examination, so they are burdened with the sense of sin. Driven by it, Briony confesses her sins in various ways, such as incomplete confession, traumatic confession, multi-perspective narration and evaluative comments of the narrator, so that she achieves the goal of purifying herself. Through confession, she establishes an intimate connection with readers, acquires transparency pursued by writers and realizes the perfect pursuit of human nature, so that she achieves redemption and liberation, and at the same time, she realizes self-transcendence. From McEwan's point of view, confession and redemption are a kind of responsibility he wants to take as a writer, and a way for him to intervene in society, so as to criticize and change it.

Key words: *Atonement*; consciousness of confession; sense of sin; redemption; transparency

在西方社会，"原罪"概念源自基督教文化，这种宗教思想"对西方的

---

* ［**基金项目**］：本文为国家社科基金一般项目（编号：19BZW022）的阶段性成果。

** ［**作者简介**］：付昌玲，山东大学文学院比较文学与世界文学研究所副教授，文学博士，主要从事欧美文学、西方文论研究。

文学、文化、政治、经济、伦理乃至整个社会心理的影响很大，使得西方作家在创作中，有一个强有力的思想源头"(王达敏 39)。后来人们从"原罪"概念中又引出了"忏悔"与"救赎"等概念。而罪感是"具有普世价值的人类共同体验"(摩罗 51)。它起源于人类对自己的欲望与自我意识的察觉，与忏悔意识密切相关。忏悔一词的拉丁文是 confessio，它包含"承认"之意，它是人对自己犯下的错误和罪行的一种告白，也是一种自我反省的方式。西方历史上第一部以忏悔为主题的著作是奥古斯丁(Augustine, 354—430)的《忏悔录》(*The Confessions*, 398)。此后，以"忏悔录"形式出现的西方作品，仅以英文为主的，至今就已有一千种以上(杨正润 23)，奥古斯丁在他的《忏悔录》中通过对自己的罪行的忏悔来达到赞美上帝的目的，此后，教会同样通过忏悔来了解和控制信徒的生活。由此可见，忏悔在宗教的推动和影响下，在西方社会产生了强大的影响力，正如米歇尔·福柯(Michel Foucault, 1926—1984)所说："西方社会成了特殊的忏悔的社会。西方人已经变为忏悔的动物"(Foucault 59)。毫无疑问，忏悔在西方社会有着悠久的传统，它曾在西方的古代社会发挥过重要的作用，而在当今的宗教信仰衰落的年代，它仍然是一种介入社会的重要方式，发挥着自己的重要功能。可以见出，忏悔与原罪、罪感与救赎等概念密切相关，它们构成了基督教文化的重要内容。而英国当代作家伊恩·麦克尤恩(Ian McEwan, 1948—)的小说《赎罪》(*Atonement: A Novel*, 2001)同样探讨了以忏悔为核心内容的基督教文化主题。自该作品问世以来，很多学者都对其进行了细致的分析。例如，布莱恩·芬妮(Brian Finney)就质疑布莱奥妮的写作究竟是一种逃避行为还是一种赎罪行为，或者这两者兼而有之(Finney 81)。陈榕认为，《赎罪》是一个有关罪与赎的故事，小说中的主人公布莱奥妮获得救赎的出路就在于叙述这个原罪之中，因此只能用叙述来偿还(陈榕 96)。宋艳芳则认为，《赎罪》提出了究竟谁该赎罪、何以赎罪以及赎罪何益等问题(宋艳芳、罗媛 83)。可以看出，以上各位学者的分析主要是从罪行救赎的动机、方式、主体及效应等方面进行的，在一定程度上丰富了《赎罪》的文本内涵。本文则基于基督教的原罪理论，以罪感-忏悔-救赎这一模式对《赎罪》进行分析，认为《赎罪》是一部以忏悔介入社会的重要作品，并试图从忏悔这一角度来重新阐释《赎罪》的主题。

一、罪感：个体灵魂的自我审视

罪感会引起亏欠感与负罪感，这会促使人们反思并忏悔自己的过错。由于基督教文化是一种恩典性的"赦罪"文化，强调宽恕与宽容，这些罪感和忏悔意识会让人叩问内心，审视自我并涤荡灵魂，从而让人产生一种博爱精神与悲悯情怀。《赎罪》的开头这样写道："布莱奥妮对于和谐而有秩序的世界的向往使她不可能做出任何鲁莽的错事。故意伤害和恣意破坏都太无秩序，不符合她的口味，而她的本性里又根本没有冷酷的成分"(麦克尤恩 6)。由此看出，少年布莱奥妮有追求理性和秩序的一面，这说明她能很好地控制自己的欲望，似乎不会犯什么严重的错误。但这似乎是一种讽刺，因为她在欲望的驱使下，让自己一次次犯下了错误，并最终酿成大祸。众所周知，欲望是快乐之源，也是痛苦之本，尽管她曾经意识到自己的灵魂在犯罪。她的欲望主要源自对罗比的爱慕。据罗比的回忆，布莱奥妮曾经向他表白过爱慕之情，并通过故意落水来考验罗比对她的爱，而当时罗比拒绝了这份感情并斥责了布莱奥妮拿自己的生命开玩笑是不负责任的做法。通过这一细节，我们就不难理解布莱奥妮对于"喷水池事件""私密信事件"以及后来的"图书馆情爱场景"的反应了。在布莱奥妮的潜意识当中，罗比是属于她的，而罗比喜欢的人又不是她。她出于妒忌，就在潜意识中认为，既然得不到他，就要将其毁灭。于是，从表面上看，年轻的布莱奥妮是出于保护自己的姐姐才对罗比产生敌意的，而事实上，她是因罗比的背叛而一心想置罗比于死地。于是她认定，在罗拉遭到强奸的那个晚上，她看到的黑影就是罗比。在这里，理性让位给了欲望。最终，在她的荒唐指证下，罗比锒铛入狱。可以看出，在罪感的驱使下，老年布莱奥妮重新对自我进行了审视并叩问内心，进而涤荡自己的灵魂。她在小说中将关于自己过失的事实描述与关于自己赎罪的虚构叙述混合交织，因为她现在将小说本身视为赎罪的一种主要途径(费伦、申丹 26)。她采用的策略就是，在叙事过程中满怀同情地进入他人的意识，同时毫不含糊地表明自己当初的判断如何有缺陷。麦克尤恩通过让主人公意识到自己的不良欲望所产生的罪恶并让其背负沉重的罪感，让人们从中获得道德层面的教诲与警醒。

布莱奥妮的罪感还体现在她在医院见到的受战争伤害的各种伤员，如鼻子被炸掉一块的士兵、半边脸被炸掉的列兵拉蒂莫，"他的脸已经毁了，粉红的肉裸露在空气中，从他缺失的面颊可以看到他的上下臼齿，还有闪闪发亮的舌头,长长的,令人惊骇”(麦克尤恩 345)。尽管这种惨状不是布莱奥妮造成的,她为什么会背负一种罪感呢?这涉及基督教原罪的问题。弗里德里希·施莱尔马赫(Friedrich Schleiermacher, 1768—1834)认为,原罪是一种“集体行为以及人类的集体罪责”(Schleiermacher 281)。这说明原罪是一种群体性犯罪,往往以共同体的形式出现,而“共同体比个人具有更大的制造恶的力量,而且经常以实现至善的名义制造罪恶,往往因其打着国家民族等冠冕堂皇的旗号而成为置身其中的个人的盲点……个体的罪恶因具有道德方面的标尺而容易受到谴责,而集体的罪恶却往往因其不适用个人道德标准而难以令人有所反省”(刘宗坤 4)。可以看出,共同体制造的恶的危险在于,它往往让人麻木,人们往往对自己犯下的罪行给别人带来的痛苦无动于衷,而且不受道德和良心的谴责。因此,人类一定要警惕这种群体性犯罪,更重要的是要避免这种犯罪。麦克尤恩借由主人公布莱奥妮来描绘这一幕幕荒诞而悲惨的景象,书写了战争给人们带来的创伤,表达了自己对于战争的强烈谴责。不仅如此,他还在作品中多处提到死亡,比如二战战场的死亡惨象以及为罗比和塞西莉娅选择死亡结局等,这些均从否定的角度说明人类不能任由欲望泛滥,而应该自律与自审,并且要有道德担当。伊曼努尔·康德(Immanuel Kant, 1724—1804)说:“善良的意志,并不因它促成的事物而善,并不因它期望的事物而善,也不因它善于达到的目标而善,而仅是由于意愿而善”(康德 43)。这说明道德的内在性恰恰在于主体对善良意志的自我意识,时刻按良知的要求进行自我审视。麦克尤恩承认,《赎罪》是“关于道德的研究”(Childs 5),他意在表明,依据理性对罪恶进行道德层面的自审,克制欲望并主动承担道德责任,这有利于人类更好地生存。

不仅如此,布莱奥妮还借由罗比之口对于整个人类犯下的罪行进行了反思:“可是这年代什么叫有罪呢?这个问题已经没有意义了。每个人都是有罪的,每个人又都是无罪的……人们整天都在目睹着彼此犯下的罪行。你今天没杀人?可是对多少人的死你采取了听之任之的态度?”(麦克尤恩 297)可以看出,她的心中装满了对于人类的爱,正是这种大爱让她对人类有着强烈的责任心,因此,当她想到人类的罪行不断时,在感到愤慨的同时,她又为自己的无能为力而深深地自责,并背负着沉重的罪感。这里所谓的“有罪”,是指具有道德意义和良知意义上的罪,是对灵魂忏悔和赎罪的体认。这种无罪之罪,并非刻意为之,是“通常之道德,通常之人性,通常之境遇导致的罪”(王国维 14)。这里存在一个悖论性问题:

当启蒙运动倡导的理性被质疑，人还有可能去承担道德层面的自律和自审吗？人还有可能去承担无罪之罪的道德责任吗？按照马克思的观点，万物之间是普遍联系的，因而这也构成万物存在之确证，同时也为无限道德之存在提供了依据。在这种无限联系之下，人不是孤岛，人与人、人与物之间的联系恰好证明了人作为个体的自我力量的存在。从无限道德的角度来说，个体的行为即使不违背法律，但他未必不违背道德。因此，个体应该承担无限道德责任，即一种“无罪之罪”。从这个意义上说，麦克尤恩实现了对于“无罪之罪”的追问与思考，它是直击人的心灵的，因而也关系到每个人的选择。麦克尤恩借助小说主人公对于罪行的思索和忏悔，毅然担当起对于这种“无罪之罪”的责任追究，设定了当今社会的道德底线，留给读者的是一种自我道德审视这样的自觉意识。

二、忏悔：个体灵魂的自我净化

《赎罪》的主人公布莱奥妮通过自我指涉性叙述，向读者坦诚交代了自己的罪行、罪行引发的后果以及自己所采取的行动和感受等。在该小说中，老年布莱奥妮主要通过不完全忏悔、创伤型忏悔、多视角叙述以及叙述者的评价性评论等方式来进行自我忏悔，从而达到净化灵魂的目的。

《赎罪》中的布莱奥妮以“不完全忏悔”的方式对自己的罪行进行了坦白，所谓“不完全忏悔”是由于畏惧上帝的惩罚而对自己的罪行进行的忏悔。在罗比入狱后，布莱奥妮知道自己犯下了无法弥补的罪行，自愿去一家医院当护士。尽管布莱奥妮通过将自己的生活填满各种事情的方式来麻痹和折磨自己，让自己饱受痛苦，但还是无法减轻自己心理上的压力，并始终认为自己是“不可饶恕的”。她的这种罪感来源于害怕遭到上帝的惩罚这一思想，她采取自我折磨的方式来进行自我惩罚，以求得上帝的饶恕这一做法与基督教的人生而有罪的思想是一脉相承的。基督教把痛苦视为“原罪的苦果”，人只有通过它才能赎罪，才能达到对上帝的皈依和从属，痛苦成了超凡入圣的解救之道（王达敏 39）。在《圣经》中，当上帝将亚当和夏娃逐出伊甸园的时候，他告诫亚当，他必须经历一番劳苦才能让自己获得拯救，才能生存下去。麦克尤恩塑造布莱奥妮这一人物形象是想要告诫世人，在这个信仰缺失的年代，人类只有恢复基督教的原罪意识，进行深刻的自我反省和真诚的忏悔，才能拯救自己。

《赎罪》中的布莱奥妮还借助创伤型忏悔来坦白自己的罪行，这种忏悔就是通过展示内心的创伤来表达忏悔。在小说的第二部分，老年布莱奥妮通过对战争留下的人体残肢的描写来展示战争给罗比和同伴们带来的创伤，“那是什么？是条腿！……光秃秃的，齐齐从膝盖以下斩断。……这腿摆放的姿势如此精妙，以致让人觉得这纯粹就是个展示，供他们更好地欣赏”（麦克尤恩 212）。让人费解的是，这明明是一截人体的残肢，却被描述为光滑而完整的，而且腿的摆放姿势还被赞美成很精妙，值得欣赏。此处，麦克尤恩采用反讽的手法向读者展现战争的残酷，残肢是恐怖的，但同时又是完美精致的。麦克尤恩通过描写这一幕幕荒诞而悲惨的景象，刻画了战争给自己和周围的人带来的创伤，进而向上帝表达全人类的忏悔，表达了自己对于战争的强烈谴责。同时，他以黑色幽默的笔触控诉了战争的罪恶，表达自己维护人类和平的反战立场。

不仅如此，老年布莱奥妮又采用了多视角叙述来表达自己的忏悔。谭君强认为，视角和意识形态关系密切，视角涉及作品的叙述者从什么角度进行叙述这一问题，而意识形态则“表明人们对世界和社会有系统的看法、见解和评价”（谭君强 205）。而且视角往往都是由“实际意义上的作者决定的”，因此这一选择“无疑包含着作者希望传达给读者、观众或听众所叙故事的含义，希望读者更好地理解自己的作品所传达的信息、意义和价值规范等”（谭君强 205）。在《赎罪》中，老年布莱奥妮通过对同一事件进行多角度描述的方式，展示了不同人物的生活观和价值观，进而开启了自己的忏悔之旅。她把年轻时候的自己描述成了一个非常自负而又极其无知的小女孩，尽管她对男女之间的情事几乎一无所知，她还是一味地相信自己的天真而又无知的判断。例如，在“喷水池事件”中，老年布莱奥妮一方面以全知的视角描述塞西莉娅脱下外衣，跳入水池中去捡花瓶的碎片的行为是出于自愿的；另一方面，她又从少年布莱奥妮的视角来描述同一件事，在少年布莱奥妮看来，塞西莉娅这样做是一种被迫的行为。当他们从各自的视角看同一事件时，“其价值判断、意识形态立场清晰可见，不可避免地打上了各自价值观念的烙印”（谭君强 209）。老年布莱奥妮之所以对同一事件进行多视角呈现，是因为她想要向读者呈现一个非常无知而又极其自负的小女孩形象，同时，又要让读者知道这个小女孩在认知方面和成人之间到底存在多大的差距。通过这种方式，她进一步向读者表明少年布莱奥妮在伦理认知方面存在的严重不足，目的是为少年布莱奥妮后来犯下的罪行埋下伏笔。她通过描述不同人物和事件的交错汇聚，让读者看到自己当初犯下的错误如何难以避免（费伦、申丹 31）。她做这样的铺垫，一方面是为了博得读者的同情，另一方面，更为重要的是，她想通过展示自己的心路历程，来告诫世人，不要再犯同样的错误，以达到忏悔的目的。

此外，《赎罪》的多处都出现了叙述者的评价。这种评价更多属于基于精神、心理、道德方面的说明与解释，主要是"叙述者对其人物所做的价值、规范、信念等方面的评价与判断"（谭君强 218）。因此，它自然不可避免地表明叙述者自身的意识形态立场和价值规范，而这也为布莱奥妮的忏悔提供了一种途径。在小说的开头，叙述者就对布莱奥妮的性格做了一番描述，"夏天的傍晚，白日已尽，布莱奥妮喜欢蜷曲在沙发床上，躲进黄昏美好的余辉之中。这时候，一些清晰而令人向往的幻想往往会盘桓在她的心中。……布莱奥妮是一个非常讲究整齐的孩子。……对小模型的爱好，是崇尚秩序和整洁的人的一个标志。……想象力本身就是秘密的一大源泉"（麦克尤恩 6）。从这些评价性语句中，读者知道了布莱奥妮是一个喜欢想象并崇尚秩序的小女孩，这为她后来想象性地指证罗比为强奸犯做了铺垫。在小说的后面部分，叙述者又做了进一步的交代，"布莱奥妮对秩序的喜好也催生了公正原则"（麦克尤恩 8）。而这种公正原则是她以保护姐姐为理由去诬陷罗比的一个重要因素。这种带有预示色彩的评论性语句向读者展示了布莱奥妮犯罪的心路历程，交代了自己诬陷罗比的原因以及整个过程，并想要向读者说明自己对罗比的偏见是在经历了很多事情之后才形成的。尽管"《赎罪》的叙述者是故事的一部分，因此带有偏见"（Roberts 85），但是很明显，这是老年布莱奥妮想要博得读者的同情、理解和原谅的一种方式。同时，通过这一系列情节的描写，晚年的布莱奥妮对自己这一有悖伦理道德的行为进行了深刻的自我反省和真诚的忏悔，从而达到净化灵魂的目的。

三、救赎：个体灵魂的自我超越

《赎罪》中的主人公布莱奥妮通过忏悔，最终获得了内心的平静。这反映了她的价值准则发生了改变，并不断地得到修正和强化。老年布莱奥妮暴露自己的隐私意味着她从此变得襟怀坦荡，让自己如释重负，从而获得了救赎和解放。

首先，老年布莱奥妮通过写作忏悔自己的罪行，建立了亲密的作者与读者关系。由于忏悔话语具有一种契约性质：老年布莱奥妮不仅吐露了自己的隐私,展示了自己的罪恶,而且她的忏悔也表达了一种诉求:想要获得读者的同情、信任和宽恕。这样,她的忏悔就变成了一种言语行为,可以建立她和读者之间的亲密关系。在《赎罪》中,布莱奥妮以元叙述的方式向读者展现了自己的犯罪过程,自己的罪行带来的严重后果,自己的赎罪过程以及最终诉诸写作来替自己赎罪这一过程,让自己和读者进行深层次的心灵沟通,让读者深刻体验其内心的痛苦与愧疚,最终让读者为之感动。此外,通过诱使所有读者成为同谋,麦克尤恩巧妙设置情节并揭示人人都有成为布里奥妮的危险。他以一种悲悯的情怀,希望小说家能通过自己的方式让人类认识并超越那些无法弥补的过错(邹涛 72)。

其次,老年布莱奥妮通过写作忏悔自己的罪行,达到一种透明性。让·斯塔罗宾斯基(Jean Starobinski)指出,"透明性"是卢梭提出来的最重要的概念。让-雅克·卢梭(Jean-Jacques Rousseau, 1712—1778)在《忏悔录》(*Confessions*, 1782)中自称:"我的心像水晶一样透明"(Starobinski 3),而《赎罪》中的布莱奥妮的情形也是如此。她之所以认为自己罪无可恕是因为她在小说的最后说出了真相,"罗比·特纳于1940年6月1日在布雷敦斯死于败血症,塞西莉娅于同年的9月在贝尔罕姆地铁站爆炸中丧生"(麦克尤恩 425)。这样的真相无疑让布莱奥妮很难接受,而她将其公之于众无疑是再次揭开自己心灵的伤疤。她这样做是因为她不甘心接受这样的可怕而不公正的结果,她要拿起自己的创作之笔来争取正义。于是,布莱奥妮便在艺术的世界里为罗比和塞西莉娅建造了一个完美的结局:"我走开时,他们并肩站在伦敦南部的林荫道上"(麦克尤恩 425)。这样,她就从艺术的世界里获得了安慰。尽管在现实世界罗比和塞西莉娅已经死去,但布莱奥妮通过写作在艺术的世界里为他们的悲惨人生扭转了局面,让他们幸福地生活在一起。她这么做一方面是出于姐妹之情,另一方面,更为重要的是,她是出于艺术家的良知,"她不再纠缠于历史的残酷真相,而秉着实用主义精神,用美好憧憬和往事达成和解"(邹涛 71)。而这也是她忏悔的一种方式,因为"只要是诚实的和公正的,都是从一种忏悔开始的"(Monk 366)。老年布莱奥妮就是这样"毫无遮掩地对待她的一生,同时也是毫无遮掩地对待她的艺术"(Spender 116),她在这种自我忏悔中,逐渐趋于"毫无遮掩"并走向"透明",并努力做到这一点:"敬畏生命,直面存在,承受虚无,领悟绝望"(潘知常 47)。老年布莱奥妮借由她的笔,"对抗遗忘,让人们读到她的忏悔,让罗比和塞西莉娅的故事得以流传、永生,这是犯罪,也是求取救赎"(陈榕 97)。

最后，主人公布莱奥妮通过忏悔实现对人性的完美追求。老年布莱奥妮写道，在经历了剧本《阿拉贝拉的磨难》排练的失败后，布莱奥妮对于虚构的世界就更加向往了，因为在现实世界中，“时间好像也不听她支配了——在纸上写作的时候，是很容易把时间划分成一幕幕一场场的；但现在她却只能眼睁睁地看着光阴流逝而无法挽回”（麦克尤恩 41）。而且，“在故事里你可以做到随心所欲了：想要什么，写下来就是了，整个世界就属于你了”（麦克尤恩 42）。这意味着在虚构的世界她是主导者，一切事物都听从她的安排，她自然可以为所欲为，可在现实生活中，因为双胞胎表弟们的调皮捣蛋以及罗拉的别有用心，就连排练这么简单的事情她也实施不了。这种挫折感使她急于想要找到一种发泄的途径，尽管有时她对于自己总是沉迷于自我的这种做法也表示过怀疑，一些怪念头总是层出不穷。尽管这多少打乱了她的条理观念，但她还是觉得，可能每个人都和她一样有着自己的思维。对现实的不满以及胡乱的猜想最终让她觉得，“真相和杜撰的界限已变得相当模糊”（麦克尤恩 46）。很自然地，她对强奸罗拉的那个黑影虽然没有“看清”是谁，但是，她在心里“知道”是谁，于是就凭着自己的“想象”去报警并指证了罗比。这样，读者对于布莱奥妮诬陷罗比这件事情的整个过程就一目了然。老年布莱奥妮书写本真的自我对她来说是一件十分困难的事，因为一个人通常会自我欺骗，“没有什么比不欺骗自己更困难的了”（Wittgenstein 34）。但她最终冲破重重压力，书写了本真的自我，这表明她用一颗真诚的心对自我进行了一次艰巨的探索。她将自己少年时的各种想法和犯罪时的心理状态展示给读者，这表明她的本性是善良的，并且这种善升华为一种对于读者的特殊的爱，是这种爱驱使她承认少年时的自己是个坏孩子。而且，也是这种爱让她去忏悔自己的罪过，她这么做的动机是出于对人性完美的追求。因此，她通过写作忏悔自己的罪行，“不是按照某种灵魂的蓝图去塑造灵魂，而是展示灵魂的光明与幽暗、伟大和渺小，并发出灵魂的呼喊”（刘再复、林岗 2）。

历史事件、历史叙述在文本中的再现，经过麦克尤恩的视角的过滤，带上了个人的主观色彩，偏离了绝对意义上的真实。因此特里·伊格尔顿（Terry Eagleton，1943— ）认为在《赎罪》中，忏悔的是麦克尤恩。身为作家，他是职业的说谎者，他在为自己的虚构和谎言致歉（Eagleton 2177）。麦克尤恩借助布莱奥妮这一人物表达了自己作为作家应做的忏悔和应尽的任务。布莱奥妮的忏悔是他可以写出自己的本真一面的最直接形式，因为在她的忏悔过程中，她使用了自己的语言，形成了自己的独特风格，描述了自己的生活。在这里，小说家布莱奥妮成为麦克尤恩的代言人，作为作家的麦克尤恩和他的作品形成了一个整体。麦克尤恩之所以能写出这样的佳作，是因为生活给予了他创作源泉。这正如评论家在评论路德维希·维特根斯坦（Ludwig Wittgenstein，1889—1951）时所说的："维特根斯坦的哲学化忏悔录模式同他的生活有紧密的联系。对他来说哲学首先是一种生活形式"（Peters & Burbules 200）。可以看出，维特根斯坦把自己的哲学当作一种忏悔正是由于它们都意味着真诚，这样，主体与客体就获得了统一。而从麦克尤恩的角度来说，由于这个时代的罪行不断，他无力去阻挡什么，但他可以通过写作来制造这种忏悔话语，从而去引导、批判甚至改造这个社会。布里奥妮通过回忆、想象和叙述感受着罗比和塞西莉娅所受的苦；麦克尤恩同样通过想象和叙述感受着人类的苦难，试图修正人类的偏见和罪过，唤起人类的良知和理性（宋艳芳、罗媛 88）。对于麦克尤恩来说，"谁之过"其实并不重要，重要的是所有这些人都需要赎罪，并引导读者反思自己可能的罪过，反思人类所犯的罪（宋艳芳、罗媛 85）。

在西方思想史上，"原罪"思想的影响非常深远。"原罪"概念的产生、传播与阐释，构成了西方思想文化的脉络与骨架，并形成了独特的"罪感文化"。正是在这种罪感文化的熏陶下，西方文明产生了各自向上帝负责的个体主义精神和自由主义精神，而这些又是西方文学的重要内容。而且，忏悔意识是这种罪感文化大力提倡的一个重要方面。麦克尤恩深受这种忏悔意识的影响。在对人性的深入挖掘过程中，麦克尤恩充分关注到了人在无限道德观照下的"无罪之罪"，将之与社会现实结合，竭力描绘后现代社会中人的灵魂的迷失与邪恶，而这正是罪感的源泉。出于唤起每个灵魂深处的深沉罪感，麦克尤恩在小说中塑造人物自省、忏悔与挣扎的矛盾。在对于罪的描写与罪的忏悔中，将罪感文学的忏悔和拯救不断推向成熟。而忏悔话语在西方社会一直层出不穷，自奥古斯丁以后，就是卢梭的《忏悔录》，还有卢梭之后西方自传史上的一些名作，比如约翰·沃尔夫冈·冯·歌德（Johann Wolfgang von Goethe，1749—1832）的《诗与真》（*Aus meinem Leben: Dichtung und Wahrheit*，1811—1833）、亚历山大·赫尔岑（Alexander Herzen，1812—1870）的《往事与随想》（*My Past and Thoughts*，1870）、马克·吐温（Mark Twain，1835—1910）的《马克·

吐温自传》（*The Autobiography of Mark Twain*，1959）、让-保罗·萨特（Jean-Paul Sartre，1905—1980）的《词语》（*Les Mots*，1963），都明显地包含忏悔话语。这种话语的历史之所以如此悠久是因为“忏悔话语中都包含着价值准则和道德判断，包括自我批判的成分”（杨正润 25）。而由于这种自我批判成分更能得到读者和社会的认同，其中的价值准则和道德判断也就更容易为社会所接受。在谈到信仰的问题时，麦克尤恩认为邪恶是人性的一面，没有邪恶的生活比没有上帝的生活更难（Roberts 101）。在《赎罪》中，麦克尤恩正是借助布莱奥妮的忏悔来达到批判社会的目的，告诉读者“人性可以邪恶到何种程度”（Malcolm 127）。麦克尤恩坦言，他要在小说中创造一种邪恶感，试图想象出世间可能的最坏的事情，这样做的目的是抓住事物美好的一面，从而肩负起他作为一名作家所应尽的一份责任（McEwan 20）。

引用作品[Works Cited]：

Childs, Peter. *The Fiction of Ian McEwan*. Hampshire: Palgrave Macmillan, 2005.

Eagleton, Terry. "A Beautiful and Elusive Tale." *The Lancet* 358.50 (2001): 2177.

Finney, Brian. "Briony's Stand against Oblivion: The Making of Fiction in Ian McEwan's *Atonement*." *Journal of Modern Literature* 27.3 (2004): 68 - 82.

Foucault, Michel. *The History of Sexuality*. New York: Vintage Books, 1978.

Malcolm, David. *Understanding Ian McEwan*. Columbia: U of South Carolina P, 2002.

McEwan, Ian. "Points of Departure: Interview with Ian Hamilton." *New Review* 5.2 (1978): 20 - 26.

Monk, Ray. *Ludwig Wittgenstein: The Duty of Genius*. New York: Free Press, 1990.

Peters, Michael & Nicholas Burbules. "Wittgenstein Styles Pedagogy." *Wittgenstein: Philosophy, Postmodernism, Pedagogy*. Ed. Michael Peters and James Marshall. London: Bergin and Garvey, 1999. 198 - 206.

Roberts, Ryan. *Conversations with Ian McEwan*. Jackson: UP of Mississippi, 2010.

Schleiermacher, Friedrich. *Christian Faith*. Edinburgh: T. & T. Clark, 1999.

Spender, Stephen. "Confessions and Biography." *Autobiography: Essays Theoretical and Critical*. Ed. James Olney. Princeton: Princeton UP, 1980. 115 - 122

Starobinski, Jean. *Jean-Jacques Rousseau: Transparency and Obstruction*. Chicago: U of Chicago P, 1988.

Wittgenstein, Ludwig. *Culture and Value*. Oxford: Basil Blackwell, 1980.

陈榕:"历史小说的原罪和救赎:解析麦克尤恩《赎罪》的元小说结尾",《外国文学》,2008 年第 1 期,第 91—97 页。

刘再复、林岗:《罪与文学》,北京:中信出版社,2001 年。

刘宗坤:《原罪与正义》,上海:华东师范大学出版社,2006 年。

摩罗:"原罪意识与忏悔意识的起源及宗教学分析",《中国文化》,2007 年第 2 期,第 51—60 页。

潘知常:《没有美万万不能:美学导论》,北京:人民出版社,2012 年。

宋艳芳、罗媛:"谁该赎罪?何以赎罪?:《赎罪》的伦理经纬",《外国文学研究》,2012 年第 1 期,第 83—90 页。

谭君强:《叙事学导论:从经典叙事学到后经典叙事学》,北京:高等教育出版社,2014 年。

王达敏:"中国特色的忏悔文学",《天津师范大学学报》,2018 年第 2 期,第 39—41 页。

王国维:《王国维美学论著三种》,北京:商务印书馆,2001 年。

杨正润:"论忏悔录与自传",《外国文学评论》,2002 年第 4 期,第 23—29 页。

伊恩·麦克尤恩:《赎罪》,郭国良译,上海:上海译文出版社,2011 年。

伊曼努尔·康德:《道德形而上学原理》,苗力田译,上海:上海人民出版社,1986 年。

詹姆斯·费伦、申丹:"叙事判断与修辞性叙事理论——以伊恩·麦克尤万的《赎罪》为例",《江西社会科学》,2007 年第 1 期,第 25—35 页。

张娟:"施玮《叛教者》的忏悔意识",《世界华文文学论坛》,2018 年第 3 期,第 55—60 页。

邹涛:"叙事认知中的暴力与救赎:评麦克尤恩的《赎罪》",《当代外国文学》,2011 年第 4 期,第 67—73 页。

“奥登风”：20世纪30年代奥登诗歌的先锋性*

蔡海燕**

内容提要：作为“奥登一代”的杰出代表，奥登在20世纪30年代的英语诗坛具有鲜明的开拓性、革命性和反叛性的先锋特点。他与艾略特之间的代际传承和诗学分歧，反映出他的先锋诗歌生成的时代语境。与前一代诗人反政治、非政治的诗学态度不同的是，他更积极地介入社会问题，尤其表现为融合马克思主义与弗洛伊德主义的政治左派立场。高空视角、临床性思维和诊疗性话语、现代工业景观描写是他的先锋诗歌的重要艺术特征，既构成了“奥登风”的主要内涵，也为他赢得了时代的掌声和永久的名声。

关键词：奥登；奥登一代；奥登风；艾略特；先锋

Abstract: As the leading figure of the Auden Generation, Auden burst on the scene with his pioneering, revolutionary and rebellious avant-garde poetry in the 1930s. His inclination towards and poetic divergence from T. S. Eliot mirrors the context of his avant-garde poetry. Different from the anti-political and non-political poetics of his predecessors of the 1920s, he more actively participated in social issues, leaning towards the left-wing politics of integrating Marxism with Freudism in particular. The hawk's vision, the clinical sense and diagnostic expression as well as the description of modern industrial landscape are salient features of his avant-garde poems, which not only contribute to the Audenesque style but cement his reputation.

Key words: Wystan Hugh Auden; the Auden Generation; Audenesque; T. S. Eliot; avant-garde

1937年11月，先锋诗刊《新诗》(*New Verse*)为威斯坦·休·奥登

---

* ［**基金项目**］：本文受教育部人文社会科学研究基金青年项目“人的风景：奥登的身体叙事与身心关系研究”(批准号：19YJC752001)的资助。

** ［**作者简介**］：蔡海燕，浙江财经大学人文与传播学院副教授、博士，主要研究英美文学。

(Wystan Hugh Auden, 1907—1973)发行了特别版双刊,来自大西洋两岸近 20 位业界名士和后起之秀为之供稿,主编杰弗里·格里格森(Geoffrey Grigson, 1905—1985)为这场"众说纷纭"奠定了基调:"我们向奥登致敬……他是传统的、革命的、充沛的、广博的、批判性的、智性的"(Grigson 1)。略微相悖的形容词组合在一起,充分彰显了奥登诗歌天赋的多面性。如果说年逾三十的奥登逐渐流露出"传统"的一面,那么早期奥登无论是在诗歌理念上的出新还是诗艺技巧上的创新,都具有鲜明的开拓性、革命性和反叛性的先锋特质。

约翰·富勒(John Fuller)明确指出:"大约在 1932 年之后,诗人奥登开始以一种近乎纲领性的方式背弃现代主义的晦涩难懂、形式自由和创作实验。事实上,现今人们有时会把他看作我们的第一位后现代主义诗人"(Fuller vii)。雷纳·埃米格(Rainer Emig)进一步告诉我们,早期奥登"无视当时的规范和时尚","渴望创造自己的传统",不仅在时间线索上催生了"后现代主义",而且也是后现代主义先锋派(postmodern *avant la lettre*)的重要组成部分(Emig 1, 28)。这些围绕着"先锋""现代"和"后现代"的讨论,一方面说明了术语之间的纠缠关系(乔国强 5—7),另一方面也确指了早期奥登诗歌的先锋性。贝雷泰·斯特朗(Beret Strong)在世纪之交推出《诗歌的先锋派:博尔赫斯、奥登和布列东团体》(*The Poetic Avant-Garde: The Groups of Borges, Auden, and Breton*, 1997),将奥登及其伙伴们看作英国先锋诗人的典型案例加以分析,认为他们在诗歌政治化的激进尝试和诗歌事业的高度自我实现意识是 20 世纪 30 年代特殊的历史语境的产物。沿着贝雷泰·斯特朗深入浅出的研究,我们可以进一步从 20 世纪二三十年代英语诗坛的代际关系入手,阐释早期奥登在诗歌主题和诗艺技巧上的推陈出新,从而厘清其先锋性的成因和特征。

一、奥登先锋诗歌的代际传承

正如门德尔松所言,"自拜伦以来,没有哪一位英语诗人可以如此迅速地成名"(转引自 Auden 1979: xiii),学界很快便以他的姓氏冠名了同时期的先锋诗人们——"the Auden Generation"(奥登一代),还创生了一个盛传已久的专有术语——"Audenesque"(奥登风)。《牛津英语大词典》(*OED*)认为"Audenesque"最早出现在 1940 年,伯纳德·贝尔贡齐(Bernard Bergonzi)则考证这个时间点还可以再往前推,因为早在 1933

年12月加文·埃沃特（Gavin Ewart，1916—1995）就已经在《新诗》上发表了《以奥登风开始》（“Audenesque for an Initiation”）（Bergonzi 66）。这位青年学子在翌年创作的《旅程》（“Journey”）里继续沿着“奥登风”前行：“我想去哪里？让我看看地图。/啊，这些路是奥登的，老兄。/我去过一次，沿着他的足迹；/隐秘石径是艾略特的，错综复杂……”（Bergonzi 66）风景和地图、旅行和探索，这些的确是早期奥登诗歌中反复出现的元素。尤其难能可贵的是，加文·埃沃特以奥登式的高密度隐喻勾连起20世纪二三十年代英语诗坛的代际关系。

这种代际关系，恰如贝雷泰·斯特朗所述：“在英国，20世纪20年代和30年代分别代表着高级现代主义（High Modernism）的两个不同阶段；第一个10年以艾略特（T. S. Eliot，1888—1965）的《荒原》（*The Waste Land*，1922）为代表；第二个10年以有关共产主义具有拯救力的诗歌为代表”（斯特朗 123）。作为20世纪20年代的先锋派领袖，艾略特以其对现代生活的精准刻画获得了一大批拥趸，年轻一代莫不是沿着艾略特的诗学道路才行至现代诗歌新世界。以奥登为例，他在1926年夏读到艾略特的作品，对诗文中“非个性化”地演绎现实与希望的角力、传统与现代的冲突极为认同，以至于“撕掉了以前写的东西”，因为“它们以华兹华斯式的手法为基础，对当今时代已经没有意义了”（Carpenter 57）。他视艾略特为第一代现代主义诗人，称之为“开创新范式的勇敢拓荒者”，而他自己则是第二代现代主义诗人，在邂逅艾略特之后找到了新方向（奥登 前言3）。

少年奥登几乎一夜之间从浪漫主义转向了现代主义。克里斯托弗·衣修伍德（Christopher Isherwood，1904—1986）解释道：“艾略特影响力的早期症状最为惊人。奥登就像是一个接种了强力疫苗的病人，受到典故、术语和私人笑话的严重侵袭”（Isherwood 76）。研究奥登少年习作的凯瑟琳·巴克奈尔（Katherine Bucknell）认为，奥登自此之后积极效仿艾略特的写作路径，“填满了晦涩的典故，使用了他能想到的最难懂、最拗口的单词，加上了题引和脚注，把诗行分隔成句法上不连贯的碎片”（Auden 2003：xlii）。不仅如此，奥登在跟伙伴们探讨诗学问题时也情不自禁地传播艾略特的诗学福音，比如他对斯蒂芬·斯彭德（Stephen Spender，1909—1995）说的这句话——“一首诗的主题，仅仅是一枚固定诗歌的钉子；诗人类似于化学家，用语词调剂他的诗歌，同时却与他自身的情感保持距离”（Spender 1994：51），这里的化学术语很容易让人联想到艾略特的那个借用化学催化剂的著名比喻（艾略特 6—7）。

有意思的是，奥登在效仿艾略特的同时也把他看作最为重要的竞争对手。好友戴-刘易斯（C. Day-Lewis，1904—1972）说，他与奥登在 1927 年夏罗列了所有健在的英国诗人，然后把他们分为三栏："左栏列入我们已经超越的诗人，中间栏列入我们有朝一日将超越的诗人，右栏列入我们鲜有可能与之平起平坐的诗人（极少）"（Day-Lewis 43）。虽然他没有说出右栏诗人的名字，但我们相信艾略特一定位列其中，这个猜测可以在斯彭德的回忆里找到线索。他与奥登大约在 1930 年也做过类似的"分类"，把当时的作家（特别是诗人）分成三种类型：前两类对他们来说没有什么意义，分别是"被主流社会普遍接受的小说家和政治诗人"和"不惜一切代价关注新鲜事物的实验性作家"；第三类作家"直接或间接地关注我们在一个虽然真实但极难理解的历史中如何生存的问题，以及如何过真实生活的问题"，包括艾略特、晚期 W. B. 叶芝（W. B. Yeats，1865—1939）和 D. H. 劳伦斯（D. H. Lawrence，1885—1930）等，其中艾略特的《荒原》"最令人着迷"（Spender 1978：243—244）。由此可见，作为前一代先锋诗人的杰出代表，艾略特是奥登及其伙伴们的"前驱诗人"，但他们对这位前辈没有表现出过多的"影响的焦虑"，反而渴望与之竞争并得到他的认可。

奥登在其诗歌事业之初就将艾略特主编的《标准》（*The Criterion*）和参与的费伯出版社视为赢得"文学的中心舞台"（Spender 1994：51）的绝佳途径。1927 年夏，他把自己的第一批成熟的诗作寄给艾略特，虽然被拒稿却得到了对方的极大鼓励（Mendelson 32）。1929 年春，他把自己的第一部成熟的诗剧《两败俱伤》（*Paid on both Sides*，1928）寄给艾略特，这一次艾略特不仅把它安排在 1930 年 1 月的《标准》上刊出，还向友人推荐说"在我看来这是一部相当出色的作品……这家伙是我近年来发现的最好的诗人"（Haffenden 77）。紧接着，奥登的第一篇散文刊登在 1930 年 4 月的《标准》，第一部《诗集》在 1930 年秋由费伯出版社推出。随后的两三年里，《标准》和费伯出版社仍然是奥登崭露头角的重要舞台。托尼·夏普（Tony Sharpe）注意到，奥登在此期间会刻意迎合艾略特的审美倾向为《标准》写稿（Sharpe 114），这进一步说明青年奥登由衷地希望自己被公认的前一代先锋诗人所接纳的心理。

艾略特虽然大力提携奥登，但并非完全认同他的早期作品。他曾在 1930 年对朋友说，他一点都不担心奥登的写作技巧，倒是对他的思想深度和道德主张有所保留（Carpenter 137）。艾略特的这份隐忧可谓一针见血，因为他俩分别作为 20 世纪 20 年代和 30 年代先锋诗歌的代表，最根本的代际冲突就在于“美学与政治的对立”（斯特朗 34）。乔治·奥威尔（George Orwell，1903—1950）曾回顾了 20 世纪上半叶的英国诗坛，认为在 1910 年至 1925 年间的主流诗歌是表达价值失落的战争诗和远离尘嚣的自然诗，而在 20 世纪 20 年代中后期，以艾略特为代表的诗人们虽然各不相同，骨子里却都有悲观主义倾向，表达的是“生命的悲剧性”（奥威尔 113—114）。随着历史趋近 30 年代，经济和政治的危机不断冲击着人们的现实生活，前辈诗人的思想和立场却愈加不合时宜地趋向保守，似乎更愿意“把自己训练成了‘厌世’派”（奥威尔 118），比如艾略特旗帜鲜明地遁入了宗教和保守主义，叶芝沉溺于神秘学和贵族价值观。他们创造的经验局限于中上阶层的传统价值，并没有根植于日常生活的新方面。然而，“突然之间，在 1930 年至 1935 年间，出了大事”，“新的一群作家，奥登和斯彭德等人出现了”，尽管“这些作家继承了其前辈人的技巧，但他们的‘艺术倾向’全然不同了”（奥威尔 118）。以奥登为首的青年诗人分明感受到了公共事件对个人生活的影响，并把这种真实的处境写入诗歌，而且更重要的是，他们希望诗歌能够在危机时刻发挥道德作用，引领人们走出前一代先锋诗人描绘的精神荒原。

二、奥登先锋诗歌的政治主题

政治主题是奥登先锋诗歌最为显著的特点。如塞缪尔·海因斯（Samuel Hynes）所言，20 世纪 30 年代是一个“危机重重的时代”，以奥登为首的“奥登一代”在此期间完成的作品应当被视为“一系列试图回应危机的努力”（Hynes 12）。与前一代诗人反政治、非政治的美学倾向不同的是，“奥登一代”更愿意直面分崩离析的社会并在其中找到自己的出路，而且他们纷纷选择政治左派立场作为解析社会和解决矛盾的重要途径。

美学和政治的关系之所以变得密不可分，是因为这其中有一个很现实的问题，即新一代中产阶级知识分子的失业。如奥登所言，“中产阶级的失业，虽然不像在德国那样造成恐慌，但一直存在，就像经久不散的难闻气味……不安全感从内部和外部同时向他席卷而来：在内部，动摇了他对自己和世界的信心，在外部，影响了他的物质处境”（Auden 1996：50）。结合奥登自己兜兜转转的求职经历和赋闲在家时与父母的紧张关系来看，这段文字显然是他的切身体会。奥威尔在回顾“奥登一代”的政治倾向时,颇为犀利地指出这种中产阶级失业对思想文化界造成的冲击:"到1930年……一个有思想的人几乎找不到别的可以相信的事做。对西方文明黑暗面的揭露已经达到了顶峰,'幻灭'情绪广泛地扩散开来"(奥威尔124)。在崭新的时代语境之下,年轻人无法像业已功成名就的诗坛前辈那样退缩到审美象牙塔里,而是不得不把私人生活与公共政治生活联系在一起。马修·沃利(Matthew Worley)非常生动地描绘了彼时年轻人对政治议题的浓厚兴趣:"来自富裕家庭的青年男女围坐在做工精致的玻璃桌旁,讨论华尔街崩盘带来的持续性影响……民主显然已经走到了尽头,国家干预和强有力的领导做派似乎势在必行。诸如'极权主义''社团主义''规划'的术语在谈话中时有出现……所有人都赞成一种新的政治形式需要应运而生,以期迎接时下的严峻挑战"(Worley 141)。显然,他们无意于恢复传统的价值观和宗教信仰,而是致力于创造新的价值观和社会秩序。

那么,奥登及其伙伴们为何选择了左派立场?奥威尔给出了两个解释:一是"奥登一代"需要某种新的信仰,二是"奥登一代"太年轻了,他们缺乏实际经验,热情地投向了共产主义革命(奥威尔125)。他的解释难免有刻意简单化的弊端,事实上,奥登及其伙伴们的政治左派立场是一个慎重选择的结果。在1928年至1934年间,他们频繁去德国旅居,经常混迹于底层工人区和贫民区,与失业工人、流浪汉、道德沦丧之徒有过密切接触。这些经历打开了他们长期禁锢于资产阶级生活环境里的双眼,让他们在五光十色的柏林娱乐行业和困顿不堪的底层人民生存场景之间不断切换,从而萌生了坐享其成的羞耻感和加深了挑战资产阶级传统道德的反叛意识。经济大萧条、秩序坍塌、贫富差距、阶级对立、价值失衡等一系列社会问题,也不再停留在理性的知识探讨层面,而是进入到现实的感官体验领域。与此同时,共同的失业危机让中产阶级年轻人与广大劳工的诉求越来越接近,而他们所受的高等教育又让他们的诉求不仅停留在解决温饱问题上,他们还想追踪造成整个社会体系陷入混乱的根本原因,想要通过实际行动去扭转乾坤。这些主客观原因推动绝大多数年轻人成长为同情底层和弱势群体的政治左派,而奥登"对所处时代发生的事件、问题和痛苦有极为浓厚的兴趣……在同期的诗人当中,他参与时代的程度最广,也最为突出"(Bloom 208),因而成为年轻人追捧的对象。

奥登不仅率先将马克思主义融入诗歌之中,还能游刃有余地开创令人耳目一新的全新诗风。如果说《请求》("Petition", 1929)对"神效之方"(Auden 1979: 208)的吁求还语焉不详的话,那么紧接其后的《关注》

（“Consider”，1930）便是一首名副其实的关于“危机”的诗歌。他在诗中化为犀利而热忱的双眼，通过娴熟地调整空间和时间的视距增强艺术表现力，成功地引导读者去观察时代症候。在第一诗节，他以“关注”“审视”“看那儿”“往前移步”“走入”和“转往别处”等一系列动词指引读者去发现资本主义世界经济大萧条时期的核心矛盾。在第二诗节，他以时间短语“很久以前”迫使读者将目光从“我们的时代”追溯到过往的历史，点明矛盾的根源深藏于文明内部。诗中的“头号反派人物”凭借巧舌如簧的雄辩口才散布了谣言，引发了普遍的憎厌情绪，发动了“那支潜伏着的强大军队”。对于“头号反派人物”的一系列危险行径，奥登以“终会演变成/某种极端风险、某类大恐慌”传达出浓烈的警示意味。第一诗节的空间跨度和第二诗节的时间纵深，折射出一幅人类文明全景图，而到了第三诗节也就是最后诗节，批判的矛头直指资本家、教师、教士等社会核心阶层。正是各阶层的“天真愿望”造成沉疴遍地，所有生活在“我们的时代”的人都避无可避：“它已迫近”，“你”“你们”全都无法退场（奥登 51—54）。奥登在此发出的声音洪亮且颇具分量，对欧洲的历史现实和固有矛盾都有深刻的洞察。他的这份洞察力绝非偶然，诗歌中精神分析学术语的使用和分崩离析的社会现象的呈现，恰恰是融合了西格蒙德·弗洛伊德（Sigmund Freud，1856—1939）的“死亡本能”理论和卡尔·马克思（Karl Marx，1818—1883）关于资本主义必然灭亡的预言。

由此可见，与普通的政治性诗歌不同的是，奥登很早就有意识地“融合”弗洛伊德主义与马克思主义。据斯彭德观察，奥登“以心理学的方式‘抵达’政治”，他的早期诗歌“一开始专注于个体的神经症，但这一点逐渐扩展（在他离开牛津大学去柏林旅居期间），转而对时代和资本主义社会产生了兴趣”（Haffenden 254）。他的兴趣转向生发了一套能够自圆其说的理论，认为二者“都希望有一个实现我们的理性选择和自我决定的世界”，弗洛伊德主义主张治疗个体疾病，马克思主义侧重于治疗社会弊病，而后者是前者得以有效开展的基础（Auden 1996：103）。换言之，他试图调用一种更适合冷静地分析时局和诊断弊病的方法来写作，这使得他的客观性描述带有一定的令人信服的成分，给人一种现实是可以理解的、可以像疾病或缺陷一样加以研究的感觉，甚至他发出的指令——“那些不行动的人，将因此而消失”（Auden 1977：50），也带有一种只要“行动”便可破旧立新的笃定。

然而，奥登很快就发现自己的政治观点很难被艾略特执掌的刊物接纳。《标准》倾向于发表一些“新的现代主义文学作品，而不是先锋作品”，这与艾略特日益推崇文学上的“古典主义”的诗学取向是一致的（Thacker 339）。在短暂地迎合《标准》的审美趣味后，奥登开始寻找新的发表途径。1932 年，他的最政治化的写作《一位共产主义者致其他人》（“A Communist to Others”）出现在小杂志《二十世纪》（*Twentieth Century*）上。到了 1933 年，奥登转向了新创立的先锋诗刊《新诗》。此后，奥登与斯彭德、戴-刘易斯等伙伴们携手共创，他们“旨在设定标准，其基准造就了充满争议性的形容词‘新’……而‘新’总是意味着不但有艺术创新（正如它在各种现代主义先锋运动中的表现），还包括一种政治立场，通常是一种左派立场”（Emig 1）。他们追求的“新”，也体现于一系列应运而生的选集，比如《新签名》（*New Signatures*，1932）和《新国家》（*New Country*，1933）。新刊物和新选集的出现，一方面体现了年轻人勇于推陈出新的先锋意识，另一方面也说明年轻人渴望争夺诗坛话语权的文学抱负，他们需要能够充分展现政治观点和艺术创新的舞台。

三、奥登先锋诗歌的艺术特征

虽然奥登自认是继艾略特之后的第二代现代主义诗人，学界也往往认为奥登及其伙伴们“继承了前辈人的技巧”，但事实上“奥登风”除了在主题上表现出鲜明的政治左派立场以外，在诗艺风格上也有大胆的革新。卡尔·夏皮罗（Karl Shapiro，1913—2000）如此描述奥登式修辞在整个英语世界的影响：“给我们的修辞留下深刻印记的人/十年来一直主导着诗歌/在伦敦、悉尼和纽约，是奥登”（Shapiro 41）。应当承认，少年奥登最为重要的诗学启蒙的确源于艾略特的“非个性化”诗学，以及融古典学问和现代技巧于一体的诗学路径。不过，在沿着前一代先锋诗人的“隐秘石径”研习诗艺的过程中，奥登的诗歌天赋和诗学素养让他很快就形成了独特的艺术风格。

高空视角是奥登先锋诗歌最为人称道的艺术特征之一。奥登从“诗歌上的父亲”托马斯·哈代（Thomas Hardy，1840—1928）那里借鉴了“鹰的视域”（Auden 2002：48），这促使他在活学活用艾略特的“逃避感情”“逃避个性”等诗学理念（艾略特 10—11）时倾向于采取远距离的高空视角，比如，经常借助于飞行员、飞鸟、灯塔、月亮、星星等高空视点来俯瞰生活。正因为如此，戴-刘易斯才会在 20 世纪 30 年代初对他表达了这样一份殷切期盼——“威斯坦，孤独的飞鸟和飞行员，我的好男孩……/飞到高处,奥登,让底下的人谨慎小心"(Haffenden 12)。在"奥登风"吹拂到 20 世纪 40 年代的中国大地时,杨周翰撰写了一篇文章谈论奥登的诗歌艺术,尤其提到他的居高临下的取景角度(杨周翰 100),然而他把这一视角的频繁使用归因于奥登的顽童本性,未免有失偏颇。乔治·赖特(George Wright)指出,奥登借用该视角赋予的距离优势调整与转换视距委实有着严肃的目的,是要把尽收眼底的所见之物"解释为人类经验的寓言"(Wright 22, 65)。约翰·布莱尔(John Blair)则以《关注》和《夏夜》两首诗为例,阐明奥登运用高空视角"投射出一幅人类文明的全景图",要求读者随之"去囊括更宽广的'领域'"(Blair 82)。综合而言,早期奥登娴熟地运用高空视角营造出一幅幅动态的时代全景图,他的俯瞰目光具备了想象的高度和批评的激情,能够给予读者一定的警示。

临床性思维和诊疗性话语是奥登先锋诗歌的重要特点。父亲乔治医生(George Auden)的言传身教让奥登很小就接触到医学类书籍,并且及时掌握了正在席卷欧洲的弗洛伊德主义,这促使他惯常以临床治疗般的客观态度去理解自己、他人和世界。据斯彭德回忆,他在大学期间虽然读不懂奥登的诗歌,但不由自主地被他的诗句吸引,"一种分析性的、客观性的、自觉地临床性的、有意识地非个性化的东西"让他分外着迷(Haffenden 254)。诗集《雄辩家》(*The Orators*, 1932)里振聋发聩的询问——"你如何看待英格兰?我们国家没有一个人是正常的"(Auden 1932: 14),实际上是指生病的个体组成并影响了病态的社会,而《维克多》("Victor", 1937)和《吉小姐》("Miss Gee", 1937)等诗篇则集中体现了病态的社会造成了生病的个体。此外,诸如"健康的"(healthy)、"卫生的"(hygienic)、"病菌"(germ)、"发热"(fever)、"绑绷带的"(ligatured)等诊疗性话语也时常穿插于诗行里,这些都有助于构建其诗歌临床医生般的客观姿态和权威性的超然态度。虽然有些前辈严厉指责这种写法造成了"混乱"与"专断"(Haffenden 90),但大多数年轻人积极响应。青年诗人约翰·莱曼(John Lehmann, 1907—1987)的感受代表了年轻人的心声:"在这样的写作中,他[奥登]证明了他已经超越了艾略特的消极悲观主义。一种心理疾病可能得到治愈的临床性思维(很难用其他语言表述),以及一种生活以新的形式走向新希望的历史意识,使他的作品带有确定无疑的乐观主义"(Haffenden 178—179)。由此看来,早期奥登通过写作诊断生病的个体和病态的社会,希望诗歌能够在危机时刻发挥一种类似于心理分析的治疗功能,引导人们做出更为正确的行为选择。

现代工业景观描写也是奥登先锋诗歌的突出特点。奥登自小就痴迷于各类工业生产和机械装置，喜欢搜集"地质学、机械、地图、目录簿、旅行指南、图片"（Auden 1974：424）等资料，经常实地调研煤气厂、毛纺厂、自来水厂等场所，并且记诵相关专业术语。到了少年时期，他每逢假期便会前往湖区和奔宁山脉附近的铅矿遗址采风，废弃矿场和荒野风景构成了他的初始想象世界，也成为重要的诗歌题材，比如写于 1922 年的诗行："然而，我站在他们荒弃的矿井旁/当雨水抽打在我的脸庞和膝盖上/仿佛听到里面传来他们随意的笑声……"（Auden 2003：54）随着年龄的增长和诗学取向的转变，青年奥登出于"非个性化"的考虑，不再像年少时那样经常使用第一人称的"我"，但这些独特的景观却被保留了下来。斯彭德颇为形象地描述了早期奥登诗歌里呈现的景观："废矿、间谍、枪击——整体的音乐性包裹着简洁短促的音节，就像废弃矿井里飘荡的风"（Spender 1994：52）。虽然奥登本人对废弃矿场和科技术语持有特殊情感，但这些画面和语词却在客观上为他的诗歌蒙上了一层平静、冷峻的面纱，在经济大萧条的时代大背景下俨然成了衰颓之势的精准寓言。

关于早期奥登诗歌的艺术特征，我们不妨以《分水岭》为例细加观察，因为学界普遍认为这是他从少年习作期走向艺术成熟期的转折性诗篇（Mendelson 32），预示了他今后 10 年的诗学方向。这首诗（奥登 8—10）以俯视荒凉的工业景观开始：

> 谁站在，分水岭左面的十字荒野，
> 棘草间的泥路上驻足眺望，
> 他的脚下，废弃的冲积矿床，
> 通向树林的几段电车道，
> 一个行业已然昏迷不醒，
> 还存了些许活气……

开场白"谁站在"掷地有声，"谁"的身份悬而未决，由"谁"引导的句子不再是通常意义上的疑问句。这种带有戏剧化色彩的开场白也是奥登先锋诗歌的特点，能够快速吸引读者的注意力。我们跟随"谁"的目光，看到奥登有意通过一些细节（十字荒野、冲积矿床、电车道）拼凑出他的独家景观。在随后的诗行里，一种莫名的危险气息笼罩了这位既是继承者又是陌生旅客的年轻人。他在这片"已被割裂，再不会传情达意"土地上"沮丧又烦恼"，被催促离开却又无法通行，周边的芒穗警觉地竖起了耳朵。于是，身份不明的年轻人,既站在一片空旷荒芜的分水岭,也处于命运分岔的关键点,而且他还可以被放置在更广阔的社会寓言之中,承担起重要的表征功能。这种融合了私人领域和公共领域的复义性写法,可以让每个年轻人以此为镜映照出自己的面孔。

当然,奥登先锋诗歌还有很多令人印象深刻的艺术特征。兰德尔·贾雷尔(Randall Jarrell)曾悉数列举了青年奥登不拘一格的用语习惯,包括"经常省略冠词和指示形容词""经常省略主语""经常省略并列连词、从属连词、连接副词""经常倒装"等总计 26 项(Jarrell 337—338)。伯纳德·贝尔贡齐则分析了奥登大量使用定冠词、大跨度比拟、拟人格等艺术手法(Bergonzi 66—69)。其他深受"奥登风"影响的青年诗人也从各自的角度探讨奥登先锋诗歌的特点,比如斯彭德、戴-刘易斯、卡尔·夏皮罗等人。总之,奥登在 20 世纪 30 年代的创作充满了思想活力和技术创新,为自己赢得了时代的掌声和永久的名声。

结　语

爱尔兰诗人谢默斯·希尼(Seamus Heaney, 1939—2013)在 21 世纪写有一首《奥登风》("Audenesque", 2001),诗中宣称"再一次像奥登说的,好诗人需要/这么做:去咬,去分死者的面包"(Heaney 66)。押头韵的动词"咬"(bite)和"分"(break)生动地体现了诗人之间的代际关系。几年后,美国诗人 R. S. 格温(R. S. Gwynn, 1948—)写了一首四行体抒情诗《奥登风的第六个十年》("Audenesque for the Sixth Decade", 2005),匠心独具地在第六诗节安排了如下内容:"**退场**,关于荣光的灿烂梦想。/**入场**,年轻的嘲弄/推动悲伤而又陈旧的故事/磕磕碰碰地走向终场"(Gwynn 218)。一连串干脆利落的舞台术语穿插其中,同样轻而易举地勾绘出英国高级现代主义两个不同阶段的诗坛代际冲突和艺术倾向变迁。有学者不无诗意地说,"艾略特的终结正是奥登的开始"(Rosen 140),而奥登先锋诗歌的"终结"却源自他自己主动选择谢幕。后期奥登站在大西洋彼岸全面清算早年的先锋作品,尤其是那些背负政治化写作盛名并且影响深远的诗篇,包括《请求》《一位共产主义者致其他人》和《西班牙》("Spain", 1937)等。然而,无论他如何在后期自选集里删除、修改早期作品,历史都已经铭记了"奥登一代"时期意气风发、勇于革新的奥登,而"奥登风"也在席卷英语诗坛后成为思想创新、技巧多变的诗风代名词。

引用作品[Works Cited]：

Auden, W. H. *The Orators: An English Study*. London: Faber and Faber, 1932.

—. *A Certain World: A Commonplace Book*. New York: Viking Press, 1974.

—. *The English Auden: Poems, Essays and Dramatic Writings, 1927 – 1939*. Ed. Edward Mendelson. New York: Random House, 1977.

—. *Selected Poems*. Ed. Edward Mendelson. London: Faber and Faber, 1979.

—. *The Complete Works of W. H. Auden: Prose*. Vol. I: 1926 – 1938. Ed. Edward Mendelson. Princeton: Princeton UP, 1996.

—. *The Complete Works of W. H. Auden: Prose*. Vol. II: 1939 – 1948. Ed. Edward Mendelson. London: Faber and Faber, 2002.

—. *Juvenilia: Poems, 1922 – 1928*. Ed. Katherine Bucknell. Princeton: Princeton UP, 2003.

Bergonzi, Bernard. “Auden & Audenesque.” *Encounter* 44.2 (1975): 65 – 75.

Blair, John. *The Poetic Art of W. H. Auden*. Princeton: Princeton UP, 1965.

Bloom, Robert. “W. H. Auden's Bestiary of the Human.” *The Virginia Quarterly Review* 42.2 (1996): 207 – 233.

Carpenter, Humphrey. *W. H. Auden: A Biography*. Boston: Houghton Mifflin Company, 1981.

Day-Lewis, Sean. *C. Day-Lewis: An English Literary Life*. London: Weidenfeld and Nicolson, 1980.

Emig, Rainer. *W. H. Auden: Towards a Postmodern Poetics*. New York: Palgrave, 2002.

Fuller, John. *W. H. Auden: A Commentary*. Princeton: Princeton UP, 1998.

Grigson, Geoffrey. “The Reason for This.” *New Verse* 26 – 27 (1937): 1 – 3.

Gwynn, R. S. “Audenesque for the Sixth Decade.” *Poetry* 186.3 (2005): 218 – 219.

Haffenden, John, ed. *W. H. Auden: The Critical Heritage*. London: Routledge & Kegan Paul, 1983.

Heaney, Seamus. *Electric Light*. London: Faber and Faber, 2001.

Hynes, Samuel. *The Auden Generation: Literature and Politics in England in the 1930s*. London: Faber and Faber, 1976.

Isherwood, Christopher. “Some Notes on the Early Poetry.” *W. H. Auden: A Tribute*. Ed. Stephen Spender. London: Weidenfeld & Nicolson, 1975. 74 – 79.

Jarrell, Randall. “Changes of Attitude and Rhetoric in Auden's Poetry.” *The Southern Review* 7 (1941): 326 – 349.

Mendelson, Edward. *Early Auden*. New York: The Viking Press, 1981.

Rosen, David. *Power, Plain English, and the Rise of Modern Poetry*. New Haven: Yale UP, 2006.

Shapiro, Karl. *Essay on Rime*. New York: Reynal & Hitchcock, 1945.

Sharpe, Tony. "Auden's Prose." *The Cambridge Companion to W. H. Auden*. Ed. Stan Smith. Cambridge: Cambridge UP, 2004. 110 - 122.

Spender, Stephen. *The Thirties and After*. London: Macmillan, 1978.

—. *World within World: The Autobiography of Stephen Spender*. New York: St. Martin's Press, 1994.

Thacker, Andrew. "Auden and Little Magazines." *W. H. Auden in Context*. Ed. Tony Sharpe. New York: Cambridge UP, 2013. 337 - 346.

Worley, Matthew. "Communism and Fascism in 1920s and 1930s Britain." *W. H. Auden in Context*. Ed. Tony Sharpe. New York: Cambridge UP, 2013. 141 - 149.

Wright, George. *W. H. Auden*. Boston: Twayne Publishers, 1981.

T. S. 艾略特：《传统与个人才能：艾略特文集・论文》，卞之琳、李赋宁等译，上海：上海译文出版社，2012 年。

贝雷泰・斯特朗：《诗歌的先锋派：博尔赫斯、奥登和布列东团体》，陈祖洲译，南京：南京大学出版社，2011 年。

乔国强："论先锋理论中的几个基本问题"，《中国比较文学》，2017 年第 4 期，第 1—10 页。

乔治・奥威尔：《政治与文学》，李存捧译，南京：译林出版社，2011 年。

威斯坦・奥登：《奥登诗选：1927—1947》，马鸣谦、蔡海燕译，上海：上海译文出版社，2014 年。

杨周翰："奥登——诗坛的顽童"，《时与潮文艺》，1944 年第 4 卷第 1 期，第 100—105 页。

盎格鲁-撒克逊研究的学术传统与创新机制*

杨开泛**

内容提要：国内外国文学界开始关注和梳理外国文学研究的学术史，这是学术自觉的表现，但学术史梳理不能缺少多元对照的视角，尤其是国外对应或相关学科的学术发展史。盎格鲁-撒克逊研究具有英国研究和中世纪研究的双重学科属性，梳理其学术传统，思考其创新机制，对于国内的外国文学研究如何保持学科主体性，探索跨学科研究机制有着重要的参考价值。盎格鲁-撒克逊研究肇始于文艺复兴时期，到了20世纪初形成了语文学批评的传统；经历了理论时代的挑战之后，与计算机技术融合，构建以语文学为基础的跨学科研究机制；到了数字人文时代，进一步变革创新，突出了"整体知识"视野下的新语文学批评。

关键词：盎格鲁-撒克逊研究；跨学科性；语文学；整体知识；外国文学研究

Abstract: Foreign literary studies in China begin to focus on and sort out its history of scholarship, and this is an indication of academic self-consciousness. However, a review of the scholarship history requires multi-perspective references, and a parallel review of the scholarship outside China is necessary. An examination of the scholarship tradition and innovation mechanism of Anglo-Saxon studies belonging to both English studies and medieval studies can help to maintain the disciplinary subjectivity and establish an interdisciplinary mechanism of foreign literature studies in China. Anglo-Saxon studies can be traced back to Renaissance England, and have established the tradition of philological criticism by the early 20th century; the challenges from various critical theories in the 20th century have prompted its integration with computer technology so as to establish the philology-based interdisciplinary mechanism. The digital humanities have further innovated Anglo-Saxon studies so that a new philological criticism emerges in the context of "total knowledge".

---

* ［基金项目］：本文系国家社科基金项目(14CWW021)阶段性成果。

** ［作者简介］：杨开泛，博士，温州大学外国语学院副教授，主要从事古英语文学研究。

Key words: Anglo-Saxon studies; interdisciplinarity; philology; total knowledge; foreign literature studies

近年来，国内外国文学界开始关注和梳理外国文学研究的学术史梳理和学术史研究方法。国内学者赋予学术史研究非常重要的价值和意义。陈众议认为，“不具备一定的学术史视野，哪怕是潜在的学术史视野，任何经典作家作品研究几乎都是不能想象的”（陈众议 2014：4）。陈众议还将学术史研究看作学术研究的“常规武器”，认为学术史梳理可以避免将“文学批评变为毫无客观标准的自话自说”（陈众议 2020：10）。陈建华认为如果没有学术史的研究，就谈不上“学术的继承和发展”（陈建华 21）。张和龙也认为学术史梳理“对追寻学术创新与推动学术进步是必不可少的”（张和龙 4）。关注学术史发展是学术自觉的一种表现，对于推动国内的外国文学研究有着非常重要的意义。更为重要的是，学术史梳理是创新的基础。外国文学研究跨越时空，涉及领域众多，学术传统也不尽一致。整体式和国别式梳理也可能会忽略普遍性之下的特殊性。在西方的学术体系中，盎格鲁-撒克逊研究（Anglo-Saxon studies）是一个特殊存在，具有英国研究（English studies）和中世纪研究（Medieval studies）的双重学科属性，但同时又有相对独立的学科地位和强烈的跨学科研究意识，且研究历史悠久，学科体系完备，创新意识显著。在国内外国文学研究思考学科主体性，探索跨学科研究机制的背景下，梳理盎格鲁-撒克逊研究的学术传统，思考其学术创新机制，对于构建国内外国文学研究的“三大体系”有着非常重要的参考价值。经历了 500 多年的发展和演变，盎格鲁-撒克逊研究形成了语文学批评为主体的批评传统；这一批评传统以其开放性，与不同批评手段和批评理论相融合，保持并延续盎格鲁-撒克逊研究的学科活力。

一、盎格鲁-撒克逊研究的兴起与学科地位的确立

现代学术意义上的盎格鲁-撒克逊研究肇始于 16 世纪。学术研究的动机也从最初的历史猎奇，到宗教改革正当性辩护，再到民族主义思潮影响下的民族语文研究，再到后来语文学和历史语言学研究，经历了从历史

到宗教、从宗教到政治、从政治到学术的演变。16 世纪初期的学者对古英语文献发生兴趣主要是因为对古代作家和古代历史的兴趣。这里的古代不仅包括古希腊和古罗马,也包括中世纪早期的盎格鲁-撒克逊时期。比如罗伯特·塔尔伯特(Robert Talbot, 1505—1558)是因为对历史地形学和历史地名学的兴趣才追踪到古英语文献;劳伦斯·诺威尔(Lawrence Nowell, 1530—1569)也是因为考证英国的历史地名而开始关注古英语历史和法律文本,为英国的宗教改革提供了历史依据;威廉·兰巴德(William Lambarde, 1529—1603)则是为了研究英国的郡县史才溯源到古英语文献;16 世纪盎格鲁-撒克逊研究领域最有影响力的学者马修·帕克(Matthew Parker, 1504—1575)则是把关注点放在古英语手稿的整理和收集上,认为古英语手稿为英格兰教会的主要教义提供了历史依据,这间接为后来的盎格鲁-撒克逊研究奠定了基础;约翰·乔斯林(John Joscelyn, 1529—1603)则是站在英国宗教改革的立场上,认为英国国教的教义改革能在盎格鲁-撒克逊时期找到依据。这间接上催生了 16 世纪对于盎格鲁-撒克逊时期文献的兴趣(Graham 415—419)。

另外,盎格鲁-撒克逊研究的兴起还与伊丽莎白时期的民族主义有着非常重要的联系。弗兰德学者凡·高普(van Gorp)认为伊甸园里说的语言是日耳曼语,日耳曼人没有参与巴别塔的建造,因此日耳曼语是最纯洁的语言;他还认为日耳曼语有大量的元音和辅音,可以组合成大量没有歧义的单音节词汇,这是包括希腊语和拉丁语在内的古典语言所不具备的,因此显现了日耳曼语言的优越性(转引自 Knowles 78—79)。在这样的背景下,伊丽莎白时期的学者开始关注英语的日耳曼传统,研究古英语文献,以突出英语的优越性,达到让英语和伊丽莎白时期的政治地位相匹配的目的。除了英国之外,美国、德国和丹麦等国家都挖掘盎格鲁-撒克逊研究学术之外的价值。德国学者非常强调盎格鲁-撒克逊研究的德国学术传统——语文学和历史语言学学术传统;丹麦学者则是强调古英语研究对于理解丹麦语言和历史的重要性;美国学者则是强调一种政治上的盎格鲁-撒克逊主义,认为美国是盎格鲁-撒克逊主义的具体体现,美国要发扬的是一种盎格鲁-撒克逊主义精神(Hall 435—436)。

虽然盎格鲁-撒克逊研究从 16 世纪开始,但只有到了 19 世纪才逐渐形成学科建制,并在大学学科专业中占据一席之地。到了 19 世纪,盎格鲁-撒克逊研究受到了德国语文学研究方法的影响,形成了以语文学方法为研究基础的学科体系。从 1885 年开始,牛津大学连续聘任在德国接受语文学训练的 A. S. 纳皮尔（A. S. Napier）和约瑟夫·怀特（Joseph Wright）为盎格鲁-撒克逊研究教授。另外大学体制外的亨利·斯威特（Henry Sweet，1845—1912）教授也在德国接受了语文学训练。在美国大学教授语文学的大部分教授都在德国接受过语文学训练。盎格鲁-撒克逊研究学科地位的确立在一定程度上也是语文学研究方法的确立（Hall 443—445）。19 世纪的语文学研究方法到了 20 世纪，不断与概念史研究、数字人文研究相融合，形成了独特的盎格鲁-撒克逊研究的学术方法和学术思想。

在学科归属上，盎格鲁-撒克逊研究既属于英国研究的一部分，也是中世纪研究的组成部分，但同时又有着相对独立的学科地位。这一点可以体现在盎格鲁-撒克逊研究在欧美大学里的院系归属上。剑桥大学设置有专门的盎格鲁-撒克逊、诺斯和凯尔特系（The Department of Anglo-Saxon, Norse & Celtic），把盎格鲁-撒克逊研究和古诺斯研究以及凯尔特研究放在一起，强调了这三个研究领域的共时性及其相互影响。牛津大学的盎格鲁-撒克逊研究则归属于英文系（Faculty of English）。而在大部分美国和加拿大的高校，盎格鲁-撒克逊研究则是归属于中世纪研究中心。其中最为著名的是加拿大多伦多大学的中世纪研究中心，这是北美最有影响力的中世纪研究中心。另外，盎格鲁-撒克逊研究还有相对独立的期刊、相对独立的文献检索工具、相对稳定的研究领域以及高校中的相对独立的专业归属。比如《盎格鲁-撒克逊英格兰》（*Anglo-Saxon England*）和《古英语研究通讯》（*Old English Newsletter*）两本期刊都是专门刊发这盎格鲁-撒克逊研究领域的文章。从学术关系来看，盎格鲁-撒克逊研究与古诺斯研究、古德语研究等一些学科有着更为紧密的联系，与之后的中古英语研究却存在一定的差别。这种相对独立的学科地位也让盎格鲁-撒克逊研究形成了独特的研究传统。

二、盎格鲁-撒克逊研究的学科创新机制

盎格鲁-撒克逊研究虽然是一个比较古老的学科，但其研究手段却一直在创新。与计算机技术的深度融合是盎格鲁-撒克逊研究最大的特点。这种结合经历了最早的索引编纂，到后来的语料库技术、手稿的电子化，一直到现在的大数据和数字人文研究。最早的结合案例是利用计算机技术编写古英语词汇索引。其中最典型的案例就是《〈贝奥武甫〉词汇索引》（*A Concordance to* Beowulf）以及《古英语诗歌词汇索引》（*A Concordance to the Anglo-Saxon Poetic Records*)。词汇索引(Concordance)目的是梳理文本中的词条(head word),然后再依据字母顺序列出该头词涉及的所有句子。词汇索引为文本解读创造了更多可能性,可以在很大程度上弥补人类思维的有限性。多伦多大学开了一次关于"计算机与古英语索引"会议,研讨计算机技术给盎格鲁-撒克逊研究带来的机遇和挑战,并编辑出版了《计算机与古英语词汇索引》(*Computers and Old English Concordances*)。这在一定程度上开启了盎格鲁-撒克逊研究的数字人文传统。到目前为止,计算机技术在盎格鲁-撒克逊研究领域最大的应用就是目前正在编纂的《古英语词典》(*Dictionary of Old English*)。该词典的编纂是建立在《古英语词典语料库》(*Dictionary of Old English Corpus*)基础之上,利用现代语料技术,可以穷尽每个古英语词典在整个语料库中出现的频率(杨开泛 60—61)。

计算机技术对于盎格鲁-撒克逊研究领域的影响不仅体现在一种技术手段上,甚至还改变了这一领域学者对于古英语文本的解读方式和教学方式。马丁·K. 福伊斯(Martin K. Foys)借用了计算机技术中的超文本概念,认为比起纸质媒介,电子媒介对于解读中世纪文本有更多的优势,能够实现中世纪文本的超文本(hypertext)解读(Foys xiii - xiv)。超文本概念跨越了传统语文学解读中的词源追溯,以及文学批评中的互文性关系解读。这种超文本技术正在广泛地运用到古英语的教学中去,实现古英语文本、注释,以及解读三者融合在一起的超文本,超越纸质媒介对于古英语文本的注释局限。计算机技术还广泛运用于古英语语言和文学的教学。比如,穆雷·麦吉利夫雷(Murray McGillivray)利用超文本技术开发的《古英语诗歌在线语料库》(*The Online Corpus of Old English Poetry*)实现了古英语文本的多维度呈现。另外,目前多伦多大学正在编纂的《古英语词典》就已经实现了《古英语词典》、《中古英语词典》(*Middle English Dictionary*)以及《牛津英语大辞典》(*The Oxford English Dictionary*)之间的超文本链接,实现英语词汇发展的历史追溯。盎格鲁-撒克逊研究与计算机技术的深度融合是盎格鲁-撒克逊研究保持学科活力的一种方式。对于一个有着悠久学术发展史的学科而言,如何保持学科的活力非常重要。现代学术意义上数字人文的提出其实也是在古英语研究的基础上提出来。对于盎格鲁-撒克逊研究而言,数字人文的价值在于如何利用大数据手段,获得传统方法无法获取的证据。这在很大程度上能弥补传统以文本细读和思辨为主的论据获取方式。比如,杨开泛利用多伦多大学开发的《古英语词典语料库》，统计了古英语中季节词汇出现的频次，并在此基础上提出盎格鲁-撒克逊时期季节二分的观点（Yang 68）。

盎格鲁-撒克逊研究与各种批评理论保持一定的距离，构建了一种跨越理论流派和学科壁垒的跨学科研究机制。在研究方法上，这一领域非常注重学术史的梳理，做到了陈众议所说的"既见树木，又见森林"，避免了理论喧哗时代的"自话自说"（陈众议 2020：10）。古英语专家 J. R. R. 托尔金（J. R. R. Tolkien，1892—1973）在 1936 年就发表演讲，提出要把《贝奥武甫》（*Beowulf*）当作一件艺术品，而不是历史文献，要强调《贝奥武夫》文本的美学价值（C. Tolkien 5—8），这开启了 20 世纪盎格鲁-撒克逊研究变革的序幕。奥布赖恩·奥基夫（O'Brien O'Keeffe）将盎格鲁-撒克逊研究划分为 9 个领域：比较研究、来源研究、语言问题、历史主义方法、口头文学传统、文本发掘、女权主义、后结构主义、古英语与计算机技术（O'Brien O'Keeffe 1—20）。这样的分类并不遵循从新批评到结构主义、从结构主义到后结构主义这样的发展脉络。阿尔布莱希特·卡莱森（Albrecht Classen）则是从核心概念，而不是批评方法角度归纳了 20 世纪盎格鲁-撒克逊研究涉及的主要内容，这其中涉及美学、寓言、身体、游戏、虚构性、意象等一些核心概念（Classen 1421—1563）。杰奎琳·斯托德尼克（Jacqueline Stodnick）和蕾妮·R. 特里林（Renee R. Trilling）则是将盎格鲁-撒克逊研究分为 18 个领域，其中涉及边界（borders）、法律与正义（law and justice）、空间与地方（space and place）、暴力（violence）、英雄主义（heroism）等一些具有学科特色的问题域（Stodnick and Trilling 1—9）。马克·C. 阿莫迪欧（Mark C. Amodio）则另辟蹊径，把话题和批评方法融合在一起，将盎格鲁-撒克逊研究分为盎格鲁-撒克逊文学的异质性、来源研究、手稿研究、语法和句法研究，以及理论视角 5 个方面（Amodio 333—360）。正是因为学科的特殊性，盎格鲁-撒克逊研究并非以批评理论为主导的，而是有相对独特的研究问题和研究方法。《盎格鲁-撒克逊英格兰》这本专门刊发这一领域学术研究成果的学术期刊从语言研究、文学研究、古文字学、考古学、钱币学、专名学等领域来总结盎格鲁-撒克逊研究领域的研究文献。从上述情况来看，很难用现代批评理论的发展脉络来梳理盎格鲁-撒克逊研究的学术史，而这正是一种跨学科研究意识的体现。

虽然与各种批评理论保持一定的距离，但这并不意味着盎格鲁-撒克逊研究没有理论基础。纵观盎格鲁-撒克逊研究学术史，语文学方法是基础，在一定程度上形成了语文学批评。R. D. 福尔克（R. D. Fulk）认为盎格鲁-撒克逊研究之所以没有被理论所淹没，其根本原因是语文学诠释的基础性及其与理论诠释的互补性；语文学方法是一种假设论证，能有效弥补归纳论证和演绎论证的不足，因此也是人文学科最重要的一种论证方式；他认为理论诠释追求的是意义的多元性和模糊性，而语文学诠释则是关注诠释的合理性和可能性（Fulk 1—3）。在福尔克观点的基础上，伦纳德·奈道夫（Leonard Neidorf）则是不断实践和创新这种语文学研究方法，认为语文学批评在处理文学史和诠释的问题中起关键的作用，能减少诠释过程中的时代误植和种族中心问题；他还认为语文学致力于证伪，目的是减少可能性诠释的范围（Neidorf 2016a：1—12）。奈道夫认为语文学方法首先是观察和描述语言或是文字现象，然后提出假设来解释语料中的特点、模式或是异常现象（Neidorf 2016b：97—99）。从这个意义上来说，语文学批评是盎格鲁-撒克逊研究领域最主要的研究方法。

理论时代加速了盎格鲁-撒克逊研究跨学科研究机制的形成。到了21世纪，大数据技术同样给盎格鲁-撒克逊研究带来了挑战，不过大变革的时代也是大创新的时代。语料库和大数据技术同样加速其变革，不断创新学科研究方法和机制。在谈及21世纪的盎格鲁-撒克逊研究时，尼古拉斯·豪（Nicholas Howe）认为大数据时代盎格鲁-撒克逊研究面临的挑战也是文学研究面临的挑战，他借用"大科学"（Big Science）的概念，提出了"大盎格鲁-撒克逊主义"（Big Anglo-Saxonism），认为大数据技术让对整个盎格鲁-撒克逊文献的整体知识（total knowledge）成为可能，也就是说任何针对古英语文本的诠释都有可能，也有必要以整个古英语文本为参照（Howe 500—502）。希利（Antonette diPaolo Healey）等人的《古英语词典语料库》（*The Dictionary of Old English Corpus in Electronic Form*）涵盖所有古英语文本，该语料库具备语料分析的各种功能，这已经让这种"整体知识"视野下的研究变为现实。上述这些新的研究思路也进一步丰富了跨学科机制下的语文学研究，形成了当下基于"整体知识"的新语文学批评，让盎格鲁-撒克逊继续在21世纪保持学科活力。

三、盎格鲁-撒克逊研究对于外国文学研究的启示

习近平总书记在2016年5月17日"哲学社会科学工作座谈会上的讲

话”中提出，中国的哲学社会科学研究方面要构建中国特色的学科体系、学术体系和话语体系，这对国内外国文学研究提出了更高的要求。另外，教育部2019年提出了新文科建设的理念，强调“多学科思维融合”。虽然新文科最初提出是一个专业建设的理念，但是后来逐渐演变为一种学科发展理念。无论是中国特色的学科体系，还是强调多学科融合的新文科，这些都是外国文学研究创新的内在推力。但学科体系的形成不仅要内在推力，还需要外在参照。而盎格鲁-撒克逊研究则为中国特色和新文科视野下的外国文学研究，尤其是英美文学研究提供了重要的外在参照。

对于国内的外国文学研究而言，除了去关注西方各种批评理论思潮之外，还应该看到西方学术传统的多样性。近年来，国内外国文学界也开始意识到这个问题。比如，国家社科基金申报层面也特别强调学术史梳理的重要性。陈建华和申丹分别主编出版了“中国外国文学研究的学术历程”和“新中国60年外国文学研究”系列丛书，从不同角度梳理了国内的外国文学研究的学术史。但是外国文学是一个非常宽泛的概念，上述著作的视野也比较恢宏，有时会忽视了外国文学研究不同领域存在的特殊性以及独特的学术传统。即便是英国文学研究，国外的学术史梳理也很少是一种整体式的梳理，而是把英国文学研究分为不同阶段，对不同阶段进行梳理和总结。英国、美国和德国有着非常悠久的中世纪研究传统，在学科体制方面比较完善，这对于构建国内的外国文学研究学术体系有着非常重要的参考价值。

外国文学研究还应该关注研究文献的整理和注释。盎格鲁-撒克逊研究保持研究活力的一个很重要原因就是非常关注批评文献的整理，不断梳理前人的研究，让后来的研究站在一个坚实的基础之上。葛桂录提出学术史研究的基础是“文献史料的搜罗考订与编年整理”（葛桂录1）。陈众议也提到文献目录编制对于学术史梳理的重要性（陈众议2020：6）。但就实际情况而言，国内的外国文学界在这方面还没有形成广泛的共识，也没有建设相应学科或是学科领域的文献目录数据库。盎格鲁-撒克逊研究领域梳理了从16世纪开始一直到现在的研究文献目录。斯坦利·B. 格林菲尔德（Stanley B. Greenfield）整理和编制了从16世纪到1972年的盎格鲁-撒克逊研究领域不同研究方向的文献目录。剑桥大学出版社出版的学术期刊《盎格鲁-撒克逊英格兰》则是以年为单位，整理和编制这个领域1972年以后研究文献目录。《古英语研究通讯》还开发了盎格鲁-撒克逊研究文献目录数据库，可以实现按照多种途径对文献目录进行检索。《年度英国研究综述》(*The Year's Work in English Studies*)则是对英国研究各个领域的文献进行评述,其中也包括盎格鲁-撒克逊研究领域。盎格鲁-撒克逊研究领域对于研究文献持续不断的整理为学科延续和创新打好了基础。

虽然外国文学研究需要构建"三大体系",但这样的体系也需要体现一定的国际学术共同体意识。除了英国、美国、丹麦、德国等欧美国家之外,日本、韩国以及中国等亚洲国家也加入盎格鲁-撒克逊研究的行列,共同参与构建盎格鲁-撒克逊研究的学术共同体。不同国家的盎格鲁-撒克逊研究体现了不同的治学方法。比如英国的盎格鲁-撒克逊研究比较强调英国文学和历史发展的延续性;美国的盎格鲁-撒克逊研究为盎格鲁-美国传统,突出白人至上的种族优先主义;德国的盎格鲁-撒克逊研究则是突出盎格鲁-撒克逊研究日耳曼传统。另外,日本的盎格鲁-撒克逊研究深受德国学派的影响,形成了关注细节和注重语言事实的研究风格,在词汇研究、词汇索引以及字典研究等方面取得了巨大的成就(Fisiak and Oizumi vi)。国内的外国文学研究也要强调这样的一个国际视野,要把国内的学术史发展史和国外的学术发展史并置,让这二者之间对话。国际视野与中国立场并不矛盾,中国立场也只有在国际视野中才有意义,才可以体现出中国立场的特殊性。

盎格鲁-撒克逊研究为外国文学研究面临的学科主体性问题和跨学科研究机制提供了参考与借鉴。虽然盎格鲁-撒克逊研究涉及的研究方法多元,批评方法众多,但其基础始终是语文学批评。语文学批评能有效地解决外国文学研究的学科主体性问题。无论外国文学如何强调跨学科研究,对于语言文字的阐释始终是基础和根基。西方学者认为现代人文学科都发端于语文学,语文学是人文学科的基础。比如,爱德华·W. 赛义德(Edward W. Said, 1935—2003)将语文学界定为"爱词汇"(love of words),在不同文化传统中获得了准科学的地位,他认为如何阐释的科学在整个人文知识中是至关重要的,没有语文学,哲学是不可能存在的(Said 53)。约瑟夫·M. 莱文在分析英国18世纪的批评之后,提出语文学批评较其他批评方法更具优势,因为语文学批评的根本目的就是找出文本本身的纯洁性(the original purity)(Levine 563)。汉纳斯·巴乔尔(Hannes Bajohr)则认为语文学代表的是文学批评的核心能力(core competences)(Bajohr et al. 1)。语文学问题在一定程度上是文学批评的基本问题。从本质上来说,语文学关注的还是诠释的问题。文森特·

L. 利奇（Vincent B. Leitch）把阐释视为文学批评的根本问题（Leitch 2—3）。从这个角度来看，语文学关注的根本问题是诠释的问题，应该成为外国文学研究的主体。利奇是理论派的坚定捍卫者，并把各种理论理解为一种诠释方式，这在一定程度上打通了语文学批评和各种批评理论之间的界限。如果从语言的结构角度来看，语文学关注的是语音、词汇和句法的诠释，而文学批评则更加关注句法以上的语言单位，比如语篇的诠释。语文学批评和各种批评理论的诠释之间并不存在着无法逾越的鸿沟。在当前外国文学研究思考学科主体性和构建跨学科研究机制的背景下，盎格鲁-撒克逊研究对于语文学方法的继承、发展和创新或许能提供一种解决思路。

结　语

盎格鲁-撒克逊研究肇始于英国文艺复兴时期，一开始是出于对"古代"的兴趣，后来盎格鲁-撒克逊研究则是为政治、宗教和文化服务。经历了将近 200 年的发展之后，到了 19 世纪，在以语文学和历史语言学为研究方法的德国学派影响之下，盎格鲁-撒克逊研究确立了学科地位，并在欧美大学体制化。到了 20 世纪理论喧哗的时代，盎格鲁-撒克逊研究并没有变为诠释理论的附属品，而是在论据获取和研究问题方面不断创新。到 21 世纪，在数字人文和大数据的驱动下，这一领域又开始构建基于"整体知识"的新语文学批评。国内外国文学研究应该更加关注研究文献的整理，从而构建一个比较客观的学术研究史，并且形成多维度参照的学科视野；外国文学研究的根本任务是诠释问题，任何诠释都应该建立在语文学诠释基础之上，这是外国文学研究学科主体性的根本体现，也是跨学科研究得以展开的起点和归宿。盎格鲁-撒克逊研究的学术传统在一定程度上代表了西方学术研究的另外一种传统，这对于思考当下外国文学研究，尤其是英美文学研究，面临的主体性问题和跨学科研究有着非常重要的参考价值。

引用作品[Works Cited]：

Amodio, Mark C. *The Anglo-Saxon Literature Handbook*. Oxford: Blackwell, 2014.

Bajohr, Hannes, et al., eds. *The Future of Philology*. Newcastle: Cambridge

Scholars Publishing, 2014.

Classen, Albrecht, ed. *Handbook of Medieval Studies: Terms, Methods, and Trends*. Berlin and New York: De Gruyter, 2010.

Fisiak, Jacek and Akio Oizumi, eds. *English Historical Linguistics and Philology in Japan*. Berlin: Mouton de Gruyter, 1998.

Foys, Martin K. *Virtually Anglo-Saxon: Old Media, New Media, and Early Medieval Studies in the Late Age of Print*. Gainesville: U of Florida P, 2007.

Fulk, R. D. "On Argumentation in Old English Philology, with Particular Reference to the Editing and Dating of *Beowulf*." *Anglo-Saxon England* 32 (2003): 1-26.

Graham, Timothy. "Anglo-Saxon Studies: Sixteenth to Eighteenth Centuries." *A Companion to Anglo-Saxon Literature*. Eds. Phillip Pulsiano and Elaine Treharne. Oxford: Blackwell, 2001. 415-432.

Hall, J. R. "Anglo-Saxon Studies in the Nineteenth Century: England, Denmark, America." *A Companion to Anglo-Saxon Literature*. Eds. Phillip Pulsiano and Elaine Treharne. Oxford: Blackwell, 2001. 434-454.

Howe, Nicholas. "The New Millennium." *A Companion to Anglo-Saxon Literature*. Eds. Phillip Pulsiano and Elaine Treharne. Oxford: Blackwell, 2001. 496-505.

Knowles, Gerry. *A Cultural History of the English Language*. London: Arnold, 1997.

Leitch, Vincent B., ed. *The Norton Anthology of Theory and Criticism*. New York: W. W. Norton, 2001.

Levine, Joseph M. "Bentley's Milton Philology and Criticism in Eighteenth-Century England." *Journal of the History of Ideas* 50.4 (1989): 549-568.

Neidorf, Leonard, ed. *Old English Philology: Studies in Honour of R. D. Fulk*. New York: D. S. Brewer, 2016a.

—. "Philology, Allegory, and the Dating of *Beowulf*." *Studia Neophilologica* 88 (2016b): 97-115.

O'Brien O'Keeffe, Katherine, ed. *Reading Old English Texts*. Cambridge: Cambridge UP, 1997.

Said, Edward W. *Humanism and Democratic Criticism*. New York: Columbia UP, 2004.

Stodnick, Jacqueline and Renee R. Trilling, eds. *A Handbook of Anglo-Saxon Studies*. Oxford: Blackwell, 2012.

Tolkien, Christopher, ed. *The Monsters and the Critics and Other Essays*. Boston: Houghton Mifflin Company, 1984.

Yang, Kaifan. *The Concepts of Time in Anglo-Saxon England*. München: Utzverlag, 2020.

陈建华："也谈'经典作家的学术史研究'"，《外国文学动态研究》，2020 年第 3 期，第 21—25 页。

陈众议：《塞万提斯学术史研究》，南京：译林出版社，2014 年。

——："学术史研究及其方法论辩证，"《外国文学动态研究》，2020 年第 3 期，第 6—11 页。

葛桂录：《中国外国文学研究的学术历程 第 5 卷 英国文学研究的学术历程》，重庆：重庆大学出版社，2016 年。

杨开泛："《古英语词典》的编撰与启示"，《辞书研究》，2012 年第 6 期，第 58—62，78 页。

张和龙主编：《英国文学研究在中国：英国作家研究》，上海：上海外语教育出版社，2014 年。

历史中的作者与历史化的读者：《甜牙》的复合转叙式结尾

杨　阳*

内容提要：麦克尤恩为《甜牙》设计了复合转叙式结尾。我们不宜将其与《赎罪》结尾的“作者之死”效果相等同，因为在麦克尤恩的创作转型中，“作者”这一概念已向历史建构的“作者-功能”转化。同时，《甜牙》的复合转叙式结尾内在设定了一种重读机制，其间被历史化的读者展现了自身主体化的进程，这呼应了后读者反应批评中的“谁在读”“什么是读”“何时读”等命题。作者与读者各自的主体间性在小说结尾处汇合成一种复合间性，凝聚了《甜牙》对新历史主义宰制下非历史的文学观念的审视与反思，映照出《甜牙》寻回历史能动性的愿望，更昭示着麦克尤恩对于新世纪小说价值危机的积极回应。

关键词：《甜牙》；复合转叙式结尾；作者；读者；能动性

Abstract: Ian McEwan devised a complex metaleptic ending for his novel *Sweet Tooth*, which ought not to be identified as the effect of the Barthesian "death of an author" since the concept of "author" has been transformed towards the history-constructed "author-function". This complex metaleptic ending inherently designated a mechanism of rereading, by which the historicized readers reveal a process of subjectivation. This echoes topics like "who is reading", "what is reading" and "when is reading" after the reader-response criticism. The authors' and readers' intersubjectivity converge into the complex subjectivity, which is focused on the reexamination and reflection of the ahistorical literary practice dominated by the New Historicism, mirrors *Sweet Tooth*'s aspirations to restore agencies from history, and illuminates Ian McEwan's active response to the novels' value crisis in the 21st century.

Key words: *Sweet Tooth*; complex metaleptic ending; author; reader; agency

---

* ［**作者简介**］：杨阳，上海外国语大学博士生，主要研究领域为当代英国小说。

英国当代著名作家伊恩·麦克尤恩（Ian McEwan, 1948— ）于2012 年出版了他的第 11 部长篇作品《甜牙》（*Sweet Tooth*, 2012）。21 世纪初，《赎罪》（*Atonement: A Novel*, 2001）开启了他的创作转型，这是他转型后的第 4 部小说。《甜牙》讲述了 20 世纪 70 年代，热爱文学的剑桥大学学生塞丽娜·弗鲁姆受军情五处指派，与青年作家汤姆·黑利建立联系并资助其文学事业，筹谋将其转化成任情报部门驱策的意识形态宣传者，其间两人相爱。被媒体揭发后的黑利几近身败名裂，给塞丽娜留下一封信，称早已知晓其身份、阴谋。信的结尾处，黑利提出二人重新合作，成果就是《甜牙》这本书。读者顿悟："《甜牙》的结尾，就是它的开头"（麦克尤恩 1）。

就主题、叙事特色而论，《甜牙》延续了《赎罪》中的多种元素：作者的权力与责任、虚构与历史之间的关系，以及揭示文本虚构本质的结尾。但这样的类比并未深入文本内核。从结尾出发重读《赎罪》和《甜牙》，这两部小说呈现出截然不同的主题：《赎罪》前两部分的大团圆结局处于较低的叙述层次，由作者布里奥妮操纵。这个带有救赎性质的结尾是作者布里奥妮对姐姐及其男友悲剧命运的篡改与重写（Pedot 149），全书真正结尾处布里奥妮的忏悔凸显了作者的罪责，亦是作者麦克尤恩所言"对小说的信仰有了动摇"（McEwan 2013b）之自况；《甜牙》则不然，读者在重读中无法捕捉一个固定的作者形象去追责，麦克尤恩强调的是多个作者的自我建构与主体化进程，以及多重读者在其中的参与和转化，二者在结尾处汇合，开启对《甜牙》的重读循环。从"重写"到"重读"，在阐释《甜牙》时，如何理解其结尾手法变得至关重要。

《赎罪》的结尾无疑是一种"元小说式的框架"（O'Hara 84），它揭示了"小说被建构的本质"（Head 16），作者布里奥妮"重写"的权力与罪责均来源于此；《甜牙》的结尾则不同，除了自我暴露叙述的虚构本质以外，它兼具二次叙述和自动跨层叙事的功能。其中，二次叙述"发生于文本接收过程中。这个过程并不只是理解叙述文本，并不只是回顾情节，而是追溯出情节的意义"（赵毅衡 122）。因此，麦克尤恩给予《赎罪》结尾的任务是自我揭露其被建构的本质（structured），而赋予《甜牙》结尾的使命则是自我建构起一个可供循环阅读、阐释的文本（structuring）。这正是《甜牙》与《赎罪》二者结尾的不同之处，前者呼唤反思，后者引导行动。转喻（metalepsis），起源于西方古典修辞学，后被热拉尔·热奈特（Gérard Genette, 1930—2018）借以描述跨层叙事，概括为"叙述转喻"（narrative metalepsis），因此有两种译名:作为修辞格译作“转喻”,作为叙述学术语译作“转叙”。而作者的“创造能动性”(Kukkonen & Klimek 2)内在于“转喻/转叙”从修辞学概念到叙述学概念的这一发展过程之中——在修辞格“转喻”与叙述学术语“转叙”之间,热奈特曾经选择过一个过渡概念,“作者转喻”(author's metalepsis),因为热奈特极为看重它“赋予作者可以进入其所虚构世界的权力”(吴康茹 82),用他自己的话来说,“(作家、小说家)同样可以出入自己曾经历过的世界”(热奈特 33)。至此,《甜牙》的结尾即开头这一自动跨层叙事效果实际上已经形成了后经典叙述学意义上的“复合转叙”(complex metalepsis)——“上升转叙”(ascending metalepsis)与“下降转叙”(descending metalepsis)的复合形态所形成的二者回环往复的“莫比乌斯带”效果,抑或指单一叙述层同时是更高叙述层的因与果的情况,追求“没有单一最高层的多层叙述”(Kukkonen & Klimek 33—34)。它开启的是作者和读者双重层面上的跨层叙事和二次叙述。作者与读者均要对自身进行历史化的再审视与再叙述。

历史中的作者:从个体到功能

“读者的诞生必须以作者之死为代价”(Barthes 1977: 148),这是罗兰·巴特(Roland Barthes, 1915—1980)《作者之死》(“The Death of the Author”)一文的结束语。在《甜牙》的结尾处,作者黑利的文学生涯尚未展开就已告结束,他提出远走巴黎,等尘嚣散去后再与叙述者/读者塞丽娜合著《甜牙》,此时手捧该书的读者明白以塞丽娜为叙述者的、初读时《甜牙》的“作者”确实已死。但是“读者”并没有自动诞生。《甜牙》结尾的震撼效果其实来自从“读者”到共同“作者”的转化过程。由此可见,“读者之生”代替“作者之死”这种断章取义的字面理解不仅与《作者之死》的整体意图相去甚远,更窄化了《甜牙》结尾的意义维度。麦克尤恩所反思的“作者”和巴特的“作者”都应该还原至巴特创作此文的历史语境中去品味,才不致将“作者”与“读者”之间的辩证关系对立化、单向化。

从柏拉图(Plato, 428—347 BC)将作者与“权威”“源头”相联系到珀西·比希·雪莱(Percy Bysshe Shelley, 1792—1822)将诗人的天才特质与“立法者”相等同,无论是作者的神性说还是模仿说(刁克利 101—102),其目的都是确立作者的权威,背后的认识论基础来自将作者视为个人。但将作者视为个体的观念并非西方文学传统上的唯一解释,如比较文学学者阿尔伯特·洛德（Albert B. Lord）就以西方古代口头文学为例，认为“作者”没有意义（Lord 101）。将“作者”与写作的人分离，这种使作者功能化的特殊传统与巴特推动作者概念的中性化遥相呼应：作者不再是意义的权威，而是一处意义产生的空间。也就是说在巴特那里，作者不再是个体的声音，而是写作中性、零度化进程中的一环。但巴特的零度写作旨在“通过信赖一种远离开真实语言和所谓文学语言的基本语言结构而超脱文学”（巴尔特 48）①，是一种既“存在”又“不介入”的文学态度，这与《甜牙》的主题并不契合。事实上，《赎罪》结尾所展示的正是作者退场的过程。作者布里奥妮对真正的罪人无可奈何，见证了自己作者权威的消散，仅有的行动只剩用小说重写受害人的命运，这何尝不是麦克尤恩的自讽与赎罪？麦克尤恩不惜借此将前两部分中的作者布里奥妮“降格”处理——让隐含作者显形，借以震撼、警醒与布里奥妮深度认同的《赎罪》的前两部分的读者。《赎罪》出版时遭遇的部分批评声音即出自这种类型的读者，他们批评结尾是“作者的失败”“耗尽了读者一页页读出来的情节张力和善意”（Boerner 43—46）。在《赎罪》的作者麦克尤恩看来，作者布里奥妮退场后的空间是留给读者去阐释、认知和主体化的。

米歇尔·福柯（Michel Foucault，1926—1984）在《什么是读者》（“What Is an Author?”，1969）中提出“作者-功能”（author-function）概念，从历史建构出发考察作者的主体化进程。福柯与巴特一样都承认在作者问题上不是“我在说话”而是“话在说我”，但是二者的关键区分在于，巴特的“话”指的是语言，福柯的“话”指的是话语。前者是语言指向且语言建构的，后者是历史指向且历史建构的：“（作者-功能）的确定不在于将一篇文本简单地归之于其创作者，而是要通过一系列精确而复杂的操作；它并不单纯、仅仅指向一个实际个体，因为它同时引发出许多种自我……”（Bouchard 130—131）也就是说作者不仅是话语的塑造者（历史指向），其本身也是随着话语方式所涉及的不同的历史情境而被建构着的（历史建构），“构建一位‘哲学家’与构建一位‘诗人’，方式是不一样的；一部 18 世纪小说的作者，其形成方式不同于现代小说家”（Bouchard 127）。如果说《赎罪》已经将“作者之死”的真正意涵表达得淋漓尽致，那么《甜牙》中的作者问题显然更适合也更应该在拥有历史化眼光的“作者-功能”

① 本文采用 Roland Barthes 较为通用的译名“巴特”，引用作品中的译名与之不一致时，予以保留，方便读者查询。

概念下加以厘清。

《甜牙》的复合转叙式结尾必然导致的阅读循环在两重意义上使得小说内外的作者概念与历史相联系。第一，作者建构着话语/历史。有着间谍小说外衣的《甜牙》更注重间谍的成长与挫折，而不是间谍任务的成败。改变且塑造叙述者的三位男友都有其相应的作者身份，分属历史、政治与文学写作。叙述者的个人微观史与叙述者身处的波云诡谲的冷战史，在这三位作者的联动作用下都发生了天翻地覆的变化：剑桥历史专业的高材生男友实为同性恋者，晋身英国政治圈高层的导师情人因间谍身份泄露而遭离奇谋杀，即将成为文坛新星的青年作家深陷丑闻，情报机构收买作家，使其沦为宣传工具的黑幕也被公之于众。目睹、参与幕后“精确而复杂的操作”的叙述者/读者塞丽娜深刻体认到了历史实非天然如此——事实上，《甜牙》中的这段情节影射的正是冷战时期西方左翼知识界的重大丑闻，美国中央情报局秘密资助《文汇》(*Encounter*)杂志一事(盛韵2015)；第二，话语/历史建构着作者。“考试一结束，托尼就宣布，从此以后我读什么东西由他说了算。小说读得够多了！他很震惊，我对于他所谓的‘我们的岛国往事’竟然如此无知。这话他倒没错。14 岁以后，我在学校里就没学过一点历史”(McEwan 2013a：27)。这段话在重读时——读者塞丽娜这时已经是共同作者之一了——其话语/历史建构作者的意味愈加突出。青年作家汤姆·黑利的手稿中有一篇《爱人们》，情节与麦克尤恩早年发表的短篇小说《即仙即死》(“Dead as They Come”)明显重合。麦克尤恩将塞丽娜以第一手读者的身份叙述的情节与汤姆·黑利的手稿原文(小说中以斜体处理)并置。读者在初读时就会意识到这种比照，进而，重读时的读者在已然知晓塞丽娜的共同作者身份后，会进而形成二维之上的三维构建——“许多种自我”所构成的多个、多重作者声音之间的距离与聚合效果便越发显著。

吉奥乔·阿甘本(Giorgio Agamben，1942—)明确指出福柯的“作者-功能”概念是“作者-个体与作者-功能之间的对立”，而“界定读者功能如何被执行并不等同于说作者不存在”，因此阿甘本才会将作者-功能定义为“一种主体化的进程”。经由这个进程，“个体被同一化和构造为某个由多个文本构成的文集(corpus)的作者”(Agamben 63—64)。也就是说，“作者-功能”概念描绘的不仅仅是一种主体化的进程，还承担着一种强调主体间性的任务。如果说《赎罪》的结尾以表象的“作者之死”换取对作者主体性的反思，那《甜牙》的结尾显然有更深远的目标：复合转叙带来的共同作者强调的是复数主体之间的交往、互动及其带来的能动潜力。

由是观之，《赎罪》结尾的“作者之死”的效应不适用于强调“作者-功能”的《甜牙》：前者将作者消解于结构，目的在反思作者、震撼读者；后者着重展现主体化的进程，将写作的空间重新命名为话语/历史中的空间，作者的主体间性在其中的作用不可磨灭。《赎罪》的结尾暴露出麦克尤恩在历史与非历史眼光之间的游移和彷徨，而在《甜牙》中他坚定地选择了前者。

历史化的读者："谁在读"
"什么是读"与"何时读"

既然《甜牙》的结尾就是它的开头，借由这种内在的循环阅读设定，麦克尤恩在《甜牙》中对读者概念进行了明显的历史化、问题化处理。小说开头就是叙述者/读者塞丽娜个人参与历史进程的总结，“我叫塞丽娜·弗鲁姆（跟‘羽毛’那个词儿押韵），约莫 40 年前，我受英国军情五处派遣，履行一项秘密使命。我没能安然归来。干了 18 个月之后，我被他们解雇，非但身败名裂，还毁了我的情人，尽管，毫无疑问，他对于自己的一败涂地也难辞其咎”（McEwan 2013a：3）。接下来是塞丽娜作为一位文学、历史作品的女性读者的成长史。直至小说结尾最后一行后，这位被麦克尤恩充分历史化的读者在重读中成为共同作者。于是，重读/循环阅读《甜牙》的实际感受不再是读者取代作者权威这种一次性的阐释过程，而更近乎于涵盖了“谁在读？”“什么是读？”以及“何时读？”等命题的读者反应活动（Bennett 1）。

美国女性主义文学批评家朱迪斯·菲特雷（Judith Fetterley，1938—　）指出，女性读者“必须自认为男性”，并经历着“一种由自己反对自己的不断分裂所导致的无力感”（Fetterley 12—13）。女性读者塞丽娜挣扎在阅读的快感和分裂的痛苦中间：一方面，她拥有一目十行的阅读能力和如饥似渴的阅读需求，但另一方面，天主教的家庭氛围和女性追求自由的高昂代价不允许她拥有与男性等同的阅读行为：“作为一个女人？那个年代，像我们这样的出身，是不会有人用这种口气说话的。没有哪个女人会‘作为一个女人’去干任何事……母亲对我说，如果我跑去念英语专业，到头来沦为一个比她教养稍好的家庭主妇，那她就永远不会原谅我，也永远不会原谅她自己”(McEwan 2013a：6)。塞丽娜母亲既希望女儿保有传统中产阶级女性的体面身份,又担心女儿的文学兴趣阻碍她跻身更高的社会阶层。每一个自我要求作为女人来阅读的女性个体,在主体化进程中都会面临这种矛盾、分裂的双重期待和随之而来的悖论与困境。

塞丽娜最终选择了剑桥数学系,直到接受转化青年作家兼文学讲师黑利的秘密任务时,她才拥有了获取文学阅读快感的合法权益。但作者黑利也在逐渐反向转化读者塞丽娜：他不断地为后者提供自己未发表作品的手稿,以请求意见的名义施加影响,塞丽娜的阅读动力逐步由快感转为阐释、评论文本:“这种带着末日情结的反乌托邦作品不是我们想要的东西……他的故事从塞缪尔·贝克特那里传承了一种观念……这样写会有什么好处呢？这样写会把他们都给惹恼的,尤其是马克斯,不过单就这一点而言,倒是让我与有荣焉”(McEwan 2013a：231—232)。被邀请参与意义生产过程的读者“从文本的消费者变成了文本的生产者”(Barthes 2002：4)。阅读也从被动的快感导向的消费行为进化为主动的解码导向的认知行为。在接触文学时,读者身体的快感经验跃升为主体的阐释经验,当代读者反应批评理论家斯坦利·费什(Stanley Fish,1938—　)描述过这样的过程:“在反应的范畴中我不仅包括‘流泪、刺痛’及‘其他心理症状’,还包括阅读中涉及的全部精确的精神活动,其中有完整的思考方式、评断活动的实施(及追悔)、和逻辑序列的遵循与形成”(Fish 1980：42—43)。塞丽娜成为了费什倡导的“有知识的读者”(the informed reader)(Fish 1972：406),而不仅仅像她的间谍行动代号“甜牙”所隐喻的,仅仅是一个贪图快感、缺乏思考、“嗜甜”(Ksiezopolska 418)的读者。

英国文学理论家安德鲁·本尼特(Andrew Bennett)颇为看重阅读的时间性(temporality),“读者反应批评的经典问题——‘谁在阅读或者什么是阅读——可以被理解为在掩饰一个更基本的问题：‘何时读?’”(Bennett 13)阅读叙事作品的过程常常伴随着对未发生之事的预测,也伴随着对已发生之事的回溯性重构。后读者反应批评之所以强调重读,其隐含意图是对先在于阅读活动的差异的发掘,对阅读转化为元阅读的潜能的追求,因为“在阅读行为中成为他者与自我认识一样重要”(Valdés 493)。与听命于作者、静候作者召唤的传统读者观念不同,与取代作者权威、成为意义所在处的读者反应批评观念亦不同,重读中的读者不仅体认的是他者性(alterity),更重要的是对自我差异的体认,一种自我的主体间性。美国文学与媒体研究学者马塞尔·库尼斯-波普(Marcel Cornis-

Pope）强调初次阅读的动力来自对快感的期待，而“重读要利用批评性的（自我）意识”（Cornis-Pope 22）。《甜牙》是一本“结尾就是它的开头”的小说，其内在的、导致重读的动力机制就是重读中的读者体认主体间性的重要途径。比如，读者初次阅读时对于小说开头“任务失败”和为何黑利也“难辞其咎”的认知，与重读时就是截然相反的：前者甚至在小说未完时就会暗示读者任务失败、男女主人公的爱情也即将结束；而后者则明白地告知读者，任务的失败就是爱情的胜利。

重读之后，在《甜牙》中，文本与作者遭遇的不是单一的、面目模糊的读者，而是有着先在差异的、主体间性的读者群。《甜牙》所呈现的是复数的作者、复数的读者与复数的文本之间交互、协商、辩证的文学活动。“文学的‘复合间性’，意指在‘文本间性’与‘主体间性’之间的‘间性’”，“文学的‘复合间性’既不属于‘文本间性’，又不属于‘主体间性’而是介于两种间性对话和交往的中介场里面，是‘文本间性’与‘主体间性’的辩证统一、交互运动和‘再度间性’”（刘悦笛 65）。于是在《甜牙》中，作者-功能概念下历史中的作者主体间性、后读者反应批评视野中历史化的读者主体间性，在复合转叙式的结尾处汇合，导致了重读的必然发生，二者再度融合、互动、转变，显现出文学活动的“间性”全景。

寻回历史中的能动性：
21世纪小说的危机与价值

与朱利安·巴恩斯（Julian Barnes，1946— ）等同辈作家不同，麦克尤恩从未也似乎无意推出一部典型意义上的新历史主义小说作品。他一直对历史和小说之间界限具有高度的敏感意识，这同时也给他带来了“承认历史小说的虚构性，又不肯放弃对历史的建构”（陈榕 96）的暧昧态度和矛盾的创作实践。麦克尤恩承认“我们想要真实的会呼吸、生活、恋爱的人物。同时，我们需要反思这个想象的过程本身。这个过程被写进了读者面前的每一个句子里。所以，在《赎罪》和《甜牙》中，我尽量做到两者兼顾，写一个吸引人的故事，也写一个反思自身的故事，但这种自我反思才是故事本身的至要之处”（Chai 2012）。

读者当然可以在《赎罪》和《甜牙》这两部作品中清楚地辨认出二者兼顾、投入其中又反身自省的双重性，但如前所述，《甜牙》中的双重性和间性显得更为复杂、辩证，更着重于互动、协商的效果。这种效果在新历史主义影响下的文学观念和文学实践活动中是一种标志性的阅读接受活动。但是否凭借《甜牙》中的循环阅读活动、内嵌的作者与读者之间的互动、协商过程就能判定它是一部新历史主义影响下的小说呢？答案是否定的。相对于《赎罪》，《甜牙》在叙事技巧、主题设置、历史观念上有其延续性和批判性。如果说前者是以"承认历史小说的虚构性"为第一任务，那么后者的首要追求就是"建构历史"的努力，而这一追求在新历史主义宰制下的历史和文学观念中是难以展开与实现的。

新历史主义内在的非历史性决定了它对于历史建构的漠视。恰如美国历史学教授伊丽莎白·福克斯-杰诺韦塞(Elizabeth Fox-Genovese)所批评的："(新历史主义)没有那么在乎历史。特别是在自我批评(self-critically)和自我反思(self-reflexively)时，尤其如此。"新历史主义注重的是如文本一般的历史的阐释，"一件事接着另一件事"的叙述，而不是建构历史(Fox-Genovese 214)。只强调历史虚构性的危害已经被《赎罪》揭示得相当完整、清晰，《甜牙》的复合转叙式借尾恰恰是从自我批评和自我反思的层面入手，纲举而目张地建构历史。

《甜牙》出版时，评论界普遍将其题材与冷战时英国的间谍活动相联系。在宣传《甜牙》时的访谈中麦克尤恩自己也说："所有的小说都是间谍小说。"但这种模棱两可的妥协之语恰恰说明了《甜牙》遭受的普遍误读。小说开头就揭晓间谍任务的失败结局，证明《甜牙》在主题、创作意图上与典型的间谍小说存在分殊。麦克尤恩紧接着强调"至关重要的因素是……谁是主导——谁掌控叙事"(Jaggi 2012)。可见作家在这一问题上对能动性潜力的重视。

《甜牙》最关键的情节转折发生在结尾的最后一句话。准确地说，发生在《甜牙》的实际读者开始重读这一行动上。只有在重读时，麦克尤恩的"读者"才不只是叙述学意义上的行动者(actant)，而是跃升为拥有能动性(agency)的人。这时《甜牙》的真正主题才被揭开：它不是一本间谍小说(spy novel)，这一部关于能动者(agent)的小说。麦克尤恩在小说开头就原原本本地告知读者，塞丽娜的间谍任务失败了，但重读后我们得知，她获得了能动者的能力与身份。西班牙历史学家米格尔·卡夫雷拉(Miguel A. Cabrera)认为："主体是历史建构……能动性并不是一个个体与生俱来的能力，而是一种当他们被作为主体建构时才获得的能力"(Cabrera 98)。借助读者的参与，初读时"作者必须为读者尊重的不成文的"旧契约被重读时"首尾连贯"的新契约取代（McEwan 2013a：201—228），在这一过程中转叙打破艺术契约的能力和功能不容小觑（Pier & Schaeffer 245—246）。而麦克尤恩希望于历史的纵深处寻回能动性的努力也体现在读者面前，他创作《甜牙》的历史化眼光不容忽视。

英国文学评论家威尔·塞尔福（Will Self）在 2014 年 5 月 2 日的《卫报》发表题为《小说死了（这次是真的）》一文，再度提醒文学界，21 世纪以来小说价值危机的争辩绵延未绝。塞尔福认为，我们借助互联网几乎可以获取人类表达的所有信息，"几乎任何创造都立等可取，这造成了'令人窒息的创造力'效应，我们被囚禁在了'永恒的当下'"（Self 2014）。当代英国小说研究者皮特·鲍克斯尔（Peter Boxall）在《小说的价值》一书中提出的应对方案是："小说，我认为，是最能指引我们的一种形式了，用麦尔维尔的话来说就是指引我们如何存活在这个世界上，但又不属于这个世界"（Boxall 154）。

诚然，"永久的当下"像一种魔咒。对历史有着清醒认识的基础上再进行历史的建构，这一辩证的立场就是破解的方法。所以，《甜牙》复合转叙式结尾呼唤出的能动性，是对新历史主义宰制下的文学观念进行解域化的批评与反思，同时也点明了小说自身在本体论层面上的价值危机的解决办法。这种解读姿态不仅关乎如何阐释《甜牙》这样一部形式简约而意涵丰富的作品，更关乎 21 世纪的人类如何寻得历史中的能动性，从而走出"永恒的当下"。

引用作品[Works Cited]：

Agamben, Giorgio. *Profanations*. Trans. Jeff Fort. New York: Zone Books, 2007.

Barthes, Roland. "The Death of the Author." *Image Music Text*. Trans. Stephen Heath. London: Fontana Press, 1977. 142 - 148.

—. *S/Z*. Trans. Richard Miller. Oxford: Blackwell Publishing Ltd, 2002.

Bennett, Andrew. *Readers and Reading*. London and New York: Longman, 1995.

Boerner, Margaret. "A Bad End." *The Weekly Standard* 7.32 (Apr 29 2002): 43 - 46.

Bouchard, Donald F., ed. *Language, Counter-memory, Practice: Selected Essays and Interviews by Michel Foucault*. Ithaca, New York: Cornell UP, 1980.

Boxall, Peter. *The Value of the Novel*. New York: Cambridge UP, 2015.

Cabrera, Miguel A. *Postsocial History: An Introduction*. Trans. Marie McMahon.

Maryland: Lexington Books, 2004.

Chai, Barbara. "Ian McEwan on His Ambitions for 'Sweet Tooth' (Part 2)." *Wall Street Journal*, 30 October 2012. <https://blogs.wsj.com/speakeasy/2012/10/30/ian-mcewan-on-his-ambitions-for-sweet-tooth-part-2/? mod = searchresults&page = 1&pos = 2> (accessed Oct. 22, 2018)

Cornis-Pope, Marcel. *Hermeneutic Desire and Critical Rewriting: Narrative Interpretation in the Wake of Post-structuralism*. London: Macmillan, 1992.

Fetterley, Judith. *The Resisting Reader: A Feminist Approach to American Fiction*. Bloomington: Indiana UP, 1978.

Fish, Stanley. *Self-Consuming Artifacts: The Experience of Seventeenth-Century Literature*. Berkeley: U of California P, 1972.

—. *Is There a Text in This Class?: The Authority of Interpretive Communities*. Cambridge: Harvard UP, 1980.

Fox-Genovese, Elizabeth. "Literary Criticism and the Politics of the New Historicism." *The New Historicism*. Ed. H. Aram Veeser. New York: Routledge, 1989. 213-223.

Genette, Gérard. *Narrative Discourse: An Essay in Method*. Trans. Jane E. Lewin. Ithaca, NY: Cornell UP, 1980.

Head, Dominic. *Ian McEwan*. *Contemporary British Novelists*. Manchester: Manchester UP, 2007.

Jaggi, Maya. "All Novels are Spy Novels: Ian McEwan Talks 'Sweet Tooth' and His Life." *The Daily Beast* Nov 15 2012.

Ksiezopolska, Irena. "Turning Tables: Enchantment, Entrapment, and Empowerment in McEwan's *Sweet Tooth*." *Critique: Studies in Contemporary Fiction* 56.4 (2015): 415-434.

Kukkonen, Karin and Sonja Klimek, eds. *Metalepsis in Popular Culture*. Berlin/New York: Walter de Gruyter, 2011.

Lord, Albert B. *The Singer of Tales*. Cambridge: Harvard UP, 1960.

McEwan, Ian. *Sweet Tooth*. New York: Anchor Books, 2013a.

—. "When I Stop Believing in Fiction." 2013b. <https://newrepublic.com/article/112374/ian-mcewan-my-uneasy-relationship-fiction> (accessed Oct. 22, 2018)

O'Hara, David K. "Briony's Being-For: Metafictional Narrative Ethics in Ian McEwan's *Atonement*." *Critique: Studies in Contemporary Fiction* 52.1 (2011): 74-100.

Pedot, Richard. "Rewriting(s) in Ian McEwan's *Atonement*." *Études Anglaises* 60.2 (2007): 148-159.

Pier, John and Jean-Marie Schaeffer, eds. "Métalepses: Entorses au pacte de la representation." *Paris: Editions de l'Ecole des Hautes Etudes en Sciences Sociales*, 2005. 245 - 246.

Self, Will. "The Novel is Dead (this time it's for real)." *The Guardian*, 2 May 2014. < https://www.theguardian.com/books/2014/may/02/will-self-novel-dead-literary-fiction> (accessed Oct. 22, 2018)

Valdés, Mario J., ed. "World of the Text, World of the Reader." *A Ricoeur Reader: Reflection and Imagination*. Toronto: U of Toronto P, 1991. 491 - 496.

陈榕:"历史小说的原罪和救赎——解析麦克尤恩〈赎罪〉的元小说结尾",《外国文学》,2008 年第 1 期,第 91—98 页。

刁克利:"西方文论关键词——作者",《外国文学》,2010 年第 2 期,第 101—102 页。

刘悦笛:"在'文本间性'与'主体间性'之间——试论文学活动中的'复合间性'",《文艺理论研究》,2005 年第 4 期,第 64—69 页。

罗兰·巴尔特:《写作的零度》,李幼蒸译,北京:中国人民大学出版社,2008 年。

热拉尔·热奈特:《转喻:从修辞格到虚构》,吴康茹译,桂林:漓江出版社,2013 年。

盛韵:"被背叛的英国知识人——文化冷战中的〈文汇〉杂志",《文汇学人》,2015 年 3 月 20 日。

吴康茹:"热奈特诗学研究中转喻术语内涵的变异与扩展",《首都师范大学学报(社会科学版)》,2012 年第 4 期,第 80—87 页。

伊恩·麦克尤恩:《甜牙》,黄昱宁译,上海:上海译文出版社,2015 年。

赵毅衡:"论'二次叙述'",《福建论坛·人文社会科学版》,2014 年第 1 期,第 121—127 页。

美国文学

现代期刊研究与 21 世纪美国现代主义文学研究的媒介转向*

曾艳钰**

内容提要：21 世纪以来，文学研究的文化转向及数据库等电子资源的快速发展使期刊研究成为"显学"，为现代主义文学研究带来了新的活力。本文在对美国文学期刊概述的基础上，从美国文学期刊研究现状出发，对 21 世纪以来的媒介转向之于现代主义文学研究的意义进行探讨，认为期刊研究能对现代主义文学的产生进行新的梳理，并以此重新审视美国现代主义文学的一些重要特征及其蕴含的深层文化思想内涵。

关键词：现代期刊研究；美国现代主义文学；媒介

Abstract: The cultural turn in literary studies and the rapid development of digital humanities in the new century have made the periodical studies a prominent approach to literary studies and brought new insights to modernist studies. Based on an overview of American literary magazines and the scholarship on periodical studies in America, this article discusses the significance of this media turn to the study of American literary modernism. It argues that periodical studies can shed new light on the genesis of modernist literature and a new framework will be constructed to reexamine the features and the deep cultural connotations of American literary modernism.

Key words: Modernist periodical studies; American literary Modernism; media

自 20 世纪初现代主义在英美出现开始，一个多世纪以来，现代主义文学的研究著作可谓汗牛充栋。就美国学术史来看，早期研究着力于对

* [**基金项目**]：本文为国家社科基金重点项目"美国文学期刊与美国现代主义文学的发展研究(1890—1960)"(项目编号：20AWW009)阶段性成果。

** [**作者简介**]：曾艳钰，博士，湖南师范大学外国语学院教授，主要研究方向为英美文学。

现代主义文学进行分期，介绍其社会文化背景，对现代性、现代意识等核心概念进行界定。如欧文·豪（Irving Howe，1920—1993）在其《文学现代主义》（*Literary Modernism*，1967）中概括了现代主义的9个特性。马尔科姆·布莱德伯里（Malcolm Bradbury，1932—2000）和詹姆斯·W.麦克法兰（James W. McFarlane，1920—1999）主编的《现代主义》（*Modernism*，1976）对1890—1930年的现代主义文学做了较为全面的考察，如界定现代主义，分析现代主义运动产生的文化和思想语境，对现代主义文学运动进行了分类比较以及对现代主义诗歌、小说、戏剧体裁进行了对比分析等。从20世纪七八十年代开始，研究者以点带面，开始运用结构主义、解构主义、女性主义等理论对现代主义文学展开研究，把现代主义文学研究推向深入。但随着后现代主义运动的兴起，20世纪90年代起很多学者转向"后现代主义"研究，现代主义研究一度低落。21世纪以来，现代主义研究在西方学界再度繁荣，不少学者认识到现代主义的多样性，彼得·尼克尔斯（Peter Nicholls）在其《个体现代主义：文学指南》（*Modernisms: A Literary Guide*，1995）提出"整体的现代主义"包含着无数的"个体现代主义"，欧美现代主义文学研究呈现出复兴与多元的特点。考察文学期刊与现代主义文学的关系便是一种重新审视现代主义文学的重要方式。本文在概述美国文学期刊的基础上，从美国文学期刊研究现状出发，对21世纪以来的媒介转向之于现代主义文学研究的意义进行探讨。

一、美国文学期刊概述

作为大众传媒的一种方式，期刊在社会信息环境中扮演着非常重要的角色。期刊具有可大量生产、复制和短时间内大幅度、大面积传播信息的特点，可以直达受众个人。当信息传播达到一定规模时，会对社会舆论、社会思潮造成重大影响，具有一种社会大众控制功能。这是传统社会任何类型的传播所不具有的强大力量。一般来说，文学期刊指刊载与文学有关的内容占期刊的大部分，或者其刊载与文学相关的内容在文学界产生重要影响的刊物。文学期刊是文学思潮的推动者和构成者，是作家的塑造者和成就者，也是文明的媒介者和传播者。在英美，文学期刊主要指刊载无名作家作品，且对新思想、新理论、新运动和新实验持开放和接受精神的非商业性期刊。这类期刊的发行针对特定群体，发行量不大，也被称为“小众期刊”(little magazines)(为了便于理解,本文都采用“文学期刊”的说法)。而另一些综合性主流期刊被称为“大期刊”。

在美国,由玛格丽特·富勒(Margaret Fuller, 1810—1850)和拉尔夫·爱默生(Ralph Waldo Emerson, 1803—1882)主编的《日晷》(*Dial*)常被认为是最早的美国文学期刊之一。该期刊鼓励并宣扬新英格兰超验主义思想,曾对美国浪漫主义文学的发展起了重要的推动作用。1890年起,文学期刊在美国开始大量出现,一些较有影响力的期刊先后创刊,如《群众》(*Masses*)于1911年创刊,《诗刊》(*Poetry: A Magazine of Verse*)创刊于1912年,《小众评论》(*Little Review*)及《自我中心者》(*The Egoist*)于1914年创刊。1910年至1930年之间,在美国出现了600多种文学期刊,定期或不定期地在美国和欧洲出版,它们被赞、被贬,也会遭到审查及压制,发行量小至200本,多至2万册,读者通常包括编辑或编辑的朋友、有抱负的作家、部分文学教授和学生以及寻找新作者的商业出版社出版商。这些文学期刊不仅将欧洲的新思想、新理念介绍到美国,如弗洛伊德的精神分析学说、达达主义、超现实主义等,还发现并帮助了一批崭露头角的青年作家及先锋派作家,如舍伍德·安德森(Sherwood Anderson, 1876—1941)、欧内斯特·海明威(Ernest Hemingway, 1899—1961)、威廉·福克纳(William Faulkner, 1897—1962)、厄斯金·考德威尔(Erskine Caldwell, 1903—1987)、T. S. 艾略特(T. S. Eliot, 1888—1965)等作家的作品最早都刊发在这些文学期刊上。1912年之后近80%的美国重要作家的作品都在这些文学期刊上刊发过,他们中很多人自身还是期刊的主编,如威廉·卡洛斯·威廉姆斯(William Carlos Williams, 1883—1963)、玛丽安·摩尔(Marianne Moore, 1887—1972)、T. S. 艾略特及埃兹拉·庞德(Ezra Pound, 1885—1972)等。较有影响力的期刊包括:《群众》、《诗刊》、《小众评论》、《自我中心者》、《塞瓦尼评论》(*The Sewanee Review*)、《南方评论》(*The Southern Review*, 1935—1942)、《肯扬评论》(*Kenyon Review*, 1939—1969)、《耶鲁评论》(*The Yale Review*)、《弗吉尼亚季刊》(*The Virginia Quarterly Review*)、《中部》(*Midland*, 1915—1933)和《党派评论》(*Partisan Review*, 1934)。

1890年至1920年的30年通常被认为是文学期刊及先锋派文学的黄金发展时代。不过,这一时期的文学期刊也呈现出多元化的态势,如爱荷华城的《中部》偏向于现实主义的地方色彩,《群众》和《党派评论》等社会主义期刊在意识形态上进行探索,也偏向于现实主义和自然主义。这种多元化的特点持续到20世纪三四十年代，此期的文学期刊既公开宣扬马克思主义，也刊登了罗伯特·洛厄尔（Robert Lowell，1917—1977）、德尔莫尔·施瓦茨（Delmore Schwartz，1913—1966）和索尔·贝娄（Saul Bellow，1915—2005）等实验性和非革命作家的文章。由大学主办的文学批评专刊也开始出现，如《南方评论》和《肯扬评论》，这两份期刊刊载了大量艾伦·泰特（Allan Tate，1899—1979）、约翰·克罗·兰瑟姆（John Crowe Ransom，1888—1974）、柯林斯·布鲁克斯（Cleanth Brooks，1906—1994）和罗伯特·潘·沃伦（Robert Penn Warren，1905—1989）等人的新批评方面的文章，对新批评流派的形成及现代主义文学的经典化起了非常重要的作用。

二战后，尽管受到审查制度、发行量及资金短缺等各方面的影响，文学期刊从1945年至20世纪70年代依然呈现出蓬勃发展的局面。"小众"潮不再是主流，各种研讨会、采访、视觉艺术等方面的活动大量涌现。如《当代文学》（*Contemporary Literature*）上刊载的对约翰·巴思（John Barth，1930—　）、索尔·贝娄、约翰·霍克斯（John Hawkes，1959—　）等的采访，《本质》（*Per Se*）刊载的对马尔科姆·考利（Malcolm Cowley，1898—1989）、詹姆斯·迪克（James Dickey，1923—1997）、厄斯金·考德威尔和威廉·斯泰隆（William Styron，1925—2006）等的采访。除了刊载翻译作品之外，很多之前的"小众期刊"开始致力于普及外国文学，尤其是对亚非及拉美文学的关注。不少研讨会开始专门就期刊的作用及意义进行探讨，涉及的主题包括大众文化、知识分子的作用、南方文学、实验派诗歌等等。随着印刷技术的细化和简化，期刊开始以彩色和黑白翻拍的方式给读者留下更深刻的印象。此一时期，依然有大量专门刊发诗歌、散文和小说的期刊，如《时代》（*Epoch*）、《贝洛伊特诗刊》（*Beloit Poetry Journal*）、《黑山》（*Black Mountain*）、《起源》（*Origin*）等，这些期刊继续起着发现鼓励文学新人的伯乐作用。《方舟二号》（*Ark II*）、《莫比一号》（*Moby I*）、《荣辱》（*Beatitude*）、《大桌子》（*Big Table*）、《尤根》（*Yugen*）等期刊对垮掉派的兴起及发展就起了非常重要的作用，读者通过这些期刊认识了杰克·凯鲁亚克（Jack Kerouac，1922—1969）和艾伦·金斯伯格（Allen Ginsberg，1926—1997），了解垮掉派的主张，促进了反文化运动的发展。

1890年至1970年间的文学期刊，代表了一种既是精英主义又是反对派的文化激进主义，大多数的编辑及作者反对美国的政治和社会体制，但并没有结构性的变革计划,他们期望创造一个另类的环境,在这个环境中,可以实现自己作为波西米亚精英的幻想。这些期刊表现出了一种自觉的精细化风格,他们崇拜唯美主义和颓废派,拒绝主流文学文化,强调艺术的道德基础,厌恶中产阶级的价值观和信仰,采用反文化的人物形象,但客观上又促进了商业艺术的兴起。这些期刊预见到了第一次世界大战时期文化激进派的解放主义精神,将艺术视为一种再生的力量,促成了美国现代主义的产生,成为美国先锋派作家汇集、流派生成的纽带,还是欧美思想交锋、文艺论争的主要阵地,也是美国政治力量、文化权力的竞技场,成为美国现代主义文学发展的重要力量。

二、文学期刊研究现状

文学期刊对美国现代主义文学的产生及发展所起的重要作用,已得到英美学界的广泛认同,相关研究不断涌现。弗莱德里克·霍夫曼(Frederick Hoffman)等主编的《小众期刊:历史及参考书目》(*The Little Magazine: A History and a Bibliography*, 1946)是最早系统介绍美国小众期刊历史的著作,他将小众期刊运动的开始日期确定为1912年,并将其划分为6类:诗性、区域性、左派、实验性、批判性和折衷主义,分析了各期刊的不同知识性特征。该书提供的书目收集了600余种参考书目,还为每个书目提供了大量注释,使该书具备参考指南的特征。里德·威腾莫(Reed Whittemore, 1919—2012)等编著的《小众期刊与当代文学》(*The Little Magazine and Contemporary Literature*, 1966)收录了MLA 1965年组织的小众期刊专题研讨会的会议论文,主要内容包括:小众期刊与大出版商的关系、学术界对小众期刊的影响、"先锋派"在文化中的作用、出版物的商业环境以及它们如何影响新写作等。艾略特·安德森(Elliot Anderson)和玛丽·金泽(Mary Kinzie)主编的《美国小众期刊:现代纪实史》(*The Little Magazine in America: A Modern Documentary History*, 1978)选择了自1912年至20世纪70年代60年间出现的85种文学期刊,以论文及访谈的形式对期刊的历史、特点及其对现代主义的产生所起的重要作用做了介绍。可见,从1946年起美国学界就已注意到文学期刊对现代主义产生的影响,70年代之前的研究就已经明确提出美国现代主义文学最早出现在文学期刊,文学期刊推动了现代主义文学的发生。

之后不少学者开始对不同历史时期的文学期刊进行断代研究。爱德华·E. 齐棱斯(Edward E. Chielens)主编了两部著作,《美国文学期刊:18 及 19 世纪》(*American Literary Magazines: The Eighteenth and Nineteenth Centuries*, 1986)及《美国文学期刊:20 世纪》(*American Literary Magazines: The Twentieth Century*, 1992)。在第一部中,齐棱斯回溯了美国期刊的产生至 1900 年间的发展,他把包括小说、诗歌以及批评、哲学或常见的小品文的期刊定义为文学期刊,强调了 18 世纪和 19 世纪美国期刊的文学特色及其社会历史意义,对涉及文学发展的出版史、发行量等做了论述。在第二部中,作者介绍了 20 世纪 76 种文学期刊的产生、特点及其赞助组织,论述了文学期刊对庞德和 H. L. 门肯(H. L. Mencken, 1880—1956)等知名文学人物发展的影响,附录中还简要介绍了 100 种其他文学期刊。这些研究侧重现代主义文学期刊产生的社会文化背景,开始关注期刊赞助商和编辑对文学期刊及作家的影响。如,在对庞德的研究中,就有学者对庞德的编辑品味及其影响做了深入研究。在英国,庞德主编了当时有影响力的期刊《自我中心者》,并帮助珀西·温德姆·刘易斯(Percy Wyndham Lewis, 1882—1957)出版了期刊《爆炸》(*Blast*);在巴黎,他与 E. E. 卡明斯(E. E. Cummings, 1894—1962)和海明威一起,帮助指导福特·马多克斯·福特(Ford Madox Ford, 1873—1939)创办了《跨大西洋评论》(*Transatlantic Review*)。在美国,他是《诗刊》《小众评论》和《日晷》这三本当时最杰出、最具创新精神期刊的强有力的支撑力量。他向玛格丽特·安德森(Margaret Anderson, 1886—1973)的《小众评论》推荐了詹姆斯·乔伊斯(James Joyce, 1882—1941)的《尤利西斯》(*Ulysses*, 1922)等作品,大力支持了几十位作家和艺术家的早期事业,其中包括罗伯特·弗罗斯特(Robert Frost, 1874—1963)、威廉姆斯和艾略特等。

21 世纪以来,随着信息技术和人类生产生活交汇融合且不断向纵深推进,数字人文(Digital Humanities)已成为人文研究领域势不可挡的趋势。此种背景下的文学研究也面临着前所未有的机遇和挑战。在经历转型的时代背景下,外国文学研究面临着如何冲破地理空间、时间成本的限制,从闭环式研究走向开放、融合、共享的问题。此外,在大数据蓬勃发展的信息化进程中,对广泛异构的文学资源进行分析和集成,按照一定的标准统一存储,进一步运用合适的数据分析和计算工具,从多模态的视角,实现跨媒体语言和文化信息的综合分析,能进一步深化文学研究。在数据库等电子资源快速发展的背景之下,期刊研究成为"显学",媒介学的发展,尤其是戴维·波特(David Bolter)等提出的"再媒介化"(remediation)及罗杰·菲德勒(Roger Fidler)提出的"媒介形态变化"(mediamorphosis)等新媒介学概念,使期刊研究进入新的发展时期。同时,汤姆森·盖尔(Thomson Gale)《伦敦时报》的数字档案、ProQuest 的《纽约时报》(*The New York Times*)档案、密歇根大学的 JSTOR、美国国家人文科学基金会的国家数字报刊计划,以及布朗大学和塔尔萨大学联合推出的"现代主义期刊项目"(Modernist Journals Project)等数字资源库提供了可检索全文的期刊在线版本,如 ProQuest Information and Learning 公司将把 17、18、19 和 20 世纪初的近 600 万页英国期刊数字化,布朗大学和塔尔萨大学联合推出的"现代主义期刊项目"把 1890 年至 1920 年期间的文学期刊及相关的研究论文全部电子化。这使人文学者可以直接接触到反映当时日常生活和标志性思想的原始文本,使期刊研究突破原先高度依赖本地馆藏资源所带来的区域空间限制,预示着"现代主义期刊研究"的到来。

2006 年,肖恩·莱瑟姆(Sean Latham, 1971—)和罗伯特·斯科尔斯(Robert Scholes, 1929—2016)发表《期刊研究的崛起》("The Rise of Periodical Studies")一文,明确指出"期刊研究"与"语言和文学学科的文化转向"以及数字人文科学的出现之间的关系。莱瑟姆和斯科尔斯指出:

> 从事现代文化研究的文学和历史学科在期刊中发现,期刊既是一种新的资源,也是对现有的启蒙运动、19 世纪和现代文化研究范式的迫切挑战。这种新的参与形式,从凯里·尼尔森(Cary Nelson)在《压抑与复苏》(*Repression and Recovery*)一书中提出的建议,即应将期刊作为文本来阅读,这些文本具有不同于单个书籍的统一性,但又与单个书籍的统一性相当,到 1968 年成立的维多利亚时期期刊研究会和最近成立的美国期刊研究会等团体的组织。每年都有新书出现,强调期刊,研究现代文学和艺术与商业和广告文化以及与当时的社会、政治和科学问题的联系方式。这个仍在发展中的领域特别突出的是,它坚持跨学科的学术研究,并积极使用数字媒体。(Latham and Scholes 517)

莱瑟姆和斯科尔斯强调期刊内容的跨学科特征,指出《时代周刊》(*Time*)、《时尚》(*Vogue*)或《笨拙》(*Punch*)等期刊包含从经济理论、政治观点到小说和戏剧评论等所有内容(Latham and Scholes 517)。新媒体技术的迅速发展可以使我们不再把它们看作需要分解成各个组成部分的资源,而是作为需要新方法和新类型的合作研究的文本。莱瑟姆和斯科尔斯呼吁将期刊作为"自主研究对象",强调要"坚持期刊作为文化客体(相对于'文学'或'新闻'而言)的自主性和独特性,同时努力开发必要的语言和工具来研究、描述和语境化期刊"(Latham and Scholes 530)。而 21 世纪以来文学研究的文化转向使越来越多的学者重新认识到现代主义的多样性,在斯科尔斯观点的影响下,从文学期刊的角度重新审视现代主义文学,成为一种研究现代主义文学的新视角。

21 世纪以来的期刊研究又能从哪些方面丰富美国现代主义文学研究?

三、21 世纪以来的媒介转向之于现代主义文学研究的意义

1. 重新审视美国文学期刊产生的社会及媒介背景,从而对现代主义文学的产生进行新的梳理。文学期刊在一定的社会语境中存在和发展,同时受到政治、经济、文化等各方面的制约。19 世纪末 20 世纪初,世纪之交社会转型时期的社会语境、大众市场与中产阶级文化等独特文化语境对文学期刊的大量出现产生了重要影响。根据波尔特的"再媒介化"及菲德勒的"媒介形态变化"等新媒介学概念,可以发现世纪之交文学期刊与当时兴起的印刷媒介之间的内在关联;考察文学期刊如何通过挪用和改编印刷媒介的要素,制造出其高度个性化、位于高雅文化与大众印刷品之间的独特身份,进而研究文学期刊如何吸引力求维护和展示其文化特质的读者阶层。以小众期刊研究为例。小众期刊诞生的同时出现了一种特殊的商品——宣传艺术海报,尽管小众期刊反对商业化,但却置于一种影响所有出版市场的趋势之中,不仅大众市场及时尚杂志要通过艺术海报做宣传,小众期刊的宣传推广也需要借助艺术海报。因此艺术海报成为精英阶层、中产阶级和大众文化的交汇点。艺术海报的内容各不相同,但总的来说接近于风格化和反模仿,结合了工艺美术美学和日本的印刷方法。大多数艺术海报的功能主要是作为宣传媒体,通过感性或情色效果,或通过更明显的消费主义信息,如休闲活动等,给人以即时的愉悦感。这些海报既出现在风雅的《世纪》(*Century Magazine*)、前卫的《云雀》(*Lark*),也出现在《纽约时报》(*The New York Times*)这样的通俗媒体。当然,这些海报上所展示的露骨的性爱内容往往与杂志封面上所宣传的

信息大相径庭。当时的杂志和书籍出版商很快意识到,海报设计能促进销售,所以海报艺术家演化成20世纪的商业艺术家,消费品广告成为他们的主导渠道。因此,海报艺术,像现代主义艺术一样,被归入可销售的商品,在这个过程中解决了艺术和广告之间的紧张关系。因此,当时的小众期刊既参与了美国19世纪90年代主要的艺术潮流,也参与了20世纪主要的印刷广告业的发展。最具讽刺意味的是,这些小众期刊因此也就参与了他们所厌恶的物质主义宣传。对与小众期刊同时出现的艺术海报进行研究,能让我们重新反思美国现代主义产生时的先锋主义及激进主义等特征。在梳理诞生于世纪之交的先锋性文学期刊的基础之上,我们还可以分析现代主义作为一种艺术形式出现时,《诗刊》《小众评论》等小众期刊被理解和接受的过程,比较美国及欧洲文学期刊对现代主义的不同表述,探讨小众期刊如何奠定已有一定知名度作家的文学地位,如何发现并鼓励无名先锋派作家进行创作,研究小众先锋期刊如何与作家们合力推动现代主义文学运动的发生。聚焦侨居欧洲的"迷茫的一代"作家,可以分析他们如何通过《小众评论》、《过渡》(*Transition*)、《扫帚》(*Broom*)及《跨大西洋评论》等以美国读者为目标读者的跨洋期刊,在巴黎及欧洲寻求新的文学创作形式,促进欧洲先锋派理念在美国的译介,进而促成了美国现代主义文学的形成。而通过分析《名利场》(*Vanity Fair*)、《纽约客》(*The New Yorker*)等大型主流期刊1920年后对现代主义文学的逐步接受及传播,能洞察激进政治如何与先锋审美达成共识,进而最终促进了冷战时期现代主义在美国的体制化。

2. 重新审视现代主义文学的一些重要特征。期刊分布地域的广泛性是美国文学期刊的一大特点,文学期刊遍及全国各区域。传统研究倾向于把美国现代主义作家分为走国际路线的世界主义作家和倡导地方主义的本土作家两大独立阵营,以历时的视角研究《新墨西哥季刊》(*New Mexico Quarterly*)、《西南评论》(*Southwest Review*)、《中部》等被贴上区域性标签的期刊,会发现这些期刊致力于协调其在地方性与世界性、本土与全球之间的平衡,在体现地方主义的特点时兼顾了世界主义特征。通过对《信使》(*Messenger*)、《哈莱姆》(*Harlem*)等美国非裔文学期刊的梳理,可以看到文学期刊对哈莱姆文艺复兴的促进作用及美国现代主义文学体现出的种族特性。结合美国左翼思想的语境,分析《现代季刊》(*The Modern Quarterly*)、《党派评论》等左翼文学期刊的反叛之声,能让我们对美国现代主义文学形成发展中的意识形态之争、激进主义特征有所认识。

而结合《黑山评论》（*The Black Mountain Review*）、《芝加哥评论》（*Chicago Review*）、《尤根》等文学期刊，可以让我们认识到"黑山派""垮掉派""新先锋派"及新左翼作家对现代主义文学的新发展。因此，对期刊的研究，将打破美国现代主义研究的一些传统概念，使我们发现美国现代主义文学的复杂性。彼得·布鲁克（Peter Brooker，1944— ）等主编的三卷本《牛津现代主义期刊批评及文化史》（*Oxford Critical Cultural History of Modernist Magazines*，2012）探讨了文学期刊在美国文学发展中的作用，还对自由诗、哈莱姆文艺复兴、地方主义、激进政治等现代主义文学的关键问题进行了反思。

3. 重新审视美国现代主义文学蕴含的深层文化思想内涵。基于法国社会学家皮埃尔·布尔迪厄（Pierre Bourdieu，1930—2002）的"媒介场"概念，在文学生态中审视文学媒介的作用，能考察文学期刊中编辑与作者及读者、文体变迁与文学思潮、文学体制与社会环境等在美国现代主义文学生态形成过程中的作用。通过考查期刊中多种权力或资本力量之间的博弈，研究期刊的编辑活动所投射出的隐性文化领导权，探讨现代主义作家如何与消费文化形成共谋关系，分析文学期刊与美国现代主义文学之间生产运行的内部机制对文学形态形成的必要作用，从生产机制的内部探究文学期刊如何促进美国现代主义文学的大众化。

此外，还可以从小众期刊与大众或精英读者之间的关系、文本与图像之间的对应关系、女权主义对传统经典或历史的修正等方面对文学期刊进行研究。以女性在现代主义文学发展中的作用为例。尽管女性作为文化杂志编辑的角色早已得到认可，但由于长期以来书籍在文学史上的首要地位，女性的工作常常被边缘化或被掩盖。通过"现代主义期刊项目"数字化保存的 15 年的期刊进行快速搜索，可以发现比阿特丽斯·黑斯廷斯（Beatrice Hastings，1879—1943）那个时期的非凡写作，她一共投了 113 篇稿件，包括小说、女权主义政治评论及戏剧评论和给编辑的信，稿件的数量惊人。继续做深入挖掘，发现黑斯廷斯至少用了 13 个不同的笔名为期刊工作，从 1907 年到 1914 年，她一直以共同编辑人（coeditor）的身份在《新纪元》报刊的文学方向及办刊实践中发挥了重要作用，在英国和美国现代主义发展过程中起到了关键作用。黑斯廷斯以 Alice Morning、Beatrice Tina、G. Whiz 和 S. Robert West 等名字发表的文章远远超出了艺术的范畴，涵盖了政治、女权主义、旅游和经济等领域，笔名让她可以尝试用声音和角色来引发辩论，而这些辩论正是期刊的非凡之处。因此，研究期刊的现代主义，就要关注女性作为编辑和作家对现代主义的独特贡献，在MJP现存的19种杂志中，有8种杂志的编辑中有女性担任重要的编辑角色。而期刊研究能使我们从期刊文化的混乱和混沌中发现作者身份及文化史的新模式。安·阿迪斯(Ann Ardis)曾指出，“如果我们要欣赏像比阿特丽斯·黑斯廷斯这样的女性在期刊报刊上的作品，我们就需要对作者的概念进行比现代主义研究更灵活、更包容的理解，因为她俏皮且刻意地违反了文学研究中通常坚持的每一个作者趣味性的惯例”(Ardis v)。巴巴拉·格林(Barbara Green)也指出，期刊，特别是女性期刊和女性经营的期刊在“建构现代女性气质的观念(往往与消费者的身份有关)”(Green 429)中发挥了关键作用。期刊作为现代社会研究中的连接组织，将看似不同的群体和利益联系在一起。经营和阅读期刊的妇女是那些允许文化时刻交汇和互动的空间中不可缺少的组成部分。期刊研究给现代主义批评家带来了新的文本、新的作者和新的问题以及提出这些问题的新方法(Green 429—431)，因此是对现代主义研究的一种复兴。

期刊文本不同于书籍文本，它不仅包括完整的内容，而且包括它们之间的相互作用、版面的物质承受力，以及其他诸如广告和插图等长期以来被视为“准文本”的内容。期刊作为一个物质对象(而不仅仅是文本的容器)的复杂性在很大程度上源于它的互动性。这包括读者给编辑的信件和编辑的回复，以及实际的处理、浏览和阅读过程。此外，期刊不需要像小说或传记那样，从头到尾一页一页地阅读。相反，期刊的文本是与视觉对象的混合，有时需要一种更动态的参与形式，读者可以在其中构建自己与文本间的联系。作者和编辑对读者的控制力很弱，他们可能在一本期刊上看到的是一个强大的、但也许完全是特异的可能性。在这种方式下，期刊与数字文化，特别是与超文本的模式有很大的共同点，在这种模式下，文件以非层次性的方式被链接起来。列夫·曼诺维奇(Lev Manovich)在《新媒体的语言》(*The Language of New Media*, 2001)一书中指出，我们应该“把新媒体文化看成是一个无限的平面，在这个平面上，单个文本没有特定的顺序”(Manovich 77)。尽管有目录表和标题等文字为导航，但期刊也具有类似的平面性，让读者可以根据自己的需要进入到想要去的地方，并以适合自己的方式移动。事实上，20世纪初的一些期刊就利用这种平面化效应，将读者引向广告。因此，一篇作品或文章可能被平铺开来，散落在一期或多期期刊中，其文字栏与插图(通常是未经作者同意的、未见过的、未经作者批准的)、评论和广告混杂在一起。因此，读者需要打破大多数叙事性文本的线性结构，在期刊的动态页面上对文本进行重组，以充分领会完整的意义内涵。

在现代期刊研究中，有相当一部分学者在关注期刊本身的同时，开始强化现代主义的文学史叙事，将其作为 20 世纪上半叶最重要的美学和文化发展，以此丰富我们对原始档案和现代主义的文化、历史和物质语境的了解。如在《现代主义期刊研究期刊》（*Journal of Modernist Periodical Studies*）创刊号上，肖恩·莱瑟姆和马克·莫里森（Mark S. Morrisson）指出，"期刊以其深刻又未被引起关注的方式塑造了现代性，本刊的使命就是要促进学术界对这段长期被忽视的现代史的探索"（Latham and Morrisson iii）。他们认为，长期以来，人们对现代主义的认识仍然是"以审美现代主义和相关的、长期以来受人喜爱的文化形态为框架"，并非对"长期以来被忽视的现代史"的"学术探索"，而是对超现实主义、立体主义、达达主义、哈莱姆文艺复兴等既定概念所做的细节性的填充。因此，对现代主义的研究，要在现代主义和先锋派文学以及视觉艺术的网络中，通过分析期刊的文化、政治和美学等相关因素来进行。

结　　语

期刊研究为美国现代主义文学研究提供了新的视角，但我们也要看到这种"再媒介化"过程中媒介转向会带来的意义、价值和方法论的问题。用最直截了当的方式来说，就是"so what"（那又怎么样?），为什么要对已成为历史文物的期刊进行研究？作为研究者，又该如何以理论上有意义的方式来阐释这些文物的价值，以及研究文物的工作价值，并能证明和支持相应的方法论？弗兰科·莫莱蒂（Franco Moretti，1950—　）曾提出"知识对象"（object of knowledge）这一概念，他认为单个的文学文本已不再是合适的知识对象，应该被整个文学生产领域所取代，因为"这是一个集体系统，应该作为一个整体来把握"（Moretti 3）。从这一点来看，期刊本身或整个期刊领域就应该被视为 21 世纪的知识对象。前文提到，莱瑟姆和斯科尔斯就呼吁将期刊视为"自主的研究对象"，需要"新的方法论和新的合作调查类型"，而不是"离散信息的容器"，"将资源分解成其单独的组成部分"（Latham and Scholes 517—518）。期刊被当作"自主研究对象"是对文学领域的拓展，这个更广泛的"知识对象"突破了传统意义上的文学或美学的现代主义，但值得注意的是，我们也不能在这个框架之下对现代主义进行过度塑造。21世纪以来，尽管期刊研究的数字化已经取得了重大进展，但如何运用恰当工具使用期刊数据库对期刊进行研究，如何构建现代期刊研究的批评话语体系，还有待于我们一起去努力。

引用作品[Works Cited]:

Ardis, Ann. "Editor's Introduction. Mediamorphosis: Print Culture and Transatlantic/Transnational Public Sphere (s)." *Modernism/Modernity* 19.3 (2012): v–vii.

Green, Barbara. "Around 1910: Periodical Culture, Women's Writing, and Modernity." *Feminist Media History: Suffrage, Periodicals and the Public Sphere*. Ed. Maria DiCenzo, Lucy Delap and Leila Ryan. Basingstoke: Palgrave Macmillan, 2011. 429–439.

Latham, Sean and Mark Morrisson. "Introduction." *Journal of Modern Periodical Studies* 1.1 (2010): iii.

Latham, Sean and Robert Scholes. "The Rise of Periodical Studies." *PMLA* 121.2 (2006): 517–531.

Manovich, Lev. *The Language of New Media*. Cambridge: MIT Press, 2001.

Moretti, Franco. *Graphs, Maps, Trees: Abstract Models for Literary History*. London: Verso, 2007.

恶棍、“对型人物”、“他者”：欧美犯罪文学中罪犯形象的变迁*

袁洪庚**

内容提要：犯罪是亘古以来人类无法摆脱的噩梦。除历史典籍中记载的法律案件外，历代文学中有大量涉及犯罪问题的描写。罪与犯罪者在文学中的再现远比现实复杂，可以穷尽人类的想象力。在早期英美文学作品中，罪以“恶”的极端形式呈现，犯罪者则是十恶不赦的恶棍。在侦探小说等“新的犯罪文学”中，“罪”被再度界定，罪犯成为“对型人物”并在审美心态下得到审视。在后现代语境下，与受害人互为“他者”的犯罪者形象日益突出，罪的意蕴更加朦胧。文学中罪的表现方式不仅映射历史与现实，也承载时代的主流价值观。

关键词：罪；文学中的罪；“新的犯罪文学”；侦探小说

Abstract: Crimes are ubiquitous on the earth, and as old as civilization. Aside from chronicles that record notorious legal cases in history, literature is a constantly renewed vital source of crimes and related issues. It is through literature that one encounters dramatic descriptions of sensational scenes of crimes and criminals, and finds that types of crimes today remain more or less the same as they used to be in the remote past. In early Anglo-American novels, crimes represent the extreme evil force confronting the good, and criminals are villains. In detective fiction, the existence of crimes is understandable, not sheerly negative, and criminals are the antitypes existing as the opposite of detectives. In the postmodern context, the criminal, usually a villain-hero, "the other" of the victim and vice versa, is poetically visualized for the first time. Unaccountable and unpremeditated ways of delineating crimes in literature convey mainstream values of all ages.

Key words: crime; crime in literature; "new crime literature"; detective fiction

---

* [**基金项目**]：本文为中央高校项目“本土‘载道’与西方‘担当’文学理论比较研究”（18LZUJBWZY056）成果。

** [**作者简介**]：袁洪庚，兰州大学外国语学院教授，主要研究方向为英美文学。

“罪”是人类生活中一个古老的话题，也是一个文学中的永恒母题。自文学产生之日起，作品中对有关犯罪起因、过程与结果的描写便不绝于缕。而社会学范畴内的犯罪学仅有100多年的历史，源于1885年意大利人拉斐尔·加罗法洛（Raffaele Garofalo，1851—1934）创造的专有名词“犯罪学”。文学中的“罪”母题根深叶茂，源远流长，罪犯的形象丰富多样。

一

所谓“犯罪”是法律意识产生后人的一种不被认可的出轨行为，是对某种禁忌的触犯。人类开始群居后人际交往增多，人际关系渐渐复杂。社会分层后，贫富差别必然导致社会出现等级。人们的经济地位决定他们的社会地位，客观存在的不平等阶级地位使潜伏在人们主观意识中根深蒂固的愤懑、妒忌、仇恨等负面情绪萌发，这些“人之常情”必然导致大体可归结于谋财害命之类的犯罪。

文学中罪的概念源于人们对现实生活中人的行为合法与否的界定，非法（illegal）即犯罪。这种界定往往是人为的，即经过主体阐释形成的意义。“外部事实，无论其客观意义是否合法，总是一个可以由感官感知的事件（因为它发生在时空中），因此它也是一个由因果关系决定的自然现象……”（Kelsen 3—4）。在西方，基督教的教义孕育出现代法律。日趋完善的法律则使人们逐渐增进对犯罪问题的认识，虽然法律无法遏制犯罪。“在人类不曾制定法律保障公众福利以前的古代，杀人流血是不足为奇的事；即使在有了法律以后，惨不忍闻的谋杀事件，也随时发生”（莎士比亚352）。关于个人犯罪的原因，西方的观点可笼统地分为人性本质论与人性建构论两派。本质论者，即悲观主义者，认为人性大体上是邪恶的，因此犯罪的责任应由犯罪者个人承担。建构论者，即乐观主义者，认为人性趋于善良，社会应对犯罪现象负责。

犯罪，受利益驱使、为情感驱动。林林总总的动机往往是人性的写照，以往犯罪文学中诸多谋财害命、发泄私愤的案件足以成为这一论断的佐证。该隐杀害弟弟亚伯是基督教出现后前现代西方文学中“罪与罚”主题之下的第一宗谋杀案，此后罪犯成为恶棍的典型。耶和华偏爱牧人亚伯献上的供品，头生的羊和羊油，却瞧不上农夫该隐收获的谷物。“该隐与他的兄弟说话，二人正在田间，该隐起来打他的兄弟亚伯，把他杀死了”

（《旧约·创世纪》）。根据这段简洁的文本分析，读者看出这是为泄私愤的典型预谋犯罪，动机是妒忌。该隐蓄谋已久，但是设法把自己的行凶装扮为激情杀人，以求减轻处罚。耶和华明白妒忌是人类的天性，因此惩处该隐，判决他流浪，"你必流离飘荡在地上。"

《麦克白》（*Macbeth*，1606）刻画人性，也描写犯罪。作者通过已建立功业、位极人臣的同名主人公弑君的故事，描写他内心中善与恶的交锋，意志与欲望的冲突。"破山中贼易，破心中贼难"，骁勇的麦克白外御强敌，内平叛乱，所向披靡，最终却被非分的欲望毁灭。威廉·莎士比亚（William Shakespeare，1564—1616）没有直接描写麦克白杀害国王邓肯，渲染犯罪行为如何血腥。麦克白在钟声响起时决定下手，"我去，就这么干；钟声在招引我。不要听他，邓肯，这是召唤你上天堂或下地狱的丧钟。"事后，他对夫人交代："我已经把事情办好了。你没有听见一个声音吗？"（莎士比亚 329—330）对于弑君这等滔天大罪，他只是以平淡的措辞"事情"一语带过。此后关于"声音"的问题以及夫妻两人对各种声音的讨论却表明，罪人既惧怕罪行暴露，行凶后良心亦受到无情的折磨。钟声促使他下手，杀人后的敲门声使他精神恍惚，开始担心罪行败露，惧怕为之承担后果。莎士比亚以曲折手法映射罪行邪恶，描绘出犯罪者的心路历程。

在《麦克白》一类描写犯罪的经典作品中，犯罪者的动物本能冲动与哲人般的思辨理性始终围绕着血腥的谋杀展开，其中的脉络可以大致梳理为情感与理智、野蛮与文明、高尚与卑鄙、无序与律法之间的矛盾，这些矛盾具体表现为激烈的人际冲突。在冲突中，人性的光辉无处不在，令读者感悟到善与恶等二元对立的诸种元素如何在同一个人身上表现得淋漓尽致。该隐、麦克白等居心叵测，心狠手辣的恶棍固然甚伙，亦不乏俄狄浦斯、拉斯柯尔尼科夫等心灵高尚、举止高雅的误入歧途者。

自从人猿相揖别，人类开始社会生活后，人的本我便受到抑制，甚至被迫降至无意识层面，然而兽性的冲动并不能始终受到约束，仍然不时在干扰人的思维和行动。表现在麦克白夫妇身上的贪欲、嗜血与恐惧，可归结于他们血液里残存的兽性冲动在作祟。《旧约·创世纪》中说上帝依照自己的模样造人，但是人因"原罪"与圣洁、慈爱、公义的神性无缘，能克服兽性，始终如一地高扬人性的人已是凡间圣人。麦克白夫人自我惩罚式的自杀，麦克白在战场上不愿杀戮他想当然地以为"是妇人所生下的"麦克德夫，这是他们人性复归的表现。

托马斯·德·昆西（Thomas De Quincey，1785—1859）预言，犯罪亦可以是一种供人品鉴的艺术，一种审美行为，前提是品鉴者必须具有形而上的思维，可以区分现实与艺术中的犯罪。德·昆西慧眼独具，在当时的听众能够理解并产生共鸣的前提下，竭力表达出他对麦克白夫妇犯罪的独到审美感受。"早在孩提时代，我便常常对《麦克白》中的一幕感到十分困惑。那便是邓肯被谋杀后响起的敲门声，它在我情感上产生一种永远无以名状的效果，令我想到那场谋杀具有奇怪的恐怖和深刻的肃穆性质。无论我如何执着地努力领悟其中的深意，多年来我从未理解这种效果何以会出现"（De Quincey 479）。

接着，德·昆西告诫读者，人类的理解力不足为训。与其相信人的理解力，不如正视其卑下本能（ignoble instinct），也就是人的兽性或动物本能，包括杀戮冲动，一种原始的返祖现象，这实际上是暗示无功利动机的犯罪。德·昆西对谋杀美学的以及审美经验中暴力的形而上认识具有前瞻性，深刻揭示出审美过程的无理性，唯一能够支撑他将本能的"嗜血"视为麦克白夫妇谋杀动机的，似乎只是麦克白杀害邓肯后出现的恍惚（trance）。关于谋杀的动机，与较易为以往读者接受的相关道德伦理批评相比，谈论麦克白夫妇嗜血或期望在杀戮中体验犯罪美感显然不具说服力。然而，对于处于后现代语境下的读者而言，真实的伦理能否让位给超真实的（hyperreal）审美？当代读者不妨将昔日的犯罪者麦克白视为一位不再为寻常伦理道德规范所限的行为艺术家，他似乎希望以另一方式"试图证明美、诗意与对谋杀的诉求是一码事儿"（Marcus 17）。

随着工业化、城市化进程的加快，以及法治思想的普及与法治社会的建立，"罪"见诸各类文学作品，文学中的罪渐渐专门化，衍生为犯罪文学（crime literature），其高峰便是在19世纪出现，以埃德加·爱伦·坡（Edgar Allan Poe，1809—1849）、威尔基·柯林斯（Wilkie Collins，1824—1889）等英美作家的作品为代表的犯罪小说，尤其是其分支侦探小说。既然采用以涉及犯罪的题材入手审视作品的路径，我们便不得不摒弃传统的雅俗二分法。以下论及的作品既有经过历代读者广泛阅读的"入典"之作，即哈罗德·布鲁姆（Harold Bloom，1930—2019）等心目中的"正典"，亦涉及现当代犯罪文学范畴之内的种种作品。且摈弃传统的雅俗之辨，或新近的文学与类型文学之分，本文作者把它们都视为犯罪小说或犯罪小说的分支侦探小说。

二

基督教的影响减弱之后，上帝不再是唯一的探罪者，人类必须自己应对犯罪。侦探应运而生，侦探小说理应归于米歇尔 · 福柯（Michel Foucault, 1926—1984）所说的“新的犯罪文学”，而且是其中的先锋文学：

> 自加博里欧以来，犯罪文学也追随着这第一次变化：这种文学所表现的罪犯狡诈、机警、诡计多端，因而不留痕迹，不引人怀疑；而凶手与侦探二者之间的纯粹斗智则构成冲突的基本形式。关于罪犯生活与罪行的记述、关于罪犯承认罪行及处决的酷刑的细致描述已经时过境迁，离我们太远了。我们的兴趣已经从展示事实和公开忏悔转移到逐步破案的过程，从处决转移到侦察，从体力较量转移到罪犯与侦察员之间的斗智。（福柯 75）

与福柯新型犯罪文学适应读者兴趣的观点相反，当时的文学评论家与文学史家往往将其中多数视为文学价值可疑的作品，包括查尔斯 · 狄更斯（Charles Dickens, 1812—1870）与柯林斯的有警方侦探出现的小说。安德鲁 · 桑德斯（Andrew Sanders）引述 H. G. 威尔斯（H. G. Wells, 1866—1946）半自传体小说《托诺 · 邦吉》（*Tono Bungay*, 1909）中叙事者读街边文学的感受：

> “尤其吸引人的是《警方消息》，画得下流的图画会使智力最低下的人也会联想到一连串卑劣的罪行，诸如女人被谋杀后装进箱子里埋在地板下，老人半夜里挨强盗的棍棒，被突然扔下火车的人，幸福的恋人遭到情敌枪杀……”这些只是 G. W. M. 雷诺兹率先抛出的廉价犯罪小说中的部分货色，遑论狄更斯与威尔基 · 柯林斯作品中的败笔……（Sanders 468—469）

福柯更看重犯罪文学的社会学意义，认为“新的犯罪文学”改变以往的犯罪观念。“在新的文学中犯罪受到赞美。犯罪文学的发展，是因为它们是一种艺术，因为它们是特殊性质的作品，因为它们揭露了强者和权势者的狰狞面目，因为邪恶也成为另一种特权方式”（福柯 74—75）。作为文学圈子以外的评论者，福柯对犯罪文学前后期的区分过于粗略，注重对“犯罪的艺术改写”，却忽略经典文学中影响深远，耐人寻味的犯罪文学因子。创作时代的确是分期的依据，但是“新的犯罪文学”得以流传之前的经典文学中，对犯罪的思考远比回忆录、传单、传记、冒险故事等宣扬惩恶扬善之作深邃复杂，或呈阳刚之气，轰轰烈烈，或朦胧隐晦，莫测高深。

在《维多克回忆录》(*Mémoires de Vidocq*, 1828)等作品中，虽然罪犯是名义上的反面人物，他们与作为正面人物出现的侦探相互衬托，益发显得高明。通过对近代犯罪史上拉斯纳尔等罪犯生平事迹以及有关公共舆论的研究，福柯注意到一种带有资产阶级浪漫色彩的新型罪犯已出现，而且他们会在犯罪纪实与文学作品中成为侦探。这类作品带有叛逆性质，也是近代文学中暴力与犯罪审美之滥觞。

在侦探小说中，犯罪行为不再被聚焦、渲染，而以往被虚化或以粗线条呈现的背景、动机与结果得到认真探讨。在情节建构上，"逐步破案的过程"取代以往犯罪文学中对犯罪过程的渲染。在角色分派方面，侦探与罪犯的较量取代罪犯的独角戏，情节与人物的二元化从此使"新的犯罪文学"焕发出勃勃生机。

这类作品中罪犯与法律的各类代表对抗的描写后来衍生为以爱伦·坡、柯林斯等英美作家的作品为代表的现代侦探小说的情节。在侦探小说中，往昔犯罪文学中宗教、道德伦理意义上的"罪"让位于现代法律中的犯罪概念，何种行为属于犯罪，理论上均由法律确定。"罪"的所指意义受成文法规范，语焉不详的习惯法被抛弃。罪的概念的现代化使侦探小说家一改尤金·弗朗索瓦·维多克(Eugène François Vidocq, 1775—1857)、丹尼尔·笛福(Daniel Defoe, 1660—1731)、亚历山大·大仲马(Alexandre Dumas, 1802—1870)等犯罪小说作者为特定社会环境下的犯罪行为辩护，甚至赞美犯罪的激进姿态，他们有意无意地与时俱进，与同时代的主流意识形态保持一致，表现出在权力、观念、风尚等领域内维护权威的保守姿态。他们谴责犯罪，褒扬最终使正义得到伸张的法律。进入现代，如果必须在无序造成的混乱与权力带来的压迫之间做出选择，同许多"最怕活在不理智的年代"(王小波 10)的知识分子的思维逻辑大体一致，侦探小说家会毫不犹豫地选择后者。

在侦探小说中，罪仍然是邪恶的，但是在愈发复杂的环境中往往难以定性，成为一团混沌。"谋杀在一个干净的地方制造混乱。因此有关谋杀的故事也就是对付混乱或解开谜团的故事"(Trotter 70)。罪犯的身份愈发模糊，往往与他的对手、以正面主人公形象出现的侦探相互映衬，成为一种"对型人物"(antitype)。他的形象得到淋漓尽致的刻画，他的犯罪活动在侦探活动反衬中得到详尽的描写。"对型人物"本指类型学理论视

《圣经·旧约》中出现的历史人物，他们是后来再度出现在《圣经·新约》中人物的前身（prefigure）的论断。《圣经·旧约》中可考的历史人物是"类型"（type），《圣经·新约》中与之相对应的人物则是一位"对型人物"，如耶稣是亚当的"对型人物"。在此，笔者借用"对型人物"这一术语描述侦探与罪犯"预示"式的相互对立却又依存的关系。

"对型人物"由被反衬的人物与"陪衬者"（the foil）演变而来，本是西方戏剧与小说中常用的人物描写方法，是一个与主人公在性格和外貌形成鲜明对照的次要人物，却不是反派人物，譬如《哈姆雷特》（*Hamlet*，1599）中的同名主人公性格优柔寡断，惯于延宕，他的陪衬者雷欧提斯却性急如火，雷厉风行。在爱弥尔·左拉（Émile Zola，1840—1902）的短篇小说《陪衬人》（"Les Repoussoirs"，1866）中，百万富翁杜朗多的思路独特，招聘其貌不扬，甚至丑陋的女子，把她们出租给贵妇，以衬托出雇主的"美貌"。在侦探小说中，罪犯是与侦探相互反衬的人物，如《最后一案》（"The Final Problem"）中福尔摩斯的强劲对手莫里亚蒂教授，而"陪衬者"常常由侦探的助手担任，如第一人称叙事者华生医生，一个不时向福尔摩斯发问以解读者心中之惑的人。

在冠以"侦探小说"的作品中，此种借反衬凸显人物特征的方法尽力铺陈，不仅涉及人物的性格、外貌等，而且全面深入地借助罪犯与侦探的比衬，将犯罪的种种隐曲呈现于读者面前。道高一尺，魔高一丈，罪犯愈狡诈凶残愈使侦探显得机智勇敢。跅弛不羁的福尔摩斯终于遇到"罪犯中的拿破仑"莫里亚蒂教授。"此人继承了最凶残的犯罪本性。他有罪犯的血脉。非凡的智力不仅没有减弱他的犯罪倾向，反而使他愈发邪恶，变得极端危险"（Doyle 470—471）。邪恶的超人能力使莫里亚蒂教授的形象熠熠生辉，成为《福尔摩斯探案全集》（*The Complete Adventures of Sherlock Holmes*）中除福尔摩斯之外唯一得到细致描写的人物。

托妮·莫里森（Toni Morrison，1931—2019）的《宠儿》（*Beloved*，1987）中的女黑奴惧怕儿女重蹈覆辙，陷入为奴的悲惨命运，杀死女儿，下葬时为她取名为"宠儿"。倘若就事论事，这个女人锯断小女儿的喉咙无疑是残忍的犯罪。但是她的动机却是逃避奴役，一种在她眼里更可怕的罪。司法正义的确基于对平等的追求，但是法律源于权势者的个人经验与观念，全然不顾芸芸众生。在实践中，以己之心度人之意却往往会适得其反。人们依然无法脱离历史做出是非善恶的论断，莫里森却在文学想象中质疑不论场合的真理标准，以及由此而来的司法准则。"检验作家力量的标准是看他们是否具有想象何为非己的能力,即熟悉生疏的事物,又可以将熟悉的事物神秘化"(Morrison 15)。由此可见,罪在当代的呈现方式更加扑朔迷离,后现代主义怀疑确切的定义,对非此即彼的二元对立模式的解构促使人全方位地审视"罪"的问题。当代社会中的犯罪仍然具有它一向具有的属性,却在具体环境中变得不可捉摸,这或许就是不确定性。错综复杂的因素纷纷呈现,在变幻莫测的背景下,犯罪者的身份变得模糊,像一个个延异中的能指,由此及彼,在迁徙中常与受害者互为他者。最后,读者惊奇地发现"罪"或可归结为"非罪"。

三

"他者"(the Other)源于柏拉图(Plato, 428—347 BC)的《对话录》(*The Dialogues of Plato*),由"同者与他者"(the same and the other)的关系引出。他者,顾名思义即异己的一切事物,尤指另一人,即他人。凡是外在于自我的存在,不管它以什么形式出现,可看见还是不可看见,可感知还是不可感知,都可以被称为他者。勒内·笛卡尔(René Descartes, 1596—1650)"我思故我在"的革命性论断令人茅塞顿开,处于混沌中的人明确悟到"我"是认识的主体,将"我"与外部世界分离,形成主客体二元分离。几个世纪以后,雅克·拉康(Jacques Lacan, 1901—1981)别出心裁地承继了笛卡尔的主客体模式,在他的解构主义心理分析理论中视无意识为他者。拉康认为,呱呱坠地的婴儿没有独立的自我,母与子主客体合二为一,处于怡然自得的"想象界"之中。但是这个婴儿会在以后的"镜像阶段"中渐渐感觉到母亲的异己性以及自身的存在。如同照镜子,人借助他者的形象映照出自我。此后,语言会巩固他的主体性,以具有象征意义的父亲权威指代社会意识形态,是为"象征界"。一俟脱离以母亲为代表的早期身心支撑,他便必须借助以父亲为代表的社会文化形成主体。父亲或语言以及语言指代的社会意识形态在主体与母亲所代表的外界分离以及主体的形成中发挥决定性的作用,强行将欲望和欲望对象分开。这种语言难以表现的状态脱离"想象界"与"象征界",是为"真实界"。

福柯的他者观念最适用于犯罪文学。基于权力理论,他主要从技术层面上审视他者在犯罪防控中的作用。福柯认为,每个时代有它的一套话语,话语即隐形与隐性的权力。话语使他者的观念在潜移默化中变为主体意识。福柯认为"圆形监狱"是 19 世纪司法制度的典范,并将原可从不同角度监视囚犯的“圆形监狱”构想抽象为“全景敞视主义”。“全景敞视主义”是福柯在权力与空间的关系上构筑的空间理论，具体表现在对人的规训已由国家机器施加于肉体的惩戒转为旨在影响人的思想，施行未雨绸缪的监控。然而处于这广阔空间之中的并非真空，而是隐形的他者。

在现代性的语境中，“规训”是一个十分笼统、抽象的概念，是在对付犯罪者对权威挑战过程中理性权力运作的结果。“规训”“是一种权力类型，一种行使权力的轨道。它包括一系列手段、技术、程序、应用层次、目标。它是一种权力的‘物理学’或权力‘解剖学’，一种技术学……”（福柯 242）犯罪者是所谓文明的异己力量，与受害者互为他者。“全景敞视”的妙处在于使从囚犯到社会上每一潜在的犯罪者无时无刻不处于自己精心建造的心狱之中，想象自己受到无处不在的他者监视。使人自我监督，战战兢兢，毕生不敢越雷池一步。大墙里的主体不仅被凝视，自己的凝视同时亦被客体化（the gaze as object）。福柯透过现象窥见本质，睿智地解构数千年以来权势者设计的“吾日三省吾身”，“狠斗私字一闪念”一类的自我规训诡计。

他者，不仅为西方哲学关注，在中国亦有渊源。“毛嫱，丽姬，人之所美也，鱼见之深入，鸟见之高飞”（《庄子·齐物论》）。人人皆以为美的美女毛嫱与丽姬，在鱼类等异己于人类的动物眼里只是可能危及它们生命的陌生异类，唯恐避之不及。对于人与动物，真正的美因立场与标准不同而变易。所谓“羞花闭月之貌，沉鱼落雁之容”之类形容美人的比拟，只是人类以己之心揣测鱼虫鸟兽之意的想法。先于语言存在的意义或许可以理解为老子的“道”，它是一种超然的意义，无法跨越他者的篱障成为本元的宇宙真理。

人的自我意识正是在存在他者的环境中生成，罪犯意识到自己的犯罪行为对他者造成破坏性毁灭性影响后更趋于自我身份的认同，不仅是部分罪犯意识到的“我是犯罪者”，也是全部罪犯无意识中感觉到的“受害人是他者”。倘若没有这个他者，罪犯无法完整全面地认识自己。罪犯与受害者相互依存，在他们的互动过程中，“主体间性”（intersubjectivity）的概念被质疑，他者的意识究竟能否被感知始终是不确定的。

在当代美国犯罪小说家克拉克·霍华德（Clark Howard）的短篇小说《嫌疑》（“Under Suspicion”, 2000）中，“他者”的意志显现，使罪消解于无形。老警察丹在冲动中扼死自己的女儿伊蒂，构成激情杀人罪。但是引发这桩重罪（felony）的原因却是女儿的轻罪（misdemeanor），或道德失范

(sin)。伊蒂早年丧母，不服父亲管教，一向我行我素。辍学后，她与众多男人鬼混。作者似乎在暗示，这桩父亲杀死亲生女儿的悲剧中，该谴责的不是他们中的某一方。女儿的堕落当然可以归结为社会不良影响，但是这只是一个现实主义的俗套，一个建构在个人是有自觉意识的理性主体的传统观念。借丹的激情杀人行为作者暗示，在后现代社会里理性的个人并不存在，作为法律主体的他只是人为的、法律的描述，不是自然的。

丹认为女儿的男友远不止三个。“我曾经跟踪过她。她走进一家酒吧，一个小时后和一个男人一起出来。夜夜如此。不同的酒吧，不同的男人，她好像得了什么病”(Mansfield-Kelley and Marchino 454)。作者在这里暗示，伊蒂只是性欲亢进(hypersexuality)，一种古老病态的受害者。她的行为具有合理性，她被父亲扼死的厄运再度归于远古的宿命。她与父亲的搭档弗兰克一度是情人，他们曾常在酒吧二楼店主卡兰非法经营的钟点房里幽会。通奸亦是一种道德失范，一旦为人揭发，弗兰克也会被列为杀害伊蒂的嫌疑人。最终，弗兰克与丹订立攻守同盟，互相证明对方案发时不在犯罪现场。从胁迫弗兰克的酒吧老板，直到深谙内情的警方上层，小说的所有人物皆有罪。但是，他们的罪在质疑“罪”的现有定义的科学性、合法性的后现代语境中被淡化。在酒色财气等种种欲望侵扰下，人性难以经受考验。如果人人皆有罪，人类便回到蒙昧的远古时代，罪便不啻为一种叙事。罪从来都是文学的母题与情节，后现代的犯罪可能会颠覆罪的可定义性，它不再为《远大前程》(*Great Expectations*, 1860)等以往作品中犯罪应归于社会不公的主流观念背书。

罪犯因其罪行为他人不齿，但是犯罪并成为罪犯是一种理解他者并为他者理解的极端交际方式。在爱德华·阿尔比(Edward Albee, 1928—2016)的剧作《动物园的故事》(*The Zoo Story*, 1958)中，流浪汉杰利去动物园“更深入了解人和动物共同生存的方式，动物和动物以及动物和人的共同生存方式”(阿尔比 267)。耐人寻味的是，在几种关系中杰利忽略的恰恰是人与人的“共同生存方式”，也就是在人类世界这个广义的动物园中他者之间和睦相处的可能性。离开动物园后，他为得到在公园里偶遇的书商彼得的理解，扔给他一把刀，攻击他，逼迫他拣起刀来。接着，杰利“猛地向彼得冲去，让刀子刺进自己的身子。出现戏剧性场面：片刻间一切静止不动，杰利钉在彼得手中的刀上”(阿尔比 273)。在濒死的那一刻，杰利回应彼得的哀叹：“我的……上帝”(阿尔比 275)。在这个囚禁人类的动物园里，谁是罪犯？谁是受害者？这不仅仅揭示生活的荒诞，亦是一个发人深省的悖论。

犯罪是文学的素材，借助作品表述对罪的理解是文学反映社会正义与进步的独到方式，却无法比附社会学、犯罪学或法学的原则与追求精确的理性。该隐被判处终生流浪，麦克白在精神磨难中死去，拉斯柯尔尼科夫在悔悟中获得新生，丹则心安理得地退休并从公众视野中消失。犯罪者的命运带有鲜明的时代印记，却难以论断谁的境遇更好。犯罪在一定程度上超越善恶的评估体系，成为主体在与作为"他者"的受害人无法沟通，无法得到理解时的一种表达。多元的结局替代"落后"/"进步"的二元对立模式，社会对犯罪的态度与处置方式不会呈持续不断的线性进程。文学对犯罪概念的螺旋式思考已证明，历史的进步只是一个人为的现代概念。真正的进步"是跳出神秘的符咒，甚至包括进步本身的符咒"（Adorno 130）。沿着德·昆西的思路前行，21 世纪的人们或许会进一步意识到，谋杀这种极端的犯罪也是一种与他者的交流、和解的方式，虽然血腥，却具有哲学上的思辨意义，得以最终认识他者，也在此过程中认识自我。

侦探小说问世后，德·昆西倡导的观念得以实现，即在罪恶中审美。犯罪者得到侦探的衬托，其形象变得日益复杂。在后现代语境下，犯罪成为小说中最具共性的一类，因此它的叙事范式往往为社会问题小说借用。"小说是什么？这类叙事总是以一个问题开篇，有时是一个无可救药的反常事件，比如发生在从室内反锁的房间里的谋杀案"（Peckham 305）。我们可以预见，侦探小说及其因子的持久性与弥散性将不断增强。

引用作品[Works Cited]：

Adorno, Theodor W. *Can One Live after Auschwitz?: A Philosophical Reader*. New York: Stanford UP, 2003.

De Quincey, Thomas. "On the Knocking at the Gate in *Macbeth*." *The Norton Anthology of English Literature* (Fifth Edition). Vol. 2. Ed. M. H. Abrams. New York & London: W. W. Norton & Company, 1986. 479 – 483.

Doyle, Arthur Conan. *The Complete Adventures of Sherlock Holmes*. London: Penguin Group, 1988.

Kelsen, Hans. *Pure Theory of Law*. Trans. Max Knight. Berkeley: U of California P, 1967.

Mansfield-Kelley, Deane, and Lois A Marchino. *The Longman Anthology of Detective Fiction*. New York: Pearson Longman, 2005.

Marcus, Greil. *Lipstick Traces: A Secret History of the Twentieth Century*. Cambridge, Mass.: Harvard UP, 2009.

Morrison, Toni. *Playing in the Dark: Whiteness and the Literary Imagination*. London: Picador, 1992.

Peckham, Morse. *The Triumph of Romanticism*. Columbia, South Carolina: U of South Carolina P, 1970.

Sanders, Andrew. *The Shorter Oxford History of English Literature*. Oxford: Clarendon Press, 1994.

Trotter, David. "Theory and Detective Fiction." *Critical Quarterly* 33.2 (1991): 66-77.

爱德华·阿尔比：《动物园的故事》，郑启吟等译，《荒诞派戏剧集》，上海：上海译文出版社，1980年。

米歇尔·福柯：《规训与惩罚》，刘北成等译，北京：生活·读书·新知三联书店，1999年。

威廉·莎士比亚：《麦克白》，朱生豪译，《莎士比亚全集》（第八卷），北京：人民文学出版社，1978年。

王小波：《我的精神家园》，北京：文化艺术出版社，1997年。

洛克论新黑人[*]

王玉括[**]

内容提要：1925 年，洛克编辑出版《新黑人》文集，重视美国黑人的个体性而非群体性，强调黑人民族的自我决定与文化表达。这不仅有别于 19 世纪末美国黑人领袖布克·华盛顿的妥协策略，也明显不同于 20 世纪初杜波伊斯的双重意识思想，更与 20 世纪 20 年代加维倡导的"回到非洲"的分离主义有着本质上的区别。本文通过梳理洛克关于新黑人的相关论述，聚焦他对"黑人"及"新黑人"与美国主流社会与文化环境之间关系的持续思考，尝试分析洛克的思想发展及其比较超前的文化多元与文化共融思想。

关键词：新黑人；文化表达；文化共融

Abstract: In 1925, Alain Locke edited and published *The New Negro*, in which he emphasized Black American's individuality rather than collectivity, and focused on black people's self-determination and cultural expression. His notion of the "New Negro" is not only different from the "compromise" strategy advocated by Booker T. Washington, and the "double-consciousness" put forth by W. E. B. Du Bois, but also fundamentally different from the "separatism" advertised by Marcus Garvey Jr. which was embodied in the "Back to Africa" movement in the 1920s. Tracing the related documents concerning the "New Negro", this paper considers the relationship between the "Negro" and the "New Negro" with the dominant American society and its cultural situations, reveals the development of Alain Locke's thoughts, and attempts to highlight Locke's precocious view of cultural pluralism and cultural integration.

Key words: New Negro; cultural expression; cultural integration

引　　言

艾伦·洛克(Alain Locke, 1885—1954)在 20 世纪非裔美国知识分

* ［**基金项目**］：本文为江苏省高校哲学社会科学研究重大项目"当代非裔美国历史小说研究"(2020SJZDA023)的阶段性成果。

** ［**作者简介**］：王玉括，南京邮电大学外国语学院教授，主要从事(非裔)美国文学研究。

子中具有举足轻重的地位，是哈莱姆文艺复兴与美国文化多元主义发展进程中不可或缺的人物。杰弗里·C. 斯图尔特(Jeffrey C. Stewart)高度评价他对20世纪美国黑人文化研究的贡献，认为他不仅是著名哲学家、教育家与批评家，也是20世纪20—50年代非裔美国文化的重要阐释者，把关于黑人经验的艺术及创作可能性与美国社会及政治现实联系起来，深化了美国黑人文化研究(J. Stewart xvii)。小亨利·路易斯·盖茨(Henry Louis Gates Jr., 1950—)认为，如果要研究20世纪20年代的哈莱姆文艺复兴，必须重视洛克的美学理论与文化批评思想(转引自Molesworth vii)，特别是其关于"新黑人"的论述。洛克编辑出版的《新黑人》(*The New Negro*, 1925)文选成为非裔美国文学与文化批评史上一部重要的代表性著作，美国主流学界也给予比较高的评价。1926年，霍华德·奥德姆(Howard Odum)在《现代季刊》发表书评，认为《新黑人》是"一部艺术杰作"；一向严苛的著名文化评论家H. L. 门肯(H. L. Mencken, 1880—1956)也在《美国信使》上撰文，认为这本文集"意义非凡"，并令人吃惊地评价道，文集撰稿人"没有因为自己是黑人而有任何抱歉的迹象，相反他们有种狂热的自豪感"。《纽约时报书评》也说，"这部文集令人惊喜"(转引自Harris and Molesworth 211)。鉴于国内学术界只在介绍哈莱姆文艺复兴运动时对洛克略有提及，对其核心观念"新黑人"论述较少，或主要关注他20年代的相关论述，对其30年代及之后的论述关注较少，本文尝试全面介绍他对"新黑人"的评述，分析他所关注的"新黑人"到底有多"新"。

"新黑人"的表述

提到新黑人，人们通常会想到洛克主编的《新黑人》文集，以及他对"新黑人"的论述。其实洛克既不是第一个提出"新黑人"概念，也不是最早使用"新黑人"表述的人，更没有给"新黑人"以清晰的界定或概括，但是随着《新黑人》文集的出版，"新黑人艺术运动"几乎成为哈莱姆文艺复兴运动的代名词，他也随之成为学术界一颗令人瞩目的新星，成为当时可与威廉·爱德华·伯格哈特·杜波伊斯(William Edward Burghardt Du Bois, 1868—1963)比肩的重要黑人领袖人物。

毋庸讳言，"新"总是与"旧"相对而言的，旧黑人通常指内战结束前的南方黑人奴隶，"新黑人"的提法最早出现于19世纪90年代。1894年，

W. E. C. 莱特(W. E. C. Wright)以“新黑人”(The New Negro)为题指出,美国需要的不是更好的奴隶或新的农奴,而是要把大量黑人由奴隶变成具有自由人性格、习惯与道德的人,“如果数百万黑人一如既往,美国就不可能繁荣;因此,政治家、慈善家与宗教家面临的问题就是要造就新黑人”(Wright 23)。1895 年,J. W. E. 鲍恩(J. W. E. Bowen, 1885—1933)在演讲中提到“新黑人”时也指出,自由的美国黑人在很短的时间内取得了很大的成绩,进步迅速,只要他们有平等的发展机会,将来肯定能取得更大成绩,造福社会(Bowen 32)。

20 世纪初,美国有些报纸也使用该词,对新黑人需要具备的特征及其历史使命进行辩论,对其知识来源以及如何定义等争论不休。当时的黑人领袖人物布克·T. 华盛顿(Booker T. Washington, 1856—1915)在《新世纪的新黑人》(*A New Negro for a New Century*, 1900)中把“新黑人”定义为爱国者,致力于当地社区的发展,坚定但又不失温和地寻求个人的尊严(转引自 Harris and Molesworth 183),因此,“新黑人”最初的历史使命与发展经济及适应社会密切相关。约翰·亨利·亚当斯(John Henry Adams)也在“新黑人素描”(“Rough Sketches: The New Negro Man,” 1904)中客观地指出,要想理解新黑人,必须了解其恶劣环境,理解他们要以自己所学帮助穷苦之人的志向;他们不仅意志坚强,而且敢于牺牲;“新黑人这么做不仅是为了自己,也是为了人类的福祉”(Adams 68—69)。

但是,人们对待新黑人的认识并不一致,对是否真有所谓“新黑人”也意见不一。当时几乎与杜波伊斯和洛克齐名的著名黑人知识分子威廉·皮肯斯(William Pickens, 1881—1954)指出,所谓“新黑人”其实一点也不新,他还是同样的黑人,无非处于新的条件下,需要适应新的要求,不应该用旧的眼光来看他们(Pickens 79)。他认为,新的种族意识的苏醒并不代表他们是“新黑人”,无非是“旧黑人”发现了自我(Pickens 79)。居斯塔夫·阿道夫·斯图尔特(Gustavus Adolphus Stewart)也在《新黑人的废话》(“The New Negro Hokum,” 1928)中发问,新黑人是指那些政治上激进,宗教方面坚持无神论,艺术创作方面追求创新的黑人吗?他认为,其实根本就没有什么新黑人,黑人今天在经济、文化与公民权益方面所做的事情,他们过去也一直在做,无非现在做得更好一些。换句话说,现在无非是有更多黑人有话要说,能够说得更加可信一些,拥有更多言说媒介而已。“他们现在确实比过去更能为别人听到、看到、感受到、理解,仅此而

已,但他们是新黑人吗? 根本不是!”(G. Stewart 128—129)

著名历史学家乔治·哈钦森(George Hutchinson)认为,20世纪广为人知的“新黑人”这个概念可以追溯到19世纪90年代,“那时,布克·华盛顿就是一个‘新黑人’”,他的追随者当时认为,新黑人就是那些建立全黑人学校而丝毫不质疑西方主流“进步”观念与资本主义经济观念的人;到了20世纪20年代,对很多人来说,顺应白人权力的布克·华盛顿已经成为“旧黑人”(Hutchinson 2—3)。他认为,洛克《新黑人》文选出版后,主要指通过诗歌、小说、戏剧与美术,肯定黑人的文化身份而非政治意蕴的黑人。盖茨则重点强调了“新黑人”的符号意义,他在回顾新黑人隐喻以及对黑人形象的重构时指出,“在作为一种新的种族自我符号的‘新黑人’的定义中,‘公共的黑人自我’这一概念于1895年后直接运用于爵士乐时代新黑人文艺复兴当中……这种黑人自我与种族自我,并非以一个实体或一组实体的形式存在,而只是一套符号的编码系统。”因此,盖茨认为,洛克1925年挪用这个名词来指代他的文学运动,代表了对《信使》等刊物所定义的、具有相对激进政治意味,以及出版于一战后种族骚乱时期的一些大胆论文与社论观点的审慎借用(Gates 135—136)。

洛克论“新黑人”

上述对“新黑人”的描绘,突出了“新黑人”的不同方面,与之相比,洛克基于《新黑人》文选所阐述的“新黑人”到底有多“新”? 在哪些方面比较“新”? 又有何“新”意?

从《新黑人》文选的目录来看,这部书主要分为两大部分:第一部分是“新黑人文艺复兴”,第二部分是“新世界的新黑人”,既收录了一些评论或论述性文章,也有小说、诗歌与戏剧作品,内容相当庞杂;从形式上来看,这部文选的编选方针与当时几家著名黑人杂志如《危机》(*The Crisis*)和《机遇》(*Opportunity*)等非常类似,比较注重文学创作,慷慨提携文学新人,并重视其他艺术形式,如音乐与绘画等,略有不同的是,洛克邀请了当时几乎所有重要的代表性黑人为其撰稿。他自己为《新黑人》所撰写的序言仅有3页,他以“新黑人”(The New Negro)为题的论文也仅有13页,只占全书450多页总篇幅的很小一部分;但是在内容方面,他对新黑人的论述昭示了一个时代的到来。

在“序言”中,洛克开宗明义地指出,这部文选旨在从文化与社会两个方面记录新黑人，记录生活在美国的黑人的内心世界及其外在生活的变化。他认为，最近已经有充分的证据表明新黑人的变化与进步，但主要仍然体现在黑人思想与精神的内在世界方面，其核心依然是民俗精神，以民俗阐释为代表，而大量关于黑人文学的论述，“大都是些外在的评论，而且可以肯定，十分之九是关于黑人的作品而非黑人创作的作品”（Locke 1925：ix）。洛克认为，人们所了解，但是往往议而不决的是“黑人问题”，而非“黑人”，因此，有必要转向更加真实的社会观照，在黑人当前的艺术自我表达中发现新的黑人身影与新的力量。他认为，“无论是谁，要想了解黑人的本质特征、更加全面地了解他所取得的成就与潜力，就一定要加深对自我描绘的认识，这也是当前黑人文化的发展所提供的”（Locke 1925：ix）。洛克认为，自己选编的这些材料既未忽略美国社会与黑人种族生活之间的重要互动这一事实，也未忽略美国对待黑人的态度这一重要因素，因此，“我们聚焦黑人自我表达以及自我决定的力量与动机。只要黑人能够在文化层面表达自己，我们就让黑人为自己说话”（Locke 1925：ix）。简而言之，对洛克而言，黑人的自我决定与自我表达成为“新黑人”的突出标志与重要特征。

在“新黑人”这篇论文中，洛克更加详细地阐述了自己对新黑人的认识，并重点关注以下几个方面的内容。首先，新黑人的出现既非偶然也非突然，只不过因为美国社会过去把黑人视为迷思（myth），而非活生生的个体，才使得新黑人的出现显得有些“突兀”。洛克认为，过去所说的“旧黑人”成了一种标签，是道德辩论与历史论战的产物，黑人民族为了生存、繁衍，客观上也不得不接受甚至迎合这种社会环境，从而造成“在几代美国人的思想中，黑人一直是一种公式而非活生生的人”，“他的阴影比他的个性更加真实”这种窘状：美国社会不理解黑人，黑人也很难理解自身。

其次，黑人的大迁徙让所谓区域性的、“南方的”黑人问题变成“美国的”问题。洛克认为，过去那种用有色眼镜来看待黑人的态度已经不合时宜，把黑人类型化为大叔、大婶与妈咪的时代已经结束，“汤姆叔叔”与“傻宝”已经成为过去。他强调指出，现在应该实事求是地面对黑人与黑人问题，已经到了需要“放弃虚构，搁置怪物，专心致志于事实的现实层面”的时候了（Locke 1925：5）。随着黑人分层的加速，过去把黑人作为整体来对待、处理的办法越来越行不通，也愈发显得不公正、荒谬。

再次，社会环境的变化为新黑人的出现创造了条件，但是想要真正实现由旧黑人向新黑人的转变，还需要黑人自身的努力。洛克强调，黑人需要打破社会成见，尝试修复被破坏的群体心理，重新塑造被扭曲的社会视角；更加可喜的是，黑人现在愿意展示真实的自我，敢于展示自己的缺点与错误，不愿以虚伪的假面苟且地活着，而且“当前的这一代黑人相信集体努力，相信种族之间合作的成效”(Locke 1925：11)。

最后，洛克强调，当务之急在于，美国社会需要重新评价黑人过去与未来的艺术成就与文化贡献；而且应该承认，黑人已经做出了实质性的贡献，不仅在民间艺术(特别是音乐方面)，也在很多尚未为人认可的方面有很大贡献，“当前这一代黑人将实现过去尚未完成的物质发展与社会进步，此外，还要增加自我表达与精神发展的任务。在我们有生之年，如果黑人不能庆祝自己完全融入美国民主，那么至少可以庆祝黑人群体的发展进入了一个富有意义的新阶段，并进入精神方面的成长与成熟期”(Locke 1925：15—16)。

从社会层面来看，洛克关于新黑人的描述与当时黑人领袖华盛顿之前的很多论述有些相似之处，都强调种族之间的合作，重视黑人融入美国民主社会等。因此，洛克对 1919 年美国出现的种族骚乱及其所体现出来的激进姿态几乎完全没有涉及，只是轻描淡写地提到，有些爱好思考的黑人有点随大流的“左倾”倾向，完全不同于另外一位激进黑人领导人小马库斯·莫西亚·加维(Marcus Mosiah Garvey Jr.，1887—1940)所提倡的“回到非洲”的决绝与分离主义思想。但是洛克的“新黑人”强调应该重新评价黑人的艺术成就与文化贡献，更加深入地探讨黑人的自我决定与自我表达，确实体现了第一次世界大战之后受过良好教育的美国黑人知识分子的理想。即便如此，我们依然需要继续追问的是，为何 20 世纪 20 年代美国黑人的自我决定与自我表达如此重要，并成为“新黑人”的显著特征？黑人自己决定什么、表达什么、做出什么样的决定、怎样表达才能算是“新黑人”？

洛克所提倡的黑人的自我决定与自我表达具有鲜明的时代特征。1865 年内战结束前，美国黑人主要聚集在南方，主要是遭受奴役的非自由民，他们没有选择的权利与自由。1865 年通过的宪法修正案第 13 条，废除奴隶制与强制奴役；1870 年通过的宪法修正案第 15 条，赋予美国黑人以选举权，这场由北方联邦政府主导的南方重建运动为黑人的政治解放与经济发展创造了条件。但是随着北方军队 1877 年撤出南方，南方重建宣告失败，南方黑人重新回到遭受奴役与歧视的“新阶段”，针对不听话、不“安分守己”的黑人的私刑逐渐增加，压制、迫害黑人的种族主义团体三

K 党猖獗，许多黑人尝试逃往北方与西部。20 世纪 20 年代，也可以说在 1954 年美国最高法院在法律层面废除吉姆·克劳种族隔离法案之前，美国黑人的自我决定直接体现在有权利选择自己的生活区域与生活方式上；他们的自我表达也主要表现为自己开口言说，表达自己的真实想法，改变过去那种被人表达（代表）与被人言说（再现）的窘境。黑人选择逃离南方，逃避种族迫害，寻求人身安全与经济发展机遇，就不只是改善经济条件那么单一，而是体现了他们的文化立场：成为“新黑人”。

随着黑人经济条件的改善，以及受教育程度的提高，黑人艺术家也开始以自己的方式思考、再现美国黑人的社会生活。但是直到《新黑人》面世之前，真正能够产生比较广泛社会影响的美国黑人作家与作品屈指可数，读者熟知的黑人形象主要出现于白人作家笔下，如内战前的《汤姆叔叔的小屋》（*Uncle Tom's Cabin*，1852）和内战后的美国南方怀旧作品。19 世纪末以来，保罗·劳伦斯·邓巴（Paul Laurence Dunbar，1872—1906）与查尔斯·瓦德尔·切斯纳特（Charles Waddell Chesnutt，1858—1932）等陆续发表方言诗歌与短篇小说；进入 20 世纪，年轻的黑人作家开始陆续发表诗歌和小说作品，产生了一定的社会影响，但是总体上来看，无论是关于黑人的作品，还是黑人自己创作的作品，都影响不大。当时著名非裔美国文学批评家威廉·斯坦利·布雷斯韦特（William Stanley Braithwaite，1878—1962）指出，美国文学中的黑人由操控、剥削他们的人所塑造，无论在艺术还是在社会方面都没有得到公正的对待，“因此，对黑人生活与品质所进行的持续、严肃或深入的研究根本无法达到我们国家艺术的水准，只有逐渐通过‘讨论的时代’这种无趣的炼狱，黑人生活才能最终进入‘表达的时代’”（Braithwaite 29）。他指出，那些描绘黑人的作家大都只触及一些表面现象，如黑人的微笑、扮鬼脸，以及他们生动的外在生活，只能偶尔深入黑人的内心深处。

在此背景下，只有更好地珍惜、接受美国黑人的文学创作，才能更好地体会洛克所强调的黑人自我表达的重要性，但是遗憾的是，洛克本人没有充分展开。更为吊诡的是，洛克对黑人自我表达的重视也是对西方文化长期以能否进行创作来衡量一个民族优劣与否的被动回应。直到 1922 年，著名黑人知识分子詹姆斯·威尔登·约翰逊（James Weldon Johnson，1871—1938）还在《美国黑人诗选》（*The Book of American Negro Poetry*，1922）的序言中重复强调，“衡量一个民族是否伟大，最终是看他们创作的文学与艺术作品的数量与质量；只有创作了伟大的文学与艺术，世人才会知晓这个民族；创作了伟大文学与艺术的民族也绝不会真的被世人蔑视，视为低劣”(Johnson 5—6)。所以略显悖论的是，洛克对黑人自我表达能力的强调既是对主流美国文学与文化界虚假再现美国黑人形象的反拨与回击，也在某种程度上重复着西方主流文化观关于文明的划分及其对黑人的歧视。

洛克自己对“新黑人”的思考并非局限于20世纪20年代，也没有停留在黑人的自我表达方面，而是随着社会大环境的变化有所调整，而学界对这一点恰恰有所忽略。20世纪30年代，洛克对“新黑人”的思考愈发成熟，更加关注编选《新黑人》时相对有所忽略的文学的社会维度及其社会功能。他在评述1938年度美国黑人文学时，再次提出黑人的“新”或“更新”问题，认为从时间上来看，1924—1925年的新黑人现在应该已经趋于成熟，在文化层面将会遭遇另一类黑人：要么是更新的黑人(a newer Negro)，要么是更加成熟的“新黑人”。他认为，在1924—1938年间，美国黑人已经取得了很多成就：“在更多艺术领域，黑人的自我表达更加广泛；黑人艺术家表达的主题也越来越成熟、客观，风格更加多样，艺术流派更加多元；在自我批评方面也出现更加健康、更为肯定的趋势。或许最重要的是，白人与黑人艺术家对黑人生活与主题的兴趣逐渐增加，合作也越来越多”(Locke 1983a：271)。他以1938年赖特结集出版的短篇小说集《汤姆叔叔的孩子》(*Uncle Tom's Children*)为例，指出黑人作家发现了通过个体象征阐释黑人群体经验的钥匙，黑人以小说进行社会阐释的时代已经到来。

1942年，洛克重提此话题，认为要了解黑人文艺，必须先弄清楚“黑人”是谁，他是干什么的这个问题。赖特在《1200万黑人的声音》(*12 Million Black Voices*, 1941)的前言中提出了“黑人是谁”这个问题，但是却有意忽略了所谓“天才的十分之一”，美国南方许多地方的混血儿领导，以及美国北方逐渐壮大的中产阶级专业人士与商业人士队伍。赖特认为，只有少数黑人能够提升自己，与大多数默默挣扎的黑人大众相比，他们只是一些“稍纵即逝的例外”(转引自 Locke 1983b：309)。洛克则认为，真正的黑人不仅包括那些反对文化“精英”或“天才的十分之一”的黑人，以及那些仿佛“例外的”或“不典型”的少数黑人资产阶级，“也指那些有一段‘确定的、持续的黑人经历’的‘黑人大众’——他们有共同的无产阶级特征而非种族特征”(Locke 1983b：310)。

结　语

洛克 20 世纪 20 年代所强调的黑人的自我决定与文化表达，奠定了他在非裔美国文化与美学中近乎中心的地位，他所标举的“新黑人”这面大旗彰显了黑人族群的文化表达意识，有利于提升黑人民俗文化的地位，客观上提醒我们“新黑人”内涵的丰富与复杂。他对多样性与多元声音的重视让任何宣称自己的立场或态度能够概括所有非裔美国人经验的观点显得不合时宜。斯图尔特认为，“洛克的文化理论是对当代非裔美国研究的知识基础所做的最明晰的陈述，他与同时代其他黑人学者的区别在于，他努力把非裔美国人的经历作为艺术而非政治事业来处理，因此，时至今日仍对当下的读者具有魅力”（J. Stewart xvii – xviii）。此外，他对“新黑人”的持续思考始终基于黑人文学与文化是美国文学与文化的组成部分这样的融合理念，为我们了解美国黑人与美国主流社会之间的关系，提供了立足美国黑人文化传统，同时积极借鉴西方主流文化思想与表达，进而继续反思“新黑人”的新思路，值得肯定与借鉴。

引用作品[Works Cited]：

Adams, John Henry, Jr. “Rough Sketches: The New Negro Man” (1904). *The New Negro: Readings on Race, Representation, and African American Culture, 1892 – 1938*. Ed. Henry Louis Gates, Jr. and Gene Andrew Jarrett. Princeton and Oxford: Princeton UP, 2007. 67 – 69.

Bowen, J. W. E. “An Appeal to the King” (1895). *The New Negro: Readings on Race, Representation, and African American Culture, 1892 – 1938*. Ed. Henry Louis Gates, Jr. and Gene Andrew Jarrett. Princeton and Oxford: Princeton UP, 2007. 26 – 32.

Braithwaite, William Stanley. “The Negro in American Literature.” *New Negro: An Interpretation*. Ed. Alain Locke. New York: Albert and Charles Boni, Inc., 1925. 29 – 44.

Gates, Henry Louis, Jr. “The Trope of a New Negro and the Reconstruction of the Image of the Black.” *Representations*, No. 24, Special Issue: America Reconstructed, 1840 – 1940 (Autumn, 1988): 129 – 155.

Harris, Leonard and Charles Molesworth. *Alain L. Locke: Biography of a Philosopher*. Chicago & London: The U of Chicago P, 2008.

Hutchinson, George, ed. *The Cambridge Companion to the Harlem Renaissance*. New York: Cambridge UP, 2007.

Johnson, James Weldon. *The Book of American Negro Poetry*. Auckland: The Floating Press, 2008.

Locke, Alain, ed. *The New Negro: An Interpretation*. New York: Albert and Charles Boni, Inc., 1925.

—. "The Negro: 'New' or Newer: A Retrospective Review of the Literature of the Negro for 1938." *The Critical Temper of Alain Locke: A Selection of His Essays on Art and Culture*. Ed. Jeffrey C. Stewart. New York & London: Garland Publishing, Inc., 1983a. 271 - 283.

—. "Who and What Is 'Negro'?" *The Critical Temper of Alain Locke: A Selection of His Essays on Art and Culture*. Ed. Jeffrey C. Stewart. New York & London: Garland Publishing, Inc., 1983b. 309 - 318.

Molesworth, Charles, ed. *The Works of Alain Locke*. Forward by Henry Louis Gates. New York: Oxford UP, 2012.

Pickens, William. "The New Negro" (1916). *The New Negro: Readings on Race, Representation, and African American Culture, 1892 - 1938*. Ed. Henry Louis Gates, Jr. and Gene Andrew Jarrett. Princeton and Oxford: Princeton UP, 2007. 79 - 84.

Stewart, Gustavus Adolphus. "The New Negro Hokum" (1928). *The New Negro: Readings on Race, Representation, and African American Culture, 1892 - 1938*. Ed. Henry Louis Gates, Jr. and Gene Andrew Jarrett. Princeton and Oxford: Princeton UP, 2007. 123 - 129.

Stewart, Jeffrey C., ed. *The Critical Temper of Alain Locke: A Selection of His Essays on Art and Culture*. New York & London: Garland Publishing, Inc., 1983.

Wright, Rev. W. E. C. "The New Negro" (1894). *The New Negro: Readings on Race, Representation, and African American Culture, 1892 - 1938*. Ed. Henry Louis Gates, Jr. and Gene Andrew Jarrett. Princeton and Oxford: Princeton UP, 2007. 23 - 26.

镜中幻影：山姆·谢泼德家庭剧中的“阳具”缺失

姜萌萌*

内容提要：当代美国剧作家山姆·谢泼德始终在创作中探寻真正的男性气质，并常被认为是通过消费女性主体性而建构男性主体性。其家庭剧中的女性人物要么“不在场”，要么“无声”，男性则以女性为观看的镜像中心展现了一系列话语权力关系，由此强调自我“女性/母性单一对立面”的男性身份。事实上，谢泼德家庭剧中的性别关系较之前期作品有着明显的转换。男性人物不但没能在“弑母”中找寻到父亲身份，成长为“真正的英雄”，也未能在向女性施暴中成全自我的男性权威身份，更未在表演“非女”气质中获得自我男性身份的认同。他们的暴虐行为与男性身份想象投射出自我内在软弱的一面，最终确认的是“阳具”的缺失，由此发现男性身份不可能通过对女性使用权力，以女性为镜像参照而获得，其结果只能是悖论地牺牲自我而获得一种可疑的身份。

关键词：山姆·谢泼德；家庭剧；镜像；“阳具”缺失

Abstract: Sam Shepard, the famous contemporary American playwright, always explored the real masculinities in his writings. He is thought to have constructed male subjectivity through the consumption of female subjectivity. The female characters in his family plays are either “absent” or “silent”, while the male shows the discourse power in gender relation with the female, accordingly, emphasizing the male identity as the single “female/maternal opposition”. As a matter of fact, the gender relationship in his family plays is obviously transformed, compared with his earlier works. The male characters in the family plays not only fail to find the fatherhood and grow up to be “real heroes” in “matricide”, but also are unable to identify themselves as the authority in the violence against women, nor the “real men” in the performance of “non-femininity”. The cruelty and masculine imagination represent their own inner weakness, ultimately confirming their “phallic” lack. Male identity cannot be reflected by using power to women gazed as the mirror image center,

---

* ［**作者简介**］：姜萌萌，四川外国语大学教授，主要从事当代美国戏剧与性别身份研究。

resulting in a paradoxical sacrifice of self to obtain a suspicious identity.
Key words: Sam Shepard; family plays; mirror phantom; "phallic" lack

山姆·谢泼德(Sam Shepard, 1943—2017)是一位具有西部牛仔形象的当代美国剧作家。评论家福尔克(Florence Falk)曾指出:"在谢泼德的戏剧中,牛仔是占统治地位的男性;因此,任何女性必定是被边缘化的……再没有其他人物。牛仔身上所滋生的暴力,能够被[谢泼德]如此成功地保留、重复运用和宽容"(91)。谢泼德戏剧的男性人物总是渴望通过"他者"来建构"真男人"的自我身份,而这面"他者"之镜正是波伏娃(Simone de Beauvoir, 1908—1986)所说的"女人"——"自我是男人,而他者是女人"(26)。由此,女性由男性话语定义,始终处于被凝视(gaze)的视角下,并作为男性气质否定的对立面而存在,成为男性获得独立、肯定与主宰性的自我身份参照。

谢泼德后期家庭剧聚焦于家庭成员之间的矛盾冲突,男性人物以女性为观看的镜像中心展现了一系列话语权力关系,并强调自我"女性/母性单一对立面"的男性身份。他们"弑母"、施暴、表演,既未成为母亲的"英雄儿子",找寻到"真正的父亲",也未能在暴虐行为中成全自我的权威身份,更未在表演"非女"气质中获得男性身份的认同,最终确认的是自我男性身份的缺失。

一、"弑母英雄"

谢泼德的家庭剧贯穿着父子冲突的主题,儿子们对父亲充满敌意,时刻想"杀死"父亲以取代其位置,母亲只是"无声的在场"。子女们对母亲缺少温情与依恋,不但没有同情母亲的遭遇,还渴望摆脱母亲的约束,限制母亲的权力,树立父亲的权威,支持父权家庭的延续。显然,母亲处于以男性为中心与主体的阳具经济(phallic economy)中。当母亲遭受丈夫轻视且处于社会地位低下的境遇时,总想通过对儿女的操控来补偿自我缺失的地位、权力、情感和尊严。"无声"的母亲必须为自己设计一个英雄,而这个真正的家族英雄不是丈夫,也不是女儿,更不是自己,却是母亲想象中的英雄儿子。

普利策奖作品《被埋葬的孩子》(*Buried Child*, 1979)一剧伊始,母亲海丽就有段关于死去的儿子安塞尔的独白："他是个英雄，别忘了，真正的英雄，勇敢、强大，而且非常聪明。安塞尔可能是个了不起的人，最伟大的战士之一……他本来可以赢得一枚奖牌的，他可能被授予英勇奖章"（Shepard 1981a：73）。

虽然海丽反复叙述的儿子安塞尔从未在舞台上出现过，但这位儿子比其他儿子都聪明，是母亲心目中真正的男子汉。在海丽印象中，安塞尔是"杜伊斯神父最喜欢的球员，杜伊斯神父甚至建议市议会给安塞尔立一座雕像，一座高大的雕像，一手拿着篮球，另一手拿着步枪，这就是他对安塞尔的看法"（Shepard 1981a：73）。母亲为儿子们拼贴出一个完美英雄形象——英俊健壮、聪明勇敢、尽职尽责的男子汉。

作为男性话语权操控下的母亲，海丽有义务履行和保证父权血统的延续及其纯度。作为一个母亲，海丽必须有一个男人，一个丈夫或儿子存在于阳具经济内。剧中的父亲道奇奄奄一息，只能躺在沙发（王位）上等死，象征着权力的酒瓶已经不知去向。父权的延续必须要有一位儿子来继承，但梯尔顿的智障与乱伦以及布拉德利的断腿残疾均象征着男性气质的残缺，无法成为拥有"阳具"的健全男子汉。因此，海丽一直在寻找"男子汉"的路上，从丈夫道奇到两个儿子梯尔顿和布拉德利，再到神父杜伊斯，谁都不能满足她对男子气概的追寻。由于毫无所获，海丽陷入对她死去的、神秘的儿子安塞尔的想象中。海丽所描述的"英雄儿子"形象无疑为家中的儿子（孙子）们提供了一个拥有"阳具"（男性气质）的男性典范。然而，这个"英雄儿子"的存在扑朔迷离。归家的儿子（孙子）文斯希望能找到一种自我身份归属感，但除了海丽独白中关于一个儿子的英雄幻象外，家里的男人们不能给他任何启示。他不得不通过出走的方式到广阔的户外去寻找自我，完成自我的成人仪式。在暴风雨中开车时，文斯在挡风玻璃上终于发现了自己——与父辈一样的脸。

显然，文斯在镜子里发现了一个更好的方法，即通过延续父权的线索而获得完整、历史感的自我。他的男性使命即寻找"真正的父亲"，承认并继承父亲的权力，由此获得自我男性身份的认同。雅克·拉康（Jacques Lacan，1901—1981）认为俄狄浦斯情结是获得性别认同的途径。当孩子发现母亲的欲望是阳具之后，孩子将依据"做阳具"和"有阳具"来发展其性别关系，男孩选择了"有阳具"，女孩选择了"做阳具"（Lacan 2006：582）。但是，当文斯取代道奇占据了象征着男性霸权的客厅沙发时，这个解决方案则戛然而止。沙发在全剧中并非生生不息的生命之地，而是死亡的象征。母亲不断言说的英雄儿子——安塞尔，不过是母亲杜撰的幻影，一个“想象的父亲”的替代品，一个从不在场的死人。当文斯转向寻找“真正的父亲”时，看到的依然是镜中幻象——汽车玻璃窗所投射出的“父亲”的样子，虚拟的男性身份。

拉康曾指出“自我”非完整的主体，其形成包括镜像形成、想象秩序和象征秩序三个阶段，并将一切混淆了现实与想象的情景都称为镜像体验。在前俄狄浦斯阶段，母亲在镜像时期所呈现的形象是一个“阳具母亲”。在第二阶段，“想象的父亲”开始介入，同时儿童意识到“母亲的阉割”，母亲不再是镜像时期那个全能的“阳具母亲”。“想象的父亲”也非现实中的真正父亲，其涵义以母亲作为中介，是母亲对于“有阳具”形象的一种建构。于是，儿子们必须寻找“真正的父亲”，承认父亲拥有的“阳具”——权威与权力以获得自我的名字与位置，与父亲同化，进入第三个阶段的象征秩序（黄华 195）。然而，象征秩序中的“真正的父亲”——男性身份依然是一个虚拟意象，是语言与现存文化体系联系而建构的一种权力关系，通过同“他者”建立关系而存在。

谢泼德家庭剧中最早意识到男性身份欺骗性的并非父亲与儿子，而是家中的母亲。《心灵的谎言》（*A Lie of the Mind*, 1985）中死了丈夫的母亲洛琳一开始具有彻头彻尾的男权认同思想。由于在与父亲的喝酒竞赛中变相地谋杀了父亲，杰克已赢得了俄狄浦斯的战斗，被母亲确认为父亲的接班人，一个真正的男人。然而，这位在婚姻家庭生活中失败的“英雄”却只能逃回母亲家寻求安慰，并把母亲家弄得一团糟。洛琳最终意识到，没有她的隐藏与庇护，杰克只能如他的老父一样迷失在家门外。母亲只是一个客体对象，作为一面镜子来映照出儿子的男性气质。剧终时，觉醒的洛琳与女儿萨丽放火烧掉了男性为女性设计的牢笼——房子——家。在白雪中熊熊燃烧的大火“隐喻了女性们要反抗社会陈规”——象征秩序中的性别属性，以及“如凤凰涅槃般彻底埋葬过去，追求重生自由”（DeRose 130）的决心。

此外，《真正的西部》（*True West*, 1981）中奥斯丁和李兄弟俩都希望从母亲那里获得他们男性气质的确认。母亲直到剧终才出现在舞台上。当她面对两个儿子的激烈对抗，乱七八糟的家和房间里枯死的植物时，刚从阿拉斯加度假回家的母亲毫不犹豫地选择了离开，留下两个儿子（男性）去独自面对生活的混乱。剧中的母亲为她的男孩们破坏性地占用她的所属空间而心烦，但又对此漠不关心。她既不会为男孩们提供存在的证据，更不用说为他们做家务。当奥斯丁命令她留下来，因为“这是你住的地方”时，她回答说，“我根本就不认识它”（Shepard 1981b：59）。由于没能从母亲那里获得真正英雄——西部牛仔形象的确认，兄弟俩只能以面对面互为镜像的方式寻找自我身份。

卢斯·伊里加蕾（Luce Irigaray，1930—　）认为在传统的家庭概念中，“如果母亲仅仅是母亲，孩子没有关于女人的印象，因而也就没有性别差异的反映”（转引自 Gross 120）。男权文化与象征秩序不止压抑了母亲作为一个女人的潜能，也让儿女们无法区分女性与母亲身份并进入男性象征系统的循环中。西格蒙德·弗洛伊德（Sigmund Freud，1856—1939）的文化进程是建立在父子对抗的假说上，而在儿子们“弑父”之前早有了“弑母”之举（Irigaray 1991：36）。因为，认同“阳具母亲”是对母权的支持，是未成年人的表现，是对自身男性气质的否定，必须弑母以撇清与母亲——女性气质的所有关联。男孩由此成长为“真正”的男人，而女孩则被塑造为雅典娜一样的理想女性形象，与父权合作并执行其价值体系（Irigary 1991：37）。所以，家庭剧中的儿子都以从母亲家出走作为成人仪式的第一步，而女儿们也往往难以与母亲建立亲密的关系，甚至转向支持父亲。女人不是天生的，而男人跟女人一样，在成为语言的主体的过程中都臣服于象征秩序——父权话语法则，不仅无法寻找到“真正的父亲”的线索，在“弑母”中发现的也只是虚构的、模糊的“男性英雄”想象。

二、施暴“权威”

谢泼德家庭剧中的男性粗鲁野蛮，对待女性缺乏温情与尊重，并以此作为自我男性气质的表现。《饥饿阶级的诅咒》（*Curse of the Starving Class*，1976）中暴虐的父亲深夜醉酒归家，对着象征女性文明的家门拳砸脚踢，而房间内只有母亲恐惧的啼哭声。《被埋葬的孩子》一剧中的母亲海丽已经有 6 年没有和丈夫道奇同床过了，可是她又怀孕了，并且必须受到惩罚。她得生下儿子，却不能和一个儿子乱伦。道奇曾提到，他强迫海丽在家里生孩子，备受分娩的痛苦。《情痴》（*Fool for Love*，1983）中的爱迪对梅的情感表达竟是猛烈撞击旅馆房间的墙，而他们的父亲欺骗并游走于两个妻子之间，导致了爱迪母亲的自杀。《最后的亨利·莫斯》（*The Late Henry Moss*，2002）中的老父莫斯在弥留之际一遍遍为暴打妻子的罪行忏悔：“我记得地板——是黄色的——我能看见地板和——她的血——

她的血流得满地都是。我以为我已经杀了她——但杀死的是我，我真正杀死的是我自己"（Shepard 2002：112）。然而，一切都为时过晚，莫斯不仅妻离子散，也促成了自我的悲剧结局。

《谎言》一剧以丈夫杰克殴打妻子贝丝的暴行拉开序幕。职业女性贝丝不再留在家中将丈夫作为唯一服务对象，这一点也让杰克感到自我男性气质危机。波伏娃认为异性恋家庭内性别角色中的女性总是承担无报酬的家务劳动，如生育和照顾孩子，而男性则承担有报酬的家庭外工作。这种劳动分工让丈夫在家庭中获得了更多话语权。父权家庭的行为方式配置是以控制女性的劳动和/或性取向为目的的家庭内性别策略，因此妻子总是需要承担服务丈夫的义务，并辅助丈夫建构起作为女性对立面的权威男性气质。琼·安克尔（Joan Acker）指出，关于工作以及谁工作的观点已经假定了一个特别的性别组织或者说公共的或私人的生活方式：一个男人的生活以家庭外的全职工作为中心；一个女人的生活以照顾男人的其他需要为核心。因此，社会行为总是以工作地点作为区分男性气质与女性气质的模式（Acker 152）。在男人（自我）与女人（他者）一分为二的对立中，女性是附属的、依靠的，她自身就是一个否定的本质，而男性是支配性的、自主的，并且在宇宙中以正能量而存在。因此，女性作为群体是男性拥有的软弱附属品，作为个体不是自主的人（Brown 13）。当女性不能以一个弱者、依赖者、从属者和仆人的镜像来反衬出"真正的男人"时，男性的阳刚之气受到了威胁。在这样的情形下，可以预见，男性试图通过暴力行为来重建他的父权男性气质并以此实现对女性的控制。

谢泼德在《被埋葬的孩子》一剧中创造了一个当代美国的"归家"，又一个"进入黑夜的漫长旅程"。长期在楼上卧室的母亲海丽并未完全参与家庭父权制的具体运作，随文斯归家的雪莉就成为这个家里唯一真正的女人。她就像是哈罗德·品特（Harold Pinter，1930—2008）《归家》（*The Homecoming*，1964）中的儿媳妇鲁斯，家里所有的男人都试图征服这个新来的女人来重构自己的男性身份，因为他们很长时间以来或无能或残缺不全。作为父权家长的父亲道奇试图在客厅沙发上控制整个家，但他年老、软弱无能，经常被海丽指为毫无生气的死尸。两个儿子梯尔顿和布拉德利也没有什么不同：一个半痴半傻，另一个拖着一条木制假腿粗鲁不堪，二人都是某种程度的无能。雪莉的到来成为这些"濒临死亡男人"的希望，而她应该扮演"男人的女人"形象来弥补母亲海丽的缺席。因此，梯尔顿希望雪莉保持沉默来听听他关于死去婴儿的故事以此重建他的话语权，而道奇则想让雪莉等着看他如何恢复一家之主的威信。当布拉德利叫雪莉张开嘴"别动"时，他把手指插进她的嘴里，象征性地强暴了她。这个手势是如此令人不安的冒犯，然而布拉德利仅仅使用了一个假的阴茎——他的手指，因此他的男性身份在试图证明自己的性能力那一刻就受到了质疑。后来，他的无能得到了证实，雪莉拿走他的假肢——虚假的阳具，实现对他的操纵和折磨。雪莉的到来并未让家中的男人们由此获得自我男性身份的认同，因为她不过是一种男性欲望的反照。

事实上，家庭剧中男性对女性施暴进一步表明了"捍卫男人权力"这一观念的适用。男人挣钱的能力"授予"他作为丈夫/父亲的父权权力，而在社会领域缺乏控制力的男人，在家庭私人领域的支配地位成为他们建立自我并控制他人的唯一途径。家庭剧中的男性一直以来都被自我男性气质的缺失所困扰，因而更需要通过对女性身体与精神上的强暴与占有来实现自我身份。英国社会学家杰夫·荷恩（Jeff Hearn）认为，支配性源自男性"刚硬的自我"（rigid ego）的发展和对依赖性的否认，并指出暴力与男性气质的形成和再生产有着密切关系，暴力是"等级制权力安排的结构性语境中男性行为选择的结果"（35），是男人展示其男性气质的有力方式。暴力既是塑造男性气质的重要资源，也是性属差异产生和再生产的途径。更重要的是，如古代女性出轨所遭受的惩罚一样，暴力也是一种对女性的规训与观看。米歇尔·福柯（Michel Foucault，1926—1984）认为，只有在肉体被某种征服机制所控制时，它才可能形成一种劳动力；只有在肉体既具有生产能力又被驯服时，它才能变成一种有用的力量（25）。由此，女性的身体成为被权力操纵、塑造和规训的对象，驯服的身体最终成为父权中心系统中的有用劳动力。谢泼德曾在一次采访中解释作品中出现的暴力倾向："对我来说，美国暴力中的某些东西是令人震惊的。从整体上说，它是丑陋的，但其中又存在着某些感人的东西，因为它们与人性有关。这些东西隐藏并植根于美国盎格鲁男性心中，它们与劣等、不是男人等思想有关。通常，它们一贯以暴力的方式表现为一种男子汉气概"（Kakutani 26）。男性恐惧自我女性化的一面被洞悉，因为在他们自己看来这是不具有男子汉气概、劣等性的标志。当他们意识到这一点时，就极力掩盖，而暴力攻击就成为男性表现能力、权力与渴望女性服从的最糟糕的极端表现之一。谢泼德领略到，男性的暴力倾向是源自男性自身而非女性（Hall 95）。

显然，谢泼德家庭剧中施暴的男性并未获得他们所期望的权威身份。

杰克不仅没有在暴力行为中重建男性气质，反而发现的是自我男性气质的对立面，一个有问题的“男人”。他在自己身上确认的是女人的天性，也是他在贝丝身上所发现的某样真实的东西(Rosen 2004：171)。同剧中的父亲贝勒试图统治他的栖身之所，却发现没有妻子梅格的帮助，连袜子都无法穿上，甚至无法生存，而这种关系也存在于《被埋葬的孩子》中的道奇与海丽夫妇身上。杰克在施暴后，对妻子贝丝也念念不忘，并意识到没有她就会死，“从失去她开始，他的整个生活也迷失了”(Shepard 1987：15)。事实上，当女性缺席时男性也失去了镜像参照，陷入“阳具”缺失的混乱中。

三、表演“非女”

殴打妻子贝丝后，《谎言》中的杰克对弟弟弗兰基讲述的却是贝丝如何抚摸自己，以及他所想象的出轨：

> 杰克：……女人每次出门时，穿着越来越紧身暴露，洒越来越多的香水。她总是在出门前给自己全身抹润肤油，每天早上，那味道把我搅醒……一种香甜的味道。你会幻想她就是一个圣代冰淇淋。我会偷偷注视着她给自己抹润肤油，却假装仍然熟睡。她抚摸自己的时候，好像在梦中一般，似乎正幻想着某个人在抚摸她。不是我。某个其他人。(Shepard 1987：9)

如果说性别身份的探讨是政治的，而这种对女性气味的关注也是一种政治。杰克对贝丝气味的描述意味着贝丝的一部分，阳具经济中女性的那一部分，逃脱了男性的控制。贝丝抚摸自己这一幕更让杰克震惊、嫉妒与恐慌，因为“女人几乎全身都是性器官”(Irigaray 1985：28)。这让男性们意识到女性不仅具有性欲，而且不需要一个男人来满足她们的欲望(Hall 110)。女性性征与男性性征不同，它不是“一”，而是复数的、多重的、包容的，因此杰克控诉的“某个其他人”并不是别人，正是女性本身存在的复数，也即女性“超越了阳具”之外的“额外的愉悦”(Lacan 1998：73—74)。更让杰克绝望的是，他发现以演员为职业的贝丝的女性性感仅仅是一种装扮，而非真正的女性气质。据拉康解释，女性本身就是一个阳具经济下的伪装，通过不断地扮演角色以满足男性的期望。女性“为了成为阳具，也就是他者欲望的能指，通过化妆抛弃了女性气质中的实质部分，亦即它的所有属性。她想变成她所不是的东西，并期待因此被人欲求和为人所爱”(Lacan 2006：583)。拉康认为化妆成阳具后的女性成了男性欲望的导因，因此所谓“女性”从来都只是象征秩序内由男性主导女性配合，为了迎合男性的欲望而形成的幻想(fantasy)(Lacan 2006：583)，象征秩序内的人从来都不知道真实的(real)女性是怎样的。简单地说，“女性并不存在”，只是“男性的征兆”(the symptom of man)(齐泽克 115)。伊里加蕾则用“反射镜”(Speculum)①这个意象反驳了这种以男性为中心的精神分析学阐释。反射镜是一种医学上做妇科检查的凹透镜，其拉丁文原义是“观看”。由于凹面的反射，再现的是对象上下颠倒的反映，也正是妇女在阳具中心语境下被对象化、被歪曲的体现。无论是拉康的“女性装扮”说，还是伊利加蕾的“女性倒影”说，都证明男性气质只是以虚假的女性气质为镜像的对立面，是反面的反面，从一开始就是一个不成立的假设，人类对于男子气概的炫耀就成为女性化的行为。杰克对贝丝的日常表演感到不安就在于他看到镜子产生了效果，而虚构比现实更真实。

虽然《谎言》以杰克的故事开始，但在全剧的情节发展中他却逐渐被边缘化。他终于发现了自己思想的谎言，意识到这只是他所渴望看到的女人镜像。他告诉贝丝，“我内心的所有一切都是谎言，除了你。你留下来，你是真实的。我现在懂你了，你是真实的。我爱你胜过生活本身，你留下来”(Shepard 1987：128—129)。当弗兰基用堆起的毯子掩盖他的枪伤和个性气质时，贝丝则向弗兰基强加了一个关于他的幻象，让他成为自己的新丈夫、更好的丈夫。她的母亲梅格则指出，贝丝并不是“纯粹的女人”；她内在有“男人”(104)。然而，弗兰基“柔弱而温文尔雅，更像一个女人样的男人”(76)。当贝丝最后穿上父亲的衬衣，对腿部受伤而无法行动的弗兰基说道：“衬衣让我成为一个男人……你可以来做女人……你假装和我相爱……你是我美丽的女人……女人式的男人”(71—72)。贝丝几乎强奸了弗兰基，“你挣扎但你却总是想要我的气味，你想要我的衬衫塞进你的嘴里，你总是梦想得到它，你想要我在你脸上”(76)。贝丝的思想与言行更像一个男人，她把她的女性气味作为其权力的基础。相反，弗兰基被象征性地阉割了，因为他的腿——“虚构的阴茎”被贝丝哥哥迈克射伤不能移动。此时，“男性气质”只是一件被符号化的男士衬衣，一种语言符号(能指与所指)的象征，一种谁穿上谁就可以拥有的气质。在全剧结

① 该观点出自 Luce Irigaray 专著 *Speculum of the Other Woman*. Trans. Gillian G. Gill. New York：Cornell UP，1985.

束时，贝丝又穿上了所有陈旧的女性定型观念：她打扮像性感的妓女，而行为则像一个天真的少女。男性以为能以女性为镜像而塑造自我“非女”的男性身份，殊不知却深陷女性为满足自我欲望而虚构、装扮的镜像中，由此苏珊·本尼特(Susan Bennett)指出，“男性和女性身份的动摇”可以用来破除迄今为止统治着谢泼德戏剧中“男性观看行为的霸权”(175)。

早在《一间自己的房间》(*A Room of One's Own*，1929)中，弗吉尼亚·伍尔夫(Virginia Woolf，1882—1941)就直言不讳地指出：“若干世纪以来，女性作为一面赏心悦目的魔镜，将镜中男性的影像加倍放大。没有这种魔力，世界恐怕仍然遍布沼泽和丛林”(52)。在她看来，女人倘若不低贱，男人们自然无从膨胀。这就部分解释了男人为什么如此需要女人。这也解释了男人面对女人的责难，为什么会很不自在。因为一旦她开始讲真话，镜中的影像便会萎缩，他在生活中的位置也随之动摇(53)。在父权中心话语下，女性往往被局限在母亲/妻子的身份上，并以是否履行相关职责作为判断女性是天使/恶魔的标准，因而造成了女性身份的缺失。一旦女性不再以女性/母性作为男性的单一对立面来反证男性时，男性气质建构的大厦也会随之倒塌，因为男性气质的唯一定义就是“非女性气质”或“非女人气(non-feminine or not womanly)”(Chodorow 109)。林恩·西格尔(Lynne Segal)也进一步指出“模范性男性气质”表面上非常坚固，实际上充满内部矛盾。一种“纯粹”的男性气质只能通过它的对立面(尤其是女性气质)来定义自己，因而越是渴求男子气的硬汉，越是有女性化的困扰(634)。

由此，以女性为镜像的男性身份认同本身就是一种悖论，是一种虚构的表演。当代男性对自己在镜中的影像情有独钟，且不说这种对本人形象的呵护本身就是一种“误识”(misrecognition)，实际上，当代男人真正钟情的是大众媒体反射到他身上的那个理想化的形象(Simpson 96)，然而影像和身体的不完满结合使欲望永远得不到满足，身份认同成为身份缺失。大众文化中的阳具只是一个符号，它与“男人”这个所指的对应关系是任意的，而把阳具这个“能指”固定于某个“所指”是一种外加的、社会价值作用的结果(Lacan 2006：579)。显然，男人并非天生的，男性气质只是阳具经济(父权话语)中以男女二元对立的方式建构的语言符号。谢泼德戏剧中的男性在表演“非女”男性气质时发现的只是自我女性化的一面，不仅具有自我欺骗性，还具有自我破坏性。朱迪思·巴特勒(Judith Butler，1956—)在《性别麻烦》(*Gender Trouble*，1990)中明确提出了社会性别实际上是一种表演的理论。她认为社会性别应该被看作一种流动的变体，在不同场合，不同时间会改变。她在书中比较了拉康和琼·瑞维艾（Joan Riviere）的观点。在拉康看来，女人是通过伪装（masquerade，戴上面具）表现为阳具的。女人由于缺失（lack）这一特征而需要伪装、需要保护（62）。瑞维艾则认为伪装就是一种女性气质，而拥有女性气质的女人是为了掩藏其"男性气质欲望"（70）。由此，当社会性别独立于生理性别时，男人与男性特质（气质）可能代表女性的神态，女人与女性特质（气质）则可能代表男性身体。所有的社会性别都是某种形式的"易装"，当穿上象征不同气质的"戏服"时，谁都可以表演不同的性别气质。

结　语

谢泼德在接受采访时曾声称自己并不懂什么女性主义，他所感兴趣的是女性如何与男性身份相联系的，以及男性如何与自我的女性部分纠结不清并相互斗争（Rosen 1993：6）。家庭剧中的男性最终未能在观看女性这面镜子时建构起自我的男性气质，而剧中的女性也发现按男性中心话语装扮出的形象无法获得自我女性身份的认同。无论是男性气质还是女性气质，本身就是权力话语下的象征，谁都可以拥有的表演。

因此，性别身份是不同时代与社会影响下的虚构，是一种主观的自我意识、创造和表演。当家庭剧中的女性人物发现女性气质不过是囚禁在男权话语下的装扮时，她们拒绝表演他者，破镜而出，探寻自我独立人格与身份。随着女性身份的转变，以女性镜像为参照来定义自我的男性，在破碎的镜像中看到的则是女性化的自我。许多评论家认为谢泼德的作品通过消费女性主体性而建构男性主体性；事实上，其家庭剧中的性别关系有着明显的转换，而剧中男性也陷入"阳具"缺失的焦虑中。男性身份问题无法通过哈克贝利·费恩（Huckleberry Finn）式的出走而解决，逃离象征文明的女性和家庭生活只是一种稚嫩的"成人仪式"，在荒野中发现的是男性神话碎片中不成熟的青少年气质。男性身份问题也不可能通过复制父亲、继承父权遗产而解决，因为父亲身份只是一个充满象征的男性神话。男性身份更不可能通过对女性使用权力，以女性为镜像参照而获得，其结果只能是悖论地牺牲自我而获得一种可疑的身份。所谓"真实的男性"身份只是一代传一代的话语符号，并且随着时间的推移，越来越模糊不清。

引用作品[Works Cited]:

Acker, Joan. “Hierarchies, Jobs, Bodies: A Theory of Gendered Organizations.” *Gender & Society* 4.2 (1990): 139 – 158.

Beauvoir, Simone de. *The Second Sex*. Trans. Constance Borde & Sheila Malovany Chevallier. New York: Vintage Books, 2011.

Bennett, Susan. “When a Woman Looks: The ‘Other’ Audience of Shepard's Plays.” *Rereading Shepard: Contemporary Critical Essays on the Plays of Sam Shepard*. Ed. Leonard Wilcox. New York: St. Martin's Press, 1993. 168 – 179.

Brown, J. *Feminist Drama: Definition & Critical Analysis*. London: Scarecrow Press, 1979.

Butler, Judith. *Gender Trouble: Feminism and the Subversion of Identity*. New York and London: Routledge, 1990.

Chodorow, Nancy. “Gender, Relation, and Difference in Psychoanalytic Perspective.” *Feminism and Psychoanalytic Theory*. New Haven, CT: Yale UP, 1989. 99 – 113.

DeRose, David J. *Sam Shepard*. New York: Twayne Publishers, 1992.

Falk, Florence. “Men without Women: The Shepard Landscape.” *American Dreams: The Imagination of Sam Shepard*. Ed. Bonnie Maranca. New York: Performing Arts Journal Publication, 1981. 90 – 103.

Gross, Elizabeth. *Sexual Subversions: Three French Feminists*. Sydney: Allen & Unwin, 1989.

Hall, Ann C. *“A Kind of Alaska”: Women in the Plays of O'Neill, Pinter, and Shepard*. Carbondale: Southern Illinois UP, 1993.

Hearn, Jeff. “Definition and Explanations of Men's Violence.” *The Violence of Men: How Men Talk about and How Agencies Respond to Men's Violence to Women*. London: Sage, 1998. 14 – 39.

Irigaray, Luce. *This Sex Which Is Not One*. Trans. Catherine Porter. Ithaca: Cornell UP, 1985.

—. “The Bodily Encounter with the Mother.” *The Irigaray Reader*. Ed. Margaret Whitford. Trans. David Macey. Cambridge, Mass.: Blackwell Publishers, 1991. 35 – 46.

Kakutani, Michiko. “Myths, Dreams, Realities — Sam Shepard's America.” *New York Times* 29 January 1984, sec. 2: 1.

Kimmel, Michael S. “Masculinity as Homophobia: Fear, Shame, and Silence in the Construction of Gender Identity.” *The Gender of Desire: Essays on Male Sexuality*. New York: Sate U of New York P, 2005. 25 – 42.

King, Kimball, ed. *Sam Shepard: A Casebook*. New York: Garland, 1988.

Lacan, Jacques. "God and Woman's Jouissance." *The Seminar XX, Encore: On Feminine Sexuality, the Limits of Love and Knowledge*. Ed. Jacques-Alain Miller. Trans. Bruce Fink. New York: W. W. Norton & Co., 1998. 64 - 67.

—. "The Signification of the Phallus." *Ecrits: The First Complete Edition in English*. Trans. Bruce Fink. New York, London: W. W. Norton & Company, 2006. 575 - 584.

Rosen, Carol. "Emotional Territory: An Interview with Sam Shepard." *Modern Drama* 36.1 (March 1993): 1 - 11.

—. *Sam Shepard: A "Poetic Rodeo"*. New York: Palgrave Macmillan, 2004.

Segal, Lynne. "Changing Man: Masculinities in Context." *Theory and Society* 22 (1993): 625 - 641.

Shepard, Sam. *Buried Child*. *Seven Plays*. New York: Bantam Books, 1981a. 61 - 132.

—. *True West*. *Seven Plays*. New York: Bantam Books, 1981b. 1 - 59.

—. *A Lie of the Mind*. *A Lie of The Mind: A Play in Three Acts by Sam Shepard and The War in Heaven: Angel's Monologue by Joseph Chaikin and Sam Shepard*. New York: A Plume Book, 1987. 1 - 131.

—. *The Late Henry Moss*. *The Late Henry Moss, Eyes for Consuela, When the World Was Green*. New York: Vintage Books, 2002. 1 - 113.

Simpson, Mark. "Narcissus Goes Shopping: Homoeroticism and Narcissism in Men's Advertising." *Male Impersonators: Men's Performing Masculinity*. New York: Routledge, 1994. 94 - 130.

Woolf, Virginia. *A Room of One's Own & The Voyage Out*. Ware, Hertfordshire: Wordsworth Editions Limited, 2012.

黄华：《权力、身体与自我：福柯与女性主义文学批评》，北京：北京大学出版社，2005 年。

米歇尔·福柯：《规训与惩罚：监狱的诞生》，刘北成、杨远婴译，北京：三联书店，1999 年。

斯拉沃热·齐泽克：《斜目而视：透过通俗文化看拉康》，季广茂译，杭州：浙江大学出版社，2017 年。

论戏剧《佐特服暴动》中的奇卡诺男性气概流变

吴　寒*

内容提要：《佐特服暴动》是美国拉美裔剧作家路易斯·瓦尔德斯最具代表性的作品。本文将剧中奇卡诺男性气概的流变过程归纳为初始呈现、被迫转变、艰难融入和反向传输4个阶段，并以作品中的服饰和发型为切入点，分析佐特服和鸭尾式发型与整个流变进程的关系，展现了奇卡诺男性气概从外化表现到内化生成，再到与主流文化之间形成杂糅的变化历程，反映了奇卡诺男性自我主体性的建构之路。

关键词：路易斯·瓦尔德斯；男性气概；《佐特服暴动》；流变

Abstract: *Zoot Suit* is the most representative work of Louis Valdes, an American Latino playwright. This paper summarizes the evolution of Chicano machismo in the play as four stages: initial presentation, forced transition, difficult integration, and reverse output. By taking clothing and hairstyle as the entry point, it analyzes the relationship among zoot suit, the ducktail, and the whole process of flowing deformation. This paper also demonstrates the changing process of the Chicano machismo from externalization to internalization, indicating its cultural hybridity with the mainstream society, reflecting the construction of self-subjectivity of the Chicano men.

Key words: Louis Valdes; machismo; *Zoot Suit*; flowing deformation

路易斯·瓦尔德斯(Luis Valdez, 1940—　)是美国拉美裔戏剧界的领军人物之一，是当代奇卡诺戏剧的创始人，他的剧作《佐特服暴动》(*Zoot Suit*, 1978)成为首部在百老汇上演的拉美裔美国戏剧，并于1981年由作者本人担任导演拍摄成电影，产生了持续而广泛的影响。该剧以美国历史上的真实事件改编，内容涉及1942年发生的“睡湖谋杀案”

* [**作者简介**]：吴寒，贵州师范大学外国语学院讲师，厦门大学外文学院博士生，主要从事美国少数族裔文学研究。

（Sleepy Lagoon Murder）和 1943 年爆发的“佐特服暴动”（Zoot Suit Riots），旨在记录奇卡诺人的历史，诉说那段沧桑的岁月。

《佐特服暴动》的历史题材和政治取向在不同层次得以凸显，其中最为直观具体的就是带有典型美国墨西哥裔文化特征的服饰和人物。奇卡诺青年所穿的佐特服特别引人注目，瓦尔德斯在访谈中曾提到当年缝制这款服装的经历。他回忆说：“它是一件由小金属片装饰而成的衣服，是在一件旧套装的基础上裁剪而成的。这件旧套装有锥形裤，帽子和羽毛”（Barrios 162）。从作者的描述中可以看出佐特服具有很多西班牙传统服饰的特点。据记载，在 16—17 世纪，“西班牙式的男子服装以上身为重点，衣服宽大……灯笼裤长及膝盖，裤脚口用扣子扣住”（郑巨欣 105）。在当时，“男女戴的帽子式样是贝雷帽顶的丝绒帽或织缎帽，16 世纪末叶，帽顶变得很高，上面饰有珠宝和羽毛”（威尔科克斯 81）。由此可见佐特服对西班牙传统服饰的传承。

除此之外，剧中人物帕楚卡（El Pachuco）也被赋予了丰富的文化内涵。pachuco 一词的原意是“墨西哥裔花衣少年流氓”（英汉双解版编译出版委员会 1524）。可见，公众对这些人的看法基本上是负面的，带有相当的偏见。但是瓦尔德斯的观点则不同，他在采访中指出了这位剧中人物的象征意义：“《佐特服暴动》中的帕楚卡象征着阿兹特兰（Aztlan）的神特斯卡特利波卡（Tezcatlipoca）”（Pizzato 57）。这使他镌刻上土著文化的烙印。一方面，佐特服继承了西班牙服饰的传统，代表了对其文化的传承；另一方面，帕楚卡所隐喻的阿兹特兰之神表明他身上也承载了美洲本土的印第安文化。因此，身着佐特服的帕楚卡可以看作两种文化的有机结合体。

帕楚卡在剧中的形象非常独特，他身着佐特服，只能与亨利交流，其他角色听不见他们之间的谈话，也看不见他的存在。此外，帕楚卡还具有某种神秘的力量，可以通过打响指的方式暂停或者重新开始整部戏剧的表演进程，并利用短暂的停顿发表自己的意见与评论。他象征着亨利的内心自我，对以亨利为代表的奇卡诺男性群体产生了巨大的影响，成为形塑他们男性气概的重要来源。那么男性气概在奇卡诺文化中的定义是什么？它与佐特服和鸭尾式发型的关系是什么？它又是怎样在奇卡诺青年身上发生流变的？

machismo 这个词被译为男性气概，具有独特的文化背景。根据词典释义，它的意思是“大男子气概；男子傲气”（英汉双解版编译委员会

1271)。“该词 20 世纪 40 年代产生于墨西哥西班牙语(Mexican Spanish),之后在英美大众文化中慢慢流行起来。该词是从 macho(大男子气的,男子气概的,男子气概)衍生而来的,带有一定的大男子主义的味道”(隋红升 22)。最初在墨西哥人眼里,它所代表的就是“一个非常具有男性气概的男士(强壮、刚健、勇敢、固执、坚强)……他被描述成‘一个真正的男人、善饮者、情人、歌手、好战者、勇敢并且愿意保护他所相信的任何人或者任何事’”(转引自 Stevens 848—849)。那么奇卡诺青年独有的男性气概是以怎样的方式呈现出来的?佐特服和鸭尾式发型无疑扮演了重要的角色,它们成为以亨利为首的 38 街帮派成员最初表现这一特质的有效载体。

一、男性气概的初始呈现

在剧中,佐特服成为青年人首选的时尚服装,被视为表现自我的重要手段,同时也挑战了主流社会文化对他们的偏见。亨利和弟弟鲁迪因此才会不顾父母的劝阻,执意穿着佐特服去参加舞会。囿于当时美国社会的政治经济等因素,奇卡诺青年普遍受教育程度不高,他们现有的知识体系难以支撑其主体性身份的构建。在这种情况下,服饰成为他们表达自我和宣泄情感的重要手段。正如学者所说:“可能出于战时对墨西哥裔青年入伍的诸多限制。当时他们很多人被认为是在身体素质、心理素质和道德约束等方面不适合为国效力,于是他们有意识地反其道而行之,故意将白人所鄙视的某些特征夸大了”(李保杰 54)。在奇卡诺青年看来,佐特服不仅是一套服装,更是一种抗争的工具。它不是静止不动的僵硬客体,而是能够与青年们发生互动,有其内在能动性和主体性,他们渴望通过服装凸显自己的文化身份,并进一步呈现自身独有的男性气概。

奇卡诺青年对服饰的“物恋”情结赋予了它特殊的符号价值,使其社会生命得到了绽放,也使它在特定的时空维度中所展现出的男性特质更加明显。夜晚时分的阿瓦隆舞厅便是其彰显独特魅力的场域之一。在这个专属于奇卡诺青年的空间里,热情奔放的他们身着时髦华丽的衣饰,在音乐的伴奏下舞动起来,充分地展现着自我。在这里他们可以不受任何束缚,自由地支配身体、表露情感,释放青春的活力。此情此景与佐特服独特的造型也高度契合。这款服装的“两个裤口被紧紧地绑在踝关节部位,其目的是不让它们被男孩子快速移动的脚后跟踩到,上衣的肩部非常的宽，给男士很大的空间来活动自己的胳膊。鞋子也非常的重，为的是能够让男士在搂抱舞伴做旋转动作时可以牢固地固定在某一点上”（转引自 Estrella 9）。这种实用性的改进使人与服饰的关系更加紧密，佐特服独有的主体性特征更加鲜明。男性青年在舞蹈中可以更好地施展技巧和力量，确立对女性舞伴身体的掌控，充分展现男性气概。剧中人物帕楚卡也非常活跃，他出场后就开始整理佐特服，将头发梳成时髦的鸭尾式发型，然后多次领唱，并在歌唱中流露出在时尚服饰包裹下美国墨西哥裔青年闪耀全场的自豪感。歌词中西班牙文与英文的混杂也显示了奇卡诺文化的自信与活力。帕楚卡将本族群厚重的文化积淀以粗犷的外化方式呈现出来，使身处亚文化圈的奇卡诺男性以此来凸显其独有的魅力。其实，帕楚卡华丽的表演也是亨利对自我的期待，他想象着内心的“自我”能够成为舞厅的焦点，期望能够借助服饰赋予的魅力吸引女性的注意和男性同伴的羡慕。因此，奇卡诺青年通过佐特服和鸭尾式发型逐步确立了其独有的男性气概，构建起属于自己的文化身份。

然而，外在的服饰赋予奇卡诺青年的男性气概是带有欺骗性的，是不可靠的，这也导致他们对其认识的局限性。时尚的服饰使亨利在舞厅中挥洒自如，但是也暴露了他勇气有余、理性不足的特点。当鲁迪和唐宁帮头目拉法斯发生争执后，他马上冲过来保护弟弟。当在睡湖面对唐宁帮成员的疯狂报复时，单枪匹马的他也不顾一切地与之搏斗，没有一丝畏惧。由于不能克制内心的冲动，亨利无法实现对自身的完全掌控，服饰也因其主体性地位所产生的巨大影响力限制了他的判断，使他在两者的互动中陷入弱势地位，为了维护服饰所建构的男性气概而做出鲁莽之举。因此亨利的行事风格经常表露出鲁莽、考虑不周等缺点，而且倾向于用以暴制暴的方式解决问题，这也成为他后来遭受牢狱之灾的主要原因。

因此，通过外在服饰所建构的并不是真正的男性气概，帮派其他成员随后的表现便是明证。当唐宁帮落败而逃后，38 街帮派成员乔伊和汤米就开始调侃鲁迪的软弱，但是两人并没有意识到自己也同样缺乏勇气，在关键时刻不敢对同伴出手相助。面对艰难的生存环境，他们崇拜强者，鄙视弱者，所具有的男性气概不过是服饰装点下的假象。勇敢、不屈、坚强等品质从来没有出现在他们的人生信条中，俊朗的外表下隐藏的其实是市侩的本质。这说明服饰所构建的主体性特质已经成为他们表现男性气概的重要支撑，而且由于青年们自身主体性的严重缺失，两者之间只能产生不平衡的单向输出，难以形成有效的双向互动，这些都造成了帮派成员在男性气概和人格上的依赖性。所以在真正遇到危机时,他们需要亨利这样强有力的领导者作为倚靠的大树。因为一旦失去保护,青年们很可能会随波逐流,生存在边缘地带无法掌控自己的命运。

二、男性气概的被迫转变

正因为服饰的强大影响力,所以当 38 街帮被警察逮捕时,光鲜亮丽的衣服和时髦的发型仍然可以支撑他们的男性气概。与警察的对峙中,亨利显得毫不畏惧。在和辩护律师乔治的第一次会面中,亨利咄咄逼人而又充满攻击性的话语差点使他摔门而去。当记者爱丽丝无意中冒犯亨利时,马上遭到他恶狠狠的诅咒。然而随着时间的推移,因为无法收到从家中寄来的换洗衣服,也没有条件打理时髦的发型,昔日华丽的衣饰逐渐变脏、变旧,显得黯淡无光,服饰所特有的魔力也逐渐消失了,它所展现的特殊的光晕也日渐暗淡。而在失去服饰的强大控制力后,亨利人性中原初的部分开始展现出来。在庭审中,他不断提醒同伴,"快点,伙计们,坐直",鼓励他们以最好的姿态展现在法官面前(Valdez 53)。[①] 这表明主体性的萌芽已经在亨利身上显现,他开始有自己的想法,并且以理性的方式思考问题,逐步修正男性气概中的不合理成分,使其更接近理想的超我状态。

服饰要产生意义需要借助特定的场域,否则很难完成主体性建构。对于 38 街帮的其他成员来说,离开了舞厅这一熟悉的"领地",当原来引以为傲的头型和服饰失去"魔力"之后,他们开始表露出自身本真的个性。陌生的环境加剧了青年们的种种不适,乔治曾警告汤米地方检察官会重点注意他们,"他会把你和你的同伴全部都关到毒气室里面"(42)。这使得大家面面相觑,惊恐万分,昔日所展现出的男性气概瞬间崩塌,原初性格当中的懦弱和恐慌也一览无余地呈现出来。缺少了服饰的支撑,失去了其强大精神力量的供养,他们内心当中仅存的一点勇气也消失了,性格当中的附属性特质表露无遗,依旧缺乏策略性和独立性。

服饰非但不能产生正面的影响,甚至有可能会成为一种束缚。庭审期间,服饰再一次成为奇卡诺青年与主流社会争论的焦点。当乔治向法官争取给奇卡诺青年换上干净的衣服和打理新发型时,控方律师马上反

① 后文引用自该作品的引文仅随文标注页码,不再另行做注。

击道："法官大人，这就是我们想要的证据，我们想让大家知道 38 街帮的人具有的一个重要的特性就是他们的发型……那些让头部看起来又厚又重的头发，鸭尾式的发型。还有他们穿的佐特服裤子……他们的造型太与众不同，法官大人，这对本次案件非常重要"（52—53）。这也导致法官最后宣判："他们的头饰可以一直保持到本案的结束，其目的就是方便证人指认被告"（53）。可见在主流社会眼里，奇卡诺青年标榜男性气概的发型和服饰在法庭却变成了佐证他们暴力和犯罪的注脚。如同男性气概这个词的命运一样，当它最初从墨西哥西班牙语流入美国社会时，权威机构对其意义的理解与原意相去甚远。"美国社会科学家和卫生行政部门将拉丁美洲社会内部的种种问题的根源界定为一种病态的生理特征，其名称就是'男性气概'（Machismo）"（Cowan 608）。可以看出，奇卡诺青年在亚文化圈中所显露的男性气概在社会主流价值体系当中只是一种不可理喻的疯癫状态罢了。最终，偏见代替了正义，政治影响了法律，他们被送进了监狱。

与此同时，全社会开始对奇卡诺群体进行疯狂的打压。报纸抢占道德制高点，发动舆论攻势；法庭在没有任何有效证据的前提下判处亨利和他的伙伴们一级和二级谋杀；在被押送到监狱之后，他们还要接受改造和惩罚。总之，整个国家通过报纸、警察、法庭和监狱等各种宣传和暴力机器行使自身的绝对权力，构建了一个幽灵一般的无形之网，牢牢地控制着每一个"异端分子"，这也使亨利和他的同伴在这场斗争中被彻底边缘化。在监狱里，38 街帮的鸭尾式发型开始变得杂乱无章，佐特服被印有号码的囚服所代替，他们最引以为傲的文化身份载体也一去不复返了。

在与世隔绝的日子，在彻底摆脱了服饰的束缚之后，奇卡诺青年的内心开始发生变化，逐步建立起属于自己的主体性特征，将曾经外在的男性气概逐渐内化。乔治、爱丽丝和帕楚卡成为促使他们发生转变的重要推力。乔治对亨利影响深远，他本知道案件非常有可能败诉，但却一直没有放弃，在法庭上依旧全身心投入，运用自己的专业知识据理力争。这使亨利认识到反抗的方式不止有暴力，理性的思考、缜密的逻辑推理和流畅的语言表达都是捍卫自身权益的重要途径。当亨利想选择放弃上诉时，被激怒的爱丽丝说出了她坚持抗争的原因。事实上，作为 38 街帮辩护团队的一员，她在实际工作中要忍受各式各样的攻击和诋毁，其痛苦程度并不比亨利少。所以爱丽丝的所作所为不仅是为 38 街帮而战，更是为自己而战，她所表现出的坚强不屈的斗争精神唤醒了亨利消沉的灵魂，激发了他的斗志。被关禁闭后，倍感孤独的亨利与帕楚卡之间进行了一场对话，这也是亨利的本我与自我的一次深入交流。亨利说想家人，帕楚卡让他忘掉他们。亨利认为自己还能走出牢笼，帕楚卡却对他讲述现实的残酷性。帕楚卡正话反说的用语对亨利的心灵是一种升华，使他更加懂得家庭的重要，并认识到在今后的斗争中不能一味蛮干，还应该讲究策略，努力去追求理想的男性气概。亨利内心最初的理性萌芽在三人的帮助下不断发展壮大，形成他独有的思想价值体系，并以此来建构自身的主体性特质。

38街帮的其他成员在与爱丽丝和乔治的交流中也在不断成长。汤米认识到自己词汇量的贫乏，深感学习的重要性。乔伊开始理性地看待时局的变化，考虑出狱后应该去从事何种类型的工作。斯迈利也打算提高英语和算术能力，并计划在服刑期满之后和妻儿一起到亚利桑那开启新的生活。他们意识到对人生的详细规划、承担应尽的责任才是真正的男性气概，这些都和之前的炫酷、跳舞形成了巨大的反差。青年们感受到内心的充实才是真正的成长，处世的态度也从最初的张扬个性到后来的低调从事，从感性的帮派思维到理性的自我反思，经过不断的改进和提升，最终实现人格独立，构建起真正融汇于心的主体性。他们关注的重心也从外化的服饰转移到对内心的锤炼，完成了男性气概从外显到内化的重塑，实现了真正的蜕变。

三、男性气概的艰难融入和反向传输

有记者曾经问过瓦尔德斯这样一个问题："在《佐特服暴动》中，帕楚卡说：'每一个奇卡诺少年(Bato)都有一个秘密的梦想，……那就是穿上佐特服。'你认为这种理念还在持续吗?"(Barrios 162)面对提问，瓦尔德斯以一个故事作为回应。剧本当中亨利·雷纳的原型人物叫亨利·莱瓦(Henry Leyva)，在他去世之后，其家人开了一家餐厅，餐厅的菜单上写着这样一句话，"亨利·莱瓦，那个盲目轻率地为自己所相信的事物而战斗的人仍然活着"(Barrios 162)。这成为本剧最后一句台词的创作来源，同时也呼应了奇卡诺男性气概这个词所蕴含的深意——"每一个男性都确信做每件事情都只有一种方式，就是他自己所认为的方式"(Stevens 849)。在瓦尔德斯看来，奇卡诺青年所经历的一切已经成为这个族群集体记忆的一部分，通过文化身份的外化表达，他们找到了存在的意义。当帕楚卡和鲁迪与海军发生冲突，身上的佐特服被扒掉，预示着他们将与过去告别，用赤裸生命去面对充满荆棘的人生。当引以为傲的男性气概成为被嘲讽的对象，他们只能通过一次次的磨砺实现人生的蜕变，艰难地融入社会以求得生存，穿上精神上的“佐特服”，将西班牙文明和土著文明融于内心，并外化出奇卡诺青年所独有的新的男性气概。

38 街帮的青年们最终放弃对服饰的幻想，摆脱了它的束缚，通过自我改造谋求一种积极的主体建构。当被法庭宣判无罪释放后，奇卡诺青年的男性气概与之前有了明显的不同。面对家庭，亨利的择偶观发生了改变。虽然他和爱丽丝在交往过程中互生情愫，但是却选择了更愿意回归家庭生活的黛拉。黛拉代表着理性，她气质内敛，没有爱丽丝那么张扬，象征着传统女性的形象。亨利被捕入狱后，她没有去监狱探视，也没有写信给他，而是选择与亨利的父母一同等待他的回归。相比较而言，爱丽丝则是感性的代言人，她的勇气虽然能给亨利力量，但也让他非常担忧。爱丽丝身上所具有的鲁莽、冲动与敢爱敢恨本是他性格当中的一部分，但是这些品质却曾让他陷入举步维艰的境地。他不想让曾经发生的悲剧再次上演，虽然最后心有不舍，但理性战胜了感性，他最终拒绝了爱丽丝，选择了黛拉。在与主流社会的交锋中，亨利也显示出了理性和克制的一面。当警方故技重施，故意以偷车罪逮捕乔伊，想激怒曾经感性、张扬和对抗的亨利，幻想着让他再一次落入圈套时，亨利很好地控制了自己的情绪。这时理智代替了感性，内敛代替了张扬，策略代替了对抗，亨利因为自身主体性的重新建构实现了性格的蜕变，没有再重蹈覆辙，不仅保护了自己，也保住了家庭。他所表现出来的优秀品质也展现了男性气概的理想状态，重新定义了这个内心的超我。帮派其他成员也是如此。在被释放之后，所有的成员没有像往常一样去舞厅放纵和庆祝。正如鲁迪所说：“这里再也没有阿瓦隆舞厅，在洛杉矶，佐特服已经被烧成了灰烬”(92)。奇卡诺青年为数不多的自由栖身之地就这样消失了，他们在这个城市的生存空间被进一步挤压。而要生活下去，他们就得磨光身上的棱角，继续前行。于是他们选择了归家，回归自己的精神家园。他们第一时间来到了熟悉的街区(Barrio)，回到了温暖的家，这说明族群共同体在所有人心目中的位置。这是他们寻找生命慰藉的最后处所，是支撑他们不断前进的动力之源，也是重塑他们男性气概的重要支撑。

针对亨利后来的人生之路，剧中给出了开放性的结局。他可能继续自己的帮派生涯，最终被捕入狱并含恨而死；也有可能代表美国参加朝鲜战争并殒命他乡；他还有可能与黛拉共育 5 个子女，送他们接受高等教育。相比较而言，瓦尔德斯更倾向于第三种结局，因为在他看来，现阶段奇卡诺青年所面临的挑战依然严峻。比如在剧中，当帕楚卡同媒体抗争，控诉他们扭曲“佐特服”这个词的真实含义时，遭到了猛烈的人身攻击。这说明在主流社会面前，“花衣少年”依然被视为社会的潜在威胁，公众对他们的偏见随着社会的发展并没有发生太大的改变。在这个大背景下，瓦尔德斯认为奇卡诺男性气概中所展现的永不服输的战斗精神还应该继续保持下去，他在一次接受采访中指出：“真正让人感到震惊的是《佐特服暴动》并不具有重复性，那才是让人感到震惊的地方，孩子们像35年前一样一直站在斗争的前线……我继承了我祖辈和父辈的遗志，我也希望孩子们有一天能够继承我的。这就是坚持不懈的动力，年轻的一代不能丢下这面旗帜”（Mendoza 86）。

20世纪40年代那段动荡的岁月已经过去，奇卡诺人饱经磨难，在艰难困苦中不断向前迈进。当年在审判大厅里被白人社会诟病的佐特服和鸭尾式发型并没有被历史的洪流所淹灭，这段苦难的奋斗历程也没有被世人遗忘。相反，他们伴随着奇卡诺族群在主流社会中的抗争不仅进化为本民族的精神地标，更是对社会的主导文化实现了反向输出。瓦尔德斯在访谈中也曾提到过这股趋势。当被问及奇卡诺青年所代表的文化是不是已经进入本族文化当中，成为一种演变，并对当前社会产生影响时，他回答道：

> 奇卡诺青年从整体上来说正在以一种不为人知的方式对整个美国的文化生活做出贡献。比方说鸭尾式发型，它是奇卡诺青年的创作，最后在整个美国流行起来。另一个就是在50年代出现的不良青年（greaser）。并且关于《油脂》里面的一切元素，讲的应该是50年代的事情，这些其实都是40年代的奇卡诺文化所曾经历过的，都受到奇卡诺文化的影响，只是这种影响没有被认识到而已。（Barrios 162）

这说明白人少年受美国墨西哥裔群体的影响，也开始对传统发起挑战。他们摒弃过去、追求时尚，正在重复当年奇卡诺青年在社会边缘的斗争历程。很难想象到，“几十年后，这些文身帮分子又被捧为敢打敢冲的英雄好汉了”（李保杰 54）。他们不仅继续书写着奇卡诺的男性气概，更是将这种气概渗透到白人社会，潜移默化地影响了主流社会的文化发展。

随着科技的发展，报纸、收音机和电视等大众传媒在美国逐渐普及，这股时尚流行热潮的传播速度也日渐迅速，50 年代奇卡诺摇滚先锋里奇·瓦朗（Ritchie Valens）所创作歌曲的流行，60 年代电视剧《轮椅神探》（*Ironside*）的热映以及后来男士印花恤衫广告中“男性气概”一词的使用都表明这一概念已经开始出现反转，形成对主流文化的反向传输，其所代表的西班牙和土著文化的结合体开始与主流的盎格鲁文化形成新的重组。

结　语

奇卡诺男性气概的流变之路曲折而漫长。由于自身主体性的缺失，最初只能借助佐特服和鸭尾式发型将土著和西班牙文明以外化的方式表现出来，以此来展示奇卡诺青年特有的男性气概。但当直面白人社会，失去了服饰的有效支撑后，青年们不得不做出改变，艰难地构建起属于自己的主体性特质，将外化的气概内化于心。他们在面对主流社会时更加内敛、理性和注重策略，这使得整个族群能够汲取更多的力量，更好地融入美国社会，为后续的发展提供保障。与此同时，奇卡诺人从边缘到中心的抗争过程也深深地影响了整个国家，形成反向文化输出，实现了土著文明、西班牙文明和盎格鲁-撒克逊文明的三重交汇，完成了这三重文明的二次杂糅。以上整个过程也诠释了男性气概词义的流变历程。这一概念在进入美国社会后最初表达病态的含义，但是随着社会的变革、族群的抗争、文化的流动，其意义发生了变化，衍生出积极的含义，甚至引领了美国的时尚潮流，实现了奇卡诺男性气概的真正流变，反映了他们自我主体性的构建之路。

引用作品[Works Cited]：

Barrios, Gregg. "'Zoot Suit': The Man, the Myth, Still Lives (A Conversation with Luis Valdez)." *The Bilingual Review/La Revista Bilingüe* 10.2 (1983): 159 - 164.

Cowan, B A. "How Machismo Got Its Spurs—in English: Social Science, Cold War Imperialism, and the Ethnicization of Hypermasculinity." *Latin American Research Review* 52.4(2017): 606 - 622.

Estrella, Lynda. "A Study of the Zoot Suit Culture: Past and Present." Diss.

California State University, 2003.

Klapp, Orrin. "Mexican Social Types." *American Journal of Sociology* 69 (1964): 404 - 414.

Mendoza, Sylvia. "Luis Valdez: A trailblazer." *Hispanic* 13.10 (2000): 84 - 86.

Pizzato, Mark. "Brechtian and Aztec Violence in Valdez's 'Zoot Suit.'" *Journal of Popular Film and Television* 26.2 (1998): 52 - 61.

Stevens, Evelyn P. "Mexican Machismo: Politics and Value Orientations." *The Western Political Quarterly* 18.4 (1965): 848 - 857.

Valdez, Luis. *Zoot Suit and Other Plays*. Houston: Arte Publico Press, 1992.

阿·托·威尔科克斯:《西方服饰大全》,邹二华等译,桂林:漓江出版社,1992 年。

李保杰:《当代美国拉美裔文学研究》,济南:山东大学出版社,2014 年。

隋红升:《非裔美国文学中的男性气概研究》,杭州:浙江大学出版社,2017 年。

英汉双解版编译出版委员会:《新牛津英汉双解大词典》,上海:上海外语教育出版社,2007 年。

郑巨欣:《世界服装史》,杭州:浙江摄影出版社,2000 年。

“输者为赢”：亨利·詹姆斯与符号权力*

刘艳君**

内容提要：作为应对19世纪末文学市场商业化和小说职业化的策略性反应，亨利·詹姆斯在以文学生活为主题的短篇小说《下一次》与《格雷维尔·费恩》中构建了一个“颠倒的经济世界”，遵循“输者为赢”的游戏规则，即在市场上失败的作家可以赢得符号权力。与此同时，詹姆斯在书信、笔记、文学评论中也将自己塑造成一位被大众疏离的“失败者”的形象，强调文学艺术的“非功利性”。亨利·詹姆斯掌握了一种“失败”的美学运作机制，通过高雅与低俗的对立，参与了争夺艺术作品合法话语权的斗争，意在强化严肃作家的权威地位和审美权力。

关键词：亨利·詹姆斯；输者为赢；非功利性；“失败”的美学；符号权力

Abstract: As a strategic response to the commercialization of the literary market at the end of the 19th century, in his short stories on literary life, “Next Time” and “Greville Fane”, Henry James constructed “an economic world inverted” and followed the rule of the “loser wins”: Writers who fail in the market could win the symbolic power. At the same time, in his letters, notebooks, and critical essays, James portrayed himself as a “loser” alienated by the public, emphasizing the principle of “disinterestedness”. Henry James mastered a mechanism of the aesthetics of “failure”. Through the opposition between the high and the low, he participated in the struggle for the legitimation of the value of works of art, intending to strengthen the authority and aesthetic power of serious writers.

Key words: Henry James; loser wins; disinterestedness; aesthetics of “failure”; symbolic power

19世纪80年代末到90年代是亨利·詹姆斯（Henry James，1843—1916）文学生涯的过渡时期，学者们关注到詹姆斯为赢得观众而进行的戏

---

* ［**基金项目**］：本文是教育部人文社会科学研究项目（18XJC752002）的阶段性成果。

** ［**作者简介**］：刘艳君，四川大学外国语学院博士研究生，主要从事英美文学研究。

剧尝试，以及戏剧失败对詹姆斯晚期风格的影响，却忽略了詹姆斯在这一时期同时进行的以文学生活为主题的短篇小说创作。詹姆斯在纽约版选集第15卷的序言中指出，他在这些有关文学生活的作品中，描绘了一批"被想法所困扰或者为真诚付出代价"(James 1934：221)的迷恋完美的艺术家，展现了他们的冒险、尴尬以及困境。其中，《下一次》("The Next Time", 1895)和《格雷维尔·费恩》("Greville Fane", 1892)不仅反映了19世纪末作家对失去文本控制权、文学创作受市场控制的困惑与无奈，还表现了詹姆斯对小说艺术以及文学自主性问题的思考。分析这两篇短篇小说有助于理解19世纪末严肃作家如何利用美学获得话语权力。

关于"符号权力"(symbolic power)，皮埃尔·布迪厄(Pierre Bourdieu, 1930—2002)解释为，"符号资本是一种信誉，是一种赋予那些已经得到足够认同的人的权力"(Bourdieu 1990：139)。作家声望、荣誉以及神圣化的建立来自文学生产场域，这是一个"行动者或机构之间的客观关系系统，也是为神圣化权力的垄断而斗争的场所，艺术作品的价值和对这种价值的信仰在这里不断产生"(Bourdieu 1993：78)。也就是说，占有符号资本的作家可以获得符号权力，赢得社会权威，符号权力是建立在价值认同基础之上的，来源于文学场内部乃至社会对艺术品价值的信仰以及对文学艺术规则的认同；与此同时，获得符号权力的文人可以将自身的优势合法化为文学场内的普遍性话语。本文运用布迪厄的文学社会学理论，以詹姆斯的短篇小说《下一次》和《格雷维尔·费恩》为切入点，并结合19世纪末美国文学生产的社会、经济和文化语境，试图论述：詹姆斯在短篇小说中建构了一个理想化的"输者为赢"的世界，将符号资本而非经济资本、独创性而非模式化生产作为衡量文学成功的标准。詹姆斯以"非功利性"作为艺术自律的原则，以符号资本作为文学场内部划分等级的标准，目的在于借助纯粹艺术的名义，生产符号价值，从而获得话语权力，维护严肃作家的合法性地位。詹姆斯与大众文化的对立是一种有意识的排斥策略，他对小说严肃性的强调加速了高雅文学与大众文学的区隔，使"小说艺术"成为一种自主的、专业的、有界限的话语实践。

一、19世纪末文学职业化兴起

在19世纪末的美国，大众文学的兴起促进了文学职业化的发展，写作已不再是文人墨客的特权。文学市场的扩张吸引了大批新人写手，期刊报纸发行量的不断增加提高了作家的待遇，出版业的专业化发展提高了工作效率，作家协会和文学代理人的出现保障了作家的商业利益，使得作家可以"以文谋生"。虽然 19 世纪晚期文学写作已经成为作家赖以生存的谋生之技，但职业化文人与律师、医生等职业管理阶层有所不同，这些阶层根据相对明确和独特的知识体系来组织自己，他们具有独立的监管机制和广泛认可的协会来制定专业实践标准和道德规范。而小说职业没有质量标准也没有认可机制，还未能形成一个权威的专业领域，晓文识字的大众都大有机会成为畅销作家。由此，19 世纪晚期的作家和评论家对于小说职业的概念有着不同的定义。

有的作家将市场视为小说价值的最终仲裁者。作为文学商品生产者，他们精通文学生产的供需关系，将写作当作一种有利可图的职业。例如，畅销作家弗朗西斯·马里恩·克劳福德（Francis Marion Crawford, 1854—1909）将小说定义为一种市场商品，他认为小说的首要目标是"娱乐和引起兴趣"（Crawford 11）。他在《小说：它是什么》（*The Novel: What It Is*）中总结了两种看待艺术的方式，一种是"为了大众的艺术"，另一种是"为了艺术的艺术"（Crawford 20）。他反对唯美主义，认为符合唯美主义审美趣味的东西"最终都可能作为一种纯粹的时尚而消亡"，他倡导为了消费者而写作，对于他来说，小说家"仅仅是大众娱乐家而已"（Crawford 86, 22）。在 1887 年创刊的《作家》（*The Writer*）杂志中也有类似的言论出现，如《读者想要什么》（"What Readers Want"）一文的作者认为文章必须能够娱乐大众，在文学领域中，"主要的问题不是什么书是质量最好的而是什么书是最令人愉悦的"（Clark 24）。这本杂志的内容是以市场为导向的，它鼓励作家追求小说的商业价值。其编辑甚至宣布《作家》杂志创办的宗旨之一就是"为年轻作家提供如何使作品畅销的建议，帮助他们接触大众读者"（Hills and Luce 16）。对于他们来说，专业化的作者能够敏锐地预测市场需求，满足大众读者的品味，他们看重的是小说的商业价值。

此外，19 世纪末的编辑利用专业主义文化的修辞，将写作当作一种需要训练和掌握技巧的职业。有的评论家"更倾向于强调写作是一种与许多其他技术手段相当的活动。这个概念适用于任何为谋生而写作的人，无论作品的质量或类型如何"（Borus 65）。在当时，市场上出现了一些文学实用指南系列的书籍和刊物，旨在为写作新手提供指导和建议。如《作家》杂志上经常刊登一些文章，分享作者的写作方法和成功秘笈，如《文学作品所需方法》("Method Needed in Literary Work")、《如何写短篇小说》("How to Write Short Stories")，以及《学会写作》("Learning to Write")，这些文章暗示了成功的小说是有公式可循的。[①] 弗兰克·诺里斯(Frank Norris，1870—1902)相信小说写作可以像绘画、雕塑、音乐艺术一样，"通过指导很容易就能够获得，而且效果也一样令人满意和实用"(Norris 257)。这些作家和评论家试图将小说创作发展成一门有技巧可循的学科，但这种盲目地重复公式以确保获得欢迎度的写作方式，被有些作家当作市场成功的捷径，创作出来的小说千篇一律。特别是新一代杂志编辑如塞缪尔·麦克卢尔(Samuel S. McClure，1857—1949)创办的文学辛迪加，使作者转变成大批量商品的生产者。他们按照对大众市场的调查和预测，预先制定计划、规定主题，然后组织内部作家以最快速度，按照既定的主题和框架进行流水化作业。庸俗的主题、复杂的情节，再添加危险、惊奇和悬念等元素，就是一部廉价小说的模板，作者只需模式化写作，无需创新就可以大量生产出畅销产品。对于廉价小说的作者来说，小说价值在于生产性，作家退化为机械化的"写手"。

商业化和模式化的写作方式威胁了绅士阶层的高雅传统，畅销作家挑战了绅士阶层的地位。在美国，新英格兰绅士阶层控制下的严肃刊物，如《大西洋月刊》(*Atlantic Monthly*)、《世纪杂志》(*Century Magazine*)、《哈珀斯杂志》(*Harper's Magazine*)，是美国高雅文学文化传播的阵地，为严肃作家提供了艺术创作平台和高水平的读者群。他们出版的目的是大力推动高雅文化而非牟取暴利。如《大西洋月刊》创办的主要目的是"为高雅文学的优雅风气服务"(布罗德黑德 26)，霍勒斯·斯卡德尔(Horace Scudder，1838—1902)在 1890 年担任《大西洋月刊》的编辑时也在日记中立志要为"高雅的纯粹文学"(Sedgwick 321)服务。正如美国学者马克·麦克格尔(Mark McGurl)所言，他们的劳动不是出于"资本主义的贪婪，而是一种文化责任和爱"(McGurl 14)。这些严肃刊物的编辑和作家强调文学的艺术价值，抵制商业对审美的侵犯。然而，19 世纪末文学市场弥漫着一种经济功利主义的氛围，忽视了小说的艺术性和严肃性，引发了严肃作家对文学价值和自身地位的担忧。他们想要争夺定义文学价值的权

① 参见《作家》杂志：A. L. Hanscom "Method Needed in Literary Work." *The Writer* 2.4 (1888)：84 - 85. A. M. Gannett "How to Write Short Stories." *The Writer* 2.4 (1888)：86 - 87. E. L. Masters "Learning to Write". *The Writer* 3.1 (1889)：11 - 13.

力，试图构建高雅与低俗、艺术与市场、文学的独创性与模式化生产之间的二元对立。例如，美国批评家、教育家查尔斯·艾略特·诺顿（Charles Eliot Norton，1827—1908）在《美国知识生活》（"The Intellectual Life of America"）一文中谴责流行出版物的庸俗，它们"很少展示精神活动、智力的严肃性、对任何形式思想的普遍兴趣，或者在社会中既存的高雅品位和进步文明"，而是一味地满足大众读者对"强烈的感官刺激和低级趣味"的需求（Norton 318）。威廉·迪恩·豪威尔斯（William Dean Howells，1837—1920）指出了低俗小说作家的生产方式，他们"只需写任何夸张的作品"，就可以产生一种"宏大而直接的效果"，吸引那些无需安静地思考和感受，只喜欢惊奇感的读者（Howells 66）。朱利安·霍桑（Julian Hawthorne，1846—1934）也谴责廉价小说的风格、措辞和主题大同小异，"它们是根据公式产生的；它们是机械制造的。它们具有所有机器制造的东西的光洁度和平滑度；但他们缺乏那种珍贵的人类个性"（Hawthorne 814）。朱利安·霍桑呼吁作家应该重视文学写作的独创性，而不是对流行元素进行程式化模仿。

严肃作家敏锐地意识到了文学市场商业化和小说职业化的发展对纯粹艺术的威胁，试图重新建立职业作家的评判标准，将自己与唯利是图、为大众市场写作而无视质量的庸俗作家区隔开来。罗伯特·路易斯·史蒂文森（Robert Louis Stevenson，1850—1894）提出，文学写作作为一种职业不能仅仅考虑金钱的问题："薪水在世界上任何行业中都不是唯一的也不是首要问题……你的事业首先应该是诚实的，其次是有用的，这是关乎荣誉和道德的问题"，作家如果只着眼于生计，追求利益，生产的将会是"懒散、粗俗、不真实、空洞的文学"（Stevenson 513）。达文波特·亚当斯（W. H. Davenport Adams，1828—1891）告诫年轻人，文学是一项"需要广博的知识、健康的体魄、刻苦勤奋，最重要的是坚韧的毅力"（Adams 127）的职业，不能仅仅把写作变成一种交易。正如史蒂文森将真诚和社会效用当作文人的职业道德和责任，亚当斯将知识与毅力作为文人的职业标准，现代主义文化精英开始建构另外一种职业意识来取代金钱，以此来维护自己的文化权威。

亨利·詹姆斯也参与了维护小说艺术合法性的斗争。詹姆斯强调作家的职业精神，但专业化对他来说并不是与文学市场之间精明的谈判，也不是娴熟的模式化的写作技巧，而是一种严肃对待小说艺术的作家责任。詹姆斯以文学生活为主题的短篇小说《下一次》和《格雷维尔·费恩》参与了对文学职业的定义和专业知识专属领域的划分。在短篇小说中,詹姆斯通过对高雅文学与大众文学的对立,对艺术自律的强调,将严肃作家与通俗作家区隔开来,以期获得符号权力。

二、"非功利性":詹姆斯的艺术自律原则

亨利·詹姆斯在短篇小说《下一次》中描绘了两位作家的文学生活,他们追求两种不同模式的成功。其中一位是天才作家拉尔夫·林伯特,他在文学市场上屡遭失败,原因是其作品太过高雅,不符合大众品味,"发表了太多的纯粹思想"(James 1996: 512)。叙述者指出,林伯特的作品是精美的文学艺术,却销量惨淡,是"巨大的失败",同时也是"可怕的胜利",因为他总是创作"肆无忌惮、毫不留情、无耻无情的杰作"(James 1996: 510)。林伯特一次次精致的失败,将他的作品同语言轻率、内容肤浅的大众文学区隔开来,虽然无法赢得大众读者和市场收益,却展示了他的才华,标示出了他的卓越,是另一种形式的成功。故事中另一位作家是海默尔夫人,是一位畅销小说家。她厌倦了世俗的成功,渴望仅仅一次"精致的失败",但她的作品缺乏质量,海默尔夫人清楚地知道,这是一个"垃圾胜利的时代",受欢迎的作品都是庸俗的快销品,对她来说,受欢迎是一种"厄运",代表着庸俗(James 1996: 487)。正如叙述者指出:"一次成功就像一顿丰盛的晚餐一样平淡无奇……往往是这些庸俗的人证明了成功。你来看,成功除了金钱以外什么也没有获得;也就是说,它赚了如此多的钱,以至于任何其他结果相比之下都显得微不足道。一次失败可以赢得这样的声誉——当然,这需要借助巨大的才能,因为有不同的失败!"(James 1996: 487)可见,叙述者对文学场内部的运作法则有着清晰而深刻的认识:文学天才在市场上的失败可以获得符号权力。

根据皮埃尔·布迪厄的文化(文学)生产场理论,符号生产是通过场域本身的等级结构实现的。文化(文学)生产场是由两个亚场之间的对立构成的:有限生产亚场和大规模生产亚场。在有限生产亚场中,生产者为圈内人写作,他们生产的是纯粹艺术、高雅艺术,文学价值主要从美学角度衡量,是一个"为艺术而艺术"的世界;在大规模生产亚场中,生产者为市场而生产,目的是满足大众和商业需求,文学价值从经济学角度衡量。同时,文学场内部遵循"颠倒的经济世界"的逻辑,即"艺术家只有在经济领域遭到失败,才能在符号领域获胜"(Bourdieu 1996: 83),这是一场"输

者为赢”(Bourdieu 1993：39)的游戏。迈克·费瑟斯通(Mike Featherstone)也认为:“艺术的、或为仪式而生产的、因而赋予了独特的象征意义的物品,经常被排除在商品交换之外,或者说不允许他们长久地以商品形式存在。但与此同时,他们又自诩神圣,拒绝进入世俗市场,拒绝接受商品的交换价值,这反倒提高了它们的身价”(费瑟斯通 24)。由此可见,位于有限生产亚场的作家可以借助“纯粹艺术”生产者的名义获得符号资本,而位于大规模生产亚场的作家因其功利性则在文学场内部处于被排斥的位置,不能获得作家权威。

詹姆斯在《下一次》中建构了一个“输者为赢”的文学世界,将符号资本而非经济资本作为衡量文学成功的标准。在故事中,詹姆斯讽刺了作品质量低下的畅销小说家,强调了“非功利性”的文学生产原则,正如拉尔夫·林伯特最后所达到的境界。林伯特坦然面对市场,专注于艺术创作,“达到了一种漠不关心的状态,一种不计较后果的艺术意识,市场的声音突然变得微弱而遥远”,叙述者形容他进入了一个“蓝色国度”(James 1996：524)。在这里,詹姆斯提供了一个理想的精神领域,一个文学自主、自由的艺术空间,文学创作可以远离经济约束。林伯特回归到了最初对于艺术的真诚态度,不在乎市场的销量和评价,留下的遗作被叙述者称之为林伯特的“最高成就”(James 1996：524)。当林伯特否定经济利益,不计利害,不为大众市场而为纯粹艺术写作时,他赢得了符号资本。

此外,在《下一次》中,叙述者的文化身份也不容忽视。“形式本身是一种内在的意识形态”(Jameson 141),叙述视角的选择,叙述者与故事人物之间的关系,在一定程度上可以反映权力关系。在《下一次》中,叙述者不是一个客观的见证人或观察者,他在叙事的过程中不断表达自己的价值观念。作为严肃批评家的叙述者也参与了艺术作品符号价值的生产,参与了一场争夺艺术作品合法话语权的斗争。叙述者一直坚持文学的严肃性和艺术性,反对为取悦大众而写作,他认为一个作家“必须做到不为他人写作”(James 1996：496)。叙述者认同拉尔夫·林伯特的艺术天赋,强调艺术自律,拒绝金钱成功的庸俗。他毫不掩饰地表达对林伯特的赞美,也直截了当地对海默尔夫人的作品进行了贬低和讽刺。叙述者对海默尔夫人和林伯特的评论是一种排外和自我认证的过程。作为严肃评论家的叙述者,通过对畅销作家的贬低和作家“非功利性”写作的赞赏,标示了高雅与低俗的区隔。这种区隔建构了一种归属感,通过异化作用与同化作用,即强调与局外人的差异,强化与局内人的相似,来确立自身的位置，以维护自身高雅文学评论家的地位和权威。

在短篇小说《格雷维尔·费恩》中，詹姆斯进一步讽刺了畅销作家在文学场中的低下地位。格雷维尔·费恩即斯托默夫人，是一位多产的名人作家，同《下一次》中的海默尔夫人一样，没有艺术才能，不能获得符号权力。斯托默夫人的作品被邻居认为“太低廉”，就连她跻身于上层社会的女儿也对母亲去世后的遗稿不屑一顾，认为这些作品“不可能伟大”(James 1944：152，167)。此外，叙述者揭露了费恩的低俗趣味。斯托默夫人在丈夫遗像的“过于花哨的相框上搭了一条丝质围巾”，她经常“戴着一顶倒金字塔形状的帽子”，她对葡萄酒的知识并不了解，经常“用最古怪的方式调酒”(James 1944：157，160，162)。叙述者还说她“庸俗、势利”，认为斯托默夫人缺乏智慧和艺术造诣，对文学大师和经典人物一无所知：“她可以在院子里编造故事，但连一页英语也写不出来……尽管她为同代人的消遣贡献出了很多作品，但并没有为语言做出过任何贡献”，“她认为自己与巴尔扎克很像，她最喜欢的历史人物是吕西安·德·鲁本普勒以及帕米尔夫人。我必须插一句，当我有次问她后一位人物是谁的时候她却无法回答”(James 1944：155)。此外，斯托默夫人的书房脏乱、破旧不堪，书桌上铺满了“散乱、字迹潦草的手稿”，叙述者称之为“贫瘠的地方”(James 1944：152，166)。书房场景不断出现在詹姆斯以文学生活为主题的短篇小说中，如《雄狮之死》(“The Death of the Lion”，1894)和《真正应为之事》(“The Real Right Thing”，1899)，在这些故事中，书房被当作文学圣地。对于詹姆斯来说，“安静、神圣、未被侵犯的工作室”是一个“避难所”，在此可以远离“庸俗和痛苦”，沉浸在艺术创作中(James 1947：111)。然而，在《格雷维尔·费恩》中，畅销小说家的书房却脏乱不堪，是一个为金钱而写作的文人工作室，不能孕育伟大的心灵或激发艺术灵感。正如南希·本特利(Nancy Bentley)指出：“私人书房作为象征性场所所真正包含的东西：不仅仅是书籍和书桌，还有不同的概念以及区分文人的必要的显著特征”(本特利 72)。通过对斯托默夫人书房的描写，叙述者将她排除在以艺术创作为目的的严肃作家之外，在这里，书房作为一种文化试金石，区隔了身份，标示了文化差异。通过上述对斯托默夫人的描述可以看出，叙述者讽刺斯托默夫人品味庸俗、愚昧无知、缺乏文学素养。在此，叙述者充当了审美仲裁者，间接宣布自己的高雅品位，强调自己的文化能力。

同《下一次》的叙述者一样，《格雷维尔·费恩》的叙述者作为严肃评论家和年轻作家，其作用不仅是实现叙述功能。《格雷维尔·费恩》的潜文本是严肃作家与庸俗作家的对立。叙述者的创作理念和写作风格与斯托默夫人截然不同。他认为“艺术作品需要不断地磨炼，反复推敲”(James 1944：156)。而对于斯托默夫人而言，小说作家是一个有利可图的职业，文学是一种经济手段而非审美对象。斯托默夫人将自己比作“糕点师傅”，为了吸引顾客，“在文章中放入大量的糖和色素，或者任何丰富多彩引人注意的颜色”(James 1944：156)。叙述者主张通过观察和体验描写现实生活，“与生活直接联系”(James 1944：156)，而斯托默夫人无视现实生活，她的写作遵循基本公式，描绘的是一成不变的贵族生活的浪漫，依靠惊奇、感伤的故事吸引大量读者。叙述者强调自己追求纯粹艺术，而斯托默夫人是为满足大众读者的庸俗品味而写作。对品味的强调，代表了话语权力的表达。正如黄仲山所言，“在审美文化领域，权力通过趣味的建构和维护来实现自身的存在”(黄仲山 150)。通过贬低斯托默夫人的审美趣味和文化能力，讽刺她的唯利是图和公式化写作，叙述者维护了高雅文学的合法性，维持了自己的社会地位，通过文学和文化上的排他性，叙述者彰显了自身的文化身份。正如布迪厄所述：“艺术和文化消费天生就倾向于，有意或无意地，实现将社会区隔合法化的社会功能”(Bourdieu 1984：7)。对美/丑，高雅/低俗的区隔同样区分着自身。文化实践标示、维系了差异与阶级，再生产了社会结构。在《下一次》和《格雷维尔·费恩》中，叙述者通过反对商业性的文学生产，强调了自己的“非功利性”，通过讽刺庸俗，彰显了自己的高雅趣味和文学素养。

三、“失败”的美学

在《下一次》和《格雷维尔·费恩》中，亨利·詹姆斯刻画了一个“颠倒的经济”世界，遵循“输者为赢”的逻辑，即商业性的文学生产只能获得短期利益，而“非功利性”的文学生产获得符号权力。不仅如此，詹姆斯通过文学批评也参与了艺术价值的生产，确保自身艺术理念的合法性。在他的笔记、信件和评论中，詹姆斯建构了一种“失败”的美学，作为对文学商业化的一种对抗。

首先，詹姆斯将自己塑造成一位“失败者”，以获得符号领域的胜利。19世纪90年代，《波士顿人》(*The Bostonians*，1886)《卡萨玛茜玛公主》(*The Princess Casamassima*，1886)和《悲剧的缪斯》(*The Tragic Muse*，1890)销量惨淡，詹姆斯深受打击。在给威廉·迪恩·豪威尔斯的信中，詹姆斯诉说了自己的失败和忧郁，抱怨其作品得不到出版，"期望太多而收获太少"（Anesko 1997：266）。1890年起，詹姆斯开始尝试戏剧，以1895年《盖伊·多姆维尔》（*Guy Domville*）的演出失败而告终。1895年1月22日，詹姆斯感到非常沮丧，向豪威尔斯写道："在过去很长一段时间里，我觉得自己陷入了万劫不复的境地——每一个迹象或标志都表明了我在任何地方、任何人的眼中都是最不受欢迎的，我已经彻底失败"（Anesko 1997：298）。事实上，詹姆斯的作品不像他所说的那样无人问津，他的信件中存在言语夸张的成分，就连詹姆斯的侄子也认为"亨利叔叔夸大了他的不受欢迎的程度"（Anesko 1986：5）。乔纳森·弗里德曼（Jonathan Freedman）指出，詹姆斯"让自己陷入了一种奇怪的自我挫败的境地"意在表达真正成功的标志是"失败"（Freedman 180）。詹姆斯这种失败者形象的自我塑造是一种自我宣传的方式，市场上的失败强调了他对美学的追求。詹姆斯巧妙地运用了"输者为赢"的逻辑，将自己与唯利是图的畅销作家进行区分。

此外，詹姆斯批判了畅销作家为大众而生产的庸俗目的和手段，将自己刻画成"非功利性"的严肃艺术家形象。亨利·詹姆斯强调小说的艺术性，反对以娱乐大众为目的的商业性写作。他在1884年给豪威尔斯的信中表达了对克劳福德成功的不满："我宁愿在这里进行'自然主义'的最基础的实验，也不愿写像这样一部6便士的谎言。在我看来，如此无耻的作品让小说家的艺术蒙羞，这是绝对不能被原谅的；正如它的成功使那些为自己写作的人蒙羞"（Anesko 1997：243）。在詹姆斯看来，克劳福德的小说是为了获取经济利益而写的"谎言"，这些作品是庸俗的，是"糟糕的"、"可耻的"，使艺术"蒙羞"。詹姆斯也坦言不愿为愚昧无知、品位低俗的大众而写作。早在詹姆斯年轻时，他就树立了艺术自律的原则，他给《纽约论坛报》（*The New York Tribune*）的出版商兼编辑怀特洛·瑞德（Whitelaw Reid）的回信中强调，"尝试变得'新闻化'和八卦是不划算的。我是一个过于挑剔的作家，我应该不断变得更加'文学化'，而不是大众所期望的那样"（James 1957：219—220）。

詹姆斯在文学评论中也建立了高雅与低俗的区隔，批判大众小说的模式化生产。詹姆斯认为，"只有当艺术变得高雅的时候，它才能避免流于庸俗，才能摒弃那种以艺术的名义伪装起来的粗鄙的工业"（James 1934：14）。他在评论畅销女作家哈里特·伊丽莎白·斯波福德（Harriet Elizabeth Spofford，1835—1921）的小说《阿扎里安》（*Azarian: An*

Episode）时指出她“根深蒂固的粗俗品味”，因为其故事内容与其他杂志故事遵循类似的情节模式，是“这个时代最廉价的写作”（James 1984：612，610）。詹姆斯还将托马斯·阿道弗斯·特罗洛普（Thomas Adolphus Trollope，1810—1892）的小说《林地斯法恩·蔡斯》（*Lindisfarn Chase*，1864）归类为“二流小说”，认为这种小说家仅仅拥有一双熟练写作的手，“他们在文学上的主要乐趣就是对平庸的思考”，詹姆斯将这种小说的出现归因于文学的现状，即“在目前的文学条件下，小说写作既是一种交易，也是一种消遣”，詹姆斯认为在市场上像这样的作品“很丰富，因为它们很容易写；它们很受欢迎，因为他们很容易阅读”（James 1984：1355）。詹姆斯反对庸俗小说追求感官刺激和感伤主义，一味刻画简单的情节结构和刻板的人物形象，他坚持认为“一部好的小说是经过长期劳动、反思和奉献的作品；绝不是一份即兴的无准备的交易品”（James 1984：625）。对于詹姆斯而言，作家职业不是一种满足市场庸俗需求、获取商业利益的技术手段，他希望保留一种“专业的彻底性”（professional thoroughness），避免讨论“过于重复的金钱问题”（James 1988：128）。詹姆斯希望作家们将小说作为一种抛开金钱和经济动机的纯粹艺术。

亨利·詹姆斯掌握了一种失败的美学的运作机制，将自己塑造成了一位被物质主义的、庸俗的文学市场所疏远的严肃艺术家形象，像拉尔夫·林伯特一样成为艺术的殉难者。这一形象为他赢得了作家权威。虽然詹姆斯的作品销量并不乐观，但他成为严肃文学作家的代表。他自己也承认“我在英国的名声似乎比我收到的任何现金都要大得多”（James 2014：212）。在美国，亨利·詹姆斯的精英主义思想、高雅精致的文字、对小说艺术性的强调，得到了绅士阶层的认同和支持，1904年詹姆斯当选为美国文学艺术科学院（American Academy of Arts and Letters）的第一批成员（Elliott 477）。詹姆斯将纯粹艺术生产转化为文化资本，从而建构自己美学权威的地位。他的艺术自律原则实际上建构了一个排外的、精英的理想作家群体；他们不被金钱和生活所迫，具有艺术天赋和高尚品质，将唯利是图、模式化生产的职业化写手排除在外，由此詹姆斯将文学神圣化为有教养者的特权领域。高雅与低俗的对立，为现代主义作家作品开辟了新的文化空间。詹姆斯对艺术自律的强调、叙述的模糊性和语言复杂性的运用，使得他被现代主义作家拉入自己的阵营，作为对抗大众文化的意识形态工具。詹姆斯与“二流小说”划清距离，强调文学的“非功利性”，由此被经典化为高雅文化的代表，成为文学“大师”。

结　语

在19世纪晚期的英美国家，写作已经不再是文人墨客的特权，大众期刊以及廉价小说的泛滥吸引了大批"写手"，他们一味追求市场成功所带来的商业利益，由此生产的小说也千篇一律、质量低下。严肃作家为了维护自己的文化权威，需要与唯利是图、为市场写作而无视质量的庸俗作家进行区分。作为应对文学市场的商业化和小说职业化的一种策略性反应，亨利·詹姆斯在《下一次》和《格雷维尔·费恩》中建构了一个"输者为赢"的世界：纯粹艺术生产通过强调非功利性从而获得了一种权力话语。詹姆斯在小说文本内建构了这样一个"输者为赢"的理想的权力关系世界，其目的在于维护文本外自身"精致的失败者"和文学生产"非功利者"的话语权力。在文本外，詹姆斯将自己塑造成为市场的失败者，强调艺术的自律，否定庸俗小说的批量生产，通过建构高雅和低俗的二元对立，詹姆斯参与了严肃作家争夺文学艺术合法表征权的斗争。亨利·詹姆斯通过蔑视世俗成功，追求纯粹艺术，维护了严肃作家的合法性地位以及作家权威，因为他深谙"输者为赢"的权力运作机制：超然于市场外的纯粹眼光可以获得符号权力。

引用作品[Works Cited]：

Adams, W. Davenport. "How to Make a Living by Literature." *The Bookman* 2 (1895): 124–127.

Anesko, Michael. *"Friction with the Market": Henry James and the Profession of Authorship*. New York: Oxford UP, 1986.

—, ed. *Letters, Fictions, Lives: Henry James and William Dean Howells*. Oxford: Oxford UP, 1997.

Borus, Daniel H. *Writing Realism: Howells, James, and Norris in the Mass Market*. Chapel Hill: The U of North Carolina P, 1989.

Bourdieu, Pierre. *Distinction: A Social Critique of the Judgment of Taste*. Trans. Richard Nice. Cambridge: Harvard UP, 1984.

—. *In Other Words*. Stanford: Stanford UP, 1990.

—. *The Field of Cultural Production: Essays on Art and Literature*. Ed. Randal Johnson. Cambridge: Polity Press, 1993.

—. *The Rules of Arts*. Trans. Susan Emanuel. Cambridge: Polity Press, 1996.

Clark, Henry. "What Readers Want." *The Writer* 2.2 (1888): 24 - 25.

Crawford, F. Marion. *The Novel: What It Is*. New York: Macmillan and Company, 1893.

Elliott, Emory, ed. *Columbia Literary History of the United States*. New York: Columbia UP, 1988.

Freedman, Jonathan. *Professions of Taste: Henry James, British Aestheticism and Commodity Culture*. Stanford: Stanford UP, 1990.

Hawthorne, Julian. "Inspiration 'Ex Machina.'" *Appleton's Booklovers Magazine* 7 (1906): 813 - 814.

Hills, William H. and Robert Luce. "The Writer." *The Writer* 1.1 (1887): 16.

Howells, William Dean. *Criticism and Fiction*. New York: Harper and Brothers, 1891.

James, Henry. *The Art of the Novel: Critical Prefaces*. Ed. Richard P. Blackmur. New York: Charles Scribner's Sons, 1934.

—. *Henry James: Stories of Writers and Artists*. Ed. F.O. Matthiessen. New York: A New Directions, 1944.

—. *The Notebooks of Henry James*. Ed. F. O. Matthiessen and Kenneth B. Murdock. New York: Oxford UP, 1947.

—. *Parisian Sketches: Letters to* The New York Tribune, *1875 - 1876*. Ed. Leon Edel and Use Dusoir Lind. New York: New York UP, 1957.

—. *Henry James: Literary Criticism Vol. I: Essays on Literature, American Writers, English Writers*. Ed. Leon Edel. New York: The Library of America, 1984.

—. *Selected Letters of Henry James to Edmund Gosse, 1882 - 1915: A Literary Friendship*. Ed. Rayburn S. Moore. Baton Rouge: Louisiana State UP, 1988.

—. *Henry James: Complete Stories 1892 - 1898*. New York: The Library of America, 1996.

—. *The Complete Letters of Henry James. Vol. I 1878 - 1880*. Ed. Pierre A. Walker and Greg W. Zacharias. Lincoln: U of Nebraska P, 2014.

Jameson, Frederick. *The Political Unconsciousness: Narrative as a Socially Symbolic Act*. New York: Cornell UP, 1981.

McGurl, Mark. *The Novel Art: Elevations of American Fiction after Henry James*. Princeton: Princeton UP, 2001.

Norris, Frank. "Salt and Sincerity." *The Responsibilities of the Novelist and Other Literary Essays*. New York: Doubleday, Page & Company, 1903. 251 - 304.

Norton, Charles Eliot. "The Intellectual Life of America." *The New Princeton*

Review 6 (1888): 312 - 324.

Sedgwick, Ellery. "Henry James and the 'Atlantic Monthly': Editorial Perspectives on James's 'Friction with the Market.'" *Studies in Bibliography* 45 (1992): 311 - 332.

Stevenson, Robert Louis. "The Morality of the Profession of Letters." *Fortnightly Review* 27.172 (1881): 513 - 520.

黄仲山:"隐性区隔与显性支配:论审美趣味与审美权力的双向建构",《山东大学学报(哲学社会科学版)》,2014 年第 6 期,第 147—152 页。

理查德·H·布罗德黑德:"美国文学领域(1860—1890)",《剑桥美国文学史(第三卷)》,萨克文·伯科维奇主编,蔡坚等译,北京:中央编译出版社,2010 年,第 3—52 页。

迈克·费瑟斯通:《消费文化与后现代主义》,刘精明等译,南京:译林出版社,2000 年。

南希·本特利:"博物馆现实主义",萨克文·伯科维奇主编:《剑桥美国文学史(第三卷)》,蔡坚等译,北京:中央编译出版社,2010 年,第 55—90 页。

努斯鲍姆论情感智性与伦理选择*

陈　芬**

内容提要： 玛莎·努斯鲍姆作为当代美国文学批评伦理转向的代表性人物，其伦理批评理论与实践中包含着对于情感智性与伦理选择关系的独到见解：情感智性贯穿着伦理选择的各个环节，包括展现伦理困惑、认清伦理处境，指导伦理选择过程并对选择进行反思；伦理选择后主体的情感反应和对受损价值的补救措施高于选择本身。虽然上述观点存在不少争议，但情感智性赋予伦理选择新的情感维度，使伦理选择变得生动灵活、更具感染力，体现了努斯鲍姆在工具理性时代的人文主义关怀，而对"伦理选择后怎么办"的思考凸显了她对现实人生的关切和责任感。

关键词： 玛莎·努斯鲍姆；情感智性；伦理选择

Abstract: As a representative figure in the ethical turn of contemporary American literary criticism, Martha Nussbaum expresses her unique insights through the theory and critical practice of her ethical criticism into the relationship between the intelligence of emotions and ethical choice. She maintains that the intelligence of emotions runs through every step of the ethical choice, showing the character's ethical confusion, helping the character understand the ethical situation, and guiding the choice as well as the reflections on it. The emotional response of the subject and the remedial measures to the damaged value are more important than the choice itself. Controversial as it is, the intelligence of emotions endows ethical choice with a new dimension of emotion and makes the choice more flexible and convincing, which reflects Nussbaum's humanistic concerns in an age of instrumental reason. Reflections and measures after the choice show her concerns and responsibilities for the real life.

Key words: Martha Nussbaum; emotional intelligence; ethical choice

---

* ［**基金项目**］：本文系华中师范大学研究生教育创新资助项目"玛莎·努斯鲍姆文学伦理思想研究"的阶段性成果。

** ［**作者简介**］：陈芬，华中师范大学文学院比较文学与世界文学专业博士生，主要研究英美文学和文学伦理学批评。

"情感在人类生活中的地位"是当代美国文学批评伦理转向的代表性人物玛莎·努斯鲍姆(Martha Nussbaum, 1947—)的核心议题之一。她传承了亚里士多德(Aristotle, 384—322 BC)的伦理观和弗兰克·雷蒙德·利维斯(Frank Raymond Leavis, 1895—1978)以来的新人文主义传统,结合众多领域,尤其是文学和伦理哲学来探究好的人类生活的可能性。她在《思想的剧变:情感的智性》(*Upheavals of Thought: The Intelligence of Emotions*, 2001)、《爱的知识》(*Love's Knowledge: Essays on Philosophy and Literature*, 1990)、《愤怒和宽恕》(*Anger and Forgiveness: Resentment, Generosity, Justice*, 2016)以及《善的脆弱性》(*The Fragility of Goodness: Luck and Ethics in Greek Tragedy and Philosophy*, 1986)等著作中详细阐述了其情感智性论。努斯鲍姆反对将情感视为非理性的,她认为很多情感都有意向性和认知功能,能促进人类繁盛。她提出"情感包含价值判断"和"情感是理性复杂且混乱的一部分"的论断,重视情感在好的人类生活中的作用。她强调"动物性是人的存在的一个本质方面,一个与我们的成长和兴衰息息相关的方面。因此我们就必须拒斥那种将理性与感性/情感截然分离并加以对立的做法"(徐向东、陈玮,导读 28)。情感智性在伦理推理和伦理选择中扮演重要角色,是努斯鲍姆多维度的伦理选择思想中最重要、最复杂的一个方面,但由于相关论述散落在其诸多论著中,评论界对努斯鲍姆情感智性论和伦理选择的关系尚无深入研究,而且前人研究多从哲学和伦理学角度展开,缺少文学伦理视角的研究。努斯鲍姆的情感智性论有何内涵?情感智性与伦理选择之间有何关系?本文试图从努斯鲍姆文学伦理批评的理论和实践中提炼出她对二者关系的论述,并结合评论界的观点做出分析与评价,以期丰富文学伦理学批评中的核心概念,即"伦理选择"。

一、努斯鲍姆情感智性论的内涵

西方传统道德哲学的主流是忽视情感,认为情感与伦理判断无关。情感反对派的始祖是柏拉图(Plato, 428? —347 BC),他认为知识足以让我们做出正确的选择,作出错误选择的原因就是缺乏知识(柏拉图 483)。斯多亚派、巴鲁赫·斯宾诺莎(Baruch Spinoza, 1632—1677)、勒内·笛卡尔(René Descartes, 1596—1650)、伊曼努尔·康德(Immanuel Kant, 1724—1804)、伯纳德·罗素(Bertrand Russell, 1872—1970)等基本上都是情感的反对派，他们要么认为情感是没有价值判断的盲目性动物冲动，要么认为情感往往体现错误的价值判断，只会歪曲认识对象。斯多亚派甚至要从根源上彻底消除情感。20世纪美国盛行的实用主义是一种工具主义目的论的道德哲学，这种轻视情感的理性主义伦理学由于爱德蒙·胡塞尔（Edmund Husserl, 1859—1938）现象学的出现而受到强有力的挑战。对情感的支持源自亚里士多德美德伦理学对人类本性中的感性冲动的支持，而随着现代认知心理学和心灵哲学的发展，人们越来越意识到情感与理性并非泾渭分明。赫伯特·马尔库塞（Herbert Marcuse, 1898—1979）呼吁恢复感性在哲学中的地位时指出："对感性的强调，正是达到更高层次上感性与理性统一之必然阶段"（10）。在此背景下，努斯鲍姆也以其情感智性论加入了对工具理性的批判，这符合20世纪上半叶人本主义伦理学出现的大背景以及西方伦理嬗变的一大主题：反省现代科学主义及其所倡导的价值观念危机，重返生活世界本身。

努斯鲍姆情感智性论的内涵及其特殊性存在于对情感和理性复杂关系的阐发中。一方面，努斯鲍姆认识到情感的重要性，她没有像现代人本主义者那样，将主体的情感、想象和感觉视为非理性的心理因素，而是试图消弭情感与理性之间的界限。她认为，情感混合着智力和辨别力，包含着对价值的认识，"情感不只是推动理性存在者心理机制的燃料，它更是理性本身高度复杂、混乱的一部分"（Nussbaum 2001：4）。情感既是理性的组成部分，就能指导伦理选择。在她看来，纯粹理性在自我认知方面可能肤浅，不够精微强大，有时甚至带来伪知识。她在《爱的知识》中形象地说明知识和理性本身不足以保证我们做出正确的选择，只有渗透着情感的理性才具有真正的生命力（Nussbaum 1990：111）。另一方面，努斯鲍姆认为，情感具有不稳定性，理性原则不可或缺，"情感跟任何根深蒂固的信念一样，都可能不可靠，其具体内容还要特别受怀疑，情感和任何经验一样可能包含错误思维，要接受理性的检验与反思"（Nussbaum 2001：2—3）。可见，努斯鲍姆反对的是极端功利主义、纯科学的理性，而不是理性本身。

努斯鲍姆的情感智性论以认知论为指导，认为没有哪种情感天然就是道德上善的或可靠的，智性情感本身的道德善恶取决于其认知内容而不可臆断，我们要弄清情感包含的具体判断之后，才能决定是否赞同这种情感，对非理性的情感也要平和地看待（Nussbaum 2001：452）。努斯鲍姆关注的情感主要包括爱、恨、愤怒、宽恕、嫉妒、厌恶、痛苦、怜悯和同情等。她对这些情感的态度是基于它们所包含的认知和判断，她推崇爱、宽恕、痛苦、怜悯和同情等情感，同时倡导尽力避免愤怒、嫉妒、厌恶、仇恨等破坏性情感对个人和公共生活的影响。在《思想的剧变：情感的智性》一书中，她重点分析了爱与同情、愤怒与宽恕等情感的认知内涵和价值判断。其中，同情是情感智性论最复杂的部分之一，历来受到哲学家们的质疑和攻击。斯多亚派认为同情本身与愤怒相关联而有可能转为残酷（转引自 Nussbaum 2001：360）。康德没有全盘否定同情，但他宣称，只有主动的同情才是出于理性命令，而那种不受意志控制的同情则是一种有冒犯性的慈悲，有道德缺陷（康德 250）。弗里德里希·尼采（Friedrich Nietzsche，1844—1900）也将同情视为“可耻的现代情感脆弱化倾向”（57）。努斯鲍姆沿袭亚里士多德在《修辞学》（*Rhetoric*）中的观点为同情辩护，认为同情（compassion）是伦理生活的基石而不是非理性的糟糕向导（Nussbaum 2001：353）。同情就是站在他人的立场设身处地看问题，包含着对他人的认知。除了同情，努斯鲍姆对愤怒的分析也凸显了情感的认知模式，她在第二章《愤怒和宽恕》中指出，愤怒有时是软弱的表现，有时与被贬低（down-ranking）的心理相关，常常以报复为目的，它指向过去，往往是无益的，因此她主张以爱、宽恕或同情替代愤怒和仇恨。

由是观之，努斯鲍姆的情感智性论是基于认知论的情感观，是在情感和理性的关系中对情感性质的界定，即情感含有认知和价值判断，是理性的组成部分，它具有复杂、混乱且不稳定的特征。情感智性论是努斯鲍姆在继承前人观点的基础上，对情感和理性之间关系的再思考。她广泛吸收伦理哲学、人类学、认知心理学等跨学科的知识对情感的认知内涵进行了条分缕析，试图将情感的认知属性推向新的高度，从而克服纯粹理性的局限并实现更高层次的理性。除了理论分析，情感智性论还结合了大量相关的文学伦理批评实践，为文学伦理学批评提供了新的视角。努斯鲍姆对文学作品中情感和伦理选择的分析颇具新意，引发人们对二者关系的思考。

二、情感智性对伦理选择的指导

努斯鲍姆认为情感智性能够指导伦理选择，其原因主要在于情感具有认知属性。它要求人有敏锐的感受力、细察力和想象力，这有助于人们认清伦理困境和具体情境中的各要素，并根据具体情境做出选择。伦理两难时的伦理困惑本身就是一种情感反应，困惑中的痛苦、犹疑等不仅具有认知情境的价值，而且本身也是一种深刻的自我认知。痛苦是催生认知的催化剂，而爱、移情和同情是主体间的桥梁，这些都能成为伦理选择的向导。

情感智性指引下的伦理选择往往能超越仇恨、报复心理以及纯粹理性中的一些原则，如公平原则、父母在犯错子女面前的尊严等，体现了努斯鲍姆对"内在超越"的追求。伦理选择有了情感维度才变得灵动，更符合人性，这样的伦理选择其实就是选择了爱，爱家人、爱朋友，并通过移情和同情爱远方的人。在《愤怒和宽恕》中，努斯鲍姆分析并充分肯定了多部作品中人物在爱、宽恕或同情的指引下做出的伦理选择。《圣经》里浪子回头的故事中，父亲出于无条件的爱宽恕了浪荡子而不是惩罚或鄙视他，大儿子却认为父亲的做法不公平。父亲的选择是爱和宽恕等情感战胜公平原则、彰显情感智性作为更高级理性的典型例子（Nussbaum 2016：79—81）。努斯鲍姆还分析了另一位父亲出于对女儿的爱，原谅了犯罪的女儿。菲利普·罗斯（Philip Roth，1933—2018）的《美国牧歌》（*American Pastoral*，1997）中，犹太企业家斯维德 16 岁的女儿成了激进的炸弹客后逃亡，面对女儿的极端行为和对家庭的背叛，斯维德的愤怒和痛心可想而知，多年后当他得知女儿过着一种自我毁灭式的生活时，是否要保护女儿成了让他痛苦万分的伦理两难。他本可以选择愤怒或断绝关系来维护自己的尊严，但他同样出于对女儿无条件的爱，选择了原谅她。小说中斯维德的形象有很多不确定性，努斯鲍姆却坚定地认为："他是一位大度得令人钦佩的父亲，他的故事就像希腊悲剧一样，主人公的美德在逆境中依然绽放光彩"（Nussbaum 2016：102—104）。这位父亲遭遇生活连续的打击，是爱和宽恕让他获得了尊严。努斯鲍姆从情感角度高度肯定了斯维德的大度和对女儿的爱，这有其合理性，但小说中复杂的父女关系以及斯维德的多重人格在努斯鲍姆对他的一味肯定中难以得到解释，对伦理意义进行封闭式的片面解读显然忽略了艺术作品的整体性。

努斯鲍姆还分析了情感智性在更艰难的情境中对伦理选择的指导。她认为当面临丧子之痛、宽恕不大可能时，理解和同情或许能超越仇恨，把人的思维从对过去的专注指引到对未来生活的建设性思考，从而让人做出正确的伦理选择。南非作家艾伦·帕顿（Alan Paton，1903—1988）的小说《哭吧，亲爱的祖国》（*Cry, the Beloved Country*，1948）以黑白两个家庭的悲剧折射美国的种族关系，是一部民族寓言。努斯鲍姆分析了小说中两位丧子后的父亲在没有相互宽恕的情况下，如何在理解和同情的指引下超越愤怒、化解仇恨，甚至在旁人不理解的目光中相互支持，共同维护生命之光、创造新的未来（Nussbaum 2016：213—217）。

在努斯鲍姆看来，只有正视伦理两难，做出适当的伦理选择，才能实现道德成长，而在此过程中，情感和想象对认清伦理处境和做出选择都至关重要。努斯鲍姆分析《金碗》（*The Golden Bowl*，1904）中梅吉的伦理选择时突出了痛苦的价值。梅吉婚后具有了做女儿和做妻子的双重身份，但她天真地继续忠于父亲，仅把丈夫视为一件收藏品，压抑作为成熟女人的欲望。努斯鲍姆认为梅吉不在父亲和丈夫之间做出选择，是情感和道德不成熟的表现。当她痛苦地发现了丈夫的婚外情，才意识到丈夫的独立价值；同时，情感的想象力也让她意识到，自己即将做出的选择可能会给父亲带来伤害。痛苦帮她认清了自己的伦理困境，迫使她从逃避选择到主动选择。她告别过去，挽留丈夫，走向了道德成熟。努斯鲍姆在这里侧重的其实是价值的不可通约性对伦理选择的影响。亚里士多德提出的不可通约性是对价值不可替换性的一种认知，但从价值的可通约性到不可通约性的认知转变也必然伴随着主体的情感变化。痛苦和想象指引梅吉认识伦理两难并做出选择。生活就像有裂缝的金碗，有诸多残缺和矛盾，价值间的冲突也是必然的。无视现实、拒绝选择其实是对价值认识不清的表现。面对冲突感受到痛苦，这痛苦就包含了对价值的特殊性的认识。然而，正如亚里士多德所说，德行不是被动的感情，而是主动的选择。因此，真正可贵的，是人在痛苦的指引下做出伦理选择并为自己的选择负责。不过，情感印象传达的认识必须通过反思来系统化和确立（Nussbaum 1990：285），努斯鲍姆也提醒人们警惕痛苦可能包含的唯我论，痛苦是向内指的，而伦理选择涉及自我和他者的关系。

三、情感智性对伦理选择的反思

情感智性在伦理选择后依然不能退场，它还要对选择进行反思。在努斯鲍姆看来，伦理选择的结果不是最重要的，重要的是选择后的情感反应和对受损价值采取的补救措施。价值的不可通约性决定了价值之间的必然冲突，在伦理两难中做出了选择并不意味着可以将受损价值抛诸脑后，选择后的情感反应包含对各种价值的认识和尊重。

努斯鲍姆认为，伦理选择后情感反应缺失是不人道的，她重视情感反应并提倡对受损价值的补救。情感缺失最典型的例子是阿伽门农献祭女儿，努斯鲍姆在《善的脆弱性》中对此有精彩分析。埃斯库罗斯（Aeschylus，525/524—456/455 BC）的悲剧《阿伽门农》（*Agamemnon*，458 BC）的开头，阿伽门农面临着杀女献祭来平息风暴还是抛弃远征舰队的痛苦抉择。在这种特殊的处境中，哪一种选择都会给他带来恶名和灾难，他选择了"杀死一个人保护一群人"的功利主义原则。歌队也认为这是必要的，但同时又谴责他。这种矛盾的态度被评论家们视为该剧的逻辑缺陷，但努斯鲍姆却从情感的角度解释了歌队态度的连贯性。歌队从祭坛上伊菲革涅亚垂向地面的紫色袍子和乞怜的目光看出她不情愿。而阿伽门农做出选择后，就认为自己做出了可能的最好的选择，女儿作为另一种价值在他心中立刻失去了分量，即阿伽门农只承认冲突中的一种价值。歌队讽刺和谴责了阿伽门农急切杀女、拒绝抗争的行为，其不同于阿伽门农的观察视角就具有了伦理审美价值。从努斯鲍姆对歌队观察视角的分析可以看出，阿伽门农在做出祭女的选择后至少犯了两个错误：首先，在做出选择后，他的态度也似乎随着他的决定而改变了，情感上他没有应有的痛苦和挣扎，还迫不及待地要实施这可怕的行动。努斯鲍姆认为合乎人性的情感反应应该是这样的："当他意识到他的选择，宣布他的决定的时候，他本可以说：'神的意志一定要我们选择这条痛苦的道路，尽管痛苦和万般不情愿，但我还是必须这样走'"（纳斯鲍姆 49—50）。其次，选择结束后，父女亲情作为被牺牲掉的价值对他没有了任何约束力，他没有抗争、没有怜悯，女儿不过是他保全舰队的手段，而不是有着特殊价值的存在。这看似理性的选择就有了违背基本人性的不道德的一面。埃斯库罗斯的戏剧冲突让人直观地感受到冲突的巨大力量，努斯鲍姆的分析让我们意识到，对在冲突中受损或被牺牲的价值，我们在情感上要有所回应，在行动上应尽量补救。

与之形成对照的是《金碗》中梅吉在伦理选择后的情感反应和她对父亲的态度。在《爱的知识》中，努斯鲍姆详细分析了梅吉父女敏锐的感受力和细腻的情感，尤其是梅吉在面临和父亲分离时的心理活动。她意识到，父亲不仅是那个伟岸深沉、无所不能的亚当，他也是一个有着复杂需求和各种局限性的普通人。正是这样的理解才是对父亲尊严的真正尊重（Nussbaum 1990：152—153）。梅吉坚持自己的选择，但她同时通过想象父亲遭受的痛苦来理解面前的道德困境，并直面复杂情境中的各种因素，尽可能地减轻对父亲的情感伤害。可见，想象和情感反应在伦理选择后依然主导我们的感知，它们本身也构成了一种道德知识。

情感智性对伦理选择的反思和对受损价值的补救必不可少，具有突出的伦理意义。有人认为伦理选择后所谓的情感反应不过是妇人之仁，只会给选择的主体带来更深的困惑和痛苦，探讨伦理选择后的情感反应也的确是规范伦理学中容易被忽视的问题。但努斯鲍姆反对在价值等级中牺牲某些价值的做法。在她看来，伦理困惑表示对不同价值的重视和尊重，而痛苦也包含着对失去价值的重要性的认知，能指导人们进行伦理反思。情感反应包含的理性有助于人们对伦理选择后受损价值的认识，并能激发补救行动，这是对各种边缘价值的尊重，关系到人们伦理生活的重要方面，能彰显出哲学原则尤其是极端功利主义原则中牺牲掉的很多东西。值得注意的是，努斯鲍姆并没有和功利主义完全对立，她也主张比较之后做出最好的选择，但功利原则应该符合人的常识，对受损价值的补救本质上是对功利主义危害的规避，这有助于缓解社会矛盾、构建和谐社会。这种思想使得文学伦理超出文本范围，在文本外的现实世界中有了实现的可能，文学与现实有了更紧密的伦理关联，焕发出改造社会的生机。

从努斯鲍姆的文学伦理思想及相关批评实践可以看出，情感智性贯穿着伦理选择的各个环节，包括展现伦理困惑、认清伦理处境，指导伦理选择过程并对选择进行反思，伦理选择后主体的情感反应和对受损价值的补救措施高于选择本身。对“伦理选择后怎么办”的思考凸显了努斯鲍姆对现实人生的关切和责任感。

四、努斯鲍姆的情感智性论与伦理选择：争论与辨析

努斯鲍姆的情感智性论及其与伦理选择的关系面临诸多理论争议。

首先，最主要的挑战来自情感的非认知论者，他们拒绝承认所有情感都含有认知，反对“情感总是建立在信念和价值判断的基础上”这种有些极端的情感认知论。“一旦真的要被归入理性的范畴，情感便会立即展示出自身不可化约的非理性特征，比如，模糊的、矛盾的、冲动的、难以言表的、抑或反对理性的”（李义天 68）。正是因为情感的认知和非认知属性难以截然区分，努斯鲍姆对情感伦理的探讨也矛盾重重。

其次，从叙事的角度看，不管情感是理性还是非理性的，它和伦理判断之间的关系都不是那么直接、牢不可破的，存在其他可能。马丁（L. A. Martin）在质疑努斯鲍姆的情感伦理论时，以《洛丽塔》（*Lolita*，1955）为例分析了小说叙事如何改变情感和伦理判断间的关系，不同阶段的不同叙事方式如何让小说在情感优先和伦理判断优先两种模式中摇摆不定。例如，当人物转向内心情感世界时，叙述者和受叙者之间的交流中断，读者可能暂时悬置伦理判断，专心倾听人物内心独白，这种对复杂情感的感受能帮助读者随后形成相应复杂的伦理判断（Martin 172）。这样，情感和伦理判断、伦理选择之间的关系就不再是紧密捆绑式的，只有承认某些时刻情感体验的独立性才有助于形成深刻的伦理认识。

再者，努斯鲍姆对伦理选择中确定的伦理意义的追求遭到了评论家们，尤其是解构主义文学伦理批评阵营的反对。在他们看来，努斯鲍姆的文学伦理学批评"具有鲜明的亚里士多德式的实用主义色彩，预设了语言的可靠性和文本意义的确定性。……混淆了文本世界与真实世界的界限，在艺术与生活之间建立了直接的线性摹仿关系"（转引自张德旭 212）。其实努斯鲍姆在《爱的知识》中承认语言和风格形式本身的重要性，她认为文学的语言和风格就是伦理叙事，她从亚里士多德伦理学向亨利·詹姆斯（Henry James，1843—1916）靠拢就是她重视文学形式的证明，但作为哲学家的努斯鲍姆的确低估了艺术的自主性。她对《金碗》中梅吉的情感和伦理选择的解读成了评论家们攻击的靶子。罗伯特·伊格尔斯顿（Robert Eaglestone）指出："以布斯和努斯鲍姆为代表的伦理批评并没有达到'伦理和审美的同一性'，仍然把文学叙事作为反映真理的工具"（Eaglestone 596）。在他看来，努斯鲍姆对作品缺少整体关照，梅吉并不那样富于同情心，相反，她自私而贪婪（603）。帕特里克·加德纳（Patrick Gardiner）也指出，面对道德选择时，人们做了糟糕的事而感到后悔、反感，这跟真正为自己的所为感到悔恨、内疚是两码事，梅吉对丈夫的情人、父亲的妻子夏洛特有些怜悯，但并没有真的内疚（Gardiner 183—184）。W. A. 哈特（W. A. Hart）也认为努斯鲍姆观念先行，忽略了对文本的整体考察而只关注符合论证需要的细节。哈特通过细读《金碗》，有力地指出了她对梅吉的伦理选择的许多误读："努斯鲍姆误把梅吉的困境阐释成没能看出她必须在对父亲的爱和对丈夫的爱之间做出选择。她要是对爱父亲和爱丈夫有更成熟的看法[……]，就不存在二选一的问题"（Hart 203）。努斯鲍姆受某种预设观念的误导将伦理冲突极端化了，她在分析人物的伦理选择时，没有充分考虑作品的整体性和艺术性，也没有完全将叙事形式转化为伦理道德教益。而且，这种道德教益有追求普遍和同一的倾向。“她（努斯鲍姆）的伦理观只能将不同的行为协调后纳入同一种道德秩序中。她的理论不是她声称的那样‘完整’或‘一切都可修改’”（Wrighton 159）。这些评论提醒我们，在从情感角度解读伦理冲突和伦理选择时不可在预设观念的影响下去作品中寻找确定、普遍的价值，而是要更尊重文本事实和作品的艺术性和复杂性。正如聂珍钊教授所言：“通过审美来实现文学的教诲功能，其间的复杂心理机制和具体运作方式还有待于从多个视角展开深入研究”（91）。

除了以上理论局限，努斯鲍姆在探讨情感智性与伦理选择的关系时，其理论和文学批评实践之间有某种程度的断裂。她虽然在理论上承认情感具有复杂、混乱的特点，需要接受理性的检验，但在批评实践中，她对情感指导下的伦理选择却有一种过于乐观的态度，很难看出情感的复杂性。以情感智性论的关键词之一“同情”为例，努斯鲍姆在批评实践中分析同情对伦理选择的影响时，确实有不少洞见，但她故意避开了一些更复杂的后现代主义文本，而且似乎忘了自己在理论阐述中介绍过哲学史上情感的反对派对同情的各种质疑。这导致理论上十分复杂的同情在她的批评实践中被简化，甚至被膜拜为超越历史、文化语境的美德，对具体情境缺少深入挖掘，这种做法显然难以服众。在《愤怒和宽恕》中，努斯鲍姆对愤怒的分析也存在类似问题。战胜愤怒、选择无条件的宽恕听上去美好，但对愤怒这种自然情感的过多谴责似乎与努斯鲍姆所认可的人的动物性之间有难以调和的矛盾，而且含有宗教意味的无条件的宽恕可能缺少激励犯错者改进的动力。此外，她对包括公共和私人领域在内的几乎所有关系中的愤怒都有论及，但对文学中各种愤怒与伦理选择之间关系的分析却不够深入。西蒙·斯托（Simon Stow）是努斯鲍姆的反对者，不乏过激之词，但他说“努斯鲍姆读古典哲学很细致，读小说的方式却有些粗糙”（Stow 54），这不无道理。笔者认为，理论和实践脱节的症结在于努斯鲍姆的文学伦理思想尚未形成完整的理论体系。情感智性和伦理选择等概念的存在相对孤立，难以和各种语境相勾连，脱离语境的分析必然导致文本阐释深度不够。

虽然批评之声一浪接一浪，但努斯鲍姆的情感智性论及其与伦理选择关系的相关理论和批评实践至少有以下两点值得肯定。

其一，从理论创新看，努斯鲍姆对情感智性及其与伦理选择之间关系的论述是在对情感和理性的新型关系中展开的，兼顾了二者。一方面，情感智性论体现了情感的张扬。努斯鲍姆反对以柏拉图式或康德式自足的理性来和情感对抗，认识到理性选择的不足而视情感为人性的一个本质要素，承认情感在伦理推理中的作用。不管情感是什么，归入理性还是非理性的范畴，它都有选择的能力。心理学家罗洛·梅（Rollo May）也反对伦理选择中的理性自足论，他在谈到自由意志的概念时指出："自由的是整个人，而不仅是人的意志部分"（转引自 Gagnier 25）。做出选择的也不仅仅是人的理性部分，而是整个人。情感智性论让思想被情感染色赋予伦理选择以情感维度，这有助于克服伦理选择中理性意志与非理性意志的二元对立思维，使伦理选择摆脱了规则的重重束缚，变得更灵动、更具感染力。另一方面，情感智性论以追求更高层次的理性为旨归。努斯鲍姆推崇情感而不盲目信任情感，认为情感要接受理性的反思和检验，哲学反思使情感对伦理选择的指导既避免了主观主义的泥淖，又有了一定的理论根基。

其二，从思想倾向和现实意义看，努斯鲍姆反对相对主义"什么都行"的人生态度，主张在情感的指引下，综合考虑具体情境后做出伦理选择，这源于她对虚无的抗拒、对价值的坚守和对人生意义的执著追寻，体现了她在工具理性时代的人文主义关怀，情感智性对伦理选择的反思和对受损价值的补救更是有着深远的现实伦理意义。《哭吧，亲爱的祖国》中两个痛失儿子的父亲超越仇恨、选择合作的高尚举动听上去也许匪夷所思，但努斯鲍姆看出，这种艰难的伦理选择带给人们的是生的希望，展示了对生命之光世代相传的信念。即使艺术选择与生活中的选择有距离，艺术选择也如詹姆斯比喻的那样，是"高空中的鸟儿或天使俯视着下面的小山头"（Nussbaum 1990：4）。此外，情感智性论和伦理选择的关系还体现了努斯鲍姆对人的自由和尊严的重视和维护。亚里士多德的道德选择以意志自由为前提，选择表明人的行为和思想是受自身控制的。努斯鲍姆沿袭了这一思想，她坦然承认人在面对不可控制的外部世界时的脆弱性和对情感的需求，并将选择贯穿其中，人依靠情感智性做出选择并为自己的选择负责。

结　语

努斯鲍姆对情感智性及其与伦理选择之间关系的论述存在不少问

题，但它有着不容忽视的理论意义。她对情感的认知内涵的剖析，对爱和同情、怜悯等情感所包含的理性判断的充分肯定，对情感智性贯穿伦理选择全过程的展示都令人耳目一新。努斯鲍姆通过其情感智性论反对极端功利主义将人视为目的、忽视个体情感和价值的思想，维护了人性的尊严。在工具理性盛行、科技迅猛发展的时代，我们很多人都缺乏和理性相称的情感，如果说经济高速发展的时代很难避免功利主义，努斯鲍姆独特的情感智性论无疑为这个时代注入了一股感性的清流。作为新人文主义伦理在当代复兴的代表，努斯鲍姆以其具有强烈的人文关怀意识的伦理选择思想丰富了伦理选择的概念，其理论建构价值不容忽视。同样不能忽视的是评论界对努斯鲍姆情感智性论的批评之声，情感的理性与非理性、认知与非认知之争是个至今尚无定论、似是而非的问题，各执一端未免失之偏颇。人类固然难以舍弃对形而上学的渴求，但我们不能以一种超然的态度总结作品的终极价值。虽然有些评论有失公平，但只有正视这些批评，充分参与对话，并以厚重的生活为依托进行哲学反思，才能更好地探讨情感智性与伦理选择之间的关系。

引用作品[Works Cited]：

Eaglestone, Robert. "One and the Same? Ethics, Aesthetics, and the Truth." *Poetics Today* 25.4 (2004): 595 - 608.

Gagnier, Regenia. "Literary Alternatives to Rational Choice: Historical Psychology and Semi-Detached Marriages." *ELT* 51.1 (2008): 23 - 43.

Gardiner, Patrick. "Professor Nussbaum on 'The Golden Bowl.'" *New Literary History* 1 (1983): 179 - 184.

Hart, W. A. "Martha Nussbaum and *The Golden Bowl*." *Essays in Criticism* 57.3 (2007): 195 - 216.

Martin, L. A. "Beyond Martha Nussbaum's Cognitive-Evaluative Approach to the Emotions: Separating Reader and Narrative Affective Experience from Ethical Judgments in *Lolita*." *Interdisciplinary Literary Studies* 19.2 (2017): 171 - 203.

Nussbaum, M. C. *Love's Knowledge: Essays on Philosophy and Literature*. New York: Oxford UP, 1990.

—. *Upheavals of Thought: The Intelligence of Emotions*. New York: Cambridge UP, 2001.

—. *Anger and Forgiveness: Resentment, Generosity, Justice*. New York: Oxford UP, 2016.

Stow, Simon. *Republic of Readers?: The Literary Turn in Political Thought and Analysis*. New York: State U of New York P, 2007.

Wrighton, John. "Reading Responsibly between Martha Nussbaum and Emmanuel Levinas: Towards a Textual Ethics for the Twenty-First Century." *Interdisciplinary Literary Studies* 19.2 (2017): 149 - 170.

柏拉图:"普罗泰戈拉篇",《柏拉图全集》第一卷,王晓朝译,北京:人民出版社,2002 年,第 427—489 页。

弗里德里希・尼采:《道德的谱系》,梁锡江译,上海:华东师范大学出版社,2015 年。

赫伯特・马尔库塞:《审美之维》,李小兵译,桂林:广西师范大学出版社,2001 年。

李义天:"情感的缺陷及其化解——基于亚里士多德主义美德伦理学的辩护",《云梦学刊》,2017 年第 5 期,第 66—71 页。

玛莎・纳斯鲍姆:《善的脆弱性:古希腊悲剧与哲学中的运气与伦理》,徐向东、陆萌译,徐向东、陈玮导读,南京:译林出版社,2018 年。

聂珍钊:"文学伦理学批评的价值选择与伦理建构",《中国社会科学》,2020 年第 10 期,第 71—92 页。

伊曼努尔・康德:《道德形而上学原理》,苗力田译,上海:上海人民出版社,1986 年。

张德旭:"西方文学伦理学批评:脉络与方法",《东北大学学报》(社会科学版),2016 年第 2 期,第 209—214 页。

《觉醒》中的荣誉观与被侵蚀的“南方性”[*]

夏　雪[**]

内容提要：在围绕着“南方性”的诸多讨论中，有一种观点认为南方人共同的价值观是构成“南方性”的核心所在。作为南方人共同价值观的一种表现形式，南方传统荣誉观在内战前把人们生活中迥异的方方面面联结在一起，同时维护了区域的共性、持续性及日益显著的独特性。然而，随着19世纪末工业化和城市化在美国南方的迅速发展，南方传统荣誉观不再是南方人所共有的荣誉观。在肖邦的小说《觉醒》中，不同人物由于阶级和性别的不同，对于荣誉的理解和看法也呈现出不同程度的差异。除了南方传统荣誉观以外，还包括以表现金钱力量为特征的中产阶级荣誉观和以看重内在维度的荣誉为特征的新女性荣誉观。因此，通过揭示新旧南方交替时期南方人荣誉观的流变，肖邦展现了她对于“南方性”被侵蚀的敏锐洞察力，同时也流露出她对于“南方性”变得日渐模糊的无奈。

关键词：荣誉观；南方性；《觉醒》；凯特·肖邦

Abstract: Among numerous discussions on “southernness,” one view holds that the shared values of southerners are the core of “southernness.” As one of the shared values, the traditional concept of honor connected disparate facets of southern life while asserting regional commonalities and continuities as well as growing distinctiveness. However, as industrialization and urbanization developed in the South in the late 19th century, the traditional concept of honor was no longer shared by all the southerners. In Kate Chopin’s novel *The Awakening*, there were different concepts of honor among characters of different class and gender, including the traditional concept of honor held by the old southerners, the pecuniary concept of honor held by the middle class and the concept of honor held by the New Woman who valued the internal dimensions of honor. Therefore, by revealing the

---

* ［**基金项目**］：本文受教育部人文社会科学研究基金青年项目“人的风景：奥登的身体叙事与身心关系研究”（19YJC752001）和西南大学中央高校基本科研业务费专项资金资助项目“欧美文学的前沿性研究”（SWU1709121）的资助。

** ［**作者简介**］：夏雪，西南大学英美文学方向在读博士，西南政法大学外国语学院讲师，主要从事美国文学及西方文论研究。

discontinuities of honor among southerners in the transitional period from the Old South to the New South, Chopin provided her keen insight into the erosion of "southernness," and also expressed her helplessness in stopping "southernness" from becoming indistinguishable.

Key words: honor; "southernness"; *The Awakening*; Kate Chopin

随着 20 世纪中期美国女权运动的兴起，凯特·肖邦（Kate Chopin, 1851—1904）的小说《觉醒》（*The Awakening*, 1899）重新进入了大众视野，并被纳入美国文学经典作品的行列。关于《觉醒》的解读，绝大多数评论家们的共识是肖邦"探索了女性经历，揭示了女性在社会和经济上的地位，表现了女性对个人自由和自我实现的追求"（金莉 402）。因此，肖邦也被誉为美国女性主义文学的先驱。然而，肖邦不只是一名女性作家，她同时也是一名南方作家。海伦·泰勒（Helen Taylor）认为肖邦参与"解释和说明"了内战后的南方，并记录了"一个正在迅速消失在'美国性'旋涡中的世界"（Taylor 147）。巴巴拉·C. 艾维尔（Barbara C. Ewell）也指出在肖邦开始创作《觉醒》时，"南方性正在遭遇激烈的质疑"，因而肖邦的写作意图不可避免地会受到"不断变化、飘忽不定的时代环境"的影响（Ewell 228）。那么，肖邦究竟是如何记录"一个正在迅速消失在'美国性'旋涡中的世界"的呢？她对于"南方性"的理解又是什么呢？肖邦的写作意图有没有包含对于"南方性"的捍卫呢？

在内战前，南方往往被视作一个"有意识的少数群体"，而非"完全融入民族当中的一份子"（Hubbell 328）。内战的爆发使南方人经历了军事和心理的失败，并在耻辱中接受了北方人安排的重建计划，于是"南方性"越来越成为南方人维持区域身份认同的迫切问题。然而，尽管"南方性"一直是南方社会经久不衰的话题，但是却没有人能够为"南方性"做出准确的定义。在围绕"南方性"的诸多讨论中，有一种观点认为与美国北方相比，美国南方"不是一些随意凑合在一起的人群（仅仅是一堆人）或者由他们的职能联系在一起的人群"，而是"一个社区，是一群由共同的价值观念结合在一起的人们"（Rubin 201）。共同的价值观是维系南方作为一个社区的根本所在，因而也是体现"南方性"的核心要素。作为南方人共同价值观的一种表现形式，南方传统荣誉观在内战前"把人们生活中迥异的方方面面联结在一起"，同时"维护了区域的共性、持续性及日益显著的独特性"(Moltke-Hansen 217)。然而,随着19世纪末工业化和城市化在美国南方的迅速发展,南方传统荣誉观却不再是南方人所共有的荣誉观。在肖邦的小说《觉醒》中,不同人物由于阶级和性别的不同,对于荣誉的理解和看法也呈现出不同程度的差异。传统的荣誉准则不再具有普适性,传统荣誉对于个体的重要性和影响力也不尽相同。因此,通过揭示新旧南方交替时期南方人荣誉观的流变,肖邦展现了她对"南方性"被侵蚀的敏锐洞察力,同时也流露出她对于"南方性"变得日渐模糊的无奈。

一、南方传统荣誉观

伯特伦·怀亚特-布朗(Bertram Wyatt-Brown,1932—2012)在《南方荣誉:老南方的道德与行为》(*Southern Honor: Ethics and Behavior in the Old South*)中对南方传统荣誉观进行了详尽的分析和描述。他提出,尽管南方人之间存在着等级、性别或族群的差异,但是他们却保持着一种前现代的、共有的对于个人和家庭的荣誉观。这种荣誉观以公共舆论为评判个人价值的基础,在男性荣誉方面主要强调以男性健壮的体魄、非凡的勇气,以及家长式的男性权威为特点的男性气概。在《觉醒》中,尽管艾德娜的父亲出场次数不多,但是从他的生活做派却可以看出南方传统荣誉观的影响。艾德娜的父亲曾经因为赛马而输掉了位于肯塔基州的蓝草牧场,然而如此巨大的损失却丝毫没有减弱他对于赛马的热情,而他的这种热情也深深影响了艾德娜,她在马场上的表现简直就是父亲的翻版。为了投其所好,当孟医生在庞家做客时,他使出浑身解数来谈论与赛马有关的过去,可是他却不能打动艾德娜的父亲。究其原因,在于孟医生根本不懂赛马与男性荣誉的联系,而只是把赛马当成了一项普通的休闲活动。赛马在老南方被视作"男人的艺术"(Wyatt-Brown 2007: 321),因为高额的赌注可以证明男性敢于承担风险及损失的勇气,而马匹之间的激烈竞争则可以反映出男性"毫不妥协的个人主义"(Breen 245)。通过马的力量和速度,参赛者们感到自己在争取成功方面无所不能,那种狂热"就像醉酒似的在血液和脑子里乱窜"[①],因此每一场比赛都如同王者间的竞技。

① Kate Chopin. "The Awakening." Ed. Sandra M. Gilbert. *Kate Chopin: Complete Novels and Stories*. New York: The Library of America, 2002, p. 606.下文对该作品的引用将仅标注页码。

尽管有输有赢，但是人们更加在乎的是荣誉的分配，而非金钱的得失。当听到庞先生因为高额赌注而对赛马持否定态度时，艾德娜的父亲立刻感到"不悦"并予以"反驳"（601），因为在他心目中，赛马可以彰显男性气概，收获他人的敬重和钦慕，这种荣誉感是不能用任何物质利益来衡量的。

艾德娜的父亲也非常看重"驾驭能力"的施展（599），认为这是男性身体力量、男性气魄及男性权威的重要体现，与男性荣誉有着密切的关联。艾德娜的父亲以前是南方邦联军的一名上校，他在战场上发挥着核心人物的角色，带领部队冲锋陷阵，这段经历让他感到无比荣耀。因为和大多数南方人一样，他把内战当作"一场测试男子汉气概的战斗"（Wyatt-Brown 2007：66），是为了保护家人和社区免遭北方人侵犯的荣誉之战。在冒着生命危险捍卫家族和社区利益的战斗中，战场上的南方人克服了人性中对于死亡的恐惧，实现了对于自然和环境的驾驭。当艾德娜为他画像时，他最想要展现的就是他当年在战场上的英勇气概，于是"他正襟危坐在她的画笔之前，像过去面对炮口那样毫不畏惧"（599）。上校深信艾德娜的画画才能是来自于他的优秀基因，因为画画同样体现的是对于环境的"驾驭能力"。基于出色的"驾驭能力"，上校在掌管家庭事务时也非常得心应手、游刃有余，树立了家长式的男性权威形象，为此他感到很有面子，因为对妻子、孩子以及奴隶的驾驭是老南方人男性气概的一种表现。在上校看来，庞先生对于艾德娜"太宽容"，没有发挥一家之主的作用，而"管老婆"的方法唯有"权威和强制"（603），这样才能充分体现男性的"驾驭能力"，从而维护男性荣誉。

在老南方，白人男性是社会的主宰力量，在家庭中处于支配地位，在社会上享有特权，因此南方传统荣誉观对于女性荣誉的要求主要是"克制与禁欲"，"以便在两性之间永无止境的斗争中保持男性的主动性"（Wyatt-Brown 2007：225）。具体而言，南方白人女性若是想要享有荣誉，就必须按照南方淑女风范来规范自己的言行，具备虔诚、贞洁、服从、顾家的品质（Wright 133）。阿黛尔就是南方淑女的典型代表，她温柔娴淑，浑身上下散发着女性的魅力和母性的光辉，对丈夫言听计从，对子女无私奉献，照顾家庭无微不至，因此，阿黛尔在人们心目中享有极高的美誉，被看作"完美无瑕的圣母"（531），"象征着女性一切的优雅与妩媚"（529）。与阿黛尔截然相反，赖斯小姐却被贴上了许多负面标签，比如"讨人厌""自以为是""骄横"（548），甚至连浪荡子阿罗宾也认为她"有点疯癫"（617）。在赖斯小姐身上，人们看不到任何南方淑女风范所要求的服从、顾家和温顺，比如她坚持自己选择生活道路，对婴儿哭声很反感，缺乏母性本能。这些“缺点”都与南方传统荣誉观相抵触，所以她自然会遭到大众的排挤，并被扣上不正常和不近人情的帽子。

老南方人把女性的贞洁视为不言自明的公理，是维护社会秩序的基石。纯洁的南方淑女在南方人心目中享有无比崇高的地位，她是“南方的守护神，……是手持盾牌的雅典娜，在云中发出白色的光芒”(Cash 86)。女性一旦失贞，就会荣誉尽毁，并使整个家庭蒙羞。正是出于这样的考虑，所以当孟医生听到庞先生抱怨艾德娜的反常行为时，他并没有贸然提出艾德娜可能与他人有染的猜测，否则那就是“犯下如此一个大错”(598)，会对庞先生的荣誉造成损害。为了艾德娜的荣誉着想，阿黛尔主动充当了艾德娜生活中的保护者及监督员的角色。在格兰德岛上，阿黛尔直截了当地告诉罗伯特不要与艾德娜走得太近，因为艾德娜可能会对罗伯特动真感情，而保护女性的贞洁是南方绅士应尽的义务。回到新奥尔良后，阿黛尔不顾自己大腹便便，仍然挺着孕肚去艾德娜的新家拜访她，敦促她看在名誉的份上不要和阿罗宾来往：“有人在说闲话，说阿罗宾来找你……单单想到他可能有什么意图，就足以毁了一个人的名誉”(632)。阿黛尔的提醒并不是危言耸听，因为南方传统荣誉观是建立在“小范围社区伦理”的基础之上(Wyatt-Brown 1985：202)，失贞的女人破坏了社区的伦理秩序，人们会避免与她交往。这种被外界隔离的处境是南方人生活的梦魇，被视作“最悲惨的命运”，“四处都是充满敌意的壁垒”(Wyatt-Brown 2007：310)。

然而，随着“新南方”倡导的“进步”观念对于南方人思想的影响(Cash 179)，南方传统荣誉观的某些方面逐渐成为一部分南方人眼中“时代错置”的代名词。比如，艾德娜并不认为女性的荣誉取决于女性对于丈夫的顺从和仰慕，因此她认为阿黛尔的生活“毫无色彩”(585)。庞先生也不赞同用强制手段“管老婆”是一件值得炫耀的事，所以他更倾向于树立一种“温和派”的男性权威，而不是像岳父那样把妻子“逼”进了坟墓。由于在看待赛马问题的观点不同，庞先生和岳父之间还发生了一场激烈的争论，这场争论也寓示着在“新南方”工业化和城市化的作用下，南方传统荣誉观不再是所有南方人统一的行为指南，南方人的荣誉观愈来愈呈现出多元化的态势。

二、中产阶级的荣誉观

在1886年，《亚特兰大宪法报》(*The Atlanta Constitution*)的编辑亨

利·伍德芬·格雷迪（Henry Woodfin Grady）首次提出了“新南方”这一概念（Gaston 29）。面对内战的屈辱和重建的失败，“新南方”的鼓吹者们认为北方的资本主义工业文明优于南方种植园式的农业文明，主张按照北方工业化的模式改造南方。工业化的迅速发展带来了南方城市中产阶级的迅速崛起。他们的身影遍布于商业及制造业领域，与过去的种植园主相比，他们不太看重“非凡的个人勇气、不同寻常的身体力量、能够喝一夸脱威士忌的酒量、在每一轮牌局中倾尽所有却连眼睛都不眨一下的气魄”（Cash 38）。追求经济利益是他们生活中的头等大事，所以一想到艾德娜家在赛马中失去牧场一事，庞先生就感到非常惋惜，原因在于他认为土地是一种具有交换价值的商品，不应当随随便便被当作比赛的赌注。庞先生身上具有新南方中产阶级的典型特征——“美元是他们的神，如何弄到美元是他们的宗教”（Twain 282）。因此，在他们眼中，男性荣誉的衡量标准主要与金钱力量的展现有关。

托斯丹·凡勃仑（Thorstein Veblen, 1857—1929）在《有闲阶级论：关于制度的经济研究》（*The Theory of the Leisure Class: An Economic Study of Institutions*, 1899）中指出，“在任何高度组织起来的工业社会，荣誉最后依据的基础总是金钱力量；通过表现金钱力量而获得或保持荣誉的手段是有闲和对财物的炫耀式消费”（Veblen 59）。在19世纪末的美国中产阶级家庭里，男主人负责赚钱，“有闲”的任务通常由女主人来代理执行。在庞先生经济实力的支持下，艾德娜的生活处处彰显出“有闲”的特征：日常的家务劳动都由仆人完成，孩子日常的生活起居也由保姆来照料，观赏歌剧或看戏是家常便饭。每年夏天她都会去格兰德岛避暑度假，时常还会和庞先生一同出国旅游。此外，艾德娜的日常着装变化也表明她的生活与家务劳动没有任何关联，比如她早上穿的是“白色的晨袍”（582），出门时又换成了“外出服”（583），白天在家穿的是“家居服”（578），晚上一个人用餐时又换成了“宽松的浴袍”（605）。为了让艾德娜的“有闲”更具可见性，自结婚以来，庞先生把每周二安排为艾德娜的会客日。在会客日当天，艾德娜须身着“华丽的会客服”在客厅迎接来访的客人们（578），并且与他们一起消磨整个下午的时光。这样的社交活动在中产阶级圈层里非常普遍，除了增进丈夫间的生意往来以外，更重要的是向外界展示丈夫有足够的财力来保证妻子的“有闲”，她可以整个下午都在从容和舒适中度过。因此，当庞先生得知艾德娜擅自取消了会客日的活动时，他感到很生气，并告诫艾德娜如果“要跟得上潮流”，就得“遵守某些社会规范”(579),而“某些社会规范”就包括女主人要把展示“有闲”当作例行公事。然而,艾德娜在生活中却没有顾忌这么多。在格兰德岛上度假的时候,她在海里游泳时“被晒得无法辨认”(522),她自己感到完全无所谓,可是庞先生看到后却无比心疼,“好像心疼一件遭到损害的财产”(522)。庞先生的反应遭到了许多女权主义者的诟病,因为庞先生仅仅把妻子当作财产而非一个鲜活的人来看待。然而,若是联系到庞先生的阶级地位,他的反应就在情理之中,因为“在19世纪,晒黑的皮肤……是从事户外劳动的和体力劳动的标志。农夫、园丁、仆人才会皮肤黝黑……妻子肤色白皙可以证明这个家庭十分富有”(Koloski 20)。很显然,艾德娜晒黑的皮肤将会给人造成非“有闲”的印象,而这种印象将会对庞先生的声誉造成不良影响。

除了借助“有闲”来展现经济实力以外,庞先生还时常通过“炫耀性消费”来博取荣誉。庞先生的家宅是一栋拥有宽阔前阳台的复式大别墅,坐落在新奥尔良的漫步大道上,那是当时有名的富人街。在别墅内,一切的陈设都尽显奢华之风,如高贵精致的家具、柔软的地毯、华丽雅致的帷帘、名贵的画作、华缎桌巾、雕花玻璃和银质器具等。在庞先生眼中,别墅的“符号价值”远胜于它的“使用价值”,可以展现他的身份地位,为他赢得良好的声誉,所以他非常重视屋内的每一件摆设,而且乐于为家里不断购置新家具。因此,当他获悉艾德娜搬离别墅后,他的第一反应是人们会由此议论他家财力下降,撑不起以前豪华的排场。为了化解舆论危机,他立即写信给一位著名的建筑师,表明他一直以来都有改建别墅的想法,并指示建筑师利用他出差这段时间如何改建原来的别墅。此外,他还在报纸上刊登了一则启事,说明他和太太打算今年夏天去国外小住,位于漫步大道的豪宅正在进行大肆整修。庞先生的这一做法为他“保全了面子”(629),连艾德娜也不得不佩服他的“高明的手腕”(629),而这种“高明的手腕”其实就是“炫耀性消费”。每当庞先生出门在外时,他总会给艾德娜寄一些价格不菲的礼物。在艾德娜的生日宴会上,艾德娜头上佩戴的钻石饰品是庞先生从纽约寄来的,它的华丽与光芒立刻引来了梅小姐的尖叫。在格兰德岛上,艾德娜经常会收到庞先生寄来的礼品盒,里面装满了各式各样精致昂贵的食物,包括特级水果、法式酱、市面上罕见的陈酿葡萄酒、美味的糖浆,以及许许多多的糖果。在19世纪末的美国,这些食品都是专属于精英阶层的消费品,像糖果这一类的甜食一直价格不低,因为它们对原材料的要求极高,制作时间很长,制作工艺也非常复杂(Woloson 118)。

通过消费这些高级食品，庞先生得到了他想要的结果：当艾德娜把这些食品分送给其他妇女们时，大家纷纷赞赏他是“世界上最好的丈夫”(43)。奢侈的生活方式也为庞先生带来了品味高雅的美誉，就连艾德娜的父亲在为小女儿购买结婚礼物时也会遵照庞先生的建议，由此可见金钱力量的展现已逐步成为南方社会衡量男性荣誉的重要标准。

男性荣誉取决于经济实力的观念也反映在人们对于罗伯特的态度上。罗伯特是新奥尔良的一家商业征信所的雇员，收入微薄，每年夏天会来格兰德岛帮助母亲打点避暑屋的生意。身处在一群富人中间，罗伯特的地位就像是富太太们的仆人，被阿黛尔视为呼之则来挥之则去的“麻烦的小猫”(532)，就连赖斯小姐也把他当作“凡夫俗子”，不值得她为其“奉献”(615)。与庞先生的出手阔绰相比，罗伯特显得十分寒酸，连庞先生送给他的雪茄也要“留到晚餐之后才抽”，因为“这样做对他而言再合宜、再自然不过了”(524)。在大家的印象中，罗伯特消费不起雪茄，所以当罗伯特从墨西哥回来以后，艾德娜发现他把一支雪茄放在桌上时，就随口一问这是谁送给他的，可是罗伯特却感觉受到了冒犯，这说明罗伯特的荣誉观已经被中产阶级荣誉观所同化，他的男性荣誉不允许别人对他的购买力产生怀疑。

三、新女性的荣誉观

随着南方工业化的发展，自 1880 年起，南方城市化进程逐步增速，城市人口比例不断扩大。由于城市具有“规模较大”“人口密集”“异质性个体”的特征(Wirth 1)，所以城市成为孕育自由思想的温床。在城市自由思想的影响下，许多女性开始质疑传统的性别角色，渴望摆脱传统文化的束缚，于是“新女性”这一称呼应运而生。“新女性”通常被用来形容 19 世纪末至 20 世纪初期间具有较强自我意识和独立个性的白人女性，其中以中产阶级白人妇女为主体，她们受过良好的教育，敢于打破性别角色的束缚，渴望走出家庭实现自我。“独立性”是新女性最为鲜明的标签(Forrey 38)，因此在有关荣誉的问题上，南方的新女性也有自己独立的观点。弗兰克·亨德森·斯图尔特(Frank Henderson Stewart)把荣誉分为外在维度的荣誉和内在维度的荣誉。外在维度的荣誉主要表现为声望、耻辱、面子、荣耀等，体现的是一个人在他人眼中的价值；内在维度的荣誉主要表现为自尊、勇气、毅力、良心等，体现的是内在于人自身的价值，不需要依靠他人和社会的评价(Stewart 12—13)。在南方的新女性看来,公众眼中的荣誉过于依靠公共舆论来判断个人的价值,是对个体能动性的一种束缚,所以她们的荣誉观以蔑视公共荣誉为主要特征,更加看重内在维度的荣誉。

女钢琴家赖斯小姐属于新女性中“为了职业或个人独立拒绝结婚的单身女性”(Forrey 50),她认为以公共舆论为评价基础的荣誉并不是真正的荣誉。和《智胜神明》(“Wiser Than a God,” 1898)中的女钢琴家波拉·冯·斯陶兹小姐一样,赖斯小姐俨然把音乐当作了她信仰的上帝,而她就是“宣誓效忠于上帝的修女”(Chopin 668),所以她对于世俗意义上的荣誉总是不屑一顾。当她在小说中第一次出现时,她是受罗伯特邀请为艾德娜弹奏钢琴。演奏结束后,听众们对于她的精彩表演给予了高度评价,比如“多了不起的艺术家!”“我一直都说没有人可以像赖斯小姐那样弹奏肖邦!”“那最后一首序曲! 我的天! 真令人震撼!”(550)然而赖斯小姐却用“呸”来形容除艾德娜以外的听众们,因为在她看来,这些人其实并不是真正懂得欣赏她的音乐,而只是借助欣赏高雅音乐来达到装腔作势的目的。他们的赞美不过是空洞乏味之词,除了可以给予被赞美者虚荣心的满足外,没有任何实质性意义。由于意识到公众溢美之词的虚假性,所以赖斯小姐很少在公众场合弹奏钢琴,一般人根本请不动她,就连艾德娜也不能说服她为自己父亲演奏。对于赖斯小姐来说,无论是欣赏音乐还是演奏音乐,其目的只与音乐所带来的“永恒真理”有关(549),否则一切用音乐来装点门面的做法只是为了虚荣心的满足,并不是为了追求真正的荣誉。在格兰德岛上的度假时光接近尾声时,赖斯小姐特意表达了她对于法里瓦家双胞胎姐妹的反感,因为她们经常在众人面前展露她们的钢琴才艺。由于练习钢琴是19世纪中产阶级年轻女性的一项必修课,主要用于提高她们的女性气质和道德修养,使她们将来能够更好地扮演“家庭天使”的角色,所以双胞胎姐妹这样做的目的就是为了向其他人炫耀自己的“嫁妆”(Burgan 60),以此确保她们的社会地位并吸引可能的结婚对象的关注。双胞胎姐妹只看重表演钢琴所带来的外在风光和表面浮华,她们的荣誉观与赖斯小姐的荣誉观背道而驰,因此赖斯小姐不禁对她们追求虚假荣誉的做法嗤之以鼻。

赖斯小姐在人前总是一副高傲自负的形象,这种高傲自负除了与她受到的冷漠敌意有关联外,更多的是来自她对自身价值的认可和肯定。在赖斯小姐看来,她的音乐天赋“不是靠个人的努力就可以得到的”

(594)，这种独有的标志使她与芸芸众生区别开来，成为她高傲自负的资本，所以她根本不把其他音乐家放在眼里，在评价交响乐演奏会时她也总是给予“恶评”(622)。虽然人们早已对赖斯小姐高超的琴艺达成了共识，但是赖斯小姐的音乐天赋却不止于此。除了演奏钢琴以外，赖斯小姐还会创作音乐。当艾德娜第一次在赖斯小姐的公寓里读着罗伯特的来信时，赖斯小姐刚开始并没有弹奏艾德娜指定的曲目，而是弹了“一段即兴的间奏曲”，后来“不知不觉中，间奏曲便与肖邦的《即兴曲》开头的小音阶和弦融入在一起了”(594)。由于当时的社会环境普遍认为女性缺乏创造力，在音乐上应该“被鼓励去表演，而不是去创作”(Macleod 22)，所以赖斯小姐的即兴创作显得十分难能可贵，而且她还可以使自己创作的曲子与其他曲子融合得天衣无缝，这意味着她已经具备作曲家的创作实力。然而，尽管赖斯小姐具有出色的音乐天赋，但是她却不愿意在公众面前把她独有的天赋显露出来；这说明她对于自身价值的判断并不倚赖于她在公众眼中的价值，她所追求的荣誉是属于内在维度的荣誉。

让赖斯小姐引以为傲的不只是她的音乐天赋，还包括她具有“敢挑战、不屈服的灵魂”(594)。当艾德娜告诉赖斯小姐她快要成为一名艺术家时，赖斯小姐的第一反应是艾德娜在自夸，因为成为艺术家除了要具备天赋这样的先天性条件外，还必须要有“敢挑战、不屈服的灵魂”。赖斯小姐以过来人的经验给艾德娜的艺术家梦想浇了一盆冷水，因为在当时的社会背景下，女性想要在艺术道路上获得成功，就必须克服来自“传统和偏见”的压力和阻挠(617)。就赖斯小姐而言，她不但得背负偏离南方淑女风范的恶名，而且还要遭受外界对她的性别质疑。尽管弹奏钢琴在 19 世纪被视为女人的才艺，但是女性钢琴家却仍然被认为是具有“男性气质”的“另类”，因为专业钢琴演奏是一种严肃的音乐表现形式，是属于“男人的领域”，需要强大的情感力量及精湛的演奏技法才能完成(Davis 92)。受此种偏见的影响，赖斯小姐在人们心目中的刻板印象就是个不男不女的怪人，连艾德娜也用“扭曲”“奇丑无比”来形容她的模样(592)。为了追求艺术上的成功，赖斯小姐的名誉受到了严重损害，但是她却没有被公共舆论所击倒，仍然坚持在超出“女人的领域”外实现自己的价值。赖斯小姐这种非常人所拥有的勇气和毅力虽然不能被公众看见，但是却成为她判断自身价值的重要尺度，她在艾德娜面前所流露出的自我欣赏和自我崇拜与公共荣誉形成了天壤之别。

作为新女性中“渴望自由和个人身份的已婚妇女”(Forrey 50)，艾德娜的荣誉观同样表现出了对于内在维度的荣誉的重视。在她追求独立自由的过程中，她比赖斯小姐更为激进，因为她打破了社会关于女性贞洁的规定。在与阿罗宾通奸后，她却并没有因此而感到"羞耻或悔恨"，只是"遗憾将生命的甘泉递到她唇际的不是爱情"(618)。对于阿黛尔的提醒，她也表现出一副无所谓的态度，丝毫不在乎她的名声会因为与阿罗宾交往而受到影响。然而，尽管艾德娜对于她外在的名声漠不关心，她却仍然具有对内在维度的荣誉的渴望，否则她也不会在与罗伯特情意正浓时仍然坚持遵守对于阿黛尔的承诺。当阿黛尔分娩后用微弱的声音对她说"艾德娜，为孩子想想，一定要记得他们"时(649)，艾德娜的内心受到了强烈的冲击，因为她不得不正视背叛婚姻所带来的良心上的谴责。种种迹象表明，艾德娜的两个儿子就是传统南方白人男性的缩影，比如他们总是对具有黑人血统的保姆发号施令；在与其他孩子搏斗时会表现得更加勇敢，即便摔跤也不会去寻求妈妈的安慰，而是"自己爬起来，擦干眼角的泪水和嘴边的沙土，继续玩下去"(528)；当他们允许其他孩子看"彩色漫画"时，故意"要让别人知道自己的权威"(546)。照此下去，他们的荣誉观里势必包含对于女性贞洁的要求，因而不守妇道的母亲势必会让他们感到丢人现眼，并一辈子在人前抬不起头。清白的良心是内在维度的荣誉的重要体现，所以艾德娜无法做到像贺坎普太太一样，除了追求声色犬马的生活以外，对什么事情都是"一副漠不关心的样子"(606)。在良心的驱使下，艾德娜最终用自己的生命保全了孩子的荣誉，进而履行了"对自身的义务"(克劳斯 4)，实现了被自己尊重的价值和荣誉。

结　　语

在肖邦生活的时代，南方人把"南方性"被侵蚀的原因主要归咎于北方人的侵略和黑奴的解放。为了缓解被侵蚀的"南方性"所带来的区域身份认同焦虑，南方人一方面发明了"失去的事业"(the Lost Cause)来宣扬南方在内战中的正义性，另一方面通过了吉姆·克劳法(Jim Crow law)来维护白人至上主义。作为一名南方作家，肖邦并没有在"地方爱国主义"的偏见下把"南方性"问题的矛头指向"他者"(Cash 104)，而是从共同价值观念式微的角度来看待日渐模糊的"南方性"。这种"平和的客观性"认识显然要更加深刻、更具有前瞻性(Seyersted 93)。在完成《觉醒》创作后的第二年，肖邦写了一篇题为《反思》("A Reflection," 1899)的小品文，文中她用"不断前行的队伍"来描述她所捕捉到的时代精神（Chopin 959）。新南方取代旧南方是大势所趋，可随之而来的却是共同价值观的丧失及个人主义的盛行。站在新旧南方的十字路口，肖邦看到的是"南方性"逐渐湮没于"匆匆人群的脚下"（Chopin 959），于是她在《觉醒》的结尾处把目光转向了过去，借助文化怀旧来想象她所理解的"南方性"：在艾德娜童年时期的家乡，一切都还是未被工业化和城市化侵蚀的模样，人们有着共同的价值观，过着和谐宁静的田园般生活。

引用作品［Works Cited］：

Breen, T. H. "Horses and Gentlemen: The Cultural Significance of Gambling among the Gentry of Virginia." *William and the Mary Quarterly* 34.2 (1977): 239 - 257.

Burgan, Mary. "Heroines at the Piano: Women and Music in the Nineteenth Century Fiction." *Victorian Studies* 30.1 (1986): 51 - 76.

Cash, W. J. *The Mind of the South*. New York: Vintage Books, 1991.

Chopin, Kate. "The Awakening," "Wiser than a God," "A Reflection." *Kate Chopin: Complete Novels and Stories*. Ed. Sandra M. Gilbert. New York: The Library of America, 2002. 521 - 655, 660 - 669, 959.

Davis Doris. "The Enigma at the Keyboard: Chopin's Mademoiselle Reisz." *The Mississippi Quarterly* 58.1 (2004 - 2005): 89 - 104.

Ewell, Barbara C. "Unlinking Race and Gender: The Awakening as a Southern Novel." *The Past Is Not Dead: Essays from the Southern Quarterly*. Ed. Douglas B. Chambers and Kenneth Watson. Jackson: The U of Mississippi P, 2012. 228 - 237.

Forrey, Carolyn. "The New Woman Revisited." *Women's Studies* 2.1 (1974): 37 - 56.

Gaston, Paul M. *The New South Creed: A Study in Southern Mythmaking*. Montgomery: New-South Books, 2002.

Hubbell, Jay B. *The South in American Literature: 1607 - 1900*. Durham: Duke UP, 1954.

Koloski, Bernard. *The Historian's Awakening: Reading Kate Chopin's Classic Novel as Social and Cultural History*. Santa Barbara: ABC-CLIO, LLC, 2019.

Macleod, Beth Abelson. *Women Performing Music: The Emergence of American Women as Classical Instrumentalists and Conductors*. Jefferson, N. C.: McFarland, 2001.

Moltke-Hansen, David. "Intellectual and Cultural History of the Old South." *A Companion to the American South*. Ed. John B. Boles. Malden: Blackwell Publishers Ltd, 2002. 212 - 231.

Rubin, Louis D. "Thematic Problems in Southern Literature." *Southern Literary Study: Problems and Possibilities*. Ed. Louis D. Rubin, Jr. and C. Hugh. Holman. Chapel Hill: The U of North Carolina P, 1975. 199 - 224.

Seyersted, Per. *Kate Chopin: A Critical Biography*. Baton Rouge: Louisiana State UP, 1979.

Stewart, Frank Henderson. *Honor*. Chicago and London: The U of Chicago P, 1994.

Taylor, Helen. "'The Perfume of the Past': Kate Chopin and Post-colonial New Orleans." *The Cambridge Companion to Kate Chopin*. Ed. Janet Beer. New York: Cambridge UP, 2008. 147 - 160.

Twain, Mark. *Life on the Mississippi*. New York: Penguin Group Inc., 1984.

Veblen, Thorstein. *The Theory of the Leisure Class: An Economic Study of Institutions*. New York: Oxford UP, 2007.

Wirth, Louis. "Urbanism as a Way of Life." *American Journal of Sociology* 44.1 (1938): 1 - 24.

Woloson, Wendy A. *Refined Tastes: Sugar, Confectionery, and Consumers in Nineteenth-Century America*. Baltimore: Johns Hopkins UP, 2002.

Wright, Emily Powers. "The New Woman of the New South." *The History of Southern Women's Literature*. Ed. Carolyn Perry & Mary Louise Weaks. Baton Rouge: Louisiana State UP, 2002. 133 - 140.

Wyatt-Brown, Bertram. *Yankee Saints and Southern Sinners*. Baton Rouge and London: Louisiana State UP, 1985.

—. *Southern Honor: Ethics and Behavior in the Old South*. New York: Oxford UP, 2007.

金莉：《文学女性与女性文学：19世纪美国女性小说家及作品》，北京：外语教学与研究出版社，2004年。

让·鲍德里亚：《符号政治经济学批判》，夏莹译，南京：南京大学出版社，2015年。

莎伦·R.克劳斯：《自由主义与荣誉》，林垚译，南京：译林出版社，2015年。

共同体研究

重压之下的抗争：20 世纪美国戏剧同性共同体建构之路*

陈爱敏**

内容提要：20 世纪见证了美国同性恋群体从隐蔽到公开，从受排挤、打击到被认可、合法化的漫长历史。纵观美国戏剧史，不难发现：20 世纪美国戏剧中的同性共同体构建，经历了在政治、道德等外部重压之下隐蔽的书写与表演，到冲破重围，勇敢抗争，创建众多同性小剧场和艺术团体来大胆发出同性群体的声音，再到最终同性恋剧场得到学界、社会，甚至政府承认，成为满载荣誉荣耀的共同体的艰辛之旅。美国戏剧中的同性共同体建构过程，反映了边缘群体在面对疾病、政治打压、社会排斥时所表现出来的协作精神，以及不屈不挠、勇敢抗争的坚强意志和有效策略。

关键词：20 世纪；美国戏剧；同性共同体

Abstract: The twentieth century has witnessed the long history of American gay groups growing from covert to overt, from repression to reluctant recognition and legalization. Throughout the history of American theater, it is not difficult to find that the construction of gay community in this century has undertaken an arduous journey: firstly, write and perform furtively under the heavy pressure of politics and morality; secondly, struggle to break the siege and create numerous experimental theaters and art groups to boldly speak for themselves; finally, gain recognition from academia, society and even the government as a community full of glory. This construction process reveals the cooperative spirit displayed by this marginal group, as well as its strong will and effective strategies in the face of disease, political oppression and social exclusion.

---

* [**基金项目**]：本文为国家科学基金项目“20 世纪美国都市戏剧与都市精神研究”（17BWW091）阶段性成果。

** [**作者简介**]：陈爱敏，南京师范大学外国语学院教授，研究方向：英美文学、族裔文学、当代美国戏剧研究。

Key words: the 20th Century; American theater; gay community

一、引　言

共同体一词，早期由德国古典社会学家斐迪南·滕尼斯（Ferdinand Tönnies，1855—1936）在《共同体与社会》（*Gemeinschaft und Gesellschaft*，1887）中引入，滕尼斯将它分为：血缘共同体、地缘共同体、精神共同体。至此，共同体作为一个基本的社会学概念，开始侧重于各部分的融合而非简单共存。而在当代，由于各种语境和话语体系的差异化，其内延和外涵不断被扩展，出现100多种定义。但通常的定义是：1. 人们在共同条件下结成的集体。2. 由若干团体或国家在某一方面组成的集体组织。3. 在爱情方面，指最具同心力的一个集体。这个集体中，双方具有非常深厚的感情基础，可以做到同荣誉，同命运，同生活。本文所讨论的共同体主要指涉第一种与第三种定义。

20世纪见证了美国同性恋群体从隐蔽到公开，从受排挤、打击到被认可、合法化的漫长历史。美国戏剧作为一种特有的文学艺术形式演绎了这一边缘群体艰辛的成长历程，同时也以特有的戏剧形式——同性恋戏剧，参与了这一群体走向合法化、从后台步入前台的过程。相同的目标、相似的创作范式/主题，成为连接剧作家、演员、导演无形的精神纽带，也使得他们成为一个共同体，确切地说是同性共同体。这一概念可以从多个角度进行阐释：1. 可以看成是现实生活中面对挑战和克服困难时团结互助、互相关爱具有姐妹、兄弟情谊、超越性爱的同性群体；2. 可以看成是志同道合的同志联姻；3. 在文学艺术方面，也可以理解为那些为同性群体生存权利呼喊、具有共同/相似的创作范式和精神追求的文学/艺术创作个人形成的团体，这些作家本身可能就是同性恋、双性恋者。

然而，戏剧同性共同体的建构之路并不平坦。纵观20世纪美国戏剧，大致经历了20世纪早期"重压之下隐形的共同体"，60—70年代"勇敢的共同体"和80—90年代"荣耀的共同体"三个阶段。本文以20世纪美国戏剧为一整体，考察同性共同体的构建方式、策略和目标，揭示这一群体在面对疾病、政治打压、社会排斥时所表现出来的团结友爱、相互帮助的协作精神，一种面对外部压力不屈不挠，勇敢抗争的坚强意志和有效策略。本文认为这些正是都市化进程中不可或缺的正能量。

二、重压之下隐蔽的共同体

如果聚焦美国同性恋戏剧，那么我们可以大致分为三个时期：20 世纪 20—60 年代，前西诺时期，美国戏剧松散的同性共同体的形成；60—70 年代破冰时期，以西诺咖啡馆剧场（Caffé Cino Theatre）为中心发展起来，为大胆表现同性恋群体生存状态而创作的"勇敢的共同体"；80—90 年代在同性恋戏剧创作方面获得巨大成功的"荣耀的共同体"。

众所周知，20 世纪早期，在美国同性恋被认为是一种病，到后来又被认为是艾滋病的罪魁祸首，就更不用说，来自传统道德观念、宗教思想、异性恋婚姻观的挑战了。所有这些使得 20 世纪 20 年代到 60 年代的同性恋戏剧成为政府的打击对象。1927 年美国通过威尔士挂锁法案（the Wales Padlock Act），使得纽约警方可以强行关闭那些上演同性恋题材戏剧的剧院，并惩罚那些所谓性堕落或性变态的演员和剧院老板。例如根据爱德华·布尔代（Edouard Bourdet, 1887—1945）的小说改编的《俘虏》（*The Captive*, 1926）一剧，隐蔽地讨论同性恋话题。警察在剧作上演的三个月间，不断对其进行骚扰，并在最后一次演出中，冲进剧院逮捕了导演和全体演员。此外，麦·韦斯特（Mae West, 1893—1980）的戏剧《易装皇后》（*The Drag*, 1927）是最早公开在舞台上表达同性恋欲望的作品之一。尽管这部戏剧在纽约以外的城市获得了成功，但是纽约警察威胁韦斯特，如果她试图在百老汇上演这部戏，则剧院大门同样会被关闭。以上可见，20 世纪早期，在美国戏剧中一些剧作家或明或暗地将同性恋话题引入作品中。这些剧作家某种意义上构成了有着共同精神追求的精神共同体，形成了同性共同体的雏形。但这些共同体最终都夭折了。

20 世纪早期同性恋戏剧的发展，不仅受到道德、宗教等层面的影响，更重要的是受到政府、政治层面的打压。50 年代，参议员约瑟夫·麦卡锡（Joseph McCarthy, 1908—1957）的众议院非美活动委员会（House Un-American Activities Committee, HUAC）将同性恋者与共产主义者列入了黑名单，因为同性恋身份威胁到了民族价值观，HUAC 故意将其与所谓的反民主政治联系起来。"同性恋是政治和道德上的威胁，这种思想的灌输意味着那些可能自称为同性恋者的剧作家、演员、导演和制片人不得不掩盖自己的同性恋身份。一些艺术家们在重压之下则通过声音、手势和其他的符号代码，间接地暗示了他们的欲望。这些代码同性恋观众可能会理解，同时可以逃过政府的检查"（Dolan 487）。

1940—1960年间，有一些我们非常熟悉的剧作家以隐蔽方式，反映同性恋群体生存状态。像阿瑟·密勒（Arthur Miller，1915—2005）的《桥头眺望》（*A View From the Bridge*，1955）、田纳西·威廉斯（Tennessee Williams，1911—1983）的《欲望号街车》（*A Streetcar Named Desire*，1947）和《热铁皮屋顶上的猫》（*Cat on a Hot Tin Roof*，1953）以及爱德华·阿尔比（Edward Albee，1928—2016）的《动物园的故事》（*The Zoo Story*，1960）等，将同性间的渴望、爱、悲剧结局等主题裹挟在他们的戏剧中，搬上舞台，获得很大的成功。可见，在外部重压之下，仍然有一批剧作家，自觉、有意识地关注同性群体生存状态，表达他们的欲望与抗争。按照滕尼斯的观点，他们有着共同的精神追求，自觉地形成了为同性群体发声，而将自己的思想巧妙融入戏剧的共同体。这种共同体是松散的、隐蔽的共同体，是戏剧同性共同体范式中的始作俑者。

三、勇敢、公开的共同体

在美国，60—80年代见证了同性恋戏剧创作规模从小到大，从弱到强的过程。这其中离不开一些剧作家的积极努力，这群人是以戏剧为手段，为建构美国同性恋剧场做出贡献的大胆、公开的共同体。众所周知，到五六十年代，美国对同性恋的打压无疑到了顶峰。但面对压力一些戏剧作者勇敢地以同性恋生存状态为题材进行戏剧创作和表演。不能在百老汇等大的公共剧场上演，他们就选择都市偏僻、很难被警察发现的咖啡馆、废弃的图书馆或药房等。为此，他们采取了迂回的策略，大胆地在禁地上演着与同性恋主题相关的剧目，将他们的作品呈现给更为开明的和支持他们的艺术家和观众群体。这其中一些地方与作家的贡献值得铭记。

西诺咖啡馆剧场是第一个孵化同性恋戏剧的基地，它位于格林威治村，是一个沿街不起眼的咖啡屋，于1958年开门营业。这个不太商业化并且不怎么显眼的剧场，为那些急于尝试超越传统习俗的剧作家们提供了肥沃的土壤（Dolan 488）。多利克·威尔逊（Doric Wilson，1939—2011）和兰福德·威尔逊（Lanford Wilson，1937—2011）是两个比较突出的艺术家。多利克在此上演了《他成为了她》（*And He Made a Her*，1961），成为西诺咖啡馆剧场的保留剧目；兰福德的《布赖特夫人的疯狂》（*The Madness of Lady Bright*，1964），成为早期同性恋戏剧的经典。西诺咖啡馆剧场为年轻的戏剧家提供了艺术发展的契机和社交场所。最早写艾滋病危机的同性恋剧作家之一威廉·霍夫曼（William M. Hoffman, 1939—2017）也是在西诺咖啡馆剧场开始他的职业生涯，《维多利亚小姐》（*Miss Victoria*, 1965）是其具有影响力的作品。在此上演的同性恋戏剧还十分注重其真实效果，比如：多利克·威尔逊的《巴别、巴别、巴别小塔》（*Babel, Babel, Little Tower*, 1961）一剧中出现卫生间的冲洗声音时，就真实使用了卫生间。作为戏剧演出场所，西诺咖啡馆剧场的演出舞台受到空间限制，观众与演员的距离也非常接近，但正是在这种亲密的表演中，强烈的紧张情绪增加了戏剧的真实感。这一剧院模式同时启发了其他地方性的同性恋剧院，比如犀牛剧院（Theatre Rhinoceros）。作为西诺咖啡馆剧场的常客，多利克·威尔逊创作了受欢迎的《街头剧场》（*Street Theatre*），1982 年在旧金山的犀牛剧院第一次上演。

男同性恋剧场如火如荼，女同性恋戏剧也应运而生。早期它更追求实验主义手法。玛莎·博辛（Martha Boesing, 1936—　）的女性主义剧场位于明尼阿波利斯（Minneapolis），观众大部分为女性。该剧场强调女性同性恋独立空间的重要性，她们要利用这个舞台探索在很长一段时间内受到排斥的女性的声音和经历。"博辛的《亚马逊情歌》（*Love Song for an Amazon*, 1976）是一部仪式性的戏剧，通常由两名妇女表演，采用转换舞台的戏剧手法，在舞台上创造了一个充满正能量、真实的女同性恋共同体"（Dolan 489）。

女同性恋者也注重发展属于自己的剧场，在纽约就有很多知名度的女同剧场。首先，1970 年创建的做女性真好剧场（It's Alright to Be a Woman Theatre）是早期妇女鼓动宣传的戏剧团体之一。它采用了街头表演风格来传播对妇女和女同性恋经历的新政治立场。其次，一些剧场条件简陋，但经济实用，同样传达了剧作家的思想。马戈·莱文森（Margo Lewitin）建立了妇女的内心剧场（Women's Interart），是位于地狱厨房（Hell's Kitchen）的一个制片小屋，在曼哈顿房地产竞争激烈、价格昂贵的形势下，促进了女同性恋和女性主义戏剧蓬勃发展。再次，一些女同性恋戏剧强调实验性。像纽约策略剧院（The New York Strategy Theatre）于 1973 年创建，位于市中心。它由一个实验剧作家团体创办，其中包括罗萨林·德雷克斯勒（Rosalyn Drexler, 1926—　）、罗谢尔·欧文斯（Rochelle Owens, 1936—　）、萨姆·谢泼德（Sam Shepard, 1943—2017）、埃德·布林斯（Ed Bullins, 1935—　）和女同性恋作家梅根·特里（Megan Terry, 1932—　）、古巴裔美国人玛丽亚·艾琳·福尼斯（Maria

Irene Fornes，1930—2018）等人。该剧场的主要目的是剧作家大胆尝试自己的想法但又无需取悦观众。

WOW 咖啡馆剧场（The WOW Café Theatre）是 1980 年创建，现在仍然活跃的女同性恋剧场，坐落于纽约东村，WOW 咖啡馆剧场（WOW 是 Women's One World 的缩写），吸引了大量女同性恋观众，为女性主义提供了表演空间。WOW 剧场的特点是：演出通常是即兴的、剧目感人而又令人愉悦。

60 年代受到社会外部环境的制约，同性恋戏剧很难登上大雅之堂。在这样的条件下，小剧场为同性恋戏剧提供了展示的空间。西诺咖啡馆剧场作为同性恋剧场的先锋，发挥了引领与示范作用。随后众多小剧场的问世，为男女同性恋展示自我生存状态，抨击世俗偏见和政府政策，寻求合法的权利和公众的认可做出了贡献。应该说 20 世纪 60—80 年代的形式各样的小剧场在美国同性共同体的建构中发挥了不可或缺的作用。

四、荣耀的共同体

从 20 世纪 20—60 年代前西诺时期的隐形共同体，到 60 年代冲破阻力勇敢地为同性恋发声的形式多样的小剧场共同体，同性共同体的队伍日益壮大。进入 80 年代，到 20 世纪末，更多的同性恋戏剧被搬上百老汇，赢得了包括普利策戏剧奖、奥比奖、托尼奖等在内的多种奖项，同性恋戏剧被罩上了荣耀的光环。有关同性恋的剧目在百老汇等有名的剧场上演，表明观众已经能够接受这个话题。当然，这离不开特殊的包装和独特的艺术手法。

80 年代早期，剧作家兼演员哈维·菲尔斯坦（Harvey Fierstein，1954—　）的《畸形恋三部曲》（*Torch Song Trilogy*，1982）在百老汇上演。菲尔斯坦的喜剧风格，那种犹太式的、装模作样的噱头很快为纽约观众所熟悉。他略带自嘲的喜剧风格逗得观众开怀大笑。人们笑他那独特的表演艺术，并在笑声中接受他的不同。菲尔斯坦创作的音乐剧《一笼傻鸟》（*La Cage Aux Folles*，1983），根据一部法国电影改编，故事围绕一个男扮女装的易装皇后、他的同性恋伴侣、他的儿子以及他儿子结婚对象所在的异性恋家庭展开。尽管充满了低俗闹剧式的幽默，《一笼傻鸟》还是获得了成功，该剧在百老汇上演了 1 761 场。在笑声中，该剧成功地赢得观众们对同性恋的理解与宽容。此外，剧作家们还将同性恋主题与战争结合在一起，博得了人们对这些群体的好感。马丁·谢尔曼（Martin Sherman，1938— ）的戏剧《弯》（*Bent*，1979）是一部有关大屠杀与同性情谊的故事。演出地点从伦敦皇家法院（London's Royal Court）搬到百老汇。该剧讲述了纳粹大屠杀期间，男性在饱受酷刑、灭绝人性的审讯和皮鞭下的苦力等各种折磨时，面对恐惧和残暴时，男性群体间的团结友爱。他们最终能够坚强地活下来，靠的正是同性间的情谊。在此，同性之爱嵌入了种族屠杀的严肃话题之中，唤醒了纽约观众的良知，因而《弯》在主流剧院获得了成功。

上述例子表明，剧作家们为了让同性恋戏剧能够被社会接纳，要么采取独特的幽默、喜剧、戏仿等艺术手法，要么嵌入人们熟悉的严肃话题，最终达到登上大雅之堂之目的。但到了 80 年代后期以及 90 年代，美国同性恋剧作家、表演家以及一些艺术家毫不掩饰地、大大方方地推出自己的作品，这其中两个名字值得一提：提姆·米勒（Tim Miller，1964— ）和霍莉·休斯（Holly Hughes，1957— ）。他们的共同特点是：以身体为媒介，以单人表演的方式，向观众吐露同性恋者的心声和他们的境遇，表达性、男性话语霸权、艾滋病以及社会正义等主题。

提姆·米勒是最早公开的男同性恋独角戏艺术家之一，他与同事们一起成立的 P. S. 122 剧场，给单人表演、舞蹈和戏剧提供了重要空间，其中大多数节目与同性恋主题有关。他创作的多部反映男同性恋生活的作品，关注公民自由和性解放等问题。《裸露的呼吸》（*Naked Breath*，1994）、《我奇怪的身体》（*My Queer Body*，1992）、《某些黄金洲》（*Some Golden States*，1987）和《妊娠纹》（*Stretch Marks*，1989）等都是他参演或创作的杰作。米勒以其与观众对话、交流等特有的方式，在互动中，实现了对男同性恋内心世界的剖析和对外部世界的讽刺与批评。“将政治与表演相结合”是米勒作品的一大特色（Saddik 197）。在生活中他善于捕捉与同性恋相关的敏感话题，如跨国恋等。《嫁妆箱》（*Glory Box*，1998）就是典型的例子。该剧讲述了米勒和他澳大利亚的同性恋人相爱，但又不能结合的烦恼，以此来抗议美国移民法律的不公正性：美国移民法只承认外国异性夫妻的合法居民身份，而不承认同性恋爱关系。

米勒的朋友休斯是一个同性恋剧作家与演员。80—90 年代间，休斯创作了一批很有影响的作品。休斯于 WOW 咖啡馆剧场开启她的职业生涯，第一部作品《欲望之井》（*The Well of Horniness*，1983）成为女同性恋文学经典，它探讨了性别身份的不稳定性；*Lady Dick*（1985）则讨论了女性之间的同性之爱；《可供出租的衣裳》(*Dress Suits to Hire*, 1987)是“色情想象与低俗戏剧的结合”(Saddik 196)，讲述姐妹之间的情事。80—90年代之间休斯表演的节目《没有尽头的世界》(*World Without End*, 1989)和《阴核笔记》(*Clit Notes*, 1990)引起很大反响。休斯大胆的尝试，以及这些引发争议的表演作品，引起了美国艺术基金会的强烈反对。作为回应，休斯推出了单人表演剧：《向堕落者布道》(*Preaching to the Perverted*, 1990)。

米勒与休斯的成长之路表明，同性恋戏剧发展之路充满坎坷。尽管如此，应该说米勒与休斯是90年代同性恋戏剧创作与表演的赢家，是值得骄傲的胜利者。因为1990年美国艺术基金会(The National Endowment for the Arts)内发生了注定载入史册的一件大事。基金会审查委员会本来将年度基金授予了4位艺术家：米勒、休斯、约翰·弗莱克(John Fleck, 1951—)以及女性主义艺术家卡伦·芬利(Karen Finley, 1956—)，但最终因为基金委员会主席认为这4位艺术家的作品有伤风化，决定取消这项拨款。这一裁定使得同性恋话题相关的戏剧和绘画艺术遭到了重创。然而，这4位艺术家并没有就此沉默，他们提出诉讼，寻求公正，在他们的不懈努力与抗争之下，时隔几年(1993)，委员会又同意了原来的拨款。至此，米勒与休斯在同性恋戏剧创作与表演中所做的贡献得到了认可。

80年代还有一些同性恋剧作家将同性恋话题与艾滋病相结合并获得了成功。威廉·霍夫曼的《一如既往》(*As Is*, 1985)和拉里·克雷默(Larry Kramer, 1935—2020)的现实主义戏剧《正常的心》(*The Normal Heart*, 1985)都与同性恋和艾滋病相关。《一如既往》讲述了两个同性恋人，在得知对方感染了艾滋病毒之后，依然相爱、相守，一如既往地生活，赞扬了同性之间牢固的友谊与爱情。这与后来托尼·库什纳(Tony Kushner, 1956—)一剧中一对同性恋人危难之时，自私逃离，背叛爱情形成了鲜明的对比。可见，该剧对同性群体的激励作用不言而喻。《正常的心》是同性恋戏剧中的经典之作，它公开揭示了艾滋病带来的危机、同性恋者的困惑和所受到的各种压力，表示了对缺少公共资金来研究艾滋病以及病毒干预的愤怒。

90年代有关少数族裔、有色人种同性恋群体生活的戏剧也相继登场，这些作品关注边缘群体中的边缘，自觉形成了族裔同性共同体，为少数族裔同性恋群体发声。迄今为止的成果中，非裔与亚裔同性恋戏剧的成就值得一提。

后现代非裔美国同志会（Postmodern African American Homosexuals，1990—1995）是一个反映非裔黑人同性群体生活的组织，该剧团 1990 年在旧金山组建，其主要成员有德伊尔·伯纳德·伯兰内（Djola Bernard Branner，1957— ）、布莱恩·弗里曼（Brian Freeman，1955— ）和埃里克·加普唐（Eric Gupton，1960—2003）。他们的第一部戏剧是《强烈的爱：黑人同性恋的故事》（*Fierce Love: Stories from Black Gay Life*，1991），最有影响的戏剧是《黑色水果》（*Dark Fruit*，1994）。这些作品反映了黑人同性恋者所受到的双重歧视：来自非裔内部的鄙视和白人社会的歧视。除此之外，90 年代还有一些优秀的少数族裔同性剧作家与单人表演家，像布莱恩·弗里曼的《文明的性》（*Civil Sex*，1997），雪莉·莫拉加（Cherrie Moraga，1952— ）的《英雄和圣徒》（*Heroes and Saints*，1989）和《放弃幽灵》（*Giving Up the Ghost*，1984），阿丽娜·特罗亚诺（Alina Troyano，1951— ）的《失忆的牛奶》（*Milk of Amnesia*，1994），波多黎各女同性恋剧作家玛嘉·戈麦斯（Marga Gomez，1960— ）的《街区周围的线》（*A Line around the Block*，1996）都是有影响力的作品，反映了少数族裔男女同性恋者成长的烦恼以及生活的窘境。

亚裔同性恋戏剧创作也小有成绩。新加坡裔同性恋剧作家兼导演谢耀（Chay Yew，1965— ）的《白人地盘》（*Whitelands*）三部曲，《瓷》（*Porcelain*，1992），《他们自己的语言》（*A Language of Their Own*，1995）和《半生》（*Half Lives*，1996）反映亚裔同性恋群体所受到的来自白人同性恋群体的歧视与排斥，以及受到自己本民族传统的文化观、道德观与婚姻观抵制的事实，展示了亚裔同性恋群体在重压之下生存的顽强精神与策略。

真正将美国同性恋戏剧推向高潮，被政府、社团与学界认同与接受，最终获得多项殊荣的应当是 20 世纪末的一些重要作家。

犹太裔作家托尼·库什纳与女同性恋剧作家保拉·沃格尔（Paula Vogel，1951— ）是美国戏剧界两个重量级的人物，这不只因为他们的作品获得了众多大奖，还因为他们的作品具有深远的影响。库什纳的《天使在美国》（*Angels in America: A Gay Fantasia on National Themes*，1994）获得了前所未有的成功，这部反映同性恋生活的作品登上了百老汇舞台，连续演了 564 场，囊括了包括托尼奖、普利策奖在内的 12 个重要奖项。“在 2003 年被托尼奖评委会评为美国戏剧史上最伟大的 5 部作品之一”（马特尔 178）。其深度、冲击力远远超越了艺术界、政府和保守人士的想象。它颠覆了历史、宗教、政治偏见，引起人们对政府决策、道德与信仰等问题的思考。沃格尔著名剧作《巴尔的摩华尔兹舞》(*Baltimore Waltz*, 1992)、《七岁的孩子》(*And Baby Makes Seven*, 1987)、《狂热与悸动》(*Hot 'N' Throbbing*, 1993)和《米尼奥拉双胞胎》(*The Mineola Twins*, 1995)等,均"再现同性恋与艾滋病患者在都市空间中的边缘状态"(陈爱敏 61),引起了广泛的关注。

至此,美国同性恋戏剧登上了大雅之堂,满载荣誉。而这一天的到来是无数个剧作家、戏剧团体、导演、演员共同努力的结果。没有这一看似松散、隐蔽的共同体的努力,也就没有美国同性恋戏剧今日之辉煌。

结　　语

20 世纪,美国同性恋戏剧走过了艰难的发展历程,在传统的文化观念、道德、宗教、政治的重压之下,从最初的"偷偷摸摸",到光明正大,再到登上领奖台,是一代代艺术家努力的结果。同性恋戏剧主动肩负起为边缘群体发声,表达同性恋群体的诉求的重任。在此过程中,作家、演员、导演等自觉地形成了"同性"共同体,尽管形式多样,结构松散,但他们有着共同的追求:为了同性恋群体的自由、权利、平等创作、表演奔走、呼喊。尽管共同体的建构之路并不平坦,但是经过几代美国剧作家和艺人的努力,最终他们赢得了公众的广泛认同,成为美国戏剧中一支不可或缺的重要生力军,同样为构建都市团结协作、互相关爱、砥砺前行的精神家园发挥了重要作用。

引用作品[Works Cited]:

Dolan, Jill. "Lesbian and Gay Drama." *A Companion to Twentieth-Century American Drama*. Ed. David Krasner. Malden: Blackwell Publishing, 2005. 486 - 530.

Saddik, Annette J. *Contemporary American Drama*. Edinburgh: Edinburgh UP Ltd., 2007.

陈爱敏:"论都市戏剧与都市精神——以 20 世纪美国都市戏剧为重点",《西北工业大学学报》(社会科学版)2019 第 1 期,第 57—64 页。

弗雷德里克·马特尔:《戏剧在美国的衰落:又如何在法国得以生存》,傅楚楚译,北京:商务印书馆,2015 年。

“帝国博览会”与轰炸“幽灵村”：多丽丝·莱辛《非洲故事集》中的跨种族命运共同体想象*

徐　彬**

内容提要：第一次世界大战后，受“帝国博览会”这类英国政治经济宣传的影响，为数众多的英国人移民南非并与南非白人和南非黑人之间建立了跨种族互动关系。多丽丝·莱辛的《非洲故事集》从英国南非定居者的视角出发，凭借“非洲大路”“幽灵村”和“第二间小屋”等隐喻，诠释了构建南非跨种族命运共同体的希望与需求。然而，在南非英国社区殖民主义意识形态和种族杂合暗恐的影响下，莱辛跨种族命运共同体的愿望只能停留于想象层面，轰炸“幽灵村”可被视为莱辛跨种族命运共同体想象破灭的文学表征。

关键词：多丽丝·莱辛；跨种族命运共同体想象；殖民主义意识形态；种族杂合暗恐

Abstract: After World War I, influenced by British political economic propaganda such as “Empire Exhibition”, a great number of British citizens migrated to South Africa and started their cross-racial interactions with Afrikaners and African blacks. In *African Stories*, through the metaphors such as “African road”, “ghost village” and “the second hut”, Doris Lessing has explained the hope and necessity to establish a cross-racial community of common destiny from the perspective of South African British settlers. Unfortunately, under the influence of British colonial ideology and the uncanny fear of racial hybridity within South African British settlers' community, Lessing's idea of a cross-racial community of common destiny remains merely as an imagination. The bombardment of the “ghost village” serves as a literary representation of the disillusionment of Lessing's imagination of South

---

* ［**基金项目**］：本文为2019年度国家社会科学基金重大项目“英国文学的命运共同体表征与审美研究”(19ZDA293)的阶段性成果。

** ［**作者简介**］：徐彬，上海外国语大学文学博士，山东大学兼职杰出中青年学者，东北师范大学外国语学院教授，主要从事英语后殖民文学、文学伦理学批评研究。

African cross-racial community of common destiny.
Key words: Doris Lessing; cross-racial community of common destiny; colonial ideology; uncanny fear of racial hybridity

评论家们几乎一致认为"种族问题"(the colour problem)是多丽丝·莱辛(Doris Lessing, 1919—2013)以非洲南罗德西亚为背景的作品,如小说《野草在歌唱》(*The Grass Is Singing*, 1950)和短篇小说集《这是老酋长的国度》(*This Was the Old Chief's Country*, 1952)的创作主旨。对此,莱辛毫不隐讳地指出:"两部作品出版前10年,我们因身处其中所以对南罗德西亚的种族歧视了如指掌,然而英国人却对此一无所知,甚至感到惊讶"(Lessing 2014b: 5)。实际上,对英国人讲述南非种族歧视的现实并非莱辛南非小说创作的唯一动机,如莱辛所说:"即便是受害者,除了种族歧视之外,也还有其他值得关注的东西"(Lessing 2014b: 6)。

莱辛提及的"其他值得关注的东西"指涉的是被英国南非移民/定居者否定或忽视了的另一种选择,即:莱辛所倡导的跨种族合作与建立"跨种族命运共同体"的选择。在游记《回家》(*Going Home*, 1968)中,莱辛写道:"非洲是非洲人的非洲;他们越早将其收回越好。但是,一个地区也属于将其视为家园的人。或许终有一日大家对非洲的爱足够强大,能把现在彼此憎恨的人们联结在一起。或许"(Lessing 1976: 8)。文中,"对非洲的爱"和"联结"两个关键词清楚无误地展现出莱辛构建南非跨种族命运共同体的愿望,"或许"一词则表现出莱辛对实现这一愿望所怀有的不确定性疑虑。尽管莱辛"对非洲的爱"的探讨略显抽象化和理想化;细读莱辛的作品《非洲故事集》(*African Stories*, 1965),却不难发现对不同种族的人民之间因生活所需而产生的相互依赖、相互尊重的共生关系的描写业已成为莱辛"对非洲的爱"的文本诠释,即:对非洲的热爱并非仅限于对非洲美景的欣赏,必定要归结于不同种族的人群之间发自内心的彼此关爱。

《非洲故事集》中,莱辛的跨种族命运共同体想象表现为对英国人、南非白人和南非黑人三个不同种族的人群之间跨种族交流与合作的肯定。然而,事与愿违,南非根深蒂固的殖民主义种族政治始终凌驾于跨种族相互依存的物质与精神生活需求之上,莱辛跨种族命运共同体的想象最终被南非英国社区种族杂合的暗恐所取代。

一、"帝国博览会"、南非移民与跨种族合作的希望

第一次世界大战后，英国南非移民是英国国内经济危机与英国强化南非殖民政治的结果；20 世纪 20 年代的"帝国博览会"表现出吸引和刺激英国人移民南非的政治经济宣传功效。在这一背景下，大量英国人移民南非并在异国他乡的南非定居地建立起与南非白人和南非黑人之间的跨种族互动关系。《非洲故事集》中，透过短篇小说《老酋长马希朗加》（"The Old Chief Mshlanga"）第一人称叙述者"我"（14 岁英国白人小姑娘）与非洲老酋长马希朗加之间的故事，莱辛意在指出：英国定居者与非洲土著居民之间存在建立和谐共处的跨种族命运共同体的希望，其前提是英国白人定居者对南非殖民历史罪行的承认与殖民主义意识形态的改变。

《非洲故事集》中讲述最多的是第一次世界大战后英国人移民并定居南非的故事，其中不乏对以作家本人的父亲阿尔弗雷德·泰勒（Alfred Tayler）为原型的一战英国退伍老兵南非移民生活的描述。对此，迈克尔·索普（Michael Thorpe）写道：

> 像众多其他参加过第一次世界大战且幻灭了的英国人一样，他（阿尔弗雷德·泰勒）急于寻找一个独立的新生活。伦敦帝国博览会（Empire Exhibition）上，在定居罗德西亚优厚条件的广告宣传中，他看到了不可错过的良机。白人定居者（大多数是英国人）能以分期付款的方式很容易从殖民政府那里获得面积巨大的农场，政府已将非洲人驱逐至"保留地"。当时的土地价格是每英亩 10 先令，阿尔弗雷德·泰勒购买了 3 000 英亩的土地，并于 1925 年携家人，女儿、儿子和妻子前往南罗德西亚定居。（Thorpe 4）

科罗拉多州立大学历史教授丹尼尔·马克·斯蒂芬（Daniel Mark Stephen）认为：1924 年至 1925 年间在英国伦敦北部郊区文布利（Wembley）举办的大英帝国博览会曾是英国最大的皇家游乐园，旨在庆祝帝国对英国战争的贡献，在此基础上构想帝国的未来。在英国经济衰退和帝国内部关系松懈的大背景下，帝国博览会的主题却是"帝国强化""帝国巩固"和"帝国发展"，加强英国对殖民地尤其是位于热带地区"依赖

型"殖民地的控制是组织帝国博览会的核心理念……对原始地区的开发有利于缓解英国社会的现代化焦虑(Stephen 102—103)。

历经1919—1920年短暂的经济繁荣期之后,1923—1929年间英国年失业率均超过10%,高失业率一直持续到第二次世界大战;从前线回国的退伍老兵面临工作难找的困境(Crafts and Fearon 7)。第一次世界大战后,英国面临人口饱和与资源匮乏的现代化焦虑,向殖民地和属地输送英国移民是解决上述两个彼此关联的问题的良策。移民南非成为英国人逃避战后国内激烈社会竞争的出路,恰如莱辛短篇小说《黄金国度》("Eldorado")中所描述的一战退伍老兵亚历克·巴恩斯移民南非的原因,"他(巴恩斯)离开英格兰不是为了追求金钱和成功,而是想过一个安逸、舒适的慢节奏生活"(Lessing 2014a: 303)。

《非洲故事集》的前言中,莱辛开宗明义谴责了种族歧视的思想,提出了非洲土地上人种平等的主张,该主张为其跨种族命运共同体的想象奠定了思想基础:

> 白人对黑人的迫害是反人类罪最大控诉之一,种族歧视不是我们(白人)的先天缺陷(our original fault),是我们想象力萎缩的表现,让我们看不到这一事实——我们和其他在太阳下生活着的生物并无差别。……非洲能让人明白这一道理,即:人是生活在这一广阔土地上的微不足道的生物。(Lessing 2014b: 6)

短篇小说《老酋长马希朗加》中,莱辛借用"非洲大路"的隐喻阐释了第一人称叙事者"我"重新认识非洲后,意欲同非洲人共享非洲生活和建立跨种族命运共同体的渴望。尽管"我"对非洲古老的舞蹈一无所知,"但我想:这(非洲)也是我的遗产;我在这里长大;非洲是黑人的家乡,也是我的家乡;这里有足够的空间容纳我们,我们没必要把对方推下人行道和大路"(Lessing 2014a: 51)。

童年时的"我"被英国白人社区的种族主义思想洗脑,14岁的"我"走进/近非洲后,种族观发生了本质改变。在英国白人社区里,"我"眼中的非洲与非洲人是"工具""娱乐对象"和"需要防范的危险野蛮人"(Lessing 2014a: 48)。为确保安全,"我"外出时总会带上枪和两条狗。

与老酋长马希朗加非洲大路上的偶遇是"我"对非洲黑人的态度和对本地非洲历史认知的转折点。父亲农场旁的大路上,迎面走来的老酋长马希朗加表现出的尊严和礼貌令傲慢的"我"自惭形秽。此后,"我"读到早期探险者书上有关“酋长马希朗加国度”的记述，听到上了年纪的探矿者仍用“老酋长的国度”称呼父亲农场所在的地区。一系列新发现让“我”意识到命名这一地区的新词汇掩盖了白人掠夺非洲人土地的历史，而这段历史尚不足 50 年。曾几何时，白人探矿者必须征得马希朗加酋长的同意才能在他的领地上采矿。时过境迁，马希朗加酋长的领地已成为英国殖民政府的财产。马希朗加只剩下有名无实的酋长头衔，“说话的时候面露尊严，仿佛穿着一件继承的衣服”（Lessing 2014a：50）。“我”的内心独白中，“尊严”与“继承的衣服”之间的等式关系反映出“我”对老酋长既尊敬又同情的复杂心态，背后隐藏着的是“我”对老酋长的领地被英国殖民政府剥夺的历史认知。

莱辛巧妙地用英国探矿者有关“老酋长的国度”的谈论映射并批判了英国殖民者塞西尔·罗兹（Cecil Rhodes，1853—1902）对南非的无耻占有。1888 年 10 月，南非恩德贝勒（Ndebele，也称马塔贝列[Matabele]）王国的第二任也是最后一任国王罗本古拉（Lobengula，1836—1894）与塞西尔·罗兹的商业代表团签订了采矿有限特许权（limited mineral concession）协议。塞西尔·罗兹集团故意曲解协议拥有了南非恩德贝勒王国境内所有金矿的开采权。1889 年，英国政府以该采矿协议为依据，成立了“英属南非公司”（The British South Africa Company）。“1893 年，恩德贝勒王国被英军打败，沦为英国殖民地。1896 年，英国政府成功镇压罗本古拉的儿子领导的反抗，并将非洲部落驱逐出原本属于他们的肥沃土地”（Thorpe 5）。

《老酋长马希朗加》中，如探矿者的记录所写“我”父亲农场的所在地原是酋长马希朗加的领地，殖民政府以与酋长马希朗加签订采矿协议的方式剥夺其土地所有权的做法与塞西尔·罗兹侵占南非恩德贝勒王国的策略如出一辙。莱辛虽未写明《老酋长马希朗加》故事发生的时代背景，但如以 20 世纪 20 年代的英国南非移民潮（“我”的父母参与其中）和“我”们家已在南非定居若干年（约 10 年）等信息为依据，回溯 50 年便可发现酋长马希朗加的土地所有权被剥夺的时间与 19 世纪 80 年代塞西尔·罗兹侵占南非恩德贝勒王国的时间恰好重合。与罗本古拉国王一样，酋长马希朗加也是英国南非殖民政治的受害者。

对老酋长及其相关历史的了解和对非洲美景的欣赏使从小接受英国种族歧视教育的“我”放弃了对非洲黑人的敌意。“我”与非洲格格不入的感觉逐渐消失：“我”仿佛已经成为非洲大陆的一部分。进入老酋长马希朗加部落聚居区,“我”目睹了与众不同的非洲:植被茂密的峡谷、清澈的小河、色彩艳丽的水鸟快速掠过水面。部落居住区里的绿色生态环境与白人农场里因过度砍伐和放牧而造成的水土流失、沟壑纵横的现状形成鲜明反差。整洁、美丽的非洲村落和满是尘土的白人定居者的农场大院之间更是天壤之别:

> 非洲土著人走近的时候,我们彼此打招呼,我脑海中的另一个风景慢慢消失,我的脚径直踩到非洲大地上。我清楚地看到了树木、山峦的形状。黑人仿佛在朝后走,我似乎灵魂出窍,站在一旁看那风景和人缓慢、亲密地舞蹈,那古老的舞步虽令人赞叹却无论如何也学不会。(Lessing 2014a: 51)

文中,“我脑海中的另一个风景”指的是“我”在英国童话书里读到的英国风景;曾几何时,“我”用从书本中获得的虚假的英国想象屏蔽了眼前非洲鲜活的美景。“我似乎灵魂出窍”这一表述将发现非洲之美后的“我”希望融入非洲生活与美景的渴望表现得淋漓尽致。

然而,建立“让黑人和白人和睦相处,容忍彼此差异”(Lessing 2014a: 51)的跨种族命运共同体并非如“我”想象的那样简单。与英国人对非洲黑人的种族歧视和压迫相对的是非洲黑人对英国人的敌视,这令畅游黑人领地的“我”突然感受到对非洲的恐惧。离开酋长的部落,走在回家的路上,恐惧感消失了,深沉的孤独感向“我”袭来。“我”感到“非洲大地上奇怪的敌意好似一种冰冷、坚硬、阴沉的顽强的精神与我同行,像一堵结结实实的墙,像一股虚无缥缈的烟;仿佛在对我说:你是走在这片土地上的破坏者”(Lessing 2014a: 56)。

恐惧与孤独感使“我”意识到对真实非洲历史的认知而非殖民主义的强权政治才是与非洲人建立跨种族命运共同体的前提条件,“我知道,如不能让一个国家像一条狗一样臣服在你的脚下,你也不能面带微笑,随心所欲地摒弃历史,漫不经心地说:我也没办法,我也是受害者”(Lessing 2014a: 56)。小说中,以“我”的父亲为代表的英国南非定居者强调本人作为英国经济危机、大英帝国殖民政治和艰苦南非生活的受害者形象;并以此为由,抹杀和篡改以塞西尔·罗兹为代表的英国殖民者侵占非洲土地和压迫非洲本土居民的历史。

1938 年演讲中,南罗德西亚第四任首相戈弗雷·哈金斯(Godfrey Huggins, 1883—1971)将南罗德西亚的欧洲人比作“黑色海洋里的一座白人小岛”（Bowman 15）。英国南非定居者们的居住地原本是南非土地上的“种族飞地（ethnic enclaves），其明确的社区边界将移民群体与主流社会分离”（Brettell 1）。然而，占人口少数的英国移民鸠占鹊巢，不仅侵占了非洲人的土地，还以主人的身份自居，在地理和社会双重层面上将占人口绝大多数的非洲原住民边缘化，意图实现种族清洗的目的。

剥夺黑人的土地、对黑人实施种族歧视和压迫成为英国定居者转嫁危机与压力的做法。这一逻辑在父亲和马希朗加酋长关于是否应该扣押啃食父亲农作物的 20 只山羊的争执中得到体现。父亲知道酋长无法赔偿损失，便没收了酋长的山羊。面对父亲的固执和报警威胁，酋长只好带着尚在“我”家打工的儿子无奈地离开。视非洲部落人民生命为草芥的殖民地警察联系土著居民专员（Native Commissioner）下令将马希朗加酋长的部落驱赶至向东 200 英里外的“真正的土著人保留地”（Lessing 2014a：57）。尽管老酋长经由儿子的翻译发出了抗议，即：“你将其称为自己土地的地方，属于他（酋长），属于我们”（Lessing 2014a：57）；然而，在英国南非殖民政治的高压下，该抗议却显得苍白无力。

小说中，“我”后天习得的对非洲人一视同仁的尊敬与“我”的父母、殖民地警察和土著居民专员等英国定居者对非洲人约定俗成的种族歧视和压迫形成鲜明反差。透过这一反差，莱辛意在指出，英国南非定居者种族歧视与种族压迫的思想虽与生俱来，却并非不可改变。种族态度转变后的“我”是莱辛旨在塑造的理想的英国南非定居者形象。然而，14 岁的“我”虽具备了认同种族差异和明辨是非的能力，却对南非种族歧视与压迫的现状无能为力。酋长的部落离开数月后，“我”故地重游，看到酋长的部落曾经居住的村落里破败的房屋、杂草丛生的花园和南瓜野蛮生长的菜园，跨种族命运共同体的希望破灭后的惆怅之情涌上的心头。

二、轰炸“幽灵村”与种族杂合的暗恐

《黑色圣母》（“The Black Madonna”）是《非洲故事集》收录的第一个短篇小说，讲述了驻扎在赞比西亚的英国军队为庆祝第二次世界大战结束和振奋士气建造并轰炸“德国村落”的故事。如以故事发生的时间背景为依据对《非洲故事集》中的短篇小说排序，《黑色圣母》理应排在众多短篇小说之后，莱辛却将其置于首位，体现出莱辛欲以该小说奠定《非洲故事集》反殖民主义和反种族主义基调的写作动机。在此基础上，莱辛阐发

了跨种族命运共同体的想象，批判了困扰南非英国社区的种族杂合的暗恐。

《黑色圣母》中，“德国村落”并非砖石所造而是砌砖匠出身的前意大利战俘米歇尔用木板搭建的且只能在夜晚的灯光中显现成像的“幽灵村”；莱辛用“诡异”（uncanny）和“似是而非”（*that* was not it）（Lessing 2014a：20）形容英国将军目睹“幽灵村”时的怀疑与不安。

“uncanny”一词除了有“诡异”的意思之外，还有“暗恐”之意，即：对“‘我’之中包含着‘异域’或‘异质’（foreignness）”（童明 107）的恐惧，被压抑的恐惧的复现（或曰“压抑的复现”）构成暗恐（童明 106）。诡异的“幽灵村”是英国“自我”斯托克上尉与意大利人米歇尔和非洲黑人（包括斯托克上尉的非洲丛林妻子）等“异质”他者暂时构建的跨种族命运共同体。“幽灵村”中，英国“自我”与“异质”他者的和谐共存是南非英国社区试图压抑和遮蔽的种族杂合的暗恐。英国社区对“异质”他者的恐惧与对种族杂合的恐惧密切相关，轰炸“幽灵村”成为英国社区消除南非种族杂合之暗恐的外在表现。

英国将军的妻子推荐斯托克上尉去邀请并监督米歇尔建造“幽灵村”并非出自对斯托克上尉能力的欣赏。与之相反，斯托克广为人知的非洲偏远地区的工作经历和与非洲女人的密切关系使斯托克成为英国社区里的异类；在将军妻子眼中，和前意大利战俘打交道只能是由斯托克这样被边缘化了的英国军官完成。建造“幽灵村”的过程中，在白兰地作用下，斯托克忘记了米歇尔的“敌人”身份，化敌为友，敞开心扉向米歇尔倾诉了与非洲丛林之妻（bush wife）的秘密和与英国妻子之间的矛盾。

在赞比西亚维斯顿维尔地区的英国人心目中，米歇尔具有亦敌亦友和介于“自我”与“他者”之间的双重身份：首先，作为意大利人，米歇尔是第二次世界大战期间英国人在非洲战场上的敌人；其次，米歇尔有和英国人一样同为白人的种族身份。意大利战俘的白人身份让英国人不知拿他们如何是好，如莱辛所写：随着战争的结束，一夜之间仿佛变了个“国际戏法”。意大利战俘摇身一变，成了同舟共济的战友。“成千上万的意大利人依旧待在战俘营里，至少在那里有吃有喝，有地方住。还有一些意大利人到农场里做工，数量并不多；尽管农场主们经常缺少劳动力，却不知拿这些同为白种人的劳工如何是好：赞比西亚从未发生过这种事”（Lessing 2014a：12）。

英国人对米歇尔的“欣赏”并非发自内心而是维斯顿维尔的英国人文

化艺术生活匮乏所致，如莱辛所写：尽管有时贫瘠的土地也能拥有充满生命礼赞的、鲜花盛开的花园，但艺术之花却始终无法在赞比西亚盛开；赞比西亚虽不缺有钱、有闲的上流社会的少数人，却与艺术无缘（Lessing 2014a：11）。

尽管斯托克、米歇尔和非洲黑人之间的种族杂合不被英国社区认同，如：目睹斯托克与米歇尔之间的友情，将军认为斯托克的所作所为纯属酒后发疯。然而，化敌为友和将非洲女子纳迪亚（Nadya）视为丛林妻子的斯托克身上的确展现出部分英国南非定居者建立跨种族命运共同体的现实需求。

"幽灵村"是英国上尉斯托克与前意大利战俘米歇尔互相倾诉的场所，是莱辛笔下跨种族命运共同体的微缩景观。英国人与意大利人、英国人与非洲人之间的种族差异与敌对关系在修建"幽灵村"的过程中彻底消失。尽管"幽灵村"的建造过程中并无非洲黑人参与，然而，米歇尔在"幽灵村"中的教堂和房屋墙壁上所绘制的为数众多的黑色圣母像却突显了南非跨种族命运共同体中非洲黑人的重要性。黑色圣母的形象以斯托克上尉的非洲丛林之妻纳迪亚为原型。通过给纳迪亚头上画上光环的方式，米歇尔将纳迪亚的形象提升至黑色圣母的崇高地位。

米歇尔将黑色圣母绘制成非洲女性纳迪亚的形象展现出以下动机：一、阐发了对祖国意大利的思乡之情，毕竟圣母是欧洲文化的重要组成部分；二、在表达对非洲黑人赞美之情的同时，释放了斯托克对纳迪亚压抑已久的跨种族的爱情。然而，以纳迪亚为原型的黑色圣母像却令斯托克上尉心生恐惧。在米歇尔描绘的黑色圣母像中，斯托克上尉看到了英国人与非洲人种族杂合的结果、爱情的结晶——纳迪亚身后背着的黑皮肤的孩子。从斯托克上尉惊恐的表情可以判断，孩子是纳迪亚与斯托克上尉所生，孩子不被南非英国社区所接受的混血身份令斯托克上尉痛苦万分，因为"从20世纪初开始，南非邪恶的种族主义与日益增强的南非种族杂合恐惧便相伴而生，其剧烈程度世所罕见"（Van Den Berghe 68）。

斯托克上尉向米歇尔发出的不能画黑色圣母的抗议背后隐含着斯托克对业已发生了的英国"自我"与非洲"他者"种族杂合事实的恐惧与逃避。对此，米歇尔采取了避重就轻、转移焦虑的对话策略：

> "她是农民。是个农民。黑色国度里的黑皮肤的农民圣母。"
>
> "这是个德国村落，"上尉说。

> “这是我的圣母，”米歇尔生气地说。“你的德国村落和我的圣母。我把这幅画献给圣母。她很高兴——我能感觉到。”(Lessing 2014a：20)

看着“幽灵村”的墙上大量黑色圣母、黑色圣人和黑色天使的形象，斯托克上尉仿佛置身梦中。斯托克自言自语地说出妻子的名字之后喊出纳迪亚的名字便陷入哽咽，上尉内心种族杂合的暗恐焦虑可见一斑。

英国人、意大利人、非洲黑人和黑色圣母等跨种族因素杂合于“德国村落”的第三空间之中，其不可见光的“幽灵”属性与斯托克压抑于心的种族杂合的暗恐相得益彰。换言之，如将“幽灵村”等同于斯托克在酒神精神作用下跨种族命运共同体愿望的外在投射，“幽灵村”的虚幻本质则是斯托克不敢言说的英国人种族杂合暗恐的反映。英国军队轰炸“幽灵村”的军事演习在炫耀帝国武力的同时，消除了以斯托克为代表的英国人种族杂合的暗恐。轰炸“幽灵村”更为重要的结果，是将斯托克从英国社区的边缘和跨种族命运共同体的想象中，强行拉回南非英国社区殖民主义与种族主义的主流意识形态之中。小说结尾，斯托克断绝了与米歇尔的友谊并拒绝接受米歇尔送来的黑色圣母画像。米歇尔离开后，斯托克的独自哭泣是其迫于压力，不得不放弃跨种族命运共同体的愿望回归英国社区的绝望表现。

短篇小说《第二间小屋》(“The Second Hut”)中，在荷兰白人助理范·海尔登尚未介入卡罗瑟斯少校的农场工作之前，卡罗瑟斯少校经营的南非农场已经具备了英国白人和非洲黑人之间建立跨种族命运共同体的基本要素，即：雇主(卡罗瑟斯少校)与雇员(非洲土著居民)的合作关系，如莱辛所写：

> 他(卡罗瑟斯少校)是个好雇主，享有公平交易的美名。许多非洲本地人跟他干了若干年。尽管有时他们会返回自己的部落休息几个月，但总会再返回上校的农场工作。上校的邻居们经常抱怨自家的工人闷闷不乐、行动迟缓。卡罗瑟斯少校能控制局面防止这种现象产生；他知道工人们闷闷不乐是消极抵抗的表现，这能毁掉一个农场主。与非洲劳工打交道仿佛是在刀尖上行走；然而，上校与工人们简单的人际关系却是其作为农场主的最大资本，对此他心知肚明。(Lessing 2014a：84)

《第二间小屋》开篇第一句话中的两个关键词“疾病”和“贫穷”是卡罗瑟斯

少校之所以能与非洲本地居民和谐相处的主要原因。卡罗瑟斯少校已年过四十，身体不再健康；妻子卧病在床，两个孩子的学费和给孩子购买冬天衣服的费用还没有着落。卡罗瑟斯少校一家人的命运及非洲农场的经营与非洲劳工休戚相关。其中，农场是卡罗瑟斯少校及其家人和非洲劳工所构建的跨种族命运共同体的场所。

小说中"责任"和"恐惧"两个高频出现的关键词之间存在前因后果的逻辑关系，即：卡罗瑟斯少校对家庭和对南非白人范·海尔登的强烈责任感引发少校对穷苦的南非农场生活和种族杂合的暗恐。出于无奈，少校只能通过努力工作和恳请与命令非洲土著工人给范·海尔登盖第二间小屋改善其居住条件的方式压抑恐惧。被卡罗瑟斯少校压抑的对以南非白人范·海尔登为缩影的穷苦生活的恐惧，最终转化为少校对与非洲土著工人和范·海尔登种族杂合的暗恐。

1931 年，南非经济危机爆发使卡罗瑟斯少校原已贫穷的家庭生活雪上加霜。为维持农场运营，卡罗瑟斯少校雇用了荷兰白人助理范·海尔登；然而，家有 9 个孩子的范·海尔登却把"他（卡罗瑟斯少校）最糟糕的噩梦带进了现实，在他的农场上，光天化日之下，他们谁也逃不掉"（Lessing 2014a：82）。就饱受贫困之苦的卡罗瑟斯少校而言，范·海尔登一家的赤贫似乎是卡罗瑟斯少校一家未来悲惨生活的预演。

范·海尔登的到来打破了卡罗瑟斯少校与非洲土著居民之间的和谐关系，使少校深陷种族杂合的暗恐之中。范·海尔登对非洲土著居民的歧视和暴力使他成为非洲土著居民的敌人，烧毁第二间小屋是非洲土著居民的复仇行动。卡罗瑟斯少校虽以安抚和命令非洲土著居民的方式试图缓解范·海尔登与非洲土著居民之间的种族矛盾，与此同时，也对非洲土著工人的反抗有所顾忌。非洲耕童向工头抱怨范·海尔登的恶行，工头却未像此前一样将此汇报给卡罗瑟斯少校，"这令他（卡罗瑟斯少校）心神难安。整个星期他都在等非洲人来向他倾诉对那个荷兰人的抱怨。惴惴不安地等待心不甘情不愿的工头和他谈话的场面；然而，什么也没发生，忧虑之情最终发展成对不祥之事即将发生的预感"（Lessing 2014a：91）。得知第二间房子着火后，"他（卡罗瑟斯少校）高兴地发现担心的事终于发生了，紧张与不安得以释放"（Lessing 2014a：91）。卡罗瑟斯少校的"高兴"并非幸灾乐祸，而是其被压抑的种族杂合的暗恐化为现实后如释重负的快感。

范·海尔登尚在襁褓中的孩子虽死于大火，但范·海尔登却因妻子即将生子而感到庆幸；范·海尔登对自家孩子数量增多的信心使目睹火灾深感自责的卡罗瑟斯少校再次陷入对贫穷和种族杂合的暗恐之中。范·海尔登的乐观心态让少校认识到这一事实，即：尽管遭到非洲人的报复，但范·海尔登绝不会因此改变对非洲人种族歧视的态度，昔日的悲剧很可能会再次发生。在小说结尾，少校决定返回英国。少校的决定并非出于满足长期以来妻子回国心切的考虑，而是出于对贫穷和对非洲土著工人、范·海尔登与自己之间因种族杂合而引发矛盾和悲剧的恐惧。

如将"第二间房子"视为卡罗瑟斯少校凭主观意愿构建的非洲黑人、南非白人（荷兰人）和英国人跨种族命运共同体的缩影，被大火烧为灰烬的"第二间房子"如同被炸毁的"幽灵村"一样，象征着卡罗瑟斯少校跨种族命运共同体构想的幻灭。

总而言之，莱辛笔下以英国人为主导的南非跨种族命运共同体具备以下特点：一、英国人迫于生活压力与非洲土著居民合作，以"非洲大路"、"幽灵村"和"第二间小屋"为代表的特定场所成为跨种族杂合的接触区域；二、跨种族命运共同体展现出自然发展的可能性，然而，殖民主义和种族歧视等外力的介入扼杀了建立跨种族命运共同体的希望。

詹姆斯·L. 吉布森（James L. Gibson）教授指出，"真相（truth）与和解（reconciliation）之间存在着紧密的逻辑关系，至少在南非，可以毫不夸张地说真相产生和解"（Gibson 258）。1995 年南非政府成立了南非真相与和解委员会（South Africa's Truth and Reconciliation Commission），该委员会提出揭露种族隔离期间侵犯人权的种族暴行以便达成跨种族和解的主张。先于南非真相与和解委员会的上述主张，莱辛在《非洲故事集》中业已阐明了与之相异的"真相"与"和解"观。莱辛笔下南非社会的"真相"是英国定居者对非洲黑人的依赖，与之对应的"和解"则是南非白人定居者主导下的对南非跨种族命运共同体的构建。《非洲故事集》中，莱辛诠释的种族间相互依存的南非跨种族命运共同体的观点具有明显的社会改良属性。然而，恰如《老酋长马希朗加》中明理却无助的 14 岁的"我"，在南非英国白人社区殖民主义意识形态和种族杂合暗恐的影响下，莱辛跨种族命运共同体的愿望只能停留于想象层面，轰炸"幽灵村"可被视为莱辛跨种族命运共同体想象破灭的文学表征。

引用作品[Works Cited]:

Bowman, Larry. *Politics in Rhodesia: White Power in an African State*. Cambridge,

Mass.: Harvard UP, 1973.

Brettell, Caroline B. "Introduction." *Constructing Borders/Crossing Boundaries: Race, Ethnicity, and Immigration*. Ed. Caroline B. Brettell. Plymouth: Lexington Books, 2007. 1–23.

Crafts, Nicholas and Peter Fearon. "Depression and Recovery in the 1930s: An Overview." *Depression and Recovery in the 1930s*. Ed. Nicholas Crafts and Peter Fearon. Oxford: Oxford UP, 2013. 1–44.

Gibson, James L. "'Truth' and 'Reconciliation' as Social Indicators." *Social Indicators Research* 81.2 (2007): 257–281.

Lessing, Doris. *Going Home*. New York: Harper Perennial, 1976.

—. *African Stories*. New York: Simon & Schuster Paperbacks, 2014a.

—. "Preface." *African Stories*. New York: Simon & Schuster Inc. 2014b. 5–8.

Stephen, Daniel Mark. "'The White Man's Grave': British West Africa and the British Empire Exhibition of 1924–1925." *Journal of British Studies* 48.1 (2009): 102–128.

Thorpe, Michael. *Doris Lessing's Africa*. London: Evans Brothers Limited, 1978.

Van Den Berghe, Pierre L. "Miscegenation in South Africa." *Cahiers d'Etudes Africaines* 1.Cahier 4 (1960): 68–84.

童明,"暗恐/非家幻觉",《外国文学》,2011 年第 4 期,第 106—116 页。

先锋派文学的二律背反与审美共同体建构：以《尤利西斯》为例*

陈 豪**

内容提要：先锋派文学界定困难是因为它本身是一个矛盾综合体。基于此判断，本文提出三组二律背反，目的在于厘清它的一些根本属性。通过对小说《尤利西斯》的解读，本文还发现每组二律背反存在着与之对应的审美共同体。这些共同体揭示出文学史上不同流派、不同风格往往在审美旨趣上的殊途同归。它们的兴衰左右着先锋派文学的走向，折射出现代性危机下文学与时代的互动关系。

关键词：先锋派；二律背反；审美共同体

Abstract: The difficulty in defining avant-garde literature is that it is a complex of contradictions in its own right. Based on this judgment, this paper proposes three sets of antinomies in order to make clear some fundamental properties of it. Through the interpretation of Joyce's *Ulysses*, the paper also finds that each set of antinomies affiliates itself with a community with a shared aesthetic interest. These communities show that different schools and styles in the history of literature often boil down to a similar aesthetic vision. Their rise and fall determines the destiny of avant-garde literature, reflecting the interaction between literature and its times overshadowed by the crisis of modernity.

Key words: avant-garde; antinomy; community with a shared aesthetic interest

关于如何界定先锋派文学的问题，学界到目前为止依旧莫衷一是。其中，乔治·卢卡契（György Lukács，1885—1971）和西奥多·W. 阿多诺（Theodor W. Adorno，1903—1969）的理论争辩业已成为学术史上的经典一幕。前者的观点可总结为“先锋艺术是艺术最为发达的阶段”，而

* ［**基金项目**］：本文为2019年国家社科基金重大项目“英国文学的命运共同体表征与审美研究”（19ZDA293）的阶段性研究成果。

** ［**作者简介**］：陈豪，上海对外经贸大学副教授，主要研究领域为英美现当代文学。

后者认为"先锋艺术是腐朽的"(比格尔 57)。从后见之明来看,两人都只预言对了一半事实。20 世纪六七十年代,先锋理论受到不少关注,像雷纳托·波吉奥利(Renato Poggioli, 1907—1963)、彼得·比格尔(Peter Bürger, 1936—)、克莱蒙特·格林伯格(Clement Greenberg, 1909—1994)、让-弗朗索瓦·利奥塔(Jean-François Lyotard, 1924—1998)等理论界翘楚就先锋派的美学属性、艺术价值和精神气质都发表过精彩论述。他们的观点也有很多相互对立之处,使先锋派的形象愈发模糊难辨。对此不少研究者采取"悬置"的方法,只分析具体现象而回避抽象界定。实际上,产生各种分歧的根源并不在于学者们的思想立场或研究方法有着天差地别的不同(像卢卡契和阿多诺还都来自西方马克思主义阵营),而是先锋派身上存在着太多两可之处,无法在逻辑上做到肯定一方而否定另一方。因此倒不如从本体论上就将它确立为矛盾综合体。这样在认识论上,我们只需归纳出几组涵盖大部分两可情况的二律背反,也就能对先锋派文学的根本属性予以描述了。

在伊曼努尔·康德(Immanuel Kant, 1724—1804)提出 4 组二律背反后,就先天范畴问题持对立观点的人们发现只有携起手来才有可能到达人类理性认知的极限。同理,如果先锋派文学存在二律背反,那么就美学前沿问题抱有不同观念的人们为了达到各自审美目的或为了探索文学的审美极限也必然会走到一块儿。笔者认为这一审美共同体现象是上述二律背反在现实层面的最直接体现,所以本文将对其生成机制予以特别关注。

本文选用小说《尤利西斯》(*Ulysses*, 1922)(以下简称《尤》)做例子的原因主要有以下几点:第一,完成于 20 世纪 20 年代初的《尤》既是詹姆斯·乔伊斯(James Joyce, 1882—1941)全面向先锋迈进的转型之作,又恰好赶上了先锋派最蒸蒸日上的年代。第二,《尤》在文学史上地位极高且不乏话题性,拿来做例子既有说服力,又蕴含着丰富的可供挖掘的例证。第三,《尤》横跨前现代主义、现代主义和后现代主义诸种艺术风格,凸显了先锋派文学作为矛盾综合体的特征。

一、"先锋"与"后锋"之辨

作为军事术语,"先锋"一词原本是同空间联系在一起的,而文学语境里的"先锋"概念则必须置于时间和历史的维度中加以考察。于是问题随之而来。按照一般理解，似乎先锋就应当永立于时代的潮头。但是，不断前进的时间会让一切成为过往，让“先锋”（avant-garde）里的那个“先”（avant）的属性变得含混不清。正如美国学者卡林内斯库所言的那样，由于“先锋派”“有赖于线性不可逆的时间概念”，所以它必须“面对这样一种时间概念所涉及的所有无法克服的困境与矛盾”（周韵 2014：102）。上述事实也解释了为何有学者要将“先锋”的概念拆分为“先锋派”和“先锋性”（乔国强 4）。前者特指20世纪初在欧洲兴起，后被纳入现代主义范畴的文学运动，而后者则可作为一切新潮、激进文学的泛指。这种拆分的背后其实暗示了先锋概念在认识论上的二律背反特征。作为泛指，“先锋”一词指向的是一种开风气之先的开拓性和革命性，而作为特指，它已被视为历史链条中的一环，其价值和意义取决于在历史进程中发挥的作用。一方面，包含先锋性特征的先锋派文学确实摆出了对历史传统的游离姿态；另一方面，我们也不得不承认，历史上的先锋派并非横空出世，而是现代意识从启蒙运动开始酝酿历经几个世纪发展成熟的结果。先锋性仅仅是先锋派文学的表征，其耀眼光芒掩盖了那根植于历史传统的“后锋”（Arrière-garde）属性。在先锋派文学中，这对同时成立的矛盾概念构成了一个鲜明的二律背反。

在《20世纪：后锋派的世纪》一文中，法国学者威廉·马克斯（William Marx）首次给“先锋派”贴上了“后锋”标签。在对后锋给出的第一种界定中，他指出后锋性的使命在于“对过往具有先锋性的美学运动进行巩固”（Marx 64）。如果说先锋屹立于潮头，那么后锋则要登上高峰。前者虽具有开拓性和革新性，但同时也意味着幼稚、粗糙或不成熟。显然，这种描述并不适用于20世纪初崛起的先锋派。其代表人物诸如卡夫卡（Franz Kafka，1883—1924）、乔伊斯、普鲁斯特（Marcel Proust，1871—1922）不仅在创作技法上勇于探索革新，而且在艺术境界上也到达了难以企及的高度。可以说，先锋性与后锋性在他们的创作中取得了完美统一。

《尤》的先锋性自不待言，小说后半部分简直是各种新文体和新表现手段的试验场，完全刷新了人们对小说这一文类的认识。值得注意的是，让《尤》成为先锋派扛鼎之作的关键绝不是它在先锋性上走得有多远。在这方面，《芬尼根的守灵夜》（*Finnegan's Wake*，1939）做得更极端，但其影响力却远不如前者。依笔者看，衡量一部作品的质量恐怕还得看它在后锋性上的表现。

就作家个人而言，《尤》的构思离不开前两部小说的创作积淀。例如，小说在人物塑造上沿袭了《都柏林人》（*Dubliners*，1914）（以下简称《都》）和《一幅青年艺术家的肖像》（*A Portrait of the Artist as a Young Man*，1916）（以下简称《肖像》）中用过的“合成方法”（synthetic method）（Ellmann 358），即通过展示生活细节和日常琐事来构建人物形象。只不过《尤》将这种碎片化的叙事风格发挥到了极致，以至于读者必须通过拼贴式的阅读才能把握人物整体形象。这一量变到质变的发展过程是后锋性概念的本质体现。

在多数人印象中，《都》和《肖像》都算是用传统笔法写成的小说。而真实情况是，先锋性的实验已在更早的《斯蒂芬英雄》（*Stephen Hero*，创作早于《肖像》，乔伊斯逝世后 1944 年出版）的创作中悄然进行了。在后两部小说中，乔伊斯不忙于激进创新，而是对尚处萌芽状体的先锋性元素进行打磨完善，以增强作品的后锋性。结果，到了《尤》的文本中，各种先锋手法尽管看得读者眼花缭乱，但都被作者处理得无可挑剔，整个叙事过程也能做到乱中有序。可见，先锋性本身不能说明作品的艺术质量有多高，它扮演的仅仅是“肇始者或催生者”（乔国强 6）的角色，而真正让先锋派登上历史舞台的是作家在艺术上精益求精的后锋意识。

从文学史角度观察，上述二律背反的意义远不止于此。一方面，先锋派文学在先锋性的前瞻视角下“表现出了最超前的社会趋势”（乔国强 5）。作为一部现代史诗，《尤》旨在“完整反映现代生活——从最基础的物理过程到最高级的思想表达全囊括在内”（Spinks 98）。书写现代生活本质上就是表现种种现代性危机下人的状况。“而这些危机指的是宗教世界图景的解体、帝国主义的掠夺、传统的自我和性格概念在尼采和弗洛伊德著作中的崩溃，以及有关语言和现实种种恒久不变的假设的破坏”（周韵 2014：303）。在《尤》中，它们具体表现为以斯蒂芬为代表的爱尔兰知识分子世界观的混乱、以“市民”为代表的社会中低层群体的愤怒、莫莉矛盾的内心世界，以及主人公布鲁姆在诸多场合出现的表达障碍。否定和颠覆是“先锋性”的重要特征，用著名剧作家欧仁·尤涅斯库（Eugène Ionesco，1912—1994）的话来形容，就是先锋派“就像一个身处城内的敌人，这个城市是他决意要摧毁的，是他要反对的”（转引自周韵 2014：109）。以先锋姿态投入创作是乔伊斯那批现代主义者面对现代性危机所能给出的最合时宜的审美回应。《尤》中，那些能被贴上先锋标签的写作手法包括：意识流、蒙太奇、戏仿、丑化、造词、拼贴叙事等。通过合理运用这些手段，作者在小说中制造出夸张、虚幻、分裂、混乱等审美上的不适感和陌生感，不仅成功再现了现代经验，而且生动描绘了幻灭、动荡、断裂、疏离等现代性危机下特有的精神状态。透过《尤》的例子，我们似乎就能解释为何卢卡契、波吉奥利等学者会将先锋派等同于现代主义。不论其他，前者为后者实现其艺术纲领提供了最有效的工具，所以现代主义者必然会在美学观念上和先锋派同属一个阵营。

当然，先锋派文学也同时会在后锋性的回顾视角下坦然接纳历史的馈赠。如果说先锋性造就启示者，那么后锋的任务就是在历史的长河中发掘出那个不起眼的启示瞬间。在先锋/后锋二律背反的影响下，《尤》在文学史中占据着枢纽位置，它既是未来的开启者，同时又是历史的发掘者。以最具先锋标志的意识流技巧为例，其实在许多 19 世纪小说家的作品里就能找到踪影。据理查德·艾尔曼（Richard Ellmann，1918—1987）记载，他曾为学习内心独白的写作技巧而特别阅读了爱德华·杜雅尔丹（Édouard Dujardin，1861—1949）、乔治·摩尔（George Moore，1852—1933）和列夫·托尔斯泰（Leo Tolstoy，1828—1910）等人的作品（Ellmann 358）。待《肖像》小试牛刀后，《尤》就开始大范围运用意识流手法了。同样地，象征、戏仿、印象主义等表现手法也都不是 20 世纪才诞生的。既然它们都不是什么新鲜事，那么《尤》的先锋性又体现在哪儿呢？笔者认为，它的特殊贡献在于把历史上的那些小众的表现形式集结到一起，产生了审美上的聚合效果。当作品的后锋性以这一方式被推向极致时，同样会迸发出激进的颠覆力量，并在物极必反的催化作用下激发更强烈的先锋感。

先锋/后锋二律背反让《尤》在美学上以一种不断回望的方式向前迈进。欧洲文学的历史、当下和未来就以这样奇妙的方式被重叠在一部作品里。凯伦·劳伦斯（Karen Lawrence）指出，《尤》写出了“自身被创造的过程”（Lawrence 11）。笔者对此的解读是这一创造过程并非作者一人之举，而是早在 19 世纪初现代性危机初露端倪之时便开始孕育。大约在同一时期，文学开始担当起对抗和抵制资本主义文化的艺术先锋。一百多年来，一批批作家怀着相似的忧虑，企图用艺术上的创新来救赎被资本主义制度异化的人性。这种急迫的使命感驱使着小说这一体裁在一百年内完成了从现实主义到现代主义的嬗变。同时，一个具有现代性危机意识和强烈探索精神的审美共同体也在历史的卷轴上被慢慢地勾勒出来，而《尤》无疑是那最后的点睛一笔。

二、颠覆与捍卫

先锋派的血液里流淌着颠覆者的基因，这是毫无疑问的事实。但作为捍卫者的先锋派则从何谈起呢？这里有必要重访“后锋”的定义。这里需提一下马克斯对此给出的第二种界定：“所谓的绝对后锋派或‘新’后锋派，换言之就是以一种别有用心的姿态或方式回看过往的文学或艺术”(Marx 65)。在他看来，“新”后锋派很大程度上等同于先锋派，因为两者都是现状的不满者。表面上看，后者寄希望于未来，前者诉诸历史，但实际上，诉诸历史何尝不是为未来寻找出路？作为颠覆者，先锋派颠覆的目标范围仅限当下的现实制度和与其相连的历史传统。至于久远的古代世界不仅不是被否定的对象，而且还是他们创作灵感的源泉。因此，第二组二律背反就是先锋派文学同时扮演着历史传统的颠覆者和捍卫者两种对立角色。

如果说对资本主义社会弊病进行批判是 19 世纪欧洲文学的主流，那么“随着历史上的先锋运动，艺术作为社会的子系统进入了自我批判的阶段”(比格尔 88)。在比格尔看来，“欧洲先锋派运动则可以界定为对资产阶级社会中艺术地位的抨击。它所否定的并不是早先的艺术形式(即一种风格)，而是作为体制的艺术，即与人们的生活实践已经分离的艺术”(比格尔 147)。这意味着为了达到批判目的，先锋派选择站在当时以消费为主导的文学生产体制的对立面，并把颠覆的火力集中于那套体制孕育下流行起来的文学类型和文学风格。这种刀刃向内的姿态让相当一部分普通读者感到错愕，各种误解和污名纷至沓来。《尤》出版之初在英美两国遭禁的事实无疑验证了这点。

在距《尤》写作时间最近的维多利亚时期，小说的创作和出版正处于历史上最繁荣的阶段。有趣的是，在当时英国小说阅读人数最多的群体是中产阶级女性，原因很可能是她们有大量的闲暇时间。从社会学眼光看，小说与其说是艺术，不如说是有闲阶级用来消遣的商品。作为商品，满足消费者的需求肯定是第一位的，所以爱情、婚姻、家长里短成了维多利亚小说的常见题材，而其流行风格也是受妇女群体青睐的那种多愁善感的婉约文体，即使如狄更斯(Charles Dickens, 1812—1870)这样的大文豪有时亦不能免俗。

《尤》的第 13 章对此类商品化的文风进行了戏仿。本章主要讲述布鲁姆在海滩边偷窥一个年轻女子，并因欲火难耐而当场自慰。整个叙事过程出现前后两种不同视角。第一种是第三人称视角，聚焦对象是女孩，矫揉造作的文风充斥着“陈词滥调和空幻的浪漫色彩”(Spinks 118)。第二种视角聚焦布鲁姆内心活动，其直白的话语和猥琐内容让乔伊斯之前的戏仿表现出强烈的反讽意味。此处的颠覆性在于乔伊斯的戏仿尽管达到了批判和否定效果，但也牺牲了叙事的效率和人物的塑造。对先锋派而言，他们在颠覆传统时陷入自身艺术风格和艺术立场模糊难辨的困境。《尤》的补救策略是把《奥德赛》(*The Odyssey*)的情节进程和主题发展作为平行结构铺设在表层叙事之下，以此彰显作品真正的艺术旨趣和审美格调。

T. S. 艾略特(T. S. Eliot, 1888—1965)称《尤》“有很多声音，却没有自己的风格”(转引自 Kenner 12)。在笔者看来，乔伊斯的平行结构设计给整部作品确立了史诗的框架和基调。作为小说中奥德修斯的对应者，布鲁姆不应被视为各种叙事实验里的道具，他是第一个被塑造得如此全面的现代英雄。在小说整体结构上，乔伊斯也仍坚持他极为推崇的托马斯主义的审美标准，即“完整”“和谐”与“辐射”(Joyce 163)。无论是章节间的呼应设置，还是“流浪岩”一章作为全书的中轴设计，抑或小说最后几章在风格变化中有节奏的发力，种种良苦用心都可以看出作者对上述古典美学原则的自觉贯彻。诚如美国学者戴维·海曼(David Hayman)指出的那样，乔伊斯“对自由的激情还是难以抵过他对秩序的念念不忘”(Hayman 83)。他为《尤》建立起的秩序让古代艺术的质朴气质重放光芒，也让现代读者重返原初那种不计功利目的的审美体验。

澳大利亚著名学者塞缪尔·L. 戈尔德伯格(Samuel L. Goldberg)曾写过一本专著，专门探讨《尤》的“古典风度”(classical temper)。在他的定义下，“古典风度”不是指某一特定时期的风格，而是艺术“对生活持有敏锐坦诚的态度，对作为核心的人的透彻了解，对我们共处现实的尊重，对客观的恪守，以及对从人类复杂经验中抽象来的带有形而上或自然主义意味的现实的怀疑”(Goldberg 32)。由此看来，古典风度无关乎古代还是现代，先锋还是后锋，任何时代有艺术良知的作家都会予以捍卫。对先锋派或现代派作家来说，要捍卫“古典风度”必须颠覆长期以来被工具理性和商品化潮流掌控的文学体制。就像哈罗德·A. 伊尼斯(Harold A. Innes, 1894—1952)在谈到先锋派戏剧创作时分析的那样，运用神话和象征元素，无论是为了心理原型的表达，还是出于“象征或神话的思维先于语言和话语理性”的观念，“两者都是为了同样的目的变形：回归人的‘根源’，无论是心理的还是史前的”(转引自周韵 2014：141)。从此意义而言，先锋派也是对弗里德里希·尼采（Friedrich Nietzsche，1844—1900）思想的继承。尼采之所以要重估一切价值，就是因为“颓废天才”苏格拉底（Socrates，470—399 BC）用知识评价生活导致了健康的希腊悲剧的没落（赵敦华 20—21）。

应当指出，捍卫“古典风度”等同于捍卫艺术自律的立场，两者都体现了“借助艺术话语的独立自主，表达面对现存社会秩序的否定性态度”（刘海 20）。而比格尔所谓的“先锋派对艺术自律的否定”（比格尔 117）仅针对资产阶级社会规约下的艺术自律。区别于上述概念，资产阶级社会造就的艺术自律把艺术同生活实践相剥离，是对艺术批判功能的弱化。先锋派通过自身艺术实践把这两种相悖的艺术自律区分开来，再通过颠覆与捍卫的二律背反完成了敌我阵营的清晰划分。在此，一个真正意义上遵循艺术自律，并早在文艺复兴时期便已显露端倪的审美共同体就这样发扬壮大了起来。

三、走向经典，走向时尚

作为最后一组二律背反，经典与时尚的重合是先锋派文学辩证演进过程的终极体现。

走向经典既是先锋派历史发展的必然，也是由其内在属性决定的。西方社会的现代化进程在 20 世纪来到了一个历史性时刻。站在这个重要节点上的先锋派文学自觉承担起历史赋予的使命，开启了对现代性及其文化衍生品的反思和批判。仅凭这点，它就足以载入史册，成为经典。此外，经典化也离不开理论包装，理论化又不可避免地会纳入文学史，甚至思想史的评价体系中。先锋派的实践和理论几乎是同步发展的，为其经典化创造了有利条件。周韵的研究显示，对先锋派的理论探讨始于“20 世纪 20 年代，即欧洲先锋运动的鼎盛时期”（周韵 2007：33）。大约在 20 世纪 70 年代左右，先锋派就已步入经典行列，不少作品在文学史上甚至都有了盖棺定论的评价。其中原因主要有两个：第一，作品原有的先锋性在时间的冲刷下逐渐褪色，先锋派文学开始融入传统怀抱；第二，波吉奥利和比格尔先后出版同名专著《先锋派理论》，皆成为本领域研究的奠基之作。尤其比格尔那本，不仅系统评价了先锋派的思想要义和历史价值，而且预见了其向体制化过渡的宿命。

由美国现代图书公司（Modern Library）发起的 20 世纪百佳英语小

说的评选中，《尤》获得编辑组票选第一，读者组票选第十一。此结果的吊诡之处在于它既是小说经典性的明证，也同时反映出在普通读者中的知名度。《尤》在西方的接受史历经三个阶段：错愕、历史化和理论化。它们基本也是先锋派文学经典化过程的缩影。作品出版之初，不少经典作家都报以嗤之以鼻的态度，其中包括阿诺德·贝内特（Arnold Bennett，1867—1931）、萧伯纳（Bernard Shaw，1856—1950）等人，他们的批评多半出自对新生事物的偏见和抗拒，像 H. G. 威尔斯（H. G. Wells，1866—1946）的"作者有排泄癖"的断言甚至已接近人身攻击（Magalaner 283）。当然，一些现代派作家像埃兹拉·庞德（Ezra Pound，1885—1972）、艾略特虽有困惑，但基本上对《尤》的革新精神是持欢迎态度的。两人评论上切中肯綮之处在于把《尤》和传统经典建立起关系，例如庞德认为《尤》继承了居斯塔夫·福楼拜（Gustave Flaubert，1821—1880）式的现实主义基调。沿着这条路径，斯图亚特·吉尔伯特（Stuart Gilbert）写出《乔伊斯的〈尤利西斯〉》。该书借助一手资料首次详尽披露了小说与荷马史诗之间的紧密关联。随着了解深入，萧伯纳也一改否定态度，声称乔伊斯的创作散发着一种"古典格调"（Ellmann 572）。20 世纪五六十年代是《尤》研究的黄金期，涌现出艾尔曼、威廉·廷德尔（William Tindall，1903—1981）、休·肯纳（Hugh Kenner，1923—2003）等一批杰出的乔伊斯研究者。这一阶段的研究充分挖掘了《尤》同《神曲》《哈姆雷特》《圣经》等典籍之间的隐性联系，完成了这部先锋作品与历史的全面接轨，并消弭了它和传统的裂痕。此时，由于兼具先锋性和经典性，《尤》很容易被各种理论盯上。雅克·德里达（Jacques Derrida，1930—2004）、弗雷德里克·詹明信（Fredric Jameson，1934—　）、特里·伊格尔顿（Terry Eagleton，1943—　）等理论界旗手都曾拿它作为观点阐述的工具。在 20 世纪后半叶掀起的理论热潮中，它可谓生逢其时，迅速在小说界确立了难以撼动的翘楚地位。

现在可以回到那个"吊诡"之问了：为何这样一部对读者如此不友好的先锋之作会受到大众的追捧呢？答案是当先锋文学被当作经典供奉起来时，它作为批判和反抗艺术的历史使命也就走到了尽头。一旦丧失这些功能，它在审美上所具有的新奇和惊讶效果便沦为资本的猎物，"进而与商品流通领域携手共谋而发展成为一种时尚"（乔国强 8）。比格尔的预言成为现实：艺术与实践的结合并未在先锋派这一代身上实现，"也不可能实现"（比格尔 126）。当代读者阅读《尤》时也许多半带着鉴赏家的眼光，他们一边惊叹着那些炫技一般的叙述风格，一边也沾沾自喜于自己的审美品位（connoisseurship）。恐怕只有用心的读者才会注意到小说新颖形式背后所上演的一场抵制外来文化殖民和教会精神操控的艺术抗争。

在资本主义深度发展的时代里，为了满足大众在闲暇时的精神需求催生出一种被格林伯格称为“庸俗艺术”的文化商品（周韵 2014：19）。然而，一般庸俗艺术只能提供低层次的感官刺激，而无法满足更高层次的精神需求，例如文化包装上的虚荣心或智力上的优越感。《尤》的经典性和先锋性无疑能被城市中产阶级用来装点自己的品位或炫耀自己的智商，以弥补他们在经济上同富裕阶层比较带来的落差感。美国艺术批评家格林伯格曾把《纽约客》（*The New Yorker*）杂志评价为“为奢侈主顾服务的高档庸俗艺术”（转引自周韵 2014：20）。先锋派文学也逃不脱这样的宿命。经典化和时尚化看似是相互矛盾的关系，但到了先锋派那里却成为因果关系。后来在世界范围流行起来的“布鲁姆日”（Bloomsday）是《尤》作为文化商品的又一明证。布鲁姆日的主基调是庆典性的，活动有盛装游行、音乐表演、聚餐、朗诵等，有时电台还会举办马拉松式的全书诵读。布鲁姆日庆典可谓是先锋文学与大众娱乐相结合的典范，标志着一个有着全新组合的审美共同体的诞生。在前两次出现的共同体中，其成员身份较为单一，多为作家、评论家或专业读者。而这一次成员的身份和意图就复杂许多：资本家关注文学审美的商品化；中产阶级通过审美的行为艺术来满足虚荣心；而更多不明就里的大众则从前两者分别提供的廉价消遣和行为艺术的表演中获得短暂的感官愉悦。我们把这伙参与者划入一个共同体，是因为围绕先锋艺术的审美活动，他们各取所需，而且至少表面上消除了不同阶级间的审美隔阂。在这一过程中，文学虽没有直接沦为商品，却也成为消费环节里的催化剂。如果说之前两个共同体企图借助文学来救赎被资本主义异化的人类，那么这第三个共同体可以说直接参与了文学的异化过程。作为二律背反的产物，它让先锋派文学空前繁荣的同时也走向了覆灭。

结　　语

综上所述，上述三组二律背反构成了先锋派文学作为一个矛盾综合体的根本属性，是其特殊历史使命和时代无解困境的内在体现。表面上，先锋派文学将形式和技巧实验摆在突出位置，似乎是对现代技术社会非人化倾向的响应。而实际上，它是以自我革命、自我颠覆的方式深刻反思并揭示了资本主义浪潮席卷下人的严重异化，以及由此引发的文学审美危机。通过对《尤》的解读可以发现先锋派文学的崛起得益于现代性观念的充分发展，但在图穷匕见后却摇身一变为现代性的批判者。这一内在矛盾造就了解构与建构、颠覆与捍卫、经典与时尚等对立元素在一部作品中并行的文学奇观。正是缘于这些二律背反，先锋派文学得到了有着不同文学理念或审美倾向的作家、批评家和读者的关注和认同。缘于其强大的聚合效应，它在发展的各阶段都形成了与之相适应的审美共同体。这些共同体的兴衰左右着先锋派文学的走向，折射出现代性危机下文学与时代的互动关系。两者的命运结局表明，期待以文学审美来抵抗异化可能只是一个停留于纸上的幻想，即使激进如先锋派也还是被沉疴遍地的时代磨平了棱角。

引用作品[Works Cited]：

Ellmann, Richard. *James Joyce*. Oxford: Oxford UP, 1959.

Goldberg, S. L. *The Classical Temper: A Study of James Joyce's Ulysses*. New York: Barnes & Noble, Inc., 1961.

Hayman, David. *Ulysses: The Mechanics of Meaning*. Madison: The U of Wisconsin P, 1982.

Joyce, James. *A Portrait of the Artist as a Young Man*. Hertfordshire: Wordsworth Editions, 1992.

Kenner, Hughes. *Joyce's Voices*. London: Faber & Faber, 1978.

Lawrence, Karen. *The Odyssey of Style in* Ulysses. Princeton: Princeton UP, 1981.

Magalaner, Marvin, et al. *Joyce: The Man, The Work, The Reputation*. New York: New York UP, 1956.

Marx, William. "The 20th Century: Century of the Arrière-Gardes?" *Europa! Europa?: The Avant-Garde, Modernism and the Fate of a Continent*. Ed. Sascha Bru, et al. Berlin: De Gruyter, 2009. 59 - 71.

Spinks, Lee. *James Joyce: A Critical Guide*. Edinburgh: Edinburgh UP, 2009.

彼得·比格尔：《先锋派理论》，高建平译，北京：商务印书馆，2017 年。

刘海："艺术自律与先锋派——以彼得·比格尔的先锋派理论为契机"，《文艺争鸣》，2011 年第 17 期，第 17—21 页。

乔国强："论先锋理论中的几个基本问题"，《中国比较文学》，2017 年第 4 期，第 1—10 页。

赵敦华：《现代西方哲学新编》，北京：北京大学出版社，2001 年。

周韵："20 世纪西方先锋派理论研究述评"，《文艺理论研究》，2007 年第 6 期，第 32—37 页。

——：《先锋派理论读本》，南京：南京大学出版社，2014 年。

《诱拐》中部族共同体的暴力瓦解与诗性抵抗*

吴敏龄**

内容提要：在滕尼斯共同体理论的观照下，罗伯特·路易斯·史蒂文森以18世纪苏格兰历史为背景创作的小说《诱拐》，展现了“共同体”与“社会”的原型。作品中苏格兰高地部族成员在血缘、地缘与精神层面形成“身份”关系；而低地的商业城市则建立在不受个人品格制约的“契约”关系之上。通过“身份”与“契约”的二元对立，作品再现了部族共同体与商业社会的冲突关系。同时，英格兰政府在同化苏格兰低地社会的前提下，对高地詹姆斯党进行暴力镇压，造成部族共同体的瓦解。史蒂文森通过文学想象，以虚构的形式联合高地与低地一同抵抗共同体的暴力瓦解，表达了他对共同体非自然转化进程的反对，以及对共同体精神纽带的认同。

关键词：史蒂文森；《诱拐》；共同体；身份；契约

Abstract: In the light of Tönnies's theory of community, Robert Louis Stevenson's *Kidnapped*, with its base on the history of Scotland in the 18th century, literalizes the models of the "community" and "society". The members of the highland clan in Scotland build ties of "status" in blood, geographical and spiritual senses, while the commercial cities in lowland are summed up in the relations of "contract" which is free from personal conditions deriving from the family. The conflict of the clan community and the commercial society is laid bare by the centralized binary opposition of "status" and "contract" in the novel. In the meantime, the English government assimilates and unites with the lowland society before it forces the collapse of the clan community by suppressing the Jacobites in a ruthless way. Through the form of fiction, Stevenson resists the collapse in question after completing the union of highland and lowland in the world of literature as a way to express his opposition to the forced termination of a community's natural progress as

---

* ［**基金项目**］：本文为国家社科基金重大项目“英国文学的命运共同体表征与审美研究”（项目编号19ZDA293）的阶段性成果。

** ［**作者简介**］：吴敏龄，上海外国语大学英语语言文学专业博士研究生，研究方向为英美文学。

well as his affirmation of spiritual bond in a community.

Key words: Robert Louis Stevenson; *Kidnapped*; community; status; contract

《诱拐》（*Kidnapped*，1886）是 19 世纪英国作家罗伯特·路易斯·史蒂文森（Robert Louis Stevenson，1850—1894）创作的 4 部以苏格兰为背景的小说之一。这部作品将 18 世纪苏格兰的历史事件融入一个节奏紧凑的少年历险故事中，用虚构的情节对苏格兰的历史与特征做出精妙的考察。《诱拐》出版后迅速获得评论界的赞赏，成为史蒂文森的经典作品。批评界集中关注这部小说中的历史元素和苏格兰的分裂状态，认为其展现了 18 世纪苏格兰文化与民族意识。其实，《诱拐》也是一部展现斐迪南·滕尼斯（Ferdinand Tönnies，1855—1936）所界定的共同体与社会原型的小说。小说刻画了以"身份"关系为基础的高地部族共同体和以"契约"关系为基础的低地商业社会，通过"身份"与"契约"这两种秩序的碰撞呈现 18 世纪苏格兰高地共同体与低地社会的对立局面，同时再现了英格兰政府对高地部族的严苛镇压。本文指出，小说中英格兰政府对高地部族制的摧毁实则是在地缘与精神上对部族共同体的暴力瓦解，企图将其转化为与低地统一的商业社会。通过探讨小说对共同体暴力瓦解的诗性抵抗，本文试图揭示史蒂文森对共同体自然演进过程遭到强制破坏的不满，以及对共同体精神纽带的肯定。

一、"身份"与"契约"的二元对立

《诱拐》是一部以 18 世纪詹姆斯党叛乱为背景的历史传奇小说。小说中来自苏格兰低地的少年戴维·巴尔福被叔父诱骗到开往美洲的"契约号"船上，随后因遭遇海难与在船上相遇的高地詹姆斯党人艾伦·布莱克流落到苏格兰高地，两人展开一场逃亡之旅。表面上，逃亡途中所发生的高、低地人之间的观念冲突揭露了当时苏格兰民族内部的文化分歧。实际上，冲突的背后是"身份"与"契约"所代表的两种秩序的对立。建立在这两种秩序之上的社群便是高地的部族共同体与低地的商业社会，两者分别符合滕尼斯所界定的以"身份"关系为基础的共同体和以"契约"关系为基础的社会。小说中两种秩序的对立凸显了 18 世纪苏格兰存在的两种社群的对立。

“身份”一词曾被亨利·梅因(Henry Sumner Maine, 1822—1888)用于代表拥有源自“家族”的各种权利义务的“人格状态”,从而提出他著名的“从身份到契约”的社会进步公式(梅因 112)。滕尼斯沿用了这个以血缘为纽带的“身份”概念,并对其进行扩展,使其沿着血缘、地缘与精神的轨迹向外延伸。此时的“身份”“存在于个体之内、同个体并存”,预设的是“它自己的观念和形式”,同样能产生个体的各种权利与义务(滕尼斯 376)。《诱拐》描绘的苏格兰高地人之间的关系就是建立在这样的“身份”之上。对于部族成员来说,他们的“身份”是有多重指涉的。同一姓氏不仅代表血缘关系,还蕴含地缘关系,因为部族的首领同时也是地主,而部族成员是其领土上的佃农。另外,小说中各部族成员还是拥护斯图亚特王室的詹姆斯余党,他们从事恢复斯图亚特王朝的共同事业,通过这条精神纽带结合到一起。因此,部族成员的“身份”还包含精神要素。

高地部族共同体的秩序及其成员间的关系依托于“身份”产生的权利与义务。对于部族成员来说,他们最大的权利无疑是受到部族首领的庇护,姓氏既是“通行证”也是“保护符”。小说中出现的高地人无一不强调自己的姓氏。例如,艾伦向戴维介绍自己的第一句话便是,“我姓斯图亚特”,随后才说人们都叫他艾伦·布莱克,他还多次声称自己拥有“一个国王的姓”。在高地人眼里,姓氏足以说明他们的人格与信仰,这就是滕尼斯所说的,“身份”预设的观念和形式“通过它们自身就能被人理解”(滕尼斯 376)。相反,来自低地的戴维对家族的观念淡泊,对自己的家世“还不如一只讨饭狗知道得多”(史蒂文森 212)。他在向艾伦这个注重身世的高地人介绍自己时,第一次特地在姓名后面补充道他是来自肖府的。另外,在面对愿意因戴维的家族姓氏献上忠诚的罗宾·奥伊格时,戴维为自己对家世的无知而感到惭愧。

这一次高地之旅让戴维这个低地人领略到“身份”、姓氏所产生的受庇护的权利。为了与因海难走散的艾伦汇合,戴维在途中向艾伦族中另一个姓氏的高地人内尔·罗伊询问消息。戴维没有掏出艾伦留给他的象征“身份”的银纽扣,而是下意识地试图用钱贿赂,此举激怒了内尔,他认为这是对他“莫大的侮辱”,且奉劝戴维永远不要把“臭钱塞给一位高地的绅士”(史蒂文森 128—129)。然而在看到戴维身上的银纽扣之后,内尔二话不说给戴维指点路线,给他最有效的忠告,帮助他平安地穿过地形复杂的高地区域找到艾伦。之后,因卷入“红狐狸”谋杀案而被英军追捕的戴维与艾伦暂住巴尔奎特,得到艾伦的同族麦卡伦的庇护。其间,来自马克格瑞高一族的罗宾·奥伊格前去拜访素未谋面的戴维，因为罗宾的哥哥曾在 1745 年詹姆斯党起义中受了伤，被一位姓巴尔福的外科医生所救。罗宾表示，若戴维能说明自己与这位医生的亲族关系，他与族人都将听从戴维的差遣。在高地，仅仅凭借家族姓氏就能够得到这样不惜代价的效忠和保护，这令低地少年戴维十分惊讶。

受益于姓氏的同时，部族成员的“身份”也给他们带来义务。部族首领土地上的佃农须向地主缴纳租金。然而，《诱拐》中的首领都被乔治国王没收了田产。因为在 1745 年詹姆斯党叛乱之后，英格兰政府为了清除高地的詹姆斯余党，用极其严苛的惩治手段打压高地部族，措施之一就是没收首领的财产。此时佃农们不得不向乔治国王上缴租金。但艾伦所在的亚品一族贫苦的佃农们节衣缩食，省出第二笔租金来继续缴给被迫流亡在法兰西的首领阿希尔。如果说田产没收之前，佃农们向首领地主缴租是由于“身份”背后的地缘关系，那么继续向流亡海外、不再是地主的首领缴第二分租金则是由于“身份”背后的精神纽带，这种纽带产生于他们从事的共同事业，即复辟斯图亚特王朝。因此，对首领绝对的忠诚也是由部族成员“身份”产生的义务。例如，负责运送租金给首领的艾伦即使性命受到威胁也要保住这笔钱。此外，参与 1745 年起义的另一首领克朗尼被英军追捕，四处躲藏，任何出卖他的人都能“获得大好前程”（史蒂文森 190）。但是，出于对首领忠诚的义务，没有一个部族成员出卖他，他才“一直处在安全中”（史蒂文森 188）。

与高地部族共同体“身份之法”对立的是低地商业社会的“契约之法”。与梅因一样，滕尼斯界定的“契约”关系是以个体间的自由合意为基础的。他指出，“契约”是“由诸个体制作出来的”，“外在于个体的个人思想的产物”（滕尼斯 376）。因此，“契约”“不受任何人的品格制约”，个体间“内在的、相互间的冷漠”不仅不会阻碍缔约，“反而促进了缔约的可能性”，甚至冷漠“本身就是‘契约’这一纯粹概念要求的条件”（滕尼斯 378）。这就是小说中低地社会个体之间的关系模式，只要他们“具有一定量的可计算的能力或财富”，纯粹合乎“个人”（person）概念的人，在商业交往中、在“契约”面前，就是“具有平等权利之人”（滕尼斯 378）。这样的关系可以用“冷漠”来概括。来自低地的兰基勒律师就是这类“个体”的典型代表。任何人在他眼里都先要经过“计算”才能决定是否符合缔结“契约”的条件。他要求戴维出示证明他身份的文件，追问他从双桅船失事两个月以来的经历细节。他表示在详细了解事实真相前，他不能相信戴维也不能做他的朋友(史蒂文森 234)。另一个"契约"关系的代表是戴维的叔父艾伯尼泽。他声称自己"非常注意维护家族的荣誉",强调"血浓于水",愿意大力培养戴维(史蒂文森 21—22)。但背地里,他却与船长霍西森合谋,试图把戴维这件对他无用的"商品"卖去美洲做奴隶。实际上,戴维被叔父诱拐到的低地商船"契约号"就是一个低地商业社会的缩影。商船本就是商业交换、航海贸易成熟的标志。在"契约号"上,个人的"身份"不会成为制约因素,无论是有权继承大笔财产、被叔父诱拐到船上的戴维,还是原"地主的儿子""大半个医生"的雷契先生,在船长霍西森的"契约"之下,他们都只是当差的。而艾伦也不会因为拥有国王的姓氏而得到船长的优待。

共同体的"身份"对应的是"对土地和耕地的占有",而社会的"契约"对应的则是从属于"个体意义上的个人"的财产(滕尼斯 357)。永恒的土地承载着共同体生活,相对地,"社会的外化标志就是永不停止流动的货币"(滕尼斯 xx)。在"契约号"上,货币不断地被强调,船上的人都以获取钱财为目的。船长霍西森在与艾伦交易时因不满艾伦出的报酬不够丰厚而与他讨价还价,随后为了获取全部金钱而开战,以致死伤惨重。戴维的叔父在低地虽仍是一个田产的地主,但他对个人财产极其重视,对金钱的获取达到一个近乎疯狂的地步。这些在低地发生的财产转移与物品交换就是通过"契约"建立起来的事实。

《诱拐》中的高地人基于"身份"结合,成员依赖于部族整体且受它限制,这种"部分的性质与运动被整体决定"(滕尼斯 71)的特征构成了高地共同体有机的属性。与之相对的是,低地人通过"契约"联盟,在不受品格制约的独立个体之间进行财产转移与物品交换,这使低地社会成为一个"机械的集合体"(滕尼斯 71)。因此,史蒂文森在《诱拐》中通过主人公的历险,安排"身份"与"契约"两种秩序的碰撞,实际上是向读者呈现了18世纪苏格兰高地共同体与低地社会的对立局面。对许多历史学家来说,这个时期的苏格兰是展示社会发展不同阶段的"活生生的博物馆"(Fielding 3)。

二、从"共同体"向"社会"的暴力转化

无论是梅因提出的从"身份"到"契约"的社会运动公式,还是滕尼斯所传达的共同体向社会的必然历史演化,都存在一个自然的、逐渐变化的

历史进程。两者都从人类共同生活的必然产物——自然法——的古今流变中总结出社群的自然转变。而《诱拐》里描写的，发生在 18 世纪苏格兰的转化过程却是非自然的，甚至是暴力的。史蒂文森敏锐地观察到，在 1707 年英、苏议会联合后的半个世纪里，苏格兰浓缩的社会历史进程在欧洲其他国家需要持续大约两个世纪（Moretti 306）。这是由于当时英格兰政府的强制介入。小说隐含的故事背景提供了这种介入的原因：一是 1707 年英格兰与苏格兰的议会联合；二是 1745 年詹姆斯党起义。英格兰政府摧毁高地部族制的严苛措施实则从地缘以及精神上造成了对高地部族共同体的暴力瓦解，企图将其转化为与苏格兰低地统一的商业社会。

小说描写的 18 世纪苏格兰高地部族共同体已经发展成滕尼斯笔下的精神共同体，它从血缘共同体与地缘共同体分化而来，且“在自身中结合了前两种共同体的特征，构成一种真正属人的、最高级的共同体类型”（滕尼斯 87）。家或家族是血缘共同体最初的形态，氏族就从家族发展而来。苏格兰高地的部族（clan）很多时候被当作氏族来看，即整个族的人都拥有共同的祖先，部分原因是苏格兰盖尔语中代表部族的 clan 最初有着“孩子”、“子孙”的原始意涵（Roberts 13）。然而实际上，许多部族成员是为了寻求庇护而效忠一个首领后，才将自己的姓氏改成首领的姓氏（Roberts 13）。他们生活在同一片土地上，为首领的耕地提供劳动力，这就建立了超越血缘关系的地缘共同体。小说中的高地部族也早已超越了血缘层面上的氏族概念。例如，艾伦的亚品部族下就有来自不同姓氏的氏族：斯图亚特、麦考尔和马克罗伯（史蒂文森 95）。在战时，小的氏族会归顺到大的氏族首领下，合并为一族共同应对外敌，但他们仍然保留自己的姓氏。

高地部族发展为精神共同体有两个密切关联的依据，一是部族成员拥有复辟斯图亚特王朝的共同事业，二是共同的天主教信仰。这两者是他们“共同领会”的根源。滕尼斯将“共同领会”这种“特殊的社群力”视作“一个共同体特有的意志”（滕尼斯 95）。史蒂文森将《诱拐》的故事设置于 1751 年，在此前不久，高地部族共同体各个成员相互一致的信念达到顶峰，但此时即将迎来尾声。1688 年的“光荣革命”导致他们支持的斯图亚特王室的天主教国王詹姆斯二世下台，随后被迫流亡法国。1701 年颁布的《王位继承法》直接将天主教的王位继承人排除在外，“规定君主只能来自新教中的英国国教一支”（Fry and Fry 186）。这让支持斯图亚特王室、信仰天主教的高地人更加团结一致。他们认为自己是正义的一派，这是他们“相通的感受”（滕尼斯 95）。艾伦在探询霍西森船长是否属于詹姆斯党时,他问的是:"你是正义派的吗?"(史蒂文森 65)而属于反对派的霍西森却回答道,"我是一个绝对忠实的新教徒"(史蒂文森 65)。由此可见,当时的政治与宗教派别连为一体。因此,这两种把共同体成员团结到一处的相互一致的信念可以说是密不可分的。

语言天赋是将所有本能的东西与理性结合起来的基础,因而我们"将'共同领会'理解为这种结合关系的意义和道理"(滕尼斯 96)。共同体成员之间"共同领会"存在的前提是他们同时具有"语言能力"与"理性意志"。在史蒂文森对高地部族共同体的描绘中,语言也占据重要位置。在戴维整个高地之旅的过程中,盖尔语被反复提及。对他们来说,"它就是了不起的盖尔语"(史蒂文森 194)。在面对戴维这个共同体之外的人时,高地人用盖尔语交谈,仿佛就是在强调他们共同体之内的"共同领会"。正是因为这种语言与意志在共同体中的共生关系,"盖尔语在高地的持续使用才被认为是阻碍高地人的宗教信仰转为苏格兰长老会的加尔文教的原因"(Davidson 69)。

1707 年英格兰与苏格兰的议会联合与 1745 年詹姆斯党最后一次叛乱为伦敦政府对苏格兰高地部族进行报复打压提供了条件和动因。伦敦政府采取极端的政策从地缘与精神上对高地部族共同体进行瓦解,促使其与低地社会一同在政治和宗教上与英格兰统一,由此造成了共同体向社会的暴力转化。在苏格兰,宗教改革同时也是一场政治革命,英、苏在宗教上亲近后,造成两国的联合势在必行(Fry and Fry 134)。但在 1707 年联合前,宗教改革只在苏格兰低地实现。在史蒂文森的故事中,直到将近半个世纪后的 1751 年,还存在高、低地之间宗教信仰的严重分裂。"比起高地人对斯图亚特王室的忠诚,许多低地人和长老会教友更看不惯的是高地人对罗马天主教的固执坚持"(Fry and Fry 197)。因此,两国的议会联合在苏格兰方面是低地的势力促成的。在各方面与英格兰亲近的苏格兰低地成为高地的对立面。《诱拐》中多次提到高地人在低地人心中的负面形象。戴维在寻找艾伦途中遇到的由低地"爱丁堡宣传基督教义教会"派遣出来的传教士汉登兰被描述成"是到这些更野蛮的高地地区来宣讲福音的"(史蒂文森 130)。艾伦也被低地的霍西森船长称作"野蛮的高地人"(史蒂文森 69)。而此时的低地,在新生大英帝国的经济发展中展现活跃的身影,迅速发展成为商业社会。历史学家尼尔 · 戴维森(Neil Davidson)指出,苏格兰低地在大不列颠的经济中的位置不仅没有边缘化,而且还处在核心位置(Davidson 94)。其中,爱丁堡与格拉斯哥两座城市成为繁荣的商贸中心，催生出众多职业（Fielding 3）。小说末尾处，戴维走进爱丁堡都城拥挤的街道，眼前的高楼、过客、商品以及无尽的喧嚣与骚动将他这个刚从高地回来的少年推入“惊奇”与“恍惚”之中（史蒂文森 260）。虽然史蒂文森在《诱拐》中较少直接描写低地城市商业的繁荣景象，但从他笔下高、低地人物间的碰撞中，读者得以窥见一个以“契约”关系为基础的低地商业社会。

议会联合为伦敦政府暴力瓦解高地部族共同体提供了条件，而 1745 年最后一次詹姆斯党叛乱直接导致了英格兰政府对高地部族的残酷打击。库洛顿战役溃败后，许多部族首领和成员被迫流亡海外（史蒂文森 67），复辟斯图亚特王室的共同事业遭到毁灭性的打击。然而，对部族共同体的瓦解才刚刚开始。为了清除高地的残余势力，防止詹姆斯党卷土重来，国会通过一系列法令剥夺了首领的“合法权利”，例如“族长式的审判”（史蒂文森 189），同时没收他们的土地和耕地（史蒂文森 94）。穷苦的佃农们被国王在高地的土地经管人柯林·坎贝尔暴力驱赶（史蒂文森 133）。首领无法保护部族成员，也无法要求他们的绝对忠诚，从而“失去了权利、尊严和目标”（Fry and Fry 197）。一些首领在尝到拥有货币形式的财富带来的甜头后，被吸引到爱丁堡，甚至伦敦这样的大城市去（Fry and Fry 198）。这些都从地缘上破坏了高地共同体的根基。

不仅如此，伦敦政府还颁布并严格执行了一些“为瓦解部族意志”的法律（史蒂文森 119）。这些法律规定不能穿着高地传统服装——格子花呢的衣服或苏格兰短裙，不能持有任何武器，不能吹奏风笛，否则将面临死刑或者长期监禁（Fry and Fry 197）。甚至盖尔语也被禁止使用，以语言与意志为前提的“共同领会”也由此遭到破坏。而他们被夺走的武器在艾伦口中是“三千年来他们用来自卫的武器”（史蒂文森 94）。部族人在失去手中武器的同时，共同的事业随之被全面击溃。高地天主教的境遇也因詹姆斯党事业的惨败而变得更糟，以致当时苏格兰天主教会机构都难以维持（Koch 417）。部族成员之间“共同领会”的两大精神根源由此都被破坏。最终，在重重高压政策下高地部族共同体在地缘和精神的双重层面上被暴力瓦解。

三、对暴力瓦解的诗性抵抗

《诱拐》不是对 18 世纪苏格兰历史的简单再现，更不是一场庆祝共同体瓦解的狂欢。相反，它在形式与内容上巧妙地展开了一次对暴力破坏共同体行径的诗性抵抗。一方面，《诱拐》通过高地人对叙事“领土”和地理“领土”的抢占，抵抗伦敦政府对部族首领土地占有权的剥夺，从而在地缘上解构了对共同体的瓦解。另一方面，随着低地人戴维的政治立场与自然情感逐渐向高地一方偏移，小说对部族共同事业的溃败显现出同情，由此抵御政府力量从精神层面对共同体的打击。

史蒂文森的好友，评论家亨利·詹姆斯曾指出，“诱拐”对这部小说来讲并不是一个恰当的标题（转引自 Buckton 228）。若单从标题与篇幅安排是否匹配上看，这样的观点确实是合理的。从戴维父母双亡后去投奔叔父开始，紧接着被后者诱拐至“契约号”，直到离开“契约号”重获自由，主人公被诱拐的经历只占据小说不足一半的篇幅（30 章中的前 13 章）。而从第 14 章开始发生在高地的故事才是小说最主要的部分。小说标题“Kidnapped”也可译为“绑架”。若从形式上看，小说的叙事策略构成了另一层意义上的“绑架”，因此“Kidnapped”这个标题再恰当不过。叙事层面的“绑架”主要由两个互为依托的方面构成。一是戴维叙事者的角色被艾伦“绑架”（Buckton 235）。二是低地的叙事情节被高地的叙事情节“绑架”。两者的结合使高地人占据了叙事上的“领土”。

小说开头第一句的“我的历险故事”宣告了戴维第一人称叙事者的身份。但不久后，这个身份就被艾伦“抢走”。在言语上，艾伦“通过给戴维命名来掌控他的角色”（Buckton 235）。他称戴维为“中间派先生”（Mr. Betwixt-and-Between）（史蒂文森 69）。艾伦在隆重介绍自己国王的姓氏后，却没有记住戴维府上辉格派的姓氏，使其变得无关紧要。在行动上，他承担起戴维“代理父亲”的角色。在“契约号”上与船长霍西森展开战斗前，艾伦为戴维精心挑选武器，教他决斗和保命的技巧。艾伦“绑架”了戴维叙事者的身份，他的高地言论成为所有话语中最出彩的部分，这使他的地位胜似主角，一个深得读者喜爱的高地人形象跃然纸上。低地人叙事者的角色被高地人“绑架”的同时，低地情节也被高地情节“绑架”。《诱拐》的叙事结构是闭环式的，从戴维与其叔父在低地的情节开始，中间转移到高地讲述高地詹姆斯党的故事，直到结尾时才回到低地解决戴维的遗产继承以及叔侄间的矛盾。甚至在第 9 章艾伦登上“契约号”时就已经开始了詹姆斯党的情节。

叙事角色“转换”和情节“偏离”的背后是话语权的移交。因此，高地共同体的意志与信念得到表达。在低地的“官方”叙事之外，读者得以看到同一个故事的另一个版本。例如，关于缴纳两份租金的事情，在低地传教士汉登兰眼里，佃农们是“被迫这样做的”，负责收租的首领的兄弟詹姆斯·斯图亚特“把大家逼得很紧”（史蒂文森 131）。他还说，“要是有佃农退缩不前的话，”詹姆斯的左右手艾伦·布莱克“很可能会在那佃户的肚子上戳一刀的”（史蒂文森 132）。而另一边，艾伦口中的“实情”是，他族中穷苦的佃农们出于对首领的忠诚与热爱，“冒着风险”，一点点“省出第二笔租金来”，缴给首领。由于全篇叙事对艾伦和高地部族的偏向，读者无疑更加相信正直的艾伦讲述的“实情”，而非汉登兰编造的“拙劣的故事”（史蒂文森 132）。

高地人对“领土”的占据还发生在地理意义的层面上。艾伦利用高地人对地形的熟悉一路躲开“红衣军”的搜捕，带领低地人戴维一起在高地开辟出一条“非官方”的路径，用自己的痕迹覆盖“地图”。“无论英格兰政府派了多少士兵，布下多大的天罗地网，艾伦和戴维总能成功绕开”，“在官方地图的线路之间游刃有余”，这要得益于高地人对自己土地天然的熟悉（Jaëck 99—100）。还在“契约号”船上时，戴维就疑惑为何艾伦能在“布满军队”“处处设防”的高地自由进出却没被逮捕（史蒂文森 97）。而在艾伦眼里，“高地对当地人来说都是透明的”（Jaëck 100）。他还断定，没有士兵能发现他们走的路，可见“红衣军”在高地无法施展。艾伦带领戴维在高地从英军手中“夺回”“领土”是一种对土地和耕地被没收的抵抗。总的来看，叙事和地理“领土”向高地转移是一种在地缘意义上对共同体瓦解的诗性抵抗。

从“契约号”船上的战斗开始到高地逃亡，在与艾伦一路并肩作战、相互帮助的过程中，戴维的政治立场和自然情感向高地部族一方倾斜。小说刚开始时，戴维是一个由低地埃森底的牧师“坎贝尔先生教育出来的那种标准的辉格派”（史蒂文森 68）。而另一边，从衣着开始就透露出艾伦是一个彻头彻尾的詹姆斯党人。第一次面对艾伦这个张扬的詹姆斯派时，戴维说自己属于“中间派”（史蒂文森 68）。虽然此时的戴维这么说只是怕惹艾伦生气，但是他已经对眼前这个部族人及其族人们的政治信仰开始产生“极大的兴趣”（史蒂文森 68）。随着与艾伦接触增多，戴维对詹姆斯派产生了好感。他在汉登兰先生面前维护詹姆斯党人，且不相信这位低地传教士编造的关于詹姆斯党人压榨佃农的故事。但他对乔治国王的军队“实在没有好感”，因见到他们镇压高地穷苦佃农的情景而感到悲哀（史蒂文森 137）。明知艾伦是政府抓捕的对象，这位“乔治国王最忠实的子民”还是没有停下与他汇合的脚步，一步一步走向了辉格派的对立面。直至戴维与国王的敌人，首领克朗尼一起饮酒碰杯，敬部族的共同事业“复辟万岁”时，戴维已与其出发时的政治立场相去甚远。

与政治立场偏移同时产生的是戴维向高地人在自然情感上的倾斜。戴维原本与其他低地人一样，认为高地人是粗鲁、野蛮的。但在这次高地的经历中，他发现高地人不仅“彬彬有礼”，而且还有许多值得钦佩的品质，例如爱和牺牲奉献精神。这些都会使低地人“感到无地自容”（史蒂文森 132）。相比之下，低地人在戴维眼里反而更加野蛮。戴维见到汉登兰先生急于吸鼻烟的粗鲁状“大吃一惊”，因为他此时“已经习惯于高地人的彬彬有礼了”（史蒂文森 134）。这样的情感倾斜在戴维遇到一对善良的高地夫妇后显得更加强烈。即使自己衣衫褴褛，住的屋子“像个筛子似的满是窟窿”，这对夫妇依然拿出珍贵的酒、肉和面包热情招待戴维，而且还坚持拒绝收他的钱（史蒂文森 118—119）。戴维心想：“要是这些就是野蛮的高地人，那么我可以说，我自己的亲戚就更野蛮了”（史蒂文森 119）。很显然，戴维指的是那位加害于他的冷漠叔父。

从《诱拐》对苏格兰高地部族共同体被暴力瓦解的抵抗中可以看出，史蒂文森不满从“身份”到“契约”、从“共同体”到“社会”的自然演进过程遭到的强制破坏。不仅如此，小说还体现了史蒂文森对共同体精神纽带的认同。这与史蒂文森的苏格兰民族情结不无关系。无论是在地缘上还是精神上，《诱拐》对共同体瓦解的抵抗都是从英格兰政府所采用途径的反向入手。英格兰先在各方面对苏格兰低地进行同化，并与其联手促成英、苏的议会联合，后以此为前提，对高地进行类似殖民的统治，对共同体进行瓦解。反过来，抵抗的路径则是先通过高地与低地的联合，进而共同抵御英格兰。地缘上，高地人与低地人携手从英兵手中夺回领土；精神上，低地人的政治立场和情感态度转向高地，支持共同体事业。这说明史蒂文森向往苏格兰人之间的亲和关系与民族团结。在创作《诱拐》的19世纪后半叶，“苏格兰的民族身份受到挑战”，苏格兰被称为“北不列颠”（Breitenbach 15）。19世纪后半叶存在于苏格兰的主流观点是：“与英格兰联合且走向湮灭是苏格兰注定的命运”（Breitenbach 15）。然而，在这个苏格兰“‘北不列颠性’流行的顶峰时期”，史蒂文森仍然坚持对“苏格兰性”的肯定，强调“苏格兰人之间的亲和关系”与精神纽带（Breitenbach 15）。写于大英帝国鼎盛时期的《诱拐》可以说是一次对不列颠联合王国形成初期的回望、对英格兰、苏格兰两国联合起点的反省、对“苏格兰性”

源头的审视。而史蒂文森的苏格兰民族意识恰恰也是他对共同体精神纽带认同的根源。

引用作品[Work Cited]：

Breitenbach，Esther. *Empire and Scottish Society: The Impact of Foreign Missions at Home，c. 1790 to c. 1914*. Edinburgh：Edinburgh UP，2009.

Buckton，Oliver. "'Mr. Betwixt-and-Between'：The Politics of Narrative Indeterminacy in Stevenson's *Kidnapped* and *David Balfour*." *Narrative Beginnings: Theory and Practices*. U of Nebraska P，2008. 228－245.

Davidson，Neil. *The Origins of Scottish Nationhood*. London：Pluto Press，2000.

Fielding，Penny. *Scotland and the Fictions of Geography: North Britain 1760－1830*. Cambridge：Cambridge UP，2008.

Fry，Peter，and Fiona Somerset Fry. *The History of Scotland*. London：Routledge，1992.

Jaëck，Nathalie. "Kidnapping the Historical Novel in Stevenson's *Kidnapped*：An Act of Literary and Political Resistance." *The Journal of Stevenson Studies* 11（2014）：87－104.

Koch，John T. *Celtic Culture: A Historical Encyclopedia*. London：ABC-CLIO，2006.

Moretti，Stella. "Under Lowland Eyes：David Balfour in the Land of the Jacobites：Robert Louis Stevenson's Mapping of 18th-Century Scotland in *Kidnapped*." *Annali Di Ca'Foscari. Serie Occidentale* 50（2016）：305－321.

Roberts，John L. *Clan，King and Covenant: History of the Highland Clans from the Civil War to the Glencoe Massacre*. Edinburgh：Edinburgh UP，2000.

斐迪南·滕尼斯：《共同体与社会》，张巍卓译，北京：商务印书馆，2019 年。

亨利·梅因：《古代法》，沈景一译，北京：商务印书馆，2018 年。

罗伯特·史蒂文森：《诱拐》，周佩红译，南昌：二十一世纪出版社，2005 年。

论《露丝》中命运共同体的多维度表征[*]

陈天雨[**]

内容提要： 伊丽莎白·盖斯凯尔的小说《露丝》寄寓了作家对命运共同体多层次、多角度的理解。本文借用德国社会学家滕尼斯对共同体类型的划分，从家庭、地缘和精神三个层面考察盖斯凯尔对共同体的形成机制、内部矛盾及理想社会基础这一系列问题的思考。三类共同体分别强调共生意识、共享价值和共同情感，因而成为命运共同体的子集。盖斯凯尔笔下的共同体充满张力，是实体和理念的结合，兼具稳定性和流变性，具有现实和理论的双重意义。

关键词： 伊丽莎白·盖斯凯尔；《露丝》；家庭共同体；地缘共同体；精神共同体

Abstract: Elizabeth Gaskell's *Ruth* advances a comprehensive overview of community. This essay examines Gaskell's thought about the formative mechanism, inner conflict and ideal membership of community based on Tönnies's community of blood, place and spirit. Three types of community attach importance to the awareness of coexistence, common values and shared emotion, which enables them to be subsets of a community of shared future. There is tension in the represented community. It is both an ideal and a reality, stable but open to change. Gaskell's representation of community has realistic and theoretic meanings.

Key words: Elizabeth Gaskell; *Ruth*; familial community; community of place; spiritual community

19 世纪 40 年代到 60 年代英国有不少小说涉及失足女子，但像伊丽莎白·盖斯凯尔（Elizabeth Gaskell, 1810—1865）的《露丝》（*Ruth*, 1853）这样，将"堕落女子"置于作品中心地位的小说并不多见。因为女主人公的特殊性，评论家们大多从露丝这一个体出发，聚焦个人生活和人物

---

* ［**基金项目**］：本文系上海外国语大学第三届导师引领学术计划项目"当代英国移民小说困境主题表征与审美接受研究"阶段性成果。

** ［**作者简介**］：陈天雨，上海外国语大学博士生，主要从事英国文学研究。

成长,进而以点带面,从文化、宗教、经济等角度分析作家所持的意识形态立场或者窥探维多利亚社会面貌。其实在对个体关注的同时,小说也寄寓了作家的"共同体冲动",这体现在盖斯凯尔试图解决"影响社会和谐的问题"(Jaffe 78)。学界对小说中的共同体有所提及,有学者认为《露丝》论证了"堕落女子"在"没有偏见的共同体内获得救赎的可能性"(Anderson 108),指出小说描绘了一个"非开放式共同体"(Dolin 69; Craik 57)。前者道出个体与共同体的关系,后者概括出共同体的特质,但都未对小说呈现的共同体做系统的论述。事实上,盖斯凯尔在小说中表现了多种共同体,并透露出富有洞见的命运共同体意识。

德国社会学家斐迪南·滕尼斯(Ferdinand Tönnies, 1855—1936)认为"人的意志在很多方面都处于相互关系之中",共同体的本质在于"关系本身及其产生的联结被理解为真正的有机的生活"(Tönnies 17)。他按照形成机制将共同体划分为三类:血缘共同体、地缘共同体和精神共同体,并以亲属、邻里和友谊作为三类共同体内成员的典型关系(Tönnies 27—29)。三种共同体紧密联系、互有重合,或是前者包含了后者的内核,或是后者自前者发展而来并逐渐独立于前者。相较于共同体,命运共同体"超越了一般意义上的共同体类型及其价值要求,同时又是诸种共同体精神和特质的综合化集结和辩证统一"(王泽应 7)。"作为普遍概念,人类命运共同体泛指人类各种命运休戚与共的共同体形式,如家庭、民族,甚至国家"(周安平 18)。可见命运共同体能够由一般的共同体以多种形态、多种规模呈现出来。本文以滕尼斯对共同体的划分模式为基础,参考雷蒙德·威廉斯(Raymond Williams, 1921—1988)、本尼迪克特·安德森(Benedict Anderson, 1936—2015)和让-吕克·南希(Jean-Luc Nancy, 1940—)对共同体的阐释,探讨在《露丝》中命运共同体如何通过家庭、地缘以及精神三种共同体形式得以表征。

一、家庭共同体:关怀联结与共生意识

滕尼斯将血缘关系视为共同体的胚胎,因为"人的意志的统一和共同体的产生首先依靠血缘的亲近和混合,然后依赖于空间的接近,最后才基于心理和精神的亲近"(Tönnies 34)。家庭自然成为血缘共同体的典型单位。以天然意志的结合为基础,家庭成员在长久的共同生活中逐渐形成对彼此的习惯,处于一种共生状态。这种状态不是个体机械地结合或简

单地拼凑,而是相互联系与影响、彼此理解与支持。在血脉相连的基础上,家人之间总是你中有我、我中有你,相互依赖程度最深,形成最普遍的命运共同体。然而小说中严格遵循父权制的传统家庭内,成员并没有因为血缘关系产生强烈的共生意识,导致命运共同体在家庭层面面临阐释困境。

小说中布拉德肖一家尽管符合滕尼斯对血缘共同体的定义,但是由于过度强调父亲权威,血缘难以提供足够的向心力,家庭内部松散压抑,共生意识薄弱,造成命运共同体在家庭维度的形塑困境。布拉德肖一家是维多利亚时期典型的以父权为主导的家庭,女性在经济、法律和道德上均位于从属地位,妻子对家庭这一所谓的女性私人领域的管理也是从丈夫那里得到授权,孩子从小就被教育要顺从父亲,家庭内部存在森严的等级。滕尼斯对血缘共同体中的父系权威也有论述:父亲/丈夫因其年龄、体力和智力优势在家庭里占据中心地位,作为强者,他享有优越感和权力;而处于被保护地位的弱者(妻子和孩子)自然服从前者,感受到的压迫因对前者的爱与感激有所缓解(Tönnies 27, 25)。但在布拉德肖家中,父亲权威远高于亲缘关系,情感关怀远少于权威带来的压迫感,以至于家庭生活似乎是一种表面的、暂时的社会存在,呈现出机械聚合的状态,成员之间的关系带有表演性。布拉德肖太太对丈夫十分顺从,只敢悄悄在丈夫背后抱怨;当布拉德肖出现,她就"教孩子们装出最讨父亲欢心的样子"(盖斯凯尔 220)。此外,布拉德肖与子女之间的"关系让人感到是一种统治非自由人的纯粹的权力"(Tönnies 24)。大到女儿的婚姻问题,小到她们的日常习惯,他都表现出不容置疑的决策权威。妻子和孩子均以布拉德肖为中心,按照他的意愿行事,布拉德肖却从未从其他人的角度理解他们的感受、想法和处境。丈夫和妻子、父亲与孩子之间更多是单向度的信息传达,难有真诚的、真正的双向沟通,更不用提相互理解与支持。当父权的威严远超血缘关系的亲近,即使有长久的共同生活和日常经验作为支撑,共生意识依旧模糊,命运共同体面临建构困境。

与布拉德肖一家相反,由关怀关系凝聚在一起的本森一家则温暖团结,生发出强烈的共生意识,成员之间彼此关联,相互依存。本森与费思凝结成家庭共同体源于三种"最强有力的关系"之一的姐弟关系(Tönnies 58),但是老仆人萨利和露丝与本森姐弟并无血缘关系,无法与之形成传统的血缘共同体。建构本森一家这个非传统家庭共同体的要素是充满温情的关怀关系。"关怀既是一种实践,也是一种价值观"(Held 42)。它既是对他人需求做出回应的实际行动，也包含我们对待人际关系的态度。关怀伦理认为道德领域最根本的问题就是关怀关系，它普遍存在于人与人之间，强调人的相互联系和相互依赖。“关怀关系形成家庭和友谊的小社会，它们进而成为大社会的基础”（Held 43）。萨利在年少时因为一时疏忽导致本森驼背，强烈的道德责任感使她主动留在本森家，与姐弟俩建立起互信互惠的关怀关系。至于露丝，本森姐弟和萨利都知晓她被引诱后失足的经历，却仍旧愿意接纳她为家庭一员，并毫无保留地提供了物质、情感和精神的多重关怀。他们形成了一个超越血缘的非传统家庭共同体，成员之间平等互爱、同甘共苦、荣辱与共。他们之间的关怀关系“温暖而且具有说服力”（Williams 1976：76）。这在萨利作为国教徒踏入本森布道的清教教堂，参加露丝孩子洗礼的时候开始显露：“他们很高兴她乐意去，他们觉得大家是一家人，一个人的事也是众人的事”（盖斯凯尔 190）。而一家人因为露丝的过往被揭露受到排挤时，依旧相互安慰，彼此陪伴，成为共生意识的最好注解。

不论在盖斯凯尔的小说中还是在现实生活中，家庭关系都占据了重要地位。她的作品描绘了不同类型的家庭，如《南方与北方》中的核心家庭、《克兰福德》中的手足共居家庭、《妻子和女儿》中的继亲家庭，这些家庭不论是从正面还是从反面都力证盖斯凯尔的家庭观：男性的确是家庭的中心，但父权的绝对专制只会消解家庭内部的共生意识，影响家庭的和谐关系；血缘也不是构成家庭共同体的必要条件，家人之间的关怀才是脉脉温情的源头，因而成为建构家庭共同体的新要素。盖斯凯尔赋予家庭的重要性表明父权制思想对她根深蒂固的影响，而对家庭共同体纽带的思考又显示出她对父权制的迂回抵抗。复杂多样的家庭结构是维多利亚时期英国社会变迁的结果，而家庭是经济飞速发展但功利思想盛行的社会中温情和关怀的保留地。达西曾说，盖斯凯尔如果没有感受到自己对“最小的、联结最紧密的共同体——家庭”的归属感，她便不会感到幸福（Duthie 88）。对于作家而言，家庭不应当是冷冰冰的社会等级秩序的再现，而是要满足人内心深处的情感需求，是由成员共建共依共享的命运共同体。

二、地缘共同体：秘密与共享价值

“地缘共同体直接表现为居住在相同的地方”，人们“相互熟知，有共同的秩序和行政管理”（Tönnies 27—28）。共同体成员自觉遵守固有习俗或公共准则,是共享价值得到实践的具体表现。威廉斯认为真正的共同体内人们有"直接的关系"和"面对面的交流"(Williams 1973: 165),提出了以人与人之间相识相知为基础的可知共同体。他其实指出共同体成员得以共享价值观念的基础与途径,即真正的交流。共享价值是"保证命运共同体顺利生存的精神枢纽和安身立命之本"(王泽应 11)。可以说命运共同体也是一个价值共同体。地缘共同体对共享价值的强调使之带有鲜明的命运共同体色彩。艾克莱斯顿是一个相对封闭的地缘/可知共同体,邻里之间的相知相交表明他们在基本道德准则上的一致性。就"堕落女子"而言,艾克莱斯顿居民拥有与主流观念一致的看法,即认为她们完全违背了中产阶级对女性作为"家中天使"的规范,其行为败坏社会道德,影响家庭稳定,威胁公共健康,是"英国社会的毒瘤"(Hess 8),理应遭到批判与放逐。露丝能够进入艾克莱斯顿是由于她作为外来者的不可知性以及本森姐弟对她的编码。本森姐弟为避免露丝母子遭受舆论批评,隐瞒了露丝的过往,伪造了她的寡妇身份。然而这违背了公共伦理秩序,打破了作为命运共同体基础的价值互信,使地缘共同体难以维持有机整体的状态。

关于露丝的秘密和谎言暗中损坏着可知共同体的根基,表明原来共有观念的失效,使共同体面临分裂之险。让-吕克·南希(Jean-Luc Nancy)认为共同体成员并非个体,而是独体,他们在各自的分离状态与有限性中交流和揭示自己,难以触及"隐秘内部"(Nancy 29)。布朗肖也认为"集体交流的根基处存在着秘密,一种深藏而无法言说的秘密"(转引自 Heffernan 28),导致共同体内无法进行深度沟通。笔者并不认同秘密之下只有独体之说,因为秘密在人的思维活动中占据的比例极小,不可能抵消成员之间的共性。一般性的私人秘密也不会影响到共同生活与公共事业。但秘密的不可言说性和不可知性的确阻碍了共同体成员之间的真诚交流,秘密涉及共同原则时尤为如此,这必然导致共同体内部的分歧。当费思向布拉德肖夫人编造露丝的身世时,有违邻里交往原则,无意识地将二人之间的交流变成不涉及"隐秘内部"的揭示,造成共同体内的认知真空。此外,本森和费思选择用秘密和谎言来保护露丝母子的时候,违背了艾克莱斯顿的公共伦理,划出了他们与其他人之间的价值边界。本森一家对露丝的接纳表明他们并不赞同仅凭一个错误而给女子下终身的道德判决,但也不意味着他们完全否定现有的道德准则。相反,正是因为仍旧认同维多利亚社会针对"堕落女子"的伦理规范,认为女子失贞是一个道德污点，他们才伪装露丝的身份。即使这样，他们所持的伦理立场仍与共同体共有立场不符，造成共同体的潜在裂缝。

秘密的曝光与谎言的破裂暴露了以地缘为基础的可知共同体面临“存异难求同”之困境，其原因在于成员在伦理判断方式上存在差异。布拉德肖在得知露丝的过往后，与本森有一次激烈的交锋。他全然不顾之前对露丝品行的观察和赞扬，强调女性失足就是因为自甘堕落。本森则提出不同的看法：“并不是所有曾经一度失足的女性都是堕落的……难道现在不是到了该改变一下我们的一些看法跟做法的时候了么”（盖斯凯尔 367）。本森和布拉德肖分别代表两种伦理判断方式：前者更认同情境化伦理判断，即将道德主体置于具体的情境中，以联系的观点判断其行为，倾向于女性的关怀视角，这利于建立或深化人与人之间的联系；后者属于传统的男性公正视角，重视普遍抽象的原则，奉行对维多利亚主流伦理规范的绝对服从和机械运用，将个体看作独立的实体，也就难以以整体性的思维考虑他人的处境与命运。作家借本森之口表达的对“堕落女子”的深切关怀与同情很大程度上源于福音主义。福音主义者将女子失足的主要原因归结为贫穷和失业，并指出中产阶级男性也对此负有责任。福音主义还谴责维多利亚伦理针对两性的双重标准，将失足女子视为社会的受害者（Hatano 634—635）。正是基于这一点，盖斯凯尔质疑维多利亚社会僵化的伦理规范和虚伪的道德评判方式，提倡女性的关怀视角，考量个体的复杂境遇，呼吁人们承担应尽的社会责任。本森与布拉德肖的谈话是一次触及隐秘内部的深度沟通，二人多年友谊因伦理判断差异而破裂，两家人分道扬镳，也将共同体的内部矛盾显性化。邻里交往中断，难以相互认同，地缘共同体岌岌可危。

地缘共同体危机因秘密而始，也因秘密而终。小说另一个涉及秘密的情节是布拉德肖的儿子理查私自伪造本森的签名并挪用他的投资款项，最终事情败露。布拉德肖对此仍旧采取绝对的公正视角，声称与理查脱离父子关系，再三要求本森起诉他，并把原因归咎于他天生的劣根性。本森则坚持要“掌握全部情况”（盖斯凯尔 423）后再做决定。关怀与公正并非水火不容，问题在于优先考虑哪一方。弗吉尼亚·赫尔德（Virginia Held）认为公正在司法情境优先运用最具说服力，但也不能完全忽略关怀（Held 103）。涉及私人道德领域时，公正伦理的理性运用往往容易带来情感和人际关系危机。从司法正义的角度来说，布拉德肖的做法无可厚非。然而作为父亲，布拉德肖却将天然的血缘关系看成可以随意解除的契约关系，推卸自己在家庭伦理教育中的责任，压抑内心的情感。盖斯凯尔最终以一场马车事故作为对理查的惩罚，布拉德肖听闻后终于难以压抑父子之情晕厥过去。理查后来改头换面，表现正派，布拉德肖则意识到不论是对待露丝、本森还是自己的儿子，自己的“公正”视角并不公正，主动回到本森的教堂，脸上带着“一副意识到自己缺乏足够正义感的神情，甚至颇有几分不能正确评价他人的恼丧”（盖斯凯尔 442）。至此，布拉德肖与本森之间的嫌隙逐渐消除，就新的伦理观念即情境化伦理判断达成一致，地缘共同体重新呈现聚合之势。

盖斯凯尔本人并不提倡绝对性的思考方式，“相信个体情况可能不尽相同”（转引自 Stoneman 69）。这与卡罗尔·吉利根（Carol Gilligan）对个体复杂多样性的考虑有相通之处：“既然‘生活不可思议的复杂性’无法限制在‘条条框框’中，道德判断就不能受‘普遍规则’的约束，而是要足够了解鲜活的生活从而与所有人建立一种广泛的同伴情感”（Gilligan 130）。盖斯凯尔对女性道德的探索与理论界形成穿越时空的对话。她的相对性立场既有个人特色，也是她在质疑维多利亚道德规范和受其规训之间游移的结果。这种相对性思维虽然影响了小说中共同体的稳定性，却能促使成员以思辨和动态的眼光看到共同体的局限性，保证共享价值的合理性和可靠性，为共同体“共命运”奠定基石。

三、精神共同体：个体与共同情感

滕尼斯指出精神共同体是“真正的人的和最高形式的共同体”，可以理解为心灵之间的相互关系（Tönnies 27—28）。而盖斯凯尔在对精神共同体的构想中，将心灵之间的相互关系诠释为人与人之间的情感共鸣，这意味着成员之间能够“相互理解和默认一致”（Tönnies 32）。情感不同于阶级或信仰，可以无差别地为人们所拥有，也就无限可能地扩大了共同体基础。而共同情感可以发挥交流的功能，或提醒人们彼此相似和共有的命运，或激发出人们对彼此命运的参与感，实现动员和凝聚成员的目的，使精神共同体向命运共同体迈进。以共同情感为基础，小说中精神共同体的依靠对象得以跨越伦理分层、信仰之别、阶级地位、生死范畴和文本限制，表达了作家对差异个体形成命运共同体的向往。

人们对露丝的情感认同改写了露丝与共同体之间的关系，增加了共同体对个体的包容性，奠定了精神共同体的情感基础。以维多利亚的伦理标准，露丝这类女子难以进入任何一个共同体中，更不用提与之命运与共。然而情感对社会关系的构建具有重要作用。露丝作为护士以职业道德赢得人们的尊重，这种回应式的情感架起了露丝与其他人之间的桥梁，表明人们已经将露丝接纳为共同体一员。在伤寒肆虐之时，人们或许互不相识，对疾病的恐惧和对生命的希望却让他们命运相交，因为“共享的历史，尤其是那些由共同经历的苦难所奠基的历史，可以使我们与他人紧密相连，体验相似的命运”（Brock 281）。当露丝冒着生命危险自愿去医院照顾患者时，就将自己的命运与其他人的命运交织在了一起，将隐蔽在日常关系中的命运共同体彰显出来。她以正直无私和博爱之心获得了上至教区长、下至流浪汉的感激与赞扬，这将露丝置于共同体的中心地位，同时放大了其他人之间的相似性而缩小了差异性。共有的敬意成为一种社会性情感，相互感染从而让所有人心灵互通，为精神共同体打下基础。

精神共同体最终在露丝的葬礼上被具象化，互不相识的人齐聚一堂，彼此的情感共通，使共同体基础进一步扩大。在场的共同体成员尽管信仰有别，阶层有异，却共有对露丝的同情与哀悼。露丝的葬礼在本森的清教堂举行，却有一些国教教徒出席，这打破了不同教派教徒之间的敌对状态。信仰的差别和礼仪的差异由于共有的悲伤情感也变得不那么重要。一队接一队衣着寒酸的致哀者也赶来，此时露丝受到的伦理评价不再仅仅来源于以布拉德肖和本森为代表的中产阶级，而是来源于曾经受到疾病威胁的所有人。“本森先生从布道坛上看到了所有的人……他们都在深深地致哀，布莱德肖先生尤其如此……法夸尔一家——不少陌生人——还有不少不言不语的穷人——远远地还站着一两个蓬头垢面的流浪者，在不断地流着眼泪”（盖斯凯尔 479）。精神的契合和情感的共鸣表明共同的伦理立场，巩固了共同的心理建构。滕尼斯认为精神共同体内成员之间的关系是“建立在偶然或者自由选择的基础之上的”（Tönnies 29）。人们出席露丝的葬礼意味着他们选择与露丝建立情感上的联系。尽管露丝已逝，他们却共有对她品格的记忆，而“共有的记忆引发感激和忠诚”（Tönnies 29），在成为精神共同体联结的同时，也让逝者成为共同体不可或缺的部分。各类个体的在场表明，在盖斯凯尔那里共同的情感让精神共同体成员得以搁置差异，跨越生死。

精神共同体在文本之内被构建的同时，也借着在维多利亚读者心中唤起的道德情感，在文本之外被想象。安德森认为小说和报纸是重现民族这个想象的共同体的技术手段，一方面，现实主义小说的真实性很容易唤起读者对于现实社会的想象;另一方面,小说的人物及其行为在全知读者看来是"同质的空洞时间中的同时性行动"(安德森 23)。一个想象的世界由此被召唤出来,你可能并不认识你的同胞,但你知道他们跟你一样处于相同的"小说"中。国家就是这样被想象的,精神共同体也是如此。当读者阅读《露丝》时,露丝的故事从小说的内部延伸至维多利亚读者日常生活的外部,想象的世界与真实世界交织,将人物、作家、读者囊括进来,并在时间中向前推移。与此同时,读者加入人物和作者,一起进行体验和判断。当三者共享立场、共有情感时,一个广泛的精神共同体得以建构。小说在读者中唤起的激烈而普遍的反应是:为什么露丝必须死亡?而且不是在医院护理病人时而是在旅馆照顾负心汉贝林汉后染病而死?有学者认为这源于作家对维多利亚主流意识形态的服从或矛盾态度(陈礼珍 134;Stoneman 65),有的认为盖斯凯尔以露丝的死暗指女性作家受到的不公正待遇(D'Albertis 99),H. M. 绍尔(H. M. Schor)则认为这是作家故意对小说进行的"谋杀",以此来提醒读者女性其实过着被设计好的生活(Schor 73, 75)。顺着绍尔的思路,露丝的"死法"能够对读者产生最大的冲击力,最大程度唤起读者的同情。同情能够使人感同身受,包括休谟和斯密在内的哲学家都认为同情能够完善人性。苏珊娜·格雷夫(Suzanne Graver)在《乔治·爱略特与共同体》一书中称,爱略特(George Eliot, 1819—1880)"坚信艺术有力量扩展读者的胸怀,使之更有同情心和反应能力;她的美学旨在全面改变人的感受力,进而最终改变社会"(Graver 11)。盖斯凯尔也有此意。露丝的死在维多利亚读者心中激起的同情不仅连接了读者与人物,更提醒他们"堕落女子"在英国社会的真实境遇,敦促他们以关怀之心对待失足女子,为她们的命运有所行动,从而改良"分裂的英格兰"这一社会状况。

结　　语

盖斯凯尔以文学想象和诗性话语抒发内心的共同体冲动,以期推动现实社会的改良和进步,表达对理想社会的憧憬和向往。纵观整部小说,从家庭共同体内在属性的变更,到地缘共同体内的矛盾化解,再到精神共同体的社会基础拓展,盖斯凯尔从三个维度探索共同体的变化规律和生成逻辑。家庭维度,盖斯凯尔质疑血缘作为家庭共同体纽带的可靠性,批判绝对父权对家庭内部共生意识的消解作用,而关怀关系与共生意识的相似内涵使之成为新的家庭共同体联结；地缘共同体内，成员之间的相互可知是共享价值的基础。涉及公共原则的秘密虽然维持着共同体表面的风平浪静，却早已造成内部暗流涌动。唯有坦诚地交流才能为解决矛盾、建立价值互信提供契机；所有人的命运受到瘟疫威胁之际，盖斯凯尔适时提出以情感共鸣为基础的精神共同体，使共同体依靠对象搁置差异，体会到彼此的命运相连。三种共同体既因为成员所处社会关系的多样性互有重叠，又因为对不同关系内涵的侧重表现出相对独立性。它们各自以共生意识、共有观念和共同情感最终指向命运共同体。作家笔下的共同体既可以是家庭这样的实体，也可以是精神共同体这样存在于人心中的信念；因人际关系的稳定而稳定，因社会生活的变化而变化，充满着张力。盖斯凯尔以文学之思加入 19 世纪文人学者对共同体观念的探索，为丰富共同体的内涵发挥了独特的作用。

引用作品[Works Cited]：

Anderson, Amanda. *Tainted Souls and Painted Faces: The Rhetoric of Fallenness in Victorian Culture*. Ithaca: Cornell UP, 1993.

Brock, Gillian. *Global Justice: A Cosmopolitan Account*. Oxford: Oxford UP, 2009.

Craik, W. A. *Elizabeth Gaskell and the English Provincial Novel*. London: Routledge, 2013.

D'Albertis, Deirdre. *Dissembling Fiction: Elizabeth Gaskell and the Victorian Social Text*. New York: St. Martin's Press, 1997.

Dolin, Tim. "A Moabite Among the Israelites: *Ruth*, Religion, and the Victorian Social Novel." *Literature & Theology* 30.1 (2016): 67 – 81.

Duthie, Enid L. *The Themes of Elizabeth Gaskell*. London: Macmillan, 1980.

Gilligan, Carol. *In a Different Voice: Psychological Theory and Women's Development*. Cambridge: Harvard UP, 1982.

Graver, Suzanne. *George Eliot and Community: A Study in Social Theory and Fictional Form*. Berkeley: California UP, 1984.

Hatano, Yoko. "Evangelicalism in *Ruth*." *The Modern Language Review* 95.3 (2000): 634 – 641.

Heffernan, Julián Jiménez. "Introduction: Togetherness and Its Discontents." *Community in Twentieth-Century Fiction*. Ed. Paula Martín Salván et al. London: Palgrave Macmillan, 2013. 1 – 47.

Held, Virginia. *The Ethics of Care: Personal, Political and Global*. Oxford: Oxford UP, 2006.

Hess, Marcy. "W. R. Greg's Prostitution: The Rhetoric of Contagion and Victorian Britain's 'Great Social Evil.'" *Journal of the Georgia Philological Association* (Nov. 2006): 8-36.

Jaffe, A. *Scenes of Sympathy: Identity and Representation in Victorian Fiction*. Ithaca and London: Cornell UP, 2000.

Nancy, Jean-Luc. *Inoperative Community*. Trans. Peter Conner, et al. Minneapolis: U of Minnesota P, 1991.

Schor, H. M. *Scheherezade in the Marketplace: Elizabeth Gaskell and the Victorian Novel*. New York: Oxford UP, 1992.

Stoneman, Patsy. *Elizabeth Gaskell*. Manchester: Manchester UP, 2006.

Tönnies, Ferdinand. *Community and Civil Society*. Trans. Jose Harris. Ed. Jose Harris and Margaret Hollis. Cambridge: Cambridge UP, 2001.

Williams, Raymond. *The Country and the City*. New York: Oxford UP, 1973.

—. *Keywords: A Vocabulary of Culture and Society*. London: Fontana Press, 1976.

本尼迪克特·安德森:《想象的共同体》,吴叡人译,上海:上海人民出版社,2005年。

陈礼珍:"瘟疫的隐喻:《路得》的自由主义批判",《国外文学》,2014年第3期,第127—135页。

王泽应:"命运共同体的伦理精义和价值特质论",《北京大学学报(哲学社会科学版)》,2016年第9期,第5—15页。

伊丽莎白·盖斯凯尔:《露丝》,筱璋、董琳文等译,云南:云南人民出版社,1986年。

周安平:"人类命运共同体概念探讨",《法学评论》,2018年第4期,第17—29页。

澳大利亚小说家的“理论”之争*

王腊宝**

内容提要：“理论”的兴起与消退是20世纪70年代之后澳大利亚文坛和批评界的一件大事，围绕“理论”引发的论争吸引了众多批评家的关注，也吸引了不少作家参与其中。20世纪八九十年代，先后有多位澳大利亚作家通过自己的创作表达了他们对于“理论”的态度。戴维·艾兰德在他的小说《女人城》中刻画了一个完全脱离男性的女性世界，针对激进女权运动所暴露出来的问题进行了揶揄；布莱恩·卡斯特罗的小说《双狼》通过重述“狼人”的故事将弗洛伊德塑造成招摇撞骗的江湖术士，对精神分析理论进行了无情的嘲弄；戴维·福斯特的小说《林中空地》通过呈现一个后现代小说创作个案，对罗兰·巴特的后结构主义“作者之死”进行了批驳。这些作家的出身与背景不尽相同，但他们在对待“理论”的态度上与固守传统价值的批评家高度一致。他们用文学的方式针对学院派“理论”进行讽刺、批判和打击，加速了“理论”在澳大利亚的消亡。

关键词：澳大利亚小说家；“理论”之争；《女人城》；《双狼》；《林中空地》

Abstract: The rise and fall of Theory after the 1970s represented an epochal moment in the history of Australian literature and literary studies. The debates drew in and divided numerous critics and they also sucked in some of the country's most respected serious writers, some of whom, in the last two decades of the 20th century, communicated their stand in the arguments through their literary writings. David Ireland wrote *City of Women* to ridicule the radical separatism of feminist (especially lesbian) women; Brian Castro's *Double Wolf* targeted for its merciless allegations and criticism Sigmund Freud and his psychoanalysis; David Foster's *The Glade within the Grove* presented a sharp repudiation of Roland Barthes' poststructuralist ideas

* ［**基金项目**］：本文系中国社科基金一般项目“澳大利亚后现代实验小说研究”(16BWW054)的阶段性研究成果。

** ［**作者简介**］：王腊宝，上海外国语大学英语学院教授，主要从事英美文学、后殖民英语文学、澳大利亚文学和文学批评及理论等的研究。

such as “the death of the author” through the depiction of a pretentious postmodern writer. Despite their differences in terms of family and cultural background, they were curiously agreed in their dislike of Theory and in their posing as defenders of traditional Australian and humanist values. They no doubt contributed to the demise of Theory in Australia.

Key words: Australian novels; the Theory debates; *City of Women*; *Double Wolf*; *The Glade within the Grove*

20 世纪 70 年代后期，来自欧美的结构主义和后结构主义思潮陆续登陆澳洲，给这块长期封闭的大陆带来了新的思想和观念；但是，形形色色的后现代“理论”的到来给守旧的澳大利亚社会带来了不小的冲击，所以免不了也受到一些固守传统价值的主流批评家的批评和反对。80 年代，包括后结构主义在内的思想受到了来自包括历史学家兼文学批评家约翰·多克（Docker 1984）和有着天主教背景的文学批评家多萝西·格林（Green 1984）的否定。女权主义则受到了 K. K. 鲁斯文（Ruthven 1990）等男性批评家的批判。这些批评家认为，外来的“理论”既晦涩又脱离澳大利亚文学实际，应该予以抵制。

特里·伊格尔顿（Terry Eagleton, 1943— ）在他的《理论之后》（*After Theory*, 2003）中提出，20 世纪兴起又消退的“理论”与一批具体的思想家的命运紧密相连，到 90 年代，随着罗兰·巴特（Roland Barthes, 1915—1980）遭遇车祸、米歇尔·福柯（Michel Foucault, 1926—1984）罹患艾滋、路易斯·阿尔都塞（Louis Althusser, 1918—1990）杀妻发疯以及他们中的多人寿终正寝，这个“理论”的勃兴时代终于宣告结束（Eagleton 1）。其实，发生在 20 世纪末的“理论”消退在很多国家都并非那样简单。在 20 世纪 90 年代的澳大利亚，围绕“理论”引发了一场前所未有的“文化论争”，包括罗伯特·德赛（Dessaix 1991）、卢克·斯拉特里（Slattery 1994）和基思·温恰托（Windschuttle 1995）在内的一大批批评家针对澳大利亚大学校园兴起的后结构主义、女性主义、多元文化主义等进行了围攻，他们立足澳大利亚大众和形形色色的公共平台，针对澳大利亚学院派进行了连篇累牍的清剿，他们激烈的言论导致了学院派批评家和自由文人之间、大学与澳大利亚社会之间的尖锐对立，在此后几个重大的媒体事件之后，代表“理论”的学院派批评家更成了众矢之的。

在澳大利亚，积极参与围剿学院派“理论”的还有一批热衷公共事务的作家。早在 1977 年，澳大利亚作家巴里·奥克莱（Barry Oakley，1931— ）在日内瓦召开的一次澳大利亚文学会议上针对积极倡导结构主义理论的会议组织者艾沃·英迪克（Ivor Indyk，1949— ）发难，指责他热衷欧洲理论不务正业，要求他辞去大学教职（English 60）。80 年代以后，有些作家开始通过自己的创作直接介入到这场论争之中。那么，这些作家创作了什么样的文学作品？又通过这些作品表达了怎样的立场？本文择取戴维·艾兰德（David Ireland，1927— ）、布莱恩·卡斯特罗（Brian Castro，1950— ）和戴维·福斯特（David Foster，1944— ）这三位较有代表性的小说家，结合其创作的《女人城》（*City of Women*，1981）、《双狼》（*Double Wolf*，1991）和《林中空地》（*Glade Within the Grove*，1997）等长篇小说，梳理他们针对女权主义、精神分析和后结构主义等三大“理论”展开的想象，从中考察这些澳大利亚小说家所倡导的传统澳大利亚主流价值以及他们对于当代“理论”的批判认知。在 20 世纪末澳大利亚的“理论”之争中，这些作家的介入不仅影响了“理论”在澳大利亚的走向，还决定了它不断走向消退的命运。

一、《女人城》与女权主义

《女人城》的作者戴维·艾兰德于 20 世纪 60 年代初涉文坛，1966 年以一部题为《歌鸟》（*The Chantic Bird*）的小说脱颖而出，1971 年和 1972 年，他连续出版《无名的工运犯》（*The Unknown Industrial Prisoner*）和《食肉人》（*The Flesheaters*）后决定辞去其他工作以便专事写作，他于 1972 年、1977 年和 1980 年三获澳大利亚最高文学奖迈尔斯·弗兰克林奖，成为澳大利亚 70 年代炙手可热的文坛巨擘。《女人城》（*City of Women*，1981）是他 80 年代出版的第一部长篇小说，也是他的第七部小说，在此之后，他又连续出版了《阿基米德与海鸥》（*Archimedes and the Seagle*，1984）、《亲生父亲》（*Bloodfather*，1987）、《天选》（*The Chosen*，1997）、《修理天下视频游戏》（*The World Repair Video Game*，2015）等 5 部长篇小说。这些荣誉和成绩使他成为 20 世纪澳大利亚文坛备受推崇的名家。艾兰德关注社会和政治，早期小说都是所谓的“无产阶级小说”，生动再现了他早年在工厂打工的经历，刻画了一个还处于成长中的澳大利亚工业世界。在这个世界里，所有人的脑子里只想利润和生产，穷人、老年人和无业游民被看作社会的失败者,他们无法融入社会,是社会的局外人。从 80 年代开始,艾兰德的创作进入了"第二阶段",这个阶段的小说显著地朝着寓言的方向变化,但小说家关注公共政治的特点没有改变,特别是对于 70 年代兴起的女权运动关注尤多,《女人城》便是艾兰德在这一时期推出的一部重要作品。至 90 年代,他还以一个文坛老将的身份继续关注国家论争,以一篇与亨利·劳森(Henry Lawson, 1867—1922)的经典作品同名的短篇小说《赶牧人之妻》("The Drover's Wife", 1997)参与到澳大利亚最著名的一个经典重写事件当中,再次成为澳大利亚国内外广泛关注的焦点。

《女人城》刻画了一个只有女性没有男人的"女人城",小说以一个名叫比莉的女叙事人为主线,向读者呈现了发生在"女人城"中的众多当代澳大利亚女性的人生故事。《女人城》不是艾兰德第一次书写女性题材,在此之前,他曾以《未来女人》(*A Woman of the Future*, 1979)为题出版过一个长篇。《未来女人》主要通过一个女性的视角思考澳大利亚一直以来给自己确立的无敌男性的国家形象,呼吁澳大利亚人重新反思澳大利亚的国家意识和未来国家的走向。与此相比,《女人城》是一部截然不同的寓言之作,小说除了对《未来女人》所关心的话题持质疑态度,在细节的处理上也处处表现出显著的差异。

在世界文学史上,类似"女人国"的故事并不少见,但是,艾兰德的《女人城》是明确针对 20 世纪 70 年代兴起的澳大利亚女权运动而写的一部小说。小说的背景是悉尼城,小说开篇时,悉尼城里所有的男人已被驱逐了出去,留下的全是女人。在这里,女性成了理所当然的主人,那么,当家作主的女性在这个美丽的城市为自己打造了一个怎样的女人世界呢?这便是艾兰德的《女人城》所要回答的问题。作为女权主义的成果,"女人城"见证了性别权力的翻转,"女人城"的一切都由女性管理,日常生活跟以前一样有条不紊地进行,这里有足球队,也举办婚庆会,酒吧里跟以前一样还是熙熙攘攘,人来人往。在"女人城",女性对于男性权威的颠覆画面随处可见,把这个城市的街道、公园和园林变成了一个个滑稽可笑的空间,例如,女人们在海德公园举行食物狂欢节,她们给公园中的库克船长塑像披上鲜艳的绿色衣物,让这个男性高高举起的左臂完全失去意义。"女人城"的女人之所以这么做是因为在欢庆自由解放的同时,她们还时刻担心被驱逐的男性又会以形形色色的伪装重新回到她们中间,男人的回归将重新引发她们对于男性身体的欲望,另一方面也让她们不得不时时担心男人将重新夺回对这个城市的控制(Ireland 41)。

《女人城》所要传达的另一个重要思想是:没有了男人的“女人城”并不像人们想象的那么温和太平。这里的女人跟男人们一样,好像从以前的男权文化中学会了所有的恶性争夺的习惯,她们酗酒纵色,打架斗殴,无所不为。“女人城”中一个集中反映现实女性生活的地方是酒吧。“女人城”的所有酒吧都在女性的控制之下,女人在这里喧闹和宣泄欲望,俨然是换了装的男人。她们像男人一样蛮横,让存在于男女两性当中的男性霸道特征得到深刻的展演。在小说中,女性人物的举止言谈有着显著的男性特征,她们把传统男性的霸道全盘拿了过来,俨然一个个地成了“变装国王”,她们用自己身体的“怪诞”表演彻底模糊了两性间的传统界限。这里的酒吧里打架斗殴司空见惯,作为旁观者,比莉觉得以前的男人斗殴起来似乎表现得更好一些,因为他们打起架来非常冷静,打归打,没有什么仇恨,而女人之间打起来不一样,空气中弥漫着的都是恶毒的仇恨(Ireland 29—30)。在“女人城”的酒吧里,女性为了展示自己的斗争成果,还不定期地抓男人来让女人玩乐。一日,力大无比的罗尼在去纽卡索尔的路上遇到一个搭车男旅客,当日就将他带回酒吧对他实施轮奸。在这场狂欢中,女人们自觉成了主体,实现了对于男性的圆满颠覆(Ireland 31—32)。当然,这里的女人也不会伤感地沉湎于做母亲的快乐,她们需要不断地展示自己的强大,如果需要,她们会毫不犹豫地把包在襁褓之中的婴儿当作食物,“女人城”的市民用这样一种极端超现实的方式将常规的母性生育文化进行了彻底的颠覆。

通过这样一番描写,《女人城》向读者呈现了一个个关于当代澳大利亚女性力量的故事,但小说家在肯定女性力量的同时向读者展示了这些故事中所包含的黑暗、暴力和苦涩。更重要的是,这个只有女性的城市好像跟纯粹由男性构成的社会并没有多大区别;在小说家看来,将世界简单地分成男性和女性有些粗暴简单,两性之间虽然有一些不同,但他们之间有着更多的共同的基本人性。《女人城》指出,女性从传统男性主导的主流文化手里夺取了权力,但是,女人们并没有让自己止步于这一权力的翻转,当她们从男性的控制下独立出来之后,便不自觉地用另一种专制代替原来的专制。“女人城”是女人为自己构建起来的独立城堡,但在这个城堡里面,无处不见女人对女人的压迫。

《女人城》问世于澳大利亚女权运动风起云涌的年代,小说家站在超越两性差异的高度强调普遍人性,对激进女权主义运动进行了讽刺。小说出版之后立刻引发了争议，肯·杰尔德(Ken Gelder)批评艾兰德的《女人城》简单地将《玻璃船》(*The Glass Canoe*, 1976)中描写过的悉尼男性酒吧文化加之于女性身上(Gelder 85)。米根·莫里斯(Meaghan Morris)和詹妮·帕尔默(Jenny Palmer)在她们的书评中更是猛烈抨击艾兰德在作品中流露出来的厌女主义情绪，她们认为这部小说不时暴露出的偷窥强奸和其他性暴力的变态特征令人不齿(Morris 31; Palmer 72—73)。在乔迪·威廉姆森(Geordie Williamson)眼里，艾兰德的《女儿城》表明，他是一个早期激进后期无比保守的作家，他所属的文学传统无疑还是那种男性至上、城市工人阶级的现代主义风格(G. Williamson 155－156)。

苏珊·金(Susan King)认为，艾兰德在着手创作《女人城》的时候瞄准的正是日渐勃兴的女权主义运动，他不怕得罪人，也不怕有人站出来指责自己(King 2013: 123－124)。的确，在艾兰德看来，女权主义的兴起让人们看到一批具有男性特点的女人们的抗争，接下来，人们看到的不是男人和女人之间的斗争，而是两种不同性别所共有的某种男性特征之间的斗争。《女人城》以这样一种逻辑考察女权主义运动的诉求，对传统二元对立的性别思维给予了犀利的讽刺。通过两性空间的对立书写，小说试图说明，男女之间的两种等级制度都不合理，两性之间任何以一种性别压迫、排斥甚至放逐另一种性别的做法都是荒谬而不能接受的，难以长久。

二、《双狼》与精神分析

《双狼》是布赖恩·卡斯特罗出版于1991年的一部长篇小说。卡斯特罗1982年出版处女作《候鸟》(*Birds of Passage*)后一举成名。卡斯特罗的父亲是葡萄牙人，母亲是中英混血，所以他是澳大利亚文坛为数不多的有华裔血统的作家，他的小说《候鸟》结合自己的家族历史记述了一个华人100多年前在澳大利亚淘金场上经历的往事和记忆，同时讲述了一个当代华裔在澳大利亚遭受的歧视和排斥，小说以近乎寓言的方式就澳大利亚的移民历史、语言、生活和身份等问题进行了深入的探究。在《候鸟》之后，卡斯特罗又连续用一系列高水平的小说创作牢固确立了他在澳大利亚文坛的地位，这些作品包括《波默罗伊》(*Pomeroy*, 1991)、《中国之后》(*After China*, 1992)、《随波逐流》(*Drift*, 1994)、《舞者》(*Stepper*, 1997)等9部长篇小说，先后荣获帕特里克·怀特文学奖和澳大利亚总理诗歌奖，并多次入选澳大利亚文学最高奖迈尔斯·弗兰克林奖提名奖。

《双狼》是卡斯特罗的第二部长篇小说，小说以弗洛伊德（Sigmund Freud，1856—1939）的一个病例（"狼人"）故事为蓝本，就"狼人"和弗洛伊德之间的故事进行了一次重新演绎。卡斯特罗熟悉包括弗洛伊德在内的众多 20 世纪西方理论家，所以对于类似的选题有着浓厚兴趣。读者在《候鸟》中能读到他对法国理论家罗兰·巴特的兴趣。小说《波默罗伊》中提到过列维-斯特劳斯（Claude Lévi-Strauss，1908—2009）的《结构人类学》（*Structural Anthropology*，1973），《中国之后》的两位主人公都读过瓦尔特·本雅明（Walter Benjamin，1892—1940）的著作。在《随波逐流》和《舞者》中，"理论"更是成了重要的情节内容和主题意象（Barker 231）。有人甚至认为《波默罗伊》根本就是一部伪装成文学对话的文学理论之作（Hutchings 20）。小说《双狼》以弗洛伊德为核心，充分展示了卡斯特罗对于精神分析的认识和态度。

《双狼》的"狼人"名叫赛吉，他 19 世纪 80 年代出生在一个俄罗斯贵族家庭，1906 年到高加索，1910 年到慕尼黑，1972 年到维也纳。1979 年去世，终年 92 岁。赛吉一生经历了俄国革命、两次世界大战、两次经济大萧条，到维也纳之后一家人已是一贫如洗。他之所以被称为"狼人"，是因为他童年时代做过一个噩梦，梦里一群狼站在他窗外的一棵树下面，从那以后，他患上了摆脱不掉的神经官能症，具体表现是害怕动物。后来，赛吉找到弗洛伊德，请他为自己看病，其间他向弗洛伊德讲述了自己早年的这一经历。

在小说《双狼》中，弗洛伊德自始至终都是一个核心的存在，但他又基本没有露面。小说家告诉读者，赛吉在交往中发现，这个声名在外的心理学家实在单纯得有些可笑，因为他经常将病人胡编乱造的虚假材料当成事实，并据此构建他的精神分析理论。赛吉热爱文学写作，是一个不得志的艺术家，他喜欢沉迷幻想。在接受治疗的过程中，他不断地给弗洛伊德编造一些虚假的故事，譬如，他告诉弗洛伊德说：他曾经看见他的父母亲行房事；他看见父亲脸上戴着口罩，四肢着地到处爬，有时躲在沙发后面，有时突然冒出来吓唬孩子，孩子们被吓得边叫边跑；此外，他说自己跟姐姐安娜发生过一次乱伦关系，后来，这个姐姐、父亲和他后来的妻子都自杀身亡了。为了赢得弗洛伊德的信任，赛吉每日处心积虑地编织类似的故事，不断地设计新的证据，编造新的耸人听闻的"原始场景"。弗洛伊德不知道，他所叙述的很多所谓的往事、梦幻以及童年创伤全是凭空编造出来的，可这位鼎鼎大名的心理医生不光信以为真，还经常侵占病人撰写的东西，用别人的故事成就自己，用他们的病例资料构建他的儿童性心理理论和他所谓的精神分析。在赛吉看来，弗洛伊德是后现代意义上的虚构专家，他不同于赛吉的地方在于，他能借助古典的神话叙事讲述当代人的故事，为他们的行为做出解释，指出他们内心深处的矛盾、逻辑混乱以及可能存在的精神疾病及其症状；不过弗洛伊德的理论都是不足为据的东西，它们不尊重人性，把一个个鲜活的生命当成了他诊所里的病例。在治疗过程中，弗洛伊德只对那些有可能支持他理论的故事感兴趣；在跟你打交道的时候，他时刻在你身上嗅，看看有没有不正常或者变态的倾向，在他的这种暗示之下，也为了让他高兴，人们会情不自禁地偏离自己正常的人性轨道，变得越来越变态。

卡斯特罗在《双狼》中还塑造了另外一个精神分析学家的角色，他的名字叫阿特。阿特是澳大利亚人，以前在维也纳时与“狼人”相识，也有过一些美国的经历。此人生性狡猾，小手段很多，算得上一个地下活动方面的艺术家。此次，他受美国精神分析学会委托，赴维也纳跟踪赛吉，目的是要阻止“狼人”在不同场合抹黑或者污蔑弗洛伊德精神分析学。他此行的另一个重要任务是代表美国的精神分析行业，保护精神分析行业不受破坏，同时秘密地代“狼人”写一部自传。作为一个精神分析学家的代表，阿特是个十足的骗子，他所做的精神分析是所有白领的骗子和喜欢玩弄权术的变态狂不妨尝试的一个职业。阿特的人生本身就像一个虚构故事，他的过去是他虚构的，大学学位证书也是他伪造的，他通过招摇撞骗混进了纽约的精神分析学界，通过溜须拍马和吹嘘他们的导师赢得了部分高层的好感。他开了一家自己的精神分析诊所，但不为治病救人，而为不断地敲诈病人钱财，有时甚至对其不轨。《双狼》对于美国精神分析学会的刻画令人咋舌。小说中的美国精神分析学会(ASPS)是一个彻头彻尾的腐败机构，欺世盗名，无出其右。学会负责人伊绪梅尔好像根本不懂精神分析，成天迷醉在黑社会一样的圈子内勾心斗角，争名夺利。整个学会像一个极权的专制组织，不能容忍任何外来的批评，也不愿意接受任何新的思想。

《双狼》出版之后受到了来自澳大利亚学院派的严厉批评。戴维·泰西(David Tacey)认为，弗洛伊德关于人类潜意识的探究是19世纪末20世纪初最伟大的科学发现，虽然他的很多观点并不能令人完全信服，但他的研究为人类开启了一个反思自己的新时代。《双狼》将弗洛伊德刻画成一个打着科学的幌子欺世盗名的败类，如此颠覆性的重写令人想起 20 世纪 30 年代意大利著名文学家乔凡尼·巴比尼（Giovanni Papini，1881—1956）虚构的一段搞笑对话，在这个虚拟的对话中，巴比尼先幽默地问弗洛伊德：他提出的那些理论是不是认真的？然后他再模仿弗洛伊德的口气说，那些理论都是编出来的，整个精神分析都是编出来的，都是他作为一个作家的想象的结果。泰西指出，与搞笑的后现代巴比尼相比，卡斯特罗的后现代小说《双狼》在重写弗洛伊德的时候似乎缺少一些幽默，多了一些恶毒（Tacey 10）。

泰西认为，澳大利亚人一直以来普遍不相信弗洛伊德，原因是：一、澳大利亚深受英国实证主义和理性主义影响，除了实用主义之外，他们天生对任何理论都抱持一种怀疑态度；二、澳大利亚很少有人读弗洛伊德，所以一般人只道听途说地知道一点庸俗化的俄狄浦斯情结、性力理论、心理动力和梦的解释，然后据此嘲笑和排斥弗洛伊德；三、澳大利亚人当中也有一种不喜欢内向和内省性格的倾向，害怕一个外向的人突然变得很内向，因为那可能意味着精神失常；如果有人去看心理医生，那么这个人一定有病。泰西认为，卡斯特罗作为一个有着部分华裔血统的作家，在《双狼》中这样表现和攻击精神分析理论具有迎合澳大利亚主流社会口味和偏见之嫌（Tacey 12）。

《双狼》出版之后，澳大利亚的一些传统人文主义作家称赞卡斯特罗在小说中所传达的精神与态度，批评家凯伦·巴克（Karen Barker）更是直接为他辩护。巴克认为，《双狼》写精神分析跟另一个澳大利亚小说家罗德·琼斯（Rod Jones，1953—　）根据坊间传闻写出的小说《朱丽娅天堂》（*Julia Paradise*，1986）不一样（转引自 Murray 106），因为卡斯特罗是一个非常熟悉"理论"的行家里手，他对于精神分析理论经典文本的熟悉令人吃惊。凯伦·巴克（Karen Barker）强调，卡斯特罗有他反"理论"的一面，但他反对的是那些学院派的文学理论家，他不主张用"理论"替代原创的文学作品，因为小说家不是理论家（Barker 246）。

卡斯特罗在一次跟巴克的访谈中指出："理论就像烟火，放出去之后就在自己的绚烂火光中消失了……小说以一个游戏的方式存在，作为一个游戏，它不与现实产生关联，反而能成为现实的巨大威胁，成为人性的重要的支持力量"（Castro 2002：241）。卡斯特罗认为，他在小说《双狼》中强调了人性，此外，在小说创作和文学理论的关系问题上，《双狼》更是清楚地表明了他的立场。在他看来，文学与理论作为两种不同的话语形式都能推出同样具有颠覆性的话语，但小说之优越于理论的地方在于，小说不像理论那样痴迷权威，小说是一种虚构，读小说而不接受小说的虚构性特征根本上就是一个错误(Castro 1995：68)。他希望站在文学的想象世界一边，坚决地跟那些为理论而理论的后现代主义作战(Castro 2002：241)。

三、《林中空地》与“作者之死”

《林中空地》的作者戴维·福斯特生于澳大利亚悉尼，20 世纪 60 年代先后就读于悉尼大学和澳大利亚国立大学，早年攻读化学，但他自幼热爱古典文学，特别是古希腊罗马文学，所以不久弃理从文，投身文学创作。1974 年出版首部长篇小说《纯土地》(*The Pure Land*)至今，他已经出版 12 部长篇小说、3 部中短篇小说集和 2 部诗集。他的长篇小说《月光》(*Moonlite*，1981)等为他赢得了众多的荣誉，《林中空地》更是为他一举摘得 1997 年度的澳大利亚文学最高奖迈尔斯·弗兰克林奖。他近期的长篇小说包括《谣言之子》(*Sons of the Rumour*，2009)和《文人》(*Man of Letters*，2013)等，他的小说创作受到包括澳大利亚诺贝尔奖获得者帕特里克·怀特(Patrick White，1912—1990)等人的赞誉。

《林中空地》是福斯特的第 11 部长篇小说。小说主人公是一个名叫达西的邮递员。故事发生在 20 世纪 90 年代，做了一辈子邮递员的达西临近退休时在一个被人丢弃的邮袋里见到一个未贴邮票的信封，信封里封着一个署名奥利恩的人写的一首诗，诗歌的题目为“伊里南加拉之歌”(“The Ballad of Erinungarah”)。达西看完这首诗之后久久不忘，后突发奇想决定以《林中空地》为题写一部小说，一方面给这首诗做个注释，同时也算是对诗中叙述的 30 年前发生的事情做一个调查。

《伊里南加拉之歌》中的核心事件是：20 世纪 60 年代，一些嬉皮士前往澳大利亚的南海岸新南威尔士和维多利亚州交界的一个山谷森林区里成立了一个公社组织。在这个天堂一般的山谷里，曾经零星地居住着几户伐木或者放牧的农家。一天，一个名叫迈克尔的摇滚吉他手在山谷里因为意外地走失了一条狗，所以误打误撞地发现了这个地方，稍做停留之后，他在两个老嬉皮士的帮助下顺利从山谷中找了出来。回到悉尼之后，他逢人就说起这个天堂般的山谷，后来在一次为马丁·路德·金(Martin Luther King Jr.，1929—1968)守灵的活动上，他决定带着大家一起前往寻找这个山谷。在这群人中,有几个嬉皮士、一个资深美女、一个毒品贩子、几个吸毒犯、几个有钱四处找乐子的少年。那是一个反越战反主流文化的时代,这些人都在寻找不一样的生活,听说有个这么美好的地方都激动得忘乎所以,他们最终真的找到了这个好地方。在与山谷中的住户交往的过程中,一个伐木家庭收养的男孩和城里来的年龄最小的女孩堕入爱河。迈克尔带着大家在山谷里找到了两个嬉皮士的住处,不料二人已被反伐木分子杀害,后者声称为了保护山中的千年雪松,不让外面的人进来砍伐,所以残忍地杀害了两个老嬉皮士。在这首民谣的最后,两个群体为了保护这个天堂山谷,决定联手对付这个失去理智的共同敌人。

达西认同这首诗中描写的这一代人,他们叛逆,热爱艺术,不拘一格,是后现代的一代。看到这首诗之后,他决定通过自己的写作把他们的故事讲给大家听。但是,达西显然不是一个训练有素的小说家,他曾经去大学的创意写作班选修过文学创作课程,但他对老师教授的写作方法不以为然。他的脑海里装着的全是一些无法无天的后现代理念和扭曲的写作方法,他不知道自己的这部小说从哪里开始,也不知道在哪里结束,他决定要像劳伦斯·斯特恩(Laurence Sterne, 1713—1768)的《项迪传》(*Tristram Shandy*, 1759—1767)那样,从故事的中间开始讲述,然后前后随意延展;后来他查出癌症晚期,所以他在写作中更不想讲什么规矩和仪式,因为时间不允许他这么做。他觉得自己是个真正的 postMan,他用这个小小的文字游戏告诉读者,他既是邮递员,也是字面意义上的"后+人"。一方面因为他的健康一日不如一日,身体像后现代、后基督、后西方的文明一样迅速地衰败下去;另一方面 20 世纪末的后现代文学理论已经彻底地弃绝了古希腊罗马文学中人们所说的文学女神缪斯,所以达西有意背叛写作老师的建议,决意写出一部不一样的后现代史诗。

达西的叙事是彻底的疏散型。一天,他突然脱掉摩托车的头盔,戴上他特有的神视帽,说要给世界做一个预言:"把烟枪给我们递过来,把烟蒂扔过来,把致幻药片拿给我……下面是我的预言了。麦加天房的含碳陨石,还有被人尊崇为石坛巨子的加尔各答卡里哈,将成为我们第三个千年的圣地,前太阳系的群星交响,众神之母,派对之始"(Foster 1996: 92)。显然,达西的所谓预言与毒品和致幻药有关,他的预言之中全是漫无边际的胡言乱语,至于未来究竟是个什么样,读者很难听出什么道道。他的叙事基本没有聚焦,疏散是达西的唯一策略。达西喜欢旁征博引,在写作《林中空地》时,他引用的书目众多,直接引用的名人名言更是不计其数,有古代的，也有当代的，有经典的，也有通俗的，有语言的，也有音乐的，学科领域广泛涉及神学、历史学、文化人类学、哲学、科学和文学。他认为，要很好地了解一个时代，就必须与时俱进，但他觉得人类更重要的一个东西是我们的长期记忆，所以这些杂乱的引证是必要的。

达西的故事从 1968 年前后开始，到 1986 年基本结束，因为到那个时候他叙事中的魔咒状态消失了。但是，达西的故事一直拖到十年后还没有结束，1995 年，六十五六岁的时候，因为疾病，达西向读者这样歉意地说：“死亡，我心里想的事，抱歉。如果你不喜欢可以跳过这段”（Foster 1996：284）。达西在他的故事结尾安排了一个后记，也可以说是向读者做的一个告别（Foster 1996：423—428）。这段告别词这样写道：“对不起，我连笔也提不起来，也不觉得有什么必要继续写下去”（Foster 1996：423）。他说他已经厌倦了跟纸打交道，要求社区护士找个录音机来，这样他就可以把他最后的想法通过录音的方法留给后人，有了录音机，一个病入膏肓的叙事人便可以继续讲述他自己最后时刻发生的故事。在达西期待的这部后现代史诗中，录音机犹如神灵降世，达西觉得有了录音机，他的对话便得以很好地“重建”（reconstructed）起来（Foster 1996：375）。

扭曲、疏散、重建都是达西向往和采用的后现代叙事方法，在他看来，它们代表一种新时代的民主叙事策略，特别是有了这台录音机，不同人物就都可以说话了，如此一来，真正的民主叙事便可以得以实施。福斯特对于达西的这种写作颇有微词，因为它很像美国后现代作家约翰·巴思（John Barth，1930—　）在其 1967 年发表的那篇文章中所说的“枯竭的文学”（the literature of exhaustion），在福斯特看来，所谓“枯竭”，说的是文学的肉体与灵魂出现了相互脱离，要么灵魂死了肉体还在，要么肉体死了灵魂长存。在文学中，当这样的脱节发生时，文学形式便会枯竭。

福斯特曾在一篇题为“用混合语写小说”的文章中说，他是一个精英主义者，不能忍受所谓的混合语给文学语言带来的庸俗化倾向。他认为这种倾向与学院派的后结构主义教唆下出现的后现代主义有着密切的关系，在他们看来，文学创作的语言应该是简单的，理想的文学语言应该使用简单的陈述句，对于文学作品的解读是读者的责任。福斯特不同意所谓的民主文学，认为这种理想的提出将取消作者的责任（Foster 1992b：125）。福斯特认为，达西的后现代写作方法还令人想起法国后结构主义理论家罗兰·巴特，后者在其 1968 年的《作者之死》（“The Death of the Author”）一文中强调，所有文本都很难说有一个终极的、秘密的意义，作者并没有为文本确定意义的能力，他唯一的能力仅在于将不同的文本汇集在一起，或者说将一个文本引来反驳另一个文本。《作者之死》一文抛弃了作者的观念，在巴特看来，作者与作品之间的亲子关系是个神话："有人相信，作者总应该是作品的过去，作品与作者自动地站成一条线，他们之间以前、后相区分。作家是作品的滋育者，他在先，曾经为了作品进行过思考、受过折磨、为了它而活着，这中间的关系俨然像父亲跟孩子，与此形成鲜明对比的是，现代的作者与作品不是父子，因为他们同时诞生"（Barthes 145）。

巴特在《作者之死》中根本否认文学是作者对读者讲话（Barthes 143），福斯特对此进行了严厉的批驳。《林中空地》中有一节题为"阿提斯与戴安娜之恋"（Foster 1996：220—221），在这一节中，达西至少三次强调，自己叙述着故事是因为要满足自白的冲动，虽然他在序言中也说过写这个叙事并不是要讲自己的故事，但是，小说不止一次地展示了叙事人希望向读者讲述自己故事的迫切需要。一个有趣的例子是，当他讲述澳大利亚大陆的历史变迁时，他先介绍了三千四百万年前桉树首次来到这块大陆，然后是十万年前爪哇人首次登陆这里，然后是 1770 年英国人库克船长的到来，说到这里，达西有些迫不及待地说：我是一个远道而来的英国人，我也是远涉重洋来的，不过"我来的时间是 1953 年"（Foster 1996：32）。在此后的叙述中，达西只要有机会，就会毫不犹豫地向读者讲述他自己的事，特别是他担任邮递员期间遇到的形形色色的趣闻轶事，这些小轶事是他叙事中的常见点缀，更是关于他自己的故事中最为人熟悉的内容。从这个意义上说，他的长篇叙事是关于《伊里南加拉之歌》的历史故事，更是达西自己的一个自画像，一个关于他人生和思想的总结。

福斯特在一次访谈中明确反对巴特所谓的"作者之死"，他认为作家每写出一部作品，其阐释的责任不在读者，而在于他自己："我希望我的小说有读者读，我希望世界上所有的人都懂我的小说，而我自己必须为我自己的思想和道德承担全部责任"（Foster 1977：197—198）。达西敬告读者，当他们看到他给读者留下的告别词文字稿时，他人已经死了，但是，他这段话的录音文字稿反复听到的"遗嘱"正好说明了一个达西和巴特所不愿面对的道理。我们从这个词当中听到了达西对于他留下的叙事的著作权，换句话说，他写的故事，版权在他，哪怕人死了，也不能改变。读者的权利只有一个，那就是：你可以选择是否继续去看《伊里南加拉之歌》。达西决定把自己的小说跟这首诗歌一起出版，为自己的作品留下了巨大的阅读和阐释空间，但是，达西作为作者的自我不会因为说话人的离世而化为乌有，相反，作者的声音将在自己去世之后继续存在。

福斯特认为，后现代理论家们强调“作者之死”从根本上是错误的，因为他们否认作家个性和激情对于创作的重要性，巴特所谓的“写者”(scriptor)不仅“在时间上与文本同时诞生”，而且是一个“胸中没有了激情、幽默、情感和印象”的人(Barthes 147)。福斯特认为，即便是达西自己，也不能否认个性和激情对于他的写作的重要性。在他小说的结尾，达西想象自己在伊斯坦布尔，他感觉自己的耳边听得到穆斯林的召唤，他情不自禁地说：“哦，激情，你的召唤让后现代、后基督的耳朵妒忌去吧”(Foster 1996：424)。《林中空地》中，激情是一个常在的母题，达西在思考1968年的反越战示威时说，“激情可以说是唯一重要的东西”(Foster 1996：7)。《林中空地》的一个关键时间点是1968年，该年5月，美国民权运动活动家马丁·路德·金被杀之后，澳大利亚不少人为他守灵追思，参与者多有一种参加了一场革命的味道。那个时候的很多人都认为，文学的读者并非没有历史、生平和心理。然而，值得注意的是，达西的大事记里面没有巴特发表《作者之死》的记录。在1968年的法国，资本主义和帝国主义支持下的传统人文主义思想受到了来自后结构主义先锋阵营的挑战，巴特的这篇宣扬“读者之死”的文章标志着思想界一场革命的到来。具有讽刺意味的是，在全世界都在呼唤激情的1968年，巴特竟然推出一篇排斥激情的文章，更有意思的是，虽然他宣扬“作者之死”，但是，他并未能真正做到把他自己的个性排除在自己的文字之外。福斯特在《林中空地》中暗示，1968这一年是世界很多地方爆发激进活动的分水岭，但它对于法国和美国是不一样的。在美国历史和文化之中，个人、独立和自给自足的自我是全民根深蒂固的意识形态，这与巴特所在的法国大相径庭。60年代澳大利亚的大众文化是美国式的，小说中的那群人成立的“合作公社”从文化上说来自美国，社员们一起为马丁·路德·金追思，然后大家一起前往伊里南加拉山谷去探胜。达西的大事记清单中没有巴特的《作者之死》这一条是因为1968年的巴黎运动根本就没有引起澳大利亚人的注意，即便有人注意到，那帮颓废的公社社员们或许根本看不懂。

福斯特以达西的后现代写作和巴特的后结构主义“理论”为参照，义正词严地提出了自己的传统文学观和人文主义思想。他不认为“爱国主义”有什么不对，跟美国的艾伦·布鲁姆(Allan Bloom，1930—1992)一样，他反对澳大利亚不问青红皂白地一味引进法国的先锋前卫思想。在

《林中空地》中，他坚定地认为，在澳大利亚这样的国家，在一个很多人打着民主的旗帜否认传统价值、每天想着如何变换口味的国家，强调传统的传承是十分重要的。布鲁姆认为，一个民族品味的形成有赖于传统，我们不能把传统看成是武断的东西，相反它是被篆刻在石头之上所以留存下来的东西（Bloom 81）。福斯特认为，与传统相比，巴特的理论不过是昙花一现的流行和瞎崇拜（Foster 1992a：78）。

结　语

英国学者卡罗尔·阿塞顿（Carol Atherton）在一部题为《界说文学批评：学术、权威及文学知识之占有，1880—2002》的著作中指出，20 世纪多国出现的文学论争其核心在于“权威”二字，其焦点在于谁才是评判文学的权威。20 世纪后期，学院派批评中的“理论”崛起就像更早的“新批评”一样控制了文学，让不少文学家感觉颠倒了文学与批评之间的关系。从 20 世纪 80 年代开始，不少澳大利亚文学家立足学院之外的文学，对于这种情形做出了反应。参与这场“理论”之争的三位澳大利亚小说家跟英美多国的文学家一样，认为文学从一开始就不是学院派“理论”所说的那样玄而又玄的东西，它是一种大众的艺术，是任何一个普通读者都可以懂的审美体验。在他们看来，最优秀最权威的文学批评家应该是作家和受过良好教育的文人，他们面向普通读者，同时面向大众媒体发表对于文学的评判，与全社会的读者大众共同体会文学的深刻和美感。阿塞顿还表示，文学批评的学院化和职业化在学院内外两种文学批评实践之间播下了敌意的种子，后现代主义和文化研究的晦涩话语给“理论”制造了更多的仇敌，它们为“理论”的衰退埋下了伏笔（Atherton 173—179）。

针对 20 世纪末兴起的形形色色的新“理论”，不少澳大利亚作家明确秉持传统价值。艾兰德认为，不管男性女性，大家都有人类共同的人性，用女权主义颠覆传统社会无异于用一种新的压迫取代一种旧的等级制度；卡斯特罗觉得，像弗洛伊德那样放弃人类生动的人性，而去拼命构建一种理论来解释复杂的人类，只能落得一个可笑的结局；在福斯特看来，优秀的文学必须建立在传统的积累之上，清晰理性，启人心智，那种随意疏散的所谓民主文学成不了世人代代相传的经典。艾兰德、卡斯特罗和福斯特的三部小说从创作时间上跨越 20 年，他们共同构成了澳大利亚文坛一个不变的主旋律，这个旋律是在传统人文主义基础上形成的传统文学观念。马克·戴维斯(Mark Davis)在一部题为《帮派林立：文化精英与新代沟主义》(*Gangland: Cultural Elites and New Generationalism*)的著作中指出,发生在20世纪90年代前后的澳大利亚“文化战争”(culture wars)是一场“理论”和传统观念之间的激烈斗争。这场斗争可以从双方主要代表的年龄以及他们分别在自己的时代所受到的文学教育来观察,因为发生在20世纪末的“文化战争”双方大体上分别属于两个时代,一边是19世纪末20世纪初兴盛一时的传统人文主义教育塑造成的普通媒体与大众认知,另外一边是在20世纪60年代之后形成的后现代新观念,二者之间的矛盾听来颇有些叛逆子孙和封建家长之间的矛盾,这场冲突的结果是封建家长大获全胜。因为家长们在漫长的岁月中积攒了强大的势力,在他们的影响下,大家普遍认为,新一代太过幼稚,尚不足以成为文化的接班人。

苏珊·莱佛(Susan Lever)称福斯特是澳大利亚的讽刺大师,其实,本文涉及的三位作家在不同程度上都称得上是“讽刺大师”。在针对“理论”的论争之中,他们以各自的方式,对“理论”进行了揶揄、讽刺和打击,他们的作品虽然都引发了不少争议,但是,在认同他们的传统读者那里都赚得了不少的笑声和支持。三部小说无一例外地令人想起澳大利亚戏剧家戴维·威廉姆森(David Williamson, 1942—)于1995年出版的一部讽刺喜剧《死白男》(*Dead White Males*)。《死白男》刻画了一个名叫格兰特的大学文学理论课教师形象。此人每日满嘴的福柯和巴特,在他的课堂上,他从文本快乐讲到身体快乐,却很少讨论文学的价值,他向他的学生灌输“世间并无绝对真理,人生亦无确定之本性,现实不过是意识形态和语言构建的假象”之类的后现代思想,他利用职务之便诱骗女学生,暴露了自己无比丑陋的灵魂。细心的读者不难看出,艾兰德、卡斯特罗和福斯特的三部小说与威廉姆森的戏剧异曲同工,在对待“理论”的问题上,他们或多或少地采用了英国古典讽刺戏剧《炼丹师》(*The Alchemist*, 1612)的手法,认为他们的读者会同意他们的观点;他们还认为,只要读者已经接受过足够的教育,对于“理论”一定会跟他们一样嗤之以鼻(Tacey 12)。从立场上说,它们宣扬的观点相当守旧,但四位作家无一例外地以自己为正宗,在与新生代的力量角逐中,他们有着来自传统澳大利亚主流社会的支持,所以对于自己在20世纪末的澳大利亚“文化战争”中的结果抱着必胜的信心。的确,20世纪八九十年代,他们的出现给了澳大利亚的后现代“理论”支持者们沉重的打击。

引用作品[**Works Cited**]：

Atherton，Carol. *Defining Literary Criticism: Scholarship，Authority and the Possession of Literary Knowledge，1880 – 2002*. New York：Palgrave MacMillan，2005.

Barker，Karen. "The Artful Man：Theory and Authority in Brian Castro's Fiction." *Australian Literary Studies* 20.3（2002）：231 – 240.

Barth，John. "The Literature of Exhaustion." *The Friday Book: Essays and Other Nonfiction*. New York：G.P. Putnam's Sons，1984. 62 – 76.

Barthes，Roland. "The Death of the Author." *Image Music Text*. Trans. Stephen Heath. London：Fontana，1977. 142 – 148.

Bloom，Allan. *The Closing of the American Mind*. Harmondsworth：Penguin，1988.

Castro，Brian. "Lesions." *Meanjin* 54.1（1995）：59 – 68.

—. "Theory as Fireworks：An Interview with Brian Castro [by Barker，Karen]." *Australian Literary Studies* 20.3（2002）：241 – 248.

Craven，Peter. "The Kingdom of Correct Usage is Elsewhere." *Australian Book Review*（1996）：36 – 41.

Davis，Mark. *Gangland: Cultural Elites and the New Generationalism*. Sydney：Allen & Unwin，1997.

Dessaix，Robert. "Nice Work If You Can Get It." *Australian Book Review* 128（1991）：22 – 28.

Docker，John. *In a Critical Condition: Reading Australian Literature*. Ringwood，Victoria：Penguin Books Australia，1984.

—. *Postmodernism and Popular Culture: A Cultural History*. Cambridge：Cambridge UP，1994.

Eagleton，Terry. *After Theory*. New York：Basic Books，2003.

English，David. "The Critical Cringe：The Implications for Australian Literary Studies of Contemporary European Critical Theory." *Commonwealth* 6. 2（1984）：56 – 63.

Felperin，Howard. *Beyond Deconstruction: The Use and Abuses of Literary Theory*. Oxford：Clarendon Press，1985.

Foster，David. "Interview." Quoted in Frank Moorhouse，"What Happened to the Short Story." *Australian Literary Studies*（*New Writing in Australia Special Issue*）8.2（1977）：197 – 198.

—. "Like Spinoza the Philosopher." *Toads: Australian Writers: Other Work，Other Lives*. Ed. Andrew Sant. Sydney：Allen & Unwin，1992a. 78.

—. "Writing Fiction in our *Lingua Franca*." *The Great Literacy Debate: English in Contemporary Australia*. Ed. David Myers. Melbourne：Australian Scholarly

Publishing, 1992b. 125 – 128.

—. *The Glade within the Grove*. Sydney: Random House, 1996.

Gelder, Ken. *Atomic Fiction: The Novels of David Ireland*. St Lucia: U of Queensland P, 1993.

Green, Dorothy. *The Music of Love: Critical Essays on Literature and Life*. Ringwood, Victoria: Penguin Books Australia Ltd., 1984.

Hutchings, Peter. "Disconnections and Misdirections." Rev. of *Pomeroy*. *The Adelaide Review* 74 (March 1990): 20 – 21.

Indyk, Ivor. "The Structralist Controversy." *Current Affairs Bulletin* (Sydney). 1 Feb. 1982.

Ireland, David. *City of Women*. Ringwood, Victoria: Penguin Books, 1981.

King, Susan M. "Reading the City, Walking the Book: Mapping Sydney's Fictional Topographies." Diss. University of Sydney, 2013.

Lever, Susan. *David Foster: The Satirist of Australia*. Youngstown: Cambria Press, 2008.

Morris, Meaghan. "Something's Amiss in the City of Women." *Financial Review* 7 August, 1981.

Murray, Kevin. "*Come into my parlour*...: Rod Jones and the Reviewers." *Antithesis* 1.1 (1987): 105 – 114.

Ommundsen, Wenche. "Multiculturalism, Identity, Displacement: The lives of Brian (Castro)." *From a Distance: Australian Writers and Cultural Displacement*. Geelong, Vic.: Deakin UP, 1996. 149 – 158.

Palmer, Jenny. "Ireland's Women." *National Times* 9 – 15 August, 1981.

Ruthven, K.K. *Feminist Literary Studies: An Introduction*. Cambridge: Cambridge UP, 1990.

Slattery, Luke, and Geoffrey Maslen. *Why Our Universities Are Failing: Crisis in the Clever Country*. Melbourne: Wilkinson Books, 1994.

Sterne, Laurence. *Tristram Shandy* (First published in 1759). Oxford: Oxford UP, 2009.

Tacey, David. "Freud, Fiction, and the Australian Mind." *Island* 49 (1991): 8 – 13.

Williamson, David. *Dead White Males*. Sydney: Currency Press, 1995.

Williamson, Geordie. "David Ireland." *The Burning Library: Our Great Novelists Lost and Found*. Melbourne: Text Publishing, 2012. 138 – 156.

Windschuttle, Keith. "The Value of Literature." *Dead White Males*. David Williamson. Sydney: Currency Press, 1995. xii-xv.

《等待野蛮人》：自我解构的帝国与“他者”[*]

何卫华[**]

内容提要： 作为一种权力机制，为维持自身的有效运作，帝国不仅要征服属于异域或异族的“外部他者”，同时还会致力于清除“内部他者”，也就是那些来自帝国内部，但对帝国的逻辑、价值观念和权力架构持异议的“内部人”。在已有的帝国叙事中，得到更多关注的往往只是“外部他者”，而忽略“内部他者”。但在《等待野蛮人》中，库切对这两种类型的“他者”和帝国之间的互动都有描述。在这部作品中，不管是对想象的“野蛮人”的征讨，还是对“内部他者”的规训，带来的并不是帝国内部凝聚力的增强和对“他者”的成功奴役，而是作为帝国隐喻的边境小镇的灭亡。在本文看来，帝国征服“他者”的过程同样是一个导致自身灭亡的过程，而《等待野蛮人》则以隐喻的方式演绎了这一内在于帝国的自我解构性。

关键词：《等待野蛮人》；帝国；内部他者；外部他者

Abstract: As a power mechanism, the empire not only endeavors to conquer “the Other from outside”, but also aims to tame “the Other from within,” which refers to those “insiders” who challenge the logic, values, and power structure of the empire. However, more emphasis has been given to “the Other from outside” in post-imperial narratives, while “the Other from within” has been largely ignored. However, Coetzee's *Waiting for the Barbarians* deals with both of them. Both the conquest of “the Other from outside” and the taming of “the Other from within” in the story contribute to the final destruction of the border town which is also an allegory of the empire. According to this paper, the process of the imperial conquest of the Other is also the process in which the empire disintegrates, and *Waiting for the Barbarians* vividly exemplifies the self-destructive aspect of the empire in a metaphorical way.

---

* ［**基金项目**］：本文系国家社科基金项目“英国文化研究的谱系学和现代转型研究”［编号：18BWW015］和华中师范大学“外国文学与比较文学”青年学术创新团队建设项目［编号：CCNU19TD016］的阶段性成果。

** ［**作者简介**］：何卫华，华中师范大学外国语学院教授，目前主要从事族裔文学、剑桥批评传统和创伤理论等领域的研究。

Key words: *Waiting for the Barbarians*; empire; the Other from within; the Other from outside

帝国深刻地影响着人类的历史进程，在很大程度上，全球化和帝国的扩张有着千丝万缕的关联。到底什么是帝国？迈克·多依(Michael Doyle)认为，帝国指的是“一种正式或非正式的关系，在这种关系中，一个国家控制着另一政治社会的有效政治主权。其实现手段包括武力、政治合作，以及经济、社会或文化上的依赖”(Doyle 45)。在保罗·詹姆斯(Paul James)和汤姆·奈恩(Tom Nairn)看来，帝国是一种政体，这些政体“在不具备先在或给定法律主权的情况下，将权力关系拓展到其他的领土空间之中，在经济、政治和文化的某个或多个领域，它们在这些领土空间中享有一定程度的霸权，而目的则在于价值的榨取或增殖”(James & Nairn xxiii)。在综合考察之前多种定义的基础上，斯蒂文·豪(Stephen Howe)则总结道，“帝国是一庞大的政体，统治着自己原初国土边界之外的领土。它有着权力的中心或核心领土——通常这部分的居民在整个系统中保持着其主导性种族或民族的地位——以及由被统治的领地构成的广大边缘地区。在大多数情况下，边缘是通过征服而取得”(Howe 14)。诸如此类，关于帝国的定义不可谓不多，但林林总总的各种说法，都不讳言帝国相对于“边缘”的优势地位。伴随着帝国体系的确立，一系列类似于文明和野蛮、进步和落后、自我和他者、白人和黑人、文明和愚昧之类的二元对立开始深入人心，此类带有价值判断的二元逻辑不断衍生出新的话语形式，强化前者权威。毋庸讳言，为维持对弱小国家或地区的统治，帝国会采取各种手段，因此，荣耀的背后隐藏的往往是一个旨在征服、压制和统治的权力机制。为了维持和巩固帝国的存在，这一权力机制不仅仅要去征服外部空间，消除任何针对帝国的质疑、挑战和可能性伤害，同样还必须致力于消除来自内部的威胁。但问题在于，在应对这两种类型“他者”的过程中，帝国都在以一种不易为人察觉的方式导致自身的堕落，伤害自身，加速自身的溃败。通过老行政长官的视角，J. M. 库切(J. M. Coetzee, 1940—)的《等待野蛮人》(*Waiting for the Barbarians*, 1980)不仅再现了帝国对“外部他者”的讨伐，同时还再现了帝国对其自身或“内部他者”的伤害，以及由此引发的帝国统治危机。在《等待野蛮人》中，库切以隐喻的方式，表达了对内在于帝国权力机制中的自我解构性的理解，由此成就了其特有的深刻性。

一、帝国的"掘墓人"及其自我解构

对财富、领土和利润的渴求，滋养着帝国的开拓精神，驱动帝国开疆拓土，冲破国与国之间的界限，全球化的历史进程在很大程度上就是这种不断扩张的结果。火光、刀剑与杀戮为帝国铺平了前进的道路，在帝国的逻辑中，征服的进程不仅将完成对被征服地域社会结构和生活方式的重构，同时还将为昔日的"荒野大漠"开启文明的大门，将他们带入现代文明的烛照之中。正如在评价英国对印度的殖民统治时，卡尔·马克思（Karl Marx, 1818—1883）强调说，"英国在印度必须完成双重使命：一个是毁灭性的，另一个则是再生性的——在毁灭古老的亚洲社会的同时，为在亚洲建立西方式的社会打下物质基础"（Marx & Engels 217—218）。理论家们对该论断非议不断，但本文并不打算去评判其中的是非曲直，而只想表明，在该历史进程的背后，推动力显然不是博爱、道德和教养，而是贪欲，无止境地攫取使得这一过程必然充满残暴、血腥和杀戮。作为一种装置、一架机器或一种技术，帝国一旦横空出世，必然要不断掠夺、杀戮和吞噬"他者"，其目的就是征服和获益，为自身供养。然而，在摧毁、奴役和统治殖民地的同时，帝国的话语、逻辑和机制同样会给帝国本身带去毒害、破坏和毁灭。为了说明帝国带给自身的伤害，在《帝国》一书中，著名理论家迈克·哈特（Michael Hardt, 1960— ）和安东尼奥·奈格里（Antonio Negri, 1933— ）使用了"帝国的回飞镖"的说法，但在该书中，这一概念更多是指"他者"对帝国的挑战，因为"他者"已经"不再是稳定和平衡的力量，被驯化的他者已成为野蛮人，真正的他者——换言之，不仅会以牙还牙，还具有独立意志"（Hardt & Negri 130）。在该书作者看来，对帝国进行的反抗不仅来自处于异域的异族或"他者"，同样还包括众多来自边缘，但旅居于帝国内部的作家、知识分子和学者；结合自己作为帝国受害者的经验，这些人同样在不断挑战帝国的说辞、档案和权威，帝国为统治、管理和凌驾于殖民地之上而援引的逻辑、话语和机制，不断遭到质疑。通过反击，"他者"不断将隐藏的帝国的虚伪、邪恶、贪婪、唯利是图和暴力的本质昭彰于天下，并开始声讨自身的权利。但哈特和奈格里的论述有明显局限性，在本文看来，"帝国的回飞镖"还有更为广泛的含义。帝国在本质上是非道德的，这一本性会导致帝国内部的堕落。帝国的残暴本来针对的是外部，但如同具有传染性的病毒，这种非道德性终将会侵害帝国的内部肌体，导致帝国内部成员的非道德化。为了资源和财富，在不断推进的征伐实践中，帝国不择手段，关于帝国的残暴，其代理人及其内部的臣民们耳濡目染，必将竞相效仿这种逐利带来的野蛮，这正如艾梅·塞泽尔(Aimé Césaire, 1913—2008)所言："殖民导致殖民者变得不再文明，使他真正地变得野蛮和堕落，唤醒他尘封已久的本能，让他变得贪婪、暴力和充满种族仇恨，成为道德相对主义的信仰者……这种毒药已经渗透到欧洲的血管之中，这片大陆正缓慢地，但确定无误地走向野蛮"(Césaire 35—36)。

在《等待野蛮人》中，读者读到的更多是帝国"内部人"的自私、堕落和腐化。在整部作品中，真正的野蛮并非来自"野蛮人"，倒是帝国的种种野蛮行径令人咋舌。所谓的"野蛮人"被驱离到更为边远的地区，他们遭受欺凌，房子被焚毁，土地和资源被剥夺，帝国将这里占为已有，正如老行政长官所言，"我们将这里的国土视为我们自己的，视为我们帝国的一部分——我们的前沿哨所、我们的定居点、我们的贸易中心"(Coetzee 70)。帝国将代理人委派到这里，而许多人来边境任职，目的就是过上腐化的生活，老行政长官指出，"我的朋友们告诉我，到边境地区任职如果说有什么令人羡慕的地方，那就是边境是一片道德松弛的绿洲，在那里，有漫长的芳香弥漫的夏夜，还有顺从的、眼睛又大又黑的女人"(Coetzee 62)。老行政长官显然就受到这种生活方式的吸引，虽然他在很多方面"良心未泯"，但边境地区的这种情形显然对他充满诱惑，在这一"温柔富贵乡"，他过着随心所欲的生活，行为并不检点，经常和各色异族女性鬼混。作为他的继任者，乔尔上校的残忍更是令人匪夷所思，其所作所为很难被视为文明人的做法。在审问"野蛮人"期间，他不仅将一位老人活活打死，残忍地折磨他的孙子，而且还将"野蛮人"女孩的眼睛烫伤，使她几近失明。当远征军带回一群"野蛮人"时，为了让俘虏们更为驯服，他们用环形铁丝穿过俘虏们的手掌，然后再穿过脸颊，表现出令人难以置信的野蛮。帝国子民在征伐的过程中变得腐化、堕落和野蛮，关于这一点，在不少其他关于帝国的叙事中，同样都有涉及。如在约瑟夫·康拉德(Joseph Conrad, 1857—1924)的《黑暗之心》(*Heart of Darkness*, 1899)中，为获取象牙，库尔兹野蛮地统治着土著人；在卡利尔·菲利普斯(Caryl Phillips, 1958—)的《剑桥》(*Cambridge*, 1991)中，虽然艾米丽希望做些对殖民地有所助益的工作，但她对黑人始终怀有露骨的偏见；在库切的另一部小说《耻》(*Disgrace*, 1999)中，作为昔日帝国的代理人的卢里教授为满足欲望，勾引自己的学生，但不想白人的特权早已随风而逝，最后遭到了惩罚。

个体的非道德化不断泛滥，如果得不到必要的约束，必将演化为帝国内部的一种社会性现象，最终结果就是帝国的集体性堕落和沉沦。在《极权主义的起源》（*The Origins of Totalitarianism*，1951）中，汉娜·阿伦特（Hannah Arendt，1906—1975）就对这一现象进行过精辟的论述，通过研究种族主义和极权主义之间的关联，阿伦特指出，"在非洲大肆进行的殖民掠夺，为之后纳粹精英的崛起，提供了十分肥沃的土壤"（Arendt 206）。不难看出，纳粹在德国的出现以及德国国内人民对极权主义的拥护，和德国在海内外推行的种族主义和帝国主义政策不无关联，在海外的肆无忌惮直接导致极端民粹主义的兴起。

帝国权力的运作是双向的：它不仅向外拓展，去讨伐、征服和压制"外部他者"，它同时也指向自身，清除和荡涤本身的不纯洁因素，形成帝国自身的"免疫系统"，去清除来自帝国内部的"内部他者"。但帝国这种攻击"内部他者"的行为，很多时候实质上是对自身健康肌体的伤害，因为"内部他者"是一种复杂的存在，在忤逆帝国的过程中，他们有时会成为帝国存在过程中必要的制衡性力量，对这一力量的清除必将加速帝国的崩溃。帝国的权威是绝对的，不容置疑的，但在面对障碍、不和谐的声音和"内部他者"时，帝国在对它们进行清除时所做出的种种残暴行为，最终将同样损害到帝国自身的健康。在这一过程中，不管是个体还是共同体的非道德化，还是在驯服"内部他者"时对帝国自身健康肌体造成的危害，最终的结果往往是加速帝国的崩塌。正是在这一意义上，帝国成为自己的"掘墓人"，是一种自我解构性存在。在《等待野蛮人》中，作为帝国的"良心"，对于掩盖和缓和帝国的残暴，老行政长官无疑起到了一定的作用；但当老行政长官被剥夺职位，遭到迫害，帝国的有机体也就开始遭到损害，相对的稳定遭到了破坏。另外一方面，当帝国的运作出现紊乱时，哪怕帝国之中有机部分并未构成不和谐的因素，同样会受到伤害。在《等待野蛮人》中，当远征遭遇不光彩的失败，部队溃散时，士兵们开始抢夺镇上居民的财产，而这些居民却是他们本应保护的对象。帝国不受约束的残暴，再加上非理性的远征，最终导致这一边境城镇的沦陷。边境城镇被抛弃，在很大程度上是一种隐喻，同样暗示着帝国的溃败。

二、"外部他者"与被建构的"野蛮人"

当帝国开始海外扩张，兼并新的领土时，必然会不断遭遇"外部他者"。对利润的渴求，使得帝国如同一只饕餮怪兽，不停歇地吞食大片"边缘"和各种"蛮荒之地"，试图将整个世界纳入自己的版图之中；但从一开始，这一过程就充满悖论：一方面，为了获得更多利益，帝国必须不断推进，将更多的疆土、资源和人民纳入自己的掌控；但在另一方面，为了维护自身的完整性、纯洁性和内部凝聚力，这些新的疆域及其居民又被帝国视为"他者"，必须隔离，必须留在帝国为其划定的区域。在很大程度上，"他者"是帝国的需求，正如J. 希利斯·米勒(J. Hillis Miller, 1928—2021)所言，"他者"这一概念"是一种不怀好意的命名方式，霸权性文化或性别群体借此将不同的以及臣属性的群体贴上异国情调的、低劣的或异族的标签，因此就可以合情合理地采用明显暴力的或非暴力的方式将其抹除或进行同化"(Miller 1)。关于这一点，在《东方学》(*Orientalism*, 1978)中，爱德华·萨义德(Edward Said, 1935—2003)亦有提及，他指出，作为知识体系的东方学"是西方用于控制、重建和君临东方的一种方式"(萨义德 4)。在权力的支配下，作为"他者"的东方是知识建构的产物；事实上，不管是阿拉伯人、穆斯林、印第安人、非洲人、美国土著人、还是其他的"他者"，都是话语建构的产物，其目的则是服务于权力主体的利益。欧洲在15世纪对新世界的殖民，是历史上出现的第一次对"他者"的大规模制造，随着欧洲国家的海外扩张和疆域的不断拓展，不断有异我族类进入视野，对这些"外部他者"的表征成为帝国事业中的重要组成部分。

要想将"野蛮人"排除在外，就必须建构差异。为了能够凌驾于"他者"之上，"他者"往往被从各个方面贴上低劣的标签，被赋予形形色色的负面含义。在帝国的话语体系中，其自身形象则始终光彩照人，是各种积极意义的体现，集正义、善良和救赎等于一身。这一点同样体现在《等待野蛮人》中，帝国会从多个方面去证明"野蛮人"的低劣性，将他们描画为"懒惰的、不道德的、肮脏的、愚蠢的"(Coetzee 53)。"他者"并非本体性存在，而是帝国的发明，是被叙述和建构的结果，在这一过程中，知识扮演着重要的角色，知识建构、维持并强化着这一整套排除机制。对差异的确定具有相当的任意性，以便可以及时地找到便利的迫害"他者"的借口。在《等待野蛮人》中，这一点同样得到过强调，"这种蔑视你要如何才能够清除，尤其是当这种蔑视是建立在一些无足轻重的基础之上的，如餐桌上规矩的不同，眼皮结构上的差异？可以告诉你我心里时不时就会有的想法吗？"(Coetzee 70)为了凸显主体和"他者"之间的差异，这些差异不仅被固化，帝国同时还对其进行价值判断，以优劣高下论之。因为如果不将异族驱逐出去，剥夺他们的人性，或者作为人的权利，就无法团结自身，对对方进行掠夺，实施种种暴行。种种异质性的知识被整合为“他者”，这些差异成为“他者”在帝国眼中的镜像。因此，“野蛮人”只是一个借口，因为只有当他们是低劣的，帝国将自己的规则、制度和价值观念强加于这些群体才会被认为是合理的。

在《等待野蛮人》中，帝国和镇上的居民经常谈论“野蛮人”具有的危险。只有将对方野蛮化、非人化、非道德化和“他者化”，这样才能使得杀戮、征服和统治“野蛮人”获得道义上的正当性。因为“没有任何国家会问心无愧地去征服异族，在这种情况下，他们的良心来源于一种信念，征服国认为自己是在将一种更为高等的法律施加给这些野蛮人”（Arendt 126）。当然，这些被征服的异域有时也因其异域风情、美貌的女人和淳朴的人民而被赞颂，但不管是被吹捧上天，或者是由于其野蛮不开化而遭到贬斥，这些异我族类始终无法逃脱相对于帝国的劣势地位，在对他们的表征中投射出的不过是帝国征服的欲望。在帝国的构造中，总会有一个强有力的权力中心，俯视着整个领地，区分界限，指明并排斥“他者”。对各种差异的彰显，目的就是为了设置界限，建立藩篱，将“他者”隔离开来，并对任何形式的僭越进行惩罚。在制造“他者”的这一整套话语的背后，其支撑性力量就是赤裸裸的帝国权力。在这种架构安排中，帝国可以随时制造出需要的借口，以便隔离、驱逐或剿灭“他者”，维持自身所谓的纯洁性，因为在帝国的逻辑中，“不是他该死就是他的儿子该死或者就是他那个未出生的孙子该死”（Coetzee 178）。正如老行政长官找到的那些来自古代的木简，为了帝国的需要，对这些静默的、无法言说的木简，可以以任意的方式进行破译和解读。

在《等待野蛮人》中，真正意义上的“野蛮人”始终只是停留在传闻、帝国的报告或代理人的揣测之中，凶残的“野蛮人”在小说中从未真正出现，从来没有成为现实的存在。作为想象的敌人，“野蛮人”总是被认为潜伏在周围，随时都会攻击。关于这一对“野蛮人”的恐惧，老行政长官描述说，“只要是住在边境地区的女人，都曾做到过这样的梦，从床底下伸出来一只黝黑的手，抓住她的脚踝；而男人们则无不被想象到的这样的场景吓住：野蛮人跑到他的家中大吃大喝，摔碎盘子，放火烧帘子，强奸他的女儿”（Coetzee 14）。在乔尔上校到达后，用网捕鱼的渔民、带着弓箭的游牧部落的人都被确认为“野蛮人”，遭到严刑拷打。在这部作品中，这些被视为“野蛮人”的捕鱼人和游牧民依赖这一帝国的据点生活，一直和镇上的居民和睦共处，游荡于周围，并没有表现出任何的残忍，相反总是以受害者的形象出现，他们淳朴、善良、宽宏大量。

当帝国获取了相对于边缘的优势地位，“野蛮人”得到的并非启蒙，他们的悲惨境遇相反在加剧。在《等待野蛮人》中，除武力的抢夺之外，“文明”社会还会使用酒精和其他的各种商品麻醉这些所谓的“野蛮人”，他们成为狡黠的店主们的受害者，被骗去了毛皮，用自己的货物换一些没用的东西。有一些人甚至开始在镇上酗酒，外来的商业活动和酒精导致他们丧失了独立生活的能力，最后只能成为依赖帝国的“寄生虫”，供帝国驱使。在很大程度上，“野蛮人”的野蛮同样和帝国不无关联，从帝国那里学到的暴力，被他们用来反击帝国，正如《威尼斯商人》（*The Merchant of Venice*，1596）中的夏洛克所言，“你们已经把残虐的手段交给我，我一定会照着你们的教训实行，而且还要加倍奉敬哩”（莎士比亚 47）。不难看出，文明导致了“野蛮人”的腐败、堕落，甚至野蛮，这也是为何老行政长官得出结论说，“文明导致了野蛮人的堕落，造就一群依赖别人的人，因此，我打定主意反对这一文明，这一决心也是行使管理职责的基础”（Coetzee 53）。帝国采取的全部举措，都是为了保证财富能够源源不断地流入帝国，然而与此同时，帝国的边缘却陷入持久的贫困和灾难。

三、“内部他者”与帝国的危机

异域是帝国与“他者”遭遇的主要地点，正是这一惯常性的思考，使得“内部他者”的存在、境遇以及他们对帝国的破坏或摧毁性力量遭到忽略。“内部他者”往往由那些质疑帝国逻辑、价值观和权力机制的“内部人”构成，他们居住在帝国的内部，有时甚至属于帝国体系中的主导性族群。在帝国运作过程中，“内部他者”同样会对帝国的长治久安造成破坏，这种来自内部的冲击，其力度同样不容小觑。在帝国叙事中，站在帝国的对立面并成为帝国受害者的往往是所谓的“野蛮人”。但《等待野蛮人》的主人公和叙述者却是一位在边境地区为帝国效劳的老行政长官，是地地道道的“内部他者”。就身份而言，老行政长官是不折不扣的帝国代理人，不同于库切其他作品中被动的、充满私欲的和多愁善感的白人形象，总的来讲，老行政长官是一位善良的、有正义感的，并且手中仍然掌握着权力的大人物。面对帝国的残暴，老行政长官在内心选择上成为“野蛮人”的同盟。当“野蛮人”男孩和爷爷遭到乔尔上校折磨时，他愤愤不平，心中满是悲悯，并且试图提供帮助。对于那位自己无法破译的"野蛮人"女孩，他则试图将她送回到她自己的族群之中。

对人道主义的坚持，使得老行政长官最终站到了帝国对立面。在目睹了乔尔上校对带回来的那群野蛮人进行的折磨之后，老行政长官绝望地喊道，"我们是造物主伟大的奇迹！"（Coetzee 144）这一呼喊将老行政长官和帝国之间的冲突推向了高潮，在"人的名号"下，这种对生命政治的吁求和呼唤，在帝国的滚滚铁轮和暴力逻辑之下，显然不堪一击，苍白无力。

诚然，帝国就如同神话中的雅努斯神，有两幅面孔：一方面，它会采取暴力和战争，但另一方面，它同样会采取现代化、拯救和人道主义的托词。帝国的拓展，并不是仅仅诉诸武力，同样会诉诸类似于现代化、宗教和人道主义等拯救性修辞，表现出温文尔雅的风度。当然，前者是帝国的真理，而后者则是谎言。事实上，在帝国的缔造、推进和统治过程中，在施行暴力的过程中，同时还必须高举人道主义的旗帜。关于帝国话语的虚伪性以及帝国对被殖民者的残暴，弗朗茨·法侬（Frantz Fanon，1925—1961）就曾愤怒地说，"让我们离开这里，欧洲一天到晚都在谈论人，却干着在其街道的每一个角落，甚至于全世界的每一个角落屠杀人的勾当"（Fanon 235）。对于自己在帝国统治过程中的同谋作用，老行政长官心知肚明，这也是为何他指出自己并非"在最后关头出现的手持长剑的救世主"，相反，"我是一个中介者、一个披着羊皮的帝国的走狗"（Coetzee 98）。作为帝国良心的隐喻，老行政长官颓唐不堪，在年轻干练的乔尔上校及后来的准尉警官面前，他显得弱不禁风，库切对其外表的描述是其无力感的一种隐喻，他有着"瘦弱的小腿、松垮的生殖器、碘起的大肚子、老人特有的下垂的胸脯和火鸡皮般的脖颈"（Coetzee 43）。在很大程度上，老行政长官和乔尔代表两种不同的统治方式，尽管二人之间有矛盾，但他们都是帝国代理人，以不同的方式为帝国服务，他们是帝国的两种声音，"一个严厉，另一个则充满诱惑性"（Coetzee 12）。二者互相补充，携手并进，相互协调，确保帝国的长治久安，老行政长官对这一点心知肚明。

不管是武力，还是人道主义的脉脉温情，都不过是帝国刺探、征服或是收编"野蛮人"的不同手段而已。虽然老行政长官对"人"的迷恋，展现出帝国温情的一面，但他本人同样意识到自己的这一执着的虚幻性。在强烈地反对帝国各种行径的同时，他十分清楚，自己无法解决任何问题，也无法找到出路，因为他"没有、也无法提供令人满意的解决方式，因此他最终的立场是被悬置在无知之中，未来的图景根本无法知晓”（Attwell 84）。在某种意义上，这种苍白的人道主义以另一种方式服务于帝国的宏图大业，而不是真正意义上的生命政治。被安置在边疆驻扎守卫的老行政长官，不过是帝国稍显仁慈的另一幅面孔。就好像为了从“野蛮人”女孩那里获得信息，乔尔上校所采用的是“烧灼、扯拽或是砍劈”，而老行政长官所采取的是“脱光她的衣服、擦洗她、抚摸她、睡在她的身边”（Coetzee 60）。老行政长官理想中的帝国之中不再有不公正、残暴和痛苦，但问题在于，帝国本身就是建立在不公正和被征服者的痛苦之上的，是这些丑陋事实的结果，帝国和野蛮是孪生姐妹。有了帝国，就会有“野蛮人”，他们构成了帝国大厦不可或缺的部分。

为了安抚“野蛮人”，人道主义是帝国的必要组成部分，老行政长官的错误在于他将这一谎言太当回事。当帝国需要对野蛮人采取强硬措施时，他仍旧使用人道主义作为自己的行事原则，而不愿识时务地换上新的面具，妥协退让。对“野蛮人”的怀柔行为，导致了他和乔尔上校之间的对立。在帝国眼中，老行政长官内心中关于人道主义的苍白信念显然“不够健康”（unsound），导致他被打入另册。事实上，他和乔尔都不过是帝国的零部件和工具而已，只是当老行政长官成为“唯一没有跟我们配合的边境官员”，无法为帝国效力，甚至阻碍帝国的有效推进时，他就成为帝国的眼中钉，帝国的矛头将转向自身，清理自身中的“不健康”因素。这就是为何老行政长官被剥夺职位，关进监牢，并且在公众面前遭受羞辱和折磨。如果他遵从帝国的意志，他对当地的人民和他们文化持的同情态度，以及在空余时间去研究自己收集的木简的行为，甚至在履职上存在一定程度的懈怠，很有可能都可以得到帝国的容忍。然而，当他质疑帝国的规则，不愿意去讨伐帝国认定的“敌人”，他就不再被认为对帝国有用，因此成为“内部他者”，被大家鄙夷、唾弃和凌辱。

在当下世界版图中，还有一种新情况值得注意，一些“外部他者”开始转变为“内部他者”，这里指的是那些流散于帝国内部的作家、学者和思想家。从边缘进入到帝国的内部之后，借助西方的平台，一些“流亡者”开始获得世界性声誉，在西方受到各种礼遇，担任各种职务，被授予各种重要奖项。尽管有批评家认为，这些帝国内部的“流亡者”利用自己来自前殖民地国家这一身份，以此为便利条件，使用一种由帝国“核准”的话语，目的不过是为了在西方安营扎寨，更为便捷地沽名钓誉。但无论如何，对于显影那些在过去被压制的声音，质疑、对抗和颠覆帝国话语，为第三世界发声，这些“流亡者”的作用显然举足轻重。这些来自“流亡者”的声音，并非单一的，而是复杂的、异质的和多元的，通过这些声音，无疑可以更好地了解那些被压制的声音以及帝国的机制。在这一方面，法依、萨义德、霍米·巴巴（Homi K. Bhabha, 1949— ）、沃莱·索因卡（Wole Soyinka, 1934— ）、纳丁·戈迪默（Nadine Gordimer, 1923—2014）和库切等都做出了巨大贡献。通过聚焦于帝国的谎言，再现殖民地遭受到的剥削和压制，以及来自殖民地人民的反击，这些文字对于消解帝国的权威起到了积极作用。这对于在后帝国时期构建更为平等、公平和公正的全球性对话，这种“内部他者”的作用不容忽略。

马克思曾指出，资本主义会生产出自己的“掘墓人”，在巩固和拓展自身疆域的过程中，帝国同样在生产自己的“掘墓人”。作为权力机制，帝国最终伤害到的不仅仅是“外部他者”，同样在不断伤害“内部他者”，但这些都将成为帝国崩溃的催化剂。《等待野蛮人》不仅描画了帝国对“外部他者”的征服，同时还再现了帝国对“内部他者”的压制，以及由此而导致的帝国的生存危机。正如多米尼克·赫德（Dominic Head）所言，“由于在场景、时间和地域上的模糊性，在一种普遍的意义上，该书也就具有某种帝国主义的隐喻的特征”（Head 48）。

引用作品[Works Cited]：

Arendt, Hannah. *The Origins of Totalitarianism*. San Diego: Harcourt Brace & Company, 1973.

Attwell, David. *J. M. Coetzee: South Africa and the Politics of Writing*. Berkeley: U of California P, Ltd., 1993.

Césaire, Aimé. *Discourse on Colonialism*. New York: Monthly Review Press, 2001.

Coetzee, J. M. *Waiting for the Barbarians*. London: Penguin Books, 1999.

Doyle, Michael W. *Empires*. Ithaca: Cornell UP, 1986.

Fanon, Frantz. *The Wretched of the Earth*. Trans. Richard Philcox, New York: Grove Press, 2004.

Hardt, Michael and Antonio Negri. *Empire*. Cambridge, Mass.: Harvard UP, 2000.

Head, Dominic. *The Cambridge Introduction to Coetzee*. Cambridge: Cambridge UP, 2009.

Howe, Stephen. *Empire: A Very Short Introduction*. Oxford: Oxford UP, 2002.

James, Paul and Tom Nairn, eds. *Globalization and Violence*, Vol. 1. London: Sage Publications, 2006.

Marx, Karl and Frederick Engels. *Marx and Engels: Collected Works*, Vol. 12. London: Lawrence & Wishart Ltd., 1979.

Miller, J. Hillis. *Others*. Princeton: Princeton UP, 2001.

爱德华·萨义德：《东方学》，王宇根译，北京：生活·读书·新知三联书店，1999年。

威廉·莎士比亚：《莎士比亚全集》第2卷，朱生豪等译，北京：人民文学出版社，1994年。

空性与流散者的心理疗愈：论维克拉姆·塞斯的《从天池出发》*

黄　芝**

内容提要：评论家大都认为，流散作家维克拉姆·塞斯在其旅行写作《从天池出发》中彰显了全球主义的主题。但是，若从塞斯在写作该书时的流散经历与书中所宣泄的负面情绪来看，《从天池出发》揭示了迁徙位移本身给流散者造成的严重心理问题，而塞斯在佛教空性哲学指引下的情绪转化为罹患心理疾病的流散者提供一种疗愈的可能性。

关键词：维克拉姆·塞斯；旅行写作；流散；心理疾病；空性；心理疗愈

Abstract: The central thematic concern of Vikram Seth's *From Heaven Lake*, as most critics claim, is cosmopolitanism. The negative emotions in this travel book, however, suggest that *From Heaven Lake* explores the serious psychological problems caused by migration and displacement in diaspora. Vikram Seth's own emotional recovery achieved through emptiness in Buddhist teachings provides a type of psychotherapy for the diaspora suffering from mental illness.

Key words: Vikram Seth; travel writing; diaspora; psychological problems; emptiness; psychotherapy

在当代印度英语文学界，维克拉姆·塞斯（Vikram Seth，1952—　）是为数不多的集小说家、诗人、游记作家、传记作家于一身的文学巨擘。《如意郎君》（*A Suitable Boy*，1993）获奖无数。除此之外，塞斯还出版了诗体小说《金门大桥》（*The Golden Gate*，1986）、诗集《拙政园》（*The Humble Administrator's Garden*，1985）和《今夜入睡的你们》（*All You*

---

*　［**基金项目**］：本文系作者主持的国家社科基金青年项目“禅佛、创伤疗愈与当代亚裔美国文学研究”（15CWW020）阶段性成果。

**　［**作者简介**］：黄芝，文学博士，苏州大学外国语学院英文系教授，主要从事印度英语文学、当代英美文学研究。

Who Sleep Tonight，1990）等作品，在当代印度英语文坛产生了深远的影响。

与很多在创作中立足于印度本土的印度英语作家不同，塞斯是一位典型的流散作者，其许多作品都聚焦于自己的流散经历。塞斯研究专家马拉·潘杜朗（Mala Pandurang）就将他归类为“印度流散作家系列的一部分”（Pandurang 13）。塞斯出生于印度西孟加拉邦首府加尔各答市。1969年，他获得留学奖学金进入英国著名的汤布里奇公学学习，随后在英国和美国学习与旅居至今。1981年，为了完成美国斯坦福大学有关中国经济的博士课题，塞斯来到南京大学访学，随后游历中国，并取道尼泊尔返回印度。这一经历使他有机会深入我国的新疆、陕西、甘肃、青海、西藏等西北和西南地区，领略了当地的风土人情，接触了当地的人事风物。在父亲的建议之下，塞斯记录下这一段旅程，于1983年出版了旅行写作《从天池出发》（*From Heaven Lake*），并斩获当年的“托马斯·库克游记奖”（Thomas Cook Travel Book Award）。

在塞斯研究中，学者大多将《从天池出发》视为旅行写作，研究也主要围绕《从天池出发》的体裁出发。由于旅行写作这一文体常常被西方作家用来强调西方文明的优越性，普拉莫德·K. 纳雅尔（Pramod K. Nayar）等学者认为塞斯“属于欧洲旅行者的传统”（Nayar and Dhawan 15）。因而，他依旧是一位受西方中心主义传统影响的全球主义者和自由人文主义者。罗西尼·莫卡什-普内卡（Rohini Mokashi-Punekar）在这一观点的基础上提出，塞斯在游记中所体现出的全球主义具有更加深刻的内涵，因为他对中国各地风土人情的记录中隐含着一种“热爱、开放和全球主义的进入体验方式……一种与世界协商的特别方式”（Mokashi-Punekar 69—70）。换言之，塞斯的全球主义更加包容、开放和客观。

不管塞斯的态度如何，游记所呈现的中国各地景致、风俗和人物的确体现了一种全球主义的倾向。但是，《从天池出发》也充斥着常年流散在外的塞斯的情感宣泄。在《剑桥旅行写作指引》一书中，有学者也指出现代的旅行写作除了书写时间和空间中的旅行、帝国思想等外，也像小说一样“关注自我的中心性”（Hulme and Youngs 6）。除了旅行写作常规的旅行地风土人情的记述之外，《从天池出发》还包含着塞斯在流散中个人的所思所想，尤其是他厌倦漂泊、渴望回归印度的想法。

批评家顾普塔（Roopali Gupta）意识到，《从天池出发》除了具有旅行写作记述旅行地的地理、社会、文化等特征之外，也是“塞斯个性的可依赖的指标……这本书将塞斯个性的很多方面暴露给读者”（Gupta 99）。但他的研究聚焦的是塞斯在旅行中“崇尚美的圣殿”（Gupta 99）、“广泛的富有人情味的同情心”（Gupta 101）等话题，依旧忽略了《从天池出发》中的流散所导致的情感变化。不过，顾普塔也在论述中稍稍触及了作家的情感体验：“塞斯在世界上任何地方都感到无拘无束；对于他来说，世界作为一个地球村的层面比后殖民生存层面更加真实”（Gupta 98），但这显然与塞斯在这一书中所彰显的内容有所不符。例如，在记述自己返回南京、邀友饮酒时，塞斯写道：“我忆起在加州喝雪利酒，想起英国的学生时光，在那里我吃着达尔莫斯（dalmoth），想着德里。我好奇这辗转的目的是什么？我有时候似乎游走在这个世界，仅仅在为将来的怀旧收集素材”（Seth 35）[①]。显然，塞斯的自省中夹杂着流散于异乡所带来的哀伤等负面情绪。不止于此，塞斯也在书中描述了自己调整心态后的情绪转变。

在心理研究领域，已有许多心理学家通过实证研究指出流散会给移民带来心理问题。有心理学家认为：“离开家乡的人们在移居之后也会面对一系列有压力的事件……移民具有体验创伤性经历和罹患创伤后应激障碍的更大的危险”（Schouler-Ocak 179）。针对这一心理问题及其表现出的症状，心理学家和心理治疗师们也运用不同的方法尝试疗愈流散导致的心理问题并取得了显著的效果。研究者发现，佛教哲学中的一些理念有助于治疗此类心理问题。比如，美国著名心理治疗专家马克·爱普斯坦（Mark Epstein，1955— ）在其专著《没有思想者的思想：佛教视角下的心理治疗》（*Thoughts without a Thinker: Psychotherapy from a Buddhist Perspective*，1995）中就尝试使用空性等佛教哲学进行心理疗愈，指导罹患心理疾病者认知负面情绪并非真实存在的本质。

本文将结合塞斯创作这一作品时的流散经历来考察作为流散者的塞斯在《从天池出发》所宣泄的负面情绪，结合心理研究发现揭示迁徙位移本身会给流散者造成急躁、易怒等心理问题，另一方面，通过塞斯在佛教空性哲学指引下的情绪转化，探索作家的经验如何为罹患心理疾病的流散者提供了一种疗愈的可能。

---

① 以下凡出自该小说的引文仅标注页码，不再另注。

一

流散者在流散他国后往往生起浓浓的思乡之情，并尽力理想化自己的母国。在《流散、记忆与身份：寻找家园》（*Diaspora, Memory and Identity: A Search for Home*, 2005）一书中，学者维杰·阿格纽（Vijay Agnew）研究了流散于加拿大的中国群体，认为他们普遍后悔迁徙至加拿大，并怀念自己在中国的生活，他写道：他们"对于他们的祖国具有如此理想化的集体叙事，赋予他们怀念或思想的情感以意义"（Agnew 222）。这种情感在印度流散者中也屡见不鲜。在《印度流散者的声音》（*Voices of the Indian Diaspora*, 2007）一书中，作者记录了一位印度流散者在国外听到印度音乐的慰藉："当我思乡的时候，我在当时苏联的塔什干的一家酒店里听到印度音乐从播放着拉兹·卡普尔（Raj Kapoor, 1924—1988）电影的电视中漂流而出，感到非常兴奋"（Mulloo 86）。

如同其他流散者一样，塞斯常年在英国和美国留学和旅居，很少有机会回到印度，因此难免会产生浓浓的思念家乡之情。有学者也认为塞斯重视回归家乡："大范围的旅行对他来说是重要的，但他强调回到一个固定的来源点的价值，'回家'"（Knowles 58）。在《从天池出发》中，塞斯记录了自己在流散中的这一情感。例如，在搭车去拉萨的途中，塞斯与司机等人被洪水困在敦煌无法前行。老隋询问他是否想家，他回答道："是的，最近越来越想；随着年岁增长，这对我有一种异常的影响。独立似乎与这事毫无关系。但我应该本月能回家"（65）。在接近旅程结束时，塞斯来到最后一站尼泊尔首都加德满都，并反思道："对于一个本质上具有定居习惯的人来说，我已经游荡太久了；像老隋那样的持续游荡生活会把我逼疯"（175）。随后，他发出了即刻回家的感叹："我太疲劳、太想家……回家，我告诉自己：直接回家"（176）。

塞斯的情感属于典型的流散者的思乡。有学者将流散者的思乡定义为"回到根源地的渴望或欲望，依赖于生活体验的循环记忆"（Bryan 44），并认为它是"一种移民经验的建构……一种起决定作用的经验或观念"（Bryan 44）。此处节选的细节分别来自《从天池出发》的开篇和结尾，即旅程的开端和结束。这一特殊的处理说明，如其他流散者一样，塞斯的"思乡"也贯穿于旅程的始终，是一种学者所说的"循环记忆"。

如果说思乡是一种正常但主要的流散情感"建构"，对许多流散者来说，流散也伴随着抑郁等情感。学者保拉·托雷罗·帕佐（Paula Torreiro

Pazo)在《流散的味景:亚裔美国文学中食物与身份的交汇》(*Diasporic Tastescapes: Intersections of Food and Identity in Asian American Literature*, 2016)一书中这样评价著名印度裔美国小说家裘帕·拉希莉(Jhumpa Lahiri, 1967—)的短篇小说《森女士家》("Mrs. Sen's"):森女士期望通过烹饪在美国复制出家乡加尔各答的美味,但困难重重,"她所遭遇的与食物相联系的挫败感使她更加思乡和抑郁……在故事的结尾放弃了她的孟加拉美食仪式"(Pazo 89)。换言之,抑郁、挫败等情感会伴随着对家乡的思念及其表现应运而生。

同样,塞斯在异国他乡也并非全然思乡,而是常常表现出异常情绪。在《从天池出发》的结尾处,塞斯回顾道:"在此次旅程的许多时刻,急躁取代了享受。这种紧张是我劳累的真实原因"(175)。这一回顾概括了他在整个旅程中的"急躁""紧张"等非正常的情感。事实上,这些非正常情绪的事例在旅行写作中不胜枚举。因为急于归家,旅途中的阻碍往往让塞斯焦躁不已。比如,他与同伴历尽辛劳进入西藏北,离目的地拉萨还有100多英里,他们的卡车陷入淤泥中无法前行。在多次尝试无果后,他与老隋之间爆发了严重的争吵:

> 我也被激怒了。缺少睡眠、持续头痛和日趋增长的挫败感不断涌上心头,愤怒地爆发。"我当然可以",我说道,"如果我认为这会有用的话。但我们所做的是让自己越陷越深。并非我不帮忙。"……事实上我也看到这个主意多么愚蠢。但这并未阻止我下一次爆发。"我认为什么是理智的主意?"我叫喊道,"是坐在这里看你抓鱼。"(110—111)

在这一争吵场景中,塞斯看似因为高原反应严重、卡车被困等原因而异常愤怒,实际上还是由于思乡之情。塞斯记录的这一段场景发生于8月15日,恰好是印度的独立日,此时他的思乡之情异常浓烈。在这一段场景之前,他还花大量篇幅特别介绍了印度独立日的庆祝方式、印度文化等,字里行间流露出对印度的思念。因此,他愤怒的根本原因是因为思念印度,同时担忧回国行程受耽误。

无独有偶,《从天池出发》的结尾部分也记录了类似场景。塞斯购买车票搭车从日喀则到尼拉木,最后抵达樟木。但是,尼拉木和樟木之间的道路被洪水冲毁,司机决定调头回拉萨。在与司机争辩之后,他躺在床上夜不能寐:"我翻来覆去,十分恼火和焦虑,几个小时都无法入睡。最近我经常受制于这些幼稚的愤怒的发作”(161)。同样，塞斯的愤怒看似归因于居住许可证即将到期、司机拒绝前行等原因，其终极原因依旧是浓烈的思乡之情。

在研究移民与心理健康的专著中，心理学家帕乌娜·索迪(Pavna K. Sodhi)指出移民在迁徙之后会出现“孤独、思乡、获得移民身份的挑战、文化适应的压力”(Sodhi 63)等问题，而这一切都会导致“高概率的抑郁与焦虑”(Sodhi 63)，其症状包括：易怒；动作缓慢；对令人快乐的活动失去兴趣(快感缺失)；对个人关爱表现出最低兴趣；毫无希望或悲观主义；内疚、无价值或无助感；饮食问题(例如失去胃口或体重增加)；难以集中注意力、记忆或做出决定(Sodhi 63)等。她也使用“创伤”一词指涉这些问题。因此，上述几个场景中塞斯的“急躁”“紧张”和“愤怒”等看似常见的负面情绪，实则是因思乡而导致的心理异常。塞斯旅行中感到孤独，旅行中的种种意外，诸如无法直接到达目的地、天气恶劣、传统节日因素，导致他格外思念家乡和家乡的亲人，因此表现出索迪所描述的种种心理异常症状。事实上，这些症状是流散而导致的心理创伤。虽然这种心理创伤不如战争所导致的创伤严重和明显，但依旧给流散者的情绪带来一定的影响。

二

塞斯从未宣称自己是一位佛教徒，但《从天池出发》记录的旅程见闻点缀着佛教的痕迹，从佛教胜迹和佛教人物的描写无不透露出作家对于佛教的兴趣和关注。例如，除了前述的西藏经历，他在停留加德满都时也记述了自己参观博德纳大佛塔(Baudhnath Stupa)的经历：“在加德满都佛教圣地博德纳大佛塔，却有一种静谧感。巨大的白色穹顶环绕着一条路……没有人群，这是一个闹市中的宁静港湾”(174—175)。

对于游记中的佛教书写，批评家大多未分析其重要性，最多认为这只是塞斯旅途中的一个点缀。例如，塞斯研究专家罗西尼·莫卡什-普内卡认为“他后悔缺乏对西藏宗教、历史和文化的了解，这本可以丰富他的生活。因此，他仅能作为一位观察者拜访布达拉宫和其他地方”(Mokashi-Punekar 63)。换言之，参访佛教景点使他在中国的旅途更加丰富。这些批评家忽视了游记中的一个重要设置，即塞斯在因思乡而产生心理创伤时会造访佛教寺庙，寻求精神上的抚慰。例如，当塞斯参访加德满都博德纳大佛塔时,他发现佛塔给他提供了“一种静谧感”。对此,以下将做具体的阐释。

虽然塞斯从未在《从天池出发》中明确指出他所信奉的具体的佛教哲学,但我们从游记的一些意象及其论述中可以看出佛教空性哲学的痕迹。在整部游记中,水的意象几乎贯穿了始终。不管是吐鲁番沙漠中的坎儿井、天池、敦煌路上的洪水,抑或拉萨至加德满都路途中的洪水,水的意象将整个旅程的不同阶段串联在一起。在接近游记的结尾处,塞斯在描写尼拉木的洪水时,他对水的观察和思考值得推敲。他写道:

> 在山谷的对面灰色垂直的悬崖上,一股细流突然消失,被风雾化为薄雾或烟气,又重新显现,似乎是由空气本身所还原成液体状的一束光。流水中有魔力:我坐着,为它的美所着迷——水,这最聚合的因素,将大地、海洋和空气捆绑成一个持续的圆圈。它不像空气,它有一个传导的流动,其循环更加广大,接受了自然界中所有的三种状态。雪与冰可能多年被紧压着,在山顶或水煤浆上,在冰川中,在终年积雪中,突然裂开、融化并翻腾成为雪融水。这些水,比最高的山峰的高度更深,溶于海洋中,直到涌上海平面,被空气接纳成为雾气。湿润的空气环绕着世界,以雪花或雨滴的形式重新落入大海或掉落大地。(165)

在上述对水的观察和思考中,塞斯实际上阐释了自己所信奉的佛教缘起性空的哲学。在水与雪、冰、雾等几种“状态”的不断相互转化中,我们可以看到它们随着各种因缘而转化为雪、冰、雾等状态,但本质为水。这一比喻显示,万事万物都是因缘而生,没有实有的自性,本质为空,即空性哲学所强调的“一切现象都是因缘和合而生,因缘在现象在,因缘散现象灭,因缘不是永恒不变的,所以现象也不是永恒不变的,是为‘空’”(方立天 4)。另一方面,这些水、雪、冰、雾等“状态”也的确展示着它们各自的活力,即空的本质中所蕴含的“有”。空性哲学也强调“由于一切现象由因缘而生,属于一种存在,故为‘有’”(方立天 4)。水的这两种特性既对立又统一,使水具有不断转化形态的无穷活力。这也暗示了空性哲学中“空”“有”的特点。

除了王维“空性”诗歌的影响外,藏传佛教理论家宗喀巴在空性哲学上的建树也颇为深厚,极有可能对塞斯产生过影响。在《从天池出发》中,塞斯不仅提及宗喀巴,而且给予他的佛教理论和佛教实践以高度的评价:

“伟大的宗喀巴(卒于1419年)在藏传佛教历史上出类拔萃。他对宗教修持的改革和巩固极其全面，以至几乎没有一个机构不留下他的印迹……拉萨附近的三座寺庙——甘丹寺、哲蚌寺和色拉寺；针对僧人和入门者的规矩和仪式体系；所有这些都是他生前亲自指导建造的，或在他去世不久后建造的。除此之外，他还是一位著名的密教导师，这一流派并非通过经文文本交流，而是直接从导师到学生口口相传”(130)。换言之，塞斯对宗喀巴在佛教理论和实践上的贡献极其熟悉和敬佩。

与众多佛教理念一样，空性哲学在心理治疗领域已被证明具有疗愈功能。在《没有思想者的思想：佛教视角下的心理治疗》一书中，美国心理治疗专家马克·爱普斯坦提出将许多佛教理念运用于心理治疗之中的可能性和实践，空性就是其中之一。他认为，空性在心理治疗中可以消除各种负面情绪。他写道：

> 空性是这样一种理解，即我们所习惯的具体外物并不以我们想象的方式存在。这是一种已故藏传佛教僧人卡卢仁波切所称的“无形”的经验，可以被比作“哑巴尝糖”的经验。具体来说，它意指那种我们认为如此真实、如此为之担忧的情感并不以我们想象的方式存在。它们的确存在，但我们并非以表达或压抑它们的方式了解它们。佛教的空性禅修并不意味着从错误地构想出的情绪中撤退出来，而是一种认清围绕着它们的错误构想的方式，因此完全改变我们体验它们的方式。佛陀的中道思想在我们的情感生活中具有特殊的相关性。(Epstein 102)

这意味着，佛教空性的智慧给予我们面对负面情感以一定的启示。一方面，我们要认识到负面情感“不像我们想象的方式存在”，即它们在本质上也像万事万物一样是空无的，并非实有。另一方面，它们又会由于各种因缘而产生，所以我们要“认清围绕着它们的错误构想的方式”，“体验”它们而非从这些“情绪中撤退出来”。

熟悉佛教空性哲学的塞斯就是如此给予自己心理暗示，从而修复自己因心理创伤而表现的暴躁、嗔恨等异常情绪。例如，上文所提及塞斯与旅伴老隋爆发激烈的争吵，事后，他首先反思这些负面情绪的空性本质。他发现：“我走到桥边，希望重新获得清醒。一颗被愤怒所遮盖的内心本身是可怕的”(111)。他认识到，内心在本质上是空灵的，只是此刻被愤怒等情绪所覆盖。随后，塞斯也开始反省这些负面情绪的缘起：“我看着没有鱼的溪流，试图去理解为何我感到如此怨恨。我告诉自己是他的家长式评价才是使我愤怒的最糟糕的事情。但是，我难道没有一直唠叨他吸烟的事吗？我想是他的固执才使我们首先陷入如此混乱的地步，但即使我相信这一境况应该责怪谁，他的愤恨和易怒难道没有遭遇我的讽刺与自私的爆发吗？”（111）在这一反省中，塞斯看清了这些负面情绪的源头是老隋的家长式评论，但也认识到有自己急于返回印度的自私因素。因此，这些情绪本身是空无的。最后，他的情绪得到平复，并主动来到老隋身边向他道歉。从某种意义上来说，这一情绪的修复过程是塞斯使用佛教空性智慧来自我疗愈心理问题的过程。

塞斯与司机吴师傅就是否前往樟木问题上的激烈争吵同样表明作家试图运用空性智慧来疗愈心理异常。如上文指出，塞斯与司机因上述问题而激烈争吵，虽然他异常恼火，但还是意识到自己情绪异常的严重问题：“最近我是多么频繁地有这些一阵阵愚蠢的暴怒”（161）。随后，塞斯制止自己的愤怒情绪继续发酵，平静地前往警察局请求警察帮助，并与吴师傅一起驶上前往樟木的道路。这一场景虽未具体描写塞斯修复负面情绪的全过程，但他反省到“愚蠢和暴怒”的事实恰恰说明他观察清楚了愤怒情绪的源头是自己，而非他人。这些情绪只是各种条件作用的产物。他随后感受到的释然和平静从某种意义上彰显了空性智慧的疗愈功能。

此外，塞斯也将空性智慧运用于对流散本身的思考上，从而使自己在旅途中保持快乐平和的心态。在后来从中国尼拉木出境到尼泊尔，再由尼泊尔进入印度的旅程中，塞斯也遭遇到边境海关人员刁难等问题，但他始终保持轻松愉快的情绪：“在加德满都，我在旅程之后放松下来。我陶醉于我的疲惫；称心如意地缓慢前行，用尽力气，让风景逐一闪过，思维逐一飞逝，目前（除了回归印度这一容易实现的意图之外）没有任何东西，没有我必须执行的中间步骤：没有搭车需要寻找，没有高山需要攀爬，没有负荷需要携带，途中没有城镇。没有我需要获取的文件”（175）。这一系列“没有”可以阐释为对流散在本质上“性空”的理解。尽管流散途中也有“疲惫”，但认识到这一点的塞斯依然可以享受和陶醉于旅途。这从一个侧面说明了空性哲学对流散者心理问题的疗愈功能。

因为《从天池出发》，塞斯被归入“通过西方的观察镜以高高在上的深思去看中国的（后）殖民旅行者”（Albert 623），或者，被视为一位“将世界主义展露无遗”（Albert 623）的热爱中国文化的旅者。无论如何界定他，塞斯都在这一游记中展现出他对佛教空性思想的熟谙，以及运用空性智慧疗愈流散中思乡伤痛的实践。事实上，塞斯的这一实践并不局限于《从天池出发》，在 20 世纪 80 年代出版的诗集《拙政园》和《今夜入睡的你们》中，塞斯也在大量有关中国游学的诗歌中传达了自己在流散中的心理伤痛以及自己运用空性哲学的疗愈实践。从某种意义上来说，塞斯的这些作品为读者（特别是流散者）提供了一种借助东方佛教哲学中的空性智慧来疗愈伤痛的可能路径。

引用作品[Works Cited]：

Agnew, Vijay. *Diaspora, Memory and Identity: A Search for Home*. Toronto: U of Toronto P, 2005.

Albert, Rajula. "Vikram Seth: Writer of Multivalent Identity." *Research Scholar* 2.2 (2014): 620 - 626.

Bryan, Beverley. "Homesickness as a Construct of the Migrant Experience." *Changing English* 12.1 (2005): 43 - 52.

Epstein, Mark. *Thoughts without a Thinker: Psychotherapy from a Buddhist Perspective*. New York: Basic Books, 1995.

Gupta, Roopali. *Vikram Seth: An Appraisal*. New Delhi: Atlantic Publishers & Distributors, 2005.

Hulme, Peter and Tim Youngs. "Introduction." *The Cambridge Companion to Travel Writing*. Eds. Peter Hulme and Tim Youngs. Cambridge: Cambridge UP, 2002. 1 - 16.

Knowles, Sam. "The Performing Wanderer: The Travel Writing of Vikram Seth." *Studies in Travel Writing* 18.1 (2014): 57 - 73.

Mokashi-Punekar, Rohini. *Vikram Seth: An Introduction*. New Delhi: Foundation Books, 2008.

Mulloo, Anand. *Voices of the Indian Diaspora*. New Delhi: Motilal Banarsidass Publishers, 2007.

Nayar, Pramod K. and R. K. Dhawan. "Vikram Seth, the Literary Genius: An Introduction." *Vikram Seth, The Literary Genius: A Critical Response*. Eds. Pramod K. Nayar and R. K. Dhawan. New Delhi: Prestige Books, 2005. 7 - 29.

Pandurang, Mala. *Vikram Seth: Multiple Locations, Multiple Affiliations*. New Delhi: Rawat Publications, 2002.

Pazo, Paula Torreiro. *Diasporic Tastescapes: Intersections of Food and Identity in*

Asian American Literature. Klosbachstr：LIT Verlag，2016.

Schouler-Ocak，Meryam. "Intercultural Trauma-Centered Psychotherapy and the Application of the EMDR Method." *Trauma and Migration: Cultural Factors in the Diagnosis and Treatment of Traumatised Immigrants*. Ed. Meryam Schouler-Ocak. Berlin：Springer，2015. 177 - 190.

Seth，Vikram. *From Heaven Lake*. New York：Vintage Books，1983.

Sodhi，Pavna K. *Exploring Immigrant and Sexual Minority Mental Health: Reconsidering Multiculturalism*. New York and London：Routledge，2017.

方立天："谈'空'说'有'话佛理"，《法音》，2013 年第 6 期，第 4—8 页。

蒲文成："试谈宗喀巴大师对佛教空性理论及其实践的贡献"，《青海民族研究》，2017 年第 3 期，第 10—19 页。

玛格丽特·阿特伍德创作中的民族/国家思想之演进*

袁　霞**

内容提要： 玛格丽特·阿特伍德对加拿大作为一个民族和国家的发展历程有着非常深入的思考。本文旨在探讨阿特伍德在其部分作品中体现的民族和国家理念。她的早期作品大力宣扬加拿大独特的民族文化身份，认为“加拿大性”与加拿大的地理位置息息相关；其20世纪90年代的创作记录了多元文化语境下加拿大不断变化的社会现实和民族构成，也深切反映了她在思考加拿大民族身份时的与时俱进的话语风格；21世纪以来，阿特伍德的作品立足超民族主义，对后国家时代的人类共同命运进行了思考。

关键词： 玛格丽特·阿特伍德；加拿大；民族；国家；身份

Abstract: Canadian writer Margaret Atwood has been a dedicated thinker on the issues related to the development of Canada as a nation and a state. This paper offers an examination of the evolution in her perceptions of nation and state as they rolled out in her works published through her career. She was a staunch advocate for Canada's unique national cultural identity in her early works, and believed that "Canadianness" was closely related to Canada's geographical location. In the 1990s when the multicultural social realities reshaped Canada's ethnic composition in the multicultural context, her writings communicated an accommodating attitude towards the popular changes of Canadian national identity discourse. Her more recent writings adopt a kind of transnationalism while she examines the fate of human beings in the postnational age.

Key words: Margaret Atwood; Canada; nation; state; identity

加拿大曾是英法两国的殖民地，属于典型的“殖民-入侵”（settler-

* ［**基金项目**］：本文是国家社科基金一般项目“玛格丽特·阿特伍德的伦理思想研究”（16BWW042）的阶段性研究成果。

** ［**作者简介**］：袁霞，文学博士，南京师范大学外国语学院教授，主要从事加拿大文学研究。

invader)文化。加拿大的殖民史非常特殊,“与大多数通过反抗帝国统治建立国家的前殖民地不同,加拿大取中庸之道,它的建国并未采用反抗手段”(Birbalsingh vii)。这种和宗主国的同谋关系使得加拿大很难确定自己的民族位置,因而“到20世纪中叶,(加拿大)几乎就没有形成与自身需要相配套的形象”(Birbalsingh 5)。与此同时,加拿大和美国共有一条漫长的边境线,时刻能感受到美国对它的威胁。长期以来,两国在政治、经济和文化上的联系使加拿大处于“持续不断地挣扎中,时刻担心如何才能避免被它更强大的邻居吞并掉”(Gilbert & Tompkins 283),每日思考着如何才能避免沦为近在咫尺的美国的“子公司”,加拿大的境况不可谓不尴尬。

到了20世纪60年代,加拿大为从困境中解脱出来,开始努力寻找并确立自己的身份。1967年是加拿大建国100周年,为了摆脱英法殖民地的历史阴影和超级大国邻居美国的威胁,加拿大大力建设自己的文化,并将其作为开展内政外交的重要内容。联邦和地方各级政府纷纷为文化开辟市场,不仅在经济上大力支持文学艺术,还为作家和出版商建立各种机构,在这样的背景之下,加拿大文学得以迅速发展壮大。玛格丽特·阿特伍德(Margaret Atwood, 1939—)便是在这种时代背景下成长起来的。作为这个时期崛起的一大批作家中一员,她成为时代的见证者。从20世纪60年代末至今,在50多年的创作生涯中,阿特伍德利用自己的作品记录了加拿大作为一个独立民族和独立国家的发展历程,她的创作思想也随着时代的演进而持续发生变化。本文结合阿特伍德三个不同时期的几部标志性小说创作,考察其在民族和国家认识上的发展和变迁。

一、这里是哪里:寻求加拿大身份

“这里是哪里?”在很长一段时间内是加拿大文学与文化研究最为关心的问题。著名批评家诺思洛普·弗莱(Northrop Frye, 1912—1991)在为《加拿大英语文学史》(*Literary History of Canada: Canadian Literature in English*)撰写的“结尾”部分提出,“这里是哪里?”的问题远比“我是谁?”来得重要,因为这与加拿大的身份和位置有关(Frye 220)。阿特伍德在其广受关注的论著《生存:加拿大文学主题指南》(*Survival: A Thematic Guide to Canadian Literature*, 1972;以下简称《生存》)的前言部分重复了弗莱的提问,指出“这里是哪里”是“一个人在发现自己处于陌生的地域时发出的疑问。而且它还包含着另外一些问题：这个地方处在什么位置？我怎样熟悉它？"(阿特伍德 1991：10)阿特伍德接着在著作中论述了加拿大独特的民族文化传统，她认为，"加拿大性"(Canadianness)与加拿大的地理位置息息相关："我们需要了解这里，因为这里就是我们生活的地方。共同分享一个国家的文化知识，对于生存在这里的成员来说并不算是奢侈而是一种需要"(阿特伍德 1991：12)。"这里是哪里？"是阿特伍德所有早期作品的共同主题，她试图通过对地理方位和空间细节的强调，探讨加拿大人的民族国家认同和生存策略。与《生存》几乎同时间推出的小说《浮现》(*Surfacing*, 1972)便是其中最有力的代表作。《浮现》最大的特色是其"特殊的位置感"(Howells 2005：26)，阿特伍德将故事背景设置在魁北克丛林地区，以"土地和周遭环境充当一面镜子"(Roth 29)，映射出加拿大作为后殖民国家所特有的民族文化身份。

《浮现》讲述了无名女主人公回到阔别多年的故乡——魁北克地区的荒野——寻找失踪父亲的故事。在第一部分，女主人公带着几位友人开车前往北方的故乡。在父亲的小屋安顿下来后，她的心理经历了一系列变化。在第二部分中，女主人公根据父亲留下的几幅图画、一封信和一张地图上的标识，驾船来到白桦湖，潜下水，见到了淹死在湖底的父亲。女主人公浮出水面，发现自己在找到父亲遗体的同时也找回了自己。尘封的记忆之门打开之后，往昔那些羞于启齿的经历一幕一幕浮现在她脑海里。在小说的最后一部分，女主人公做出了一个令她的朋友感到匪夷所思的抉择：她决定留在小岛上，摆脱文明束缚，回归原始状态，融入荒野，与父母的灵魂以及祖先的过去结合在一起。小说通过女主人公的寻根之旅着力探讨了"身份探寻"主题：对个人身份以及对民族身份的探寻。小说标题"浮现"象征了女主人公精神上的觉醒以及加拿大民族观的复苏。阿特伍德为女主人公赋予了几层特殊身份：她是魁北克的讲英语者、加拿大的魁北克人、北美的加拿大人，每一种身份都显示出她在社会中的边缘地位，因此她是一个"一次又一次被剥夺了政治权利"的边缘人(Fraser 127)。女主人公身上折射出的正是加拿大在后殖民社会的尴尬处境："英属加拿大原来是荒野的一部分，后来变成北美和大英帝国的一部分，最后变成世界的一部分"(Frye 220)。自己的根究竟在何处？这是加拿大以及每一个加拿大人一直都在追问的话题。

小说《浮现》在现实世界和女主人公的心理世界之间交叉闪回。透过女主人公的眼睛，一个饱受现代文明摧残的自然世界呈现在读者面前。

20世纪六七十年代的魁北克荒野正在失去其自然质朴的本性:旅游业的兴起使湖区的自然环境遭到破坏;伐木工人大肆砍伐木头,准备建造水库;被屠戮的苍鹭吊在林子里,散发着恶臭……是谁造成了目前这种状况?随着叙事情节的展开,读者发现,这一切的罪魁祸首是与加拿大同在一个大陆板块的美国。在女主人公的叙述中,加拿大如同一块未经开发的荒野,遭受着美国的殖民侵略,整个社会日渐美国化。故事一开始,女主人公走在回家的路上,她注意到"湖旁的白桦树正在枯萎,它们染上了从南方蔓延而来的某种树病"(阿特伍德1999:3)。这里的南方是指位于北纬49度线以南的美国。20世纪中期,宗主国英国对加拿大的影响日渐式微,而美国开始扮演大国角色,对邻国加拿大指手画脚,横加干涉。50年代末60年代初,美加两国签署了"自由贸易协议"和"北美防空协定":"自由贸易协议"为双方贸易打开了方便之门,也使美国有更多机会将自己的产品倾销至加拿大;"北美防空协定"是在美国施压之下签署的,在加拿大国土上安设由美国人操纵的早期警报雷达系统,以共同对抗来自苏联的军事威胁。如此一来,加拿大仿佛成了美国的傀儡,任由"自己处在一个既不了解我们也不想了解我们的民族掌控之下"(Atwood 1982:88),听凭美国对其进行经济、文化和军事殖民。美国作为新的"帝国中心"(阿特伍德1991:27),收获着来自加拿大的利益,至于其所作所为是否会对加拿大产生负面影响则不在他们的考虑范围:美国人为了建设电力公司,肆意抬高水位,破坏了附近的生态环境;美国野生动植物保护协会成员提议高价收购女主人公父亲的房屋和地产,建一座修养所,好让他们在此狩猎或捕鱼;美国打算用工业化生产的廉价肥皂块换取加拿大不可再生的净水资源……在小说中,女主人公拒绝出卖父亲的地产,因为她不愿自己的故土遭受践踏,她知道美国人一旦买下这块土地,就会强行推销其价值观,属于加拿大的文化传统将被侵蚀殆尽。女主人公的决定在某种程度反映了加拿大人民族意识的觉醒,也代表了阿特伍德的心声:"我认为想要有加拿大这个国家的理由是你不同意美国做出的某些政治选择,你想要以不同的方式去做"(Davidson 90)。面对美国的新殖民主义,加拿大应该建立不同于美国的自身形象,这有助于国人树立民族自信心,确保加拿大价值和标准不被来自美国的价值和标准改变或取代。

女主人公在潜入水下的过程中重新认识了自己的过去,那是痛苦的过往,但逃避不是办法,她与过去达成了和解,最后选择与荒野为伴,并"拒绝……使自己成为受害者"(阿特伍德1999:211)。小说以荒野开始,又以荒野结束,女主人公在极具加拿大民族特色的荒野中完成了心理转变,走向成熟,实现了自身价值。女主人公的经历体现了加拿大作为移民殖民地在后殖民语境中为寻求身份与位置而经历的迷惘、痛苦和失落,以及为争取生存空间而做出的种种努力。阿特伍德通过《浮现》的女主人公表达了对处于困境中的加拿大的期待,即加拿大作为一个民族和国家必须寻找自己的传统之根,认清自己的位置,正视自己的政治身份。唯有如此,加拿大才能实现自身的完整性,加拿大人才能获得民族归属感。

二、我们是谁:民族身份话语转向

在20世纪50年代之前,加拿大是英联邦辖下的"'白种人'国家之一"(Howells 2002: 200),60年代移民政策的变化使得大量非欧洲裔移民涌入加拿大。面对人口结构的改变,政府从70年代开始推行"多元文化主义"政策,并在1988年颁布《多元文化主义法案》,公开宣布族裔、宗教和文化的多样性是加拿大传统和身份的根本特征,这一法案从本质上修正了英裔和法裔占主导地位的加拿大殖民传统,打开了新的民族和国家定位空间。作为六七十年代文化民族主义的亲历者,阿特伍德一直在跟踪记录加拿大民族身份话语的变化,她在90年代出版的几部作品里对"加拿大性"进行了深入思考。在《荒野警示故事》(*Wilderness Tips*, 1991)中,阿特伍德开始质疑"荒野"是否还能作为加拿大民族身份的象征;而在《好骨头》(*Good Bones*, 1992)里,她坦言自己已对荒野这类素材深感厌倦,因为"它不再适合我们当今社会的形象"(Atwood 1992: 19)。随后出版的小说《强盗新娘》(*The Robber Bride*, 1993)和《别名格雷斯》(*Alias Grace*, 1996)都将背景设在了多伦多,阿特伍德在这两部作品中将加拿大身份问题由原先的"这里是哪里?"变为了"我们是谁?"(Atwood 1999: 57)。其中《强盗新娘》描写了20世纪晚期加拿大不断变化的社会现实和民族构成,重新探讨了加拿大身份问题。

"无根"(rootlessness)是《强盗新娘》最重要的主题之一。女主人公托尼、罗兹和克里斯都是多伦多土生土长的英裔白人女性,但从孩提时代起,她们就觉得自己像是无家可归的外来者,是"母国中的外国人"(Hengen 278)。托尼母亲是英国人,二战后跟随丈夫来到加拿大,却从未真正融入加拿大的生活,不久后她离开家人,定居美国。托尼在缺乏母爱的环境中长大,也感觉到父亲对她的失望:"对她母亲来说,托尼是外国人；对她父亲来说也是，因为尽管他们说着同一种语言，她——他说得很清楚——不是个男孩"（Atwood 1993：164）。在这片生养她的土地上，托尼必须"像个外国人那样，仔细倾听，翻译；像个外国人那样，密切注意突如其来的敌对态度；像个外国人那样犯错"（Atwood 1993：164）。长大后的托尼与周围世界格格不入，多年来养成了写回文（倒拼单词）的习惯，因为只有在回文世界里，她才有家的感觉，她在其中"属于本国人"（Atwood 1993：168）。

罗兹的少年时代恰逢二战，教会学校的同学常取笑她爸爸是难民。"难民"在当时是个污辱性的字眼，遭到加拿大民众抵制："难民！难民！从哪里来，就滚回哪里去"（Atwood 1993：365）。父亲在战后来到多伦多，罗兹先是发现他的确是难民，接着又发现自己有一半犹太血统。战时的加拿大一度反犹情绪高涨，战后虽好一些，但罗兹父亲仍会因姓氏问题接到恐吓电话。父亲靠着精明强干迅速积累起大笔财富，罗兹也恢复了战争期间出于安全考虑没敢用的姓氏。尽管经历了身份转变，罗兹却始终觉得自己像个外来者，在双重文化的夹击中分裂成两半："如果说罗兹曾经不是个十足的天主教徒，如今她也不是个十足的犹太人。她是个异数，一个混种，一个奇怪的半人"（Atwood 1993：387—388）。罗兹挣扎在两种文化之间，为了生存不得不"采用移民的策略：谨慎、模仿，甚至是学习一种新语言"（Howells 2003：96）："她模仿他们的口音、语调、用词；她为自己增添了一层又一层的语言，将它们粘贴在身上，就像是篱笆上的招贴画"（Atwood 1993：389—390）。事业上的成功并未让罗兹在自己的社团中获得存在感，与米奇的婚姻加剧了她作为外来者的感觉。英俊潇洒的米奇是旧贵族阶层的代表；面对丈夫的社会优越感，罗兹总会底气不足，"感觉自己像是刚从外国来"，还会想起自己的移民史："她的祖先中有很多不同国籍的血统。她这一支的祖先都是从别的地方被赶出来的，要么因为太穷，要么因为政治上的古怪，要么因为不正确的形象，要么口音或头发颜色有问题"（Atwood 1993：344）。对罗兹而言，财富带来的社会身份仅仅是伪装，她的皮肤下面掩盖的是"一个无家可归的流浪儿"（Howells 2005：137）。

克里斯是三人中错位感最严重的一位。她原名凯伦，自小被母亲遗弃，在姨妈家生活，却遭到姨父强暴。每次被强暴时她都觉得生不如死，在绝望中强迫自己分裂成两个人："最终她变成了克里斯，消失了，又在别处再次出现，打那以后她就一直在别处"（Atwood 1993：45）。有评论者认为,“在别处”指的是“不在那里,也不在这里”(Gregersdotter 126),象征着克里斯漂泊无依的精神状态。克里斯选择了冥想和草药治愈作为疗伤方式,她的自我疏离感却从未消失,因为不同的生活方式只是一种掩饰,“将大部分的克里斯隐藏了起来”(Howells 2003: 99)。凯伦的身体或许能够撕裂开来,让克里斯逃逸出去,可儿时的创伤性记忆却不会消失,它们只是被意识封闭住了。只要凯伦和克里斯不能合为一体,她的灵魂就永远无家可归。

通过三位出生在二战期间、成长并一直生活在多伦多的加拿大白人女性的经历,阿特伍德试图揭示英裔加拿大身份叙事表层之下的真实社会状况:战后移民政策和人口结构的变动悄然改变了民族的构成和国家的形象,更改变了国家的意识形态话语,加拿大已走出传统的英/法裔统治模式,文化和种族差异成为普遍趋势,时代的裂变、新旧传统的交替更迭导致“文化错置、分裂的主体、错位的身份、重新命名”(Howells 2003: 95)等一系列现象,引发了无处不在的无归属感。

与托尼、罗兹和克里斯这些身份固定的加拿大公民相比,另一位女主人公齐尼娅则是个“游牧式主体”(nomadic subject)(Braidotti 15),有着“多重身份,却没有固定身份”(Howells 2005: 130)。齐尼娅和托尼相逢在60年代,她自称母亲是白俄罗斯贵族,父亲身份不详,或许是希腊人,或许是波兰人,或许是英国人。母亲逃亡在外,不幸染病,最后客死他乡,她则被迫沦为雏妓。70年代,齐尼娅出现在克里斯身边,声称自己是罗马尼亚吉卜赛人和芬兰共产党的后代,不幸身患癌症,又受到男友虐待,逃出了家门。80年代,齐尼娅来到罗兹面前,告诉她自己出生在柏林,是犹太裔和罗马天主教混血儿,罗兹父亲曾帮她伪造了一份护照,将她从大屠杀中救出,作为难民送到加拿大。齐尼娅身上几乎集合了20世纪所有的苦难:纳粹迫害的受害者;二战后的难民;暴力和性侵犯的牺牲者;癌症患者……三位女性无不为她的身份着迷,或是向她敞开心扉,或是对她表示同情,或是张开信任的双臂。齐尼娅以不同的角色和身份轻而易举地进入三位女性的生活,抢走她们的爱人。她没有明确的身份,其行为和思想总是处在流动的状态。没人知道有关她的真相,“至少根据记录来看,她从没出生过”(Atwood 1993: 518)。所有关于她的故事都是在托尼、克里斯和罗兹的叙述中出现的,读者必须依赖她们的描述来获得关于齐尼娅的形象。即使在齐尼娅死后,她也像“破碎的马赛克”,没有形状:“齐尼娅的故事似是而非,所有人缺席,只是谣传,从一张嘴漂到另一张嘴,在这漂流过程中不断改变”(Atwood 1993：517)。齐尼娅打破了三位女性“固定身份的虚幻稳定”(Braidotti 15)，使她们意识到“被割裂的多重状态”(Staels 196)。当她的故事和这些女性的故事结合起来时，她们的故事就具有了流动性，被赋予了与传统规范抗衡的力量。

托尼、罗兹、克里斯与齐尼娅之间的纠葛从 20 世纪 60 年代开始，至 90 年代结束，跨越了 30 年的光阴，这 30 年可以说是加拿大历史上最为热闹也最精彩纷呈的岁月：从六七十年代的民族文化复兴到 90 年代多元文化主义盛行，加拿大始终在为确立民族国家身份而努力。《强盗新娘》以族裔混杂、多元文化气息浓厚的多伦多为背景，更能突出加拿大无处不在的“移民问题”。罗兹对这一问题的困惑尤其具有代表性：“该允许多少移民进入呢？能承受多少呢？他们是怎样一些人呢？该在哪里画底线呢？……罗兹非常明白被认为‘他们’是种什么滋味。但是现在，她属于‘我们’。还是有些不一样的”(Atwood 1993：111)。阿特伍德试图通过“我们”(英裔白人)和“他们”(新移民)的故事，折射出英裔加拿大对变化中的民族身份表征的焦虑：20 世纪六七十年代加拿大人所追求的统一的民族文化身份似乎正在消解，他们不仅困惑于“我们是谁?”的问题，而且发出了“我们真的和别人那么不一样吗？如果是真的，不一样在哪里”(Atwood 1999：58)的疑问。

三、超民族主义：走向后国家时代

从 20 世纪 90 年代起，阿特伍德的创作进入了一个“后国家时代”(postnational phase)(Nischik 106)，此时的她“对通常属于后殖民语境下作家的民族身份的重要性持反对态度，认为加拿大人‘早就放弃了试图将基因中的加拿大性脱离出来的打算’”(Atwood & Weaver xiii)。尤其是在她 21 世纪出版的几部小说中，阿特伍德对民族形象、民族归宿及其伴随的身份、自我和他者叙事关心得越来越少，她把关注的目光聚焦于超民族主义(transnationalism)，她小说中经常出现的话题有生物工程泛滥造成的危险、人类居住的星球所受到的威胁以及星球上的生物继续生存的可能性等等。劳拉·莫斯(Laura Moss)看到了阿特伍德的这一变化，称她为加拿大走向世界的文化大使，在莫斯看来，“与其说她代表了未开垦的广阔荒野……不如说她是加拿大宣扬道德与伦理良知的全球化品牌的一部分”(Moss 29)。莫斯在论及阿特伍德及其创作的小说时使用了“更新版的民族主义”(updated nationalism)一说,并采用了“超民族的民族主义”(transnational nationalism)这一概念,她认为:所谓“超民族的民族主义”“是一种伴同全球框架存在的民族主义……重点在于超民族,而非民族……阿特伍德是一位‘伟大的加拿大全球公民’”(Moss 28)。

21 世纪以来,阿特伍德已经连续出版了多部长篇小说作品,其中以《疯癫亚当三部曲》(*The MaddAddam Trilogy*)——《羚羊与秧鸡》(*Oryx and Crake*, 2003)、《洪水之年》(*The Year of the Flood*, 2009)和《疯癫亚当》(*MaddAddam*, 2013)——中的第一部《羚羊与秧鸡》引起的反响最大。《羚羊与秧鸡》所描写的末日前的世界是由垄断帝国主义的市场资本主义所统治和定义的,其特征是资本凭借自己独一无二的能力与政治、军事、法律等强制权力分离,形成一种独立的力量,并通过占领与控制全球市场来实现霸权。在《羚羊与秧鸡》中,大型生物技术公司在全球范围内主导着商业活动,这是一个没有边界的资本主义世界,民族国家及其政府不再是真正的权力单位,权力属于强大的公司实体,即大院;它们彼此之间为了市场份额和人力资源进行残酷的竞争,甚至不惜干出蓄意杀害科学家、盗窃实验室新产品的龌龊勾当。虽然国家似乎已缺席,但军队依旧存在。大院的安危不是由各自国家的安全机构负责,而是处于公司警的监管之下,公司警可以对人民生活行使巨大权力。因此,“大院”作为一个未来的符号,预示着垄断帝国主义的市场逻辑:在这个帝国中,民主已不复存在,文化和教育等上层建筑不得不屈从于资本的奴役。

在主人公吉米所生活的世界里,生物工程和基因嫁接已然成为最有影响力的产业。各个大院紧锣密鼓地将转基因技术应用到产品研发中,以期获取高额利润。实验室里的科学家们将整个世界当作一个“巨大的、无节制的试验场”(阿特伍德 2004:236),随心所欲地组合基因,永远都在改进物种或者创造新的物种。浣鼬、蛇鼠、狮羊、羊蛛、狼犬兽……没有什么是科学家们造不出来的,对他们而言,创造动物让人“有了上帝的感觉”(阿特伍德 2004:53)。技术不再仅仅是文化上的革新,它甚至进入到人体,改变了人们对身体的理解,比如器官猪项目是在转基因宿主猪体内培育各种人体组织器官;欣肤计划则是通过在动物身上试验种植人体细胞的方式达成人类彻底换肤的梦想。吉米母亲批评大院是“道德的污水池”,并指出科学家们正在“干涉生命的基础材料”。吉米父亲却对此不以为然:“不就是蛋白质么!……细胞和组织没什么神圣可言”(阿特伍德 2004:58—59)。吉米父母之间争执的焦点构成了贯穿全书的伦理主题：人类到底该如何对待科学技术，如何对待塑造生命的"基础材料"？

吉米少时的好友"秧鸡"逐渐成为遗传工程领域的权威，秘密主持"天塘"计划。按照"秧鸡"的理念，人类作为一个物种忧患深重，对资源的需求远远超过供给，饥荒和旱灾便由此产生，因此需要设法寻找自身出路。他开始着手进化人种，改造正常人类的胚胎，创造出他眼里的精品宝宝"秧鸡人"。从特定的视角来看，"秧鸡人"构成了一个理想社会：它们是热爱和平的素食者，没有竞争，没有等级和阶级之分，且能与自然环境和谐相处。但是，这些在生物学意义上进化了的人种却失去了人之所以为人的特性，比如想象、情感、需求、理性和创造力。由于"秧鸡"对人类未来绝望透顶，他希望由"秧鸡人"全面取代人类，于是铤而走险，将一种致命病毒植入团队研发的"喜福多"药片，造成了人类的大灭绝。吉米成为"最后的地球人"，他带领着"秧鸡人"在日益恶劣的环境中与转基因动物争夺资源。

在《羚羊与秧鸡》这样一部明显的超民族主义作品里，阿特伍德是否完全放弃了对于加拿大作为一个独立民族和独立国家的思考？实际情况并非如此。在撰写《羚羊与秧鸡》的过程中，阿特伍德参考了大量新闻报道，收集了关于生态灾难、基因工程和生物恐怖主义等方面的海量资讯，可以说，《羚羊与秧鸡》所虚构的内容均来自人类"曾经发明过的或者已经开始发明的事物"（傅俊 287）。这些发明业已对人类社会产生显性的负面影响。《羚羊与秧鸡》出版之时，正值 SARS 病毒大规模爆发，加拿大多伦多地区深受病毒之苦。《羚羊与秧鸡》描述了全球变暖引起的海平面上升、火山爆发和巨型海啸，诸如此类的场景并非凭空杜撰，而是与阿特伍德的北极之行不无关系，她在游览加拿大努纳武特地区的碧奇岛（Beechey Island）之后对人类未来无比担忧："就连未经训练的眼睛都能看出冰川正在以极快的速度消融"（Atwood 2004：369）。覆巢之下焉有完卵？地球是个整体，一荣俱荣，一损俱损。每一位生活在地球上的人都是全球公民，命运休戚相关，因此必须具有包容性的全球意识乃至"星球意识"（Shiva 22）。阿特伍德试图通过《羚羊与秧鸡》将具有创造性和想象力的人类置于更大的自然秩序中，激发人们以人道的方式对待不只是属于人类的世界，敦促人们思考"当今科学在生物工程、克隆、组织再生和农业杂交等方面的新进展……是否超出了限度走向疯狂"（王诺 206）。《羚羊与秧鸡》对人类未来的文化和生态灾难做出了预警：如果继续现今的生产方式、消费方式和文化范式,末日危机将不再仅仅局限于想象的世界。

阿特伍德的成长经历与加拿大文学的发展壮大相伴相生:从年轻时候立志成为一名加拿大作家,向本国人民介绍加拿大文学,到后来跨出国门走向世界,她为加拿大文学和文化事业做出了杰出贡献。无论她走到哪里,无论她书写什么样的主题,阿特伍德的根永远在加拿大。从 20 世纪六七十年代的民族主义理念,到 90 年代的民族身份话语转向,再到 21 世纪的超民族主义,阿特伍德的世界观以及她对于民族和国家问题的思考一直在与时俱进:她扎根于加拿大特定的历史和文化,但置身于 21 世纪的全球化时代,她展现了放眼世界的胸襟,这是她能够在文学界长盛不衰的原因所在,也是她为新时代的加拿大文学做出的卓越贡献。

引用作品[Works Cited]:

Atwood, Margaret. *Second Words: Selected Critical Prose*. Toronto: Anansi, 1982.

—. *Good Bones*. Toronto: Coach House Press, 1992.

—. *The Robber Bride*. Toronto: McClelland & Stewart Inc., 1993.

—. "Survival: Then and Now." *Maclean's* 112.26 (1999): 54 - 58.

—. *Writing with Intent: Essays, Reviews, Personal Prose, 1982 - 2004*. Toronto: Anansi, 2004.

—, and Robert Weaver, eds. *The New Oxford Book of Canadian Short Stories in English*. Oxford: Oxford UP, 1995.

Birbalsingh, Frank. *Novels and the Nation: Essays in Canadian Literature*. Toronto: TSAR, 1995.

Braidotti, Rosi. *Nomadic Subjects: Embodiment and Sexual Difference in Contemporary Feminist Theory*. New York: Columbia UP, 1994.

Davidson, Jim. "Where Were You When I Really Needed You?" *Margaret Atwood: Conversations*. Ed. Earl G. Ingersoll. London: Virago Press Limited, 1992. 86 - 98.

Fraser, Wayne. *The Dominion of Women: The Personal and the Political in Canadian Women's Literature*. Westport, CT: Greenwood Press, 1991.

Frye, Northrop. "Conclusion to a Literary History of Canada." *The Bush Garden: Essays on the Canadian Imagination*. Toronto: Anansi, 1971. 213 - 251.

Gilbert, Helen, and Joanne Tompkins. *Post-Colonial Drama: Theory, Practice, Politics*. London and New York: Routledge, 1996.

Gregersdotter, Katarina. *Watching Women, Falling Women: Power and Dialogue in Three Novels by Margaret Atwood*. Umeå: Umeå University, 2003.

Hengen, Shannon. "Zenia's Foreignness." *Various Atwoods: Essays on the Latter Poems, Short Fiction, and Novels*. Ed. Lorraine York. Toronto: Anansi, 1995. 271-286.

Howells, Coral Ann. "Margaret Atwood's Discourse of Nation and National Identity in the 1990s." *The Rhetoric of Canadian Writing*. Ed. Conny Steenman-Marcusse. Amsterdam: Rodopi, 2002. 199-216.

—. "The Robber Bride; or, Who Is a True Canadian?" *Margaret Atwood's Textual Assassinations: Recent Poetry and Fiction*. Ed. Sharon Rose Wilson. Columbus: The Ohio State UP, 2003. 88-101.

—. *Margaret Atwood*. New York: Palgrave Macmillan, 2005.

Moss, Laura. "Margaret Atwood: Branding an Icon Abroad." *Margaret Atwood: The Open Eye*. Ed. John Moss and Tobi Kozakewich. Ottawa: U of Ottawa P, 2006. 19-33.

Nischik, Reingard M. *Comparative North American Studies: Transnational Approaches to American and Canadian Literature and Culture*. London: Palgrave Macmillan, 2016.

Roth, Verena Bühler. *Wilderness and the Natural Environment: Margaret Atwood's Recycling of a Canadian Theme*. Tübingen: Francke, 1998.

Shiva, Vandana. "Economic Globalization, Ecological Feminism and Sustainable Development." *Canadian Woman Studies/Les Cahiers de la Femme* 17.2 (1997): 22-27.

Staels, Hilda. *Margaret Atwood's Novels: A Study of Narrative Discourse*. Tübingen and Basel: Francke Verlag, 1995.

傅俊：《玛格丽特·阿特伍德研究》，南京：译林出版社，2003 年。

玛格丽特·阿特伍德：《生存：加拿大文学主题指南》，秦明利译，北京：中国文联出版公司，1991 年。

——.《浮现》，蒋丽珠译，南京：译林出版社，1999 年。

——.《羚羊与秧鸡》，韦清琦、袁霞译，南京：译林出版社，2004 年。

王诺：《欧美生态文学》，北京：北京大学出版社，2011 年。

劳森、丛林与现实主义：论劳森作品的丛林意象与民族想象[*]

张加生[**]

内容提要：亨利·劳森是澳大利亚民族主义时期经典作家，他的现实主义丛林书写开创了澳大利亚丛林现实主义小说创作先河。本文对劳森丛林小说文本现实主义特征及其民族内涵进行了全面考察。研究认为，劳森现实主义书写对澳大利亚丛林意象的建构表达了他对澳大利亚早期丛林人艰辛生存状况的关注和对澳大利亚民族发展的关切；劳森围绕丛林现实建构的丛林孤独、丛林抗争与丛林情谊等多重主题，意在凸显丛林人对澳大利亚民族身份建构的贡献；劳森以丛林书写建构的丛林意象表达了其澳大利亚民族建构的丛林理想，也表达了劳森作为澳大利亚民族主义文学奠基人对澳大利亚民族的想象。

关键词：亨利·劳森；现实主义；丛林意象；民族想象

Abstract: Henry Lawson is one of the greatest classic writers in Australia. This paper, based on the textual analysis of Lawson's bush writings, explores his poems, prose works and essays on his construction of Australian bush images. By depicting bush workers' realistic and harsh life, Lawson establishes himself as a realist writer. As a realist writer, he not only shows his great sympathy with bush workers' harsh and severe living conditions, but also shoulders a realist writer's responsibility by hoping to improve bush workers' living standard and establish Australia as an independent nation enshrined with bush ethos.

Key words: Henry Lawson; realism; bush images; Australian imagination

引　言

亨利·劳森（Henry Lawson，1867—1922）被誉为"澳大利亚伟大的

---

* ［**基金项目**］：本文为国家哲学社会科学基金一般项目"亨利·劳森丛林书写与民族想象研究"（17BWW054）；国家哲学社会科学基金重大招标项目"多元文化视角下大洋洲文学研究"（16ZDA200）阶段性成果。

** ［**作者简介**］：张加生，博士，南通大学外国语学院教授，从事外国文学研究。

行吟诗人”（Clark 1955：164），也是澳大利亚历史上第一个享受“州葬”礼遇的文人。有评论认为，劳森对澳大利亚丛林意象的现实描绘使他成为澳大利亚“最杰出的短篇小说家之一”（Wallace-Crabbe 100）。不仅如此，劳森丛林作品的美学意蕴与民族内蕴使他成为澳大利亚文学史上的一个民族符号。本文旨在探讨劳森现实主义丛林书写所表征的丛林孤独、丛林抗争、丛林情谊等多重主题，从而探究劳森不同丛林意象所共同建构的澳大利亚民族想象。劳森对丛林人孤独、困顿生活现实的“真实”呈现，既表达了他对澳大利亚早期丛林拓荒者的怀旧和追忆，也建构了他对澳大利亚民族丛林性的想象，这些共同奠定了其澳大利亚经典作家地位。

由于澳大利亚与英国的特殊历史渊源，英国传统现实主义小说对澳大利亚文学产生了不可估量的影响。首先，英国传统现实主义文学，如肯恩所阐释的，“‘同情’，尤其是小说人物所处情境引起的读者的‘同情’，是维多利亚小说创作的中心要素”（Keen 53）；其次，英国传统现实主义小说强调文学的社会变革和伦理功能，也就是文学的“道德教化”功能；此外，现实主义文学是“合理而有力的社会变革工具，这种功能观在维多利亚时期达到了前所未有的程度”（Harrison 262）。英国传统现实主义小说的“同情观”“道德教化说”以及“社会变革功能”的创作思想让劳森感受到了现实主义文学的魅力。从宏观创作语境来说，劳森毕生专注于现实主义丛林书写，是他对此前澳大利亚殖民主义浪漫文学的不满，也是他对 19 世纪 80 年代澳大利亚民族独立思潮的积极呼应；从个人创作而言，劳森走上文学道路深受母亲路易莎·劳森的影响，但他的现实主义创作则深受查尔斯·狄更斯（Charles Dickens，1812—1870）影响，他在《自传片断》中曾明确表示他对狄更斯作品的酷爱，不过劳森对澳大利亚丛林生活的临摹、素描、拍照式的客观呈现能力，又是狄更斯也无法比拟的。他熟悉澳大利亚一切丛林人，无论丛林男性、丛林女性还是丛林孩子；他熟悉丛林的一切，无论是丛林环境、丛林文化还是丛林生活方式，这些都成为他现实主义创作的丰富源泉。

劳森的现实主义创作是在对英国传统现实主义小说借鉴基础上的超越。他兼具民族理想的现实主义作品与 19 世纪末澳大利亚民族独立思潮互为映射。成立于 1880 年的《公报》杂志，主张澳大利亚作家围绕澳大利亚本土的人和事进行现实主义创作。以劳森为代表的澳大利亚作家纷纷响应，“尽管他们好多人与劳森一样都是通过自我阅读而从事写作的，对现实主义这一概念和理论知之甚少，也不感兴趣，但他们都有着鲜明的描写客观现实的创作态度"(Pons 245)。劳森的现实主义丛林书写再现了澳大利亚丛林人质朴、忠贞、坚韧的品质。一篇刊登在《悉尼晨报》上的文章《来自丛林的声音》在评价劳森的丛林故事集《当洋铁罐儿沸腾时》时说,"这部故事集延续了劳森的丛林书写风格:(他的)片段化素描、对丛林环境和丛林人生活的匆匆一瞥将丛林生活的自然、活力和真实全部勾勒出来"(Roderick 53),这是对劳森创作特色比较中肯的评价。劳森对澳大利亚丛林人艰辛生活现实不加修饰的客观呈现,让人看到 A. B. 佩特森(A. B. Paterson, 1864—1941)笔下澳大利亚丛林绮丽、自由迷人风光背后令人悲伤和无法逃脱的真实境况,饱含对丛林人艰辛困苦生活的同情。进一步说,劳森的丛林现实主义创作超越了为了现实而现实的美学层面,而是站在民族的高度,将现实主义作为道德态度、政治态度、民族态度的表达方式,作为他改善丛林人生活条件推动澳大利亚社会变革的武器,并"希望通过对澳大利亚丛林意象和澳大利亚 19 世纪末社会现实的描写来激发澳大利亚丛林人的民族情绪"(Pons 247)。下文将围绕劳森现实主义丛林书写的多重丛林意象,探讨他在丛林意象背后建构的澳大利亚民族想象。

一、丛林孤独与澳大利亚想象

丛林孤独是劳森围绕澳大利亚丛林人孤独生活建构的一个重要意象。正如德鲁·科特尔(Drew Cottle)所说,"怪诞奇异和严酷荒野的地域风貌注定了丛林人要想成功生存下来,必须具有坚韧性、忍耐性和忠诚性的品质,因为这里的旷野令人孤独不堪"(Cottle 39),澳大利亚早期丛林人在荒野孤寂的丛林中求生存,饱受肉体和精神折磨,很多人不堪丛林孤独折磨而被丛林吞噬。

在《丛林殡葬人》("Bush Undertaker")中,劳森刻画了一个为孤独寂寥所困的丛林老人的生活片段。老人终年孤身一人在丛林中生活,只有一条满身灰尘的牧羊犬陪伴在侧。这一天是圣诞节下午,他准备早早把羊群赶回来,给自己放半天假,但一出门就看到一具尸体。对此,他非但没有感到恐惧而且还不甚欢欣,认为这是上帝给他送来的圣诞伙伴。在"你一个欧洲人来到这片被上帝遗忘之地旅行,落得一个客死丛林,我一定将你好好安葬"[①](Cronin 1984a: 247)的喃喃自语中,他将尸体从丛林

① 以下文中同一出处的引文,都只标注页码,不另注。

中扛回，将其埋葬。小说以“太阳在广袤的丛林中西沉下去，丛林是思维奇怪的人的庇护所，也是他们的导师，也孕育着思维奇怪的人。丛林是一片与任何其他地方都不一样的地方”（248）为结语点明丛林老人看似荒谬、疯狂与怪诞行为背后的孤独处境。

丛林干旱炎热、蛇虫满地的环境使得丛林人生活贫困不堪，终年劳作却依然困顿的现实给他们的孤独更增添了几分凄凉。小说《给天竺葵浇浇水》（“Water Them Geraniums”）中，斯佩塞妇人在丛林中的决绝而去背后是丛林孤独给她带去的身心俱疲。故事第一人称叙事者乔·威尔逊开篇便说，“我想，那些在丛林中独自生活的男男女女们，包括夫妻，多少都有点不正常。有陌生人造访时，丈夫们显得非常笨拙害羞……牧羊人和巡边员们如果数月单独一人，他们就会到附近的农舍里狂欢，否则孤独会将他们逼疯”（723）。当威尔逊把妻子玛丽带到丛林中时，她发现那里唯一的邻居是“面容枯槁憔悴的”斯佩赛夫人，后者独自带着几个孩子在丛林中生存，在丛林中遭受各种打击后，变得“对一切都无所谓”；“她整日为生活操劳，丛林孤独让她说话语无伦次，无法与人正常交流”（723），直至最终在精神错乱中死亡，成为又一被丛林孤独所吞噬的牺牲品。

孤独是早期澳大利亚丛林人身上“背负的最沉重苦恼的包袱”，“饮酒成了打破丛林单调的唯一方法”，“死亡成了丛林中最愉快的事”（黄源深 92）。劳森的《乡下》（*Up the Country*）是一首回应和反驳佩特森关于澳大利亚丛林浪漫主义描写的诗歌，以写实手法再现了丛林的荒野和孤寂：

丛林！一眼望不到尽头的丛林！
被丛林掩盖的丛林人，他们什么都看不到，除了丛林！
永恒不变的丛林，一眼望去矮小粗糙！
矮小的丛林小屋，终年干旱笼罩！
在这令人窒息的环境中生活的丛林人。
上帝快忘了他们的生存！
……
雨季的丛林，乏味无比；
漫无边际的乌云犹如毯子般笼罩在头顶上空；
孤寂的丛林大火在火热的石头堆上燃烧，

大火混杂在被雨水浇灌的无边无际中，
丛林，你这荒野中的荒野。(228)[1]

诗中，孤独荒野的环境吓退了到丛林中寻找灵感的诗人。诗歌最后，“我从丛林中回来了，很高兴我还可以回来……我知道我这个南方诗人的梦想不会实现了，除非这里哪一天丛林有水灌溉、土地充满人文气息。目前，我还只想待在城里，喝喝啤酒和柠檬汁，可以洗澡享清凉”(229)。显然，从城市来到丛林的诗人，不习惯、不喜欢丛林生活，还可以逃回城市，丛林人则别无选择。做不成诗人也要回到城里喝啤酒、享清凉的态度告诉读者丛林孤独令人发疯。一方面，对丛林恶劣环境的描写表达了劳森改善丛林人生活设施的理想；另一方面，除了看到丛林生活条件亟待改善之外，诗歌中反复出现的丛林孤独意象从侧面表达了丛林人精神生活的匮乏。

劳森一生创作了大量丛林生活题材的经典诗歌和短篇故事以寄托他的民族情感。除了诗歌和小说，劳森也创作了感情丰富、思想饱满的散文抒发自己的民族情感。这些散文大都从被殖民者角度审察英国在澳大利亚大陆的殖民思想和行为，号召澳大利亚人奋起反抗英国殖民统治，促进澳大利亚民族觉醒。在《缔造了澳大利亚的人》中，丛林人经常“被从马背上掀翻，被牛撕拽，会在丛林中迷失；那些身体虚弱的丛林人，往往会因丛林孤独或陷入疯癫或酗酒（这不算什么），（糟糕的是）他们要不是被洪水淹死，就是死于高烧”(117)。这一切在丛林中屡见不鲜，“面容憔悴的丛林妇女与丛林男子一样，终日辛劳——艰辛、孤独与劳作，日复一日”(117)。澳大利亚丛林环境荒野恶劣，丛林孤独者面临着无可逃避的凄惨命运。然而，在劳森看来，正是丛林人在丛林孤独中的顽强坚守和默默奉献才将澳大利亚荒野丛林开垦成了一片繁华之地，这些在无尽孤独苦闷心境下将澳大利亚荒野丛林开垦为一片新天地的丛林人成为今日澳大利亚人脱帽致敬的民族英雄。他们在孤独中的坚守开辟出澳大利亚新面貌，在荒野丛林中缔造了崭新的澳大利亚民族。没有选地农、剪羊毛工、临时工等这些“比欧洲人遭受更多困乏、比欧洲人更难被击垮”(Palmer 22)的丛林人在孤独丛林中的坚守和奉献，没有他们在令人难以置信的丛林孤独中的英勇拓荒，就没有澳大利亚今日的繁花似锦、花团锦簇。

---

① 文中中文引用均为笔者自译。

二、丛林抗争与澳大利亚想象

纵观劳森的丛林作品，丛林人的抗争精神是劳森塑造的另一重要丛林意象。丛林人一方面要与恶劣的丛林自然环境抗争，另一方面需抵抗丛林中不公的剥削制度。换言之，那些依靠体力、靠天吃饭的丛林人面临着双重抗争压力，一是与炎热干燥、干旱少雨、蛇虫满地的丛林环境的抗争；二是与加诸丛林人身上的种种社会剥削和压迫进行抗争。因而，抗争也就成了流淌在 19、20 世纪之交澳大利亚丛林人体内迫切"建立自己民族"的不安血液。劳森作品中塑造的不少丛林人的坚韧抗争精神令人肃然起敬。对丛林人而言，丛林抗争"是他们被赋予的光荣使命，除了安然接受，别无选择"，生存还是毁灭完全源于自身的态度。在澳大利亚游历广泛的英国旅行作家弗朗西斯·亚当斯（Francis Adams, 1862—1893）曾为丛林人欢呼，"丛林生活就是令人诅咒的遭罪，你得承认这一点，但是懦夫才会抱怨，我们怎么可以做懦夫呢，那岂不就成为动物？像一只鸟儿一样歌唱吧，为了自由"（转引自 Shaw 270）。

有着丛林生活体验的劳森对此感同身受。在"到处是丛林，一眼望不到头"（Lawson 1970: 107）的环境里，劳森笔下的丛林人并没有被恶劣的丛林艰辛击垮，反而更激起了他们与困难作斗争的勇气，"他们在每次洪灾和干旱损毁这一年的所有努力后，总是坚信明年会更好"（Palmer 21），一切重头再来。在《赶牲口人的妻子》（"The Drover's Wife"）中，劳森讲述了一个独自在丛林中照看孩子的"赶牲口人的妻子"凭借自己的冷静与智慧，在孩子和"鳄鱼"狗的帮助下，成功地将一条钻进房子里伺机攻击孩子的大蛇"扔进了火炉"（Lawson 1970: 113）的故事。小说还以倒叙的方式讲述了她独自在丛林中与丛林火灾、洪灾、不怀好意的丛林流浪汉、恶意欺骗的土著人、忽然发疯的牛等斗智斗勇的场景，这一凭借机智和勇敢在丛林中顽强抗争和生存的丛林女性形象跃然纸上。显然，劳森塑造的"赶牲口人的妻子"这一形象并不是某个特殊妇女形象，而是无数在丛林中求生存的女性的一个缩影，具有典型性。与劳森同时代的澳大利亚著名作家迈尔斯·弗兰克林（Miles Franklin, 1879—1954）在读了故事后曾说，"我以丛林人为自豪，因为丛林人是澳大利亚民族筋骨的一部分，我为自己历经血与火的考验而生存下来感到自豪，因为我没有成为寄生虫"（转引自 Shaw 272），来表达她对澳大利亚丛林女性的尊敬。

除了要与恶劣的丛林环境抗争外，丛林人还要与各种社会不公制度相抗争。19 世纪末澳大利亚民族独立思潮兴起，民族主义运动风起云涌。劳森在真实再现丛林人与自然环境抗争的同时，也将批评笔触直指英国殖民者的傲慢与剥削。与此同时，《公报》杂志致力于鼓励澳大利亚现实主义文学创作，因为它"不仅将其作为对抗美学、古典主义、非科学浪漫主义的杂志，也将其作为反映平等思想和民族意识的文学载体"(Jarvis 30)，激励澳大利亚本土作家以现实主义书写揭露和批判社会丑恶与英国的殖民剥削。

安东尼·特洛罗普(Anthony Trollope, 1815—1882)在关于澳大利亚、新西兰和南非的游记中声称大英帝国的殖民给当地居民带去了巨大好处，认为澳大利亚在成为英国殖民地之前，是一片原始、野蛮之地，没有任何文明可言，这一论断显然漠视了澳大利亚历史悠久的土著文化。对此，激愤不已的劳森在年仅 20 岁时就创作了著名的《共和国之歌》("A Song of the Republic", 1887)呼吁澳大利亚人奋起反抗英国殖民统治：

南方的男儿们，醒来吧！起来吧！
北方的男儿们，醒来吧！起来吧！
起来！驱逐你们头顶上那片
充满错误、冤屈、谎言的旧世界
将这片地狱变为你们的天堂
因为这本属于你和你的后代。(Lawson 1899: 42)

劳森在另一首诗歌中更是对澳大利亚人呐喊，"通往死亡的列车已经驶过去了，现在我们所有登上列车车厢的人，都没有阶级差别，我们所有在长长的列车站台上的人，都将会看到一个伊甸园，再也看不到'二等公民在此等候'的标牌了"(转引自 Clark 1949: 21)。1901 年，当英国皇家访问团到访悉尼的时候，劳森以一首《缔造澳大利亚的人们》来呼吁澳大利亚人奋起反抗英国殖民者，呼吁澳大利亚人牢记丛林人才是缔造了这片土地的人。他在诗歌中，对英国殖民者的到来表示强烈的反抗和不满：

那些穿着体面的人将要在这里发表华丽辞藻，
而他们对澳大利亚丛林却一无所知，
要知道丛林人才是真正缔造澳大利亚的人。
……
那些欢呼胜利的城里人，对这片土地并不熟悉，
他们的庆祝注定两手空空。

不仅如此，在诗歌中，劳森还不断鼓舞澳大利亚丛林人积极抗争，为他们的未来欢呼：

> 真正缔造这片土地的人，早就抱成一团在这里耕耘，
> 在等待中成为澳大利亚的主人，……，
> 丛林人，他们为拯救这片土地而生，
> 终有一天，他们必将替代他们（英国殖民者）成为丛林的主人。
> 尽管他们现在幕天席地，
> 只能以粗糙不平的河岸、桉树叶、沙滩为床。
> 尽管他们每年有半年都以天穹为屋顶。

诗歌最后，劳森慷慨激昂地说：

> 在遥远的最西端，那些正围着丛林篝火扎着栅栏的人，
> 那些在泥泞河边的小木棚里艰苦度日的人，
> 那些在澳大利亚最遥远的西北牧林中永不停歇地赶羊的人
> 在一个剪羊毛的小棚子里，一个面容憔悴但目光坚定的人
> 他们正以自己的行动呼唤丛林同伴奋起反抗羊毛王国（英国）（Wool-King）
> 丛林人走到哪儿带到哪儿的洋铁罐儿、水袋、煎锅，
> 才是澳大利亚民族未来的历史。（117—118）

《缔造了澳大利亚的人们》是劳森反对英国殖民统治、颂扬澳大利亚丛林气质的代表性诗作。它表达了劳森对澳大利亚丛林人恶劣生存境况的同情和关注，表达了劳森对他们在艰辛生活环境中不断抗争精神的敬意，表达了劳森对英国殖民者施加在丛林人身上种种剥削的不满，也表达了澳大利亚人对英国殖民统治和管理的强烈愤慨，可谓劳森为澳大利亚民族独立呐喊的战斗檄文。在诗歌中，劳森明确表达澳大利亚丛林人才是不断拓荒、开垦并缔造澳大利亚的人，他们才是澳大利亚的主人，是澳大利亚民族的缔造者。拿起笔反抗英国殖民者是《公报》杂志的另一宗旨："尽管我们还不明确澳大利亚民族的独立究竟会以什么样的形式实现，但是摆脱旧传统、脱离旧世界的邪恶社会制度的决心是明确而强烈的"（Lawson 1987：133）。劳森积极响应《公报》杂志"在文学栏目，更加注重描写澳大利亚丛林的诗歌和短篇小说"（Pons 221）的创作主旨，这种

具有强烈澳大利亚民族意识的用稿标准也培育了如劳森、约瑟夫·弗菲(Joseph Furphy，1843—1912)、斯蒂尔·拉德(Steele Rudd，1868—1935)、爱德华·迪森(Edward Dyson，1865—1931)等作家。深爱狄更斯作品的劳森，也深深感受到现实主义作家对社会的应有责任和担当。他曾表示：

> 我的理想在于不加任何修饰地如实描写澳大利亚，如实描写澳大利亚的发展变化，如实描绘出澳大利亚人的过去生活，从而建构出澳大利亚美好、崇高的未来。这些如实描写旨在展示澳大利亚早期丛林人人性中最好、最崇高的一面，这样人人都将深爱这个民族，对人性之善怀有崇高的信念，我也将如实描写社会丑恶，展现人性最糟糕的一面，如贫穷、奢侈、痛苦、挥霍等，从而让人厌恶这将人变得贪婪自私的社会制度。(Roderick 37)

19世纪90年代澳大利亚民族独立思潮风起云涌，民族独立呼声在澳洲大陆四处回荡。作为一个有着深刻民族忧思的作家，劳森将笔触深入澳大利亚内陆丛林，刻画出丛林人面对困境的坚韧抗争态度和无畏失败的生活态度。在丛林人的抗争态度中，劳森看到了澳大利亚民族未来的无限可能，因为丛林人面对困境不折不挠的抗争精神被劳森内化为澳大利亚民族气质，是澳大利亚摆脱英国殖民统治，成为独立的澳大利亚民族的精神支撑。当然，丛林人的抗争，离不开丛林伙伴情谊的支撑，伙伴情谊是丛林人生存的最大精神支柱和情感慰藉，在劳森笔下，丛林情谊更是被建构为澳大利亚民族的精神内核。

三、丛林伙伴情谊与澳大利亚想象

丛林情谊又称伙伴情谊(mateship)。曼宁·克拉克(Manning Clark)在《澳大利亚文学传统》中阐释了伙伴情谊产生的语境，“丛林情谊是指在淘金前期，丛林临时工独自在丛林中工作面临着诸多危险，有没有一个伙伴可能意味着生死的差别，他们因此结成了丛林同伴”(Clark 1949：20)。在淘金地，淘金者相互之间的协同作业显得尤其必要，因为两三个人的劳动分工往往比一个人单干挣的钱更多，也更安全。随后，这种互相协作的丛林伙伴越发成为彼此信赖的同伴，结成了牢固的友谊，彼此绝对坦诚和信任。在淘金期小说中，一些作家将丛林伙伴情谊升华为“丛林人普适性的生存哲学”（Clark 1949：20），并且将其延展到所有有着共同经历的丛林人身上，使之成为丛林人的一种精神信仰和依托，不仅如此，丛林情谊更是成为澳大利亚民族主义作家所共同建构的一种民族气质，因为这种独特的丛林情谊表明“民主氛围在澳大利亚大陆四处弥漫”（Palmer 22）。

很多欧洲殖民者发现澳大利亚丛林人不信仰基督，不信仰上帝，丛林情谊才是他们的信仰和支撑。在淘金地，崇尚丛林情谊几乎成为澳大利亚的一种风尚。一向不信仰基督的作家弗兰克林说，“我没发现上帝是一个好的避难所，更不是你的好帮手”（转引自 Shaw 269）；“在丛林中，一个普遍现象就是不信仰上帝”，“一个成天累得不可开交的丛林人越少思考和困惑于‘自己来自哪里、为什么活着’这类宗教哲学问题，他就越幸福”（转引自 Shaw 269）。丛林生活中，丛林人的每一顿牛奶、面包、果酱、红茶都是他们通过辛勤劳作和彼此互助获得的。在这一过程中，他们无暇顾及上帝，上帝也无暇顾及他们。丛林环境的艰辛对丛林人来说除了危险就是死亡，在孤独和抗争中的一切生存希望都依赖于彼此的患难相助，伙伴情谊才是他们的救世主。

有着丛林生活体验的劳森对伙伴情谊有着自己的深刻见解，也是他对丛林人生活细致观察基础上建构的另一重要丛林意象。劳森在 1907 年曾专门写了一篇小文《伙伴情谊》（“Mateship”）来诠释他丛林小说所着力建构的丛林情谊的核心要义：

> 一个丛林人，即便他有妻子，有家庭，但如果说，他没有一个丛林伙伴，那他一定是一个孤独的人，或者说是一个奇怪的人。我知道，丛林中很少有这样的人，如果说你看到一个丛林人，没有一个伙伴在他身边，那表明他的伙伴一定是在其他什么地方，或者说，可能死了。……，当我在丛林里走上一段路的时候，总是有人问我，你的伙伴呢？或者说你有没有丛林伙伴。……，对自由或者说对丛林伙伴生命的保护——无论丛林男女——才是他们的第一考虑或者说最大的直觉。（323）

一般而言，自我保护是人的第一本能，但在劳森笔下，丛林伙伴之间那种“忠贞不弃”的情谊甚至超越了自我，成为丛林人对抗丛林孤独和风险的集体无意识。劳森建构的丛林情谊是丛林人自发形成的荣辱与共、不惜牺牲自我的互助精神：

> 丛林伙伴会完全凭借直觉，将一个口干舌燥、被太阳几乎烤干的丛林人想尽一切办法抬出沙漠，将水壶中的最后一滴水滴入他的喉咙，这些，除了星星、太阳、月亮没有人知道，显然，星星、太阳、月亮也不会将这一切写上报纸。或者，在冰天雪地的阿拉斯加荒雪大漠里，他们会将最后一口咖啡、最后几粒干豆、最后一根培根留给身体虚弱的同伴，丛林情谊不显山不露水，但一直在丛林中，就那样存在着。(324)

劳森在《把帽子传一传》中，成功地塑造了鲍布这一时刻践行丛林情谊的丛林人形象。他只要看到或者听说丛林中谁有困难，就会脱下自己的帽子往里面放点钱，然后将帽子传一传，共同凑钱来帮助丛林伙伴渡过难关。他的丛林信条就是“人总得做点事情，我乐于给任何有需要的人提供帮助”(210)。当汤姆质疑他这么做却得不到任何感激的时候，他说，“我不需要别人感谢”(an' I ain't a cove as wants thanks)，因为“丛林道理很简单，笨蛋也一目了然/只要别人有困难，你把帽子传一传，/管他绅士或囚犯”(Lawson 1970：208)。在他的鼓舞下，很多丛林工人尽管自己“手头很紧”，但只要看到“帽子传来”就会纷纷解囊。故事中，丛林人“将帽子传一传”的互助方式帮助过“丈夫不在家，独自在丛林中照顾一群孩子的妇女”“因喝醉酒被马车压断腿的赶牲口的人”以及“丈夫在洪水中被淹死的史密斯夫人”(Lawson 1970：211)。我们知道，劳森在他的另一颂扬“伙伴情谊”的故事《联合会为死者举行葬礼》中，同样描写了丛林人为一个来自欧洲、与他们素不相识的人举行葬礼的大爱精神，这种大爱是劳森对丛林情谊的一种情感升华。

劳森笔下丛林人的伙伴情谊已经内化为丛林人的行事准则，即丛林伙伴之间绝对忠诚，告密、背叛为他们所不容。正如安娜·维尔兹比卡(Anna Wierzbicka)所说，“无论你要做什么，你的澳大利亚伙伴都帮助你，他们永不背叛”(Wierzbicka 305)；在丛林生活中，“伙伴情谊”是丛林人克服各种丛林困境的信念支撑，在那里，他们不管遇到什么情况，始终抱成一团、患难与共、互助互爱，这种理念也已成为他们的丛林生活准则。《告诉贝克妇人》(“Telling Mrs. Baker”)同样是一则关于丛林伙伴忠诚不欺、永不背叛的故事，也是一篇令读者为丛林情谊所动容的经典短篇。故事开始时，安迪、杰克、鲍伯三人离开新南威尔士的索隆地区前往昆士兰丛林赶羊、放牛。鲍伯有酗酒恶习，安迪与杰克在临行前向鲍伯妻子保证不让他喝酒，也坚决不跟他喝酒。但是“当鲍伯一人偷偷喝酒跟不上他们的时候，我们本可以把他丢下不管，但是无论醉酒还是清醒，无论疯癫还是正常，无论好人还是坏人，丛林情谊绝不允许把丛林伙伴扔下不管。鲍伯是我们的伙伴，我们必须停下来等他”（Cronin 1984b：59）。故事中，丛林人的彼此忠诚莫过于当鲍伯在丛林中酗酒、与酒吧女郎鬼混、将农场管理得一败涂地而陷入疯癫最终悲惨自杀后，安迪和杰克向贝克夫人撒谎的情节。为了不让贝克夫人知道鲍伯在丛林中的生活真相而难过，也为了维护丛林伙伴鲍伯的尊严，安迪和杰克商量决定对贝克夫人隐瞒鲍伯在丛林中的真实生活及其最后上吊自杀的悲惨结局，而是告诉她鲍伯死于在丛林中为了她和孩子拼命挣钱导致的积劳成疾。

澳大利亚地广人稀的丛林环境、流动迁徙的生活方式、孤独荒凉的丛林困境促使丛林人自发地形成了患难与共的伙伴情谊、助人为乐的丛林信念以及忠贞不弃的丛林精神。这一情谊就像黑暗丛林里的夜明珠，为丛林人内心带去温暖和希望。这种以互相协助为基础的伙伴情谊也被劳森建构为丛林人行事处世的行为准则，是丛林人的生存理念和精神支撑。在劳森笔下，丛林情谊更是“成为当时澳大利亚民族的一种社会风尚，成为当时的一种文学传统”（Lawson 1987：21）。劳森对丛林情谊的建构突出以丛林伙伴互帮互助、荣辱与共为核心的民族内核，因为“一切纯洁而光明的希望都可能破灭，但是我们一定要在此（澳大利亚民族独立）之前努力争取，用我们所有可能积聚起来的（伙伴）力量去争取”（Clark 1949：21）。布莱恩 · 肖（Brian Shaw）所说的“丛林伙伴情谊，如果非要用之与男女之间的爱情相比，我敢说它比男女之间的爱情要高一层级。因为它代表着平等、忠贞、互助和在伙伴遇到苦难时的义不容辞”（Shaw 275），可谓很好地阐释了丛林情谊的内涵。不仅如此，本文认为，以平等互助为基础的丛林情谊是劳森丛林意象的核心，也是他关于澳大利亚民族精神建构的核心。

结　语

劳森作品着力建构澳大利亚丛林人在孤独中独立坚守、在恶劣环境中勇于抗争、在困难面前慷慨互助的丛林精神，这些丛林精神就像一面多棱镜，折射出 19 世纪末澳大利亚民族独立思潮的丛林性。丛林是澳大利亚独有的文化与地域特征，丛林情谊则是 19 世纪末澳大利亚文艺创作的独特呈现。这些在劳森笔下更是成为澳大利亚的民族记忆，表达了劳森关于澳大利亚民族理想的丛林性。

劳森对澳大利亚广袤丛林的现实主义书写和对澳大利亚丛林意象的多重建构使得"自他而始，澳大利亚产生了具有自己民族特点的文学"（黄源深 90）。劳森将丛林人在孤寂中顽强坚守的美好品质，在恶劣环境中勇敢抗争的精神以及在此过程中形成的丛林情谊融入对澳大利亚民族的思考，建构了澳大利亚民族身份的丛林性。劳森围绕澳大利亚丛林建构的丛林孤独、丛林抗争与丛林情谊三重意象的书写，意在强调丛林人对澳大利亚民族不可磨灭的贡献，表明劳森作为现实主义作家的民族意识与担当。也正因此，劳森被誉为澳大利亚民族主义文学奠基人。

引用作品[**Works Cited**]：

Clark, Manning. "Tradition in Australian Literature." *Meanjin* 8.1 (1949): 16 - 22.

—. *Henry Lawson: The Man and the Legend*. Melbourne: Melbourne UP, 1955.

Cottle, Drew. "Russel Ward and the Making of the Australian Legend." *Australian Quarterly* 81.3 (2009): 39 - 40.

Cronin, Leonard, ed. *A Camp Fire-Yarn: Henry Lawson Complete Works, 1885 - 1900*. Sydney: Lansdowne, 1984a.

—, ed. *A Fantasy of Man: Henry Lawson Complete Works, 1901 - 1922*. Sydney: Lansdowne, 1984b.

Harrison, Mary-Catherine. "The Paradox of Fiction and the Ethics of Empathy: Reconceiving Dickens's Realism." *Narrative* 16.4 (2008): 256 - 278.

Jarvis, Douglas. "The Development of an Egalitarian Poetics in the Bulletin, 1880 - 1890." *Australian Literary Studies* 10.1 (1981): 22 - 34.

Keen, Suzanne. *Empathy and the Novel*. Oxford: Oxford UP, 1997.

Lawson, Henry. "A Song of the Republic." *The Bulletin* 117 (1899): 42.

—. *While the Billy Boils*. Victoria: Lloyd O'Neil, 1970.

Lawson, Sylvia. *The Archibald Paradox: A Strange Case of Authorship*. Ringwoods, Victoria: Penguin Books, 1987.

Palmer, Vance. *The Legend of Nineties*. South Yarra, Victoria: Currey O'Neil, 1954.

Pons, Xavier. *Out of Eden: Henry Lawson's Life and Works: A Psychoanalytic View*. Sydney: Angus & Robertson Publishers, 1984.

Roderick, Colin, ed. *Henry Lawson: Autobiographical and Other Writings, 1887 – 1922*. Sydney: Angus and Robertson, 1972.

Shaw, Brian. "Bush Religion: A Discussion of Mateship." *Meanjin* 12.3 (1953): 268 – 275.

Wallace-Crabbe, Chris, ed. *The Australian Nationalists: Modern Critical Essays*. Melbourne: Oxford UP, 1971.

Wierzbicka, Anna. *Understanding Cultures through Their Key Words: English, Russian, Polish, German, and Japanese*. New York: Oxford UP, 1997.

黄源深：《澳大利亚文学史》，上海：上海外语教育出版社，1997 年。

对后人类时代“科学人”主体性的深度思考：评郭雯的《克隆人科幻小说的文学伦理学批评研究》

王松林*

20世纪70年代起，对克隆人问题的研究开始引起西方学界的广泛关注，这一问题涉及哲学、生命科学、伦理学、心理学等诸多领域。克隆人问题的研究成为跨学科研究的热点问题之一，其核心问题是生命伦理和科技伦理问题。随着生命科学、人工智能、材料科学等领域科技水平的迅速发展，人们对包括克隆人在内的超越传统生命学意义上的“后人类”高科技生命体的研究需求越来越迫切。“后人类”时代，传统解剖学意义上的“人”和传统人文主义意义上的“人”的概念需重新定义，有关人工制造的“科学人”的身份界定和价值判断需要重新构建。换言之，一般意义上“人”的合法性在“后人类”时代遭遇了前所未有的挑战和动摇。文学本质上是“人学”，“后人类”语境下克隆人科幻小说是对“科学人”的身份的想象和叙事。小说家和人文学者聚焦或焦虑的问题是：“后人类”时代“科学人”的主体性何在？“科学选择”成就的“克隆人”将面临哪些伦理问题？“克隆人”的前途和命运如何？郭雯博士的专著《克隆人科幻小说的文学伦理学批评研究》是研究这一新的“斯芬克斯之谜”的一部具有开拓性的力作。

郭雯博士紧紧抓住“伦理”与“身份”、“自然人”与“科学人”、“个体”与“群体”等关键词，采用文学伦理学批评的研究方法，围绕“伦理选择”与“科学选择”两大维度对克隆人科幻小说涉及的伦理身份困惑、伦理混乱、

* ［作者简介］：王松林，宁波大学外国语学院教授，研究领域为英国维多利亚时期文学、小说理论与批评、文学伦理学批评、外国海洋文学与文化、比较文学与文化研究。

克隆人与自然人的伦理冲突、克隆人个体与群体之间的伦理平衡以及科技乌托邦等问题展开深度探析。全书条理清晰，说理透彻，文本分析丝丝入扣，鞭辟入理。通览全书，材料丰富，新见迭出，足见作者厚实的学术功底和学术创新能力。

《克隆人科幻小说的文学伦理学批评研究》由 4 章构成，外加绪论和结语，全书逾 25 万字。从各章节的谋篇布局来看，作者不仅表现了敏锐的问题意识，而且提出了对未来科技乌托邦的构想。全书的思路非常清晰：绪论部分梳理了克隆人科幻小说发展的历程以及国内外研究状况，为其他研究者提供了难得的基础研究资料。第一章开门见山提出问题，即"克隆人"之"我是谁"的本体论问题，这也是文学研究的根本问题。第二章分析问题，就克隆人与自然人共存产生的伦理身份问题条分缕析。第三章把问题推向深入，立足于克隆人个体与群体共存的伦理环境，深入探讨科技和文化语境下的"复制"内涵，体现了对后人类时代大众文化压迫下人的个体差异丧失的忧思。第四章可以看成是解决问题，对科技乌托邦或反乌托邦作出展望，对未来克隆人的"新世界""新社会"和"新身份"的伦理模式给予预判。结语部分对"科学选择"与"伦理底线"进行反思，表现了一位优秀青年学者的人文情怀。

《克隆人科幻小说的文学伦理学批评研究》是国内第一部系统研究克隆人科幻小说的学术著作。一般认为，科幻小说中的克隆人是一种兼具科学性和伦理性的不同于自然人的新型人类。从这一角度出发，克隆人科幻小说至少具有三个属性：文学属性、科学属性和伦理属性。针对克隆人科幻小说的这些属性，郭雯博士将克隆人作为超越目前人类社会以外的一种存在，视之为"介于技术产物和人性伦理特征"之间的产物，因而，这一存在必然产生"身份不明确的伦理问题"（聂珍钊 2019："序" 5）。郭雯博士敏锐地意识到克隆科幻小说探讨的核心问题是克隆人的伦理身份和伦理困境问题，而这一问题乃技术至上主义和工具理性主义所致。她明确地指出，"克隆人技术不仅仅是手段，也是伦理、政治与文化价值的体现"（78）。这一观点决定了本书选择的主要研究路径是文学伦理学批评理论。总的来说，《克隆人科幻小说的文学伦理学批评研究》有以下三大特色。

其一，注重学科交叉和学术思想的融会贯通。全书将研究的问题置于跨学科的视域下来检视，融科学技术、伦理学、心理学与其他人文社会科学知识为一炉，显示了作者宽广的学术视野。作者对克隆人科幻小说的发展背景做了系统梳理，特别是对人类的第四次技术革命（即生物工程和基因干预技术）可能给人类社会带来的转型和危机给予了重点考察。在论述过程中，作者注重从哲学家、生物学家、伦理学家和心理学家的权威论述中广征博引，故佐证有力，论述令人信服。譬如，作者恰到好处地借鉴雅克·拉康（Jacques Lacan，1901—1983）的“三界”理论（即“实在界”“想象界”“象征界”）和“镜像”理论来阐述波兰女作家伊娃·霍夫曼（Eva Hoffman，1945— ）的小说《秘密》（*The Secret: A Novel*，2002）中克隆人爱丽丝的自我身份确认过程，指出只有经历了身份危机和身份困惑之后，爱丽丝才能完成自我认知，最终融入现实社会并“获得身份认同”（105）。再如，在考察克隆人的个体和群体关系时，郭雯不仅依据索伦·克尔凯郭尔（Soren Aabye Kierkegaard，1813—1855）的生命伦理观和卡尔·马克思（Karl Marx，1818—1883）关于人的社会属性的观点进行辨析（218—219），而且还将研究的触角伸向后现代文化批评理论，借助弗朗西斯·福山（Francis Fukuyama，1952— ）的《我们的后人类未来》（*Our Posthuman Future: Consequences of the Biotechnology Revolution*，2002）和让·鲍德里亚（Jean Baudrillard，1929—2007）的《类像与科幻小说》（“Simulacra and Science Fiction”，1994）中有关后人类未来的观点来支撑自己的论述（173，207）。她还用后殖民理论家霍米·巴巴（Homi K. Bhabha，1949— ）提出的“非家”（unhomely）概念来解析石黑一雄（Kazuo Ishiguro，1954— ）的小说《千万别丢下我》（*Never Let Me Go*，2005）中“黑尔舍姆”与克隆人的身份问题（110—111）。此外，她还采纳当代爱尔兰裔美国科幻文学批评家汤姆·莫艾伦（Tom Moylan，1943— ）的“批判式乌托邦”（critical utopias）这一概念解析苏格兰小说家娜奥·米歇森（Naomi Mitchison，1897—1999）的女性主义乌托邦小说《三号解决方案》（*Solution Three*，1975）中对性别与身体的新的认识（267—276）。这充分体现了她研究问题的前沿意识和创新精神。

其二，注重文本细读，通过辨析和比较得出结论。全书涉及的欧美及亚洲科幻文学作家作品多达16部，其中大多为国内学者首次涉猎。从著作的行文可以看出，郭雯博士是一个踏踏实实的学者，她采用文本细读与批评理论相结合的方法，准确地呈现了克隆人科幻小说的基本样貌和美学特质。扎实的文本细读足见她一丝不苟的治学态度，明白晓畅的语言表明她对理论的烂熟于心和运用自如。全书毫无冗长繁杂、生僻晦涩、术语堆砌的现象，这在当下青年学者中实属难能可贵。亚瑟·叔本华

(Arthur Schopenhauer，1788—1860)就坚持认为，“一个人的文体会显示出这个人所有思想的形式特征”(叔本华 72)。确实如此，《克隆人科幻小说的文学伦理学批评研究》的清新风格就显示了作者朴质无华却不乏洞见的思想。作者在字里行间的剖析中展示出不俗的审美和判断能力。当然，作者并未停留在文本的浅层分析上，她探幽入微，发掘文本背后的隐秘世界和哲理。譬如，在对英国科幻小说家理查德·考珀(Richard Cowper，1926—2002)的小说《无性人》(*Clone*，1972)和美国生物学家大卫·罗维克(David Rorvik，1944—)写的《人的复制——一个人的无性生殖》(*In His Image: The Cloning of a Man*，1978)等小说进行文本细读、分析和比较之后，作者做出判断：科学选择时代人的异化与工业化时代人的异化存在不同之处，她以“回到未来”的独特视角，对过去、现在和未来的“人”的主体性问题做了深度思考，认为“那时(科学选择时代)人类创造出的是没有主动支配能力的客体，并在其支配下丧失主体性，而如今人类自身沦为主体性的物体”(68)。再如，通过对凯特·威廉(Kate Wilhelm，1928—2018)的小说《迟暮鸟语》(*Where Late the Sweet Birds Sang*，1976)和厄休拉·勒奎恩(Ursula K. Le Guin，1929—2018)的小说《九条命》(*Nine Lives*，2000)的比较研究，作者挖掘出了克隆人个体与群体的身份隐喻，总结出克隆叙事的规律，即：“克隆叙事致力于陌生化的写作手法，创造了一个独特的人类世界，在这个新型人类群体中，传统的认知心理、性别角色和身份都有所改变，因此，虚构的故事始终以身份迷思作为隐喻和类比，探索个体的存在意义和价值”(179)。这一建立在文本细读上的推论极富灼见，表现了作者驾驭文本和理论的综合能力。

通过文本细读和比较对文学作品进行判断是值得推崇的研究方法，这也是弗吉尼亚·伍尔夫(Virginia Woolf，1882—1941)在《普通读者》(*The Common Reader*，1933)中倡导的批评方法。伍尔夫将文学批评分成 4 个过程：细读、理解、比较和判断。她特别指出细读作品文本的重要性，因为“字里行间不易察觉的精妙之处，就为你洞开了一个别人难以领略的天地。沉浸其中，仔细玩味，不久，你会发现，作者给予你的，或试图给予你的，绝非某个确定意义”(Woolf 149)。其实，文本细读能力可以检验一个批评家的素质，文本细读要求批评家具备丰富的想象力、敏锐的洞察力和非凡的学识。研究者要在文本细读中做到同中求异，异中求同，并非易事。值得称赞的是，郭雯博士似乎深谙这一方法，她在文本分析中常发人之所未发。

其三，注重遵循“文学是人学”的研究理念。尤为值得称道的是，《克隆人科幻小说的文学伦理学批评研究》是一部充分体现“文学是人学”的研究理念的著作，是对近年来文学研究泛文化倾向的一种方法论上的反拨。这当然得益于作者采用的文学伦理学批评理论，因为，“文学伦理学批评从起源上把文学看成是道德的产物，认为文学是特定历史阶段人类社会的伦理表达形式，文学在本质上是关于伦理的艺术”(聂珍钊 2014：13)。郭雯的研究可贵之处在于，她遵循文学伦理学批评的研究方法，在阐释文学作品时注重回归历史现场，探讨作品产生的历史条件和伦理环境。郭雯还在一定程度上丰富了文学伦理学批评，因为她在研究后人类科幻小说时，主张要“回归未来的伦理现场”，立足未来的伦理场景来反观科技发展给自然人、克隆人以及未来未知的生物可能带来的诸种伦理问题。值得一提的是，郭雯特别强调研究克隆人在机械复制(技术复制)语境下个体身份缺失问题的意义，她敏锐地指出，“克隆人群体个性身份的缺失实则是对当代全球化社会语境下人类身份的隐喻”(212)。她进而将这一问题与后现代大众文化生产与消费面临的同质性问题加以比较，并得出结论：克隆科幻小说描摹的技术复制时代人类的类像实质上反映了“当代生活标准化与失真的类像”，“并且是一种身份象征和文化隐喻，是对现有问题变形的写实，让读者思考科学选择时代人类伦理问题，以及类像对整个文化浸透后的致命影响”(208)。毫无疑问，这一对克隆人的主体性的拷问贯穿全书，是全书的思想精髓。当然，这些问题又无一不围绕着人的伦理主体属性来展开，正如她在书的末尾指出的那样，“人类必须牢记，任何科学选择必须尊重人类的主体性、维护人是目的的价值体系、实践人类的伦理道德，以伦理和理性为前提，以‘人之所以为人’为根本原则，而不是迷恋或依赖技术本身，否则人类自己终将沦为技术的奴隶”(294)。显然，这一统摄全书的观点不仅具有前瞻性，而且也显示了作者鲜明的人文主义研究立场。

从本质而言，文学研究就是研究我们自己。研究科幻小说中的克隆人，实际上就是研究当下的以及未来的我们自己，是对后人类时代人的主体性的研究。但是，近年来，高校的外国文学研究出现了偏离“文学是人学”这一研究旨趣的不良倾向，大量未经消化的风靡一时的西方批评理论被生搬硬套，嵌入青年学者的著述之中，令人不堪卒读。不少文学批评著作不再关注“人”的主体性这一文学研究的根本问题，而转向一些文学研究领域外前卫抽象和空洞的理论研究。这些研究远离文学将鲜活的个体生命作为审视对象这一特质，难以让读者获得人生启迪或伦理教诲和美学享受。相比之下，郭雯博士对克隆人主体性的研究体现了一个青年学者不随波逐流的学术勇气。

诚然，这部专著也还有一些问题值得进一步探讨。譬如，对“科学选择”的定义尚可进一步推敲和完善，对克隆人科学选择的过程尚可进一步厘清。作者对后人类时代克隆人的主体性研究仍然囿于传统的人文主义视域，对克隆人科幻小说涉及的新型伦理关系的复杂性（如克隆人的政治伦理、婚姻伦理和性伦理等）尚可做进一步的理论提升。倘若再展望一下，与克隆人相比，科学选择时代的机器人主体性又何在？人机伦理较之自然人与克隆人伦理又会有哪些挑战性的命题？当然，这些问题超越了克隆人科幻小说本身的研究范畴，但或许可以作为克隆人科幻小说研究的延伸课题。希望郭雯博士在未来的研究中为后人类时代科幻文学研究开创一片新的学术天地。

引用作品[Works Cited]：

Woolf, Virginia. *The Common Reader: Second Series*. New York: Harcourt, Brace & World, Inc., 1935.

郭雯：《克隆人科幻小说的文学伦理学批评研究》，南京：南京大学出版社，2019 年。

聂珍钊：《文学伦理学批评导论》，北京：北京大学出版社，2014 年。

——：“序”，见郭雯：《克隆人科幻小说的文学伦理学批评研究》，南京：南京大学出版社，2019 年，第 1—7 页。

亚瑟·叔本华：《叔本华美学随笔》，韦启昌译，上海：上海人民出版社，2009 年。

翻译与文学的跨文化转码/旅行：评王光林《离散文学中的翻译》*

顾　悦**

一如苏源熙在《全球化时代的比较文学》中所言，"让各种文学传统接触并让某一语言经受'外异性的经验'"(21)是翻译与世界文学的重要功用之一；王光林教授日前于帕尔格拉夫(Palgrave MacMillan)出版社出版的《离散文学中的翻译》(*Translation in Diasporic Literatures*)一书，可谓言说了这样一种经验。同时，文学研究者兼文学译者的身份，让作者在本书中摆脱了那种所谓的(很大程度上是在为自身的非文学性辩护的)"批评距离"，使得本书成为跨文化文学传播"局中人"的学术性反思。

本书的最终落脚点并不是任何沉迷于斑斓术语的文学陶醉或翻译理论的抽象思辨，而是对一系列文学作品的全景式观照，是一场系统连接诸多跨文化文学作品的努力，是对翻译研究与文学研究这两个本应紧密相连却时常充斥莫名的门户之见的领域做出的崭新结合。作者王光林教授深耕英语文学与比较文学研究多年，也实践文学翻译多年。《离散文学中的翻译》一书着重从跨文化离散文学出发，探讨了翻译在汉语和英语文学的创作与互动中所扮演的强大而有机的关键作用，是从"翻译"这一机制本身审视世界文学，"翻译"在本书中从单纯的研究对象变为了研究文学的独特视角。值得一提的是，王光林教授是国内澳大利亚文学研究的重要先驱者，同时也是澳大利亚文学汉译的重要翻译者；书中尤其选取了多部当代澳大利亚文学文本作为切入点，这也正契合作者学术生涯中擅长的领域。本书串起了作者在英语文学、西方文学文化理论中的研究以及在中国文学文化中的积淀。某种程度上来说，《离散文学中的翻译》非常好地展现了比较文学与世界文学研究中的中国学者视角——这首先并不

---

* ［**基金项目**］：本文为国家社科基金后期资助项目阶段成果。

** ［**作者简介**］：顾悦，上海外国语大学英语学院教授。研究方向：当代美国文学，西方文艺理论研究。

是一种意识形态抑或族群性的成见，而更多是基于文化血液中的汉语母语文学，基于汉语阅读经验与二语阅读经验的碰撞。

《离散文学中的翻译》一书的标题即点明了这一研究的主要任务——从"翻译"这一视角重读离散文学。"'离散'标志着一种回到原初故土的潜在可能"（Baker 58），而离散文学充斥着对于这样一种潜在性的暧昧态度。"离散"一词最早来源于《申命记》（*Deuteronomy*）的希腊译本，以及修昔底德的《伯罗奔尼撒战争史》（*History of the Peloponnesian War*），描述的是犹太人与希腊人远离故土的过程。本书谈论的则主要是中华民族的文学离散——作家个人以及作品文本这双重意义上的离散。事实上，中华民族与犹太、希腊民族同为历史悠久、文化传统深厚且对后世影响极大的民族。翻译与离散有着天然的亲缘性，二者几乎总是同时存在，翻译也始终是离散者的生存载体；"事实上，语言与翻译开启了无可避免的复杂性……揭示了国家、民族、地方传统间的差异，以及语言与文化的离散所造成的悲剧性问题"（Bermann 2）。作为形容词的"离散"（diasporic）一词，会尤其强调离散现象的过程、结构与模式（Sheffer 11），而这正是本书对于文学和翻译互动性探索的重要场域——作者将"diasporic"一词用于标题，背后的苦心值得体悟。

作为国内澳大利亚文学研究的代表人物，王光林教授在本书中体现的一大特色就是考察了诸多当代非常有影响的澳大利亚作家的作品，包括尼古拉斯·周思（Nicholas Jose，1952— ）的《红线》（*The Red Thread: A Love Story*，2000）、布赖恩·卡斯特罗（Brian Castro，1950— ）的《上海舞》（*Shanghai Dancing*，2003）与《园书》（*The Garden Book*，2005）等。《红线》化用了《浮生六记》的故事，原本中国文学史上的经典文本被改写成当代的跨族群爱情；而改写版本中的主人公同时也是《浮生六记》的读者、译者与研究者，这样一种文本嵌套、多层文本互动的叙事使得文学的跨文化传播、文学的翻译这样一种创作性经验展现出史无前例的精彩性——这也正是《离散文学中的翻译》想要言说的文学翻译的意义，一种消弭族群、历史、语言区隔的过程，一种互文性的、多层面的、复杂的、循环往复的、非线性的跨文化经验。

布赖恩·卡斯特罗于2005年出版的小说《园书》表现了华裔离散作家的文化挣扎，将中国古典女诗人的故事移植于20世纪20年代的澳大利亚，用以言说跨文化沟通与文化边缘化的经验。这样的创作本身就是一种复杂而多变的文化翻译的过程，一种对语言、文化、历史等诸多边界的跨越与重新界定。《离散文学中的翻译》通过与吉尔斯·德勒兹(Gilles Deleuze，1925—1995)、费利克斯·瓜塔里(Felix Guattari，1930—1992)、霍米·巴巴(Homi K. Bhabha，1949—)等进行理论对话，探讨了这部作品中"翻译"这一机制对于华裔个体的文化生存策略上的意义。王光林教授也用两个章节探讨了此前由他本人翻译的布赖恩·卡斯特罗的《上海舞》——这部作品反映了离散作家的带有自传性质的心灵回归之旅。前一个章节探讨了小说中上海这座城市的文化中介地位的碎片性与暧昧性，作为文化十字路口的特殊意义，并且用瓦尔特·本雅明(Walter Benjamin，1892—1940)的翻译理论观照了小说中的中西文化互动。后一个章节则探讨了这本小说的跨符号翻译。《上海舞》包含大量照片、图片与地图，这种多媒介、多感官的表征形式使得文本成为文化碰撞与不同符号的交汇点。卡斯特罗在创作中体现的多种文化错位、时空杂糅与历史拼贴，正可以让《离散文学中的翻译》借以发掘翻译的一种超越摹仿的艺术创造性——这也是本部分的一个论述要点。这样的翻译也正是非西方文学超越西方文学固有框架的一个重要机会。非常值得一提的是，作为《上海舞》一书的译者，王光林教授在文本面前具有了三重性——读者、作(译)者、传播过程的观察者。王光林教授本人长年生活在上海，这使他在以上身份之外，又丰富了审视这一问题的经验充盈度。

作者质疑了所谓的"不可译性"，认为此种观念往往阻碍了边缘文化中的文学在全球的译介与传播。以中国文学和澳大利亚文学为例，前者因为非西方的语言系统，后者因为偏僻的地理位置(有时又加上原住民元素)，都不在世界文学中心；但是摆脱了对"不可译性"的执着后，这些文本都可以得到很好的传播。所谓的"直译"与"意译"之争由来已久，而王光林教授则在书中解构了二者的对抗性。与本雅明的观点相契合，本书作者认为，忠实并不等于直译，而是在不同语言与文化间的复杂中介工作。华裔美国作家赵健秀(Frank Chin，1940—)与汤亭亭(Maxine Hong Kingston，1940—)、谭恩美(Amy Tan，1952—)等人在"直译"与"意译"上观点风格迥异，汤亭亭用西方读者易于理解的方式"翻译"中国故事、对中国传统故事的"化用"被赵健秀所批评，而本书则探讨这种翻译的合理性与价值所在。《离散文学中的翻译》也以华裔作家的姓名和作品名为例，谈论了翻译的忠实性在实践中的多种可能性，以及每一种可能性背后的文化因素。事实上，以埃兹拉·庞德(Ezra Pound，1885—1972)为代表的英语作家，充分体现了英语文学对中国文化的吸收、"翻译"与再创造；其中所谓的“忠实性”并不是一种线性、死板、一成不变的翻译公式。作为跨文化传播的文学翻译与文学创作，是连接不同文化的重要过程，其存在意义在任何层面上都应该得到尊重——这也正是作者在书中所努力传达的价值取向。这些努力的价值确实值得重视，而翻译与传播中的信息衰减与形态变化并不是贬低这些努力（进而阻滞非西方文学的影响与传播）的理由。任何语言、文化、种族、政治的隔阂，都等待文学（包括文学创作，亦包括文学翻译）去跨越。如王光林教授在书中所言：翻译是一种阅读的过程，阅读是一种诠释的过程，而诠释是主观的、充满误读的。在充满了越界的多元文化的社会中，译者应当拥有一种表达这一多语言、多文化世界的语言力量，因为文学语言可以自由地运用语言的审美性与创造性维度，转喻性地表达文化差异（Wang 137）。

旅居澳大利亚的华人艺术家赵葆康（1953—　）的艺术作品给了王光林教授探讨“翻译”的本质与地位的独特灵感，将翻译在文学生产中的位置和重要性提到一种少见却恰如其分的高度。王光林教授把译者称为“再书写者”（rewriter）——亦可翻译（理解）为“第二位”作者——因其“需要运用自己的想象，吸收自己的个体经验，调整现有文本以构建自己的话语”（Wang 25）。这本质上与 T. S. 艾略特（T. S. Eliot，1888—1965）的“传统与个人才能”以及哈罗德·布鲁姆（Harold Bloom，1930—2019）的“影响的焦虑”是契合然而又加以扩展的——王光林教授认为，一切作家都在翻译他之前的作家。翻译本身即是常存于文学创作过程中的重要因素。文学翻译包含一种自知自身局限、但却可以超越此种局限的创造性。

《离散文学中的翻译》时常用大量跨越时空的作家之间的比对、碰撞，来进行一些极具普遍性的文学思索。例如，作者将自知且固守一种“流放性”精神的中国唐代诗人李白（701—762），和离开美国赴欧的诗人庞德、艾略特以及从美国移居巴黎的“迷茫的一代”作家欧内斯特·海明威（Ernest Hemingway，1899—1961）、弗朗西斯·斯科特·菲茨杰拉德（Francis Scott Fitzgerald，1896—1940）放在一起比对，言说了“流放”在文学创作中的重要意义。《离散文学中的翻译》将掌握多种语言的能力（如李白）与一种开放的、自由的、包容的、具有跨文化性的、意味着更多可能性的思想与文学潜力相联系，将弃绝科举（同时被科举弃绝）的李白与科举制度所代表的单一语言、单一文化的统治地位与垄断性相对比。书中这一“会外语的李白”的叙事，是对于中国历史上经典文学家的一种跨文化再定义。本书又以《巴尔扎克与小裁缝》（*Balzac et la Petite*

Tailleuse, 2000)为例,探讨了翻译的神奇功能;选取这一作品的视角确实非常妙——《巴尔扎克与小裁缝》的作者戴思杰(1954—)是华裔法国作家(因此作品是西方世界中的华裔离散文学),而作品讲述的正是特殊年代(作为一段跨文化传播与互动被打破的时期)欧洲经典文学(的汉译本)在中国农村的重生(再传播)并深刻影响个体生活与命运的故事——这本身就是一个"翻译改变命运"的叙事。

王光林教授在书中提出了"跨符号翻译"的概念。事实上,汉字的一大特点就是其本身具有图片性。汉语/汉字对于西方作家而言,不仅是语言,也是图画——对这种双重性的认知是本书的一大创见。《离散文学中的翻译》凸显了对于(作为世界主要语言中仅存的表意文字)汉字的关注——以汉字为载体的汉语,其被翻译、介绍到西方(拼音文字)语言中的过程,本质上不仅是一种意义转换的过程,同样是一种"转码"的过程。与中国文学有关的翻译,涉及的是两种语言系统、两种符号系统、两种文化系统的动态交互。从这一角度来看,类似《红线》这样的小说的汉译,本质上是一种"回译"的过程,是编码—解码—再编码—再解码—再编码的五步走的、一个极具艺术和文化实验意义的流程。

正如纽约州立大学的汤姆·科恩(Tom Cohen)教授所言,《离散文学中的翻译》一书不仅适合研究离散文学(抑或世界文学)的专业学者阅读,而且对于任何想深入了解中国语言、文化、思想在西方语境中的接受与传播的读者同样有启发。对于比较文学、翻译研究、跨文化研究、后殖民研究等领域的学者,本书有非常多的参考性。作者在书中不仅是解剖了一些具体文本,回应了一些理论,更是揭示了跨文化传播的一种重要可能性。基于他对于文学理论与翻译理论的深刻理解——从本雅明的翻译理论,雅克·德里达(Jacques Derrida, 1930—2004)的巴别塔论述,后殖民理论,文化翻译理论,从弗里德里希·施莱尔马赫(Friedrich Schleiermacher, 1768—1834)、M. 巴赫金(M. Bakhtin, 1895—1975)到爱德华·萨义德(Edward Said, 1935—2003)和霍米·巴巴,本书进行了大量的理论对话,但从未陷入任何固有理论的窠臼,更没有任何不假思索的套用理论,而是极为大胆却又合理地表述了自身的独特观点。《离散文学中的翻译》试图重新扩展、定义"翻译"一词的含义,某种程度上体现了一种构建"翻译诗学"的努力。书中大胆的论述"文学即翻译",将二者的关系放在了一种非常有趣却又充满遐想的位置,对于重新思考作家之间的关系与影响、思考文学史与文学谱系的走向、思考跨文化写作的意义,都很有帮助。作者坚定地认为，在世界文学的语境下，一切文学创作都是翻译的过程。与大量往往沉浸于学术意义上的同义反复的期刊文章与出版专著不同，本书确实是非常有观点独创性的。

关于文学研究是否应该保持所谓的“客观性”、以一种抽离状态近似科学地进行学术思考与表达，是学界素有争议的问题。笔者一直认为人文学科强行“假装”客观性，离开“人”这一出发点，将文学研究与个体阅读经验剥离，不是一种真正理想的状态。《离散文学中的翻译》非常好地体现了一种带有生命感的学术姿态，是一个将个体经验与理性思辨完备结合的范例。

近年来，学界多有期许中国学者在国际学术界发出中国声音的呼唤；这样的期许是当代中国学术发展的自然需要，但其前提并不应该是指望国际学界一种基于学者国籍的、为满足所谓多元性而进行的补偿式收录，而是在国际学术平台进行学术性的真实对话与碰撞。王光林教授的《离散文学中的翻译》用近乎母语水平的学术英文，向国际学术共同体系统阐释了中国文化与华裔作家作品的转码与传播机制，真正在国际学术界完成了中国学者理应完成的使命。

引用作品[Works Cited]：

Baker, Mona. *Translation and Conflict: A Narrative Account*. New York: Routledge, 2006.

Bermann, Sandra and Michael Wood, eds. *Nation, Language, and the Ethics of Translation*. Princeton: Princeton UP, 2005.

Sheffer, Gabriel. *Diaspora Politics: At Home Abroad*. Cambridge: Cambridge UP, 2003.

Wang, Guanglin. *Translation in Diasporic Literatures*. New York: Palgrave MacMillan, 2019.

苏源熙编：《全球化时代的比较文学》，任一鸣、陈琛等译，北京：北京大学出版社，2015 年。

评述兼容，文史并重：评《西方成长小说史》

胡　玥*

成长小说发端于德国，繁荣于英美，距今已有220多年的历史。这一小说体裁历久弥新，早已成为西方文学的重要组成部分。在当代，成长小说日益受到小说家们的青睐，尤其深受英美少数族裔和女性作家们的欢迎，成为他们表达独特人生体验、追求自主性的绝佳体裁。因此成长小说也引起了文学批评界的广泛关注。然而学界在成长小说研究方面还存在不少问题。一方面，"成长小说这个术语有被滥用的倾向，简化和泛化的趋势正在凸显"（孙胜忠 40），[①]甚至连何谓成长小说都尚无定论；另一方面，这一源于德国的小说体裁早已跨出国门，在多国开花结果，但至今尚无一部系统研究这种小说流变史的著作问世。从这个意义上说，孙胜忠教授的《西方成长小说史》为弥补学界这方面的缺失做出了贡献。

成长小说的内涵和外延究竟是什么？这一小说样式是如何诞生、演变和发展的，它的未来走向如何？《西方成长小说史》基于史实，以文本为依据，对上述问题做了哲学思辨性的分析和解答。作者论从史出、史论结合，详细考察了成长小说在德、英、美三国横跨两个多世纪的演变过程，勾勒出成长小说的发展脉络，为学界奉上了一部西方成长小说的"成长史"。

《西方成长小说史》除"绪论"和"结语"外共分为十章。"绪论"是打开这部文学史的"钥匙"，作者从西方古老的箴言"认识你自己"（Know Thyself）出发，开宗明义地指出成长小说的主旨——诗意心灵与抵抗性的平凡环境之间的张力，这为全书定下了哲学思辨的基调。

作者首先梳理了18世纪以来成长小说的研究现状，确立了研究的逻辑起点——从历史流变的角度对成长小说做全面综合的对比研究。接

* ［作者简介］：胡玥，上海外国语大学博士生，上海师范大学天华学院副教授，主要从事英美文学研究。

① 为节省篇幅，下文引用该著只标明页码。

着，作品详细追溯了“成长小说”这一术语的来龙去脉，深入探讨了成长小说的核心内涵和概念。这三章不仅为下文打下了坚实的基础，更重要的是，它解决了长期困扰成长小说研究界的一些基本问题，诸如，什么是成长小说，它的边界在哪里，它有哪些本质特征等等。作者认为“变动不居”是成长小说的典型特征，“自我教育”是甄别成长小说的关键。换言之，无论成长小说如何变化，它始终围绕“自我教育”展开。“自我教育”经历了从宗教术语向人文主义概念的世俗化转变后，在约翰·沃尔夫冈·冯·歌德（Johann Wolfgang von Goethe，1749—1832）和威廉·冯·洪堡（Wilhelm von Humboldt，1767—1835）的阐释中都突出的是自由和“精神境界的提高”，强调“形塑”过程中个人与其所处环境之间的“交互作用”（86）。这些古典人文学者的自我教育观为经典成长小说的诞生奠定了基础。作者借助 M. 巴赫金（M. Bakhtin，1895—1975）长篇小说的分类原则，从人物形象构建角度考察了成长小说的重要特征，揭示了流变中成长小说体裁的共性，使得原本捉摸不定的概念有迹可循，为接下来考察变化中的成长小说提供了“支点”（77）。

著作阐述了成长小说在德、英、美等国的缘起和发展。德国是成长小说的发源地，德国作家以创作实践生动回应了现实关切。在 200 多年的嬗变中，德国成长小说始终坚守经典范式——描写主人公以自我教育为核心的精神价值追求，德国成长小说乃至小说这一体裁的研究史在一定程度上就是对《威廉·麦斯特的学习时代》（*Wilhelm Meisters Lehrjahre*，1795—1796）的不断阐释和重构的历史（204）。英国成长小说发展体现了鲜明的“物化”特征。英国成长小说“与英国独特的认识论和教育观关系十分密切”（211）。托马斯·卡莱尔（Thomas Carlyle，1795—1881）对《学习时代》的译介“促成了英国成长小说雏形与此类小说原型的嫁接”（239），在《旧衣新裁》（*Sartor Resartus: The Life and Opinions of Herr Teufelsdröckh*，1833—1834）中实现了“对德国自我教育理念的一种英国式归化”（248）。19 世纪的英国成长小说显示了自己的个性特征——社会实用主义自我教育观。同时，作者提出了英国成长小说钟摆式的“小循环”概念。受到马修·阿诺德（Matthew Arnold，1822—1888）文化观的影响，19、20 世纪之交的英国成长小说在精神追求层面“显示出向经典自我教育观回归的趋势”（353）。美国成长小说的发展具有“与生俱来的现代主义”特质。19 世纪的此类小说大多“描写主人公在大自然中的生活”（390），他们最终多半是选择与社会相背离。20 世纪上半叶成长小说普遍描写主人公"历经一个个梦幻般虚妄的理想的破灭,逐渐走向成熟的过程","显示出向经典成长小说回归的趋势"(409)。美国成长小说对精神成长方面的追求在《最后的清教徒》(*The Last Puritan*, 1935)中发挥到极致。

作品考察了当代西方成长小说的特征。作者发现"对自我和身份的追寻和探究"依然是当代成长小说核心主题(439),这一母题成了少数族裔和女性作家的最爱,成长小说的变化则反映在"小说人物中的'反英雄'形象和小说体裁中的预言乃至科幻的特征"(438)。作品还通过对成长小说的本体论思考回应了学界对成长小说的质疑和论争。作者认为只要成长小说的主人公仍经历自我教育的过程,其性格发生变化,"成长小说的本质特性就没有变,变化的只是它的表达形式"(493)。无论成长小说如何演变,"都不可能脱离滋养其创作者的社会土壤"(492),成长小说"不仅有存在的理由而且越发显示出它存在的必要性和意义"(494)。

细察《西方成长小说史》这部著作,可发现以下三大特征。

第一,历史观照,史论兼容。国内成长小说研究大多仍停留在具体作品的解读,缺乏历史性观照。《西方成长小说史》的突出贡献在于它始终在历史生成语境中考察此类小说的演变,为从整体上把握西方成长小说及其发展变化提供了新路径和坚实的基础。

"文学的本质是一种社会的象征性行为"(Jameson 1),弗雷德里克·詹明信(Fredric Jameson, 1934—)反对放弃文本之外的历史而只关注文本的内部研究。对于以年轻人为主体的成长小说来说,历史语境尤为重要。这是因为"年轻人就是现代性本身的形象"(4),其变化就是社会历史变化的风向标,因此它鲜明地反映了历史最深层次的流动。有了德国人文主义理想的孕育,成长小说才会诞生于18世纪后期的德国;有了阿诺德的文化观,19、20世纪之交的英国成长小说才会出现由实用主义向经典范式的回归。换言之,历史文化语境的变化催生了成长小说的演化,只有结合作品故事的"源发性历史语境"和文本生成的"生产语境"的解读才能真正还原西方成长小说流变背后的根源,并形成整体性观照。

《西方成长小说史》以文学与社会、历史、文化间的互文互构关系为主要关切。作者在历史观照下清晰呈现了成长小说发展中的"变"与"不变":"不变"的是成长小说始终以"认识自我"为核心,以自主性和社会化这对矛盾为主线;变的是"自我教育"的具体表现形式。以英国成长小说的发展为例,19世纪上半叶激烈的社会动荡造就了《旧衣新裁》"激进的内在改革”,注重精神提升的自我教育是卡莱尔向德国寻求的救世良方,到了 19 世纪中后期,迥异的客观现实又使成长小说的“认识自我”走上了“向上流动”之路。作者翔实的历史语境观照使得读者能够把握成长小说变与不变的双重特征,也就找到了理解西方成长小说这一与时俱新的文学样式的金钥匙。

在历史语境观的指导下,作者超越前人,提出了一系列发人深省的新颖论断:学界一般将英国成长小说的诞生归因于德国成长小说的影响,但作者认为,成长小说的兴起是一个漫长而复杂的过程,其萌芽必然离不开英国本土思想和文化上的理论准备;作者发现成长小说对经验性认知方式的重视正是来源于约翰·洛克(John Locke, 1632—1704)的经验主义认识论,它对后世的成长小说产生了“几乎一一对应的直接或间接的影响”(214),其功利性特征更是成为之后英国成长小说的重要特色。这些论断均来源于作者多维的历史考证,体现了其耙梳史实的深厚功底。

第二,基于文本,内外结合。M. H. 艾布拉姆斯(M. H. Abrams, 1912—2015)认为文学批评的框架由“艺术家、作品、世界、欣赏者构成”(4),并始终把“艺术品——阐释的对象摆在中间”(5),这说明文学批评虽是多维的,但文学性始终是文学批评的出发点。艾布拉姆斯进而指出,“任何出色的美学理论都是从事实出发,并以事实告终”(3)。就文学批评而言,这里的“事实”就是“文学文本”(17)。文学批评虽然经历了文化转向,但根植于文本的内部研究始终都应成为研究者的自觉意识。孙教授在这部著作中展现了独到的历史视角——通过梳理史实勾勒成长小说的历史地图——与此同时,其研究非常重视文本细读。

该著作既保持了作者十多年前在《美国成长小说艺术与文化表达研究》中文本研究的深度,又扩大了文本的覆盖面,拉长了研究的时间跨度,涉及国家更多。作者以一己之力通过分析德、英、美成长小说的重要著作,对成长小说这一小说体裁进行了深入研究,对成长小说概念的界定,对不同时期不同国别成长小说的共性、对经典成长小说与现代成长小说的不同表现形式、对欧美成长小说的差异等核心问题做了深入分析,论证充分,结论可信。

许多研究者都曾试图定义成长小说,但成长小说变动不居的特征使其不可能被简单界定。本著作通观了 200 多年来成长小说在其主要阵地的发展历程,从具体的小说文本中提炼概念内涵,实现了国内成长小说研究的重大突破。在文本的选择上,作者表示自己“既不求全”,“也不猎奇”

(15)，而是选择那些既有代表性又有特点的作品来解读。全书详细阐释的文学作品多达 50 多部，不仅有成长小说的代表作品，也有长期被忽视的成长小说，既有关注年轻白人男子的传统成长小说，也有以弱势和少数群体成长经历为描写对象的成长小说。作者始终遵循概念切入、文本佐证、个案解读的文学批评模式，重点作品分析透彻，简短分析也不失言简意赅，字里行间透露出作者的睿智与幽默。这样的研究正如刘文飞教授所评价的那样，这部著作是作者"十数年间咬定课题、执着于专题研究的学术定力之体现"(刘文飞封底的评语)。著作的考证始终以文本为依托，避免了泛文化研究的空谈，有助于读者把握这一题材的来龙去脉，进而领悟其意义与价值，也为今后的成长小说研究树立了标杆，具有理论和实践的示范意义。

在作者的论述中，文本与历史语境互为观照，内外结合。这里且举一例：作者在考察 19 世纪英国成长小说的特征时先从社会与历史维度切入，紧接着以 19 世纪的英国小说文本为例，详细分析了一系列"初级版"成长小说，展现了英国成长小说的最初形态及其对后来此类小说的深远影响。文本分析佐证了历史语境观的结论，即英国的文学土壤早已在歌德之前为成长小说的本土繁荣提供了肥沃的养料。这样的文史并重既有脉理清晰的历史观照，又有依托文本的详细佐证，真正做到了内外结合。

第三，哲学思辨，别有洞见。近年来，学界对西方成长小说的研究鲜有对成长小说进行哲学本体论的思考。本著作以看似"大而无当"的哲学命题发问，一针见血地指出了"认识你自己"的哲学探讨正是成长小说的核心概念，这一文学题材不再是青少年不成熟的呓语，而是再现和阐释年轻人自我教育与社会化之间的张力所需的特殊叙述方式(5)。著作最后以对成长小说的本体论思考收尾，首尾呼应，帮助读者从历史和文本中跳脱出来，获得对成长小说发展史的哲学认识，从而洞悉成长小说 200 多年来在不同国家、不同性别、不同种族间的延伸、扩展甚至是颠覆，领悟成长小说题材本身的复杂性和内在张力。

哲学思辨不仅是整部著作的"大动脉"，它同时融入了著作的每一寸"肌理"。作者在对小说文本的批评时同样注重哲学思辨，从而阐释了令人耳目一新的新义。在剖析《许佩里翁或希腊的隐士》(*Hyperion oder der Eremit in Griechenland*，1797—1799)时，孙教授认为文本所体现的"一即万有"的哲学思辨，并非"作者故作高深态"，"而是与主人公的成长经历互为表里、相互印证的"(167)。为厘清历险小说与成长小说的差异，作者还引入了“存在与发展”的概念。难能可贵的是，作者的哲学探讨并没有让阐释变得晦涩，反而有助于读者迅速把握成长小说的精髓。

此外，作者十分注重作品间的哲学关联。卡莱尔的《旧衣新裁》和乔治·桑塔亚纳（George Santayana，1863—1952）的《最后的清教徒》这两部相隔一个世纪的作品是各自国度里成长小说的扛鼎之作。作者点明了二者之间的哲理默契，其哲学呼应既是英美两国迥异的文化语境的显现，也是英美两国成长小说特殊渊源的明证。

写“史”不易，既要有对所述对象的整体把握，又要能看清旁支走向，这样才能从浩瀚如烟的细节中寻找出一条有意义的发展脉络，厘清承前启后的发展与沿革。孙教授是国内较早开始成长小说研究的学者，从 2002 年开始一直潜心著述，不断有这一领域的研究成果发表。此次出版的《西方成长小说史》是作者近 20 年来深潜成长小说专题研究的重要成果。孙教授深挖成长小说的哲学渊源，在历史语境的观照下，深耕文本，为我们铺展了成长小说在西方主要国家 200 多年的变迁轨迹，考证了其“变”与“不变”背后的动因。著作后面不仅备有详细索引，还精心编制了“中外文术语对照表”，对成长小说的核心术语做了简明扼要的界定，列出了成长小说的代表作、代表作家和重要人物，类似于成长小说“小词典”，便于读者快捷地查找相关概念，进行后续研究。正如王守仁教授所言，在《西方成长小说史》中，作者“文本与文论并重，述史与批评兼容，成就了这部精品力作”。总之，这部著作为今后成长小说的研究提供了重要的参考范式，为学习者和研究者提供了宝贵的学术资源，具有重要的学术价值。

引用作品[Works Cited]：

Jameson, Fredric. *The Political Unconscious*. London: Routledge, 1983.

M. H. 艾布拉姆斯：《镜与灯：浪漫主义文论及批评传统》，郦稚牛等译，北京：北京大学出版社，2004 年。

孙胜忠：《西方成长小说史》，北京：商务印书馆，2020 年。

近年来中美文艺家笔下的赛珍珠主题创作一瞥*

姚　望**

美国作家赛珍珠(Pearl S. Buck，1892—1973)一生阅历丰富，创作了一系列文学作品，特别是中国题材小说，包括《大地三部曲》(*The House of Earth Trilogy*，1935)、《母亲》(*The Mother*，1933)、《龙子》(*Dragon Seed*，1942)等，这些小说连同她为父母撰写的传记《战斗的天使》(*Fighting Angel*)、《流放》(*The Exile*)，帮助她获得1938年诺贝尔文学奖。在这些作品里，赛珍珠倡导异质文化，特别是当时基本处于隔绝状态的中美文化之间的交流和沟通，以达成相互了解，彼此尊重，乃至可能的融合。由于历史原因，赛珍珠在中美都受到过冷落。20世纪90年代开始，中美两国学术界开始重新评价她和她的创作，并取得较大进展。特别是在中国，由于学者们的努力，现在，赛珍珠可以说是得到了重新定义，她早已不再是一个"反动作家"，而是被视为中美文化交流使者。

赛珍珠及其跨文化书写，特别是她所倡导和赞美的相互了解、增强沟通的精神和她希望世界成为"天下一家"的跨文化理想，使得中美文艺家(包括小说家)也关注到赛珍珠。中美艺术家近年来创作了不少以赛珍珠为主题的作品，包括小说创作、电影改编、舞台剧、诗歌、书法、绘画、摄影和篆刻等艺术样式。中外读者和观众在欣赏这些艺术作品的过程中，不知不觉之间，更多地了解赛珍珠及其创作，获得艺术享受，认同赛珍珠通过她的作品所传达给我们的文化理念，这有利于当下的人类命运共同体建构。

一、小说创作。谈到中美艺术家的赛珍珠主题创作，本文首先要介绍中国当代作家叶兆言的《走近赛珍珠》。叶兆言创作这个中篇，源于世纪

* ［**基金项目**］：本文系"江苏高校优势学科建设工程三期项目"(20180101)阶段性成果。

** ［**作者简介**］：姚望，博士，南京师范大学外国语学院讲师，主要从事英美文学研究。

之交美籍华人罗燕约他一起将赛珍珠的《群芳亭》（*Pavilion of Women*，1946）改编成好莱坞电影《庭院里的女人》一事。尽管他们最终未能合作成功，但这带给叶兆言一次机会，使他得以结合自己的人生经历，以虚实相间的艺术手法，来评说赛珍珠及其小说创作。在这部作品里，作者貌似在回忆他当年插队时一个教过他的、痴迷于文学创作却无创作才能的老师——刘岳厚，同时又在以散文的笔调，叙述赛珍珠的人生经历、文学创作以及她的"来得实在太容易的成功"。实际上，这个刘老师完全是一个虚构人物，而有关赛珍珠的生平与创作的材料基本上参考了赛珍珠第一部自传的中译本，即《我的中国世界》。在小说开头，叶兆言说，他当年读研期间曾在资料室"读过许多老版的赛珍珠的小说。对于赛珍珠的生平和她的主要作品，我已了然于心"（叶兆言 15），因此，《走近赛珍珠》比较系统地介绍了赛珍珠一生的经历，并通过小说人物之口，间接地道出了他个人对赛珍珠的看法。

在叶兆言笔下，由于出身和传教士父母的缘故，赛珍珠接受了基督教教义，也由于自小在中国接受儒家思想的教育，她身上有作为西方人的优越感，却常恨自己不能像她的好友那样是一个纯粹的中国人。"她的双文化身份，使她从一开始就成为一个十分特殊的人。她是一个矛盾体，是一个文化上的混血儿"（叶兆言 26）。在小说里，叶兆言也介绍了赛珍珠成为一个作家的各种准备。他感觉一个作家是要有天分的，还要有对周围人及社会的欣赏，而赛珍珠对什么都感兴趣。婚后的几年里，赛珍珠与中国民间的交往十分深入，对中国农业、农村和农民很好奇，有了解，更有感情。她说过："穷人们承受着生活的重压，钱挣得最少，活干得最多。他们活得最真实，最接近土地，最接近生和死，最接近欢笑和泪水"（赛珍珠 156）。同时，在早年的生活和教育中，她也阅读了许多英美文学作品，尤其是狄更斯的小说，这些都帮助她了解到中国以外的世界及文化，并对她产生了潜移默化的影响，"赛珍珠后来之所以能成为那种独一无二的作家，和她独一无二的生活分不开。她的文化准备，确实是与众不同"（叶兆言 61）。

叶兆言认为，赛珍珠一生的功名完全取决于《大地》。"没有《大地》，就没有赛珍珠"（叶兆言 72）。《大地》"从本质上说来，是一部典型的怀旧作品。它讲述中国农民和土地的关系。土地是农民的生命，也是中国人，以及全世界所有人的生命……《大地》中充满了落后和同情。落后是中国的现状，是赛珍珠耳闻目睹的现实，同情是发自赛珍珠内心深处的一种怜悯。不管中国人会怎么想,不管中国人究竟需要不需要这种怜悯,这种情感在她却是绝对真诚的”(叶兆言 74)。通过《走近赛珍珠》这部中篇小说的创作,叶兆言写出了他眼里的赛珍珠。

二、电影改编。叶兆言创作《走近赛珍珠》的由头是《庭院里的女人》。我们知道,赛珍珠当年创作《群芳亭》,主要是希望描写吴太太的女性意识的觉醒,而集制片人、女主角和后期导演于一身的罗燕则意在按照好莱坞电影模式,拍出一部爱情片,她演绎的是女主角吴太太和传教士安德鲁之间的爱情。在《庭院里的女人》这部影片在中国上映的同时,现代出版社推出同名电影文学脚本。书的封面中央是闺阁窗后吴太太和安德鲁亲吻的剧照,下面是两行醒目的文字:深深庭院中,一段缠绵悱恻的爱情如何演绎?纷飞战火下,两个渴望自由的灵魂怎样保全?这显示了编导的创作意图。罗燕的电影《庭院里的女人》改变了原作的主旨,与赛珍珠的原著之间已经存在明显的差别。但是,罗燕所做的也是一种改编,她和她的团队通过这部影片,呈现出他们对赛珍珠的一部重要小说的解读。

三、舞台剧。如果说,叶兆言是用小说形式来塑造赛珍珠这个人物形象的,那么,由中美艺术家联合创作的多媒体舞台剧《春江花月夜:赛珍珠》则是运用舞蹈艺术形式,来演绎赛珍珠的传奇人生。2015 年 8 月 27—30 日,这部由丹尼尔·埃佐拉罗(Daniel Ezralow)导演、编舞的作品在美国纽约林肯艺术中心的大卫·寇克剧院(David H. Koch Theater)成功进行 4 场演出。2016 年又在美国多个城市和加拿大蒙特利尔巡演,2017 年在中国上海、南京和镇江等市演出,受到中外观众的一致好评,产生了巨大的国际影响。

《春江花月夜:赛珍珠》选择中国唐朝著名诗人张若虚营造的“春、江、花、月、夜”5 个美学意境,分别对应于赛珍珠生命历程中的青春、迁徙、创作、思念、梦想 5 个阶段。尤其值得一提的是,该剧在舞台上设计了长约 45 米、宽约 1.8 米、深 0.9 米的河流实景,象征着在赛珍珠生命中具有重要意义的中国长江。第五幕是一场长达 20 分钟的集体舞蹈,将全剧推向高潮。我们看到,舞台上的演员们跨越蜿蜒的长江,从东到西,又从西到东,来回舞蹈,将生命融入长江,也表达着必将突破时空的阻隔,连接东西方的坚定信念。“这不仅仅是一条长江,也是一个文化符号,是赛珍珠作品中时时凸显的文化融合主题”(汪文君 91)。《春江花月夜:赛珍珠》这个舞台剧帮助我们更深入地理解赛珍珠的创作主题,同时也更清楚地了解赛珍珠,不仅是作为作家的赛珍珠,而且是作为一个特别女性的赛珍珠，当然也因此成为赛珍珠主题艺术创作的一个国际作品。

四、诗书画影印。在介绍赛珍珠在华生活、工作，同时在赛珍珠研究方面，赛珍珠的"中国故乡"镇江发挥了积极作用。中国首届赛珍珠文学创作讨论会就是镇江发起并于 1991 年元月成功召开的。迄今为止，镇江举办了近 10 次赛珍珠国际学术研讨会，产生广泛的国际影响。地处镇江的江苏大学图书馆自 2015 年成立国际赛珍珠文献资源中心以来，多次成功策划赛珍珠主题活动，出版成果。镇江市赛珍珠研究会会长卢章平先后主编《大地珍珠》《春晖大地》。两书均制作精良，内涵丰富，前者运用诗书画三种艺术形式，阐释"大地珍珠"的主题，后者以中英对照的形式，集萃赛珍珠主题的诗书画影印作品，"一个主题，五种艺术"，介绍赛珍珠生平事迹，宣讲她的跨文化理想，弘扬她的跨文化精神。

就介绍赛珍珠生平与创作而言，书画家们通过深入了解赛珍珠从求学少女到成名作家各个时期的外貌气质和生活内容，以简洁生动的笔墨，将她的生活、读书和创作等元素再现出来。画作《赛珍珠在镇江》《赛珍珠》《童年赛珍珠》《追忆似水年华》《大地》等，让世人更多地了解到赛珍珠在中国的生活情形。画作之外，《大地珍珠》收入 50 余首诗词，《春晖大地》收入 67 首，并由书法家采用楷、行、草、隶等多种书体，以或工整严谨，或潇洒自由、遒劲有力，或质朴敦厚的书风书写。诗如邵体忠的《赛珍珠杂咏》："桂冠轻夺女中豪，情系神州分外娇。/最是令人心折处，沟通文化做人桥"（卢章平 44）。词如江慰庐的《临江仙·赞赛珍珠及其镇江故居》："璀璨金凤铺绣锦，东西文化传人。/明珠为质玉为魂。/艺坛驰誉久，瀛海蔚奇芬。/多少英贤培育就，崇仁弘道蜚声。/辉煌诺奖耀名城。登云山上宅，中美两邦珍"（卢章平 40）。这些诗词包含了对赛珍珠的评价和怀念，肯定了她一生为沟通中西文化所做出的积极努力。帮助我们了解赛珍珠在中国的生活和创作的，除了上述诗书画作品，《春晖大地》还收入篆刻 20 方和摄影 10 幅。篆刻中的《天下一家》《春晖大地》《中国故乡镇江》等作品的印文匀称妥帖，疏密有致，摄影作品如《镇江女儿》《文坛巨著》等给观者留下深刻的印象。特别是《文化公园》拍摄的是镇江赛珍珠文化公园的全景，视野开阔，气势宏伟，给人以强烈的视觉冲击，其构图之独特，层次之分明，令人震撼。无论是诗书画，还是摄影或篆刻作品，它们无不主题突出，技法娴熟，再现并帮助我们更深入地了解赛珍珠以中国题材作品来沟通中西、倡导"天下一家"的人生经历、文化追求和世界情怀。

出于对赛珍珠及其文化精神的推崇，艺术家们所创作的赛珍珠主题诗书画影印作品多为赞词，如中国台湾学者型诗人余玉照 2017 年 9 月 6 日在镇江赛珍珠文化公园开园仪式上朗诵的《赛珍珠文化公园颂》。在这里，诗人称颂了赛珍珠一连串造福人类的杰出“功绩善果”：“为庶民发言，为正义伸张/大声谴责帝国主义的猖狂/你为博爱平等和平奔走四方，成为现代文化交流的领头羊/广被尊为沟通东方西方的桥梁，炼成‘天下一家’的永世芬芳/体现了‘和而不同’的智慧与希望，象征着世界新文化复兴的温床”，强烈地抒发了他对赛珍珠的赞美之情，具有很强的感染力。

中美两国艺术家从赛珍珠传奇人生与跨文化创作中获得灵感，他们感情充沛地就赛珍珠主题，进行艺术创作，并取得丰硕成果，如上文简要介绍的小说、电影改编、舞台剧、诗书画影印等。这些艺术作品形式多样，特别是电影和舞台剧，在国际上产生巨大的影响，使我们今天有机会回望赛珍珠，重温她的作品；并思考她于 20 世纪三四十年代发表的作品对于中外文化交流所做出的历史贡献，及其对我们当下努力建构一个更美好的世界所具有的现实意义。

引用作品[Works Cited]：

卢章平：《春晖大地：赛珍珠主题诗书画影印作品集萃》，镇江：江苏大学出版社，2019 年。

赛珍珠：《我的中国世界》，尚营林等译，长沙：湖南文艺出版社，1991 年。

汪文君：“多媒体舞剧《春江花月夜：赛珍珠》的创作研究”，《北京舞蹈学院学报》，2019 年第 3 期，第 88—93 页。

叶兆言：《走近赛珍珠》，北京：大众文艺出版社，2008 年。

征稿启事

自2007年始,《英美文学研究论丛》每年出版两期,分春季号和秋季号。主要发表与英国文学、美国文学、文学批评理论、英美文学翻译研究、英美文学教学研究相关的论文。热诚欢迎英美文学工作者来稿。

来稿请遵守学术规范,切勿一稿多投。本刊原则上不再刊用两位或两位以上作者合写的稿件。稿件收到后三个月内给予回复。三个月未见回复者,请自行处理。因本刊编辑部人员有限,不能一一办理退稿,恳请理解。

来稿请按照本刊稿件格式要求排版,寄至上海外国语大学文学研究院《英美文学研究论丛》编辑部,邮政编码:200083。电子文本请发至:ymwxlc@sina.com。

稿件格式要求

一、来稿请同时提交电子文本和打印文本。

二、来稿文本应包括(1)中、英文标题;(2)中、英文摘要(250—300字之间);(3)中、英文关键词(4—5个);(4)正文;(5)作品引用;(6)作者基本信息(姓名、学位或职称、研究方向、最新主要成果、联系方式)。

三、中文字体:(1)大标题用三号大写白体;小标题用小四号大写白体;(2)正文:五号宋体;(3)中文摘要、作品引用:小五号宋体;(4)脚注由WORD文档自然生成。

四、英文字体:一律使用Times New Roman:(1)大标题用三号白体;小标题用小四号白体;(2)正文:五号字体;(3)英文摘要、作品引用:小五号字体;(4)脚注由WORD文档自然生成;用阿拉伯数字表示序列;其他语种参照使用。

五、行距:正文用单倍行距,小标题和正文之间上下各空一行。

六、文字引用:(1)五行以内(不含五行)放在正文中;(2)五行(包括五行)以上,使用文字块,即左右各缩进2.5个汉语字符。

七、引文出处:使用“双注”标注方式,即“脚注”和“作品引用”:

(1) 脚注仅用于对正文内容进行补充说明,不用于标明引文出处;(2)“作品引用”分为(A) 文内标注,即在引文后在圆括号内注明作者和源资料页码,中间空一格,如(李维屏 10);如引用同一作者的多部作品,则在作者姓名和页码之间加出版时间,出版时间与页码之间用冒号隔开,如(李维屏 2003: 10);(B) 正文后标注:被引用作品按作者姓名拼音字母的顺序排列:

中文专著:姓名:作品名称,出版地点:出版社名称,出版时间。

如:李维屏:《英国小说艺术史》,上海:上海外语教学出版社,2005 年。

英文专著:Last name, first name. book title (italicized). name of city: name of publisher, year of publication.

如:Roth, Philip. *The Plot against America*. Boston and New York: Houghton Mifflin Company, 2004.

中文论文:姓名:作品标题,来源期刊名称,期刊号,起讫页码。

如:李维屏:“论现代英国小说人物的危机与转型”,《外国语》,2005 年第 5 期,第 68—72 页。

英文论文:Last name, first name. “title of article.” name of journal (italicized) volume number (year of publication): page numbers.

如:Nilsen, Normann. “Malamud's *The Assistant*: A Return to Jewishness? A Note on the Text.” *The International Fiction Review* 15.1 (1988): 44 - 47.

网上资源:Title of database (underlined) (if given). <Network address>(Date of access).

如:中国文学网 <http://www.literature.org.cn/Index.asp>(Accessed 2008 - 6 - 23)。

Braye, Kerry. “Conventions and Genre—Oranges are not the only fruit.” <http://www.keltawebconcepts.com.au/eorangesl.htm> (Accessed Jun. 23, 2008).

八、正文中第一次出现外国人名时,应将相应的外文名称放在其后的圆括号内,并标注该人的生卒年限,如迈克尔·戈尔德

(Michael Gold，1893—1967)；正文中第一次出现国外作品名称时，应将相应的外文名称放在其后的圆括号内，并注明出版时间，如《没钱的犹太人》(*Jews without Money*，1930)。此后如无特别需要，一律不再进行标注。

九、以上投稿格式要求中没有包括在内的情况请按照 MLA 格式统一规范。(详情请登录上海外国语大学文学研究院网站，并参考"MLA 引用文献的规范"一文，网址：ills.shisu.edu.cn。)

十、《英美文学研究论丛》春季号的截稿时间为发稿前一年 7 月底，秋季号的截稿时间为当年 1 月底，截止日期之后发来的稿件一般顺延到下一期。

《英美文学研究论丛》编辑部